S★tb★

SUSANNE HÜHN

Manuelle

Roman

S★tb★

Die Handlung und die Personen in diesem Buch sind frei erfunden. Jede Ähnlichkeit mit tatsächlich lebenden, realen Personen ist zufällig oder ließ sich nicht vermeiden, weil das Leben manchmal einfach so ist.

Originalausgabe

ISBN 978-3-8434-3031-9

1. Auflage März 2013

Umschlag: Murat Karaçay, Schirner,
unter Verwendung von # 46241656 (konradbak)
und # 13670711 (MeiKIS), www.fotolia.de
Redaktion & Satz: Tamara Kuhn, Schirner
Printed by: OURDASdruckt!, Celle, Germany

www.schirner.com

Für alle, die von Anfang an
an mich geglaubt haben
und mich dazu ermutigt haben,
weiterzumachen.

DANKE.
Ohne euch geht's nicht.

1

Manuelle drehte sich vor dem Spiegel und überprüfte nervös den Sitz ihres trägerlosen Ballkleides aus weißer, paillettenbesetzter Seide. Niemand hatte sie je zu Gesicht bekommen, niemand kannte sie, doch das würde sich in ein paar Minuten ändern. Heute war der Tag, an dem sie ihren ganzen Mut zusammennehmen und sich zum ersten Mal der Welt zeigen wollte.

Sie zupfte am Mieder. War es nicht viel zu gewagt? Sah man den halterlosen BH? Doch es gab nichts zu verbessern, alles saß perfekt und genau da, wo es hingehörte. Sie griff zum wiederholten Mal nach dem funkelnden Parfümflakon und besprühte sich einmal mehr mit der kostbaren Flüssigkeit. So langsam roch sie, als wäre sie hineingefallen.

Aufgeregt und zaghaft zugleich schlüpfte sie in ihre extrahohen Seidenschuhe, stöckelte ein paar Schritte und begann stolz zu lächeln. Sie drehte sich einige Male zur Probe, ihre langen Haare und der weiche Rock flogen nur so. Bei der letzten Drehung erhaschte sie einen Blick auf ihr Spiegelbild.

Manuelle hielt inne. Langsam sank sie auf einen Stuhl. Was hatte sie sich nur gedacht? Sie griff in ihre perlenbestickte Handtasche und zog die goldgeränderte Eintrittskarte heraus – ein begehrtes, sündhaft teures Stück Pappe. Lange wanderte ihr Blick zwischen der Karte und ihrem Spiegelbild hin und her.

Als sie die Karte langsam zerriss, gerann ihr Lächeln, und Tränen liefen ihr über die Wangen. Ihr Make-up verschmierte, sie rieb es sich vom Gesicht. Plötzlich ertrug sie auch ihr Kleid nicht mehr und fetzte es sich vom Körper. Nach einigen Augenblicken war sie völlig nackt.

Sie ballte die Fäuste, schlüpfte in ein T-Shirt und Jeans, holte ein Bier aus dem Kühlschrank – und Manuel schaltete den Fernseher ein. Länderspiel.

Das Telefon klingelte.

»Ja?«, schnauzte er.

»Hey, Manuel, wir sitzen hier im Goldenen Eck und schauen uns das Spiel an. Willst du nicht rüberkommen? Ein kühles Blondes wartet schon auf dich!«

»Hallo Micha. Hab keinen Bock. Aber danke, dass du angerufen hast.«

»Ist doch klar. Alles in Ordnung mit dir? Du klingst so komisch.«

»Nee, nix. Bin erkältet. Mach's gut.«

Fuck. Nichts lag Manuel ferner, als sich jetzt mit seinen Kumpels in der Kneipe zu treffen. Seine Kehle begann zu brennen, verdammt, er würde nicht weinen.

Manuelle. Wann war sie zum ersten Mal aufgetaucht? Er wollte sich lieber nicht mehr daran erinnern, wie schwierig es am Anfang gewesen war. Bis er sich überhaupt erst einmal eingestanden hatte, dass es sie gab! Jahrelang hatte er sie unterdrückt, immer das Gefühl mit sich herumtragend, dass irgendetwas nicht in Ordnung war mit ihm – und alles, was er gewollt hatte, war, so zu sein wie die anderen. Dann hatte er im Fernsehen einen Bericht über Transvestiten gesehen, und plötzlich wusste er, dass es keine Krankheit war, sondern einfach eine

Art zu leben. Eine äußerst beschissene Art zu leben. Die niemand, inklusive ihm selbst, verstand und die ihn sehr einsam machte.

Manuel ging in die Küche, um sich ein zweites Bier zu holen. Im Flur fiel sein Blick in den Garderobenspiegel. Da hing noch ein Rest Wimperntusche in seinem Augenwinkel.

»Schwuchtel. Verdammte, abgefuckte Schwuchtel!«, zischte er sich zu.

Natürlich hatte er, wie alles andere in seinem Leben auch, seine besondere Situation vollkommen unter Kontrolle. Er hatte sich Kleidung und Schuhe von Onlineshops schicken lassen, seine Kosmetikartikel bestellte er auch übers Internet, und er kannte aus verschiedenen Chats eine Menge anderer Männer, die ihm ähnlich waren. Sie hatten ihn ermutigt, zu diesem Ball zu gehen, dort wollten sie sich zum ersten Mal treffen. Für viele Menschen dieser Chatgruppen war der Ball die erste Gelegenheit, sich unter die Leute zu trauen. Doch er hatte es verpatzt.

»Schwächling!«, raunte er sich ins Ohr, als er auf dem Weg von der Küche zurück ins Wohnzimmer wieder am Spiegel vorbeikam.

Gelangweilt sah er sich das Fußballspiel an. Er trank noch zwei weitere Flaschen Bier, bevor er sich ins Bett legte. Er griff nach seinem Schwanz und rieb ihn, bis er freudlos kam. Doch noch immer war er nicht müde, es war Sonntagabend, und er hatte lange geschlafen, weil er vorgehabt hatte, für den Ball fit zu sein. Er stand wieder auf, duschte sich das Parfüm vom Körper und zog sich an. Das Machooutfit der Achtziger, Lederhose, Hemd, Lederjacke. Er mochte es immer noch.

Ich geh noch 'ne Runde vögeln, dachte er, wenn ich schon nicht als Frau weggehen kann, will ich wenigstens eine im Bett haben.

Mehr – echte Nähe oder gar Liebe – war für ihn ja sowieso nicht drin. Und Sex funktionierte immer, für ein paar Stunden fühlte er sich erfüllt und lebendig.

Marc, der Türsteher seiner Stammdisco, grüßte ihn erfreut. »Na, Alter, warum kommst du so spät, wo treibst du dich denn rum?«

»Viel zu tun. Wer ist alles da?«

»Deine Kumpels von der Band. Außerdem jede Menge schöner Frauen. Geh rein, und amüsier dich!«

Manuel wollte dem Kassierer die zehn Euro Eintrittsgeld in die Hand drücken, doch dieser winkte ab. »So ein hübscher junger Mann braucht nicht zu bezahlen«, säuselte er.

Manuel lachte und schüttelte seine lange Mähne auf den Rücken. Er wusste, dass Dave schwul war, und er bewunderte ihn für die Art, wie er dazu stand. Doch auch mit ihm konnte er nicht über Manuelle reden, denn er würde es nicht verstehen. Es hatte nichts mit dem zu tun, was Dave war.

Die Disco war in verschiedene Bereiche unterteilt. Es gab eine Kaffeebar, schicke Cocktailbars mit teuren, angeberischen Drinks, einfache hölzerne Bars, an denen man Bier bekam, ohne Schnickschnack, einfach Bier. Eine marmorne Champagnerbar bediente alle, die wirklich viel Geld ausgeben wollten. Außerdem besaß das Black Panther einen Kinosaal, ein Bistro mit köstlichen Baguettes, einen Billardraum und natürlich die golden schimmernde, glatte, exotisch angestrahlte Mitte, auf der das Leben einen ekstatischen Ausdruck fand. Die Tanzfläche wurde von verspiegelten Säulen begrenzt, dazwischen befanden sich Stehtische. Behagliche Clubsessel waren in einer geschützten Ecke im New-York-Style zwanglos gruppiert, hier konnte man durchaus den ganzen Abend verbringen, trinken, schwatzen, Karten spielen und die verschiedensten Nachtschwärmer beobachten. Einige Leute brachten sogar ihre Laptops mit und nutzten die Nacht und die wirklich bequemen und deshalb sehr begehrten Sessel zum Arbeiten, Chatten, Schreiben. Hätte es einen Schlafsaal gegeben, wären viele der Gäste gar nicht mehr heimgegangen.

Manuel ging die Treppe hinab und öffnete den schweren Trennvorhang. Laute Musik und zuckende Lichter schlugen ihm entgegen. Sofort hob sich seine Laune, das hier war seine Welt. Er sah sich um, entdeckte aber auf den ersten Blick kein vertrautes Gesicht. An einer Bar stürzte er ein Glas Cola hinunter und schlenderte zur Mitte der Disco. Die Tanzfläche war bereits ziemlich voll. Tatsächlich, es gab viele unbekannte Gesichter. Klar, die Uni hatte wieder angefangen, und neue Studenten machten sich in der Stadt breit. Er taxierte die Frauen, die sich wie auf einer Bühne zur Musik bewegten. Keine gefiel ihm so richtig, aber der Abend hatte ja erst begonnen.

Manuel stellte sich in Position, breitbeinig, die Arme verschränkt. Er war ein gut aussehender cooler Typ, und die Frauen wollten ihn so. Und er wollte die Frauen, die auf coole Typen standen, denn das waren die, die bis morgens um vier hier tanzten und sexy zurechtgemacht waren. Er liebte es, wenn Frauen hingegeben tanzten, die

Haare von links nach rechts warfen und lasziv die Hüften schwangen. So, wie sie tanzten, so waren sie auch im Bett, war seine Erfahrung. Er genoss diese prickelnde, erotische, aber unverbindliche Atmosphäre, und er liebte die harte, rhythmische Musik, die hier gespielt wurde. Die Frauen hier waren nicht diese schüchternen Mauerblümchen, die gleich beleidigt waren, wenn man sie zufällig am Busen berührte, sondern sie lächelten vielsagend und präsentierten sich noch offener. Keine Spielchen, keine Masken. Hier ging es um nichts als Sex, und das war es, was seiner Meinung nach jeder, der in diesem Schuppen tanzte, wollte. Genau wie er. Und so war es gut.

Nun begann ein Stück, das Manuel liebte. Er betrat die Tanzfläche – wohl wissend, dass er beobachtet wurde – und begann, sich in die Musik fallen zu lassen. Nach wenigen Augenblicken war es ihm gleichgültig, wie er wirkte, er ließ sich vom harten Bass beherrschen, und seine langen Haare flogen hin und her, genau so, wie er es bei Frauen mochte. Viele Männer bewegten sich herausfordernd zum Takt der Musik, um die umstehenden Frauen zu beeindrucken – nicht nur Auerhähne tanzten den Balztanz –, aber Manuel liebte das Tanzen wirklich. Er gab sich ganz dem Rhythmus hin und spürte die Musik mit jeder Faser seines Körpers. Seine Zellen pulsierten im Rhythmus des Schlagzeuges, er sang die Worte mit, sah sich auf der Bühne mit dem Mikro in der Hand, die Massen beherrschend, spürte die Magie dieses brachialen, unerbittlichen Songs, der wie ein Presslufthammer in seinem Bauch wummerte.

Das ist besser als Sex, dachte er, bevor ihn dieses innere Jauchzen überkam, das er nur hier, nur auf diesem golden schimmernden Tor zur Glückseligkeit erfahren konnte.

Viele Frauen bekamen sehnsüchtige Augen, wenn er seine schloss. Das war bestimmt einer, der seine Gefühle zeigen könnte, wenn er sie in seine starken Arme nähme ... Die, die besser auf sich aufpassen konnten, durchschauten das Spiel. Dieser Typ konnte mit genau dieser Masche sicherlich alle haben, und so, wie er aussah, nahm er sie sich auch.

Das Lied lief bombastisch aus, Manuel erwachte aus seiner Trance und sah sich nach seinen Freunden um. Er entdeckte sie schließlich an der Bar, die sich durch den ganzen Raum zog und völlig belagert war.

»Na, Alter, bist spät heute!« Rollo, Roland Landmann im wahren Leben – der Name war so bescheuert, dass er ihn nun in dieser Kurzform ertragen konnte, hatte er beim ersten Kennenlernen kundgetan –, schlug Manuel auf die Schulter, so fest, dass sogar er in die Knie ging. »Gute Frauen, was?«

Manuel bestellte ein Bier, vor seinen Freunden trank er ganz sicher keine Cola.

»Dafür war das Spiel scheiße. Was war denn mit dir los?«

»Kein' Bock.«

Rollo gab sich damit zufrieden. »Schon 'ne Frau aufgerissen?«

Manuel ließ seinen Blick über die Menschenmenge schweifen. Da hinten, eine langhaarige Blonde in einem Lederkleid – nein, an der hing schon einer. Frauen abzuwerben war ihm viel zu anstrengend, außerdem gab es genug andere. Die Blonde erwiderte seinen Blick – sie hätte nichts dagegen gehabt, den Typen loszuwerden, der schon den ganzen Abend an ihr klebte –, aber Manuels Augen waren schon weitergewandert. Es musste »Klick« machen, es musste dieses bestimmte Gefühl sein, eine Art Doppelschlag im Herz, der direkt in seine Lenden hinunterfuhr. Es zog ihn wieder an den Rand der Tanzfläche. Irgendwo würde sie sein, und wenn er sie nicht gleich entdecken würde, wäre es auch egal. Ein paar weitere Bier würden schon dafür sorgen, dass er in irgendeiner Frau die Sexgöttin der heutigen Nacht erkannte.

Die Musik wechselte, Manuel trat erneut auf die Tanzfläche – und sein Herz schlug einen Takt schneller. Da war sie! Zufrieden grinsend begann er zu tanzen. Diesmal behielt er die Augen offen, er sah die Frau an und zog eine Augenbraue hoch. Wenn sie sich jetzt nicht wegdreht, haben wir eine Verabredung, dachte er gespannt. Sie tat es nicht, sondern sah ihm glücklich lächelnd in die Augen, als sie den Text mitsang.

Er lächelte zurück und betrachtete sie unverhohlen. Sie hatte genau die richtige Größe und lange rötliche Haare, die sie wohl nach dem Waschen geflochten hatte, sodass sie jetzt schön gewellt waren. Kein Haarspray, bemerkte er, gut. Er hasste Haarspray, auch Manuelle benutzte nie welches. Es klebte so schrecklich, wenn man schwitzte. Sie trug einen weiten schwarzen Spitzenrock und eine Lederjacke, schwarze Stiefeletten und Handschuhe. Edel, sehr Achtziger, sehr Madonna, super. Er liebte den Achtzigerstil. So ein bisschen moderne Hexe. Hoffentlich war sie nicht zickig. Doch ihr Tanzstil war vielversprechend, sie wirkte locker und doch wild. Kontrolle – der Hintern bewegte sich. Gut so.

Das Lied lief aus, und er verließ die Tanzfläche. Wenn sie das Spiel beherrschte, blieb sie noch ein, zwei Lieder und zeigte, was sie konnte. Tatsächlich, sie tanzte weiter. Sie schüttelte ihre Haare, doch sie sah ihn nicht mehr an. Sie lächelte noch immer verzückt und hielt die Augen geschlossen, gab sich ganz der Musik hin.

Du hast mich schon, Baby, dachte er belustigt, du brauchst nicht die Hingebungsvolle zu spielen.

Aber irgendwie war es auch süß. Die meisten Frauen, die sich so rasch auf seine Anmache einließen, wirkten – wohlweislich – unglaublich cool. Ganz sicher nicht hingebungsvoll oder gar verletzlich.

Sie tanzte immer noch. So langsam verlor er bereits wieder das Interesse. Er drückte sich durch die Menge zur Cocktailbar und bestellte einen »Swimming Pool«, Bananensaft mit Blue Curaçao. Auf dieses süße Zeug standen die meisten Frauen. Endlich kam sie von der Tanzfläche, doch sie lehnte sich einige Meter von Manuel entfernt an eine der Säulen, die die Tanzfläche begrenzten. Nun, er kannte das Spiel in allen Variationen – wenn sie erobert werden wollte, auch gut. Er schlenderte zu ihr hinüber.

»Was zu trinken?«

Sie hob verwundert den Kopf. »Danke, lieb von dir. Bist du immer so aufmerksam?«

»Nur wenn jemand so hübsch ist wie du!«

Sie sah ihm prüfend in die Augen und sagte nichts.

»Wie heißt du?«, fragte Manuel.

Wie heißt du? Noch so ein genialer Text und du kriegst hier Hausverbot, dachte er.

»Carola, und du?«

»Ich bin Manuel. Willst du noch lange bleiben?«

Sie sah ihn wieder fragend an. »Ja, ein bisschen. Warum?«

»Nun, ich dachte, wir könnten ja vielleicht zusammen …« Manuel verstand endlich. »Sag mal, bist du öfter hier? Ich hab dich noch nie gesehen!« Plötzlich war er sicher, dass sie ihm aufgefallen wäre.

»Nein, aber das wird sich ändern. Ich habe gerade erst angefangen, hier in Berlin zu studieren. Zum Glück gibt es hier gute Musik, da fühle ich mich gleich ein bisschen heimischer.«

Fast hätte Manuel losgelacht. Und er hatte gedacht … »Was studierst du denn?«

Dann quatschte er sie eben ins Bett, beschloss er, dazu brauchte sie die Regeln nicht zu kennen. Was waren das auch groß für Regeln, man gefiel sich, sprach sich kurz ab – »Zu dir oder zu mir?« – und tat, wozu man Lust hatte.

»Psychologie.«

Carola wartete. Würde er die obligatorische Frage stellen?

»Nimmst du mich mal mit auf deine Couch?«

Sie gähnte unverhohlen, da war sie auch schon. Also gab sie die Standardantwort auf zudringliche Phrasen: »Gern. Deine Diagnose wäre sicher Penisneid.«

Manuel schluckte. Was für eine Ziege war denn das? Arrogant, eingebildet und bestimmt unglaublich eitel. Doch dann fing er an zu lachen. Der Spruch war ja auch wirklich zu blöd.

»O. k., stopp. Es tut mir leid, das war ziemlich daneben. Lass uns tanzen gehen.«

Carola sah ihn verwundert an. Ein Mann, der sich entschuldigte! Sie nahm einen Schluck von dem blassblauen

Cocktail. Puh, war der stark! Unauffällig stellte sie das Glas ab. »Nein, ich muss nach Hause. Tut mir leid.«

Besser, sie ging, den würde sie sonst nicht mehr loswerden. Sie war nicht besonders gut darin, Männer abzuweisen, sie war eben viel zu nett und wollte niemanden verletzen.

Manuel legte den Arm um sie und fragte: »Soll ich mit zu dir kommen?«

Hä? Wieso denn das, fragte sie sich. »Nein, lass mal.« Sie wand sich, um seinen Arm abzuschütteln.

»Dann gib mir wenigstens deine Telefonnummer, das bist du mir schuldig.« Manuel musterte sie mit hochgezogener Augenbraue.

War sie das? Vielleicht, sie wusste es nicht. Also holte sie sich einen Zettel und einen Kugelschreiber von der Bar, schrieb die Nummer auf und hoffte, dass er nie, nie anrufen würde. Er sah viel zu gut aus. Und bestimmt konnte er wirklich jede haben.

2

Carola ging hocherhobenen Hauptes durch die schlecht beleuchteten Straßen der Großstadt, wartete viel zu lange an einer windigen Bushaltestelle, senkte den Blick, als sich ein finster aussehender Mann zu dicht neben sie stellte, und atmete erleichtert auf, als der Nachtbus endlich um die Ecke bog.

Hilfe! Diese Stadt war eindeutig zu groß für sie, zu groß, zu gefährlich, zu fremd. Und dann auch noch dieser Manuel, war sie es ihm wirklich schuldig gewesen, ihm ihre Telefonnummer zu geben? Warum eigentlich?

Du bist total bescheuert, dachte sie, als ihr klar wurde, worauf sie reingefallen war. Du lässt dich noch genauso einschüchtern wie als Kind, wenn du so weitermachst, wirst du in ein paar Wochen geschändet und verloren im Straßengraben liegen. Und du wirst es nicht besser verdient haben. Reiß dich zusammen, du kriegst das schon hin. Du wolltest nach Berlin, jetzt bist du in Berlin, also zieh es durch.

Sie blickte auf, dem finster aussehenden Mann, der ihr gegenübersaß, genau in die Augen. »Und du verpisst dich!«, zischte sie ihm zu.

Er verzog das Gesicht, stand auf und stieg an der nächsten Haltestelle aus. Triumphierend ballte Carola die Faust. Männer! Lächerlich, ihre Angst. Männer zogen wie kleine Kläffer sofort den Schwanz ein, wenn man ihnen nur energisch genug entgegentrat.

Als sie sich endlich in ihrem provisorischen Bett – die Wohnung war noch lange nicht behaglich eingerichtet – zurechtzukuscheln versuchte, fühlte sie sich zuversichtlich. Sie war vor Manuel geflüchtet, anstatt laut und deutlich Nein zu sagen, na und? Deshalb war sie ja in dieser Stadt und stellte sich den Herausforderungen, um selbstsicher und stark zu werden.

Es wäre so leicht gewesen, im trauten Nest zu bleiben, in einem Büro zu arbeiten und Hans, ihren verlässlichen Freund, zu heiraten. Leicht und entsetzlich langweilig. Nach ihrer soliden Ausbildung zur Buchhalterin hatte sie beschlossen, zu studieren, weil sie bei der Vorstellung, für den Rest ihres Lebens mit Zahlen zu hantieren, am liebsten auf der Stelle eine Urne bestellt hätte. Außerdem hörte sie sowieso andauernd Leuten zu, wenn diese Probleme hatten, also konnte sie genauso gut Geld damit verdienen.

»Wenn du fertig bist, bist du weit über dreißig!«, hatten ihr wohlmeinende Freunde ins Gedächtnis gerufen. »Das wirst du auch sein, aber ich habe dann Spaß, und du versauerst hier!«, hatte sie gekontert. Stimmte doch. Gab es das, sollten das Freunde sein? Wenn sie jetzt nicht ging, würde sie es mit Mitte vierzig tun, aber dann mit Scherbenhaufen, Scheidung und Karacho. Oder sie würde so werden wie ihre Mutter, die schon mit einem Ausflug in die nächstgrößere Stadt völlig überfordert war und sich tagelang in Ängsten wand. Die Arme.

Doch als sie am nächsten Morgen erwachte, überfiel Carola die Ungeborgenheit wie ein Ungeheuer, Unabhängigkeit hin oder her. Sie griff hastig zum Telefon.

Eine verschlafene Stimme meldete sich. »Ja?«

»Hallo Hans, hier ist Carola. Habe ich dich geweckt?«

»Ja, aber du darfst das. Guten Morgen, mein Mäuschen.«

»Guten Morgen. Ist das schön, deine Stimme zu hören. Ich vermisse dich unglaublich. Sag mal – willst du nicht am Wochenende kommen? Die Wohnung ist zwar noch nicht fertig, aber wenn du hier wärst, würde ich mich sofort wohlfühlen.«

Sie sah voller Hoffnung auf das Telefon, hielt es dann kopfschüttelnd wieder an ihr Ohr.

»Schatz, ich weiß es noch nicht. Ich habe vielleicht am Sonntag ein Handballspiel. Ich vermisse dich auch, aber das war uns doch klar. Sei nicht sauer.«

»Nein, natürlich nicht. Es wäre nur schön gewesen. Und wenn ich heimkomme?«

»Carola, das ist doch blöd. Ich hätte kaum Zeit für dich. Gib dir selbst eine Chance, und lebe dich erst mal ein.«

»Ja, du hast ja recht. Aber ich vermisse dich eben.« Sie verzog ihr Gesicht. War das ihre Stimme gewesen, die so traurig und bedürftig geklungen hatte?

»In zwei Wochen komme ich auf jeden Fall. Ich verspreche es dir. Und vielleicht klappt es ja doch schon nächstes Wochenende. Ich liebe dich.«

»Ich dich auch.« Es klickte.

Carola hielt das Telefon noch einige Augenblicke in der Hand. Wenn sie jetzt auch auflegte, war die Verbindung weg. Doch sie hatte ja keine Wahl.

Sie tappte in ihre Küche und setzte Kaffee auf. Zum Glück hatte sie heute viele Vorlesungen, da würde sie nicht allein sein müssen. Während der Kaffee durchlief, wusch sie die drei Tassen ab, die in der Spüle standen.

Dann nahm sie die volle Kanne, eine Tasse und eine Tüte Milch mit an ihr Bett und kuschelte sich wieder unter die Decke. Eine Schachtel Kekse lag vom Vortag noch da. Während sie Kaffee trank und Kekse aß, dachte sie an Hans, an ihre Familie und an ihre Freunde. Sie hatte sich erst vor zwei Wochen von ihnen verabschiedet, und doch fühlte sie sich, als wäre sie bereits Monate fort.

Ihre Freunde hatten sie letztlich glühend beneidet, doch als Carola sich von ihren Eltern verabschiedet hatte, hatte es sich angefühlt, als würde ein Teil ihres Herzens gewaltsam aus ihrer Brust gerissen werden. Sogar ihr Vater hatte geweint, zum ersten Mal, seit sie denken konnte. Ihre Eltern und Hans hatten sie zum Bahnhof gebracht, ihr Glück und viel Kraft gewünscht, während sie die Tränen voreinander verbargen. Carola war leblos wie eine Stoffpuppe abgefahren, abgeschnitten von sich selbst, von ihren Gefühlen, von ihrem Herzen. Anders hätte sie es nicht geschafft, sie wäre sonst aus dem Zug gesprungen und hätte sich in die Arme ihres Vaters gestürzt. Und es am nächsten Morgen bitter bereut.

Sie hatte in ihrer Heimat eine kleine Wohnung unterm Dach im Haus ihrer Eltern gehabt, sie war sehr, sehr wohlbehütet, geborgen und entsetzlich unfrei gewesen. Doch ihr hatte es gereicht, und wozu hätte sie mit ihrem lächerlichen Gehalt Miete zahlen sollen, hatten ihre Eltern zu Recht angemerkt. Und der Fairness halber musste Carola zugeben, dass sie sie vollkommen in Ruhe gelassen hatten. Und doch – wann immer sie etwas brauchte, war es im Haus, sie hatte sich nie um Toilettenpapier oder Waschmittel sorgen müssen. Ihre Wohnung war warm, trocken und sicher gewesen, ohne dass sie etwas dafür hatte tun müssen. Diese Zeiten waren nun vorbei.

Nun gut. Carola hüpfte entschlossen wieder aus dem Bett. Sie hatte es so gewollt, jetzt musste sie damit klarkommen. Und es würde sicher besser werden, wenn sie erst einige Leute kennengelernt und ihre Wohnung fertig eingerichtet hätte.

Sie sah sich um. Es war eine Einzimmerwohnung mit kleiner Küche und kleinem Bad, zweiter Hinterhof, Altbau, Ölofen, einfach verglaste Fenster. Der eigentlich sicher sehr hübsche Holzfußboden war dunkelbraun gestrichen. Vor dem Fenster stand eine riesige Kastanie – sehr schön, doch leider nahm sie ihr jeden Sonnenstrahl. Die Wohnung wirkte so trostlos, wie sie selbst sich fühlte. Eine dunkle Höhle ohne einen Funken von Geborgenheit. Doch Carola verbot sich alle negativen Gedanken. Sie würde sich nicht unterkriegen lassen. Und wenn Hans nicht käme, sollte er es eben bleiben lassen.

Sie sprang in eine Jeans, zog ein riesiges Sweatshirt darüber, huschte ins Bad, umrandete sich nach der raschen Morgentoilette die Augen mit grauem Kajal, schlüpfte in ihre Turnschuhe und rannte aus der Wohnung. Die U-Bahn-Station war zehn Gehminuten entfernt, sie musste sich sputen. Sie sauste durch die Straßen, ohne auf die schönen Häuser zu achten, sprang in ihre Linie und fuhr zur Universität. Zusammen mit Scharen von Studenten verließ sie die U-Bahn und verschmolz mit der Masse.

*

Sie hörte Psychopathologie, was sie sehr interessierte, wechselte beim Mittagessen einige Worte mit anderen Studenten, hörte nachmittags Anatomie, was sie weniger interessierte, und verließ, bis zum Rand angefüllt mit Daten und Fakten, gegen achtzehn Uhr das Gebäude.

Auf dem Nachhauseweg kaufte sie sich eine Pizza. Schließlich schloss sie ihre Wohnungstür auf – und als diese hinter ihr ins Schloss fiel, war sie der einzige Mensch auf der Welt. Sofort tippte sie mit dem Fuß die Einschalttaste ihres Fernsehers an, der auf dem Fußboden stand, und umgehend erfüllten die beruhigenden Stimmen der Darsteller einer Vorabendserie den Raum.

Carola verschlang die Pizza, riss eine Chipstüte auf, und auch diese war innerhalb von Minuten leer. Sie setzte sich vor den Fernseher, rannte in die Küche, kochte Tee, begann, einige Umzugskisten auszupacken, ließ sie nur halb geleert stehen, las etwas, duschte und sank schließlich erschöpft auf die Matratze am Boden.

Was war denn nur los? So hatte sie sich noch nie gefühlt. Zu Hause hatte sie an allem, was sie getan hatte, Spaß gehabt. Jetzt konnte sie machen, was sie wollte – sie hatte doch keine Lust dazu. Sie holte ihr Tagebuch heraus, doch nach zwei belanglosen Sätzen klappte sie es wieder zu. Wenn doch nur Hans hier wäre. Ob sie ihn noch einmal anrufen sollte? Sie wählte seine Nummer, sprach einige Worte mit seiner Mutter, die ihr erklärte, er sei mit Freunden zum Dartsspielen gegangen, und legte wieder auf.

Und so blieb sie schließlich sitzen, die Hand am Telefon, erstarrt, gefangen in der schwarzen, kalten Hölle ihrer Einsamkeit. Sie saß da, spürte nichts, atmete flach, wusste nicht, ob sie noch lebte oder schon tot war. Und es war ihr auch gleichgültig.

3

Manuel hatte fast den ganzen Tag im Bett gelegen. Sissy, die Frau, mit der er seine Nächte verbrachte, wenn er sonst niemanden kennenlernte, war längst gegangen.

Nun stand er auf und sah sich in seiner Wohnung um. Es wurde dringend Zeit aufzuräumen, Manuelles Sachen lagen noch überall herum. Angewidert nahm er ihre Strümpfe, das Kleid und die Schuhe, warf alles in den Schrank und knallte ihn zu. Ein kurzer Schreck durchfuhr ihn, als er sich ausmalte, was Sissy wohl gedacht hätte wenn sie nicht vollkommen zugekokst gewesen wäre.

Auf Sissy war Verlass, sie war immer zur Stelle, wenn er sie brauchte, doch sie lebte ihr eigenes Leben und nervte nicht. Liebe? Sicher nicht. Guter Sex? Das schon, wenn man vergaß, dass Sissy dermaßen auf Koks war, dass sie bestimmt nicht einmal mehr wusste, mit wem sie gerade vögelte.

Er vergrub sein Gesicht in den Händen. Jetzt, kurz nach dem Aufstehen, noch ungeschützt und schlaftrunken, war die einzige Zeit, in der er sich eingestehen konnte, dass er nicht glücklich war. Manuelle würde ihm für immer alles verderben.

Du bist wie ein Werwolf, dachte er, dieser Zwang, dich zu verwandeln, auch wenn du es nicht willst. Es wird nie eine Frau geben, der du dich zumuten kannst.

Und doch liebte er Manuelle, gestand er sich in ehrlichen Momenten ein, so sehr er sich selbst auch für sie verdammte. Sie war ein lebendiger, fühlender Teil seiner selbst, lebendiger und fühlender vielleicht als der Rest. Sie konnte lachen und weinen, sie konnte sich wie ein Kind im Kreis drehen und sich über Schmetterlinge freuen.

Und das war es, was er jetzt brauchte. Das und ein Frühstück. Manuel öffnete die Schranktür wieder und nahm einen BH heraus, zog ihn an, legte fast lebensecht geformte Silikonbrüste in die leeren Körbchen, schlüpfte in schwarze Seidenstrümpfe und zupfte sie mit raschen, geübten Bewegungen glatt. Er nahm ein silbergraues Samtkleid vom Bügel und spürte glücklich, wie der weiche Stoff über seinen Körper glitt. Er setzte sich vor einen Spiegel im Schlafzimmer und zog zwei dunkelgrüne Striche um seine Augen, malte sich die vollen Lippen mit pinkfarbenem Lippenstift an und blickte fasziniert in den Spiegel. Wie immer wurde sein Blick weicher, die Falten zwischen den Augenbrauen verschwanden, und die Wangen begannen rosig zu glühen – Manuelle lachte sich im Spiegel zu.

Sie ging beschwingt in die Küche, kochte Kaffee, briet Spiegeleier, röstete Toast, räumte schmutziges Geschirr in die Spülmaschine, goss den rot flammenden Rosenstrauch auf dem Balkon, ordnete hier und da ein paar Kissen, sang ein paar Takte vor sich hin und machte es sich schließlich mit ihrem Frühstück vor dem Fernseher bequem. Doch es flimmerten nur emotionale Schlammschlachten über die Mattscheibe, also schaltete sie ihn wieder aus.

Neben der Kaffeemaschine lag der Zettel mit Carolas Telefonnummer. Manuel würde sie sicher nicht anrufen, der Zauber war längst vorbei, die Magie der Nacht dahin, aber vielleicht konnte sie, Manuelle, ein bisschen mit ihr plaudern. Sie hatte ja einen ganz netten Eindruck gemacht, und dass sie nicht gleich auf Manuel reingefallen war, machte sie für Manuelle nur umso sympathischer. Sie wählte ihre Nummer.

4

Carola fuhr zusammen. Sie schrak aus ihrer tiefen Schwärze auf und hob verwirrt ab.

»Ja?« Ihr Herz raste.

»Hallo Carola, hier ist Manuelle, weißt du noch, wer ich bin?«

Carola atmete tief durch. Sie schüttelte den Kopf ein paarmal hin und her und war gleich wieder ganz die Alte. »Manuel. Natürlich weiß ich noch, wer du bist.«

Da rief er also tatsächlich an. Verdammt. Wie hatte sie nur so blöd sein können, ihm ihre Nummer zu geben? Du bist echt ein Landei, schimpfte sie sich.

»Ich wollte nur hören, was du so machst, wie es dir geht und so. Ein bisschen plaudern. Hast du Zeit?«

»Jetzt?«

»Wenn du Lust hast … ich würde dich gern ein wenig kennenlernen …«

Das klang nicht wie der Aufreißer von gestern. Warum eigentlich sollte sie nicht ein wenig reden, sie hatte sowieso nichts Besseres zu tun. Sie konnte sich auch später noch aus dem Fenster stürzen oder zwei Rollen Kekse essen. Oder beides hintereinander, wobei sie sinnigerweise mit den Keksen beginnen sollte.

Warum nicht? Weil du ihn nicht kennst, schoss es ihr durch den Kopf. Weil er ein perverser Sittlichkeitsverbrecher sein könnte. Weil du ihn vielleicht nicht mehr loswirst. Oder – noch schlimmer – weil er dich nach ein paar

Worten vielleicht furchtbar langweilig finden wird. Und – das nur am Rande – weil du ein bisschen auf ihn abfahren könntest und dich das in gewaltige Schwierigkeiten bringen würde.

»Gern. Ich hole mir nur eine Tasse Tee, warte.« Sie eilte in die Küche, wo der inzwischen kalte restliche Tee stand, und füllte ihren Lieblingsbecher – schwarz mit goldenen Sternen. Ihre Hand zitterte nur ein kleines bisschen.

Manuelle begann zu essen, während sie wartete. Carola hielt sie zwar für Manuel, aber wenigstens redete überhaupt jemand mit ihr.

»So, jetzt erzähl mal, was hast du heute so gemacht?«, fragte sie, als Carola sich zurückmeldete.

Und als bräche ein Damm, redete Carola drauflos, es war ihr plötzlich egal, wer zuhörte, und wenn es Jack the Ripper gewesen wäre. Sie erzählte von der Uni, von ihrer Heimat, ihrem langweiligen Job als Buchhalterin – Hans erwähnte sie allerdings nicht, Manuel musste schließlich nicht alles wissen –, dann beschrieb sie ihre Wohnung und sagte, dass sie noch nicht fertig eingeräumt sei.

»Und, fühlst du dich da nicht unwohl?«, fragte Manuelle.

»Natürlich ist es noch nicht so toll, aber es ist o. k. Ich wusste es ja vorher.«

»Tapfer. Aber auch wenn man etwas vorher weiß, kann es sich ziemlich schlimm anfühlen, wenn es passiert, oder?«

Jetzt wurde Carola hellhörig. Das waren vertraute Töne. »Meinst du damit etwas Bestimmtes? Kennst du das?« Sie richtete sich auf, und ihre Augen begannen zu strahlen. Jemand brauchte sie. »Nein, ich meine nur so.«

»Ach so.« Carola sank wieder in sich zusammen.

Sie schwiegen. »Was machst du denn heute Abend noch?«, brach Manuelle schließlich die Stille.

»Nix. Wohnung aufräumen. Fernsehen. Schlafen.«

»Hast du vielleicht Lust …« Manuelle unterbrach sich. Sie war plötzlich unglaublich müde, als saugte das Telefongespräch jede Energie aus ihr heraus.

»Heute nicht, ich bin wirklich müde. Tut mir leid.«

»Vielleicht ein anderes Mal?«

»Vielleicht.«

Beide legten auf, und beide hatten das Gefühl, etwas Wichtiges nicht gesagt zu haben. Aber wozu auch.

Carola nahm das Telefon gleich wieder zur Hand und wählte Hans' Nummer. Er meldete sich unwirsch.

»Ich bin's, Schatz. Ich will nur deine Stimme hören, mein Liebling. Ich vermisse dich, es wäre so schön, wenn du hier wärst.«

»Carola, nicht. Zieh doch nicht so an mir. Ich kann wirklich nicht kommen.«

Hastig trank Carola einen Schluck des kalten Tees. Ihr Magen brannte. »Ich weiß, mein Schatz, ist doch in Ordnung. Es wäre eben nur schön. Fühl dich umarmt und geküsst, wo du willst.«

Hans seufzte. Carola war so unerbittlich romantisch. Ob sie jemals daran zweifelte, dass ihre Beziehung die Distanz aushalten würde? Scheinbar nicht, sie war zärtlicher und liebevoller als je zuvor. Hoffentlich würde er ihr nicht einmal sehr wehtun müssen, hoffentlich würde auch sie bald einsehen, dass diese Beziehung keinen Sinn mehr hatte.

Vor ein paar Monaten, als er sie in der Disco seines Heimatortes über ein paar Freunde kennengelernt hatte, hatte sie ihm gleich gefallen. Sie hatte gelacht, mit allen seinen Freunden geflirtet, den ganzen Abend getanzt und ihn gekonnt ignoriert. Das hatte seinen Jagdtrieb geweckt, er hatte sie schließlich an der Bar gestellt, sie in ein Gespräch verwickelt, und als ihr Lieblingslied lief und sie dennoch bei ihm stehen blieb, wusste er, er hatte gewonnen.

Es war wie ein Spiel mit der Zeit gewesen, einen wunderbaren Frühling und einen heißen Sommer lang. Dass Carola im Herbst nach Berlin ziehen wollte, hatte ihm Sicherheit gegeben, und er war offener und verliebter gewesen als bei je einer Frau zuvor. Er hatte ihr Blumen geschenkt, sie zu nächtlichen Picknicks am See eingeladen, ihr auf seiner Gitarre vorgespielt, seinen Traum von überschwänglicher, romantischer Liebe gelebt. Sie würde ja bald wegziehen, so hatte er ihr all die Zeit gewidmet, die er hatte, seine Freunde auf den Herbst vertröstet und alles mitgenommen, was er nur von ihr hatte bekommen können. Sie hatten jede Menge Spaß zusammen gehabt, sich durch die Monate gelacht. Manchmal hatten sie sich sehr tief in die Augen geschaut, und dann hatte Carola begonnen, von einer gemeinsamen Zukunft zu sprechen. Er hatte nur genickt und sie geküsst.

Als der Moment der Abreise gekommen war, hatte er geweint, doch gleich am Nachmittag hatte er sich mit seinen Freunden getroffen. Sie hatten getrunken, gelacht, Computerspiele gespielt und sich später noch zum Handball getroffen.

Manchmal vermisste er Carola, doch er war nicht sicher, ob er wirklich sie vermisste oder überhaupt eine

Frau. Er begann, sich wieder umzuschauen, das Leben musste schließlich weitergehen.

Und nun das, sie klebte an ihm, so hatten sie das nicht vereinbart. Er fühlte sich wie ein Rettungsanker, und das hatte er niemals sein wollen. Sie war selbst schuld, dass sie sich nun einsam fühlte, sie war schließlich gegangen, rief er sich in Erinnerung, wenn ihn das schlechte Gewissen packte.

Nur manchmal, wenn er genug getrunken hatte, fragte er sich, ob er sie nicht doch liebte. Vielleicht hätte es Liebe werden können, sinnierte er dann, wenn sie ihn nicht zu ihrem Retter auserkoren hätte und er sich nicht so verdammt gefangen fühlen würde in seiner goldenen Rüstung. Er wollte ganz sicher kein Retter sein, er war lieber wie ein Krieger oder ein Narr, unabhängig und frei, der Minne zugetan, ihr aber nie verpflichtet.

Doch dann sah er wieder ihre großen grauen Augen, ihre weichen Haare, ihren weiblichen, samtigen Körper und ihr Lächeln vor sich, und eine Welle von Lust überflutete ihn. Der Sex war immer sehr gut gewesen, und sie war so lieb … Vielleicht gab es ja doch eine Chance.

»Meine süße Maus. Ich vermisse dich doch auch, und ich freue mich darauf, dich bald zu sehen. Und jetzt leg auf, richte die Wohnung schön ein, damit wir es gemütlich haben, wenn ich komme.«

Das nervt, was will ich eigentlich von ihr, dachte er verzweifelt, doch dann klingelte es an der Tür. Seine Handballfreunde kamen, um ihn abzuholen.

Carola schmiegte ihr Gesicht noch einen Moment ans Telefon, bevor auch sie auflegte. Der liebe Hans. Sie liebte ihn so sehr.

Glücklich packte sie ein paar Umzugskartons aus, räumte den Kleiderschrank ein und duschte ausgiebig. Sie aß einen Teller Gemüsesuppe, sah sich einen Film im Fernsehen an und kuschelte sich schließlich in ihre Bettwäsche aus blauem Satin. Sie genoss die seidige Kühle auf ihrer Haut. Der Mond schien durchs Fenster, und sie fühlte sich zum ersten Mal in ihrer Wohnung zu Hause.

Morgen würde sie sich um die restlichen Kisten kümmern, und die Fresserei würde jetzt auch wieder aufhören. Sonst würde sie noch dick werden, bis ihr Schatz kam, eine grauenhafte Vorstellung. Für ihn würde sie sein, was er wollte – stark, schlank, hübsch, eine unabhängige, begehrenswerte und erfolgreiche Frau.

5

Carola schlief ein und hatte einen seltsamen Traum. Sie sah, wie sie im Bett lag und schlief. Sie hörte sich atmen, sah, wie sie sich bewegte und drehte, als blickte sie von oben auf sich selbst hinunter. Eine silberne Schnur verband sie mit dem schlafenden Körper, und sie fühlte sich leicht und frei.

Eine tiefe Liebe zu diesem Erdenwesen überkam sie, aber sie sah auch die Schatten, die dieses Wesen in sich trug, riesige Angst davor, verlassen zu werden und es nicht zu schaffen. Diese Schatten waren hinter der Fassade einer tollen, witzigen, selbstständigen Frau verborgen.

Sie sah diesen Körper eingesponnen in ein Netz aus dunklen Fäden, die zu Hans reichten, zu ihren Eltern und zu vielen anderen nicht greifbaren Wesen, die alle um sie herumtanzten. Doch sie war nicht erschrocken darüber, es war, als gehörte dieses Netz dazu, und als wäre es eine wichtige Aufgabe, das Netz Stück für Stück aufzuknüpfen. Nichts Beängstigendes, einfach nur eine Aufgabe.

Sie bemerkte auf einmal, dass sie nicht allein war – viele wunderschöne, strahlende Gestalten waren mit ihr im Raum. Sie fühlte sich unendlich ruhig, geborgen und sicher. Voller Liebe und Freude sah sie sich um. Es war so, als wäre sie nach Hause gekommen, und sie entspannte sich bis in die kleinste Zelle hinein.

Schließlich sah sie sich in ihren Körper, der immer noch seelenruhig schlief, zurückkehren. Sie fühlte seine Enge, und sofort ergriff eine leichte Unruhe von ihr Besitz, die ihr aber so vertraut war, dass sie sie nach wenigen Augenblicken nicht mehr wahrnahm. Seufzend drehte sie sich um und schlief dann, das übliche konfuse Zeug träumend, bis zum nächsten Morgen durch.

*

Als sie erwachte, nahm sie ihr Tagebuch, das direkt neben dem Bett lag, um den merkwürdigen Traum aufzuschreiben, bevor Alltagsgedanken das kostbare Gespinst zerstörten. Vielleicht würde ihr die Erkenntnis über seine Bedeutung im Laufe des Tages kommen.

Doch nun hatte sie eine Menge Arbeit vor sich. Energisch sprang sie aus dem Bett. Sie hatte heute nur drei Stunden Uni, und die lagen nachmittags – davor konnte sie endlich alles einräumen und die Wohnung gemütlich machen. Wurde ja auch mal Zeit, so konnte sie wirklich niemanden einladen. Nicht dass es jemanden gegeben hätte, den sie gern bei sich gehabt hätte. Nein, sie würde es für sich tun. Und für Hans natürlich.

Carola kochte Kaffee, zog sich schnell an – Jogginghose, Sweatshirt, fertig –, holte sich eine Tasse des dampfenden Seelentrösters aus der Küche und sah sich um.

Sofort sank ihre Laune. Es war wirklich deprimierend, und vor allem hatte sie überhaupt kein Geld, um irgendetwas, was die Wohnung verschönern würde, zu besorgen. Sie hätte gern einen Teppichrest gehabt, um wenigstens die Sofaecke vom Anblick des dunkelbraunen Fußbodens zu befreien, noch lieber hätte sie ein Abschleifgerät gemietet, um die sicher wunderschöne Maserung des Holzfußbodens freizulegen. Doch das war sehr teuer, glaubte sie, und außerdem eine Heidenarbeit. Lohnte sich nicht für die paar Jahre, die sie in Berlin wohnen würde.

Rasch, bevor ihre Energie am Nullpunkt sein würde, begann sie, eine Kiste auszuräumen. Sie verstaute Bücher, CDs, einige Kleidungsstücke, die sie zum Kistenausstopfen gebraucht hatte, etliche Blumenvasen und Teedosen in ihren Regalen und Schränken. Sie stapelte die leeren Kisten im Hausflur und sah sich um. Schon besser.

Sie pinnte indische Tücher in Pink und Orange an die Wände, lehnte einen großen Spiegel dagegen und warf schwungvoll drei dicke Kissen – selbst genäht aus türkisfarbenem und goldenem Samt – davor. Das würde ihre Schminkecke sein. Sie stellte ihren Kosmetikkoffer dazu, legte die Haarbürste und ihren Haarschmuck in eine blaue Glasschale und schlug Nägel in die Wand neben dem Spiegel, um ihre Ketten und Armreifen daran aufzuhängen. Sie drapierte etwas schwarzen Tüll um den Spiegel und klemmte eine bunte Weihnachtslichterkette – der Himmel wusste, wie die in ihre Kiste gekommen war – daran. Viel besser.

Sie setzte sich im Schneidersitz vor den Spiegel und kämmte sich die Haare, um den Platz auszuprobieren. Im Licht der bunten Birnen leuchtete ihr Gesicht lebendig, und ihre Augen funkelten. Sie lächelte sich zufrieden im Spiegel zu.

»Und nun zu euch«, murmelte sie und zog eine Flasche mit einer hellen Flüssigkeit aus ihrem Schminkkoffer. Laut Hersteller vertrieb die Essenz in der Flasche unerwünschte Energien, die sich in ihrer Wohnung eingenistet hatten. Sie verrieb ein wenig Flüssigkeit zwischen ihren Händen, stand auf und ging langsam durch den Raum. »Also los, verschwindet«, sagte sie laut und kam sich nur ein bisschen merkwürdig vor. Sie schloss die Augen und öffnete sich, wie sie es in einem Kurs über Feng-Shui, die chinesische Lehre des Energieflusses, die überall boomte, gelernt hatte. Sie versuchte, die Gefühle der Vormieter, die eventuell noch in der Wohnung waren, zu spüren, klatschte in die Hände, um böse Geister zu vertreiben, und wedelte die Flüssigkeit auf ihren Händen in besonders dunkle Ecken. Nach ein paar Minuten schien ihr die Wohnung tatsächlich heller und lichter zu sein, es war, als könnte sie besser durchatmen.

Das hätte ich längst tun sollen, warum ist es mir nur nicht in den Sinn gekommen, fragte sie sich, doch sie war viel zu sehr mit ihrer Einsamkeit beschäftigt gewesen, als dass sie sich um böse Geister hätte kümmern können.

Danach hämmerte sie einen Haken in die Mitte der Zimmerdecke und hängte einen wunderschön geschliffenen Kristall daran auf. Er brach das wenige hereinfallende Licht und warf kleine Regenbogen an die Wände, bis hinein in die dunklen Ecken, die noch nie von der Sonne berührt worden waren. Sie schloss erneut die Augen, und ihre Hände begannen zu kribbeln, als flösse mehr Energie durch ihren Körper. »Und wenn ich mir das nur einbilde, ist es mir auch egal, ich finde, es fühlt sich besser an, klarer und lebendiger«, erklärte sie ihrem Spiegelbild. »Lacht nur, ich find's gut so.«

Für heute hatte sie genug getan. Rasch zog sie sich um und fuhr zur Uni.

Die drei Vorlesungsstunden vergingen wie im Flug. Sie verließ gerade das Audimax, als ihr jemand eine Hand auf die Schulter legte. Erschrocken fuhr sie herum.

»Manuel! Was machst du denn hier?«

»Das Gleiche wie du, allerdings hätte ich nicht damit gerechnet, dich in diesen Massen zu treffen.«

Carola schwieg verlegen. Mein Gott, sieht der gut aus, dachte sie und war sich schmerzlich bewusst, dass sie nur ein graues Sweatshirt und eine alte Jeans trug. Nicht einmal geschminkt war sie, von der verführerischen Hexe war nichts übrig geblieben.

»Na dann«, sagte sie leise und wollte weitergehen, doch er hielt sie auf. »He, renn doch nicht weg. Sag, wollen wir nicht irgendwo was trinken gehen? Ich fand das Gespräch mit dir gestern sehr nett.«

»Warum nicht«, erwiderte Carola.

Weil er viel zu gut aussieht, weil dir nichts einfällt, worüber du mit ihm reden könntest, weil, weil, weil …

Klappe halten, dachte sie energisch. Das ist Berlin, und du bist erwachsen und selbstsicher. Sieh es als Übungsprogramm.

Und zur Strafe würde sie jetzt noch einen draufsetzen. »Wollen wir nicht lieber zu mir gehen, ich habe alles da, Kaffee, Tee …«

Spinnst du, fragte sie sich im gleichen Augenblick. Du hast sie wirklich nicht alle!

Aber ein kleines Teufelchen in ihr war ganz versessen darauf, jemandem die Wohnung zu zeigen, die sie so schön hergerichtet hatte.

Sie will doch was, ich hab´s gewusst, dachte Manuel, und seine Augen begannen zu funkeln. Er legte den Arm um ihre Schultern. »Aber gern. Ich bin mit dem Auto da, wollen wir?«

Das ist ein Fehler, dachte Carola, ich sag's noch mal, perverser Sittlichkeitsverbrecher.

Aber jetzt war es zu spät. Verkrampft kletterte sie in Manuels Auto und hielt sich am Türgriff fest, während sie ihn zu ihrer Wohnung lotste. Dort angekommen, führte sie ihn durch die zwei Hinterhöfe, dann steckte sie einen Schlüssel ins Schloss. Er passte nicht. Nervös lachend nahm sie den richtigen. Hoffentlich gefiel es ihrem ersten Gast bei ihr!

Beide traten ein. Sie verrenkten sich, während sie ihre Jacken im engen Flur auszogen, und Carola achtete peinlich darauf, ihn nicht versehentlich zu berühren.

Manuel öffnete die Tür zum Wohn- und Schlafzimmer und sah sich um. Er erschrak, so trostlos wirkte der Raum, obwohl Carola sich wirklich alle Mühe gegeben hatte, wie er sofort bemerkte. Der Spiegel mit den bunten Lämpchen und die Tücher an den Wänden würden Manuelle gefallen, lächelte er in sich hinein. Ein Kristall, interessant. Eine Esoterikerin.

»Tee, Kaffee, Wasser – was willst du?«

»Tee bitte. Schön hast du es dir gemacht.«

Carola ging strahlend in die Küche und versuchte, den Gasherd in Gang zu setzen. Den Luxus eines Wasserkochers hatte sie in ihrer Wohnung noch nicht.

»Verdammt!«, rief sie, als der Brenner auch nach drei

Versuchen noch kein Feuer gefangen hatte. »Geh an, blödes Teil! Du nervst!«

»Komm, ich mach das.« Manuel nahm ihr die Feuerzange aus der Hand und schlug Funken, während er das Gas aufdrehte. Er wirkte dabei so männlich und souverän, als schlüge er in der Wildnis mit zwei Steinen Feuer, um das erlegte Wild zu rösten.

Carola atmete scharf ein. Er stand dicht neben ihr, sie konnte sein Rasierwasser riechen, und er duftete so ganz anders als Hans. Ihre Knie gaben nach. Sofort rückte sie ein Stück ab. Sie füllte Tee in den Teefilter und holte ihre geliebte alte weißblaue Teekanne aus dem Schrank. Ihre Großmutter hatte sie ihr geschenkt, und sie verkörperte für Carola ein Stück Heimat.

Manuel setzte sich an den kleinen Küchentisch, den Carola mit schwarzem, schwerem Samt, nicht diesem billigen Pannesamt, bedeckt hatte. Zwei goldgelbe Kerzen standen darauf, beide waren noch nie angezündet worden.

»Eine schöne Aussicht hast du.«

»Wirklich? Also ich weiß nicht ...« Sie blickte zum Fenster hinaus.

Ein Stück verwilderter Rasen, übersät von alten, zerbrochenen Gartenmöbeln, begrenzt von einer verwitterten Mauer. Die große Kastanie streckte ihre Zweige in ihr Blickfeld, und auf der Mauer saßen einige Punks, die Dosenbier tranken und ihren – Carola sah zweimal hin, aber es stimmte – Kassettenrekorder auf volle Lautstärke gestellt hatten.

»Ich glaube, es wird toll, wenn der Baum blüht. Ich bin mal gespannt, ob die Blüten rot oder weiß sind«, sagte sie, um wenigstens einen halbwegs positiven Kommentar abzugeben.

»Ich finde es wirklich idyllisch, vor allem die Punks mit ihrem Retrogerät. Gefällt mir. Passt. Irgendwie würde ich gern bei ihnen sitzen, Bier trinken und mir über nichts Gedanken machen.«

»Wer weiß, vielleicht reden sie da draußen über Dostojewski, und in den Dosen ist grüner Tee.« Carola schaute so angestrengt aus dem Fenster, als wollte sie überprüfen, ob es stimmte.

In diesem Moment fragte Manuelle in Manuels Kopf: Weißt du was? Ich finde sie wirklich süß. Ich meine, wirklich süß.

Sein Gesicht verschloss sich. Und wenn schon, klar war sie süß. Bisschen naiv vielleicht, aber süß. Doch auch sie würde schreiend davonlaufen, wenn sie Manuelle kennenlernen würde.

Das Wasser kochte. Carola goss den Tee auf, stellte die schwere Kanne auf den Tisch und holte Milch, Zucker, Kekse und Tassen. Sogar zwei Servietten legte sie dazu.

Manuel beobachtete sie. »Wollen wir eine Wette abschließen?«, fragte er plötzlich. »Wenn der Baum weiß blüht, musst du einen Abend lang machen, was ich will, und wenn er rot blüht, darfst du bestimmen. Wie findest du das? Wollen wir das machen?«

»Du planst ja weit voraus«, lachte Carola, »es ist gerade mal September. Aber wenn du unbedingt verlieren willst ... Die Kastanie hat mir allerdings schon erzählt, dass sie weiß ist. Wenn du mit mir wetten willst, musst du Rot nehmen.«

»Ist mir auch recht. Jetzt müssen wir einen Vertrag machen. Hast du was zu schreiben?«

Carola holte Papier und einen Füller – ihren Tagebuchfüller, den sie seit dem zweiten Schuljahr besaß –, und Manuel setzte einen Vertrag auf.

Hiermit bestätigen die Unterzeichnenden, dass sie folgende Wette abgeschlossen haben:

Gewonnen hat, wer die richtige Blütenfarbe der Kastanie vor Carolas Fenster errät. Carola tippt auf Weiß, Manuel tippt auf Rot. Der Verlierer muss einen Abend lang auf die Wünsche des Gewinners eingehen, sofern diese für ihn erfüllbar sind.

Manuel ____________________
Carola _____________________

Carola setzte mit ernster Miene ihre Unterschrift unter seine. Sie legte den Vertrag in ihr Tagebuch und befestigte ihn mit einem Klebstreifen. Dann zündete sie die beiden Kerzen an, die auf dem Tisch standen, und setzte sich endlich zu Manuel.

Er nahm ihre Hand. »Süß, wie du in der Küche herumwerkelst. Es ist gemütlich bei dir. Und der Tee riecht köstlich. Was ist das?«

»Erdbeer-Sahne-Tee«, erwiderte Carola und zog ihre Hand weg. Es wurde langsam Zeit zu reden.

»Ich muss dir was sagen, Manuel, auch wenn ich nicht weiß, ob es dich überhaupt interessiert und ich mich vielleicht total blamiere. Aber ich will es trotzdem sagen.« Sie verzog ihr Gesicht, als hätte sie Zahnschmerzen. »Weißt du, da, wo ich herkomme, habe ich einen Freund.«

Manuel sah sie an. »Auch gut. Kein Problem. Wir trinken einfach Tee und reden. Trotzdem finde ich dich süß. Und es ist mutig, das zu sagen.«

Sie fühlte sich also gebunden, na, wenn schon. Seit wann interessierten ihn die Freunde der Frauen, die er im Bett haben wollte?

Du bist ein heuchlerisches Arschloch, wandte Manuelle innerlich ein, weiß sie das eigentlich schon? Außerdem, Herzblatt, stimmt es nicht. Du magst sie. Du solltest Respekt vor ihr haben, sie ist zehnmal mutiger als du.

Carola atmete auf. Es war nicht peinlich, es war nur geklärt. Sie lächelte ihm zu. »Erzähl mir was von dir, was machst du sonst so, wenn du nicht in der Uni bist? Und was studierst du eigentlich?«

Manuel lachte laut auf. Was er sonst so machte, konnte er ihr wohl nicht erzählen. »Physik und Philosophie, wird dich nicht interessieren. Und ich singe in einer Band. Oder, sagen wir, ich versuche zu singen.«

Mist. Der war sicher richtig klug. Auch das noch. »Huh, beeindruckend«, sagte sie. »Und doch, das interessiert mich, alles davon. Kann ich euch mal hören?«

»Irgendwann vielleicht. Aber genug von mir, erzähl mal, was hat dich denn ausgerechnet nach Berlin verschlagen, in die gefährliche Großstadt?«

Carola stutzte. Hatte sie ihm das nicht schon erzählt? »Ich musste einfach mal raus. Weg von den Eltern und Freunden – mal sehen, wer ich bin, wenn ich das alles nicht habe«, fasste sie es noch einmal zusammen.

»Und weg von deinem Freund. Verstehe ich nicht, wenn du ihn doch liebst, warum wolltest du dann weg?«

»Gute Frage. Es hatte einfach nichts mit ihm zu tun,

verstehst du das? Ich musste raus. Aber was ist mit dir, hast du eine Freundin?«

»Nicht im herkömmlichen Sinn«, antwortete er, »aber ich habe sowieso keine Zeit für eine Beziehung.«

Carola runzelte die Stirn, diesen Spruch kannte sie zur Genüge. Dann beschloss sie, ehrlich zu sein. »Jedes Mal, wenn ich das höre, habe ich das Gefühl, das ist die Geschichte vom Fuchs und den sauren Trauben. Ich verstehe nur nicht, warum sie dir zu hoch hängen könnten.«

»Tun sie nicht, ich habe wirklich keine Zeit. Und ich stehe auch nicht auf Verpflichtungen.«

Carola schwieg. Auch das hatte sie schon zu oft gehört.

»Ich muss jetzt los«, sagte er schließlich. Er stand auf, warf sich seinen Rucksack über die Schulter und schien auf einmal die gesamte Küche auszufüllen.

»Schade für die Frau.«

»Was?« Manuel drehte sich zu Carola um.

Diese hielt den Kopf gesenkt, doch dann sah sie ihm in die Augen. »Schade für die Frau, die dich einmal nicht kriegt. Du wärst sicher ein guter Partner.«

Er hob die Augenbrauen und lächelte anzüglich. »Wie darf ich denn das verstehen?«

»Nein, nein, so habe ich das nicht gemeint, ich dachte nur, du kannst gut zuhören.« Carola machte sich an der Teekanne zu schaffen.

»Na dann. Also, mach's gut.« Manuel drehte sich um und verließ die Küche. Plötzlich war sie furchtbar leer.

»Sehen wir uns am Wochenende in der Disco?«, fragte Carola, als sie ihn zur Tür brachte.

»Ich hoffe es doch sehr«, lächelte Manuel. »Hier ist meine Nummer, ruf an, wenn du tanzen gehen willst.«

Er würde sie schon noch ins Bett bekommen, sollte Manuelle ruhig lästern. Einen Freund hatte sie. Lachhaft. Ob sie wusste, dass sie gerade mit ihm flirtete?

6

Carola ging nachdenklich in ihre Wohnung zurück. Natürlich wusste sie es. »Nicht im herkömmlichen Sinne«, wie meinte er das? Gab es nun eine Frau in Manuels Leben oder nicht? Sie konnte sich kaum vorstellen, dass er Single war.

Sie räumte den Tisch ab, spülte die Tassen und setzte sich, als es beim besten Willen nichts mehr zu tun gab, auf ihr Bett. Wieder allein. Sie fühlte sich, als stürzte sie in ein tiefes Loch hinab, das ausgefüllt war mit schwarzer Watte. Und je mehr sie zappelte, desto tiefer versank sie in dieser Schwärze.

»Verdammt noch mal!«, fluchte sie endlich. Sie hatte keine Nerven mehr für diese Warterei, beschloss sie, sie lebte ja nur noch dafür, dass Hans sie besuchen kam. Wie lange wollte sie das eigentlich aushalten? Hatte sie kein eigenes Leben? Aber was sollte sie stattdessen tun?

Deinem Herzen folgen, hörte sie eine innere Stimme flüstern.

Recht hatte sie, dachte Carola. Und was wollte noch mal ihr Herz?

Nach Hause.

Sie erschrak, das konnte nicht sein. So rasch gab sie nicht auf, sie konnte sehr wohl allein leben. Außerdem würde Hans ja bald kommen.

Und nun würde sie fernsehen, bis ihr etwas anderes einfiele, was sie gern tun würde, beschloss sie.

Der Film interessierte sie sogar, und in einer Werbepause erhitzte sie schnell den Inhalt einer Dose Ravioli. Auf einmal konnte sie den Herd wieder bedienen. Völlig bescheuert hatte sie sich vorhin angestellt, Manuel hielt sie sicher für total unfähig. Physik studierte er, aha. Kein Wunder, dass er Feuer machen konnte. Oder nee, das war Chemie. Sie nahm den Topf mit und setzte sich wieder vor den Fernseher. Die nächste Werbepause nutzte sie, um ein Brot zu streichen, und in der dritten holte sie eine Tafel Schokolade aus dem Kühlschrank.

Diese verdammten Privatsender bringen einen dazu, viel zu viel in sich hineinzustopfen, dachte sie.

Als der Film zu Ende war, sah sie auf die Uhr. Kurz vor zehn. Sollte sie vielleicht noch tanzen gehen? Sie versuchte, in sich hineinzuhorchen, um zu erfahren, was sie wollte, doch sie spürte nur dieses ziehende, lähmende Gefühl, das sie hatte, seit sie hier wohnte. Schwere in der Brust, Leere im Bauch. Es hatte nur einen Text: Leg dich ins Bett, iss was, und mach die Glotze an. Damit war jetzt Schluss. Sie würde ja wohl noch genug Energie aufbringen, um abends wegzugehen, in ihrer Heimat hatte es deshalb dauernd Krach mit den Eltern gegeben, und jetzt, wo sie machen konnte, was sie wollte, war sie zu träge.

Sie zog sich um. Zum letzten Geburtstag hatte sie sich selbst ein Lederkleid geschenkt, es aber noch nie getragen, weil sie sich damit zu aufgedonnert vorgekommen war. Doch für Berlin war es genau richtig, und sie würde es heute einweihen.

Mein Gott, war das eng! Sie bekam den Reißverschluss fast nicht mehr zu. Sie hatte wirklich zugenommen, kein

Wunder bei der Fresserei. Sie stellte sich vor den Spiegel und betrachtete sich von der Seite. Ekelerregend.

Wenn ich jetzt öfter weggehe und nicht mehr so viel esse, schaffe ich locker zwei Kilo pro Woche, dachte sie, dann kann ich, bis Hans kommt, ohne Probleme drei bis vier Kilo abnehmen.

Hastig zog sie das Kleid wieder aus. Das Bett lockte, es war bestimmt weich und kuschelig. Nichts da, beschloss sie. Sie zerrte ihre Notkombination hervor – das, was sie anzog, wenn ihr nichts anderes einfiel oder sie sich zu dick fühlte –, und als sie schließlich in schwarzen Leggings und einem bunten Kleid vor dem Spiegel stand, war das Bild beruhigend vertraut. So fett war sie ja nun auch wieder nicht. Sie schlüpfte in hochhackige Stiefel und kämmte die Haare über Kopf, warf sie zurück und war sehr zufrieden mit ihrer Mähne. Dicker grüner Kajal um die Augen, dunkler Lippenstift – fertig. Sie griff nach ihrer Handtasche, warf die Schlüssel und etwas Geld hinein und stand schließlich unschlüssig an der Tür. Wo sollte sie eigentlich hingehen? Und mit wem? Ob sie Manuel anrufen sollte?

Unter keinen Umständen, ermahnte sie sich, wie aufdringlich willst du denn noch sein?

Also das Black Panther. Vielleicht war er ja da … Nein, halt. Das Letzte, was sie brauchte, war ein Mann, der sich nicht binden wollte.

Erinnerst du dich an diesen Typen, wie hieß er noch gleich, Hans, funkte ihr auf einmal eine harsche Stimme durch den Kopf. Er liebt dich und denkt sicher gerade an dich, wenn er wüsste, dass du fremde Männer bewirtest und ihnen hinterherrennst, wäre er wohl nicht sehr glücklich. Du führst dich auf wie ein Flittchen.

Genug. Carola kannte das Gerede in ihrem Kopf zur Genüge, und sie glaubte keiner der Stimmen. Die harsche, das war ihre Mutter, ihr Text war immer langweilig und erzkonservativ. Diese Stimme war einer der Gründe, warum sie aus dem Haus ihrer Eltern geflüchtet war. Sie würde ihr keine Macht mehr geben, indem sie auf sie hörte.

Aber in einem musste sie ihr recht geben. Hans wäre sicher nicht glücklich, wenn er wüsste, was sie trieb.

Nach einer sehr anstrengenden U-Bahn-Fahrt – ein betrunkener Typ hatte sie drei Stationen lang belästigt, und sie hatte sich tapfer gewehrt – war sie endlich am Ziel.

Sie zahlte den Eintritt und betrat das Black Panther. Gleich schlugen ihr vertraute Rhythmen entgegen.

Aufseufzend begann sie zu tanzen, hier war sie richtig. Es brachte sie näher zu sich, zu Lebensfreude und Freiheit. Wenn sie tanzte, spürte sie ihren Körper, und ihr Geist wurde frei. Es war wie eine Art Meditation, sie ließ sich fallen.

Fast besser als Sex, dachte sie, während sie innerlich jauchzend auf den Boden stampfte.

Sie blickte auf – und Manuel direkt in die Augen. »Du schon wieder«, lachte sie und war froh, dass sie gut aussah.

»Ich habe gar nicht damit gerechnet, dich heute noch mal zu sehen«, sagte er ohne zu lächeln.

Er scheint ja nicht besonders erfreut darüber zu sein, dachte Carola peinlich berührt.

Und tatsächlich redete er den ganzen Abend nicht mit ihr, obwohl er ein paarmal zu ihr herübersah. Er unterhielt sich ausdauernd mit einer in schwarzen Lack gekleideten, äußerst schlanken Frau. Einmal strich sie ihm sogar übers Gesicht, das war sie bestimmt, die, mit der er nicht im herkömmlichen Sinne eine Beziehung hatte.

Wenn schon. Sie würde sich davon nicht die Laune verderben lassen, weder Hans noch er sollten so viel Einfluss auf sie haben dürfen, beschloss sie.

Ach, verdammt. Was für ein Arschloch.

Sie verließ die Disco, ohne sich noch einmal nach ihm umzudrehen, fuhr nach Hause, legte sich in ihr Bett und begann bitterlich zu weinen.

Am nächsten Nachmittag rief sie bei ihren Eltern an.

»Carola, meine Liebe! Wir haben uns Sorgen gemacht, geht es dir jetzt besser?«

Ihre Mutter. Carola hatte ihr, gleich nachdem sie eingezogen war, einen sehr ehrlichen Brief geschrieben, ihr von der Einsamkeit erzählt und davon, dass sie am liebsten nur essen und fernsehen würde. Die Mutter hatte mit einer Karte geantwortet, auf der nur »Reiß dich zusammen « gestanden hatte. Schwäche ließ sie nicht gelten.

»Ja, ich lebe mich ein.«

»Du wirst es schon schaffen. Dass es nicht leicht wird, wusstest du ja, aber du wolltest es so. Und du hast doch alles, was du brauchst, es ist Geld da, und in der Uni lernst du sicher schnell Leute kennen.«

Carola wusste, dass ihre Mutter damit versuchte, ihr Mut zu machen, und das Thema nicht weiter vertiefen wollte. Sie hasste sich selbst für ihre eigene Angst, glaubte Carola, und konnte sie bei anderen, erst recht bei ihrer Tochter, nicht ertragen.

Nach einigen weiteren Sätzen – sie sprachen kurz über die Uni und die neuesten Familiengeschichten – meinte ihre Mutter: »Hast du eigentlich unsere Briefe schon bekommen? Soweit ich weiß, hat dir auch dein Vater einen geschrieben.«

Sie verabschiedeten sich voneinander, und Carola rannte zum Briefkasten. Tatsächlich, da lagen zwei – nein, sogar drei Briefe! Auch ihre Freundin Sabine hatte sich gemeldet, per Brief statt per E-Mail, das hatten sie vereinbart. Damit sie etwas voneinander in der Hand hielten.

Hocherfreut stürzte sie wieder in ihre Wohnung und setzte Teewasser auf. Sie würde diese Briefe genießen und sie ganz langsam und gemütlich bei Tee und Kerzenlicht lesen.

Ungeduldig wartete sie darauf, dass das Wasser kochte. Endlich brühte sie den Tee auf, setzte sich und öffnete den obersten Brief. Es war der von ihrer Freundin, sie schrieb, wie sehr sie Carola vermisste und dass sie sie bald besuchen kommen wollte. Der Rest – etwa drei Seiten – bestand aus Geschichten von gemeinsamen Freunden und ihrem üblichen Gejammer wegen ihres Freundes, der sie zum fünften Mal betrogen hatte.

»Ich sehne mich so sehr nach einem Kind, das ist ganz plötzlich entstanden, ich glaube, alles was ich wollte, war ein Kind, deshalb bleibe ich bei ihm«, schrieb sie, und Carola griff zum Telefon, doch sie legte wieder auf, ohne zu wählen.

Sabine. Ein weiterer Grund, nach Berlin zu flüchten. Sie hatte es nicht mehr hören können, was Sabine ihr fast jeden Tag ins Ohr geklagt hatte. Vor allem änderte sie nie etwas, es war, als fühlte sie sich wohl in ihrer Opferrolle, hatte Carola oft gedacht. Gesagt hatte sie es nie. Doch jetzt, durch die Entfernung, fühlte Carola wieder Wärme und Verständnis für Sabine, wie zu Beginn ihrer Freundschaft. Gleich morgen würde sie ihr antworten.

Der nächste Brief. Von ihrem Vater. Als sie den Umschlag öffnete, hatte sie feuchte Augen. Wie sehr sie ihn vermisste. Bei ihm fühlte sie sich immer aufgehoben und verstanden, auch wenn er selten Zeit für sie hatte. Und als sie seinen Brief las, liefen ihr vor Heimweh Tränen über die Wangen. An einigen Stellen musste sie lächeln – typisch, wie er sie ermahnte, nicht zu spät ins Bett zu gehen. Aber er entschuldigte sich im nächsten Satz dafür und versprach, sich immer daran zu erinnern, dass sie jetzt erwachsen und für sich selbst verantwortlich sei.

Sie legte seinen Brief schweren Herzens beiseite und öffnete nervös den dritten. Hoffentlich war es keine Litanei über das, was sie sollte, und das, was sie nicht sollte.

Liebste Carola,

wir haben dich zum Studieren nach Berlin geschickt, weil wir wissen, du schaffst es. Glaubst du wirklich, wir hätten dir erlaubt, in diese riesige Stadt zu ziehen, wo es von Drogen und anderen Gefahren nur so wimmelt, wenn wir nicht wüssten, wie stark du bist? Ich habe volles Vertrauen in dich, ich weiß, du wirst es einmal besser machen als ich.

Schau nicht so ungläubig, mir ist sehr bewusst, dass ich kein gutes Vorbild bin. Du weißt, meine Eltern mussten in der Zeit des Krieges mit ihren Eltern flüchten, als sie klein waren, und dieses Leid haben sie mir immer wieder unter die Nase gehalten. Daran hatte ich schwer zu tragen.

Du, mein Schatz, hast diese Entschuldigung nicht. Du kommst aus einem gesunden, stabilen Elternhaus, es gibt keinen Grund, warum du versagen solltest. Wir erwarten von dir, dass du dich wieder fängst oder, wenn du tatsächlich nicht klarkommen solltest, um Hilfe bittest. Du weißt, wir sind immer für dich da, wenn wirklich Not am Mann ist, mein Schatz.

Ich hab dich lieb,
Mama

Carola seufzte. Was sollte sie darüber nun denken? »Erlaubt«, nun, sie war längst erwachsen, aber wäre sie tatsächlich ohne den Segen ihrer Eltern gegangen? Eher nicht, dachte sie und verzog das Gesicht. Was war sie denn, ein Kind? Es wurde wirklich Zeit, dass sie ihr eigenes Leben lebte und die Verantwortung dafür auch trug.

Selbstverständlich glaubten ihre Eltern, für sie da zu sein, wenn sie sie wirklich brauchte, aber darüber, was »Not am Mann« bedeutete, gab es sehr unterschiedliche Meinungen. Bei äußeren, allgemein anerkannten Katastrophen, war sie absolut sicher, würden sie zur Stelle sein. Aber mit inneren Schwierigkeiten musste man ihrer Erfahrung nach allein klarkommen. Und vielleicht war das auch richtig, ihre Freundin Sabine war ein leuchtendes Vorbild dafür, wie man seine Umwelt mit inneren Katastrophen terrorisieren konnte.

Plötzlich fühlte sie sich furchtbar einsam, doch sie schüttelte dieses Gefühl rasch wieder ab. Sie war ja nicht wirklich allein. Sie goss sich eine weitere Tasse Tee ein und rief Hans an. Niemand hob ab, nicht einmal der

Anrufbeantworter ging dran. Wenn sie ihn mal wirklich brauchte …

Sie suchte nach dem kleinen Zettel und wählte Manuels Nummer. Erschrocken legte sie auf, als er sich meldete. Also doch der Brief an Sabine. Sie holte mit bunten Blumen bedrucktes Briefpapier, kaute an ihrem Füller, schrieb einen Satz, strich ihn wieder durch.

Langweilig war ihr. Und leer fühlte sie sich. Sie öffnete eine Dose Ravioli und erhitzte den Inhalt, ohne wirklich wahrzunehmen, was sie tat. Den Topf nahm sie mit in ihr Bett und schaltete den Fernseher ein. Versonnen aß sie den Topf leer und wärmte dann eine weitere Portion auf. Wie viele Dosen hatte sie denn nur im Schrank stehen, genug für eine Orgie? Ab morgen würde sie nur noch Salat kaufen.

Sie starrte wie hypnotisiert auf den Bildschirm, während sie die Ravioli in sich hineinschob, Stück für Stück, über den Schmerz, die Enttäuschung und die Angst, bis ihr Magen den leeren Platz im Bauch und im Herzen ausfüllte. Empfindungslos schaute sie sich eine Serie an, die Nachrichten, den Krimi – schließlich ließ die Betäubung nach.

Sie zündete eine Kerze an, setzte sich davor und starrte in die Flamme. Was war nur los? Essen war auf einmal wie ein innerer Zwang, sie konnte es einfach nicht lassen. Zu Hause hatte sie vielleicht ab und zu ein wenig mehr zu sich genommen, als sie gebraucht hatte, doch in einem, wie sie glaubte, normalen Rahmen. Jeder hatte solche Phasen, ihre Freundinnen hatten andauernd darüber geklagt. Aber hier schien ihr Appetit plötzlich wie ein wild gewordenes Pferd mit ihr durchzugehen. Ob sie an einer Schilddrüsenerkrankung litt? Irgendwo hatte sie gehört, dass man, wenn der Körper zu wenig Schilddrüsenhormone bildete, dauernd Appetit verspürte, ohne wirklich hungrig zu sein. Gleich morgen würde sie zu einem Arzt gehen.

Beruhigt und erleichtert darüber, eine Lösung gefunden zu haben, schlief sie ein.

7

Der Arztbesuch verlief ernüchternd. Ein großer, dicklicher Mann saß hinter dem Schreibtisch und betrachtete sie kühl. »Wenn Sie das Gefühl haben, dass Sie zu viel essen, dann lassen Sie abends eben mal die Pizza weg. Wir werden Ihre Blutwerte noch untersuchen, aber ich sehe keine Vergrößerung Ihrer Schilddrüse, die auf eine Fehlfunktion hinweisen würde. Sie sind eben keine Barbiepuppe. Männer wollen das auch gar nicht, seien Sie froh, dass an Ihnen etwas dran ist!«

Carola war so schockiert, dass sie nichts darauf erwidern konnte, sondern nur stumm die Praxis verließ.

Auf dem Heimweg kamen ihr Zweifel. Vielleicht hatte er recht, es hörte sich jedenfalls nicht viel anders an als das, was ihr Vater immer gesagt hatte, wenn sie über Figurprobleme geklagt hatte. Also sollte sie wirklich einfach weniger essen. Wenn sie nur wüsste, wie.

Als sie am Nachmittag Christine, einer Frau, die in der Uni öfter neben ihr saß, von dem Arztbesuch erzählte, flippte die allerdings völlig aus.

»Das hast du dir bieten lassen? Du hättest den anzeigen müssen! So was brauchst du dir doch nicht anzuhören! Auf solche Sprüche können wir Frauen wirklich verzichten. Ich hätte den zusammengeschissen!«

»Jetzt reg dich doch nicht so auf«, sagte Carola. »Vielleicht stimmt´s ja.«

Christine sah sie an. »Und wieso isst du zu viel, wenn das wirklich so ist? Hat er dich das mal gefragt?«

»Ist Einsamkeit ein Grund, zu essen?« fragte Carola.

»Wenn du es gewohnt bist, deine Gefühle mit Essen zuzuschaufeln, dann schon.«

»Nein, das mache ich nicht. Ich kriege schon mit, wie es mir geht.«

Carola wandte sich ab und dem Professor zu, der über Psychosomatik referierte. Gefühle mit Essen verdrängen, das ging nun wirklich zu weit. Ein solches Weichei war sie nicht.

Oder etwa doch? Wenn das so wäre, dann wäre sie noch schlimmer als ihre Mutter, denn die hielt ihre Angst wenigstens aus. Ihr Kiefer verkrampfte sich.

Und zu allem Überfluss der Text von dem Idioten da vorn, dachte sie. Er erzählte etwas von Verdrängung und davon, dass alle Gefühle, die man nicht auslebte, im Körper gespeichert würden. Dort würden sie so lange Symptome verursachen, bis man sich wirklich damit befasste.

So einen Schwachsinn hatte sie noch nie gehört. Sie kam mit ihren Gefühlen sehr gut zurecht, indem sie sich über die Ursache klar wurde, danke. Man musste nicht alles ausleben, wo käme man denn sonst hin? Wenn jeder all seine Gefühle auslebte, gäbe es noch mehr Mord und Totschlag als jetzt.

Konnte sein, dass man durch Stress krank werden konnte, sogar Krebs sollte man davon bekommen können, o. k. Aber dieser Typ ging entschieden zu weit. Man konnte einfach nicht immer auf seine Gefühle achten, manchmal hatten sie eben keinen Platz, und sie mussten kontrolliert werden. So, wie jetzt. Sie war traurig und einsam und sie vermisste Hans und sie wusste nicht, wie sie weniger essen konnte. Sollte sie etwa im vollen Hörsaal losheulen?

Endlich war die Vorlesung zu Ende. Sie brauchte jetzt dringend einen Kaffee. Christine begleitete sie in die Cafeteria.

»Was ist denn los? Du wirkst, als würdest du gleich platzen!«

»Ach, das ganze Gelaber von Verdrängung und körperlichen Symptomen, weil Gefühle gespeichert sind. Das kann ja sein, aber wenn ich bewusst mit mir umgehe, passiert das doch gar nicht.«

»Muss ja auch nicht, aber wer geht schon bewusst mit seinen Gefühlen um? Und was heißt das eigentlich?«

»Na ja, halt herausfinden, warum es so ist, oder?«

Es war ein rhetorisches »Oder«, Carola erwartete keine Antwort. Umso erstaunter war sie, als Christine widersprach.

»Dann hast du zwar die Ursache, aber deshalb ist ja das Gefühl nicht weg. Ich glaube, alles, was man mit seinen Gefühlen tun sollte, ist, sie zu spüren. Weinen, wenn du traurig bist, schreien, wenn du wütend bist, und so weiter – einfach das tun, was man gerade tun will.«

Carola schwieg eine Weile. »Ich glaube nicht, dass man es sich so leicht machen kann«, meinte sie schließlich.

»Das findest du leicht?« Christine lachte sie aus. »Folge mal für eine Minute deinen Impulsen, genau dem, was du gerade tun willst, dann bemerkst du, wie du dich permanent unter Kontrolle hältst.«

»Aber was ist mit Bewusstsein, mit Ursachen für Gefühle und so weiter?«

»Alles Quatsch. Nur ein Mittel mehr, sie nicht zu spüren, glaub mir.«

Nun, sie würde nicht auf Christine hören, beschloss Carola. Sie war schließlich kein Baby, das weinen konnte, wenn es müde war, schreien, wenn es sich einsam fühlte, und leise vor sich hin gluckste, wenn es satt und zufrieden war.

»Und wozu studierst du dann Psychologie, wenn es sowieso egal ist?«, fragte sie.

»Um meine These zu untermauern, warum sonst? Warte, ich zeig dir, wie schwer es ist. Gleich wirst du vor Peinlichkeit im Boden versinken.«

Christine streckte plötzlich ihre Zunge heraus und rümpfte die Nase, als ein äußerst arrogant wirkender Professor vorbeikam, sie grinste hinter ihm her und ahmte seinen Gesichtsausdruck nach. Dann reckte sie sich, streckte sich so weit, dass sie fast hintenüberfiel, hob die Arme über den Kopf und gähnte laut. Sie stand auf, schüttelte ihre Arme und Beine, griff Carola in den Nacken, zog sie zu sich heran und küsste sie mitten auf den Mund.

Lächelnd setzte sie sich wieder, schlug die Beine übereinander und rührte in ihrer Tasse. »Na?«, fragte sie.

Carola traute sich kaum, sie anzublicken, zu gern hätte sie sich über den Mund gewischt.

»Das waren deine Impulse?«

»Jeder Teil davon.« Christine trank einen Schluck Kaffee.

»Aber ist es dann nicht geradezu lebensnotwendig, sich zu kontrollieren? Du könntest für die Nummer mit dem Professor von der Uni fliegen!«

»Tja, so ist das eben«, sagte Christine und stand auf. Sie nahm ihre Tasche und wandte sich zum Gehen. »Wenn du lebendig sein willst, musst du was riskieren. Was bist du bereit zu geben, fragt dich das Leben jeden Tag. Lebendig sein ist nun mal anstrengend und aufregend. Angst haben, sich verkriechen und sich kontrollieren kann jeder. Und wenn wir schon bei Risiko sind – ich steh auf dich. Wenn du mal Lust auf einen erotischen Abend hast, sag's mir. Ich habe eine Freundin, wir können also auch zu dritt sein.«

Carola blickte ihr ungläubig nach. Die war doch nicht ganz dicht, was glaubte sie eigentlich, wer sie war? Nichts als eine durchgeknallte Lesbe. Widerlich. Eine Frau im Bett war etwa das Letzte, was sie brauchte.

8

Manuel saß mit seinen Freunden im Schloßkeller und trank ein Bier nach dem anderen. Er hasste sich selbst dafür, wie er Carola am Abend zuvor ignoriert hatte. Aber, verdammt noch mal, er hatte wirklich nicht damit gerechnet, sie zu sehen, sonst hätte er sich bestimmt nicht mit Sissy verabredet.

Und wenn du dich irrst, wenn es doch irgendwo eine Frau gibt, die dich so lieben kann, wie du bist, alles inklusive, hatte Manuelle zu fragen gewagt, als er Carolas Wohnung verlassen hatte. Erschrocken hatte er ihr den Mund verboten und Sissy angerufen. Er brauchte sie, sie rückte seine Welt zurecht. Nach einer Nacht mit ihr wusste er wieder, was er wollte. Und besonders, was er auf keinen Fall wollte, nämlich eine Frau, die den ganzen Tag bei ihm herumhing und ihm auf die Nerven ging.

Micha rempelte ihn an. »So schweigsam heute?«

»Mir geht einiges im Kopf rum.«

»Komm, trink noch ein Bier!« Micha stieß sein Glas gegen Manuels.

Dieser trank seines in wenigen Zügen leer und bestellte gleich Nachschub. Er sah in die Gesichter der Menschen, mit denen er Bier trank, Musik machte und überhaupt eine Menge Zeit verbrachte. Was wusste er eigentlich von ihnen? So gut wie nichts.

Zum Beispiel Micha. Er hatte vor einem halben Jahr eine sehr schmerzhafte Trennung erlebt, kurz hatte er es erwähnt. Seine genauen Worte waren: »Gestern ist die Schlampe zu ihrem neuen Typen abgehauen.« Dann hatte er sich wort- und sinnlos betrunken. Er, Manuel, hatte damals genauso reagiert wie Micha vor ein paar Minuten. Er hatte mit ihm angestoßen. Er hatte nicht gefragt, wie es ihm ging und ob er einen Zuhörer brauchte.

Aber waren Männer nicht so? Männer spürten sich selbst und den anderen über die gemeinsame Handlung, das war bekannt, über das, was sie gemeinsam taten, selbst wenn sie dabei nicht redeten. Frauen dagegen spürten sich selbst und sich gegenseitig über das Teilen von Gefühlen, das Erkunden des Innersten. Männer lebten durch die Handlung, Frauen lebten durch ihr Innerstes, durch das, was sie in sich nährten und hüteten. So war es doch, oder?

Und doch, einfach ein Bier zusammen zu trinken war sehr wenig Reaktion. Carolas Freundschaften waren sicher ganz anders. Und plötzlich beneidete er Hans glühend. Diese Erkenntnis warf ihn fast vom Barhocker. Er musste raus hier.

»Ich hau ab, ich ruf dich mal an, Micha, wenn's dir recht ist.«

»Du bist immer willkommen.«

Manuel verließ den Schloßkeller und registrierte gewohnheitsmäßig, wie viele Frauen ihm sehnsüchtig nachblickten. Doch zum ersten Mal ließ ihn das kalt.

Auch Micha sah ihm nachdenklich nach. Ich traue dir nicht, dachte er, du verbirgst etwas, und das schon lange. Und ich bin immer noch sauer. Ich hätte dich damals wirklich gebraucht. Nie würde er das laut sagen. Michas Angst, an Manuels Eisschicht abzuprallen, war größer als sein Wunsch nach einer engeren Freundschaft. Micha konnte es sich kaum eingestehen, doch er hatte tatsächlich schon mehrere Male von ihm geträumt. Allerdings hatte Manuel Frauenkleider getragen und irgendwie weiblicher gewirkt, eher wie eine Zwillingsschwester. Doch er hatte ihn Manuel genannt.

Nun war er also gegangen, schade. Micha bestellte ein weiteres Bier und wandte sich wieder den anderen zu.

*

Manuel fuhr nach Hause, er fühlte sich beschissen. Er riss sich die Kleidung vom Leib und ließ ein nach Honig und Vanille duftendes Bad ein. Immer wenn er mit seinem Leben nicht zurechtkam, flüchtete er in seine weibliche Seite, bemerkte er, doch warum auch nicht. Besser als zu saufen oder sich ungesundes Zeug in die Venen zu spritzen. Näher wollte er sich nicht damit befassen, und er wehrte auch in den Internetforen, die er besuchte, jeden Versuch einer tiefsinnigen Erklärung für Manuelle barsch ab.

Es war, als würde er sie verraten, wenn er nach einer psychologischen Ursache für sie forschte, sie war da, ein Teil von ihm, sie brauchte keine Rechtfertigung. Wenn er sie nicht ertrug, wenn er keine Möglichkeit fand, mit ihr zu leben, dann war das sein Problem, nicht Manuelles. Eine feste Beziehung mit einer Frau? Er hatte schon eine, danke. Gebundener als er konnte man gar nicht sein.

Als Manuelle im warmen, cremigen Wasser lag, seufzte sie wohlig auf. Sie wusch ihre Haare, massierte sich eine Haarkur ein und entspannte sich, während diese ihre Wirkstoffe entfaltete.

Carola. Manuel machte sich viel zu viele Gedanken, dachte sie. Wenn er nur lernen würde, ein bisschen weicher und entspannter zu sein, hätte er schon eine Menge gewonnen. Vor lauter Angst, weiblich zu wirken, hatte er ein Gehabe drauf, das sie, Manuelle, unmöglich fand. All der Sex mit all den Frauen, das war ziemlich süchtig. Aber das war seine Sache. Sie wohnte zwar in diesem Körper, aber es war sein Leben.

Nach einer Weile spülte sie ihre Haare sorgfältig aus, duschte sich den Schaum vom Körper und stieg aus der Wanne. Sie trocknete sich ab und cremte sich mit der zum Badezusatz passenden Bodylotion ein. Dann hüllte sie sich in ein Seidennegligé und kochte Tee.

Als sie entspannt und warm mit ihrer vollen Tasse auf ihrer Couch saß, nahm sie ein Blatt Papier und einen Stift.

When I look in the mirror
Wenn ich in den Spiegel sehe, schrieb sie,
I see someone strange
Sehe ich jemand Fremden
I know he is me
Ich weiß, er ist ich
I know she is me
Ich weiß, sie ist ich
But who am I?
Aber wer bin ich?

How to find my soul
Wie finde ich meine Seele
And how to reach my heart
wie erreiche ich mein Herz

When even I don't know
Wenn nicht einmal ich weiß
Who I am?
Wer ich bin?

How can I ever learn
Wie kann ich jemals lernen
To be a friend
Ein Freund zu sein
When even I don´t know
Wenn nicht einmal ich weiß
Who – who the hell
Wer – wer zur Hölle
I am?
Ich bin?

If there is anybody who knows what I mean
Falls da jemand ist, der weiß, was ich meine
And if there is anyone who knows ´bout what I dream
Und falls da jemand ist, der weiß, wovon ich träume
If there is anybody who feels with me
Falls da jemand ist, der mit mir fühlt
And if there is anyone who cares for me
Und falls da jemand ist, der sich um mich sorgt

I pray
Bete ich
Open your arms and hold me tight
Öffne deine Arme, und halte mich fest
And then, in the end,
Und dann, am Ende

I'll see the light.
Werde ich das Licht sehen.

Sie legte den Stift nieder. Manuel würde diesen Text nie singen, viel zu kitschig, dachte sie, aber so fühlte sie sich nun mal.

Dann begann sie, das Abendessen zu kochen. Während sie Gemüse und Pilze klein schnitt, überlegte Manuelle, wie sie den Abend verbringen wollte. Die freie Auswahl hatte sie nicht. Sie konnte fernsehen, DVDs schauen, Musik machen oder hören, Wein trinken, lesen, Modenschau spielen – aber immer allein und immer hier in der Wohnung. Sie seufzte. Wenn sie nicht bald einen Ausweg fände, würde sie noch verrückt werden. Sie wäre zu gern zu diesem Ball gegangen und hätte all die anderen aus dem Internetchat kennengelernt.

Während das Gemüse vor sich hin schmorte, kämmte sie im Schlafzimmer ihre noch feuchten Haare. Wie gern würde sie einmal eine andere Frisur tragen als das ewige Lang-und-Glatt, aber Manuel war dagegen. Er könnte nicht mit Locken in die Uni gehen, war sein Argument. Das war doch albern.

Sie zog sich an. Büstenhalter, Silikonbrüste – auf die sie wirklich stolz war, denn sie sahen aus wie echt und fühlten sich auch so an –, ihr vertrautes silbergraues Samtkleid. Bequem und erotisch zugleich, das liebte sie. Leider sah es keiner …

Sie schlug mit der Faust aufs Bett. Nun war es genug. Ja, keiner kannte sie. Ja, niemand redete mit ihr, und, auch ja, sie war allein. Aber nein, sie war nicht dazu verdammt, es für immer zu sein. Sie könnte in einen der vielen Clubs gehen. Sie bräuchte nur einen kleinen Anruf zu machen, sofort hätte sie die Adresse einer Selbsthilfegruppe. Es gab genug Möglichkeiten. Sie könnte sogar als Manuel aus dem Haus gehen und sich dort, wo immer sie hingehen würde, umziehen. Es gab also keinen Grund zu jammern. Andere gingen auch vor die Tür.

Sie blickte in den Spiegel. Ich geh jetzt raus, beschloss sie. Sie warf nervös Dinge, die sie nicht brauchte, in ihre Handtasche, schaltete den Herd aus, nahm die Jacke und die Schlüssel. Sie öffnete die Tür – und schlug sie gleich wieder zu. War sie denn noch zu retten? Wenn jemand sie sähe! Mit zitternden Knien setzte sie sich hin und beruhigte sich langsam wieder. Hilfe, dachte sie. Sie wählte Michas Nummer.

»Ja?«

»Manuel hier.«

»Hey! Schön, dass du anrufst. Was gibt's?«

»Ich brauche deine Hilfe. Und ich wollte dich fragen, wie es dir geht nach deiner Trennung.«

Tiefe Freude stieg in Micha auf. »Gut, unterdessen. Wir hatten irgendwie nie die Gelegenheit, darüber zu reden, du und ich.«

»Das lag an mir, und es tut mir leid.«

»Nein, es lag an uns allen. Wir tun das nicht, über Dinge reden, das ist nun mal so«, sagte Micha. »Was ist denn los, Manuel? Wollen wir was trinken gehen?«

Wieder umziehen, Bier trinken müssen, um cool zu wirken, ein richtiger Mann sein …

»Sehr gern. In einer halben Stunde an der Ecke?«

Im verqualmten Raucherbereich der Kneipe – ein Tribut an Micha – fasste Manuel sich ein Herz.

»Ich will dir noch mal sagen, es interessiert mich, was mit dir ist. Wenn du jetzt darüber reden willst, höre ich dir gern zu.«

»Darf ich mal dich was fragen? Hast du Weichspüler geschluckt, Mann?«, sagte Micha.

»Scheint so, was? Fuck, Micha, ich glaub, ich hab mich verliebt. Ist überhaupt nicht meine Art.« Manuel atmete scharf ein, als er sich reden hörte. Verdammt. Es stimmte.

»Und? Will sie dich auch?«

»Ich weiß nicht, ich glaub nicht, aber das ist nicht der Punkt.«

»Wenn nicht der Punkt ist, dass sie dich nicht will, was denn dann?«

Micha winkte der Bedienung, sah Manuel prüfend und trotzig zugleich an und bestellte ein Glas Wasser.

»Genug gesoffen«, meinte er.

»Für mich 'ne Cola«, erwiderte Manuel.

»Also, wie soll ich das erklären? Der Punkt ist, ich kann keine feste Beziehung haben. Ich meine, sie will ja sowieso nicht, sie hat einen Freund, aber dass ich überhaupt solche Gefühle für eine Frau habe, das ist echt krass.«

»Du warst noch nie in eine Frau verliebt? Das gibt's doch gar nicht. Du kannst doch wirklich alle haben.«

»Nun, die wohl nicht«, sagte Manuel. »Es gibt was, was du nicht weißt – und ich werde auch nicht drüber reden –, aber ich kann wirklich keine Beziehung haben. Also verliebe ich mich erst gar nicht.«

»O. k. Nehmen wir mal an, es stimmt, was du sagst,

warum auch immer. Dann ist allerdings sehr klar, warum du dich ausgerechnet in diese Frau verliebst.«

»Ist es das?«

»Natürlich.« Micha zündete eine Zigarette an und klemmte sie sich in den Mundwinkel. Er blinzelte durch den aufsteigenden Rauch. »Wenn du nicht in der Lage bist, eine Beziehung zu führen, ist eine Frau, die schon eine hat, ideal für dich. Sie ist sicher, verstehst du, sie wird dich nicht in Schwierigkeiten bringen, weil sie nicht verfügbar ist.« Er zog triumphierend an seiner Zigarette.

»Wow, du bist echt gut«, sagte Manuel. »Kann sein, ja. Vielleicht würde ich sofort einen Rückzieher machen, wenn sie Ja sagen würde. Woher weißt du das?«

»Habe ich heute in einer Vorlesung gehört. Ich dachte, es wäre ziemlicher Schwachsinn, Stoff für Durchgeknallte, aber es scheint zu stimmen.«

Manuel grinste ihn an. »Arschloch«, sagte er.

»Stets zu Diensten«, erwiderte Micha.

Als Manuel am nächsten Morgen erwachte, fühlte er sich leicht und frei. Er war Micha einen entscheidenden Schritt nähergekommen, und es fühlte sich toll an, einen Freund zu haben. Geborgener. Wärmer. Und er fühlte sich glücklicher. Und vielleicht würde Micha doch eines Tages von Manuelle erfahren, überlegte Manuel hoffnungsvoll. Er oder ein anderer – das Versteckspiel würde auf jeden Fall irgendwann aufhören.

Doch als er abends wieder allein vor dem Fernseher saß, war dieses Gefühl weit, weit weg. Wie konnte er sicher sein, dass Micha ihn verstand und ihn nicht in Grund und Boden verdammte? Sich schaudernd abwandte?

Solange Manuel nicht ganz genau wusste, dass er nicht abgelehnt werden würde, würde niemand Manuelle zu Gesicht bekommen. Aber wie konnte er sicher sein? Er wusste es nicht, und die Angst schwappte über ihm zusammen, als wollte sie ihn begrüßend in die Arme nehmen: Na, hast du dich gut amüsiert bei deinem Ausflug? Aber du weißt, das ist nicht die wirkliche Welt. Bei mir bist du sicher. Lass es nicht zu, dass man dich verletzt.

Sicher? Ja. Glücklich? Nein.

Oder war es vielleicht doch besser, zwar allein, dafür aber nicht angreifbar zu sein? Worum ging es eigentlich wirklich, fragte er sich. Er war nicht feige. Er hatte einiges in seinem Leben gemeistert, nie hatte er gekniffen. Warum war es ihm nicht möglich, sich als Manuelle zu zeigen? Warum hatte er das Gefühl, er würde sterben, wenn er sie dem Urteil der Welt aussetzte? In anderen Lebensbereichen konnte er sich sehr wohl zeigen, selbst wenn er auf Ablehnung stieß, er stand trotzig und sehr klar zu dem, was er wollte. Er war ein Mann, verdammt noch mal, er würde doch wohl dieses bisschen Mut aufbringen können?

Er hatte alles, was Manuelle brauchte, und es war ihm bewusst, wie groß dieses Geschenk war. Er sah gut aus, hatte ein regelmäßiges, gut zu schminkendes Gesicht, lange, volle Haare, er war zwar groß, aber nicht übermäßig breit gebaut und konnte sehr gut als Frau durchgehen, wenn er sich entsprechend kleidete. Er war weit entfernt von der Witzfigur, die er auf keinen Fall sein wollte, das wusste er.

Andere Männer, die weitaus weniger Glück hatten, zwängten ihren Bierbauch in enge Röcke und liefen mit

Perücken, die eher an Wischmopps erinnerten, durch Berlins Straßen, und doch strahlten sie eine Form der Würde aus, die sie unantastbar machte. Es gab keinen vernünftigen Grund, sich so sehr zu verstecken, nicht in dieser Stadt. Und doch war es undenkbar, sich als das zu zeigen, was er war. Einfach undenkbar. Warum auch immer. Letztlich spielte es wirklich keine Rolle, es war eben so.

Ob er mit Carola darüber reden sollte, um zu hören, was sie darüber dachte? Natürlich nur im Allgemeinen. Er griff zum Hörer und wählte ihre Nummer. Besetzt. Wahrscheinlich Hans. Dann eben nicht, war auch besser so.

Manuel nahm sich ein Bier aus dem Kühlschrank und setzte sich an das Fenster in der Küche. Das alles war nicht gut, gar nicht gut.

Ich verliere die Kontrolle über mein Leben, dachte er, während er in die sich im Wind wiegende Trauerweide vor seinem Fenster schaute. Sie wirkte so leicht, so frei und war dennoch so fest in der Erde verwurzelt. Oder konnte sie sich überhaupt nur deshalb dem Wind hingeben, weil sie einen so stabilen Halt hatte?

Er nahm einen großen Schluck. Halt. Was genau gab ihm eigentlich Halt? Da war der finanzielle Halt durch seine Großmutter, die ihm das Haus, in dem er eine Wohnung bewohnte, vererbt hatte. Das war wichtig, aber nicht genug. Im Gegenteil, dachte er, wenn er sich schon in dem begnadeten Zustand befand, keine Geldsorgen zu haben, fühlte er sich erst recht verpflichtet, etwas aus seinem Leben zu machen. Was immer das bedeutete. Da war seine Band, seine Musik. Er schrieb seine Texte und die Gesangslinie selbst, konnte seine Gefühle in der Musik ausdrücken, so gut das eben möglich war und so gut er sie anderen überhaupt zeigen wollte.

Aber gab die Musik ihm Halt, ein Gefühl von Verwurzelung? Ja. Er verwurzelte sich in sich selbst, wenn er sang, er spürte sich, seinen Körper, seine Gefühle.

Seine Gefühle. Manuel holte sich eine weitere Flasche Bier. Diese verdammten Gefühle. Was wollte er bloß von Carola? Nur weil sie nicht auf Drogen war und weil sie bunte Servietten auf den Tisch legte, wenn sie Tee servierte, war sie längst noch nichts Besonderes. Sie war nicht umwerfend schön. Süß, ja, aber das waren viele. Sie war lieb, und sie war gern für andere da, aber das konnte man auch Rettersyndrom nennen. Sie war verletzlich und unschuldig, aber das war nun wirklich keine Auszeichnung. Berlin würde sie ganz schnell hart machen, ein, zwei nächtliche Belästigungen auf der Straße, ein bisschen Gewalt … Ein bisschen mehr Kontakt mit ihm, Manuel … Auch einer Carola würden rasch genug Stacheln wachsen. Auch sie würde eher früher als später beginnen, sich hinter einer Maske zu verstecken, in dieser Stadt lief man nicht mit offenem Herzen umher. Es hatte ja schon angefangen, als er sie das letzte Mal im Black Panther nicht beachtet hatte, er kannte diesen verletzten Ausdruck zu genau. Das nächste Mal würde sie freundlich grüßen und gleichgültig wirken, das Lächeln würde wie in Stein gemeißelt auf ihrem Gesicht festkleben.

Du bildest dir ganz schön was ein, dachte er, warum solltest ausgerechnet du sie so sehr verletzen können, dass sie dichtmacht? Dazu müsste sie erst mal Gefühle für dich haben. Nein, du wirst Carola nicht dazu bringen, hart und kalt zu werden.

Dann würde es ein anderer sein, durchfuhr es ihn, oder die Stadt selbst. Es ließ sich gar nicht vermeiden, er sollte ihr offenes Gesicht besser noch genießen, solange es da war.

Manuel spürte plötzlich Tränen in den Augen. Wie eine zornige Göttin forderte diese Stadt ihre Opfer, wenn man in ihr überleben wollte. Weichheit, Verletzlichkeit und Mitgefühl fraß sie gleich, die Fähigkeit, überhaupt zu lieben und auf eine gute Kraft zu vertrauen, zumindest zu hoffen, verleibte sie sich nach und nach ein. Und wenn man es bemerkte, war man bereits zu Stein erstarrt.

Sollte nicht eine Prinzessin vorbeikommen, um mich zu erlösen, fragte Manuel sich, und ein eisiger Schreck durchfuhr ihn. Was hatte er gerade gedacht? Doch es stimmte. So fühlte er sich. Zu Stein erstarrt. Und alle wussten, wie viel Liebe und Aufwand es im Märchen erforderte, einen gebannten Prinzen zu erlösen. Wer sollte das für ihn tun wollen?

9

Carola lag auf dem Bett und telefonierte tatsächlich mit Hans. Er hatte am Abend zuvor eine Frau kennengelernt und mit ihr geschlafen, und es hatte sich so furchtbar fremd angefühlt, dass er plötzlich der Meinung war, Carola musste die Frau fürs Leben sein. Bei ihr fühlte er sich sicher und geborgen, sie war ihm vertraut, und dass sie manchmal ein wenig anstrengend sein konnte – nun, das würde sich ändern, wenn sie erst wieder zusammen wären. Er hatte noch mit niemanden darüber gesprochen, aber das musste die echte, wahre Liebe sein. Und so hatte er eine Entscheidung getroffen.

»Meine Liebste, mein Herz, ich frage dich nun etwas, und bitte lasse dir Zeit mit der Antwort«, sagte er, bevor er es sich wieder anders überlegen konnte.

Carola hielt den Atem an.

»Willst du mich heiraten?«

Sie atmete scharf ein. »Uff«, sagte sie. Und dann: »Klar.«

Sie schwiegen und versuchten beide, diese ungeheure Entscheidung zu verdauen.

»Und, kommst du nun wieder nach Hause?«, fragte er schließlich. »Ich halte das bestimmt nicht aus, wenn du so lange weg bist, und du willst doch nicht, dass ich dich gleich zu Beginn unserer Ehe betrüge?«

Er lachte, dann verzog er sein Gesicht. Ihre Ehe. Was für ein endgültiges Wort. Er hatte im Überschwang seiner Gefühle nicht daran gedacht, dass sie eine Ehe führen würden. Wie seine Eltern und die meisten alten Leute, die er kannte.

»Nein, Hans, natürlich nicht, ich studiere hier. Du willst doch wohl nicht, dass ich zur Hausfrau verkomme und mich tödlich langweile? Verstehst du nicht, warum ich hier sein muss?«

»Eben nicht. Dir geht es doch nicht gut, das sagst du selbst. Wir haben uns bisher noch nicht ein Mal gesehen.«

»Was nicht nur an mir liegt«, wollte Carola antworten, doch sie schwieg. Heiraten wollte er sie, unglaublich.

»Soll ich etwa wieder nach Hause kommen und mir anhören, dass meine Mutter es ja schon immer gewusst hat, dass ich bei der kleinsten Schwierigkeit kneife? Nein. Ich halte das durch, und ich weiß auch, dass wir es aushalten. Und außerdem ist es für mich wichtig, zu studieren, und zwar jetzt, nicht in zwei oder drei Jahren.«

»Aber das kannst du doch auch hier tun.« Er fühlte sich plötzlich wie ein Bettler, hatte er sie nicht gerade um ihre Hand angehalten? Was sollte das, müsste sie nicht glücklich in seine Arme stürzen?

»Hans, es ist einfach kein Thema. Ich habe mich entschlossen, hierzubleiben, und wir müssen irgendwie damit fertigwerden. Wenn das für dich nicht passt, kann ich es nicht ändern, tut mir leid. Natürlich will ich dich nicht verlieren, aber ich muss meinen Weg gehen.«

Verwundert vernahm sie den Nachklang ihrer Worte. So hatte sie noch nie mit ihm gesprochen. Aber er hatte schließlich gesagt, er liebte sie. Er würde sich wohl nicht von ihr trennen, nur weil sie ihr Leben ernst nahm. Und plötzlich spürte sie, nur ganz kurz, aber sehr deutlich, dass sie trotzdem tun würde, was sich richtig anfühlte, auch wenn er sie dafür verlassen würde. Was nicht passieren würde, beruhigte sie sich rasch.

Am anderen Ende der Leitung war es einen Moment lang still. Carola wollte gerade alles zurücknehmen, als Hans sagte: »So kenne ich dich ja gar nicht. Respekt. Ich liebe dich, das heißt wohl auch, ich will, dass du das tust, was für dich gut ist. Und so schlimm ist es nun auch nicht, ich komme ja in zwei Wochen.«

Carola seufzte glücklich. So musste Liebe sein, sie war geborgen und doch frei. »Ich liebe dich auch. Und ich will auch, dass du das tust, was sich für dich gut anfühlt. Ich kann nur darauf vertrauen, dass es auch für unsere Beziehung gut ist«, sagte sie.

Das war das erste Mal, dass sie ein Gespräch über ihre Beziehung führten, bemerkte sie, so hatte sie es sich immer gewünscht. Er war eben doch anders als die wortkargen Männer, über die ihre Mutter so oft schimpfte. Sie kuschelte sich tiefer unter ihre Decke.

»Warte mal, Schatz, ich habe einen anderen Anruf in der Leitung.«

Verdutzt sah Carola in den Hörer, sie hörte plötzlich nur noch die unpersönliche Stimme der Warteschleife. Nach ein paar Augenblicken meldete Hans sich wieder.

»Was war denn das?«, fragte sie.

»Ein Kumpel hat angerufen, ob ich zum Handballtraining komme. Ich muss jetzt Schluss machen. Also, meine Süße, wir sehen uns.« Er legte auf.

Er hat tatsächlich aufgelegt, dachte Carola. Männer. Gleich würde sie vor Wut platzen. Wie gut, dass er eine Entscheidung von ihr gefordert hatte.

Es wurde Zeit, dachte sie, dass sie tat, was sie in ihrer Heimat so großartig angekündigt hatte, es wurde Zeit, dass sie ihr eigenes Leben lebte.

Wollte sie wirklich heiraten? Ihr Leben untrennbar mit Hans verknüpfen? Bis dass der Tod sie schied, treu ihm sein an allen Tagen? Im Moment eher nicht, nein. Definitiv nein.

10

Carola schlief schlecht, wälzte sich hin und her und blieb schließlich in einem Traum hängen. Manuel war da, Hans, sie selbst, alle verbunden durch Schnüre, dicke, verknotete Seile, die sich anscheinend nur durch einen scharfen Schnitt voneinander trennen ließen, jedenfalls konnte Carola keine losen Enden bemerken. Sie hingen in der Luft und konnten sich nicht befreien, so sehr sie auch zappelten und sich voneinander lösen wollten. Carola hörte sich im Traum um Hilfe rufen, doch da war niemand, der hätte helfen können.

Schweißgebadet wachte sie auf. Das war lächerlich. Was sollte dieser idiotische Traum ihr sagen, fragte sie sich, während sie ihr Tagebuch aufschlug, um ihn, wie alle anderen Träume, an die sie sich erinnerte, sorgfältig zu notieren.

Rasch testete sie alle möglichen Bedeutungen. Liebte sie Manuel etwa heimlich und unerfüllt? Nein, das würde sie sicher bemerken. Außerdem würde Hans sie in diesem Fall nicht so glücklich machen. Liebte Manuel sie und schlich sich nachts in ihre Träume, um sie zu betören? Wenn, dann war es reine Zeitverschwendung, und natürlich lautete auch diese Antwort Nein. Ein Mann wie er würde es einfach sagen, er war es schließlich gewohnt, dass ihm die Frauen zu Füßen lagen. Übrigens ein weiterer Punkt, der gegen ihn sprach. Und was sollten die Fäden zu Hans? Nichts. Ganz einfach. Sie war nicht verstrickt, im Gegenteil, sie hatte sich noch nie so klar und befreit gefühlt.

Wahrscheinlich wollte der Traum ihr nur zeigen, dass sie sich selbst helfen konnte und musste. Dennoch würde sie sich ein Buch über Traumdeutung kaufen, beschloss sie. Über die Dinge Bescheid zu wissen, war immer gut.

Am nächsten Morgen hastete sie zur U-Bahn-Station und ging noch schnell in den Buchladen, der sich dort befand.

»Was kann ich für Sie tun?«, fragte die Verkäuferin freundlich.

»Ich weiß es ehrlich gesagt auch nicht so genau«, musste Carola zugeben. »Ich suche ein Buch über Spiritualität oder so etwas in der Art.«

»Worüber genau wollen Sie denn lesen?«

»Es hört sich vielleicht blöd an. Über Stimmen, die man hört, oder etwas über Träume.«

»Da kann ich Ihnen helfen. Kommen Sie mit, hier ist unsere Esoterikabteilung, da können Sie sich in Ruhe umschauen. Ich würde Ihnen diese hier empfehlen« – sie legte ihr Bücher von Rhea Powers vor – »oder diese« – jetzt holte sie einen Stoß von Shakti Gawain und Louise L. Hay – »Das sind die Pioniere auf diesem Gebiet. Aber schauen Sie sich nur in Ruhe um. Ich weiß nicht, welchen Stil Sie bevorzugen.«

Carola öffnete fasziniert irgendeines der Bücher, die vor ihr lagen. Begeistert begann sie zu lesen. Das, was dort stand, erklärte, was ihr passiert war. Höhere Bewusstseinsschwingungen, sie konnte sich zwar nicht vorstellen, woher die kamen und was das alles überhaupt sollte, doch es hatte mit ihr zu tun. Sie blätterte auch in anderen Büchern, die ihr die Verkäuferin nicht gezeigt hatte, und kaufte schließlich gleich drei.

Erschrocken sah sie auf die große Uhr, die über der Theke hing. Verdammt, sie würde das erste Mal zu spät kommen. Doch das hier war entschieden wichtiger als die Uni, jedenfalls jetzt, im Moment.

Trotzdem beeilte sie sich, und wie durch ein Wunder war ihr Professor noch nicht da, als sie sich unauffällig in die hinterste Reihe schlich. Kaum hatte sie sich gesetzt, erschien auch er, als hätte er nur auf sie gewartet.

Sie konzentrierte sich so gut sie konnte auf das, was er den Studierenden vermitteln wollte, doch ihre Gedanken schweiften immer wieder zu ihren neuen Büchern ab.

Endlich war die Vorlesung zu Ende. Sie stürzte aus dem Gebäude – und lief Manuel in die Arme. Verlegen machte sie sich frei. »Ich wollte …«

»Hallo …«

Beide schwiegen. Sie standen voreinander und schwiegen. Eine halbe Minute lang. Was wirklich sehr lang war. Gerade so, als wäre die Zeit stehen geblieben. Und so war es auch. Eiliger als es ihre Art war, begannen ihre Schutzengel damit, Verknüpfungen zu lösen, Bannkreise zu verändern, alte karmische Verstrickungen zu durchlichten, Herzen zu öffnen. Dann waren sie fertig.

Carola erwachte wie aus einer Trance. »Hi und tschüs, ich will nach Hause, ich habe etwas Wichtiges zu tun.«

Sie wollte ihm nichts von den Büchern erzählen, sie spürte, dass es ein Thema war, bei dem sie auf große Ablehnung stoßen konnte.

»Schade, ich hätte gern einen Kaffee mit dir getrunken.«

»Ach, tatsächlich«, lag ihr auf der Zunge. Sah aber gestern Abend nicht so aus. Doch sie sagte: »Ich will unbedingt etwas lesen. Ich könnte mich gar nicht auf dich konzentrieren.« Selten war sie so eindeutig und klar, wunderte sie sich, diese Stadt wirkte bereits positiv auf sie ein, sie konnte Nein sagen!

»Ich habe auch noch was zu tun. Wie wäre es – wir gehen einfach zu dir und tun beide das, was wir wollen? Es ist trotzdem besser, als allein zu sein, oder?« Manuel hörte sich reden und fragte sich, was zur Hölle er da von sich gab.

»Wenn dir das nicht zu langweilig ist?«

»Carola, ich meine es ernst, bitte lass mich mit dir kommen, ich muss mit dir reden.« So? Musste er das? Er warf sich den Rucksack über die Schulter und wandte sich zum Gehen.

»Gut.« Lächelnd hakte sie sich bei ihm ein und ging, wie selbstverständlich, mit ihm zu seinem Auto.

Carola kochte Kaffee, holte Tassen aus dem alten Holzschrank, der die Küche beherrschte, und füllte ihre letzten Kekse in eine Schale. Manuel schob die Samtdecke zur Seite, breitete lose Blätter auf dem Tisch aus und begann konzentriert zu schreiben.

»Stört es dich, wenn ich jetzt anfange?«, fragte er. »Ich habe wirklich noch einiges zu tun.«

»Nein, gar nicht. Darf ich das ein bisschen beiseiteräumen? Für die Kanne.«

Manuel legte zwei, drei Blätter übereinander, und Carola stellte die schwere, heiße Kaffeekanne auf den Tisch. Sie füllte zwei Tassen und nahm ihre Bücher heraus. Unterdessen war es ihr egal, was Manuel darüber denken könnte. Und, seltsam, sie hatte eigentlich gar keine Angst mehr, dass er es nicht verstehen würde. Sie setzte sich zu Manuel an den Tisch, und bald war sie ganz in eines der Bücher vertieft. Welten taten sich ihr auf, und sie war begeistert von den Gedanken und Ideen, die sich ihr zeigten.

Manuel kochte einige Zeit später eine weitere Kanne Kaffee, und so saßen beide dann für den Rest des Nachmittags zusammen. Manchmal wechselten sie ein paar Worte, doch die meiste Zeit war jeder mit sich selbst beschäftigt. Es war tatsächlich ganz anders, als allein zu sein.

Carola seufzte zufrieden und sah dann von ihrem Buch auf – Manuel direkt in die Augen.

Er lächelte sie an. »Schön, einfach so mit dir zusammen zu sein. So entspannend.«

»Du wolltest mit mir reden?«, fragte sie, irgendwie war es nicht mehr wichtig. Sie hatte einen Schutzengel, hatte sie gerade gelesen, ob Manuel das auch wusste? Und eine Seele. Sogar eine Art Seelenplan! Außerdem war es wohl ziemlich wichtig, was man dachte. Sagte Louise zumindest.

»Ich habe das Gefühl, bei dir brauche ich mich nicht so sehr zu verstellen wie bei den anderen. Das tut mir sehr gut, und ich danke dir dafür. Das wollte ich dir sagen.«

Carola wusste, was er meinte. Wie oft hatte sie Angst davor, nicht in Ordnung zu sein, und strengte sich an, anders zu wirken, als sie sich fühlte. Das war ihr so vorher noch nie aufgefallen. Erschütternd.

»Weißt du, jetzt, wo du das so sagst, merke ich, dass es mir auch oft so geht. Ich weiß manchmal überhaupt nicht, was damit gemeint ist, einfach man selbst zu sein. Wie bin ich, wenn ich nur ich bin? Mag mich dann noch einer? Muss ich nicht so und so sein? Meinst du, das hat jeder?«

»Ich weiß es nicht, ich denke schon, aber nicht bei allen ist es gleich schlimm. Kannst du dir vorstellen, etwas in dir zu tragen, was so peinlich ist, dass es wirklich niemand sehen darf?«

Carola schwieg. Natürlich, ihre Fresserei. Darüber würde sie niemals mit anderen reden können. Sie würde niemals erlauben, dass jemand sie beim Essen erwischte, nicht dann, wenn sie unkontrolliert in sich hineinstopfte, was sie nur finden konnte. »Ja«, sagte sie hart.

Manuel verstummte, sehr deutlich hatte sie ihre Zugbrücke hochgefahren. »Ich auch«, machte er noch einen Versuch, doch sie sah nicht mehr hoch, vertiefte sich wieder in ihr Buch.

»Sag mal, findest du es nicht auch etwas kühl hier?«, fragte er, als er sich für eine Weile auch wieder auf seine Unterlagen konzentriert hatte.

»Ich weiß, ehrlich gesagt, nicht, wie der Ofen angeht«, gab sie zu. Sie besaß einen Ölofen, den sie noch nie benutzt hatte, obwohl es schon Anfang Oktober war.

»Ich zeig's dir. Hast du Öl?«

»Ich glaube, im Keller ist ein Tank. Könnte aber leer sein.« Gott, bin ich blöd, dachte sie. Lebensuntüchtig. Sie wusste wirklich nicht, wie sie mit dem alten Ofen umgehen sollte. Irgendwie hatte sie gehofft, ein Engel käme vom Himmel und würde sich darum kümmern. Na ja, und jetzt war es ja irgendwie auch so.

Manuel lachte. »Gib mir mal den Schlüssel, ich schaue nach und hole welches.«

»Warte, ich komme mit. Ich muss es ja lernen.«

Er nahm die hässliche braune Plastikkanne, die neben dem Ofen stand, und beide gingen in den alten Keller.

Carola schauderte. Hier war es erst mal kalt. Sie zeigte auf einen der Holzverschläge. »Hier drin«, murmelte sie ehrfürchtig.

Vor Kellern hatte sie schon immer Angst gehabt. Ihr Großvater war vor vielen Jahren die Kellertreppe hinuntergefallen und hatte daraufhin das rechte Bein amputiert bekommen, weil der Bruch nicht geheilt war. Das hatte sie als Kind so sehr beschäftigt, dass sie heute noch Angst vor Kellertreppen hatte, auch wenn sie gut beleuchtet und ausgebaut waren.

Diese hier war weder das eine noch das andere. Sie war ausgetreten und wurde nur von einer schwachen Birne erhellt. Carola hätte nie geglaubt, dass es so schwache Glühbirnen zu kaufen gab. Höchstens 0,5 Watt, dachte sie, wahrscheinlich gab es einen Extraversand für Vermieter. Doch auch dieser Gedanke lenkte sie nicht von ihrer Angst ab.

Manuel bemerkte ihr Zögern. »Was ist los?«, fragte er liebevoll.

»Nichts.« Was ist mit »Ich bin, wie ich bin«, fragte eine Stimme in ihrem Innern. »Außer dass ich Angst habe.«

»Gib mir deine Hand.«

Hand in Hand tasteten sie sich durch den dunklen Gang, und Carola fühlte sich sicher und geschützt. Wie gut, dass sie es gesagt hatte. Erleichtert knipste sie die Lampe in ihrem Kellerraum an. Dieser Strom ging auf ihre Kosten, deshalb konnte sie so verschwenderisch damit umgehen, wie sie wollte, und so hatte sie eine Luxus-100-Watt-Birne in die Fassung geschraubt. Dort stand der Öltank in einer Ecke. Hoffentlich war auch was drin!

Und es zeigte sich, dass der Vormieter an den Winter gedacht hatte. Sie hörte es Glucksen und Gluckern, als Manuel den Tank anstieß. Glücklich füllte Carola die Kanne, nachdem Manuel ihr gezeigt hatte, wie sie mit dem Hahn umgehen sollte. Dann schleppte sie sie auf den Gang, schloss den Verschlag zu und löschte das Licht. Wieder schauderte sie. Es war wirklich gruselig. Die Tatsache, dass der Keller im Zweiten Weltkrieg als Luftschutzbunker gedient hatte, machte es dort nicht fröhlicher.

Manuel griff wieder nach ihrer Hand und zog sie hinter sich her nach oben. In der anderen Hand balancierte er die schwere Kanne. Als sie wieder im Licht des Tages standen, sah Carola ihn dankbar und bewundernd an. Wie fürsorglich und umsichtig er war!

In der Wohnung zeigte er ihr, wie man das Öl in den Ofen füllte, wie sie ein wenig davon in den Brenner laufen lassen sollte, dann zündete er es mit einem Stück Papier an. Nach wenigen Minuten bullerte der Ofen gemütlich vor sich hin, und dann wurde es auch schnell warm. Zufrieden gingen sie wieder in die Küche, und Carola setzte Tee auf.

»Ich danke dir. Ich hätte nicht gewusst, wie ich den zum Laufen kriege. Jetzt ist es richtig gemütlich.«

»Kein Problem. Aber du brauchst bald neues Öl, im Tank ist kaum noch welches. Frag mal deine Vermieterin, wann geliefert wird. Und kauf dir so Anzünddinger.«

Carola sagte nichts. Wieso tat er das alles für sie?

»Gestern hat Hans mich gefragt, ob wir heiraten wollen«, sagte sie schließlich unvermittelt.

Schwer hing dieser Satz im Raum. Doch der Bann brach, als Manuel unbekümmert erwiderte: »Wie schön für dich! Und wann?«

Jetzt sprudelte Carola los und erzählte ihm mit leuchtenden Augen von ihren Plänen. Ihr Gesicht bekam eine schöne, gesunde Farbe, und ihre Zähne blitzten, als sie den Kopf zurückwarf und glücklich lachte.

Manuel betrachtete sie mit unbewegtem Gesicht. Die Maske saß so gut, dass er nicht einmal selbst bemerkte, wie sich ein dumpfer Schmerz um sein Herz legte. Gut, sie würde also heiraten. Wer tat so etwas heute noch?

Tief in seinem Innern seufzte Manuelle. Sie hätte nichts gegen ein weißes Hochzeitskleid einzuwenden gehabt. Und sie hätte gern mit Carola Kataloge gewälzt und über Blumenschmuck und das Fest geredet, obwohl es ja noch Jahre entfernt zu sein schien.

»Hört sich toll an«, sagte Manuel schließlich kühl.

Carola bemerkte seine Veränderung und konnte ein kurzes Schütteln nicht verhindern. Wie peinlich war das denn? Sie quatschte diesen echt coolen Typen mit ihren Kleinmädchenträumen voll, als wäre er ihre kichernde Freundin. Unfassbar. Noch einmal schüttelte die Scham ihren ganzen Körper durch.

»Ich glaube, ich koche was. Hast du Hunger?«

»Nein, danke, lass mal. Ich fahre jetzt langsam mal. Es war schön bei dir. Vergiss nicht, Öl nachzufüllen, wenn du den Ofen über Nacht brennen lassen willst.«

»Ich hoffe, dass ich mich allein in den Keller traue«, lachte sie verlegen. Schon wieder schwatzte sie dummes

Zeug. »Quatsch, natürlich hole ich Öl. Also, bis dann. Und noch mal danke für alles.«

Er lächelte sie an. »Ich danke dir, dass ich hier sein durfte. Darf ich mich revanchieren? Morgen Abend? Bei mir? Ich koche?«

Er küsste sie auf die Wange. Sehr deutlich spürte er ihre weiche, warme Haut auf seinen Lippen, und sehr deutlich spürte sie seine weichen, warmen Lippen auf ihrer Haut.

Das war eine Verabredung, wenn sie sich nicht verhört hatte. Ein DATE. Oder einfach nur eine nette Geste unter Kommilitonen? »Klar, ich komme gern, wer kommt sonst noch?«, fragte sie gleichmütig.

»Nur du. Und ich freue mich auf dich.« Manuel sah sie unverwandt an. So leicht entkam sie ihm nicht. Immerhin stand er in ihrer Wohnung, nicht ihr Verlobter.

Beim Hinausgehen wurde er von einem Funkeln im Regal angezogen. »Was ist denn das?« Er ging zu dem Regal, das über den Schreibtisch an die Wand geschraubt war, und streckte die Hand nach dem Funkeln aus.

»Das ist ein Bergkristall, ich habe ihn, seit ich ein kleines Kind war. Ich weiß gar nicht mehr genau, woher er ist, aber er ist toll, oder?«

»Wunderschön. Und was er für eine Kraft hat!« Manuel nahm den Stein in die Hand und betrachtete ihn genau. Er bestand aus vielen kleinen, sehr klaren Kristallstufen, die alle in perfekten Spitzen endeten. Vorsichtig fuhr er mit einem Finger darüber. Die Kristallenden wiesen in verschiedene Richtungen und sendeten so Energie in den ganzen Raum. Der Stein füllte zwar nur eine Handfläche aus, doch er hatte durch seine perfekten Spitzen eine sehr klare, starke Schwingung, die Manuel im ganzen Körper spürte. Fast widerstrebend legte er ihn schließlich zurück. »Da hast du wirklich einen Schatz«, sagte er.

»Ja, ich weiß, ich liebe ihn auch sehr«, wollte sie sagen. Aber wenn er ihm so viel bedeutete … Sie holte den Kristall wieder vom Regal und legte ihn in Manuels Hand. »Ich schenke ihn dir. Vielleicht gehört er zu dir.«

Manuel schwieg, dann gab er ihn ihr zurück. »Ich habe nichts getan, womit ich das verdient hätte«, sagte er und wusste, dass es stimmte.

Carola nahm ihn entgegen und legte ihn zurück an seinen Platz. Aufdringlich wollte sie nicht sein, ganz sicher nicht.

»Dann bis morgen«, sagte sie leise, und er nickte nur und drehte sich um, wollte den Raum verlassen.

»Warte.« Sie fasste ihn am Arm. »Ist das wirklich sinnvoll? Wir müssen uns nicht treffen, es gibt keinen einzigen vernünftigen Grund. Wozu willst du für mich kochen, hast du keine richtigen Freunde?«, setzte sie scherzhaft hinzu.

»Doch. Habe ich. Weißt du was? Ich koche sowieso. Du entscheidest, ob du kommen magst, es liegt ganz bei dir, ich bin ja nicht derjenige, der heiratet.« Er küsste sie noch einmal auf die Wange, dann war er weg.

O. k., dachte Carola, sie würde entscheiden. Aber nicht jetzt. Sie kehrte an ihren Küchentisch zurück, fasziniert las sie von Energien, Lichtwesen, Engeln und ihrer eigenen Verbindung zu ihrer Seele. Sie las über ihr unsterbliches Selbst und über Energiemuster im Emotionalkörper, die sie über verschiedene Inkarnationen hinweg festgehalten hatte, las über Schamanen, die abgespaltene Seelenanteile wieder zurück in den Körper riefen, und über Krafttiere. Sie verstand zwar nicht alles, doch einiges aus ihrem Traum wurde nun klarer. War es aber wirklich eine Verbindung zu ihrer Seele gewesen? Oder waren es doch nur Traumbilder ohne Bezug zur Wirklichkeit?

Wenn es Realität war, musste sie es ja auch im Wachzustand erleben können. In einem der Bücher fand sie eine Übung. Sie schloss die Augen und bat bewusst um Verbindung zu ihrem Höheren Selbst, was immer das war. Falls es das gab, würde es schon wissen, dass es gemeint war. Sie konzentrierte sich – nichts. Wieder bat sie um Verbindung und atmete dabei ruhig und gleichmäßig. Jetzt musste es klappen. Wieder nichts.

Doch Carola gab nicht so schnell auf. Gut, dann sagte sie es eben laut. »Ich bitte um Verbindung zu meinem Höheren Selbst.« Wenn sie es jetzt nicht spüren würde, würde sie die Bücher nie wieder anfassen. Es passierte – nichts. Einfach nichts.

Enttäuscht und frustriert klappte sie alle Bücher zu und machte sich an den Abwasch. Sie ließ Wasser ins Spülbecken laufen, gab Spülmittel hinzu, tauchte das Geschirr hinein und wusch es mechanisch mit dem Schwamm ab.

Und plötzlich, wie aus heiterem Himmel, war ihr, als öffnete sich ihr Kopf, und alles wurde weit um sie herum. Die Enge ihres Körpers verschwand, und sie fühlte, wie sie sich ausdehnte. Es war anders als im Traum, sie sah ihren Körper nicht unter sich liegen oder stehen, sondern sie breitete sich aus ihm heraus aus. Ihr Körper kribbelte ein wenig, und sie spürte, wie ein tiefes Glücksgefühl sie durchdrang. Sie war frei. Ganz deutlich spürte sie, wie alle Angst und Unsicherheit von ihr abfielen und sie völlig sicher und frei war. Sie konzentrierte sich auf dieses Gefühl und hielt es fest, indem sie tief weiteratmete – und weg war es.

Carola atmete immer weiter, in der Hoffnung, diese Weite noch einmal zu erleben, doch wieder musste sie feststellen, dass sie es nicht schaffte. Es kam anscheinend von allein – oder nicht.

Das konnte doch nicht sein! Es gab sicher einen Trick. Sich um noch größere Konzentration bemühend, bat sie noch einmal um Verbindung. Doch die Weite und das Glücksgefühl wollten sich nicht mehr einstellen.

Frustriert trocknete sie schließlich das Geschirr ab und las weiter. Was sollte das? Verhöhnte ihre Seele sie? Da hatte sie ein wunderbares Erlebnis, ganz unverhofft war es in ihr Leben gekommen, und schon war es wieder weg. Was nutzte ihr das, wenn sie nicht wusste, wie sie es erreichen konnte? Ob sie wieder davon träumen würde?

Sie wusste zwar immer noch nicht, was da eigentlich geschehen war, doch es hatte sich so richtig angefühlt. Als ob sie nach Hause gekommen wäre. Sie hätte gern mit jemandem darüber gesprochen, um es besser zu verstehen, aber sie konnte es nicht einmal ausdrücken. Noch weniger allerdings wusste sie, wen sie überhaupt anrufen sollte.

Selbst Hans würde sie wahrscheinlich auslachen. Er hatte sich heute übrigens noch gar nicht gemeldet, bemerkte sie. Das Display des Telefons zeigte keinen Anruf in Abwesenheit an. Sie sah auf die Uhr. Schon halb zehn! Da war er sicher bereits weg, es war Freitagabend. Doch sie wollte es wenigstens probieren. Und wieder einmal sagte ihr seine Mutter, dass er mit Freunden ausgegangen sei.

Doch was machte sie jetzt mit dem begonnenen Abend? Freitag in Berlin. Sie konnte unmöglich zu Hause bleiben! Sie griff wieder zum Telefon und wählte Christines Nummer. Klar war sie eine versponnene Lesbe, dachte sie und lächelte beim Gedanken an Christine. Aber sie war auch erfrischend, eine gute Freundin, loyal. Lebendig.

Eine verschlafene Stimme meldete sich.

»Oh, entschuldige, hier ist Carola. Störe ich?«

»Nein, gut, dass du anrufst. Ich habe mich noch mal hingelegt, bevor ich weggehe. Du hast mich gerettet, ich hätte glatt verpennt.«

»Wo gehst du denn hin?«

Carola wollte sich auf keinen Fall aufdrängen, doch sie wäre so gern mitgegangen, egal wohin. Hauptsache, es war irgendwo etwas los.

»Ich bin zu einer Party eingeladen, bei einer Freundin in der WG. Ökos und Freaks, völlig out. Und was machst du?«

»Ach, weiß noch nicht, mal sehen. Vielleicht gehe ich ins Black Panther oder so.«

Sie war nicht bedürftig, nein. Sie hatte durchaus etwas vor.

»Wenn du Lust hast, dann komm doch mit! Willst du? Ich würde mich freuen, dann können wir reden, und du lernst ein paar Leute kennen.«

»Wenn's dir nichts ausmacht, mich mitzuschleifen …«

Na und? Dann WAR sie eben bedürftig, wer war das nicht?

»Ich hol dich ab, ja? In einer Stunde? Wo genau wohnst du?«

Carola beschrieb es Christine. Dann fiel ihr noch etwas ein. »Soll ich etwas mitbringen? Und was soll ich anziehen?«

»Mitzubringen brauchst du nichts. Und Klamotten – ach, zieh das an, wonach du dich fühlst. Oder hast du Lust auf lila Latzhosen? Ich nämlich auch nicht. Also. Bis bald.«

Freudig und aufgeregt legte Carola auf. Heute würde sie dazugehören. Sie wohnte in Berlin, und sie ging auf eine Party. So hatte sie es sich vorgestellt. So war es, mitten im Leben zu sein.

11

Carola kochte Kaffee, den brauchte sie, während sie sich zurechtmachte. Sollte sie noch die Haare waschen? Rasch ging sie ins Bad, band ihre Haare locker im Nacken zusammen und wusch nur den Ansatz. Es würde sonst Stunden dauern, bis die Haare trocken waren, und sie wollte sie nicht komplett föhnen, das trocknete die Spitzen so aus. Carola liebte ihre langen Haare über alles.

Mit einem Handtuch um den Kopf gewickelt trat sie vor den Kleiderschrank. Ein Kleid, eine Jeans, einen Minirock? Was sollte sie bloß anziehen? Sie probierte ein enges Jeanskleid. Nein. Viel zu aufgetakelt für eine Ökofete. Jeans? Nicht zum Weggehen. Minirock? Unbequem, wenn alle auf Matratzen saßen. Mist. Ihre erste Party, und sie stand völlig ratlos vor dem Schrank. Gut. Sie würde es tun. Auch wenn es ihr peinlich war. Sie wählte Manuels Nummer.

»Hey, Carola hier, entschuldige die Störung. Ich bin zu einer Party eingeladen worden, Christine sagte, es sei eine Ökofete. Und jetzt weiß ich nicht, was ich anziehen soll!«

Manuel lachte. Das wusste er allerdings auch nicht. Und Manuelle würde zu einem engen Strasskleid mit High Heels raten, egal wohin sie eingeladen wäre.

»Zieh doch an, worauf du Lust hast. Das, was du letzten Sonntag anhattest, war toll.«

»Hm. Das wollte ich eigentlich morgen tragen – na ja, ich finde schon was. Also, danke, und bis morgen! Ich komme sehr gern zu dir, und ich freue mich.«

Damit war das entschieden – aber das Telefonat, was für eine idiotische Idee. Einen Mann wie Manuel fragte man nicht, was man anziehen sollte. Sie hatte nicht bedürftig wirken wollen? Diese Gelegenheit hatte sie wohl verpasst. Und vor allem war sie noch genauso schlau wie vorher.

Doch dann fiel ihr etwas ein. Sie hatte zum Geburtstag glänzende weiße Leggings bekommen. Die würde sie nehmen, mit einem langen weißen Seidenhemd und einer braunen Lederweste darüber. Dazu hochhackige hellbraune Wildlederstiefel, die ihr bis über die Knie reichten.

Sie sah in den Spiegel. Toll. Noch ein paar Lederbänder mit Steinanhängern – so war es gut. Sie sah zwar überhaupt nicht ökomäßig aus, aber doch sehr natürlich. Das braune Leder wirkte eher erdig als cool. Fast schamanisch, zumindest stellte sie sich Schamanen so vor. Fehlten nur noch die Trommel und merkwürdige Gesänge.

Sie föhnte den Haaransatz über Kopf trocken und bürstete die Haare, bis sie glänzten. Dann band sie sie wieder locker auf dem Rücken zusammen, sodass das Haarband zwischen ihren Schulterblättern lag. Sie zupfte einige Strähnen heraus. Gut so. Überhaupt nicht gestylt, ganz natürlich, sehr süß. Sie umrandete die grauen Augen mit grünem Kajal und benutzte einen erdfarbenen Lippenstift.

Parfüm? Nein … Doch. Sie hatte vor einiger Zeit Vanilleduftöl gekauft, um es in einem Glasschälchen zu verdampfen. Davon tupfte sie sich nun etwas auf die Innenseiten ihrer Handgelenke.

Sie trank den Kaffee aus und sah auf die Uhr. Gleich müsste Christine kommen. Und da klingelte es auch schon. Carola öffnete die Tür.

»Hallo! Hey, du siehst toll aus!« Christine umarmte sie.

Sofort versteifte Carola sich wieder ein wenig. Seltsam, sie mochte es eigentlich, von einer Frau umarmt zu werden, es war so weich und kuschelig. Was hatte sie nur gegen Christine? Nichts, stellte sie fest. Es war nur die körperliche Nähe, die sie nicht wollte.

Christine trug eine schwarze geschnürte Lederhose und eine goldene Brokatweste. Darunter trug sie nichts, erkannte Carola verwundert. Sie sah ziemlich sexy aus für eine Party, zu der fast alle in lila Latzhosen kamen, wie sie selbst gesagt hatte. Christine hatte wild gelockte halblange braunrote Haare, die ihr um den Kopf flogen, wenn sie sich bewegte. Dunkel umrahmte Augen, orangefarbener Lippenstift und große goldene Ohrringe ließen sie ursprünglich und leidenschaftlich aussehen. Diese Frau würde sich absolut überhaupt nichts bieten lassen, schon gar nicht von einem Mann.

Carola nahm die Schlüssel und zog die Tür hinter sich zu. Im Hausflur hörte sie schwach ein Telefon läuten – egal. Wenn es ihres war, würde der Anrufer sich schon noch einmal melden.

Christine war eine zügige Fahrerin, und nach wenigen Minuten erreichten sie eine alte Villa.

»Da drin?«, fragte Carola ungläubig.

»Ja, ich habe mich anders entschieden. Ich hoffe, es ist o. k. für dich. Da drin gibt eine andere Freundin eine Party, sie wird dreißig. Ich hatte es vergessen, weil ich die Einladung schon so lange hatte.«

»Bin ich jetzt noch passend angezogen?«, fragte Carola unsicher. Wenn sie das gewusst hätte … Sie wollte nichts falsch machen. Und vor allem wollte sie nicht wie eine Spießerin vom Lande wirken.

Doch genau so fühlte sie sich, als sie mit Christine in die prachtvolle Halle trat. Dass es ein riesiges, wunderbares Haus war – o. k. Dass der Fußboden aus schwarzem Marmor war und überall Kristallkronleuchter hingen – na gut. Dass Diener in weißen Fräcken herumliefen und Champagner sowie Kaviar auf Eis anboten – ja, das sollte es geben. Aber dass da Männer in Frauenkleidern tanzten, dass Frauen Arm in Arm herumstanden und dass sogar zwei Männer sich küssten – das konnte doch wohl nicht sein.

Mit gesenktem Blick tappte sie hinter Christine her. Waren hier alle Partys so? Wenn ja, war sie noch meilenweit von der coolen Berlinerin entfernt, die sie so gern sein wollte.

Sie traten in einen anderen riesigen Raum, nein, in einen Saal. Im gemauerten Kamin brannte ein Feuer, und überall waren Menschen, die tanzten, sich umarmt hielten, sich küssten und noch weitaus intimere Dinge taten. Der Saal selbst war wunderschön, auch hier gab es einen Marmorfußboden – diesmal in grau gesprenkeltem Rosa – und Kristallleuchter. Mit weißer Seide bezogene Diwans und Sofas standen überall lauschig platziert und luden zum Verweilen ein. Die Nischen wurden mit großen Grünpflanzen etwas abgeschirmt.

Carola hatte sich schon lange nicht mehr so fehl am Platz gefühlt, und ihr Gesicht verschloss sich. Sie tippte Christine auf die Schulter, wollte sich verabschieden. Sie würde sogar ein teures Taxi rufen, wenn sie dadurch so schnell wie möglich nach Hause käme. Doch Christine reagierte nicht, sondern zog sie zielstrebig hinter sich her.

Schließlich gelangten sie zu einer Gruppe von Frauen, die sich lachend und schwatzend unterhielten. Alle waren prächtig gekleidet, in Samt, Lack, Leder. Und alle hatten lange Haare und wunderbare Frisuren, so, wie man sie sonst nur in amerikanischen Kinofilmen sah. Eine Frau trug sogar ein hocherotisches glänzendes Gummikleid in Knallrot. Sie hatte eine weiße Mähne und sah einfach wunderbar aus.

Schluss jetzt, wies sich Carola zurecht, du wirst diese Situation meistern. Wärst du nicht willkommen, hätte Christine dich nicht eingeladen.

Zum Glück trug sie wenigstens die glänzenden Leggings mitsamt den hohen Stiefeln. Unauffällig zog sie das Band aus den Haaren. Wenn sie ein Badezimmer fand, konnte sie ihre Frisur vielleicht mit etwas Spray aufpeppen.

Christine tippte der Frau im roten Gummikleid auf die Schulter. Diese drehte sich um und fiel Christine lachend in die Arme.

»Alles Gute zu deinem Geburtstag, meine Süße«, sagte Christine, »ich habe dir Carola als Geschenk mitgebracht. Sie ist neu hier und kennt die Szene noch nicht.«

Christine schob Carola nach vorn. Dieser verschlug es nun endgültig die Sprache. Diese gut aussehende Frau mit dieser atemberaubenden Figur in diesem völlig abgefahrenen Kleid war – ein Mann. Man merkte es kaum, nur wenn man genau hinsah, doch dann war es eindeutig.

»Hallo«, hauchte er. »Ein neues Gesicht. Wie schön, dich kennenzulernen.«

Carola starrte nur. Doch dann gab sie sich einen Ruck. Das war das Leben, erinnerte sie sich. »Hallo und herzlichen Glückwunsch zum Geburtstag! Ich hoffe, es ist in Ordnung, dass ich einfach so mitgekommen bin.«

»Aber natürlich, du bist sehr willkommen. Nehmt euch was zu trinken, und fühlt euch wie zu Hause. Ich heiße übrigens Chantal.«

»Carola.« Sie nahm ein Glas Champagner, das Chantal ihr reichte, und stieß mit ihr und Christine an.

Dann zog Chantal Carola an sich und küsste sie auf den Mund. »So. Freundschaft besiegelt«, lachte sie. Doch als sie Carolas abwehrendes Gesicht sah, legte sie den Arm um deren Schulter. »Du bist ganz schön überfordert, stimmt´s? Christine hätte dich vorwarnen sollen. Wir beißen nicht, und wir sind auch nicht verrückt. Wir leben nur etwas ungewöhnlich.«

Carola beschloss, ehrlich zu sein. »Vor allem fühle ich mich total spießig. Christine hatte mir etwas von einer Ökoparty erzählt. Wie sehe ich denn bloß aus?« Chantal wirkte, als könnte man ihr alles sagen, was merkwürdig genug war, wenn man ihre Aufmachung bedachte. Oder es war gerade dadurch vollkommen verständlich.

Christine war unterdessen verschwunden, Carola sah sie am anderen Ende des Raumes mit einigen Frauen zusammen plaudern und lachen.

»Ich finde, du siehst toll aus. Aber komm mal mit.« Chantal ergriff ihre Hand und bedeutete einer anderen aus der Runde mit einem Kopfnicken, sie zu begleiten.

Sie durchquerten einen völlig abgedunkelten Raum, in dem es nur Geräusche gab. Schließlich öffnete Chantal die Tür zu einem Badezimmer.

Carola war überwältigt. Das Bad war etwa so groß wie ihre ganze Wohnung. Es gab eine riesige runde Badewanne, mehrere Waschbecken, Bidets und zwei Duschen. Alles war in mattem Himmelblau gehalten, es wirkte leicht und licht. Zahllose blühende Pflanzen und goldfarbene Armaturen – sie weigerte sich, zu glauben, dass es echtes Gold war – gaben dem Bad etwas ungeheuer Luxuriöses.

Chantal schob sie vor einen großen Spiegel. »Schau dich an. Du siehst toll aus! Aber wenn du willst, peppen wir dich etwas auf. Glaub mir, wenn irgendjemand das kann, dann sie hier.« Damit wies sie auf die zweite Frau – Carola dachte »Frau in Gänsefüßchen« –, die nun zu ihr trat. Auch sie war in Wahrheit ein Mann, doch wenn man von den etwas kantigen Gesichtszügen absah, wirkte sie weiblicher als manche geborene Frau.

»Hey, ich bin Monique.«

»Monique ist unsere Kosmetikerin, Friseuse und Seelsorgerin in einem«, erklärte Chantal. »Sie arbeitet in unserem Theater am Kurfürstendamm als Maskenbildnerin und als Travestiekünstlerin.«

»Was glaubst du, was ich da manchmal für Schreckschrauben in Stars verwandle«, flötete Monique gekünstelt, »da ist es wirklich ein Geschenk, dich zurechtzumachen. « Dann sagte sie mit ihrer normalen, weichen, tiefen Stimme: »Willst du? Es würde mir wirklich Spaß machen.«

Carola nickte. Nun gut. Mal sehen, was die aus ihr zaubern würde.

Und Monique zauberte mit allem, was sie hatte. Sie sprayte ihr eine kunstvolle, verwuschelte Mähne, verwandelte ihr liebes, natürliches Gesicht in eine vampähnliche, sehr verruchte Maske und drapierte zum Schluss eine weiße Federboa um ihre Schultern.

»Steh auf, aber schau noch nicht in den Spiegel, ja?«, sagte sie schließlich.

Carola spürte, wie ein schwerer Gürtel um ihre Taille gelegt wurde, und sie schämte sich für die kleinen Röllchen, die sich dort angesammelt hatten.

Chantal, die sie sehr genau beobachtete und zudem sehr feinfühlig war, strich ihr über den Bauch. »Du brauchst ihn nicht einzuziehen, ich beneide dich um deine weiblichen Formen. Was würde ich um deinen Bauch geben.«

Carola schob die Hand weg – doch sie tat es liebevoll. »Nicht, das ist mir peinlich«, sagte sie gepresst.

Chantal war keineswegs verletzt, sie verstand Carola sehr gut. »Wenn du wüsstest, wie erotisch und weiblich gerade diese kleine Wölbung ist«, sagte sie schließlich zärtlich. Dann nahm sie einen Handschuh und schlug Monique damit auf deren Bauch. »Davon träumen wir bloß, was?«

Mit gekünsteltem Augenaufschlag sahen sich die beiden an. »Ach, ja, so ein richtig schöner, weicher Bauch …«, seufzte auch Monique affektiert. Sie streckte die Hand aus und wollte Carola berühren.

Wieder bekam sie einen Schlag mit dem Handschuh, diesmal auf die Finger. »Lass die Kleine in Ruhe, du musst deine Finger nicht überall haben!«

Monique lachte. Dann verzog sie schmollend ihren blutrot geschminkten Mund. »Du willst sie bloß für dich. Pass auf, Kleine, diese Tunte da ist ganz gefährlich. Erst macht sie auf Mami, und wenn sie dich dann hat, lässt sie dich nicht mehr los.«

Beide lachten. Carola verfolgte das Schauspiel ungläubig und fasziniert.

»So, meine Schöne, jetzt dreh dich um, und schau in den Spiegel!«, rief Monique endlich, nachdem sie noch ein wenig hier und da gezupft hatte.

Carola drehte sich langsam um und fiel fast in Ohnmacht. Das war nicht mehr die natürliche, aber leider etwas graue Maus, die sie sonst im Spiegel sah, sondern eine Superfrau, nach der sich jeder Mann verzehren musste. Sie hatte genau die Frisur, die sie sich immer gewünscht hatte – die Haare waren glänzend und weich, aber mit Haarspray doch wild gestylt. Ihr Gesicht war eine dramatische Inszenierung in Rot und Schwarz. Um die Taille trug sie eine schwere goldfarbene Kette, die ihr Kraft gab. Die zarte, weiche Federboa verstärkte noch die kriegerische Wirkung, die von der Kette ausging. Und das alles hatte zehn Minuten gedauert.

Monique hopste wie ein Kind. »Na? Na? Gefällt's dir?«

»Ich weiß gar nicht, was ich sagen soll. So toll habe ich noch nie ausgesehen!«

»Doch, natürlich. Nur anders toll. Das hier ist nicht Carola, wie du sie kennst, sondern eine neue Ausdrucksform. Aber das bist immer noch du.«

Chantal bot ihr ihren Arm. »Darf ich dich zurück in den Saal führen, verehrteste, schöne Carola, damit wir alle zum Staunen bringen?«

Lachend hängte Carola sich links bei Chantal und rechts bei Monique ein, und alle drei verließen das Badezimmer. Sie mischten sich wieder unter die Gäste, und Carola fühlte sich in ihrer neuen Haut sehr sicher und selbstbewusst.

Als sie Christine im Gewühl traf, erkannte diese sie erst gar nicht. Doch dann fielen auch ihr fast die Augen aus dem Kopf. »Du siehst aus wie meine Traumfrau«, flüsterte sie ihr ins Ohr.

Carola war verwirrt. Was meinte sie damit? Sie hatte sicher »eine Traumfrau« sagen wollen. Doch dann sah sie ihr tief in die Augen, sie hatte gerade genug Champagner im Blut. »Ich bin deine Traumfrau«, flüsterte sie zurück.

»Dann lass uns in den Darkroom gehen, willst du?«, fragte Christine fasziniert und überrascht.

Was immer sie damit meinte ... Carola war zu allem bereit. So folgte sie ihr wieder durch die Menge – doch diesmal mit hocherhobenem Kopf. Stolz sah sie in große, kleine, blaue, braune, klare und vom Rauch getrübte Augen. Sie brauchte sich nicht mehr zu verstecken.

Schließlich zog Christine sie in den Raum, den sie zuvor mit Chantal und Monique durchquert hatte. Es war stockfinster hier, und sie hörte von überall her Seufzen und Stöhnen. Schlagartig war sie wieder nüchtern. Wenn das das war, was sie dachte ... Plötzlich erschrak sie. Eine Hand hatte sich auf ihren Po gelegt. Sie fuhr herum und schlug sie weg. Sofort raus hier! Sie wusste zwar nicht genau, was in diesem Raum passierte, aber sie würde sicher kein Teil davon sein. Christine folgte ihr.

»Meintest du, ich soll mich von irgendjemandem begrapschen lassen, glaubst du, das verstehe ich unter Spaß haben?«, zischte Carola sie an.

Bevor Christine antworten konnte, kam Chantal auf sie zu. »Da steckst du! Wenn du willst, stelle ich dich einigen meiner Freundinnen vor, damit du nicht so verloren hier herumstehen musst.« Dabei zog sie Christine zur Seite.

»Lass ihr Zeit, sie kennt sich doch überhaupt nicht aus«, wisperte sie ihr zu.

»So, meinst du?« Christine schüttelte den Kopf. »Traumfrau. Lächerlich.« Damit verschwand sie in der Menge.

»Puh, jetzt ist sie sauer.« Chantal blickte ihr verwundert nach, empfindlich war Christine üblicherweise nicht.

»Es könnte sein, dass ich mich ein kleines bisschen vage ausgedrückt habe …« gab Carola zu. »Aber ich habe einen Freund. Einen Verlobten!«

Chantal sah sie bewundernd an. »Wie schön, du weißt, wo du hingehörst. Das wünschen wir uns alle hier, aber es gibt nur wenige Menschen, die mit uns auskommen. Wie gern hätte ich einen Freund oder eine Freundin, jemanden, der mich so nimmt, wie ich bin.« Chantal sah für einen Moment traurig aus.

Carola wagte eine Frage, die sie schon den ganzen Abend beschäftigt hatte. »Suchst du einen Mann oder eine Frau? Entschuldige, dass ich das frage, aber es interessiert mich sehr.«

»Schon gut. Woher solltest du das auch wissen? Eigentlich ist es mir egal. Ich komme mit beiden gut aus. Aber es gibt auch rein heterosexuelle und rein schwule Mädels bei uns. Monique steht zum Beispiel nur auf Männer, andere stehen nur auf Frauen. Ich habe es leichter, weil ich nicht so festgelegt bin.«

»Aber du kennst doch anscheinend so viele Leute, und im Theater gibt es doch sicher auch einige, die dich toll finden, oder?«

Carola wusste nicht, was sie dazu bewog, hier mit diesem merkwürdigen Typen ein solch offenes Gespräch zu führen, doch sie empfand neben Mitgefühl eine seltsam anmutende Faszination für Chantal. Außerdem war sie einfach nett und sicher eine gute Freundin.

Auch Chantal wunderte sich, dass sie sich bei dieser Frau so öffnete, sie schien wirklich völlig ahnungslos zu sein – doch vielleicht war es genau das. Carola wirkte so unvoreingenommen, einfach nur interessiert.

»Klar gibt es viele Leute, vor allem Männer, die es geil finden, mal mit einer von uns ins Bett zu hüpfen, wir strahlen eine Glitzer-Glitter-Glimmer-Aura aus, doch wir sind Menschen mit ganz normalen Wünschen und Bedürfnissen. Ich liebe es, mich so zurechtzumachen und so aufzufallen, und ich fühle mich als Frau viel wohler, als ich es als Mann tue, aber ich bin auch einfach ein Mensch. Kein Party-Kunstprodukt. Klar, manchmal schon, du ja auch gerade, aber echtes Verständnis und echte Liebe – keine Faszination, sondern Liebe – gibt es selten für uns. Gerade letzte Woche hat sich eine gute Freundin von mir deshalb das Leben genommen.« Sie seufzte. »Dabei war sie wirklich eine tolle Frau, lieb und sehr verständnisvoll, aber sie kam sich auf einmal völlig wertlos vor, weil ein Mann mit ihr schlafen wollte – obwohl er sie im Theater kennengelernt hatte und wissen musste, wer oder was sie war – und dann am nächsten Morgen total angewidert war. Sie hatte es ernst mit ihm gemeint, und er war nur auf ihr Äußeres abgefahren.«

»Verstehe ich sehr gut«, meinte Carola, »das passiert sogenannten normalen Frauen auch oft genug. Man fühlt sich wie ein Stück Dreck.«

Verständnisvoll sahen sich die beiden Frauen an. Carola empfand Chantal nicht mehr als einen verkleideten

Mann, sondern sie sah sie als das, was sie war – als einen Menschen. Einen wunderschön zurechtgemachten, unglücklichen, lieben Menschen. Mann oder Frau – wer wollte das wissen? War es wichtig? Nein. Nur das, was an Wärme, Liebe und Verständnis da war, zählte.

Sie lächelte Chantal liebevoll an. »Wenn du willst, dann gebe ich dir meine Telefonnummer, oder du gibst mir deine, und wir können mal einen Tee miteinander trinken. Oder auch eine ganze Kanne, wie du willst.« Sie war nicht mehr unsicher. Da war ein Mensch, der ihre Wärme brauchte. Das machte sie stark und wertvoll.

»Ja, gern. Ich gebe sie dir, warte.« Chantal verschwand in einem Nebenraum und kam nach wenigen Augenblicken wieder. »So, da ist meine Karte. Ruf mich mal an. Ich würde mich wirklich sehr freuen. Willst du jetzt mitkommen? Dann stelle ich dich einigen Leuten vor.«

Chantal zog sie durch die Menge. Ständig wurden ihr Komplimente über ihr Äußeres, die Party oder das Essen zugerufen, und sie quittierte es jedes Mal mit einem strahlenden Lächeln und anzüglichen Bemerkungen. Sie begrüßte immer wieder Leute, die neu hinzugekommen waren, und mehr als einmal blieben sie stehen, damit Chantal jemanden mit einem innigen Kuss oder einer sehr erotischen Umarmung verabschieden konnte.

Carola wunderte sich. Chantal machte auf sie nicht den Eindruck, als ob ihr an einer festen Beziehung gelegen wäre, sie fragte sich eher, ob es hier irgendjemanden gab, mit dem sie nicht schlafen würde. Vielleicht kam ihr Problem gar nicht von ihrer ungewöhnlichen Lebensweise, sondern von der sehr freizügigen Art, mit der sie ihre Gunst verteilte. Wenn jemand wirklich Interesse an ihr gehabt hätte, wäre sie sicher schon längst abgeschreckt worden von diesem schamlosen Verhalten. Jetzt bereute Carola, dass sie ihr so leichtfertig versprochen hatte, sie anzurufen. Mit so einer – ja, sie musste es so ausdrücken – Hure wollte sie nichts zu tun haben. Und ihre sogenannten Freundinnen waren auch nicht besser, wie sie schon aussahen. Welcher Mann würde so eine Frau ernst nehmen? Die Klamotten schrien doch: »Nimm mich!«

Und überhaupt, das hier war absurd. Eine Perücke und knalliger Lippenstift machten doch keine Frau aus, so einfach konnten es sich diese Typen nicht machen. Irgendwie fühlte sie sich auf einmal nicht ernst genommen, als wäre es so leicht, zur Frau zu werden, als genügte es, sich High Heels an die Füße zu zwängen und schon gehörte man zum anderen Geschlecht. War das nicht typisch männlich, zu glauben, sie könnten einfach so als Frau durchgehen, war das nicht total anmaßend? Würde sie jemals von einem Mann ernst genommen werden, nur weil sie sich einen Bart anklebte? Würden Männer sie ähnlich bereitwillig in ihre Kreise aufnehmen wie sie das gerade mit Chantal tat? Chantal war keine Frau. Sie wusste nichts darüber, wie es sich anfühlte, weiblich zu sein, genauso wenig, wie sie, Carola, je erfahren würde, was es tatsächlich bedeutete, ein Mann zu sein. So einfach war das alles nicht. Es war eben nicht egal, es gab deutliche Unterschiede, die nichts mit Erziehung, nichts mit sozialem Gehabe und schon gar nichts mit Kleidung zu tun hatten. Männlich oder weiblich zu sein bedeutete, die Welt auf eine bestimmte Art wahrzunehmen und dem Leben auf eine vollkommen unterschiedliche Weise zu begegnen, glaubte sie.

Wenn es dieses Getue war, das Chantal ihrer eigenen Überzeugung nach zur Frau machte, dann gehörte sie für eine halbe Stunde in die Hände einer erfahrenen Feministin und sie würde wieder wissen, wie die Welt tickte. »Eine gute Freundin ...« Wenn Chantal wirklich eine Freundin, nein, verdammt, ein Freund, war, dann sollte sie – er! – anderen raten, aufzuhören, solche Spielchen zu spielen. Ernsthaft. Welcher Mann würde sich nicht zu Recht verraten fühlen, wenn die vermeintliche Frau, die er küsste, zwischen den Beinen genauso gebaut war wie er? Chantals Freundin hatte Glück gehabt, dass sie nicht umgebracht worden war, Männer waren äußerst empfindlich, wenn es um diese Dinge ging. Aber das hatte sie dann ja selbst erledigt. Carola schüttelte den Kopf, diese Szene war nichts für sie. Wenn das hier weiblich war, was war sie dann? Nichts?

Sie kam nicht darauf, dass Chantals Anzüglichkeiten nichts, aber auch gar nichts mit echter Liebe und wirklicher Zärtlichkeit zu tun hatten. Es war ein Spiel, eine sehr besondere, aber in Chantals Kreisen ganz normale Art, miteinander umzugehen. Und jeder wusste, dass es ein Spiel war. Doch Carolas Meinung stand fest. Mit solchen Leuten wollte sie nichts zu tun haben. Sie ließ sich weiter durch die Menge ziehen, lachte fröhlich mit Monique und anderen sehr attraktiv und sexy zurechtgemachten »Frauen« und ließ erst, als sie vom vielen Champagner auf die Toilette musste, die Maske fallen.

Sie wollte nicht wissen, wie hoch die Aidsrate hier war. Sie erschrak. Daran hatte sie gar nicht gedacht. Und Chantal hatte sie auf den Mund geküsst. Ihr Herz begann zu rasen.

Jetzt komm aber mal wieder auf den Teppich, versuchte sie sich zu beruhigen. Doch sie verstrickte sich immer mehr in ihre Angst und ihre Abneigung, sodass sie nicht mehr wusste, wie sie den Gästen der Party noch ins Gesicht sehen sollte.

Sie verließ das Badezimmer und ging unauffällig durch die Menge. An der Garderobe holte sie rasch ihre Jacke und verließ das Haus. Sie wollte ein Taxi rufen, als ihr einfiel, dass ihre Handtasche mit dem Schlüssel noch in Christines Wagen lag. Mist. Auf die hatte sie auch keine Lust mehr. Aber es blieb ihr nichts anderes übrig.

Und als hätte Christine es gespürt, stand diese plötzlich vor ihr. »Ich habe gesehen, wie du geflüchtet bist. Dein Schlüssel ist in meinem Auto. Wenn du willst, fahre ich dich auch gern heim, ich habe dich ja auch hierhergeschleppt.«

Carola traute sich kaum, ihr in die Augen zu schauen. »Ja, das wäre schön. Es tut mir so leid, aber das ist wohl nichts für mich.«

»Schade, du siehst so toll aus, und du schienst dich auch mit Chantal und Monique gut zu verstehen.«

Carola beschloss, offen zu sein. »Weißt du, ich verstehe Chantal nicht. Auf der einen Seite wünscht sie sich eine Beziehung, auf der anderen knutscht sie mit jedem rum, der sie will. Das ist doch billig!«

»Ja, du verstehst sie wirklich nicht. So ist sie eben. Wer sie liebt, der akzeptiert das aber. Sie ist eine unglaublich liebe, warme Frau. Klar knutscht sie mit jedem rum. Das ist in dieser Szene so. Aber das macht sie nicht billig. Dazu ist sie viel zu ehrlich und warmherzig. Sie geht für ihre Freunde durchs Feuer. Und auch für Leute, die sie kaum kennt, tut sie eine Menge.«

Das war eine deutliche Anspielung auf die Stilberatung, die Carola erhalten hatte, doch deren Urteil stand fest.

Schweigend fuhren sie die wenigen übrigen Meter, bis Christine sie zu Hause absetzte.

»Ich sage ihr, dass dir schlecht geworden ist, ja?« Christine sah sie kühl an.

Jetzt schämte Carola sich. Chantal konnte ja nichts dafür, dass sie, Carola, nicht mit ihr umgehen konnte. »Ja, sag ihr das bitte. Und vielleicht rufe ich sie doch mal an. Danke fürs Heimfahren.«

»Gern geschehen, es war sehr interessant. Ruf sie bitte nur an, wenn du sie wirklich magst. Tu ihr nicht weh, ja?«

Das hörte sich eher wie eine Warnung denn wie eine Bitte an. Carola zog sich zurück. Wer war denn Christine? Eine Lesbe, die sie zurückgewiesen hatte. Kein Wunder, dass sie so spitz reagierte. Sie, Carola, wusste schon genau, wie man mit Menschen umging. Sie brauchte keine Verhaltensmaßregeln, danke. Fest schlug sie die Autotür zu.

*

Als sie in ihrer Wohnung stand, blickte sie sich selbst suchend in den Spiegel. Im Moment sah sie auch eher wie eine – wie hatte sie es genannt? – Hure aus. Egal. Sie hatte keine Lust mehr, auch nur einen Gedanken an die Party oder an Chantal zu verschwenden. Rasch schminkte sie sich ab und warf den goldfarbenen Gürtel achtlos auf den Schreibtischstuhl.

Dann nahm sie ihn noch einmal in die Hand. Den musste sie ja noch zurückgeben. Mist, dass sie daran nicht gedacht hatte. Sie betrachtete sich den Gürtel näher. Er war wirklich toll. Schade, dass er nicht ihr gehörte. Plötzlich fiel ihr Blick auf einen kleinen Stempel auf der Innenseite der Kette. 585er Gold. Ach du Schreck! Hoffentlich kam Chantal nicht auf die Idee, sie hätte ihn stehlen wollen. Was der wohl kostete?

Erst dann bemerkte sie, wie selbstverständlich und leicht Chantal ihr diesen sicher unglaublich wertvollen Gürtel geliehen hatte. Sie hatte wohl genug Kohle. Carola weigerte sich, anzuerkennen, dass Chantal ihr einfach so, ohne sie zu kennen, vertraut hatte. So war niemand, schon gar nicht in einer Stadt wie Berlin. Was sollte sie nur mit diesem Gürtel tun? Das Beste würde sein, ihn Christine zu geben.

Beruhigt und zufrieden mit sich legte sie sich schließlich in ihr Bett. Was für ein Glück, dass sie gegangen war. Wer wusste, wo diese Party sonst noch hingeführt hätte. Und morgen würde sie mit Hans darüber sprechen. Mal sehen, was er darüber dachte.

Sie schlief ein, berauscht vom Champagner, und wachte erst gegen zwölf am nächsten Mittag auf. Sie hatte nichts geträumt. Schade, stellte sie fest.

12

Carola zog schnell irgendwelche Klamotten an und rannte zum nächsten Einkaufsmarkt. Es war Samstag, und sie schlossen bald, also wurde es Zeit, noch etwas fürs Wochenende einzukaufen. Sie hatte für diesen Monat nur sehr wenig, wirklich sehr, sehr wenig Geld. So legte sie nur das Allernötigste in den Wagen, ein bisschen Brot, Milch für den Kaffee und – das musste sein – eine Rolle mit Schokolade gefüllte Kekse.

Dann sah sie ihn. Dort in der Ecke stand der schönste Blumenstrauß, den sie jemals gesehen hatte. Große altrosa Rosen waren mit weißen Wicken zu einem wie ein Brautstrauß wirkenden Gebinde angeordnet. Es war der letzte Strauß im Eimer, und die Rosen sahen auch schon nicht mehr ganz frisch aus, aber genau das gab ihm ein besonders romantisches Flair. Sie schaute auf den Preis. 5,99 Euro, las sie. Viel zu teuer. Das war etwa die Summe, die sie für ihren gesamten Einkauf hatte. Bedauernd sah sie die Blumen an. Die Stimmung, die sie ausstrahlten, erinnerte sie an irgendetwas.

Und das stimmte, sie spiegelten die Carola, die von ihr selbst in die Ecke gedrängt worden war – das verletzliche, romantische und zarte kleine Mädchen. Es hatte in der sehr strengen und leistungsorientierten Familie keinen Platz gehabt und war schließlich in die hinterste Ecke ihres Bewusstseins gekrochen. Dort wartete es zitternd und einsam auf Erlösung, um Carola diesen Teil ihrer Kraft und Liebe wiederzugeben. Und genau deshalb standen die Blumen auch da, um Carola an diesen Teil zu erinnern, wenn auch erst einmal in Form einer vagen Sehnsucht.

Von all dem wusste Carola natürlich nichts, sie spürte nur das dringende Verlangen nach genau diesem Blumenstrauß. Sie überlegte, ob sie nicht die Kekse zurücklegen konnte, doch es hätte trotzdem noch lange nicht gereicht.

Außerdem, dachte sie, sei ehrlich, ein Wochenende ohne Süßigkeiten, wie willst du das denn überstehen? Nun gut. Keine Blumen.

Mit einem bedauernden Blick ging sie weiter. Die Schlangen an den Kassen waren wie immer um diese Zeit sehr lang, und Carola stellte sich geduldig hinter eine sehr aufgeregt wirkende Frau. Diese schimpfte und wetterte gegen den Marktleiter, der um diese Zeit nur zwei von drei Kassen besetzt hatte, dann dehnte sie ihren Unmut auf das Wetter und schließlich auf die ganze Welt aus. Dabei sah sie Carola die ganze Zeit Beifall heischend an.

Carola wandte sich schließlich ab und schob ihren Wagen aus der Schlange. Lieber stellte sie sich noch einmal an, als dass sie sich dieses Gezeter noch eine Sekunde länger anhörte. Sie tat so, als ob sie etwas vergessen hätte, murmelte »Mist, die Eier!« vor sich hin und ging ziellos durch den Laden, bis sie das Gefühl hatte, ihre Flucht ausreichend vertuscht zu haben. Die Frau hatte es zwar überhaupt nicht mitbekommen, und es wäre ihr auch herzlich gleichgültig gewesen, doch Carola wollte niemanden verletzen.

Und so stand sie schließlich zum zweiten Mal neben dem Eimer mit dem Strauß. Noch hatte ihn niemand herausgenommen, obwohl er so schön war. Es war, als wartete er auf Carola.

Plötzlich hörte sie eine Stimme in ihrem Kopf flüstern: Schau hinter den Eimer!

Carola fuhr zusammen. Was war denn das? Wieso sollte sie so etwas tun? Und wie kam sie auf so eine blöde Idee? Das wäre ja wohl doch sehr peinlich, hier vor allen Leuten auf dem Boden herumzukriechen. Doch sie spürte wieder einen hartnäckigen Impuls, den Eimer etwas zur Seite zu schieben und dahinterzuschauen. Und als wäre ihre Unsicherheit von einer höheren Stelle bemerkt worden, schoben sich die Schlangen an den Kassen plötzlich um eine Ecke, und Carola stand für kurze Zeit ganz allein im Gang. Schnell, bevor der nächste Kunde sie beobachten konnte, rückte sie den schwarzen Plastikeimer zur Seite, und – sie traute ihren Augen kaum – sie sah, weshalb sie das hatte tun sollen: Da lag er, ein wunderschöner, zusammengefalteter Zehneuroschein. Wer auch immer ihn hier verloren hatte, sie war ihm oder ihr unendlich dankbar. Glücklich hob sie ihn auf und nahm endlich ihre Blumen aus dem Wasser. Vom Restgeld würde sie sogar am Abend in der Disco noch etwas trinken können.

An diesem Tag fragte sie sich zum ersten Mal nicht, ob sie dieses Geld an der Kasse abgeben sollte. Nein. Sie hatte es gebraucht, und da war es – so war es richtig. Sie machte sich keine Gedanken darüber, wer das Geld verloren hatte und ob die Person es vermisste – sie hatte das Gefühl, als ob es extra für sie dort hingelegt worden wäre. Und so war es auch.

Worüber sie sich allerdings Gedanken machte, als sie stolz bezahlt hatte und wieder auf der Straße stand, war, wie sie darauf gekommen war, hinter den Eimer zu schauen. Wer hatte es ihr »gesagt«? Warum gerade ihr? Selbst wenn es so war, dass es ein sogenanntes Höheres Selbst gab, wieso gab es sich mit so profanen Dingen wie Geld und Blumen ab? Hatten das alle Leute, solche Eingebungen? Und vor allem – womit hatte sie das verdient? Sie war doch wirklich nicht sehr nett gewesen, als sie die bestimmt sehr unglückliche und deshalb so schimpfende Frau stehen gelassen hatte, sie hätte vielleicht mit ihr reden sollen und ihr erklären können, dass doch nicht alles so schrecklich und grausam war – eigentlich hatte sie sogar ein schlechtes Gewissen gehabt, als sie einfach so gegangen war. Als hätte sie eine Chance verpasst, einen Menschen zu retten. Und trotzdem bekam sie diese Blumen geschenkt, von wem auch immer. Und wenn es nur Zufall gewesen war – trotzdem war es merkwürdig. Es passte überhaupt nicht in das Bild, das Carola von der Welt hatte – sei hilfsbereit und pass dich an, leiste deinen Beitrag, dann bekommst du vielleicht ein bisschen von dem, was du dir wünschst.

Doch sie würde das Rätsel heute nicht lösen, beschloss sie, und schon gar nicht, bevor sie nicht Kaffee getrunken und gefrühstückt hatte.

Zu Hause stellte sie die Blumen sofort in eine weiße, mit goldenen Mustern verzierte Vase, verstaute die wenigen Einkäufe im Schrank und kochte Kaffee. Sie stellte alles, was sie brauchte – Tasse, Teller, Messer, Brot, Butter, Honig und Milch – auf den Tisch und griff ungeduldig zum

Telefon. Heute hatte sie Hans wirklich eine Menge zu erzählen. Während die Verbindung sich aufbaute, rückte Carola die Vase auf dem Tisch herum. Wo wirkten die Blumen am besten? Schließlich stellte sie sie so, dass sie genau in eine halb aufgeblühte Rose hineinschauen konnte. Wieder fühlte sie sich eigentümlich berührt. Was hatte sie nur? Es war schließlich nicht das erste Mal, dass sie Rosen sah.

Dann meldete Hans sich am anderen Ende. Carola wurde fast schwindelig vor Erleichterung, ihr war nicht klar gewesen, wie sehr sie seinen Anruf am Tag zuvor vermisst hatte. Sie fragte ihn auch sofort danach.

»Ich habe angerufen, aber sehr spät, so gegen halb elf. Du bist nicht rangegangen! Warst du weg?«

Ach ja, das Klingeln, das sie auf dem Flur gehört hatte. Beruhigt atmete sie auf. »Ja, ich war mit einer Bekannten auf einer Party – ich sag dir, so was hast du noch nicht erlebt. Völlig abgefahrene Leute, Transvestiten, Schwule, Lesben …« Carola war ein wenig stolz, dass sie so etwas Aufregendes erlebt hatte. Jetzt würde Hans sie nicht mehr wie ein Mädchen vom Lande anschauen. Jetzt war sie eine coole Berlinerin, die sehr wohl zu den tollsten Feten der Stadt eingeladen wurde. Dass sie völlig überfordert geflüchtet war, brauchte er ja nicht zu wissen.

Und er staunte auch entsprechend. »Wie bist du denn darauf gekommen? Woher kennst du denn solche Leute? Ich weiß gar nicht, ob ich das gut finden soll, wenn du mit denen abhängst!«

Carolas Widerspruchsgeist regte sich. Was bildete er sich denn ein?!

»Was meinst du, du weißt nicht, ob du das gut findest? Ich mache es einfach, weil ich es will! Und es war wirklich toll, die eine hat mir sogar einen goldenen Gürtel geliehen! Daran siehst du doch, dass sie keine Hintergedanken haben.«

Aha, meine Liebe, dachte sie, hörst du dir eigentlich selbst zu?

»Na ja, ich meine ja nur, pass auf dich auf. Du bist es nicht gewohnt, in einer Großstadt zu leben, die Leute sind sicher ganz anders drauf als du! Viel härter und abgebrühter. Die schrecken vor nichts zurück. Und wer weiß, ob die nicht etwas mit dir vorhaben …«

Grrr. Was bildete sich der bloß ein? Carola konnte sehr gut auf sich aufpassen, sie brauchte keine Ratschläge von Hans, und schon gar nicht, wenn er sie noch nicht einmal besuchte.

»Wenn du gekommen wärst, hätte ich da gar nicht hingehen brauchen!«

Schwupps, jetzt hatte sie es gesagt. Das hatte sie nicht gewollt, sie war doch kein kleines Kind mehr. Und da kam es auch schon …

»Sei doch nicht so unfair! Ich dachte, du hättest kapiert, weshalb ich nicht komme. Es tut mir auch leid, ich sage es dir hiermit noch einmal. Aber das hat doch mit der Party nichts zu tun, du wärst sonst vielleicht ein anderes Mal hingegangen. Und ich glaube, das weißt du auch. Aber jetzt erzähle doch mal, wie war es denn so?«

Etwas verstimmt und unsicher begann Carola nun, von dem großen Haus zu sprechen und auch von ihrer Schminkaktion.

»Stell dir vor, in zehn Minuten hatte die mich in eine total andere Frau verwandelt! Und es sah wirklich toll aus. Sag mal, findest du Transvestiten eigentlich interessant? Chantal sagte, dass viele Männer auf sie abfahren, sie dann aber doch nicht mehr wollen.«

»Also ich finde das, ehrlich gesagt, ziemlich eklig. Ich meine, die können machen, was sie wollen, es sind eben Männer in Frauenklamotten, oder? Also nein. Auf so einen hätte ich wirklich keinen Bock. Wieso, hast du Angst?«

»Nein. Ich dachte nur.«

Sie schwiegen. »Was hast du gestern gemacht?«, wechselte Carola schließlich das Thema.

Die nächsten Minuten verbrachten beide damit, von den gemeinsamen Freunden zu reden. Das war unverfänglich, die Meinungen standen fest, und es konnte keinen Ärger geben. Hans erzählte ihr auch, dass Sabine wieder einmal mit ihrem Freund Schluss gemacht hätte und sich jetzt fast jeden Tag bei ihm ausheulen würde.

»Was soll denn das? Sonst hattet ihr doch fast nichts miteinander zu tun! Wieso kommt die jetzt zu dir? Weißt du, dass sie ein Kind will? Pass bloß auf!«

Carola spürte einen Stich im Herzen. Eine weinende Sabine war zwar sicher nicht der bezauberndste Anblick, doch wenn Hans sie tröstend in die Arme nahm, war Carola nicht sicher, ob Sabine ihn nicht doch verführen könnte. Hübsch war sie nämlich schon, und sie hatte den gleichen Vorteil, den Manuel für sich verbuchen konnte – sie war einfach da.

»Sie vermisst dich eben, und sie glaubt, dass ich sie verstehe. Sie sagt, wenn ich dich verstehe und du sie, verstehe ich sie auch.«

»Komische Logik. Und, verstehst du sie?«

»Sie ist echt auf dem Leidenstrip, aber ihr Kerl lässt sie

wirklich im Stich, ich kenne ihn ja. Ich würde das auch nicht aushalten. Irgendwie kann ich sie schon verstehen.«

»Aber wieso kommt sie immer wieder bei ihm angekrochen? Es ist, als würde sie auf den Schmerz bei diesem Typen abfahren! Es ist doch klar, dass der sie immer wieder betrügen wird, sowieso, wenn sie ihm immer wieder verzeiht und zu ihm zurückkriecht. Also ich verstehe es unterdessen nicht mehr.«

»Aber sie liebt ihn eben, sagt sie. Sie kann nicht anders. Ich habe ihr das auch schon alles gesagt, aber sie sagt immer nur, sie liebt ihn doch.«

»Tolle Liebe. Ich glaube eher, sie ist masochistisch. Das nennt sich co-abhängig, beziehungssüchtig. Seit wann bist du eigentlich so ein Experte in Sachen Sabine? Du weißt ja wirklich genau Bescheid über ihre Gefühle. Sonst hast du doch immer gesagt, sie nervt dich mit ihrem Gejammer.«

Carola hörte sich selbst immer bissiger werden, und sie verzog schmerzhaft das Gesicht. Sie wusste, wie sie sich anhörte. Ändern konnte sie es nicht. Sie verbot sich, weiter nachzudenken. Das konnte wohl nicht sein.

»Sie nervt auch immer noch. Ich kann es nur ein bisschen verstehen, sonst nichts. Dafür muss sie sich mein Gejammer, dass ich dich vermisse, anhören. Das tue ich nämlich, ich vermisse dich wahnsinnig. Ich kann es kaum erwarten, dich wieder im Arm zu haben und deinen Körper zu spüren.«

Carola war sofort beruhigt. Er liebte sie. Gut. Dann konnte er Sabine trösten, solange er wollte. Versöhnt sagte sie: »Ich liebe dich auch, mein Schatz. Und wir sehen uns ja bald. Jetzt muss ich dir noch schnell etwas erzählen – aber warte bitte einen Augenblick, ich hole nur den Kaffee.«

Sie stellte die Kanne rasch auf den Tisch und füllte ihre Tasse. Jetzt konnte sie sich vorstellen, dass sie hier mit Hans frühstückte, während sie telefonierten. Dann griff sie erneut zum Telefon und begann, ihm den Traum zu schildern, den sie gehabt hatte – den mit den Wesen und dem Silberfaden. Sie erzählte ihm auch von der Stimme und der Seele, die sich mit ihr inkarniert hatte.

Hans unterbrach sie: »Was ist ›inkarniert‹?«

»Das heißt, dass du auf die Erde kommst, dass deine Seele sich einen Körper wählt und du als Mensch lebst. Übersetzt bedeutet das Wort ›im Fleische sein‹. Also, jedenfalls haben die mir gesagt, dass sich eine Seele mit mir hier befindet und dass sie mich unterstützt. Und stell dir vor, heute Morgen war ich einkaufen, und da hat mir die Stimme gesagt, ich solle hinter einen Eimer schauen, und da lag Geld! Abgefahren, oder? Ich habe mir Blumen davon gekauft, die sind wunderschön.«

»Ich muss gestehen, dass ich echt nicht weiß, wovon du redest. Wer ist denn diese Stimme? Was will sie? Und woher weißt du, dass du dir das nicht einbildest? Ich verstehe nicht so genau, was da jetzt so neu und wunderbar ist.«

Carola verlor den Mut. Der Zauber war dahin, sie konnte ihm nicht vermitteln, was sie gefühlt hatte. Wie sollte sie das erklären? Vor allem war es ihr ja selbst nicht so ganz klar. Wie sollte sie das jemandem nahebringen, der es noch nie erlebt hatte? Interessierte es ihn überhaupt?

Enttäuscht – doch was hatte sie erwartet? – legte sie schließlich auf. Hans hatte ihr noch einmal hoch und heilig versprochen, dass er am folgenden Wochenende kommen würde.

Sie schenkte sich eine weitere Tasse Kaffee ein und betrachtete ihren Blumenstrauß. Während sie sich in die Harmonie der Rosen hineinsinken ließ, wurde ihr auf einmal klar, was sie erwartet, oder nein, was sie sich gewünscht hatte.

»Wie schön, dass wir uns hier unten wiedertreffen, Liebling. Ich habe dich auch im Traum gesehen, und meine Seele kennt deine genau. Lass uns zusammen Sterne unter die Menschen streuen und uns daran erinnern, wo wir herkommen.«

Sie schüttelte verwirrt den Kopf. Von wem sollte sie wohl so ein romantisches Zeug hören? Sie drehte einen Hollywoodfilm, jetzt reichte ihr Liebe nicht mehr, jetzt musste es gleich eine verwandte Seele sein, am besten eine, die sich genau an den Verwandtschaftsgrad erinnerte. Unglaublich. Was hatte ihr nur so den Kopf verdreht? Wie kam sie überhaupt auf so etwas? Diese innere Märchenprinzessin, die noch immer auf diesen doofen Prinzen mit seinem Gaul wartete, tat ihr nicht gut, vertrieb ihre innere Ruhe, machte sie unzufrieden und unglücklich.

Nachdenklich aß sie eine Scheibe Brot und dann einige Kekse. Als sie fertig gefrühstückt hatte, legte sie sich wieder in ihr Bett und las weiter in den Büchern über Seelen und Spiritualität. Darüber schlief sie noch einmal ein, und als sie schließlich desorientiert und mit viel zu niedrigem Blutdruck wieder aufwachte, war es bereits sechs Uhr abends. Erschrocken sprang sie aus dem Bett.

Manuel kochte für sie, sie sollte sich lieber zurechtmachen. Das bedeutete duschen, Haare waschen und flechten, damit sie wellig wurden, Fingernägel feilen und lackieren, Gesicht mit Peeling und Maske aufpeppen, den ganzen Körper mit parfümierter Bodylotion eincremen und dann schließlich die Maske – Make-up, Lippenstift, Kajal, Lidschatten, Wimperntusche, Rouge – eben all das, was eine Frau natürlich und schön machte. In noch nicht einmal zwei Stunden. Mit dem – sie hatte es geahnt – Rinnsal von Dusche. Außerdem anziehen und entscheiden, was sie für später mitnahm, falls sie noch tanzen gingen. Niemals würde sie das schaffen. Und dann sollte sie vielleicht noch frisch und ausgeruht wie ein Frühlingsmorgen in seine Wohnung wehen. Im Moment fühlte sie sich eher wie ein nebliger Herbstabend. Aber sie würde ihr Bestes geben.

Aufgeregt schaltete sie die Stereoanlage ein und zog geübt ihr Programm durch. Wie oft hatte sie das zusammen mit Sabine oder einer anderen Freundin getan. Nun also allein, aber wenigstens hatte sie einen Grund. Sie freute sich wirklich auf den Abend mit Manuel, vor allem mit ihm wegzugehen stellte sie sich toll vor. Wenn sie gut zurechtgemacht war, fand sie, dass sie gar nicht so schlecht aussah. Vielleicht waren wieder einige seiner Freunde da, die würden sich diesmal solche Bemerkungen sparen, wenn sie sie sahen. Ob sie das Gesicht so hinkriegen würde, wie Monique das geschafft hatte? Schade, dass sie nicht da war, das wäre ein Spaß gewesen, sich mit ihr zusammen zurechtzumachen.

Nach eineinhalb Stunden war sie tatsächlich fast fertig – nur die Haare konnte sie nicht mehr waschen und flechten. Es musste eben so gehen. Sie überlegte, was sie zum Weggehen anziehen sollte, und entschied sich dann für dasselbe Outfit, das sie am Sonntag zuvor angehabt hatte. Sie warf die Sachen in einen Korb und zog fürs Essen schnell Leggings – schwarz, glänzend – und ein langes rotes Seidenhemd an. Die hohen Stiefel. Fertig.

Ihr Schminkzeug nahm sie mit, denn Lippenstift würde beim Essen sowieso verschmieren. Aber die Augen umrandete sie sich doch, so ganz nackt wollte sie auch wieder nicht sein. Was er wohl gekocht hatte? Nervös zog sie ihre Lederjacke über, nahm den Korb und die Handtasche – hatte sie Eintrittsgutscheine? – und verließ aufgeregt die Wohnung.

Eine halbe Stunde später stand sie völlig erschlagen vor dem Haus, in dem Manuel wohnte. So hatte sie es sich nicht vorgestellt. Ihre innere Märchenprinzessin bekam die glänzendsten Augen, und Carola musste sie energisch in ihre Kammer verbannen. Wieso durfte sie hier nicht wohnen? Trauerweide. Hochrankende Rosen. Das war Dornröschens Schloss in der Großstadtfassung, eine Stadtvilla, einfach unglaublich. Türmchen. Ein dunkelblauer schmiedeeiserner Zaun. Sandstein. Fachwerk. Efeu. So musste ihr Prinz wohnen.

Das ist ein Haus, meine Liebe, ermahnte sie sich, anders ging es nicht, sie musste sich zunächst zur Ordnung rufen. Es sagt wirklich nichts über Manuel aus, und er ist deshalb noch lange nicht dein Seelenverwandter. Das hier will dir nur zeigen, dass du überall Zutritt hast und dir deshalb auch alles selbst erschaffen kannst. Ganz einfach. Angewandte Schöpferkraft, gerade hast du es gelesen, vergiss die Märchen.

Sie traute sich kaum zu klingeln. Doch sie wollte pünktlich sein, also überwand sie ihre Unsicherheit und drückte auf den Messingknopf. Angewandte Schöpferkraft, das gefiel ihr.

13

Manuel hatte den ganzen Tag damit verbracht, die Wohnung auf Hochglanz zu bringen, einzukaufen, zu kochen. Als er sich frisch geduscht in seinen Lederdress geworfen hatte, deckte er den – ja, er wusste es selbst, das war ein Schöneres-Wohnen-Klischee, aber er sah nun mal stark aus – grob gezimmerten Eichenholztisch in der Küche mit blauen Tischsets und weiß-blauen Chinaschalen. Er stellte frische rote Rosen vom Balkon auf den Tisch und legte an Carolas Platz vorsorglich Messer und Gabel neben die Holzessstäbchen.

Manuelle hatte lange überlegt, was sie kochen sollte, und sich schließlich für Hühnchen in Erdnusssauce mit Basmatireis und verschiedenen Gemüsesorten entschieden. Es hatte ihr sehr viel Spaß gemacht, viele Stunden in der Küche zu stehen und alles schön in Ruhe zuzubereiten. Jetzt bedauerte Manuelle, dass sie hatte verschwinden müssen. Doch mit der Auswahl des Duschgels – ein männlich-markanter Duft – war ihr Abschied angesagt gewesen.

Im Bad räumte Manuel noch sorgsam alle verräterischen Tiegel und Flaschen mit Badeölen, Schaumbädern und Bodylotions in den Schrank. Er befürchtete, dass Carola noch viel feinfühliger als Micha mitbekam, dass hier auch eine Frau wohnte.

Wenn er es richtig betrachtete, war er verdammt aufgeregt über ihren Besuch, das musste er sich eingestehen.

Natürlich war sie verlobt – das sagte man doch so? –, aber was hieß das schon? Gestern, als er nach Hause gekommen war, hatte er oft an sie denken müssen. Als sie angerufen hatte, um sich nach dem passenden Outfit für diese komische Party zu erkundigen, fand er sie so süß in ihrem Eifer, alles richtig zu machen, dass er sie am liebsten durchs Telefon hindurch geküsst hätte. Er hatte dann später noch einmal später angerufen, doch da war sie wohl schon weg gewesen.

Aber wenn er ehrlich war, war es auch besser so. Was sollte sie mit ihm? Wie sollte er ihr Manuelle vorstellen? Etwa so: »Ach, was ich dir noch sagen wollte, du musst auch mit dieser Frau hier auskommen. Wenn ich dann also manchmal abends weg bin, mach dir nichts draus, es hat nichts mit dir zu tun. Kann übrigens sein, dass sie auf Männer steht, das weiß ich noch nicht.« Welche Frau würde es zulassen, dass ihr Freund ab und zu als Frau einen Mann aufriss, auf die einzige Art, die möglich war, mit ihm schlief und dann fröhlich am nächsten Morgen zum Frühstück erschien? Wer würde es verstehen, konnte er es doch selbst nicht.

Es gab keine Chance für ihn, bis er sich für eine Seite entschieden hatte. Und das konnte noch dauern, wenn es überhaupt jemals geschehen würde. Bis jetzt konnte er sich nicht vorstellen, einen der beiden Persönlichkeitsanteile aufzugeben. Er hatte sich eingehend damit beschäftigt. Er war nicht transsexuell. Er wollte weder operiert werden noch Hormone nehmen, er war genau richtig so, er musste beide Geschlechter verkörpern, soweit das möglich war. Das war wie ein Drang, er hatte keine Wahl. Und es war auch kein Problem, sondern einfach eine Art zu leben. Als Transsexuelle dagegen hätte sie eine Krankheit, die teilweise behoben werden könnte. Sie wäre definitiv im falschen Körper gewesen. Diese Krankheit war schlimm und konnte nicht wirklich geheilt werden, denn jeder, der sich operieren ließ, verlor seine Zeugungsfähigkeit.

Lange hatte Manuel damit gehadert, dass Transsexualität als Krankheit bezeichnet wurde, und hatte sich in verschiedenen Internetforen darüber aufgeregt. Bis ihm eine wirklich Transsexuelle den Mund verboten hatte: »Ich bin in einem falschen Körper, ich hasse mich, ich habe Depressionen, ich traue mich nicht auf die Straße, und ich würde am liebsten meinen Schwanz abschneiden, und das willst du nicht als Krankheit anerkennen?«, hatte sie barsch geschrieben.

Da verstand er endlich. Er selbst war in sich komplett, er brauchte sich nur auf unterschiedliche Weise anzuziehen, und alles war in Ordnung. Eine Transsexuelle dagegen konnte ohne Hormone und ohne Operation niemals wirklich Frieden finden, ihr Körper war einfach anders ausgebildet, als es sich auf psychischer Ebene richtig anfühlte. Die Krankheit war der falsche Körper, nicht das Gefühl, falsch zu sein.

»Weißt du«, hatte die Transsexuelle geschrieben, »gerade WEIL es als Krankheit anerkannt ist, zahlt die Krankenkasse die Operation, gerade deshalb können wir offen damit umgehen, und es gibt einen klar definierten Behandlungsplan, nämlich Therapie, um stabil zu werden, Hormone, ein Alltagsjahr, in dem du dich in den deinem wahren Geschlecht entsprechenden Kleidern öffentlich zeigst, und am Ende die große Operation. Verstehst du? Es als Krankheit zu bezeichnen bedeutet, wir werden ernst genommen und nicht als perverse Spinner abgetan, die einfach lernen sollten, sich mit ihrem Körper auszusöhnen – wie das zum Beispiel viele Menschen, die sich mit Gottes Willen befassen, anmerken. Seit ich solche Bemerkungen kenne, gehe ich in keine Kirche und auch zu keiner Meditationsveranstaltung mehr. Woher wollen diese Idioten wissen, dass nicht auch die Herausforderung, diesen Weg zu gehen, Gottes Wille ist?«

Manuel hatte voller Mitgefühl und Zorn zugleich mitgelesen. Das kannte er, diese philosophische Besserwisserei. Schon einige Male hätte er deshalb am liebsten sein Studium aufgegeben. Doch einige allzu Voreilige und zu rasch Urteilende sollten ihn nicht daran hindern, sich mit den Werken der wirklich großen Denker zu befassen, entschied er, und so enthielt er sich der vielen Diskussionen über das, was richtig und was falsch, was von Gott gewollt und was egobasiert war.

Die gewohnte Hoffnungslosigkeit wollte sich gerade wieder anmelden, als der Backofen summte. Zum Glück. Das Huhn war fertig. Gekonnt tranchierte er es in mundgerechte Stücke und legte diese in eine Schüssel mit Erdnusssauce. Er füllte den Reis in eine schwarze Glasschale und arrangierte das Gemüse auf einer Platte. Der Backofen würde alles warm halten. So. Jetzt konnte sie kommen.

Und da klingelte es auch schon. Manuel lächelte. Genau so hatte er Carola eingeschätzt – sie würde auf die Minute genau kommen. Mit Sicherheit nie zu früh, sie wollte nicht aufdringlich sein. Eher würde sie draußen in der Kälte warten. Doch auch nicht zu spät, denn sie wollte nicht als unzuverlässig gelten. Er drückte auf den Türöffner.

Carola stieg die drei Treppen hinauf und blieb schwer atmend vor ihm stehen. »Hallo Manuel.«

»Hallo, komm rein, ich bin gerade fertig geworden.«

»Oh, bin ich zu früh?«

»Nein, genau richtig. Schön, dass du da bist. Gib mir die Jacke – danke. Jetzt fühl dich ganz wie zu Hause, das meine ich ernst.«

»Darf ich mich ein wenig umsehen? So ein Haus habe ich noch nie von innen gesehen.« Sie japste nach Luft, Mann, war das peinlich, wie alt WAR sie?

Sie trat auf den Balkon und atmete durch. Die Villa stammte aus der Gründerzeit und war wunderbar restauriert, mit vielen Schnörkeln und schmiedeeisernen Balkonen, alles in Lila und Weiß gestrichen. Weiße Kletterrosen rankten sich bis zum zweiten Stock hinauf. Auf der Höhe von Manuels Wohnung hörte der Bewuchs auf – bis jetzt jedenfalls. Ein etwas zerrupft wirkender, rot blühender Rosenstrauch in einem wunderschön blau lasierten Topf duftete betörend. Dafür, dass Manuel noch nicht in den Genuss des Anblicks der Kletterrosen kam, wurde er mit der Aussicht auf eine uralte Trauerweide entschädigt, die ihre sich im Wind wiegenden Arme fast bis auf seinen Balkon ausstreckte.

Carola befand sich wie in einer anderen Welt. Hier schien es keine Einsamkeit und keine Ungeborgenheit zu geben. Sie fühlte sich sofort willkommen. Die Energie dieser Wohnung unterschied sich drastisch von der ihrer eigenen, und sie entspannte sich in dem Moment, in dem sie sich vom Balkon aus umsah.

Im Gegensatz zu ihr hatte Manuel den Fußboden abgezogen und neu versiegelt, jetzt glänzte das Holz honigfarben im weichen Licht der sorgsam verteilten Lampen. Überall lagen helle Flickenteppiche herum und betonten die Wärme des Holzes. Im Wohnzimmer stand eine riesige, kuschelige, mit grobem naturweißem Stoff bezogene Couch, die Kissen schienen aus alten Mehlsäcken genäht worden zu sein, zumindest sahen sie aus wie aus einem Shabby-chic-Landhauskatalog. Eine alte bedruckte Holzkiste, komplett mit rostigem Scharnier und Verschluss, diente als Couchtisch. Es gab den obligatorischen überdimensionalen LED-Fernseher, doch auch üppige Pflanzen waren im Raum verteilt, und Manuel besaß sogar eine große Bücherwand. Carola staunte nur.

Als sie ganz ins Wohnzimmer hineintrat, staunte sie nicht nur, sondern prallte zurück. Ein Kamin. Tatsächlich, ein brennender, gemütlicher, sie an uralte Zeiten erinnernder Kamin. Erst die Rosen, und jetzt das – sie hätte niemals geglaubt, dass ein Mensch so viele Geschenke auf einmal erhalten konnte. Vor dem Kamin standen zwei weiche Sessel aus demselben Material wie das der Couch. Einer sah benutzt aus, das Kissen war zerknautscht, die Armlehnen waren ein wenig abgescheuert, nur so viel, dass es auf viele gemütliche Kaminabende hindeutete. Der andere schien noch auf einen Menschen zu warten, er stand wie nagelneu da und strahlte gleichzeitig etwas Einladendes und etwas Sehnsüchtiges aus. Als ob er sich danach sehnte, einem menschlichem Körper Geborgenheit und Bequemlichkeit zu schenken.

Manuel hatte oft daran gedacht, die Sessel ab und an zu tauschen, damit beide sich gleichmäßig abnutzen würden – denn er bestand darauf, rechts vom Kamin zu sitzen –, doch es kam ihm wie eine Lüge vor. Der Sessel wartete auf einen bestimmten Menschen, und er würde diesen Menschen erkennen.

»Darf ich?« Carola deutet auf diesen unbenutzten Sessel, und schwupp, saß sie auch schon drin.

Manuel zog eine Augenbraue hoch. »Steht dir gut, mein Sessel, aber der ist für die Richtige reserviert. Wenn du das also nicht bist, steh besser schnell wieder auf.«

Er zwinkerte ihr lächelnd zu, sie sprang blitzschnell hoch. Wieder schnellte seine Augenbraue nach oben. Natürlich nicht.

Auf dem Kaminsims stand ein Bild, sie nahm es in die Hand. »Deine Großmutter?«

Manuel nahm es ihr ab und stellte es wieder hin, dann strich er darüber. »Ja.« Sein Gesicht verschloss sich.

»Fehlt sie dir?«, konnte Carola nicht verhindern zu fragen.

»Ja.«

Seine Großmutter wäre die einzige in seiner Familie gewesen, die sein Problem verstanden hätte, glaubte er manchmal. Doch leider hatte sie ihren Körper verlassen. Wenn er sich einsam fühlte, sprach er oft mit ihr, und er spürte jedes Mal ihre Liebe um sich wie einen warmen Mantel. Keiner konnte ihm erzählen, dass sie wirklich weg sein sollte. Sie hatte keinen Körper, ja, aber das war es auch schon.

»Komm, ich zeig dir den Rest, sonst wird das Essen kalt.«

Huh, über diese Großmutter würden sie noch mal reden müssen! Sie hielt auf dem Bild ein sehr kleines Kind in den Armen, augenscheinlich ein Mädchen, doch Carola traute sich glücklicherweise nicht, mehr zu fragen. Sie wäre wahrscheinlich hochkant aus der Wohnung geflogen.

Im Schlafzimmer beherrschte ein sehr minimalistischer Designerkleiderschrank die Szene. Ein altmodischer Sekretär duckte sich in eine Ecke, es schien ihm bewusst zu sein, dass er völlig fehl am Platz war. Ein richtiges Bett gab es nicht, Manuel schlief auf einer breiten Matratze auf dem Boden. Schwarze Satinbettwäsche, Designerlampen.

Carola fröstelte – ihr Traumschlafzimmer war wie ein weißes Beduinenzelt konstruiert. Eine sehr große Matratze mit tausend goldenen und weißen Satinkissen, eine glänzende, seidene Überdecke, darüber ein riesiger weiß-goldener Baldachin. Überall müssten Rosen oder andere Blumen herumstehen und Kerzen brennen, und der Teppich würde – kitschig, aber wahr – zartrosa sein.

Noch immer schwieg sie. Manuel zeigte ihr den dritten Raum – offiziell sein Arbeitszimmer, doch in Wirklichkeit benutzte er es eher als Rumpelkammer. Am liebsten lernte er im Sessel am Kamin oder am Küchentisch. Hastig schlug er die Tür zum Arbeitszimmer wieder zu, es sah schlimmer aus, als er gedacht hatte.

Doch Carola meinte: »Ich bin froh über diesen Raum, ich dachte schon, du wärst total perfekt!«

Manuel lachte. »Wie kommst du denn darauf? Ich habe heute einfach nur alles sauber gemacht, damit du nicht rückwärts wieder rausrennst!«

Manuelle sorgte immer für eine gewisse Ordnung, schon allein deshalb, damit ihre Sachen nicht herumlagen. Aber brauchte Carola das zu wissen? Eben.

Die Küche bestand aus alten, gewachsten Holzschränken, die mit glänzenden modernen Küchenutensilien und Geräten kombiniert waren, sah Carola, als sie eintraten. Über dem Herd war ein silberfarbenes Metallgitter befestigt, an dem verschiedene Töpfe, Pfannen und Kochlöffel an Haken baumelten.

»Setz dich. Und sei willkommen bei mir.«

Manuel holte das duftende Essen aus dem Ofen und verteilte die Schalen und Schüsseln auf dem Tisch. Er füllte ihre Schale mit den köstlich aussehenden Speisen.

Wie cool Manuel die Wohnung eingerichtet hatte, wie selbstsicher und erwachsen er wirkte, und nun auch noch das Essen – das war alles zu beeindruckend. Carola fühlte sich auf altvertraute Weise grau. Nicht nur, dass sie kein Geld hatte – dafür konnte sie ja nichts –, sie war wohl einfach eine Versagerin, weil sie ihre eigene Wohnung nicht gemütlich bekam. Außerdem würde sie niemals so gut kochen können, das hier schmeckte nicht nur großartig, es war auch etwas ganz Besonderes. Auf so etwas wäre sie erst gar nicht gekommen, sie hätte wahrscheinlich Auflauf oder Spaghetti mit irgendeiner Soße gemacht. Überwältigt und schweigend aß sie weiter.

Manuel wurde unruhig. Manuelle hatte ihr Lieblingsessen gekocht, weil sie das am besten konnte – hoffentlich mochte Carola es überhaupt!

Doch nun legte diese die Gabel beiseite und stöhnte. »Das ist so lecker, ich glaube, ich muss noch was davon haben. Und jetzt probiere ich es mal mit diesen Dingern.«

Sie nahm die Stäbchen in die Hand und begann, in ihrem Essen herumzustochern.

Erleichtert lachte Manuel auf. »Ich zeig´s dir, schau, so

hältst du das eine Stäbchen und so das andere – und jetzt greif dieses Stück Fleisch hier – ja, du schaffst es – noch ein kleines Stück – geschafft. Oder – fast.«

Das Stück Huhn war auf Carolas Schoß gelandet und verursachte dort in Windeseile einen Fettfleck. Carola lachte nur. »Ich glaube nicht, dass ich das lerne.«

Doch Manuel ließ nicht locker. »Komm, nächster Versuch. Schau, ich zeig´s dir noch mal.« Er nahm gekonnt ein Stück Gemüse zwischen Carolas Stäbchen und hielt es ihr vor den Mund. Verlegen nahm sie es zwischen die Zähne. Sich füttern lassen, wie peinlich.

Stell dich nicht so an, er will doch nur nett sein, dachte sie. Hastig nahm sie ihm die Stäbchen aus der Hand und strengte sich an, es diesmal richtig zu machen. Und siehe da, es ging tatsächlich. Stolz strahlte sie Manuel an. Dann aß sie konzentriert weiter.

Manuel beobachtete sie. Er war keineswegs nur nett gewesen. So einfach hatte er doch sonst auch nie die Waffen gestreckt. Zum Glück hatte sich sein Jagdinstinkt wieder gemeldet. Und das Füttern – es hatte sich zwar so ergeben, aber es passte gut zu seiner Taktik. Carola hielt nichts von Herumschäkern und Flirten, zumindest machte sie nicht diesen Eindruck. Also würde er jetzt seine Unschuldsmasche aufziehen. Der liebe große Bruder. Damit hatte er bis jetzt schon einige ins Bett gekriegt.

Aber sollte es nicht leicht sein? Sollte seine Richtige nicht ohne Tricks zu ihm kommen? War echte Liebe nicht fließend, ohne Anstrengungen und Masken?

Doch leicht war gar nichts, und wenn man etwas erreichen wollte, dann musste man dafür kämpfen. Das hatte er schon als kleiner Junge gelernt. Als nämlich seine jüngere Schwester starb und er dafür sorgen musste, dass die Familie nicht auseinanderbrach, weil seine Mutter zu trinken begann und sein Vater davonlief. Natürlich war er gescheitert. Und genau deshalb hatte ihm seine Großmutter dieses Haus vererbt – er würde für immer ein Heim haben. Und Manuel würde ihr für immer dankbar sein.

»Es ist so schön, dass du hier bist. Du machst die ganze Wohnung strahlend und glänzend.«

Carola lachte geschmeichelt auf. »Na klar. Die ganze Wohnung, bis auf mein Hemd. Schade, dass ich das bei mir nicht kann, ich muss immer noch Scheuermilch nehmen, wenn es strahlen soll.«

Sie entspannte sich augenblicklich. Manuel schien sich wirklich zu freuen, dass sie da war, und er hatte auch überhaupt keine Hintergedanken. Wie toll. Das hatte sie sich immer gewünscht, Freundschaft mit Männern, ohne dass das Datum der ersten gemeinsamen Nacht schon beim Kennenlernen ausgemacht war.

Countdown: Hast du einen Freund? Oder: Bist du allein hier? Oder – noch blöder –: Was macht denn ein so hübsches Mädchen allein in dieser großen Disco? Irgendwann würde sie darauf antworten: »Ich suche einen Mann – also verpiss dich!« Dann: Willst du was trinken? Text zwei: Ich bring dich heim, ja? Drittens: Darf ich dich abholen? »Darf«, auch so ein Witz. Wehe, sie sagte nein, dann war sie zickig. Vierte Stufe: Kino oder einfach mal so was trinken gehen. Fünfte Stufe: Trinken wir noch einen Kaffee zusammen? Vorzugsweise bei ihm, dann hatte er sie schon in der Höhle des Löwen. Manche Männer übersprangen alles und begannen sofort mit dem Kaffee. Wie Manuel, fiel ihr jetzt auf. Doch er hatte ja gleich verstanden, was sie meinte, als sie ihm von Hans erzählt hatte. Die Stufen sechs bis zehn bestanden aus: So eine wie dich habe ich immer gesucht. Lass uns doch auf die Couch gehen, da ist es gemütlicher. Wo sind bloß die verdammten Gummis? Und schließlich: Wie war doch gleich dein Name? Setz Kaffee auf, bevor du gehst!

Zum Glück brauchte sie das alles nicht mehr durchzuexerzieren. Dating war so unglaublich anstrengend und sinnlos, außer man war gern allein und wollte einfach nur Spaß haben.

Wohlig seufzend streckte sie sich. »Das war wirklich super. Sag mal, hast du einen Kaffee?«

»Kriegst du. Aber willst du nicht in der Zwischenzeit dein Hemd auswaschen? Ich kann dir eins von meinen geben, bis deins trocken ist. Wir hängen es an den Kamin, da geht es schnell.«

Das läuft ja besser als erwartet, dachte er zufrieden. Sie würde nicht umhinkönnen, sich vorzustellen, wie er wohl darin aussah und wo es seine nackte Haut berührt hatte. Gewaschen hin oder her – sein Duft hing daran, seine Energie war darin.

»Gute Idee, danke. Ja, das mache ich. Aber dein Hemd brauche ich nicht, ich habe noch andere Klamotten dabei, für später. Die ziehe ich eben jetzt schon an.«

»O. k., schade, du hättest bestimmt total süß darin ausgesehen «, rief er ihr harmlos aus der Küche nach, denn Carola war unterdessen in Richtung Badezimmer gegangen. Auch dort wurde sie fast erschlagen. »Das Bad ist ja wirklich der Hit!« rief sie begeistert.

»Ich finde es auch toll.« Manuel war hereingekommen. Das Bad war ganz in Weiß gehalten, und Manuelle hatte mit Seidenblumen und Trockengestecken, mit allen möglichen Seifen, farbigen Handtüchern und Badematten ein buntes, fröhliches Ambiente geschaffen. Hier war es eine Freude, morgens in den mit Glühbirnen umgebenen Spiegel zu schauen und sich in der großen Eckbadewanne auf den Tag vorzubereiten. Und abends, wenn die Sonne nicht mehr durch das große Milchglasfenster schien, verzauberte eine bunte Lichterkette – genau die, die auch Carola hatte – den Raum. Manuelle war so begeistert gewesen von dieser Idee, dass sie Manuel gleich ins KaDeWe geschickt hatte, wo er sich zwar in der Weihnachtsabteilung – es war ja schon Oktober – ziemlich blöd vorgekommen war, aber dann doch besagte Lichterkette gekauft hatte.

Jetzt hing sie da, und Carola wunderte sich. »Wie bei mir«, dachte sie laut. Dann war sie ja wohl nicht sehr originell.

»Ja, ich habe deine Idee geklaut«, lachte Manuel. »Ist dir das recht?«

»Ich freue mich darüber«, strahlte Carola. So was, da übernahm der was von ihr. Wie toll.

Sehnsüchtig schaute sie auf die große Wanne. Sie hatte es zu Hause geliebt, zu baden, doch sie hatte es jetzt nicht mehr tun können, seit sie in dieser Stadt wohnte. Ob sie ihn mal fragen sollte? Nein. Viel zu peinlich. Am Ende dachte er doch, sie wollte was von ihm. So hintenrum, erst mal baden und dann nach einem Handtuch schreien – um Himmels Willen. Schrecklich. Sie würde sich in Grund und Boden schämen, wenn er so was dachte.

Manuel sah ihren sehnsüchtigen Blick. Das wurde immer besser. Sie lieferte ihm direkt die Stichwörter. Und wenn sie seinen Bademantel anziehen würde, wäre das noch viel intimer als ein Hemd.

»Ich sehe, wie du auf die Badewanne schaust – willst du deinen Kaffee hier trinken? Es braucht dir nicht peinlich zu sein, hier baden oft Leute, weil ihre Wohnungen keine Wanne haben.«

Nun, ganz so war es nicht, aber vielleicht passierte es ja mal irgendwann.

»Überleg´s dir, wie du willst, ich bringe dir gern deinen Kaffee hierher.«

Ein verlockendes Angebot. Sie überlegte hin und her. Mal wieder so richtig ausgiebig in der Wanne liegen, danach in einen flauschigen Bademantel gehüllt am Feuer sitzen, eine DVD anschauen oder einfach reden und dann tanzen gehen – perfekt. Zu verlockend, um es abzulehnen.

»Oh ja«, sagte sie dann zwar noch unsicher, aber auch schon freudig. »Ich glaube, ich nehme dein Angebot an. Aber was machst du dann die ganze Zeit? Ich meine, ich bin ja nicht hier, um zu baden, sondern wir wollten ja was zusammen machen.«

»Dann lass uns doch einfach zusammen baden, dann schlagen wir zwei Fliegen mit einer Klappe!«

Carola erschrak. Scheiße. Er hatte sie doch missverstanden. Was sollte sie jetzt sagen, ohne ihm wehzutun? Doch dann sah sie in sein Gesicht.

Er lachte über ihr Entsetzen. »Entschuldige, ich habe es nicht ernst gemeint.« Noch nicht. »Du brauchst nicht zu erschrecken, und vor allem brauchst du dir keine Gedanken zu machen. Ich räume die Küche auf und setze mich ans Feuer. Ich habe noch was zu lesen, und außerdem bin ich es gewohnt, allein zu sein. Bleib nur so lange drin, wie du willst. Es ist einfach schön, wenn ich nur weiß, dass du da bist.«

Er wunderte sich über sich selbst. Denn es stimmte. Und in einer Aufwallung von Zärtlichkeit öffnete er den Schrank und holte Manuelles teuerstes Öko-Honig-Vanille-Bad heraus. Mochte sie denken, was sie wollte, sie hatte es verdient. Nur das Beste für sie.

Doch Carola kam gar nicht auf die Idee, sich zu wundern. Sie war viel zu sehr damit beschäftigt, sich zu schämen und sich gleichzeitig zu freuen. So ein tolles Badeöl, das liebte sie. Es hatte nicht nur einen Hauch von Luxus.

Manuel stöpselte die Wanne zu und drehte den Hahn auf.

Das war ein Strahl! Hier würde sie nicht zwei Stunden brauchen, um sich den Schaum aus dem Haaren zu spülen. Sollte sie – ja! »Ich würde mir auch gern die Haare waschen, ich habe noch so viel Haarspray von gestern drin. Geht das?«

Das hatte sie ja glatt vergessen, die Party! Erst baden, dann würde sie ihm alles erzählen. Dann hatte sie auch gleich ein abendfüllendes Thema. Und außerdem interessierte sie seine Meinung zu der ganzen Sache.

»Klar geht das. Welches Shampoo brauchst du?« Er stellte ihr verschiedene Flaschen hin.

»Was du für eine Auswahl hast! Ich glaube, ich nehme – das.« Sie griff zu einer großen Glasflasche mit rötlich schimmerndem Inhalt.

Manuelle hatte dieses Shampoo nur einmal benutzt, um sich die Haare etwas zu tönen. Es hatte sehr gut ausgesehen, doch es war Manuel viel zu auffällig gewesen.

Dieser Mann war wirklich zu feige, hatte Manuelle gestöhnt, doch sie konnte es nicht ändern.

Wieder war es Carola völlig gleichgültig, wieso er so viele verschiedene Kosmetikartikel besaß – und wieso sein Bad so weiblich und kuschelig hergerichtet war. Metro, dachte sie auf einmal triumphierend. Metrosexuell nannte man das doch. Und wenn schon.

Unterdessen war die Wanne fast vollgelaufen, und er goss ihr reichlich von dem Badeöl hinein. Sofort erfüllte ein betörend süßer Duft den Raum, und Carola fühlte sich wie in eine Werbung für Seife versetzt, in der eine Frau in einer riesigen Wanne von vielen anderen Frauen gebadet wurde – diesen Luxus und dieses Umsorgtsein, die besagter Spot für sie ausstrahlte, empfand sie auch hier. Unsicher sah sie ihn an. Jetzt kam der Moment, in dem sie sich ausziehen sollte – er dachte doch hoffentlich nicht, dass er im Bad bleiben konnte?

»Ich hole dir noch den Kaffee, und dann lass ich dich allein, ja?«

Uff.

Manuel ging in die Küche, schenkte ihr eine Tasse Kaffee ein und fügte Milch hinzu. Dann stellte er die Tasse auf ein Tablett, legte einige ihrer Lieblingskekse auf einen Teller und brachte alles ins Bad. Er holte einen kleinen Hocker und setzte das Tablett darauf ab. Lächelnd sagte er: »So. Ich hoffe, du hast alles, was du brauchst, ich gehe dann mal raus. Lass dir ruhig Zeit, ich habe sowieso noch was zu tun.« Damit verließ er das Badezimmer.

Carola rannte noch einmal in die Küche, wo sie ihren Korb mit den Klamotten und dem Schminkzeug stehen hatte. Dann endlich verschloss sie die Badezimmertür, zog sich aus und stieg mit einem wohligen Seufzer in die Wanne. Das tat vielleicht gut! Wie sehr hatte sie dieses Gefühl von Wärme und Geborgenheit vermisst. Sie schloss die Augen und genoss das warme Wasser. Und dann noch dieser Duft! Wie im Paradies. Sie spürte, wie sie sich entspannte und wie ihr ganzer Körper durchwärmt und beruhigt wurde.

Ihr Kopf wurde frei, sie sah plötzlich alles wieder im richtigen Licht. Was war denn gestern schon geschehen? Nichts, was ihre heftige Ablehnung rechtfertigte. Es tat ihr nun leid, dass sie Chantal so verurteilt und stehen gelassen hatte. Morgen würde sie sie anrufen. Erleichtert über ihren Entschluss, tauchte sie ihren Kopf unter Wasser, wusch sich dann mit dem dunkelroten Shampoo die Haare und ließ die dazugehörige, ebenso rote Kur einwirken.

Mit Bedauern stieg sie nach einer halben Stunde wieder aus der Wanne und trocknete sich mit einem riesigen flauschigen Handtuch ab. Am liebsten hätte sie sich noch gar nicht angezogen, sondern wäre in den weißen Bademantel geschlüpft, der dort hing. Aber das konnte sie nicht machen. Also zog sie sich an und kämmte sich die langen Haare. Sogar im nassen Zustand erkannte sie, dass sie viel rötlicher leuchteten als zuvor. Begeistert schminkte sie sich und begann, sich die Haare zu föhnen. Doch dann legte sie den Föhn wieder weg. Am Feuer würden sie auch so trocknen, und es würde ihnen viel besser bekommen als dieser stürmische heiße Luftstrom.

Manuel hatte unterdessen die Spülmaschine eingeräumt, die Küche in Ordnung gebracht und einen heftigen Streit mit Manuelle ausgestanden. Sie fand es völlig unangebracht, wie er Carola zu manipulieren versuchte. Gerade hatte diese angefangen, ihm zu vertrauen, und nun zog er seine Show ab. Du bist echt ein Idiot, hatte sie innerlich geschrien. Die einzige Freundin, die ich haben werde, und du schleppst sie ab! Mann! Schlaf mit Sissy, die ist eh durch, aber lass mir Carola!

Doch Manuel war der Boss in diesem Körper, und nun hatte Manuelle sich sauer in eine Ecke seines Bewusstseins verzogen und machte sich nur noch durch einen leichten Druck im Magen bemerkbar.

Als Carola mit nassen Haaren, frisch geschminkt, entspannt und schon fertig angezogen ins Wohnzimmer trat, stand Manuel friedlich am Kamin. Er wirkte wie ein Bild, lässig hielt er zwei Gläser Wein in den Händen und streckte ihr eines entgegen.

Wie auf dem Cover eines sehr vorhersehbaren Liebesromans, dachte Carola, eines dieser Dinger, in dem sich die beiden Liebenden gleich zu Beginn kennenlernten und dann alles zwischen sie geworfen wurde, was nur möglich war. Also genau die, die sie am liebsten las, schmunzelte sie.

Sie nahm das Glas und setzte sich ihm gegenüber auf den fast neuen Sessel. Schweigend stießen sie an. Er lächelte ihr zu und sah ihr tief in die Augen. Auch Carola lächelte, doch sie sah schnell weg. Er hatte einen unglaublichen Blick. Rasch dachte sie an Hans. Sie hörte ihn wieder im Geiste fragen, ob sie ihn heiraten wolle, und sofort verflog Manuels Zauber.

Unbefangen sah sie ihn wieder an. »Ich wollte dir unbedingt noch von der Party gestern erzählen, das war vielleicht abgefahren!«

Manuel verkniff sich ein Lächeln. Die kleine Carola vom Lande. Was sollte denn wohl an einer Ökofete abgefahren sein? Betont erwartungsvoll, ganz der aufmerksame Gastgeber, sah er sie an.

»Ich war in einer Supervilla, ich sage dir, du wärst umgefallen! Ich sag nur – Männer in Frauenklamotten!«

Manuel verschluckte sich an seinem Wein.

»Christine hat mich zu einer Transvestitenparty mitgenommen, ich habe dort Leute kennengelernt, das war echt der Hit! Eine hat ausgesehen ...«

Jetzt keuchte er und lief rot an. Carola sprang auf und schlug ihm auf den Rücken.

»Sag das noch mal, wo warst du?«

»Bei einer Party, hab ich doch gesagt!« Fing der jetzt etwa auch so an wie Hans?

Manuelle schrie im Innern: Gibt es das?! Wieso werde ich nie zu einer Party gebeten? Weil dieser Depp mit Sicherheit sowieso nicht hingehen würde, höhnte sie. Das war ja echt die Höhe! Einfach so lernte Carola die Leute kennen, nach denen sie sich schon seit Jahren sehnte. Sie pochte energisch auf den Magen. Sie wollte jetzt raus, sofort. So eine Gelegenheit bekam sie nie wieder.

»Ich weiß, das sind etwas merkwürdige Leute«, beschwichtigte Carola nun, »aber sie waren ganz nett. Und ich bin auch nicht allzu lange geblieben. Ich dachte, das wäre hier üblich, Christine hat jedenfalls so getan, als wären hier viele Partys so.«

Manuel hatte sich immer noch nicht beruhigt. Doch er atmete tief durch und antwortete endlich: »Ich weiß nicht, ob es hier in Berlin viele solcher Partys gibt, ich war jedenfalls noch auf keiner. Wie war es denn?« Es klang unbeteiligt, interessiert, nett. Manuelle explodierte fast.

»Komisch war es. Eigentlich ganz toll, alle sahen super aus, und eine von denen machte mich auch zurecht, ich war ja eher so die Magd vom Land, aber es war auch ziemlich anstrengend. Ich hatte noch nie Männer in Frauenklamotten gesehen, und ich war wirklich unsicher.« Ihm konnte sie es sagen, er würde sie sicher nicht spießig finden. »Ich meine, das sind doch keine Frauen, auch wenn sie sich so anziehen! Was sagst du denn dazu?«

Manuelle wollte energisch protestieren, sie war doch kein Mann in Frauenklamotten. Aber Manuel hatte ihr den Mund verboten, sie saß wie geknebelt im Bauch.

»Ist es sehr aufgefallen, dass es keine echten Frauen waren?« Das Wort »Männer« wollte ihm nicht über die Lippen.

»Ehrlich gesagt, nein. Sie waren zwar alle sehr groß, aber so toll zurechtgemacht, dass ich nie darauf gekommen wäre, wenn ich sie nicht von ganz Nahem gesehen hätte. Mit einer habe ich etwas länger geredet, und sie hat mir auch erzählt, dass es nicht immer so leicht ist für sie. Das wäre sicher eine interessante Studienarbeit. So was wie ›Die Rolle der Frau aus der Sicht eines Betroffenen‹ oder so.«

Carola verstummte. Langweilte ihn das Thema? Er wirkte völlig abwesend. Es war ja auch sehr besonders. Und er als Vollblutmann hatte bestimmt keine Lust, sich damit zu befassen.

Doch nun hatte Manuelle sich von ihrem Knebel befreit. »Und, sag mal, wie fandest du sie so? Und was für Klamotten hatten sie an? Hatten sie Freunde? Oder

Freundinnen? Und waren da auch Männer? Wie kamen die damit zurecht? Wie waren sie geschminkt? Und wie hießen sie? Bleibst du in Kontakt mit ihnen?« Ihre Augen leuchteten begeistert, und sie hing wie ein Kind an Carolas Lippen.

Diese war verwirrt. Das war ja fast wie zu Hause, beinah hatte sie den Eindruck, Sabine säße vor ihr und quetschte jedes Wort über die letzte Disconacht aus ihr heraus. Woher kam der plötzliche Umschwung? Doch dann erzählte sie ausführlich über die Schminkaktion, das Geflachse von Monique und Chantal, sogar den Darkroom und ihr klägliches Versagen erwähnte sie. Nur ihren plötzlichen Aufbruch und ihre Befremdung über Chantals Verhalten verheimlichte sie, das war für eine Psychologiestudentin sicher nicht das korrekteste Verhalten. Diskriminierung von Randgruppen, peinlich.

Manuelle schenkte ihnen ein weiteres Glas Wein ein, und sie tranken sich zu. Sie war noch immer begierig, mehr zu hören, doch sie wollte nicht zu auffällig nachfragen.

Unterdessen hatten sie fast die ganze Flasche ausgetrunken, und Carola hangelte sich am Rande eines ausgewachsenen Schwipses entlang. Sie hatte sich in ihrem Sessel zusammengekuschelt und fühlte sich wie eine Katze, die schnurrend am Feuer lag. Prüfend griff sie in ihre Haare. Fast trocken. Sie stand auf und holte ihre Bürste. Während sie weitererzählte, das Blumenwunder vom Morgen schilderte und ihn dabei kritisch musterte – wie würde er darauf reagieren? – begann sie, ihre Haare zu bürsten. Genießerisch fuhr sie hindurch und freute sich, als sie Festigkeit spürte. Das Shampoo war wirklich toll.

Manuelle hatte ihr die ganze Zeit zugehört, ohne sie zu unterbrechen. Doch jetzt hatte sie eine Frage. »Wie hast du das gespürt, dass du hinter diesen Eimer sehen solltest?«

»Ich habe einfach eine Stimme gehört. Als wäre sie in meinem Kopf gewesen, aber es waren nicht meine eigenen Gedanken, verstehst du?« Carolas Augen begannen zu strahlen, er schien wirklich interessiert zu sein.

»Ja, das verstehe ich. Und was, glaubst du, ist diese Stimme? Hast du sie schon mal gehört?«

»Ich habe schon mal was in der Art geträumt, das war auch so komisch. Was das genau ist, weiß ich nicht, aber ich kann es nicht herbeiführen, das habe ich schon festgestellt.«

Manuelle dachte einen Moment lang nach. »Was meinst du damit, dass du es nicht herbeiführen kannst?«, fragte sie dann.

»Ich meine, dass ich nicht sagen kann ›O. k., ich höre jetzt mal diese Stimme und frage, was ich tun soll‹ oder so. Es kommt oder nicht, ich habe keinen Einfluss darauf. Oder ich habe noch nicht rausgefunden, wie. Vielleicht geht es ja doch, dass ich mich bewusst damit verbinden kann. Irgendwann mal.«

Manuel fasste sich ein Herz. »Ich sage dir jetzt was. Ich habe das auch manchmal, ich schreibe so meine Liedtexte und andere Dinge. Es fühlt sich ein bisschen kribbelig und sehr weit und richtig an, bei dir auch?«

»Ja, als wäre man nicht auf der Erde, sondern würde über ihr schweben. Und es ist so blöd, wenn man wieder runterkommt und alles wieder normal ist, geht es dir auch so?«

»Ja, ich glaube schon. Ich habe es noch nicht so bewusst mitbekommen, aber – ja, es stimmt. Es tut fast ein bisschen weh, körperlich und seelisch.«

Manuel trank einen Schluck Wein, hatte er diese Erfahrung schon einmal geteilt? Eher nicht.

Beide schauten ins Feuer, atmeten auf, entspannten sich.

»Und, was glaubst du, was das ist? Und vor allem, was man machen kann, damit man es öfter spürt?«

Es hilft jedenfalls, wenn man zu sich steht, schrie Manuelle in seinem Innern. So viel wie heute hatte sie noch nie geschrieen, es war gar nicht ihre Art, aber er hörte ja nicht zu. Wie alle Männer. Nie hörten sie zu, doch zu der nach außen sichtbaren Tat – die er als Mann endlich wahrnehmen würde – konnte sie nicht schreiten. Blöder ging's nicht, sie würde zu gern wissen, was sie in diesem Körper suchte. War das wirklich ihrer?

»Ich weiß es auch nicht«, sagte Manuel. »Vielleicht gibt es irgendwelche Übungen, aber ich weiß es nicht, und ich habe auch keine große Lust, welche zu machen. Bis jetzt ist es einfach so gekommen. Keine Ahnung, was das ist, aber manchmal denke ich, wir sind vielleicht etwas mehr, als wir glauben, vielleicht gibt es tatsächlich so was wie Gott oder eine Höhere Macht. Vielleicht hören wir sie auf diese Art.«

Seine Stimme klang tief, ruhig, unbeteiligt, ein Philosophiestudent, der über sein Thema referierte, dachte Carola und schämte sich ihrer Begeisterung.

»Aber wieso ausgerechnet wir?«, traute sie sich zu fragen. »Entschuldige, bei dir weiß ich es ja nicht, aber ich bin einfach ganz normal und tue nichts Besonderes. Ich bin auch nicht irgendwie christlich oder sonst wie religiös. Wenn es wirklich so was wie Gott ist, wie kommt er dann ausgerechnet auf mich? Ich bin bestimmt nicht eine von denen, die dauernd in die Kirche rennen oder so.« Sie sprach in das beinah heruntergebrannte Feuer, als dächte sie laut nach.

»Das ist bei mir anders. Ich spüre es, wenn überhaupt, in Situationen, in denen ich gar nicht daran denke. Eigentlich in Situationen, in denen ich gar nicht denke, jedenfalls nicht bewusst über etwas Bestimmtes nachdenke. Als ob irgendetwas darauf warten würde, dass ich einen leeren Kopf habe, um dann die Gelegenheit zu ergreifen, mir etwas zu sagen oder mir Bilder zu schicken. Komisch.«

Nur dass du dich nie dran hältst, quetschte Manuelle sich in seine Gedanken.

Manuel und Carola schwiegen einen Moment lang. Das hier verband sie wirklich, denn beide hatten noch nie mit einem Menschen darüber geredet, der verstanden hatte, was sie meinten.

Dann fiel Manuel etwas ein. »Und, was war das für ein Traum?«

»Ich bin irgendwie über mir geschwebt und habe mich von oben gesehen. Da waren auch Fäden, und ich habe Hans gesehen.«

»Was denn für Fäden?«

»Ich weiß nicht genau, Angstfäden oder so. Im Traum wusste ich es genau und auch, dass es etwas damit zu tun hat, warum ich überhaupt hier bin. Aber jetzt weiß ich es nicht mehr so detailliert. Aber ich habe es in mein Tagebuch geschrieben. Wenn es dich wirklich interessiert, lese ich es dir mal vor. Ich weiß noch was – ich habe mich total zu Hause gefühlt. Und da waren auch noch andere, die mir sagten, dass ich nicht allein hier wäre, dass sich eine Seele inkarniert hätte, die mich unterstützen und mit der ich zusammen weitergehen könnte. So ähnlich jedenfalls. Ich glaube natürlich, dass das Hans ist.«

Wer denn auch sonst, fragte Manuel sich, er selbst würde sich sicher als mindestens zwei Seelen bezeichnen. Das hätte Carola wohl gesehen, wenn sie schon so träumte. »Was sagt er denn dazu?«

»Er versteht nicht, wovon ich rede. Na ja, macht nichts. Hast du auch schon mal so was geträumt?«

Carola war ganz aufgeregt und begeistert. Sie war nicht die Einzige, der so was passierte, das hieß auch, dass sie nicht gesponnen hatte, wie sie manchmal im hellen Licht des Tages befürchtete.

»Ja. Aber ich konnte mich nicht mehr so genau daran erinnern. Es ist aber noch gar nicht lange her, erst ein paar Tage.«

Er schaute auf die Uhr. »Entschuldige, wenn ich unser Gespräch so abbreche. Weißt du, ich habe noch nie darüber geredet, und ich muss das erst verdauen.«

Carola stand auf, bürstete sich noch einmal die nun trockenen Haare, zog die Jacke über. »Na dann, los!«, rief sie ihm zu.

Manuel schaute ihr fasziniert zu. So sollte seine zukünftige Freundin aussehen, ja. Sexy, weiblich, verführerisch. Und unkompliziert.

Er legte den Arm um sie. »Du siehst wirklich toll aus. Da werden mich heute alle um dich beneiden, hoffentlich sind viele meiner Freunde da, damit ich schön mit dir angeben kann.«

Carola lächelte unsicher, sie musste sich eingestehen, sie war geschmeichelt. Mit einem so schönen Mann wie Manuel tanzen zu gehen, hatte sie sich immer gewünscht. Es wertete sie irgendwie als Frau auf, auch wenn dieser Gedanke aus den Tiefen ihrer noch nicht emanzipierten Ahnenreihe stammen musste. Auch mit Hans war sie oft unterwegs gewesen, aber er wirkte nicht so auffällig gut aussehend wie Manuel. Um den hier würden sie alle Frauen beneiden.

Sie wusste ja nicht, dass viele dieser Frauen ihn schon im Bett gehabt hatten und sie deshalb zwar wirklich beneideten, aber auch bemitleideten. Das hatten sie auch schon erlebt, dass Manuel sich den ganzen Abend rührend um sie gekümmert hatte, und am nächsten Morgen war dann alles vorbei. So waren die Blicke, die Carola erntete, nachdem sie den Eingangsbereich des Black Panther passiert hatten und in das laute, dröhnende Getümmel eingetreten waren, eine Mischung aus Eifersucht und schwesterlichem Mitgefühl.

Manuel zog Carola gleich mit zur Bar, wo wie immer seine Kumpels versammelt waren. »Hallo«, schrie er durch den Lärm hindurch, »das ist Carola, meine neue Freundin.« Dabei drückte er ihr verschwörerisch die Hand.

Carola sah ihn befremdet an, aber wenn er dieses Spiel spielen wollte – nun gut. Sie würde sich trotzdem auf nichts einlassen, was sie nicht wollte. Obwohl sie, wenn sie ehrlich war, gerade gar nicht so genau entscheiden konnte, was sie wollte und was nicht. Der Wein hatte sie in eine angeregte, sentimentale Stimmung versetzt, und sie wäre am liebsten bei irgendjemandem im Arm gewesen – vorzugsweise natürlich bei Hans, erinnerte sie sich, doch der war ja nicht da. So genoss sie Manuels Händedruck und ließ sich treiben.

»Hallo Carola, ich bin Micha, schön, dich kennenzulernen.« Micha lächelte Manuel zu. Wie schön für ihn, dass er nun doch eine Freundin hatte. Ob sie das war, die, in die er verliebt war? Er sah zumindest sehr gelöst und glücklich aus.

»Kennt ihr euch schon lange?«, fragte nun ein anderer aus der Runde, es war Rollo. »Manuel hat nie von dir gesprochen – was ich dir hiermit sehr übel nehme.« Rollo sah ihn strafend an.

»Damit du sie mir sofort ausgespannt hättest, ich bin doch nicht blöd«, lachte Manuel.

»Du weißt also, dass du nicht die geringste Chance bei dieser Frau gehabt hättest, wenn sie mich zuerst kennengelernt hätte, nicht, Kleine?« Rollo fasste Carola unters Kinn und hob ihr Gesicht zu sich hoch.

»Ähh, eigentlich sind wir …«

Manuel unterbrach sie. »Aber jetzt sieht sie dich, und, wie du siehst, sie fällt nicht tot um. Du hattest deine Chance – gerade eben. Leider verloren.« Er zog Carola mit nach vorn an die Tanzfläche.

»Wieso erzählst du so einen Quatsch?« Carola blitzte ihn an. Das Lachen und Kuscheln war ihr vergangen.

»Weiß auch nicht, aus Spaß. Tut mir leid.« Doch als er sie anlächelte, verflog ihr Ärger sofort.

Er nahm erneut ihre Hand, »damit wir uns im Gedränge nicht verlieren«, und sie erwiderte seinen Druck. Es fühlte sich vertraut und sicher an. Und aufregend. Als sie die Blicke der anderen Frauen sah, spürte sie nichts als Stolz.

Plötzlich erklang genau der Song, auf den sie immer hoffte. Sie betrat die Tanzfläche und verlor sich sofort im Takt der Musik. Wie immer fiel alles, was sie belastet hatte oder ihr auch nur Gedanken machte, von ihr ab. Sie schwang die Haare hin und her, die Beine stampften den harten Rhythmus, der ganze Körper war eins mit der Musik. Als das Lied schließlich auslief, war sie gelöst und frei.

Mit blitzenden Augen ging sie zurück zu Manuel, der sie bewundernd beobachtet hatte. Sie umarmte ihn von sich aus und rief: »Ich liebe dieses Lied! Mein Gott, ich weiß immer erst, wie wichtig das Tanzen für mich ist, wenn ich es einige Tage nicht mehr gemacht habe.«

Sie war wie verwandelt, nun stürmte sie durch die Menge und holte sich ein Glas Wein. Es wurde Zeit, Urlaub von ihrer ewigen inneren Kontrolle zu machen, und wenn Alkohol ein Schlüssel war, nun, dann würde sie ihn nutzen. Lachend kehrte sie zu Manuel zurück, der wie selbstverständlich den Arm um sie legte. Sie nippte an dem Wein, wippte im Takt der Musik und wirbelte dann wieder auf die Tanzfläche.

Auch Manuel tanzte nun, und auch er erfuhr die magische Wirkung der Musik. Es war wirklich erstaunlich. Alles rückte wieder ins Lot, wenn der Körper eins war mit der Seele und dem Geist. Wenn alle Sinne vom selben Reiz erfüllt waren, ihn alle auf ihre Art und Weise ausdrückten. Und plötzlich war es ihm, als öffnete sich sein Kopf, und alles wurde weit und frei. Eine tiefe Freude ergriff ihn, eine Freude, die von nichts abhängig war, einfach nur, weil er am Leben war. Weil er zu dieser Musik tanzen durfte, weil er mit Menschen zusammen war, die er mochte – oder eigentlich nur, weil er auf der Erde war.

Plötzlich erschien es ihm wie ein Geschenk, am Leben zu sein, nicht wie die Mühsal, die er oft erlebte, vor allem, wenn er sich nicht traute, das zu sein, was er eben war. Es war doch alles so einfach. Was machte es schon, ob ihn jemand verstand oder nicht, die Hauptsache war, dass er das tat, was sich richtig anfühlte. Und plötzlich wusste er genau, dass auch Menschen da waren, die ihn verstehen würden, wenn er sich ihnen nur erst einmal offenbaren würde. Das alles funkte in Sekundenschnelle durch seinen Kopf, und er hätte jubeln können vor Glück. Freiheit. Nur darauf kam es an. Frei das tun, was sich gut anfühlte. Das sein, was man war. Alles andere war Lüge, Angst.

Doch dieser Augenblick verflog genauso rasch, wie er gekommen war, und wieder einmal landete Manuel hart auf der Erde. Er ging von der Tanzfläche und traf am Rand auf Carola, die ihm freudig zulächelte.

»Ich habe eben ein total geniales Erlebnis gehabt«, schrie sie ihm ins Ohr, »als ob mein Kopf aufgehen würde, und alles war frei! Wie das, wovon wir gesprochen hatten.«

»Ging mir auch gerade so, das ist ja verrückt. Es war die totale Freude, am Leben zu sein, leider nur zu kurz.«

Carola sah ihn an. Was war das nur? Durch irgendeine merkwürdige Macht hatten sie fast die gleichen Erlebnisse, nun auch noch zur gleichen Zeit. Und dann in einer Disco! Wenn das etwas Göttliches war, dann hatte Gott sehr merkwürdige Angewohnheiten, wer hätte gedacht, dass auch er sich an so einem Ort herumtreiben würde? Aber wahrscheinlich war es ganz normal, dass es in dieser Atmosphäre zu solchen Erlebnissen kam. Wer wusste, ob hier nicht einer Dope rauchte und sie beide davon etwas abgekriegt hatten. Wenn das die Wirkung von Dope war, würde sie ganz schnell ziemlich süchtig werden, bemerkte Carola. Sie fragte Manuel danach.

»Nein, glaube ich nicht. Erstens würde ich den Geruch bemerken, und zweitens wird mir davon schlecht. Das hier eben war jenseits von Drogen oder Einbildung. Ich weiß nicht, was es war, aber ich würde es öfter nehmen, wenn es im Angebot ist.«

Sie sahen sich in die Augen. Und plötzlich, als ob ein Tor sich öffnen würde, legte Manuel die Hände um Carolas Gesicht und küsste sie. Carola erwiderte den Kuss. Es war gut und richtig für beide, in diesem Moment war es in Ordnung, egal was daraus werden würde. Und schnell wurde aus dem Kuss eine leidenschaftliche Umarmung. Beide waren ausgehungert nach körperlicher Zuwendung, und Carola hatte nicht gerade wenig Wein getrunken.

Sie genoss es, im blitzenden Licht zu stehen, die dröhnende Musik, seine Hände an ihrem ganzen Körper und seine Lippen an ihrem Hals zu spüren. Sie wand sich unter seinen Berührungen und führte sich auf, wie es sich ihre Mutter in ihren schlimmsten Warnungen ausgemalt hätte.

Auch Manuel war sofort erregt und hätte sie am liebsten auf der Tanzfläche geliebt. Ja, »geliebt« war das richtige Wort, es war mehr als die übliche Nummer, die er hier manchmal abzog.

Carola dachte nicht einmal an Hans, sie sah, fühlte und roch nur noch Manuel. Er füllte ihr ganzes Bewusstsein aus, es war wie ein Rausch. Benebelt vom Alkohol, nahm sie die Umgebung wie durch einen Schleier wahr, doch ihre körperlichen Empfindungen waren geschärft, und sie spürte seine Berührungen viel deutlicher als im klaren Zustand. Sie war wie eingehüllt in ihre Lust.

Auf einmal schrak sie zusammen, Manuel hatte sie abrupt losgelassen. Micha war herangekommen, hielt ein Bier in der Hand und blieb bei ihnen stehen.

»Hey, Alter, du störst!«, wollte Manuel ihm zuraunen, doch noch nie hatte er seine Freunde für eine Frau stehen lassen. Warum auch, die Frauen kamen ja sowieso immer wieder zurück. Diese hier nicht, befürchtete er.

Carola wandte sich verlegen ab. Wie alt bist du, sechzehn, fragte sie sich, mit einem Fremden knutschen, obwohl zu Hause der Partner sitzt – nein, sogar sehnsüchtig wartete, wie er selbst gesagt hatte! –, was soll das? Wenn sie nichts getrunken hätte, wäre ihr das mit Sicherheit nicht passiert, das war ihr natürlich klar.

Nun standen sie zu dritt an der Tanzfläche, und Carola verschwand beim nächsten Lied. Beide Männer sahen ihr beim Tanzen zu.

»Sie ist wirklich süß, deine Carola, und ja, ich weiß, dass ich störe, aber ich wollte sie wirklich gern kennenlernen. Wer weiß, wann ich sie mal wieder zu Gesicht bekomme!«, lächelte Micha ihm zu.

Manuels Ärger verflog, und er beschloss, ehrlich zu sein. »Sie ist noch gar nicht meine Freundin. Aber ich hoffe, sie wird es. Ich weiß nicht mal, ob sie jetzt noch mal zurückkommt.«

»Aber es sieht doch ganz danach aus. Ich meine, was fehlt noch, damit sie deine Freundin wird?«

»Sie hat noch immer diesen Freund in ihrer Heimatstadt, ich weiß gar nicht so genau, wo das ist. Hatte ich dir erzählt, du erinnerst dich. Sie sind noch zusammen. Aber das wird sich sicher ändern.« Und dann gestand er ihm: »Weißt du, das ist etwas anderes als mit diesen Frauen hier. Da gibt's auch Wärme und Verständnis und so.«

Micha schluckte unwillig. Sie hatte noch ihren Freund, nun ja. Da konnte man nur Mitleid mit diesem armen Kerl haben. Wenn Manuel daherstiefelte, verblassten alle anderen. »Und wie ist das mit ihrem Typen? Was ist das für einer?«

»Hast du denn gar keine Skrupel«, war das, was ihm wirklich auf der Zunge lag, doch rasch schluckte er die Frage hinunter.

»Ich kenne ihn nicht. Aber sie scheint nicht glücklich mit ihm zu sein.«

Stimmte das, fragte Manuel sich. Stimmte das wirklich? Mischte er sich nicht in etwas ein, was durchaus gut werden könnte, und was sagte das über ihn?

Er gab sich einen Ruck. »Ich weiß, das ist scheiße. Aber ich mag sie sehr. Und es gibt etwas, was sie nicht weiß und was ich ihr auch nicht sagen kann, was sie aber wissen muss, bevor ich mit ihr zusammenkommen kann. Bei ihr habe ich das Gefühl, sie könnte es verstehen.«

»Na, dann sag's ihr, bevor sie ihren Freund verlässt und dann am Ende allein dasteht«, erwiderte Micha. Spielchen konnte er nicht leiden.

Manuel schaute Micha verwundert an, in einem so harten Ton hatte er noch nie mit ihm gesprochen. Respekt, dachte er. »Hast recht, Alter«, sagte er und stieß sein Bierglas an Michas.

Carola kam erhitzt von der Tanzfläche zurück. Stolz ging sie durch die Menge zur Bar, um sich ein Glas Mineralwasser zu holen. Dort traf sie noch einmal auf Rollo, der sie jetzt aber nur nett anlächelte.

Er hatte gesehen, wie Manuel sie geküsst hatte, und damit war das Thema durch, egal ob sie nun seine Freundin war oder nicht. Er konnte es kaum glauben, dass Manuel nun in die Gruppe der Menschen mit festen Beziehungen gewechselt hatte. Er gönnte ihm sein Glück natürlich von Herzen, doch er spürte auch einen Stich Neid oder Eifersucht, als er Carola jetzt selig lächelnd ihr Wasser entgegennehmen sah. Das wäre auch eine Frau für ihn!

Carola hatte von all dem nichts mitbekommen. Sie war sich ihrer Wirkung auf Männer nur sehr selten bewusst. Meistens zählte sie sich eher zur Gruppe der unscheinbaren, netten, aber leider nicht sehr aufregenden Frauen. Sie fühlte sich oft viel zu dick, unattraktiv, und sie wäre gern mindestens zehn Zentimeter größer, dafür aber mindestens zehn Kilo leichter gewesen. Sie war, genauso wie viele andere Frauen, der irrigen Meinung erlegen, alle Männer stünden ausnahmslos auf langbeinige blonde Barbiepuppen. So ahnte sie nichts von Rollos Bewunderung, sondern lächelte ihm nur noch einmal freudig zu und bahnte sich dann ihren Weg zurück zu Manuel.

Dieser war bei den ersten Klängen seines Lieblingsliedes auf die Tanzfläche getreten, und nun konnte Carola ihn beim Tanzen bewundern. Wieder einmal fiel ihr sein fast weiblich anmutender Tanzstil auf, und sie fragte sich zum wiederholten Mal, wie so ein toller Typ ausgerechnet auf sie stehen konnte.

Dann trank sie mit wenigen Schlucken ihr Glas leer und gesellte sich zögernd zu Micha. Was der wohl von

Frau hielt, die öffentlich mit jemandem herumknutschte, so, wie sie es eben getan hatte? Doch irgendwie war es ihr auch egal. Es war nicht nur die Wirkung des Weines, nein, sie hatte die Nase voll von irgendwelchen Verhaltensmaßregeln seitens ihrer Mutter, ihres Vaters oder auch ihres eigenen Kopfes.

Doch Micha lächelte sie unbefangen an, als sie sich zu ihm stellte. Mit einem Kopfnicken deutete er auf Manuel. »Wie hast du dir den denn eingefangen?« fragte er sie lachend, und er wollte »Pass gut auf dich auf« hinterherschicken. Doch natürlich schwieg er, es ging ihn nichts an.

Carola lächelte und gab vor, Micha im Lärm der lauten Musik nicht genau verstanden zu haben. Wie sie sich ihn eingefangen hatte? War er ein Virus? Nun, irgendwie schon und was half gegen Viren? Bettruhe und Wärme … genau das, was sie sich mit ihm gut vorstellen konnte – Kuscheln mit dem Virus … Schluss jetzt! Geht´s noch, fragte sie sich.

Und, zum Glück, da kam Manuel auch schon wieder von der Tanzfläche. Schützend – vor allem sich selbst – stellte er sich zwischen Micha und sie, legte den Arm um ihre Schultern und begann dann, ungezwungen und leicht mit Micha zu plaudern, soweit das bei der Lautstärke möglich war.

Carola sah sich in Ruhe um. Sie würde diesen Arm genießen, beschloss sie, denn sie fühlte sich endlich mal wieder sicher und geborgen. Entspannt beobachtete sie die Menge. Ihr fielen vor allem die sehr sexy zurechtgemachten Frauen auf, doch an diesem Abend fühlte sie sich nicht unscheinbar und grau, sondern angenommen und geliebt.

Sie lächelte liebevoll und ein wenig mitleidig – oder hochmütig, dachte eine sehr ehrliche innere Stimme – über all diese Frauen, die durch ihre Kleidung ihre Liebesbedürftigkeit herausschrien. Daran war nichts falsch, nein, es war einfach eine Art, »Ich brauche dich, wo immer du bist« zu rufen. Schade war nur, dass die meisten Menschen hier in dieser Disco nicht mehr wussten, dass es ihnen eigentlich um Liebe ging. Sie glaubten, es wäre tatsächlich nur der Sex. Auch an Sex war nichts verkehrt, das Problem war nur, dass viele diese One-Night-Stands mit echter Liebe und echter Geborgenheit verwechselten – sie hatte es selbst oft genug erlebt. Dann schüttelte sie unwillig den Kopf. Was hatte sie denn heute nur für Gedanken? Vielleicht ging es den Menschen hier ja wirklich nur um Sex, und auch das war völlig in Ordnung.

Kurz dachte sie an Hans. Jetzt war sie nicht mehr benebelt, sondern sie erkannte sehr klar, was hier gerade passierte. Doch es wäre wirklich lächerlich gewesen, nicht in Manuels Arm zu sein, künstlich irgendwie, wie eine Vermeidung von etwas Unausweichlichem, entschuldigte sie sich. Sie fühlte sich so gut und sicher bei ihm, und Hans war nun mal nicht da. Wieso sollte sie einen Meter neben Manuel stehen, obwohl sie sich hier so gut aufgehoben fühlte und obwohl es ihr so bereitwillig angeboten wurde? Sie glaubte nicht, dass sie es Hans erklären würde, sie wollte ihm nicht wehtun. Das hier war etwas völlig anderes. Was es genau war, konnte sie allerdings nicht erfassen, es fühlte sich nur ganz anders an. Es war weniger bedürftig, eher frei und freundschaftlich.

Obwohl der leidenschaftliche Kuss vorhin wirklich nicht gerade freundschaftlich zu nennen war, bemerkte sie dann bei sich, und sie wurde in der Erinnerung daran ganz schwach in den Knien. Der hatte es aber auch wirklich drauf!

Und als hätte Manuel ihre Gedanken gespürt, wandte er sich ihr nun zu und sah ihr in die Augen. Micha hatte die beiden wieder allein gelassen. Manuel strich mit dem Zeigefinger vorsichtig über ihre Lippen. Carola öffnete sie leicht und berührte seinen Finger mit ihrer Zunge. Das war ja wohl eine eindeutige Aufforderung. Und Manuel küsste sie wieder. Carola gab sich ihm ganz hin, und erneut versank die Welt um sie herum. Es war wie ein Rausch, und Carola fühlte sich frei, erotisch und begehrt wie schon sehr lange nicht mehr. Jetzt, in diesem Moment, hätte sie sogar mit ihm geschlafen, wenn sich die Gelegenheit geboten hätte. Und fast war sie erleichtert, dass sie hier in dieser Disco standen und nicht bei ihm zu Hause waren. Doch da kam es auch schon.

»Wollen wir zu mir fahren?«, flüsterte Manuel ihr heiser ins Ohr, seine Stimme fuhr ihr wie ein Blitz hinab in die Lenden. Puh. Jetzt hatte sie eine Entscheidung zu treffen. Das hier war noch einigermaßen vertretbar, geboren aus zu viel Wein und zu wenig körperlicher Zuwendung in den letzten Wochen. Doch mit ihm nach Hause zu fahren, mit ihm zu schlafen, vielleicht sogar die ganze Nacht mit ihm zu verbringen, das war knallharter, bewusster Betrug.

Manuel bemerkte ihr Zögern und ließ sie los. Er wusste, dass er sie verführen könnte, wenn er es darauf anlegen würde. Ihr Widerstand, falls es je einen gegeben hatte, war längst gebrochen. Doch nahm er sich damit nicht gleichzeitig die Chance auf ein Geschenk? Wenn er sie jetzt herumbekäme, würde er niemals wissen, ob es aus freien Stücken, also aus echter Zuneigung, oder aus körperlicher Erregung geschehen war. Und plötzlich schien es ihm unendlich wichtig zu sein, dass Carola wirklich frei entschied. Also trat er einen Schritt zurück und sagte: »Entscheide dich ganz frei, Carola. Ich gehe jetzt an die Bar und bleibe dort eine Weile. Ich würde sehr gern mit dir diese Nacht verbringen, aber ich weiß, es gibt Hans, und ich weiß, dass es nicht leicht ist für dich.«

Carola war überrascht und verwirrt über sein Verständnis und über die Freiheit, die er ihr gab.

Auch Manuel wunderte sich ziemlich über das, was er da gerade gesagt hatte. So kannte er sich gar nicht, es war ihm üblicherweise scheißegal, aus welchem Grund eine Frau mit ihm schlief, die Hauptsache war, sie tat es. Doch als hätte er eine kosmische Eingebung, wusste er plötzlich, dass diese Entscheidung hier seinen gesamten Lebensweg verändern würde. Manuelle lächelte still.

Die Entscheidung, Carola nicht zu beeinflussen, sie nicht zu manipulieren, würde ihm, vielleicht zum ersten Mal in seinem Leben, zeigen, ob er Zuneigung auch geschenkt bekommen konnte, ohne sie sich zu erschleichen. Und er fühlte sich stark und sicher genug, die Antwort darauf zu ertragen. Also stupste er mit seinem Finger an ihre Nase, lächelte sie an, drehte sich um und ging.

Carola blieb voller Verwirrung allein an der Tanzfläche zurück. Jetzt hatte sie wirklich ein Problem. Doch dann lächelte sie. In Wirklichkeit gab es doch überhaupt keine Frage, was sie tun würde. Selbstverständlich würde sie nicht mit ihm schlafen. Schließlich wollte Hans sie heiraten! Manuel müsste es verstehen. Sie hatte niemals vorgehabt, Hans wegen Manuel zu verlassen. Und so gab es auch nicht den geringsten Grund, außer diesem Brennen zwischen ihren Beinen, mit Manuel zu gehen.

Sie sah ihn durch die Menge hindurch an. Was wollte sie von diesem Mann? Er berührte etwas in ihr, was noch nie berührt worden war. Aber berührte sie ihn auch? Reichte das, um ihre ganze Zukunft neu zu gestalten? Im Moment nicht, natürlich nicht, sie kannte ihn ja kaum.

Ein langsames, inniges Liebeslied, das sie sehr liebte, erklang, und sie betrat die Tanzfläche. Und wieder tanzte Manuel vor – nicht mit – ihr, auch er war sofort auf die Tanzfläche gestürzt, zusammen mit vielen anderen. Und während beide tanzten, spürte er, dass es nicht wichtig war, dass es jetzt sofort geschah. Selbst wenn Carola heute Abend tatsächlich Nein sagte, wäre das letzte Wort noch nicht gesprochen.

Doch als sie ihm dann bedauernd die Hand auf die Schulter legte und ihm mit vorsichtigen Worten beizubringen versuchte, dass sie sich entschlossen hatte, Hans treu zu bleiben, war er enttäuschter, als er es erwartet hatte. Das übliche coole Getue nutzte ihm hier nichts. Nein, er hatte sich, ehrlich gesagt, sehr darauf gefreut, mit Carola im Arm einzuschlafen. Auch das war neu, er hasste es, wenn er am nächsten Morgen mit lahmem Arm aufwachte, weil die ganze Nacht der Kopf einer ihm in Wirklichkeit völlig gleichgültigen Frau daraufgelegen hatte.

Dann hatte er eine Idee. »Sag mal, wollen wir dann morgen vielleicht zusammen frühstücken?«, fragte er sie.

Carola, erleichtert darüber, dass er sie nicht hatte stehen lassen, nickte. »Ja, das wäre toll. Ich find´s furchtbar, allein zu frühstücken.«

Sofort bemerkte sie, dass das sicher nicht gerade die netteste aller Antworten gewesen war, doch Manuel hatte sie schon richtig verstanden. Er lächelte.

Und jetzt, fragte er sich. Allein heimzugehen kam für ihn nicht infrage. Carolas Absage tat weh, aber er glaubte ihr einfach nicht. Natürlich wollte sie. Dennoch konnte er sie jetzt nicht mehr einfach in den Arm nehmen.

Und sie wäre sich schäbig vorgekommen, zwar die Geborgenheit, die er ihr gab, zu nehmen, den Rest aber dankend abzulehnen.

»Willst du dann gleich gehen?«, fragte sie ihn schließlich kleinlaut. Weg war er, spürte sie. Obwohl er noch neben ihr stand, war sie nun wieder allein.

»Ach nein, allein ins Bett komme ich noch früh genug«, erwiderte Manuel und schaute sich demonstrativ um. »Oder willst du nach Hause?«

»Nein.«

Doch. Auf einmal war sie hundemüde, als zöge ihr etwas jede Energie aus dem Körper. Aber sie konnte wohl nicht Manuel bitten, sie jetzt heimzufahren. Sie beobachtete ihn, wie er durch die Menge schlenderte, hier und da stehen blieb und sich schließlich zu einer Frau gesellte. O. k. Es war besser, zu gehen.

Sowieso begann Carola erst verstohlen, doch dann immer offener zu gähnen. Sie war es noch nicht gewohnt, bis morgens um sieben in einer Disco herumzuhängen, jetzt war es fünf, und ihr Körper rief nach einem weichen Bett. Noch eine halbe Stunde länger, und es wäre ihr sogar egal, welches weiche Bett das wäre, also war es Zeit zu gehen, wenn sie nicht doch in eine unerwünschte Situation kommen wollte.

Sie verließ das Black Panther – schon wieder flüchtete sie, das schien ein Trend zu werden – und nahm den Nachtbus nach Hause.

Manuel sah ihr nach. Schade. Sie ging einfach. Sollte er hinter ihr hergehen, damit sie gut nach Hause kam? Nein. Er war nicht ihr Ritter, wenn sie den Nachtbus unbedingt wollte, sollte sie ihn nehmen. Er kramte sein Handy aus der Hosentasche und simste ihr: »komm gut heim, frühstück um 15.00 bei mir!«

Er ließ die für ihn völlig uninteressante Frau stehen, ging ziellos durch die sehr volle Disco, drängte sich zwischen den Menschen hindurch. In einer Ecke traf er Sissy, sie sah heute noch abwesender aus als sonst. Wie immer war sie äußerst sexy zurechtgemacht.

Sie trägt Lackklamotten wie andere Frauen ihre Jeans, dachte er. Nein, ehrlicherweise dachte er: wie andere Frauen ihre Kittelschürzen, doch Manuelle erlaubte ihm diesen Gedanken nicht.

Etwas stimmte nicht mit Sissy. Sie sah nie besonders gesund aus, er wusste, wie viel sie kokste. Doch heute schien sie geradezu unter Schock zu sein, völlig neben der Spur.

»Alles klar?«, fragte er sie und legte seine Hand auf ihre Schulter. Sie schien unter seinem Gewicht zusammenzusacken. »Hast du heute Zeit für mich?«, fragte er dann. »Ich bin echt einsam«, hätte er am liebsten hinzugefügt, aber wozu.

Sie drehte sich zu ihm um, und er sah verlangend in ihre Augen. Augen? Schwarze Löcher. Gerade richtig, um hindurchgezogen und in einem anderen Universum neu geboren zu werden.

Sissy war echt eine Hammerfrau, warum verliebte er sich nicht einfach in sie, und alles wäre gut? Sie hatte lange schwarze Haare, war groß, schlank, trug einen schwarzen Lackminirock, ein kurzes schwarzes Seidentop, das ihren gebräunten Bauch freiließ, und endlos hohe Lackstiefel. Sie sah aus wie eine Superwoman-Barbiepuppe.

Sissy hatte einen sehr reichen Vater, der ihr alles bezahlte, wusste Manuel, und so hatte sie nicht nur einen Kleiderschrank voll mit den teuersten Stoffen und Schuhen, sondern auch eine wunderschöne Wohnung gleich am Wannsee. Wunderbar idyllisch, mit Blick auf den See und mit Obstbäumen im Garten. Doch all das nutzte ihr nichts. Sie kam nicht zurecht in dieser Welt. Nicht tagsüber. Nur nachts fühlte sie sich sicher, als wäre sie eine Art Vampir. Sie brauchte die laute Musik, Sex und Koks, zumindest hatte sie noch nichts anderes gefunden, was ihr ein ähnlich lebendiges Gefühl gab.

Sissy wusste, dass sie ein Problem hatte. Sie hasste es, allein zu sein, nach ein paar Tagen hörte sie auf, sich selbst zu versorgen. So viel lieber hätte sie ihre Wohnung mit einigen Menschen geteilt. Doch ihr Vater wollte davon nichts wissen, er sagte, er wolle nicht, dass seine Prinzessin die Tassen irgendwelcher Leute spülte und ihnen vielleicht auch noch Kaffee kochte. Doch genau das wäre das Richtige für sie gewesen, und sie wünschte es sich sehr, mit einigen Leuten zusammenzuleben. Könnte sie sich doch nur gegen ihren Vater durchsetzen, dann würde sie vielleicht auch den Rest ihres Lebens meistern.

Ihre Mutter? Welche Mutter, fragte sie sich manchmal. Ihre Mutter hatte ihr die erste Linie gezogen, kichernd, albern, um den Vater zu ärgern, als wären sie Schwestern oder Freundinnen. Siebzehn Jahre alt war die Mutter gewesen, als sie mit Sissy schwanger wurde, und Sissys Vater, ein reicher, vierzigjähriger Schnösel, der in Scheidung lebte, hatte sie zähneknirschend geheiratet, damit er nicht verklagt wurde. Unterdessen wurde ihre Mutter von einer teuren Nervenklinik zur anderen gereicht. Der Vater hatte ihr den Umgang mit Sissy verboten. Sissy war ohne sie aufgewachsen, was ein Glück war, sie hatte die besten Erzieherinnen gehabt, und sie hätte es schaffen können.

Hatte sie aber nicht. Es musste genetisch sein, sagte sie sich manchmal in klaren Momenten, ihr fehlte ein Chromosom, sie konnte wirklich nicht auf sich aufpassen. Das gab es einfach. Doch noch immer hätte alles gut werden können, glaubte sie, die richtige Umgebung, die richtigen Freunde …

So aber riss sie sich jeden Abend einen anderen Typen oder eine Frau auf, Hauptsache, sie musste nicht allein schlafen. Wie schön, dass sie Manuel getroffen hatte, bei ihm fühlte sie sich sicher. Er wollte nicht all die schmerzhaften Dinge, die viele Männer von ihr erwarteten. Manuel wusste von vielen Dingen nichts, aber er sah, dass sie oft wie gehetzt um sich sah, wenn der Abend dem Ende zu ging und sie noch immer allein dastand.

Und heute wirkte sie so schutzlos, dass er sie nicht stehen lassen konnte. Außerdem so sexy, dass er sie sicher nicht stehen lassen wollte. »Zu mir oder zu dir?«, fragte er sie.

»Zu dir.«

Sie fuhren immer zu ihm. Sissy hatte ihre Wohnung seit etwa drei Wochen nicht mehr aufgeräumt, sie war ein einziges Chaos.

Beide stiegen nun in ihre Autos, und Sissy raste hinter Manuel her zu dessen Wohnung. Beim Aussteigen griff Manuel ins Handschuhfach – Mist, er hatte keine Gummis mehr. Doch Sissy, völlig vertraut mit solchen Situationen, hatte welche dabei. Gott sei Dank, dass sie sich selbst darum kümmerte.

Sie betraten seine Wohnung, und Manuel wurde fast erschlagen. Der Duft von Carolas Parfüm hing noch ganz leicht in der Luft. Er riss die Fenster auf, und nach wenigen Minuten waren die Zimmer erfüllt von kalter, klarer Luft ohne auch nur den Hauch der Erinnerung an sie. Nun konnte er endlich das tun, woran er den ganzen Abend gedacht hatte, auch wenn er es mit der falschen Frau tat.

Doch als Sissy und er später – hinterher – eine gemeinsame Zigarette rauchten, war die Situation so vertraut, dass er sich fast geborgen fühlte. Aneinandergekuschelt schliefen sie ein.

14

Als Carola am Nachmittag um Punkt drei Uhr klingelte – sorgfältig gekleidet in leuchtende Herbstfarben, was zu ihren rot schimmernden Haaren wunderbar aussah –, wachte Manuel erschrocken auf. Auch Sissy reckte und streckte sich verschlafen. Manuel sah auf die Uhr. Um Himmels Willen, Carola! Die hatte er ja völlig vergessen! Was sie wohl sagen würde, wenn sie Sissy traf? Aber nun gut. Sie hatte ja wohl nicht gewollt.

Er drückte auf den Knopf der Haussprechanlage, bat Carola, einen kleinen Moment zu warten, und zog sich rasch an. Schnell setzte er Kaffee auf und drückte dann auf den Türöffner. Sissy war unterdessen ins Bad gehuscht, man konnte die Dusche rauschen hören.

»Hallo Carola, schön, dass du kommst«, sagte er und lächelte nicht. »Ich muss dir was gestehen, ich habe völlig verschlafen.«

War es sehr gemein, dass er sich auf ihren Schock freute? Ja. Na und? Er WAR schließlich sehr gemein.

»Aber das macht doch nichts«, lachte Carola ihn strahlend an.

Sie hatte lange geschlafen und ausführlich mit Hans telefoniert. Er hatte ihr noch einmal bestätigt, dass er nächstes Wochenende kommen würde und dass er sich schon sehr auf sie freute. Dann hatten sie sogar ein bisschen Telefonsex gehabt, und jetzt war Carola ausgeglichen und glücklich.

»Ich hab dir was mitgebracht«, sagte sie und legte ihm den Bergkristall in die Hand. »Als Dank für dein Verständnis und weil der Abend mit dir so schön war.«

»Wow, das habe ich nicht verdient«, antwortete er. »Carola …«

»Ja?«

»Nichts.«

Wieso sollte er ihr erklären, dass da Sissy duschte? Sie würde es auch so gleich merken. Und wie immer, wenn er unter Druck geriet, verschloss er sich, funktionierte nur noch, war wie ein Kind, das ein fünf Nummern zu großes Leben zu meistern hatte.

Carola merkte nichts davon, sie war ganz glückliche Braut. Ob sie doch in Weiß … ja, klar. Wenn schon, denn schon. Sie half Manuel, den Tisch zu decken, und wunderte sich nur über das Rauschen der Dusche. Drei Teller?

Und da trat Sissy auch schon blitzblank und ungeschminkt, nur mit einem Handtuch bekleidet, in die Küche. Sie sah aus wie der Tod und hielt etwas in der Hand. »Manuel …«, sagte sie, ohne Carola zu beachten.

Diese war zu Eis erstarrt.

»Carola, kennst du Sissy?«, wandte sich Manuel an Carola.

»Manuel …« Sissy zupfte ihn am Ärmel. »Ich muss dir was sagen.«

Manuel schenkte drei Becher Kaffee ein. »Sissy, das ist Carola, Carola, das ist Sissy. Setzt euch doch.«

Es war ihm völlig egal, was gerade geschah, es war, als hätte er auf Autopilot geschaltet. Er würde dieses Frühstück durchziehen, was gingen ihn diese Weiber an.

Wenn er Gefühlsverwirrungen brauchte, musste er nur in den Spiegel sehen.

»Verdammt, Manuel! Jetzt hör doch mal …« Sissy schleuderte den Gegenstand, den sie krampfhaft festgehalten hatte, auf den Tisch. Er rutschte zu Carola, und sie fing ihn reflexartig auf. Was sollte das denn sein? Blaue Linien. Zwei. Sie sah Sissy an. »Du bist schwanger?«, fragte sie ungläubig. Sissy barg den Kopf in den Händen und nickte stumm.

Manuel war es, als legte sich eine tonnenschwere Last auf seine Brust. »Und wer …« Er traute sich nicht, den Satz zu vollenden.

»Weiß ich nicht. WEISS ich nicht! Kann von dir sein.«

»Kann von mir sein oder ist von mir?« Er würde Carola nie wieder ins Gesicht sehen können. Niemandem. Am wenigsten sich selbst. Denn, wenn er ganz ehrlich war, und anders ging es nicht, wusste er auf der Stelle, in dieser Sekunde, dass er dieses Kind nicht wollte. Auf keinen Fall. Vielleicht war er ein Riesenarschloch. Aber er wollte kein Kind, nicht so, nicht jetzt, nicht mit dieser Frau.

»Kann. Weiß ich nicht.« Sissy stand auf, pulte etwas aus ihrer Jackentasche und streute weißes Pulver auf ihren glatten Teller. Geübt schob sie eine Linie zusammen und zog sich das Koks in die Nase. Sie schniefte, wischte mit dem Handrücken unter der Nase entlang und trank einen Schluck Kaffee.

»Sag mal, hast du sie noch alle?!«, brüllte Manuel, während Carola entsetzt zusah. Krasser ging's nicht mehr. Hans, dachte sie, ich will heim, die spinnen doch alle! Sie stand auf, sagte »Ich geh« und verließ die Wohnung, den Mann, all das komplizierte Zeug.

Sie stürmte nach Hause. Total kaputt, das waren sie alle, doch was hatte sie erwartet, wenn sie sich bis in die Puppen in dieser riesigen Stadt herumtrieb? Miss Drogenabhängig war schwanger von Manuel. Und dieser hatte sie, eine halbe Minute, nachdem Carola Nein gesagt hatte, mit zu sich genommen.

War sie denn vollkommen austauschbar? Offensichtlich. Unfassbar. Sie würde sich jetzt um sich selbst kümmern, studieren und ihre Hochzeit planen. Schwanger. Unglaublich.

»Ernsthaft, bist du verrückt?«, fragte Manuel noch einmal und sah Sissy direkt in die Augen. »Was immer du nun tun willst, hat das Kind nicht eine Chance verdient, gesund zu sein?«

Sissy schaute genauso direkt zurück. »Ja«, sagte sie. »Ja. Ich bin verrückt. Ich habe einen Knall, und ich kann unter gar keinen Umständen Mutter werden. Ich weiß nicht mal, wie das passiert ist. Meine eigene hat mich kaputt gemacht, und ich werde mich selbst nicht weitergeben. Ich muss es abtreiben, ist mir egal, wie das klingt. Kommst du mit? Oder willst du zur Verfügung stehen und ein liebender, treu sorgender Vater werden, falls es überhaupt von dir ist?«

»Nein.« Er konnte ehrlich sein, zu wem denn sonst, wenn nicht zu Sissy? »Und ja, ich begleite dich. Natürlich.«

Fuck. Gerade jetzt brauchte er einen Freund, jemanden, der ihn wirklich kannte und verstand. Doch wer sollte das sein? Immerhin konnte er sich um Sissy kümmern, das war er ihr zumindest schuldig.

Und jetzt? Manuelle tobte, als Sissy das Haus verlassen hatte. Sie wollte zu sich fahren und nachdenken, hatte sie gesagt, und nein, sie würde nichts Unüberlegtes tun. Zumindest nichts, was noch unüberlegter war, als unerwünscht schwanger zu werden und sich dann, als genügte der Schock über diese Erkenntnis noch nicht, Koks hinterherzuziehen.

Manuel hätte sie nicht allein fahren lassen sollen, fand er, aber Herrgott noch mal, er musste auch erst mal klarkommen.

Die Alte ist schwanger, das war´s wohl für mich, zeterte Manuelle weiter.

Manuel keuchte, die zentnerschwere Last auf seiner Brust nahm ihm die Luft. Hast du zugehört, herrschte er sie an, sie lässt es wegmachen, und niemand weiß, ob es von mir – nein, von uns – ist. Du bist mit im Boot, da müssen wir gemeinsam durch. Und ich brauche Hilfe. Das schaffe ich nicht allein. Seine Knie knickten ein. Er zog sein Handy aus der Hosentasche und wählte Carolas Nummer.

»Ich bin's, Manuel. Ich möchte mich bei dir entschuldigen. Und ehrlich gesagt brauche ich dich. Hast du einen Moment Zeit?«, fragte er, lauschte auf die kurze Antwort und legte dann auf.

Sie hatte ja recht. Er würde sich nach der Show von vorhin auch nicht mehr zuhören. Von ihrem Rettersyndrom war leider nichts zu spüren. Immer wenn man mal wirklich einen Co-Abhängigen brauchte, war keiner da.

Atmen. Atmen! erinnerte er sich. Er brauchte noch immer Hilfe. Zum Glück stand sie im Schrank, die Hilfe. Er schenkte sich den ersten Drink ein. Blöd, dass er kein

Dope vertrug. Das wäre jetzt das Richtige gewesen. Doch nach dem dritten Whisky sah er wieder klarer.

Carola war eben auch nur eine von diesen Schlampen, wie war er nur auf die Idee gekommen, sie würde ihn verstehen? Niemand würde ihn jemals verstehen, dessen war er sich nun ganz sicher.

Er nahm den Stein, den sie ihm geschenkt hatte, in die Hand. Schöne, scharfe Spitzen. Probehalber ritzte er sich damit über die Haut. Ein heller Streifen, der schnell dunkelrot wurde. Doch dann legte er den Stein wieder weg. Was sollte das denn werden? Er würde niemandem einem Gefallen tun, wenn er einfach so verschwinden würde. Nein. Entweder die Welt setzte sich mit ihm auseinander, oder sie ließ es bleiben, aber so einfach würde er es ihnen nicht machen.

Er räumte mechanisch die Küche auf, und als er sich dann im Schlafzimmer vor den Spiegel setzte, um Manuelle zu erkennen, starrte ihm nur eine beherrschte Maske entgegen. Tief in seinen Augen lauerte der Schmerz. Er starrte in den Spiegel, immer tiefer hinein in seine Augen, bis der Schmerz ihn ganz ausfüllen wollte, sich durch alle Schichten der Abwehr hindurchfressen wollte. Doch kurz bevor er an der Oberfläche kam und damit spürbar werden konnte, kurz bevor Tränen in seine Augen treten würden und sich die Erstarrung auf diese Weise hätte lösen können, wandte Manuel sich vom Spiegel ab.

Schluss. Ende. Aus. Er hatte versucht, sich zu öffnen, er hatte versucht, zu vertrauen, und er hatte versucht, echte Nähe zuzulassen. Es hatte nicht geklappt, und nun hatte er die Schnauze voll davon.

Zum Glück war heute Sonntag, da hatte er gegen Abend Probe. Das Zusammensein mit seinen Freunden würde ihm guttun. Er schlüpfte in seine Jacke, zog die Turnschuhe an und fuhr die wenigen Kilometer zu einem alten Luftschutzbunker, in dem von der Stadt Proberäume für verschiedene Bands freigegeben worden waren. Die anderen Bandmitglieder – Micha, Rollo und Erik, ein gut aussehender blonder Basser – begrüßten ihn stürmisch.

Als sie sein Gesicht sahen, verstummten sie. So erstarrt und so abweisend hatten sie ihn schon lange nicht mehr erlebt, doch jeder wusste, was das bedeutete: Komm mir nicht zu nahe, oder du stirbst. Micha wollte ihm die Hand auf die Schulter legen und ihn fragen, was denn los sei, doch Manuels Schutzschild war so stark, dass er erschrocken zurückfuhr.

Sie leerten jeder eine Flasche Bier, bevor sie begannen, ihre laute, harte, schnelle Musik zu proben. Manuel griff zum Mikro, und die anderen erschraken, als sie die Eiszapfen in seiner Stimme hörten, die jeden Einzelnen von ihnen bis ins Herz durchbohrten. Das Verrückte war, dass Manuel niemals besser sang, als wenn er sich fühlte wie heute. Dann hatte seine Stimme einen Ausdruck von wildem Schmerz und kalter Leidenschaft, die auch den unbeteiligtsten Zuhörer in seinen Bann riss. So auch jetzt.

Als sie zweieinhalb Stunden später erschöpft und befriedigt ihre Instrumente ausstöpselten, waren sie alle davon überzeugt, dass nur noch wenige Proben sie von ihrem ersten Auftritt und vom heiß ersehnten Major Deal trennten. Auch Manuel sah nun wieder zugänglicher aus, er lachte sogar einige Male.

»Wollen wir noch was trinken gehen?«, fragte Erik und schaute sich in der Runde um. Eigentlich war die Frage überflüssig, denn fast jeder Sonntagabend endete mit einem Gelage in der Kneipe gegenüber.

»Klar«, rief Manuel laut, »und nachher gehe ich noch ins Panther, kommt ihr mit?«

Micha beobachtete ihn stumm. Ihm konnte er nichts vormachen – nicht mehr. Das war nicht Manuel, das war die alte Hülle, von der er dachte, dass Manuel sie als unbrauchbar erkannt und weggeworfen hätte. Wie konnte er ihm bloß sagen, dass es nicht nötig war, diese Maske zu tragen? Doch woher wusste er, ob es für Manuel nötig war oder nicht? Das Einzige, was er tun konnte, war, da zu sein, wenn Manuel einen Schritt auf ihn zu wagte. Bis dahin musste er das Spiel mitspielen.

Laut lärmend und grölend verließen sie den Bunker und fielen in die Kneipe ein. Die Bedienung kannte sie schon und stellte ihnen unaufgefordert jeweils ein Bier auf den roh gezimmerten Tisch. Zuerst lachten und scherzten sie miteinander, rissen derbe Witze über die Bedienung, die darüber nur milde lächelte, doch nach dem zweiten Bier begannen sie sich ernsthaft über die Zukunft ihrer Band zu unterhalten.

Schwanger. Blödsinn. DAS hier ist wirklich wichtig, dachte Manuel, und für ihn stimmte es auch. Was sagt das wohl über mich, fragte er sich. Aus philosophischer Sicht gab es viele Antworten, doch die einzig richtige war: nichts. Es sagte, dass er noch nicht Vater werden wollte und dass er sich mit einer Situation auseinandersetzen musste, um die er nicht gebeten hatte. Wenn eine Seele einfach so daherkam und sich den Raum nahm, einfach mal eben nebenbei, trotz Verhütung und trotz ausdrücklicher Kenntnis über sein Nein, dann durfte er wohl ein paar Tage hadern und nachdenken. Er wandte sich seinen Kumpels zu.

Es war fast jeden Sonntag der gleiche Frust, es machte ihnen Spaß, miteinander Musik zu machen, und sie fanden, dass sie längst auftrittsreif waren, doch leider waren sie die Einzigen, die das fanden. Meistens schickten ihnen die Veranstalter von Rockwettbewerben ihr Demoband wegen Überlastung ungehört zurück. Ein netter Brief: Wir haben auch weiterhin Interesse an Ihrer Musik, doch diesmal können wir Sie leider nicht berücksichtigen. Zum Kotzen.

»Wenn wir eine Frontfrau hätten, wäre das alles ganz anders«, sagte Erik schließlich. »Einer Sängerin können nur wenige Veranstalter widerstehen.«

Lachend sah er Manuel an. »Na, Manuel, wie wäre es, hm? Ein bisschen Lidschatten, ein bisschen Lippenstift?« Manuel starrte ihn fassungslos an. Er war sofort weiß geworden. Dann drehte er den Kopf und sah Micha in die Augen. Wut und Enttäuschung stiegen in ihm auf, als ihm klar wurde, was hier passiert war. Micha musste bei seinem letzten Besuch irgendetwas gesehen haben, und anstatt die Klappe zu halten oder ihn darauf anzusprechen, hatte er es brühwarm weitererzählt. Nun machten sie sich über ihn lustig. Er schüttelte leicht den Kopf. Niemals hätte er von Micha eine solche Bloßstellung erwartet.

Doch dieser sah ihn nur verständnislos an. Und plötzlich kam Manuel die Idee, dass es tatsächlich nur ein Scherz sein könnte. Er entspannte sich und lachte Erik zu. »Na klar«, sagte er, »kein Problem. Und an meiner Stimme erkennt man ja auch nichts.«

»Na ja«, warf Rollo ein, »das ist doch gerade der Hit. Eine große dunkelhaarige Frau mit einer Stimme wie deiner – wir wären sofort in den Charts.«

Micha sagte gar nichts. Ihm war, als ginge ihm ein ganzer Kronleuchter auf. Natürlich konnte er sich auch irren, doch das, was er eben in Manuels Augen gesehen hatte, würde alles erklären, was es an Unstimmigkeiten in ihm, Micha, gab.

Was wäre, wenn es tatsächlich die Wahrheit wäre, wenn Manuel in Wirklichkeit eine Frau wäre? Oder zumindest ein Teil von ihm. Das würde seine manchmal weibliche Ausstrahlung erklären, es würde Michas Träume erklären, und es würde auch die Wut erklären, mit der Manuel ihn eben angeschaut hatte. Micha wusste selbst nicht, wie er auf diese Idee gekommen war, doch es hatte sich wie ein Puzzlespiel Stück für Stück zusammengefügt, und plötzlich, mit einem Mal, sah er klar. Oder zumindest glaubte er es. Natürlich würde er Manuel nicht darauf ansprechen, was war, wenn er sich irrte? Er sah ihn an. »Du hast nicht zufällig eine Zwillingsschwester?«, fragte er ihn lachend, um dem Gespräch eine andere Wendung zu geben.

Manuels Gesicht verschloss sich. »Nein.«

»Aber jetzt doch noch mal im Ernst«, sagte Erik, »wir müssen uns irgendwas einfallen lassen. Wir sind wirklich gut, aber wir kommen nicht dazu, es zu zeigen. Es gibt einfach zu viele gute Bands hier in Berlin.«

»Vielleicht sollten wir uns alle als Frauen verkleiden«, warf Micha nun ein. »Frauenbands kommen viel weiter, und als Frauen verkleidete Bands wären sicher der absolute Hammer.«

Rollo schüttelte sich. »Um Himmels Willen!«, schrie er. »Das wäre so ungefähr das Allerletzte, was ich gern tun würde. Dann noch eher Tanzmusik auf Hochzeiten und so. Aber ihr habt schon recht, wir müssen uns was einfallen lassen.«

»Abwarten.« Das war Eriks Standard-Antwort auf nicht zu lösende Probleme. Und irgendwie hatte er ja auch recht damit. Das Gespräch wandte sich nun wieder anderen Dingen zu, und einige Bier später verabschiedeten sich die vier voneinander.

Manuel vermied es sorgsam, auf dem Weg zum Parkplatz neben Micha zu gehen.

15

Zu Hause duschte er und zündete dann das Holz im Kamin an. Nachdenklich setzte er sich, nur mit seinem Bademantel bekleidet, in seinen Sessel und schaute ins Feuer.

Es war wirklich verrückt, wie häufig er in der letzten Zeit mit seinem Thema konfrontiert wurde. Erst gestern Carola mit ihrer komischen Party, heute der Spruch von Erik – merkwürdig. Als ob ihn irgendetwas dazu ermuntern wollte, über sich zu sprechen. Doch wenn er sich die Reaktionen der anderen vor Augen hielt, war es wohl eher ein Hinweis darauf, lieber die Klappe zu halten.

Innerlich unruhig, löschte er das Feuer, zog sich an und fuhr in die Disco. Er war sehr aufmerksam, als er an einem stehenden Polizeiauto vorbeifuhr, denn er hatte heute schon unglaublich viel getrunken. Es war ein Wunder, dass er überhaupt noch fahren konnte.

Im Black Panther traf er auf Sissy, die sich sofort an seinen Arm hängte. Wieder drückte ihm seine Last die Luft ab. Warum konnte er nicht einfach mit dieser Frau zusammen sein? Zumal sie womöglich sein Kind bekam. Sie passten gut zusammen, hatten beide verkorkste Elternhäuser, hingen gern nachts herum und scherten sich um wenig. Gemeinsam könnten sie sich um noch viel weniger scheren. Er betrachtete sie von der Seite. Sissy war gut im Bett, sie sah atemberaubend aus, und sie war vor allem nicht so anstrengend wie viele andere Frauen. Sie forderte nichts, sie war einfach nur da und nervte nicht. Ihre Kokserei störte ihn nicht weiter, und möglicherweise würde sie ja sogar damit aufhören, wenn sie eine feste Bezugsperson hatte. Wenn er Ja zu ihr sagen könnte, falls sie das überhaupt wollte, dann würde sie das Kind sicher bekommen. Es lag in seiner Hand, ob das Kleine lebte oder starb, glaubte er. Und er fragte sich noch einmal ernsthaft, wieso es eigentlich nicht Sissy sein sollte.

Weil du sie nicht liebst, antwortete Manuelle sofort, doch Manuel wischte diese Bemerkung mit einem kurzen Auflachen weg.

Liebe, was war das denn? Wenn er auf etwas so Utopisches wie Liebe warten wollte, würde er mit achtzig noch hier herumhängen. Nein, guter Sex, gutes Aussehen und ein bisschen Vertrauen – das musste reichen. Es war mehr, als viele seiner Freunde hatten, und es war sicher auch mehr, als seine Eltern je erfahren hatten.

Sissy würde er jedenfalls nichts erklären müssen, sie war so in ihrer eigenen Welt verhaftet, dass sie es vielleicht noch nicht einmal sehen würde, wenn Manuelle statt Manuel am Frühstückstisch saß.

Dein Kind würde mich aber schon bemerken, schrie Manuelle panisch, es lief doch letztlich immer wieder auf das Gleiche hinaus. Nun das Kind oder sie.

Als Manuel Sissy so verletzlich neben sich stehen sah, überkam ihn plötzlich ein zärtliches Gefühl, und er legte beschützend den Arm um sie. Sofort kuschelte sie sich an ihn wie ein kleines Kätzchen, das bei ihm Zuflucht vor der kalten, harten Welt da draußen suchte. Er zog sie näher an sich. Es tat ihm gut, gebraucht zu werden.

»Willst du wieder mit zu mir kommen?«, fragte er sie lächelnd, und sie nickte.

Das war eine ganz andere Sissy als die, die er sonst kannte. Jetzt war sie nicht mehr die coole, aufregende Frau, mit der er gern ins Bett ging, sondern jetzt war sie wie ein kleines Mädchen, das verkleidet aussah in ihrer schwarzen Lederhose und der knappen Lederkorsage. Im Moment wäre ein Kinderkleidchen mit Rüschen und Blümchen passender gewesen. Erschrocken über ihre Verletzlichkeit, führte er sie zu ihrem Auto. Hoffentlich hatte er sich nicht zu viel zugemutet.

Doch als sie seine Wohnung betraten, erlebte er sofort wieder eine sehr leidenschaftliche und hemmungslose, verführerische Geliebte, und der Anschein von Zerbrechlichkeit war wie weggefegt.

Die Probleme begannen bereits am nächsten Morgen. Manuel musste gegen neun aufstehen, um zur ersten Vorlesung pünktlich zu sein. Sissy allerdings ließ sich durch nichts dazu bewegen, das Bett zu verlassen. Sie war es gewohnt, bis nachmittags zu schlafen und dann nach dem Frühstück gegen vier die erste Linie zu ziehen. Jede ihrer Nächte dauerte bis mindestens morgens um fünf.

Manuel war hin- und hergerissen, er konnte sie schlecht allein in seiner Wohnung lassen. Was wäre zum Beispiel, wenn sie Zahnpasta suchen und dabei aus Versehen über Manuelles Silikonbusen stolpern würde? Er konnte nicht alles wegräumen, es gab keine verschließbaren Schränke in seiner Wohnung, wozu auch. Also war er gezwungen, sie entweder rauszuwerfen oder die Uni zu schwänzen. Er wählte zähneknirschend Letzteres. Sissy konnte ja nichts dafür. Doch es störte ihn sehr, denn er liebte es, zur Uni zu gehen, und er verpasste nur ungern eine Vorlesung, besonders aus solchen Gründen. Wenn es gleich so anfing! Und schon merkte er, dass er bereits die Nase voll hatte von einer festen Beziehung.

Während er seinen Kaffee trank – ins Bett wollte er nun nicht mehr zurück –, wurde er zunehmend wütender auf Manuelle. Wenn es sie in seinem Leben nicht gäbe, hätte er etliche seiner Probleme nicht. Vielleicht wäre eine Wochenendbeziehung mit Sissy besser, dann hätte er mehr Kontrolle. Unter der Woche müsste er eben auch weiterhin allein schlafen. Oder er besuchte sie in ihrer Wohnung, doch der Wannsee war sehr weit von der Uni entfernt, und er hatte absolut keinen Bock, sich jeden Morgen zusammen mit Tausenden von genervten Autofahrern zentimeterweise über den Kaiserdamm zu schieben. Das fand er das Allerletzte, er würde schon völlig erschöpft in der Uni ankommen.

Damit hatte sich seine beginnende Beziehung zu Sissy eigentlich schon fast erledigt. Verwundert spürte er, wie ihm sofort leichter zumute wurde.

Und das Kind, fragte eine innere Stimme, doch Manuel hatte in jeder Hinsicht ein Interesse daran, diesen Gedanken zu verdrängen. Sein Unterbewusstsein gehorchte dienstbeflissen, es schob sowieso Überstunden. Es kam nicht mehr darauf an.

Aber wenigstens lernen konnte er zu Hause, und so holte er die Mappe mit seinen Mitschriften. Bald war er in die neuesten philosophischen Auswertungen und Interpretationen von zeitgenössischen Themen vertieft. Was sagten die alten Lehren zu Guantanamo Bay? Was bedeutete das für das Kollektivbewusstsein? Und was meinte Kant dazu? Die Amerikaner hielten ihren Ansatz für eine allgemeingültige Maxime, sie befolgten ihrer Meinung nach den kategorischen Imperativ. Viele Diktatoren taten das auch. Wer entschied, was eine allgemeingültige Handlungsgrundlage war, war das nicht total hochmütig? Manuels Kopf glühte, als er über die verschiedenen philosophischen Ansätze nachdachte, und er vergaß alles um sich herum.

Als Sissy um vier verschlafen und verwuschelt in der Küchentür erschien, lächelte er sie liebevoll an, kochte ihr frischen Kaffee und ließ ihr ein Bad ein.

»Sollten wir reden?«, fragte Manuel, während sie ins heiße Wasser glitt.

»Worüber?«, fragte sie dermaßen verdutzt, dass sich sein Unterbewusstsein respektvoll vor ihrem verneigte.

»Warst du beim Arzt?«, insistierte er.

»Ich kümmere mich um alles, Manuel.«

Nur selten klang Sissy so erwachsen und ernst, und es hielt meistens auch nicht länger als einen halben Tag.

»Sissy. Ich will kein Kind. Du musst was machen.«

Wieso klang er wie ein Schwein, er war nicht mal der Vater, zumindest konnte er sich wirklich an keine verunglückte Kondom-Aktion erinnern. Im Gegenteil, er achtete peinlich genau darauf, dass nichts von seiner kostbaren Zeugungsflüssigkeit in die falschen Hände, Gebärmutter- oder sonstigen Hälse geriet.

»Ich habe einen Plan«, sagte sie.

Wieso sagte sie das mit dieser seltsamen Entschlossenheit, die man üblicherweise nur bei Irren antraf, fragte er sich.

›Irre‹ ist diskriminierend, konnte Manuelle sich im Innern nicht verkneifen anzumerken.

Ich nehm dir die Tarotkarten weg, du nervst, antwortete Manuel.

Er schwieg und wartete auf Sissys Erläuterung.

»Ich gehe zu einem Schamanen, und dann lasse ich rausfinden, von wem das Kind ist. Und ich kenne sogar einen.«

Irre. Sagte er doch. Wenn das nicht so völlig absurd klänge, würde ihn diese Prozedur brennend interessieren. Wie bekam man heraus, von wem ein Kind war, wenn man nicht ins Labor ging?

»Ich begleite dich, wenn du willst«, sagte er fürsorglich und schämte sich nur ein kleines bisschen für seine morbide und schadenfrohe Neugier. Schamanen. Alles klar. Wenn er schon dabei wäre, könnte er auch gleich nach seiner inneren Spinnerin schauen lassen. Und sie entsorgen, damit er endlich sein Leben in Ordnung bringen konnte.

*

Bumm, bumm, bumm. Die Trommel schlug einen raschen Rhythmus, und Sissy lag ausgestreckt auf dem Boden. Seit drei Tagen war sie clean, das war die Bedingung für eine schamanische Reise, hatte der Schamane gesagt, als sie sich bei ihm anmeldete.

Manuel saß auf dem Boden einer unauffällig eingerichteten Zweizimmerwohnung und sah kopfschüttelnd zu, wie dieser seltsam normal aussehende Typ die Trommel hielt und merkwürdig vor sich hin sang.

»Lass dich zurückkehren zum Zeitpunkt der Zeugung«, hatte er Sissy angewiesen, mehr hatte er nicht gesagt.

Und nun ertönte dieses Geräusch schon seit über zwanzig Minuten, so langsam wurde er selbst schläfrig. Probehalber schloss er die Augen. Er sollte aufgeschlossen sein, sonst wäre er nicht anders als all die arroganten Studenten seiner Fakultät. Auch ein Heisenberg hatte sich öffnen müssen, sonst hätte er niemals seine Unschärferelation erkannt, dachte er und atmete ein paarmal tief durch. Doch gerade, als er sich dazu entschied, in Trance zu fallen und endlich all seine Themen zu erlösen, verklang die Trommel. Sissy schlug die Augen auf.

»Du weißt es«, sagte der Schamane mit glänzenden Augen.

Sie blickte ihn lächelnd an, wie überirdisch verklärt. »Ich weiß es.«

»Was? Was weißt du?«, fragte Manuel, doch keiner der beiden hörte ihm zu.

»Lerne daraus, sagt es dir. Und es will jetzt gehen.«

Der Schamane beugte sich über Sissy, sein Mund war dicht über ihrem Unterleib. Er legte seine Lippen auf Sissys Bauch und begann zu saugen. Dann nahm er einen Schluck Wasser aus einem sorgsam bereitgestellten Glas, gurgelte damit und spuckte das Wasser zurück.

Gott, war das eklig. Manuel wandte sich ab.

»Schütte sie in ein fließendes Gewässer.«

Sissy nickte, sie schien genau zu wissen, wovon er sprach.

»In drei Tagen blutest du, aber du musst deinen Weg gehen.«

Seine Stimme klang ernst, wirklich ernst, als verkündete er ein Krebsurteil oder so, fand Manuel.

»Du weißt, die Spirits und deine geistige Führung lassen sich nicht täuschen. Geh deinen Weg.«

Wieder nickte Sissy.

Diese Frau war Manuel ein Rätsel.

»Und nun zu dir.« Der Schamane drehte sich zu Manuel und schaute ihn mit dem gleichen verzückten Blick an. Manuelle zuckte zusammen, ging es ihr jetzt an den Kragen?

»Was ist mit mir?«, fragte Manuel, jetzt wollte er Fakten sehen. Dieser Schamane wusste nichts von ihm, er brauchte ihn gar nicht so anzuschauen – so, als schaute er gerade hinein in seine Seele.

»Es geht ihr gut, sagt sie, und du bist nicht schuld an ihrem Tod. Weißt du, von wem ich spreche?«, fragte dieser.

Ha. Das war der Trick. Wenn er jetzt Ja sagte, dann wusste der Schamane, dass es einen Todesfall gegeben hatte, und würde so Stück für Stück alles aus ihm herauskitzeln können.

»Nein.«

Abgesehen davon stimmte das Nein. Natürlich war er schuld an ihrem Tod. Wenn man jemandem ein Kissen aufs Gesicht drückte und derjenige daraufhin das Atmen einstellte, konnte man eine Mitschuld nicht abstreiten.

»O. k.«

Der Schamane verlor das Glänzen in den Augen und wandte sich Sissy zu. »Meld dich bitte in ein paar Tagen, und denk an das fließende Gewässer, o. k.? Ich danke dir für dein Vertrauen.« Freundlich nickte er auch Manuel zu.

Sissy nahm das Wasserglas, umarmte den Schamanen herzlich, und schon standen sie und Manuel wieder im nichtssagenden Hausflur.

Sissy balancierte das Wasserglas in der Hand, während sie auf ihren hohen Absätzen zum Auto stöckelte. »Danke fürs Mitkommen, jetzt ist alles gut«, sagte sie und stellte das Glas auf das Dach ihres Wagens.

»Verstehe ich nicht. Und das Kind, was ist nun damit?«, fragte Manuel.

»Die Seele ist da drin.« Sissy zeigte auf das Glas. »Ich schütte sie nun zurück ins Wasser, dann kann sie in ihr Reich zurückkehren. Sie ist nur gekommen, um mich zu heilen.«

»Ah. Das glaubst du wirklich? Die Seele ist da drin?

Und was ist, wenn ich das Wasser einfach auskippe?« Er hatte »austrinke« sagen wollen, doch dann war ihm eingefallen, dass der Typ hineingespuckt hatte. Das war wirklich widerlich.

»Seit wann bist du so ein Arsch?«, fragte Sissy, und sie sah aus, als wunderte sie sich wirklich über ihn. »Was hat er eigentlich gemeint, als er sagte, ihr geht's gut, wen hat er gesehen?«

»Ich nehme an, meine Schwester.« Manuel wandte sich mürrisch ab, die erste Frage war berechtigt. Seit wann WAR er so ein Arsch?

»Was meinst du damit, die Seele kam, um dich zu heilen, bist du jetzt erleuchtet oder so was? Und wer ist nun der Vater?« Er blickte skeptisch und zugleich fasziniert auf das Glas, das immer noch gefährlich instabil auf dem Autodach stand. Sissy wäre wirklich keine gute Mutter, dachte er, jederzeit könnte die Seele ihres Kindes im Rinnstein landen. »Und wie hast du es geschafft, drei Tage lang keine Drogen zu nehmen?«

»Ganz einfach. Ich hatte einen Grund. Gib mir 'nen Grund, dann kann ich 'ne Menge. Nur eben nicht für mich. Jetzt fahre ich ins Sanatorium und stelle endlich meine Mutter zur Rede, das hat er gemeint. Ich weiß nicht, wer der Vater ist, es gibt keinen Vater, weil die Seele gar nicht geboren werden wollte. Das hat sie mir gesagt, sie will mich nur aufwecken und dann wieder gehen. Der Schamane hat sie rausgezogen.« Sie nahm das Glas von Dach, platzierte es in der Getränkehalterung ihres Autos und fuhr davon in Richtung Wannsee.

Manuel sah ihr nach. Dann traf er eine Entscheidung.

*

Was war eigentlich Liebe? Carola starrte auf die Tasten ihres Laptops, als wäre dort die Antwort verborgen. Sie saß in einem Café am belebten Savignyplatz und schrieb eine Hausarbeit. Liebe. Da gab es sehr unterschiedliche Ansichten, das begann mit der Frage, ob es so etwas wie Liebe überhaupt gab. Schließlich begann sie zu schreiben.

Liebe
Untersuchung eines seltsamen Phänomens

»Ich liebe dich« sagen wir, aber was meinen wir damit? Meinen wir nicht: »Ich habe dich dazu auserkoren, für mich alles zu sein, was ich brauche, und ich werfe all meine Ansprüche, Wünsche und Bedürfnisse auf dich?« Meint

»Ich liebe dich« nicht: »Ich erhebe dich zum Retter, ich erwarte ab sofort, dass du mir Glück bringst und dass du meine innere Leere füllst?«

Geben wir wirklich etwas, wenn wir lieben, oder sollten wir ein »Ich liebe dich« eher als Drohung auffassen? Ich lasse dich nie wieder los, ich habe dich für immer im Herzen – was meint das?

Wahre Liebe kommt selbstlos daher, will das Beste für den anderen, nicht für sich selbst. Doch wer kann schon so lieben? Wer ist so frei, dass er wirklich das Beste für den anderen wünschen kann, selbst wenn das bedeutet, dass die eigenen Bedürfnisse zumindest durch den anderen unerfüllt bleiben? Und wenn man jemanden so sehr liebt, ist dann eine Beziehung möglich oder nötig? Wie können wir uns selbst, unseren eigenen Ansprüchen, Wünschen und Bedürfnissen treu bleiben, uns also selbst lieben, und zugleich einen anderen Menschen in Freiheit lieben?

Ergibt Liebe nicht nur dann einen Sinn, wenn sie mit echter innerer Freiheit daherkommt, hat sie sonst überhaupt eine Chance? Wer weiß schon, ob er den anderen wirklich liebt, solange der andere tut, was uns selbst guttut?

Carola bestellte einen Milchkaffee. Liebte sie Hans? Wirklich? Und wenn ja, würde sie es vor lauter Bedürftigkeit überhaupt erkennen? War sie überhaupt in der Lage, wirklich zu lieben, den anderen seinen eigenen Weg gehen zu lassen, auch wenn er ihr nicht gefiel, einfach deshalb, weil sie daran interessiert war, dass sich der andere nach eigenem Gefühl so entfaltete, wie es ihn glücklich machte? Wer war so selbstlos, so erfüllt, dass er das konnte? Und konnte Liebe nicht immer nur ein

Näherungswert sein, etwas, was man anstrebte, ein Ideal? Etwas, was in den wenigen Sternstunden wirkte, in denen man über sich selbst und seine eigenen Wünsche und Bedürfnisse hinauswuchs, um dem anderen Entfaltung in Freiheit zu ermöglichen – etwas, was ganz und gar nicht selbstverständlich war? Wer liebte sich selbst so sehr, dass er sich bedingungslos zur Seite stand, ohne sich selbst zu verraten, wer war sich selbst so treu, wie er das von seinem Partner selbstverständlich erwartete? Sie trank einen Schluck des köstlichen Kaffees und sah sich um. Gegenüber erkannte sie das Theater des Westens, einen Prachtbau, in dem die besten Musicals liefen. Um sie herum wuselte das Leben. Sie atmete auf, hier war sie genau richtig. Irgendwie war es sehr cool, fand sie, hier mit diesem Laptop zu sitzen und sich über Liebe Gedanken zu machen, sehr erwachsen, sehr frei. Ein bisschen wie Carry Bradshaw in »Sex and the City«. Und so ganz anders als »Carola im Hinterhof«.

Liebe ich Hans? begann sie auf einmal zu tippen. *Oder gar Manuel? Oder niemanden? Und liebe ich mich selbst? Was ist das, Selbstliebe? Bedeutet das, ich finde mich toll und sorge dafür, dass ich alles bekomme, was ich brauche? Oder bedeutet es eher, ich bin in der Lage, mitfühlend und verständnisvoll mit mir selbst umzugehen, mich zu lassen, mich selbst zu halten, achtsam mit mir und meinen eigenen Verletzungen zu sein? Selbstliebe wird oft mit Selbstverliebtheit, gar mit Selbstherrlichkeit verwechselt. Doch es ist das Gegenteil. Selbstliebe bedeutet, wie ich es verstehe, sich selbst gerade dann der beste Freund zu sein, wenn man es nach eigener Meinung nicht verdient hat.*

Sie schloss die Augen und dachte nach. Blöder Computer. Jetzt wäre genau der richtige Zeitpunkt, an einem Stift herumzuknabbern.

Woher wusste sie das eigentlich alles auf einmal? Und stimmte es? Und plötzlich, als schösse ihr ein Blitz durchs Gehirn, erkannte sie, dass sie die Wahrheit schrieb, soweit man überhaupt etwas als Wahrheit definieren konnte.

Selbstliebe, das war, wenn man gut mit sich selbst umging, selbst wenn man es nicht verdient hatte. Wenn man sich ein Freund war. Wenn man sich auch dann beistand, wenn man sich am liebsten aus dem Zimmer schicken oder auflegen würde. Konnte man eigentlich auch mit sich selbst co-abhängig sein? Co-abhängig, das war, wenn man aus Sorge, nicht geliebt zu werden, aus Angst, den anderen zu verlieren, alles tat, um ihn nicht zu verärgern, um sein eventuell süchtiges System zu bedienen, um ja keinen Zwist zu säen. Es war das innere Kind, das Todesangst hatte, Angst davor, verlassen zu werden, das hatte sie in einem der spirituellen Bücher gelesen, und es ergab ihr durchaus Sinn. Aber was war, wenn man sich selbst immer wieder zuhörte, obwohl man den eigenen inneren Dialog nicht mehr hören konnte? Zum Beispiel ihren eigenen inneren Dialog, den konnte sie nämlich nicht mehr hören, und sie hätte sich selbst gern für ein paar Stunden aus den Augen verloren.

Sie seufzte und trank einen Schluck ihres unterdessen kalt gewordenen Kaffees. Sie würde nicht darum herumkommen, dachte sie, sich noch einmal zuzuhören.

Manuel. Dieser Typ, der eine durchgeknallte, leider wunderschöne Kokserin geschwängert hatte. Dieser Typ, der seinen Schwanz offensichtlich zwei Sekunden, nachdem sie gegangen war, in eine andere versenkt hatte. Dieser Typ, auf den sie so wütend war, dass sie sogar diese Wörter benutzte. Dieser Typ, der sie so tief berührte, dass sie nicht aufhören konnte, an ihn zu denken.

Warum eigentlich, überprüfte sie sich, wie an jedem Tag, seitdem sie seine Wohnung für immer verlassen hatte. Was war es, er sah gut aus, klar, aber was noch? Er kochte, nun ja, das tat Schubeck auch, und doch war sie nicht in sinnloser Liebe zu ihm entbrannt. Das Haus? So oberflächlich konnte sie wohl nicht sein.

Und dann durchzuckte sie eine Erkenntnis. Er schien unter seiner wirklich sehr coolen Hülle verletzlich zu sein. Und sie brauchte es, gebraucht zu werden. Sie atmete auf. Das war keine Liebe. Das war ein Suchtmuster. Er war ihr emotionales Dope, ganz einfach. Er könnte genauso gut in Silberpapier gewickelt daherkommen und »70 % Kakao « auf der Stirn stehen haben. Gut so. Keine Liebe. Puh.

Sie bestellte einen weiteren Kaffee und tippte noch ein paar Zeilen, dann packte sie ihren Laptop ein, zahlte und schlenderte durch die zahlreichen Secondhandgeschäfte, die sich um den Savignyplatz gruppierten.

Ich liebe mein Leben, dachte sie auf einmal unvermittelt, es ist tatsächlich einfach alles gut. Es war nicht zu fassen, wie erleichtert sie war, dass sie ihr Leben liebte. Und nicht etwa Manuel.

*

Kaum war er zu Hause angekommen, rannte Manuel ins Schlafzimmer und riss sich die Klamotten vom Leib. Beinah hätte er Manuelle verloren, hätte sie preisgegeben.

Das durfte nie wieder passieren. Er war es ihr schuldig, schuldig, schuldig, ihr die Treue zu halten, und wenn das bedeute, dass er sein eigenes Glück aufgeben musste, dann sollte es so sein. Nie wieder würde er Manuelle infrage stellen.

Ungeduldig warf er alles auf den Boden, zog dann Samtleggings und ein Seidenhemd hervor, und nach wenigen Minuten saß Manuelle an ihrem Schminktisch und bürstete sich die Haare. Sie grundierte ihr Gesicht sorgfältig mit Make-up, schminkte sich dann gekonnt in dramatischen Farben und lächelte sich im Spiegel zu.

Am liebsten würde sie Carola nach der Nummer dieses Transvestiten fragen, auf dessen Party sie neulich war, doch sie redeten ja nicht mehr miteinander. Schade. Wirklich sehr schade. Aber verständlich.

Sie kochte sich eine Kanne Tee und machte es sich auf dem Sofa gemütlich. Dann schaltete sie den Fernseher und den DVD-Player ein und sah sich zufrieden zwei Filme hintereinander an. Der erste war ein politisch angehauchter Thriller, doch der zweite war sehr romantisch. Er handelte von einer Frau, die in einer Kleinstadt plötzlich alles durcheinanderwarf, weil sie hellsehen konnte. Manuelle liebte solche Filme, sie interessierte sich auch für Tarotkarten und Dinge wie Kristalle oder Horoskope Sie war zutiefst davon überzeugt, dass es ein höheres Wesen gab, das auch in ihr wirkte und sich durch so etwas ausdrücken konnte.

Dann machte sie sich etwas zu essen – Fischstäbchen mit Reis, sie liebte Kinderessen – und begann, ihre Karten auszulegen. Sie brauchte unbedingt wieder etwas Übung, das Online-Tarotseminar, das sie besucht hatte, lag bereits Monate zurück, und sie hatte sich seitdem erst wenige Male mit ihren Karten beschäftigt. Geduldig legte sie das keltische Kreuz, notierte sich alle Fragen und deckte dann gespannt die Karten nacheinander auf. Sie war schon oft verblüfft gewesen über die Genauigkeit, mit der die Karten ihre Situation beschrieben, doch wenn sie an die höhere Macht dachte, die sich dadurch ausdrückte, war es ja eigentlich wieder ganz logisch.

Was geht zu Ende? Drei Schwerter – Kummer. Na schön, davon hatte sie ja auch wirklich genug gehabt.

Was beginnt jetzt? Königin der Schwerter – lege deine Masken ab. Na, prima. Kein Thema. Gleich morgen.

Was unterstützt dich dabei? Kunst – eine Karte der großen Arkana. Die Gegensätze vereinigen sich in dir. Na, da war sie ja mal gespannt, wie Manuel sich das gefallen lassen würde.

Schließlich die letzte, wichtigste Karte: Was bringt die nahe Zukunft? Sie deckte die Karte auf und ließ sie erschrocken fallen. Der Tod.

Sie wusste natürlich genau, dass das nur sehr selten den physischen Tod bedeutete, doch die Energie, für die diese Karte stand, war auch so heftig genug. Äußere, radikale und damit oft sehr schmerzhafte Erneuerung, Tod dessen, was nicht mehr mit der inneren Wahrheit übereinstimmte. Trennung von überlebten Strukturen. Damit – wie seinerzeit Phönix aus der Asche – die Chance zum totalen Neubeginn. Es würde leicht werden, wenn sie in Frieden losließe. Doch das konnte sie auf keinen Fall tun.

Manuelle konnte sich sehr lebhaft vorstellen, was in ihr zum Neubeginn drängte und welche alten Strukturen nicht mehr stimmten – all die Lügen und Masken. Doch sie zitterte vor Angst bei dem Gedanken an die Preisgabe ihrer Schutzmechanismen.

Komm, es ist doch alles o. k., beruhigte Manuel sie nun, das ist eine Karte, sonst nichts. Du entscheidest ganz allein, wann du wem was sagst, die Zukunft ist nicht vorherbestimmt. Das ist doch nur eine Möglichkeit. Du bist diejenige, die die Zukunft macht, nicht die blöden Karten.

Sooft Manuel auch Blödsinn redet, diesmal hat er recht, dachte Manuelle. Seufzend entspannte sie sich wieder und war dankbar für Manuels realistische, nüchterne Einschätzung der Dinge.

Doch sie wollte es nicht dabei bewenden lassen. Sie wollte es wissen. In Gedanken stellte sie eine Frage und mischte alle Karten neu.

Welche Möglichkeiten gibt es noch? Sie hob dreimal ab – das tat sie sonst nie, doch heute wollte sie sichergehen, dass die Karten richtig gemischt waren –, dann zog sie wieder eine aus dem Stapel. Der Tod. Sie wurde blass.

Energisch knallte sie die nächste Karte auf den Tisch. Der Turm. Innere Strukturen geraten ins Wanken und stürzen schließlich völlig zusammen. Neubeginn. Lass los. Das konnte doch nicht wahr sein.

Immer schneller deckte sie nacheinander die Karten auf. Zehn Schwerter – Untergang. Neun Schwerter – Grausamkeit. Fünf Scheiben – Quälerei. Sieben Scheiben – Fehlschlag. Sieben Schwerter – Vergeblichkeit. Fünf Kelche – Enttäuschung.

Panik stieg in Manuelle auf. Das hier war wie verhext. Noch eine Karte, wenn die nicht gut war, würde sie sie ins Feuer werfen. Und sie zog eine letzte Karte aus dem Deck. Die Liebenden.

Uff. Sie atmete auf. Das würde sie als Zukunftsmöglichkeit nehmen, danke.

Sie warf die anderen Karten wieder auf den Stapel und legte nur Die Liebenden offen auf den Tisch. Das wünschte sie sich, ja. Sie würde jetzt eigentlich gern weiterfragen, eine Karte zu Sissy, eine zu Carola ziehen – doch für heute hatte sie genug.

Kaum hatte sie die übrigen Karten wieder in ihr Holzkästchen gelegt, klingelte das Telefon. Es war Micha, der wissen wollte, ob Manuel ihn in der Kneipe an der Ecke treffen könne, er müsse etwas Wichtiges mit ihm besprechen.

Manuelle wurde es heiß und kalt. »Muss es sofort sein?«

»Wenn es irgendwie geht, ja.«

So fordernd war Micha noch nie gewesen. Wie konnte sie ihm nur begreiflich machen, dass es gerade völlig unpassend war? Am besten, sie schindete etwas Zeit, darin war sie ja geübt.

»Gut, Micha, ich komme. In einer halben Stunde.« Ihr Ton ließ keine Widerrede zu, und Micha gab nach.

»Worum geht es eigentlich?«, fragte sie dann doch, mit angehaltenem Atem.

»Das sage ich dir dann, o. k.?« Auch Micha fasste sich kurz, er wollte die Bombe nicht am Telefon platzen lassen.

Manuelle legte nach einer kurzen Verabschiedung auf und grübelte, während sie sich hastig mit viel zu viel Make-up-Entferner das Gesicht abrieb. Bald glänzte sie wie eine Bratkartoffel.

Ungeduldig wusch Manuel sich das Gesicht noch einmal mit Seife – Manuelle stöhnte. Wer machte denn so was? Männer. Unglaublich. Der ganze pH-Wert ging kaputt.

Was konnte Micha nur wollen? Wenn er über Manuelle reden wollte, würde er es wohl nicht so dringend machen. Was aber konnte es sonst sein?

Du wirst es nicht herausfinden, besänftigte er sich, während er hastig in die Jeans sprang. Zum Glück hatte Manuelle die Fingernägel nicht lackiert, das hatte sie einmal getan, als der Nagellackentferner leer war – die Verkäuferin hatte sehr merkwürdig geschaut, als Manuel im Mai mit Lederhandschuhen in der Drogerie herumgelaufen war und lauter Kram gekauft hatte, den er überhaupt nicht brauchte, nur damit die kleine Flasche nicht so auffiel. Seitdem hatte sie immer eine Vorratsflasche da, aber es war eine furchtbar zeitaufwendige Sache, und man sah dann oft trotzdem noch rote Ränder.

Schlüssel – Geld – Haare verwuscheln – o. k. Alles o. k. Scheiße, die Perlenkette! Zum Glück noch bemerkt. Er riss sie sich vom Hals und verließ hastig das Haus. Fünfunddreißig Minuten hatte er gebraucht, da musste er noch keine Erklärung abgeben.

Tief durchatmend, um nicht allzu erregt zu wirken, betrat er das kleine Lokal. Es war eine normale Eckkneipe, wie es sie zu Hunderten in Berlin gab. Am Tisch in einer Nische saß nicht nur Micha, auch Rollo und Erik waren da.

»Wohnt am nächsten und braucht am längsten, hast du mit Carola noch 'ne Nummer geschoben?« Rollo blickte ihn herausfordernd und etwas neidisch an.

»Dann wäre er innerhalb von fünf Minuten hier gewesen«, erwiderte Erik.

Manuel sagte gar nichts. Er spürte die gespannte Stimmung und den Versuch, durch blöde Witze Dampf abzulassen.

»Also, wo brennt's?«, fragte er, nachdem er sich das obligatorische Bier bestellt hatte.

»Erst die gute oder erst die schlechte Nachricht?«, fragte Rollo betont lässig.

»Die gute, logisch.«

»Gut. Wir haben ein Angebot als Vorgruppe der Wild Rats. Eine ganze Tournee hier im Umkreis. Tolle Gage. Sechs Wochen, fünf Abende pro Woche.«

Manuel schluckte. Wild Rats, das war eine Frauenpunkrockband, die in der Gegend um Berlin herum mittlere Hallen füllte und von Abend zu Abend mehr Erfolg hatte. Erik kannte den Bruder der Sängerin, und dieser hatte ihm von ihrem Problem erzählt. Sie brauchten dringend Ersatz für ihre Vorgruppe, weil deren Sängerin ausgestiegen war. Eine echte Chance.

»Und die schlechte Nachricht?« Was sollte denn jetzt wohl noch kommen?

»Sie wollen, dass eine Frau singt. Sie sagen, dass ihnen sonst das gesamte weibliche Publikum wegläuft, wenn vorn ein schwanztragender Macho steht.«

Manuel fiel fast um. Sie wollten ohne ihn auftreten.

»Aber wieso? Gerade Frauen stehen doch auf uns!« Es klang nicht eingebildet, eher ungläubig und erschrocken.

»Diese nicht. Die komplette Wild-Rats-Combo ist lesbisch. Da kann man nichts machen.«

Manuel blickte ratlos um sich. »Und was macht ihr jetzt? Kennt ihr eine?«

»Nein, und wir wollen natürlich auch nicht ohne dich auftreten.«

Manuel verstand nichts. »Wieso braucht ihr eigentlich eine Sängerin? Ihr seid doch auch schwanztragende Machos, wieso ist das o. k.?«

»Weiß ich auch nicht.« Erik winkte ab. »Die spinnen eben. Bei den Instrumenten wäre es nicht so wichtig, sagen sie, aber die Message müsse eindeutig von einer Frau kommen.«

»Was denn für eine Message?« Manuel stöhnte und schlug sich mit der Handfläche knallend gegen die Stirn. »Ach du Scheiße, ich glaub, ich werd verrückt. Was für eine Chance, und wir können sie nicht wahrnehmen!«

»Doch. Können wir.« Micha sah ihn an.

Manuel hielt den Atem an. Jetzt wollten sie ihn doch ausbooten. Er war im Begriff, aufzustehen und zu gehen.

»Es gibt eine Möglichkeit, Manuel, bitte renn nicht gleich schreiend weg. Du musst die Frau sein.« Rollo schaute auf seine Fingernägel.

Manuel schwieg schockiert.

»O. k., vergiss es. Ich hab´s euch gesagt, Jungs, das ist zu krass. Außerdem würde es jeder merken.« Erik wollte das Thema beenden.

»Tut uns leid, Manuel, wir wollten dich nicht beleidigen.« Rollo stieß sein Bierglas an Manuels.

Nur Micha schwieg.

Manuel war schwindelig. Das artete in eine von diesen saublöden Verwechslungskomödien aus. Manuelle, die Frau, sollte Manuel, den Transvestiten, spielen, ohne dass jemand sie sah. Damit verknotete sich alles immer mehr, wie sollte er dann jemals seine Wahrheit sagen können?

Tu es jetzt, stürmte Manuelle in seinem Innern, jetzt werden sie dir dafür die Füße küssen! Diese Vorstellung gefiel ihr außerordentlich. Los, mach den Mund auf!

Knebel und Peitsche, Magendrücken.

Ich werde dich nicht zeigen, ich werde dich schützen, egal was es mich kostet, wies er sie zurecht. Diesmal bleibst du in Sicherheit.

»Darf ich drüber nachdenken?«, fragte er die anderen schließlich, blass vor innerer Anspannung.

»Ja, klar, die brauchen erst bis morgen Abend Bescheid.« Erik atmete auf.

»Wie geil, dass du es dir überlegst, Manuel, ich würde das nie tun. Du bist echt mutig.« Eine seltene Anerkennung von Rollo.

Micha hatte immer noch nichts gesagt. Jetzt sah er ihn prüfend an. »Also ich könnte es mir direkt vorstellen. Du hast ein ziemlich gleichmäßiges Gesicht, mit viel Schminke und aufgedonnerten Haaren – ich weiß natürlich nicht, wie man so was macht, aber du kennst doch so viele Frauen, da könnte dir doch bestimmt eine helfen, Carola zum Beispiel!«

Manuel schwieg. Selbst wenn er es gewollt hätte, hätte er keinen Ton mehr herausgebracht, er verstummte wie damals als Kind. Als seine Schwester starb. Wie sollte er eine Frau spielen, wo er doch eine war, mindestens zur Hälfte! Die würden es sofort alle merken, sein Gesicht veränderte sich sehr deutlich, wenn er auch nur einen kleinen Teil von Manuelles Energie zuließ. Er würde sie verraten und dann … Sie würde erneut sterben, endgültig. Das würde er nicht zulassen.

»Wie sollte sie denn heißen?«, fragte Erik nun, Feuer

und Flamme darüber, dass Manuel nicht gleich wortlos abgewunken hatte.

»Na, ganz einfach – Manuela natürlich, oder?« Rollo schaute sich Beifall heischend um.

»Um Gottes Willen, bloß das nicht!« Manuel schrie fast. Das konnte er nicht zulassen, sie würde sich nie wieder in den Bauch sperren lassen, wenn sie erst einmal frei wäre. Sie zappelte sowieso schon wie verrückt.

»Viel zu auffällig, das merkt doch jeder«, erklärte er dann etwas ruhiger. »Wenn schon, dann nennt mich Helga oder Lisa oder Pia, bloß nichts Ungewöhnliches.«

»Schön, Pia. Noch ein Bier?« Micha winkte der Bedienung.

»Halt, nicht so schnell!« Manuel stöhnte. Es war absolut abartig, er konnte nicht so tun, als wäre er das, was er doch sowieso war! Er konnte sie nicht zeigen, verstand das denn keiner? Sie würde sonst wieder … und wieder … und wieder … und er würde sie wieder ersticken müssen, um sie vor den Übergriffen zu schützen. Seine Hände zitterten, als er zum Bier griff.

Micha bemerkte es. »Stopp«, sagte er. »Vergiss es. Manuel, es tut uns leid. Wir finden eine andere Lösung, oder wir lassen es einfach.«

Die anderen sahen ihn wütend an. Sie hatten vereinbart, dass sie Manuel, wenn nötig, mit Waffengewalt zwingen würden, dieses Spiel zu spielen, sie wollten, mussten diese Tournee haben. Und Manuel war Künstler, was sollte das? Dass er dermaßen bleich werden würde, hatte niemand erwartet, im Gegenteil, sie hatten sich auf eine Schlägerei eingestellt. Er sollte vor Wut über diese Zumutung platzen, nicht schockiert und zitternd in sein Bier glotzen.

»Ich hatte 'ne Schwester. Anuschka. Sie starb, als ich sechs war, und seitdem vergeht kein Tag, an dem ich sie nicht irgendwie in mir spüre. Sie war zwei.«

Das war die Wahrheit. Er hatte noch einmal beim Schamanen geklingelt, sich hingelegt, eine Trommelreise erlebt, und jetzt wusste er es. Sie ließ sich nicht herausziehen, sie hatte zu viel Angst, und er konnte nicht einmal sagen, ob er das überhaupt wollte. Er könnte sie nicht noch einmal verlieren. Er war es ihr schuldig, ihr einen Teil seines Lebens zu schenken, auf einmal war alles vollkommen klar und logisch.

»Ja, und? Mein Beileid, Manuel, aber was hat das mit unseren Auftritten zu tun?« Rollo konnte es nicht verstehen, natürlich nicht, dachte Manuel. Niemand verstand das. Eine Seele zu beherbergen war die eine Sache, ihr einen Ausdruck zu geben, in ihren Klamotten herumzuspazieren, eine ganz andere. Niemals würde er darüber reden können, was er getan, worum sie ihn gebeten hatte, um noch Schlimmeres zu verhindern.

»Du bist wirklich ein Arschloch, Rollo, weißt du das?« Micha war fassungslos. »Ich hau ab. Ihr spinnt doch! Seid ihr so geil auf Auftritte, dass euch euer Freund scheißegal ist? Ich steig aus, ich hab keinen Bock mehr, mit dir Musik zu machen. Du bist ein egoistisches Monster.« Er stand auf und wandte sich ab.

Manuel hielt ihn fest. »Ich mach's. Setz dich, Micha, ich mach's. Alles gut.«

Micha blieb stehen. »Nein. Ich will, dass du dich bei Manuel entschuldigst, Rollo, das geht so nicht.«

Und Rollo, der wusste, dass er zu weit gegangen war, stieß sein Bierglas an Manuels. »Es tut mir echt leid, Alter. Sorry. Ich will diesen Scheißauftritt so sehr. Das war nicht gut. Tut mir wirklich sehr leid mit deiner Schwester. Ich habe aber immer noch nicht verstanden, was sie damit zu tun hat, jetzt mal ehrlich, würdest du das erklären?«

Manuel schaute sich in der Runde um. Auch Erik beugte den Kopf, als würde er sich vor ihm verneigen. Wow. Auf einmal hatte er Freunde. Richtige Freunde. Er lachte auf. Es gab einen Weg. Er konnte vielleicht wirklich einfach so tun, als ob. Es hatte nichts mit Manuelle zu tun.

»Nee. Ihr kapiert's ja doch nicht. Ist aber auch egal, ich mach's ja. Also – was brauche ich? Wie soll diese Tussi, diese Pia, sein?«

Begeistert begannen die anderen nun ein Brainstorming, das jeden Chef zum Jubeln gebracht hätte.

»Unnahbar, trotzdem sexy!«

»Vampmäßig, weiblich mit männlichem Touch, bisschen wie Zarah Leander!«

»Nein, superweiblich, mit Netzstrümpfen und Minirock, wallende Haarmähne!«

»Ich sehe schon«, winkte Manuel ab, »ihr wollt nur eure vorpubertären Fantasien an mir ausleben. Ich werde einen grauen Schlabberrock und eine weite braune Bluse tragen, damit ihr Chauvis nicht auf dumme Gedanken kommt.«

Es machte Spaß, auch wenn es die Lage drastisch verkomplizierte. Es machte tatsächlich Spaß.

»Ihr habt echt keine Ahnung von Frauen. Ich mach's. Aber ich entscheide, wie ich aussehe, o. k.? Keine Sorge, ihr werdet sie mögen. Zur Not frage ich einfach meine innere kleine Schwester.«

Wow, dachte er erneut. Er konnte über sie reden, ohne dass sein Hals sich verknotete. »Und wenn, dann machen wir es echt. Damit es nicht peinlich wird. So richtig mit allem. Ich erkundige mich, wo ich alles kriege, was ich brauche, und ich kümmere mich darum, es einzukaufen.«

Dankbar blickte Erik ihn an. »Du bist wirklich cool, hey. Ich würde das nie tun. Und du kriegst alles von der Gage, was du für Pia auslegst, alles, was du willst.«

Rollo schlug ihm nun auf die Schulter. »Bist ´n echter Kumpel, Mann!«

»Aber sag mal«, Micha wollte es genau wissen, »was meinst du damit, du spürst sie? Wie kannst du sie denn spüren, oder war das nur so dahingesagt?«

»Ich kann's nicht erklären. Ich weiß einfach, dass sie da ist, was sie denken würde.« Bittend sah er ihn an. Lass es gut sein, flehte er.

Und Micha verstand. »Geil, Alter. Danke, echt. Ohne dich würde es nicht gehen.« Er hob das Glas, und alle stießen auf Manuel an.

Manuel musste wirklich aufpassen, dass er nicht durchdrehte. Jetzt fielen sie vor ihm auf die Knie für das, was er war, aber nur, weil sie nicht wussten, dass er es war. Irgendwie fühlte es sich toll an, und irgendwie tat es auch einfach nur weh. Er wusste auch noch nicht, wie er sich das erste Mal als Pia präsentieren würde. Sollten alle dabei sein, wenn er sich umzog, oder würden sie dann merken, dass er das fast täglich tat? Sollte er es allein tun, oder sollte er zum Beispiel Sissy bitten, ihm zu helfen, damit es nicht auffiel?

Ja, das war die rettende Idee. Alle sollten dabei sein, und er würde Sissy bitten, ihm zu helfen. Sie war so mit sich beschäftigt, dass sie sicher nicht merken würde, dass er zum Beispiel sehr genau wusste, welches Make-up seinen Bartschatten auch nachts um drei noch verdeckte, und dass seine Silikonbrüste vierhundert Euro pro Paar kosteten. Und die anderen hatten ja sowieso keine Ahnung von solchen Dingen. Vielleicht konnte er nun sogar Carola anrufen, damit sie ihm die Nummer von dieser Chantal gab.

Carola. An sie durfte er gar nicht denken. Würde er für sie Manuelle aus seinem Körper hinauswerfen – ins Licht schicken –, hatte er sich bei der Reise kurz gefragt, und die Antwort war klar und deutlich gewesen. Er würde. Und das konnte, würde er niemals tun. Er war es Manuelle schuldig, sie durfte bleiben, solange sie wollte. Keine Carola mehr in seinem Leben. Was immer es war, das sie verband, es war nicht mehr wichtig. Zumal er nicht einmal wusste, was so besonders an ihr sein sollte. Nun, dachte er, du wirst es jetzt auch nicht mehr herausfinden.

»Also«, fragte Micha nun geschäftsmäßig, »was braucht Pia denn so?«

»Kümmer dich gar nicht drum, sag mir einfach, wie viel Geld sie kriegt, und ich erkundige mich morgen. Es gibt so Selbsthilfegruppen und so, glaube ich, da werde ich mal anrufen.«

Die anderen sahen ihn wieder fasziniert an. Wie mutig dieser Typ war. So konnte nur ein Mann handeln, der sich seiner männlichen Rolle völlig sicher war. Jeder andere hätte Angst vor einem »Na, doch ein bisschen schwul?«-Aufkleber gehabt, der nie wieder abzulösen sein würde.

»Gut.« Auch Erik wurde nun geschäftlich. »Wir kriegen pro Abend sechshundert Eier, das sind – sechs Wochen mal fünf Abende, montags und mittwochs ist frei, dreißig mal sechshundert – achtzehntausend Euro. Durch vier – das sind vier-fünf für jeden. Abzüglich Fahrtkosten und Spesen – etwa viertausend Euro pro Nase, fett, was? Wenn Pia – sagen wir – tausend Euro kriegt, hat jeder noch genug. Glaubst du, tausend reichen?«

Manuel wollte gerade begeistert nicken – Manuelle wollte schon lange ein enges Gummikleid, das würde perfekt für die Auftritte passen –, als er zögerte. Woher sollte er das eigentlich wissen? Er hielt sich wohl besser mal etwas zurück.

»Ich weiß nicht, aber ich denke schon. Wenn ich die Klamotten gebraucht kaufe …« Das musste er sagen, denn sie waren ja alle gebraucht. »Schminkzeugs kann ich mir leihen, und so was wie ein Schaumgummibusen kann ja nicht so teuer sein.«

Manuelle jubelte. Tausend Euro nur für sie, geil!

Fast hatte Manuel ein schlechtes Gewissen, dass er das Geld nahm, er hatte ja schon alles. Doch dann lachte er über seine Skrupel. Ohne ihn würden sie null Komma null Euro verdienen, und außerdem hatte er am meisten Stress. Und wie sollte er das Geld ausschlagen – »Danke, ich glaube, in meinem Kleiderschrank finde ich, was ich brauche«?

Einige Bier später trennten sie sich ziemlich betrunken, aber vor allem euphorisch und lautstark. Micha begleitete Manuel noch ein kleines Stück, sie hatten denselben Weg.

»Danke, Alter.« Manuel umarmte ihn fest. »Danke. Eines Tages werd ich's dir erklären.«

»Du wirst so toll aussehen, ich weiß es. Weißt du, dass ich einmal von einer Frau geträumt habe, die genauso aussah wie du? Das war bestimmt ein Déjà-vu oder wie das heißt. Ich kapiere erst jetzt, was das sollte, es war bestimmt so was wie eine Vorahnung!«

Manuels heruntergelassene Zugbrücke setzte sich quietschend in Bewegung. Micha hatte viel mehr gesehen, als er selbst wusste. Wie sollte er Manuelle schützen, wenn sie nachts in den Träumen seiner Freunde spazieren ging? Dieses Weib, unglaublich. Er würde mal ein ernstes Wort mit ihr reden müssen.

16

Als Manuel die Haustür aufschließen wollte, hatte er plötzlich Angst davor, in seine Wohnung zu gehen und mit all seinen Gefühlen allein zu sein. Aber wo sollte er hin? Wer würde ihm nachts um halb zwölf aufmachen, am besten ohne zu fragen ein Bett herrichten und ihm am nächsten Morgen, wieder ohne eine Erklärung zu fordern, Kaffee kochen? Er selbst würde es nicht tun, das wusste er genau, er würde sich ein paar Fragen nicht verkneifen können. Und doch wäre es genau das, was er jetzt brauchte, eine Pause, eine Oase des Versorgtseins, ohne erklären zu müssen, warum er versorgt werden musste.

Carola? Zu gefährlich. Sie hatte, ohne es zu wollen, zu viel Macht über ihn. Außerdem hatte sie laut und deutlich aufgelegt, und seitdem hatte er nichts mehr von ihr gehört. Sissy? Sie war um diese Zeit mit Sicherheit nicht zu Hause.

Eltern gab es keine nennenswerten. Die Großmutter war tot. Der verbliebene Großvater lebte bei Manuels Mutter, doch zu dieser hatte er nur noch sehr sporadisch Kontakt. Immerhin schien sie nicht mehr zu trinken, sondern sich um den Großvater zu kümmern. Seinen Vater hatte er das letzte Mal an seinem achtzehnten Geburtstag gesehen. Diese ganze Familie konnte ihm gestohlen bleiben – als er sie wirklich gebraucht hatte, waren sie nicht da, keiner von ihnen. Auch der Großvater hatte sich fein säuberlich aus allem herausgehalten. Manuel war wirklich allein.

Pia oder Manuel oder Manuelle – wieso konnte er nicht einfach der Mensch sein, der er war, das anziehen, was er wollte, und sich so fühlen, wie er sich eben fühlte? Es gab keine Lösung für sein Problem, jedenfalls konnte sie nicht aus einer Entweder-oder-Entscheidung bestehen.

Doch er konnte andererseits nicht länger hier herumstehen. Seufzend ging er die Treppen hinauf, schloss die Wohnungstür auf und trat, zum ersten Mal widerwillig, in sein Zuhause ein. Die Geborgenheit, die ihn sonst immer empfing, hatte wohl heute ihren freien Abend, denn er begann sofort zu frieren. Es war, als betrete er eine dunkle Höhle, von der er wusste, dass irgendwo ein hungriger Löwe nur darauf wartete, ihn zu zerfleischen.

Diese verdammte Sitzung beim Schamanen, dachte er. So vieles war ans Licht gekommen, was meist friedlich in eigens dafür gezimmerten Kisten in den Tiefen seines inneren Kellers geschlummert hatte. Ab und zu hatte es geschnarcht und gerülpst, manchmal waren beängstigende Geräusche und widerliche Gerüche in sein Bewusstsein gestiegen, die er vorzugsweise mit Sex betäubt hatte. Doch nun erinnerte er sich, zumindest glaubte er das.

Und er sah die Szenen vor sich. Seine Schwester. Winzig klein. Seinen Onkel, den Bruder der Mutter, der ab und zu auf de beiden aufpasste. Riesig groß. Niemand glaubte Manuel, als er stumm, in Todesangst, immer wieder auf den Onkel gezeigt hatte, auf dessen Schritt, dann auf seine Schwester. Niemand sah oder hörte ihn, und er konnte nicht reden. Der Onkel hatte ihm den Mund verboten, er würde ihn umbringen, wenn er ihn verriet. Und wer würde dann für seine Schwester da sein? Immer und immer wieder bot der Onkel an, auf die Kinder aufzupassen, und seine Eltern nahmen es dankend an. Warum auch nicht? Niemand merkte, dass seine Schwester nicht aufhörte, ins Bett zu machen, sie war zwei Jahre alt. Niemand erkannte, dass sie wund war, wie auch? Sie schrie oft, aber welches kleine Kind tat das nicht? Nie war der Onkel tatsächlich in sie eingedrungen – um keine allzu offensichtlichen Verletzungen zu verursachen, glaubte Manuel. Aber es gab eine Menge Reiben, Stöhnen und weißes Zeug, das ganz sicher nichts zwischen den knubbligen Kleinkindbeinchen seiner Schwester zu suchen hatte.

Bei der Erinnerung wurde Manuel schlecht, und er übergab sich mitten im Wohnzimmer.

Nacht für Nacht hatte er ihre Hilfeschreie gehört, innerlich, hatte gespürt, dass sie nach Hause wollte. Und so hatte er sie gerettet. Er hatte ein Kissen genommen, als er wieder einmal die schweren, verstohlenen Schritte des Onkels gehört hatte. Er hatte sie geküsst und das Kissen auf ihr Gesicht gedrückt, und als hätte sie gewusst, dass er sie retten wollte, hatte sie auf der Stelle aufgehört zu atmen, ohne sich zu wehren, einfach so. Sie hatte ein schwaches Herz gehabt, erinnerte er sich, das hatten die Ärzte später gesagt, um ihren plötzlichen Tod zu erklären. Sie hatten sie sogar obduziert, irgendwas stimmte nicht mit einer Herzklappe. Deshalb hatte es auf einmal einfach aufgehört zu schlagen. Das mochte sein. Doch Manuel wusste, dass er der Mörder seiner Schwester war. Und deshalb durfte sie seinen Körper mit ihm teilen, solange sie das wollte.

Der Onkel? Der Onkel hatte sich umgebracht. Depressiv war er gewesen, krank, hatten die Ärzte erklärt. Nun ja. Daraufhin war Manuels Mutter endgültig dem Alkohol erlegen. Sein Vater hatte sich aus dem Staub gemacht. Ohne das übrig gebliebene Kind. Es war ein Wunder, dass er, Manuel, überhaupt etwas auf die Reihe bekam, und es war nur der Großmutter zu verdanken, die ihn sah, die ihn versorgte und die an ihn glaubte. Sie wollte alles wiedergutmachen, was ihre Kinder, seine Mutter und sein Onkel, an ihren Enkeln verbrochen hatten, das stand in ihrem Testament, doch auch sie hatte nicht alles gewusst. Sie dachte, die Kleine wäre im Beisein, in der Obhut ihres Sohnes gestorben, sie glaubte, er hätte nicht früh genug den Notarzt gerufen. Als er nämlich das Kinderzimmer betrat, hatte der kleine Manuel das Kissen längst zur Seite gelegt, er hatte seine Schwester weinend aus ihrem Kinderbett gehievt, und nun lag sie in seinen Armen, er konnte sie kaum halten. Er hatte sich geweigert, sie loszulassen, hatte sich an sie geklammert und sich in sie hineingekrallt. Erst als der Onkel den Notarzt gerufen hatte, als seine Eltern kamen, als seine Mutter ihre Kakofonie aus Weinen und Schreien begann, diese Kakofonie, die niemals wieder aufhören würde, waren seine Arme zur Seite gefallen, als hätten sie jeden Bezug zu seinem Körper verloren.

Daran war nichts neu, er wusste das alles. Es war eben üblicherweise sorgsam weggepackt, damit er es nicht fühlen musste, aber es war ihm bekannt. Manuel war seltsam erleichtert gewesen, als er beim Schamanen verstanden hatte, dass er der Seele seiner Schwester erlaubt hatte, durch ihn weiterzuleben. Von den Umständen des Todes seiner Schwester hatte er dem Mann nichts erzählt, entweder wusste dieser das auch so, oder es spielte keine Rolle. Damit du kein Karma aufbaust, war es kurz durch sein Bewusstsein geblitzt, als er sich an die offizielle Todesursache erinnerte. Das war verrückt. Er glaubte nicht mal an Karma. Er würde es genau so wieder machen, denn gegen den riesigen Onkel hätte er nichts ausrichten können.

Erst vor einigen Jahren hatte die Seele begonnen, sich bemerkbar zu machen, als hätte sie seine Entwicklung zum Mann nicht stören wollen. Und das war auch sinnvoll, wie sonst hätte er sie schützen sollen? Doch nun war sie da und forderte ihr Recht.

Am heutigen Abend gab es nur eine Rettung. Er tastete sich in die Küche und öffnete den Kühlschrank. Im Eisfach lag eine Flasche Wodka, die war jetzt genau richtig. Bitter Lemon war auch da. Er holte sich ein Weizenbierglas – 0,5 l – aus dem Regal, mischte sich einen 1 : 1-Drink und trank ihn noch im Stehen. Sofort wurden seine Knie weich, und er sank auf einen der hellen Holzküchenstühle. Was für ein Glück, der Alkohol betäubte seine Gedanken augenblicklich. Das war vielleicht sogar besser, als irgendwo zu übernachten, denn so brauchte er nicht mehr nachzudenken, und er brauchte vor allem nichts zu fühlen.

Angezogen, wie er war, schwankte er zu seinem Bett, fiel seufzend hinein und war innerhalb weniger Minuten eingeschlafen. Er schlief wie betäubt – und das war er ja auch.

Am nächsten Morgen war nichts besser geworden. Im Gegenteil, jetzt kam ihm der ganze Plan mit der Band noch viel absurder vor, und fast erwartete er, dass einer seiner Freunde ihn anrufen würde, um mit ihm gemeinsam über das alles lachen zu können.

Wie gerufen klingelte das Telefon. Es war Rollo – doch er fragte ihn nur, ob er denn heute schon das Geld bräuchte, oder ob er es nicht auslegen könnte.

Manuel fühlte sich immer noch wie in einem schlechten Traum, wann würde endlich jemand anfangen zu lachen und »April, April« sagen? Wie weit wollten sie das Spiel noch treiben?

Und plötzlich, mit einem Schlag, wurde ihm klar, dass, wenn überhaupt, nur er der Lawine noch Einhalt gebieten konnte. Doch er käme sich wie ein Schwein vor, wenn er die Band jetzt enttäuschte. Mit Sicherheit würde ihn auch keiner seiner Freunde noch einmal fragen, ob er sich das auch gut überlegt hatte, denn sie alle fieberten nach einem Auftritt, und wie sollten sie auch ahnen, wie er sich fühlte? Ob er doch mal mit Micha reden sollte? Aber so viel Vertrauen hatte er noch lange nicht, woher auch, es war ja erst ein paar Tage her, dass sie sich überhaupt wieder etwas nähergekommen waren. Es gab keine Lösung.

Oder doch? Was wäre, wenn er plötzlich verschied? Na ja, oder vielleicht eher einfach krank wurde? Dann müssten sie sich auch etwas anderes einfallen lassen. Es war zwar nicht gerade das, was er als eine saubere und befriedigende Lösung bezeichnet hätte, doch er fühlte sich gleich viel leichter. Welche Krankheit sollte er sich zulegen?

Das hatte noch etwas Zeit, beruhigte er sich dann, jetzt konnte er erst mal mitspielen. Er hatte ja nun eine Möglichkeit gefunden, wie er sich, sobald er es wollte, aus der Affäre ziehen konnte.

Viel ruhiger machte er sich eine Kanne Tee – er hatte sich diesen tollen Erdbeer-Sahne-Tee gekauft, den er bei Carola getrunken hatte – und frühstückte ausführlich.

Er könnte ja mal aus Spaß nach Gummikleidern schauen. Jetzt tat er es ja nicht für sich, sondern für einen guten Zweck, da war es etwas ganz anderes, und er spürte kaum etwas von den Hemmungen, die er sonst hatte. Und schon machte ihm die ganze Sache wieder Spaß. Er würde mitmachen, solange er sich dabei gut fühlte. Er war sich plötzlich sicher, dass auch die Band eine gute Lösung finden würde, es konnte ja nicht sein, dass sie einen Auftritt mit Tausenden seiner Nervenzellen bezahlen mussten, die er sich bis dahin versaufen würde.

Es würde die perfekte Lösung geben, das wusste er plötzlich ganz sicher. Und wie durch ein Wunder fühlte er sich auf einmal stark und zuversichtlich. Es würde leicht sein. Er musste sich nicht überfordern, das konnte keiner wollen. Und er könnte immer zurück, vielleicht bräuchte er gar nicht krank zu werden, vielleicht gäbe es ja doch Verständnis für ihn. Jetzt konnte er es ausprobieren.

Schade, dass er sich mit Carola verkracht hatte, er hätte es ihr im Moment sogar gern erzählt. Natürlich nicht alles, nur das von Pia. Er hatte plötzlich große Lust, mit jemandem zusammen nach Klamotten zu schauen und sich dabei wie ein Teenager aufzuführen, albern herumzulachen und die unmöglichsten Kleider anzuprobieren.

Scheiße, er fühlte sich sofort wieder allein. Am besten, er zog sich schnell an und verließ das Haus, bevor die Angst wieder zuschlagen würde, sie war schon auf dem Weg zu ihm. Er sprang unter die Dusche und zog dann irgendwelche bequemen Klamotten an, die sich in einer Umkleidekabine nicht allzu aufwendig anstellen würden.

Moment mal. In welcher Umkleidekabine eigentlich? Wie kam er auf die Idee, dass es leichter sein würde, für Pia einzukaufen? Er konnte ja nicht mit einem Schild durch die Läden laufen, auf dem etwas stand wie »Das bin ich nicht, das ist ein Trick« oder so ähnlich.

Doch jetzt fuhr Manuelle schweres Geschütz auf: Dieses Hin und Her macht dich doch nur fertig. Geh, oder lass es bleiben, aber zerfleisch dich nicht dauernd mit deiner Entscheidungsunfähigkeit!

Manuelle liebte solche Worte, es hörte sich so herrlich emanzipiert an, und sie konnte jeden Funken Selbstbewusstsein brauchen, den sie kriegen konnte. Scheinbar hatte sie sich sofort mit dieser Pia, so imaginär sie auch noch war, verbündet.

Manuel konnte nur noch aufgeben gegen so viel weibliche Entschlusskraft. O. k., dachte er, dann gehe ich den nächsten Schritt. Ich kann ja sofort wieder nach Hause fahren, wenn es mir zu viel wird. Er würde sich Stück für Stück von dieser Sache treiben lassen, etwas anderes konnte er nicht tun, denn er wusste tatsächlich absolut nicht, was er wollte. Er konnte nur hoffen, dass er es irgendwann bemerken würde und dass es dann nicht zu spät sein würde.

Also betrat er zum ersten Mal diese Boutique, von der er schon so oft geträumt hatte. Sie befand sich in einem Hinterhof und war von der Straße aus nicht einsehbar. Und wie durch ein Wunder stand da ein perfekt zurechtgemachter Mann. Er trug zwar keine Frauenkleider, doch sein ganzes Gehabe verriet, dass er der ganzen Sache zumindest nicht abgeneigt zu sein schien. Ein bisschen Schminke im Gesicht, hochhackige, übers Knie reichende silberne Lackstiefel – damit musste Manuel sich erst einmal zufriedengeben. Entweder es genügte, um diesem Typen zu vertrauen, oder er ließ es gleich bleiben, denn mehr Entgegenkommen konnte er nicht erwarten. Er beschloss, es zu wagen.

»Ich suche was aus Gummi – ähh –«

»Schon kapiert, eher eine Hose, eine Korsage oder ein Kleid?«

Was, so einfach? Manuel war versucht, etwas zu erklären, doch es war offensichtlich, dass dieser wunderbare, göttliche Verkäufer gar nichts hören wollte. Es war nicht weniger unsinnig, sich vor diesem glitzernden Wesen zu rechtfertigen, als bei einem Augenoptiker peinlich berührt zu flüstern, dass man leider etwas kurzsichtig sei und deshalb – räusper, räusper – eine Brille bräuchte.

Der Verkäufer führte ihn nun in einen hinteren Teil des Ladens und ließ eine jubelnde und strahlende Manuelle mit all den heiß ersehnten Gummi- und Lackkleidern allein.

»Wenn du Hilfe brauchst, ruf mich, ja?«

Manuelle liebte diesen Mann schon jetzt heiß und innig, endlich einer, der sie verstand.

»Danke, aber ich glaube, ich komme zurecht.«

»Wie du willst«, flötete das Traumwesen. Er schien eindeutig auf Manuel abzufahren. Oder auf die in ihm vermutete Manuelle? Wer wusste das schon, und außerdem – wer wollte es wissen?

Manuelle war für die folgende halbe Stunde im totalen Kleiderrausch. Sie traute sich sogar – gegen den ausdrücklichen Protest von Manuel –, ein langes schwarzes Lackkleid anzuprobieren. Zum Glück waren die Umkleidekabinen völlig blicksicher und groß genug, um sich in Ruhe vor dem Spiegel drehen und wenden zu können. Sie zog ein Kleid nach dem anderen vom Bügel und berauschte sich an dem Gefühl von Gummi auf nackter Haut. Alle Kleider, Röcke und Korsagen hatten durchgehende Reißverschlüsse, sodass umständliches Einpudern entfiel.

Schließlich verliebte sie sich dermaßen heftig in ein weißes Lackteil, das wie ein Brautkleid geschnitten war, dass Manuel nur durch energisches Hinweisen auf den horrenden Preis die Oberhand behielt.

Diese Frau hätte doch glatt zweitausenddreihundert Euro für etwas ausgegeben, was sie mit Sicherheit niemals tragen würde, weder auf der Bühne, falls er sich doch zu einen Auftritt hinreißen lassen sollte, noch sonst wo.

Doch schließlich fanden sie etwas, was bezahlbar war und gleichzeitig Manuelles Geschmack befriedigte. Es war ein Lackkleid – von Gummi waren sie doch abgekommen, denn es musste fünfmal am Abend poliert werden, wenn es so toll glänzen sollte, wie Lack das von sich aus tat – knallrot, lang, mit einem ziemlich knapp geschnittenen Oberteil und einem weit schwingenden Rock.

Manuelle musste immer darauf achten, dass man den BH nicht sah, deshalb blickte sie noch einmal prüfend in den Spiegel, um sich auch, so gut es ging, von hinten zu betrachten. Das Kleid saß einfach perfekt. Sehr tief ausgeschnitten, doch so raffiniert geschnürt, dass ein BH todsicher verdeckt sein würde.

Jetzt brauchte sie nur noch die passenden Dessous. Aber das dürfte ja in diesem Himmelsladen auch kein Problem sein. Und da hingen sie ja auch schon, sie brauchte noch nicht mal zu fragen. Irgendein Engel der Transvestiten und Transsexuellen oder einfach der Menschen, die sich gern sehr abgefahren kleideten, hatte an alles gedacht und zu jedem Kleid farblich passende Dessous geschaffen. Sie nahm sich ihre Größe vom Ständer – Anprobieren hatte überhaupt keinen Sinn, denn sie hatte ihre Silikonbrüste nicht dabei – und ging mit dem Kleid und der Unterwäsche nach vorn, um zu bezahlen.

»Wenn etwas nicht passt, kannst du es umtauschen«, meinte der Typ verständnisvoll, und Manuel fragte sich, wovor er eigentlich die ganze Zeit solche Angst gehabt hatte. Er zückte seine Kreditkarte und war erstaunt, als der Verkäufer – eigentlich ein viel zu profanes Wort für dieses Wesen – ihm die Summe nannte. Da hatte er ja noch fast sechshundert Euro übrig!

Und als hätte der Schöne das geahnt, sagte er nun sanft lächelnd: »Schuhe sind oben, wenn du noch was brauchst. Wir haben gerade Lackstiefelchen reingekriegt, absolut süß, mit Fell und Strass.«

Manuelle schleifte Manuel mit sich nach oben. Und da war es, das absolute Schuhparadies, und ihre Größe war noch eine der kleinsten. Stiefel in allen Formen und Größen, High Heels mit schwindelerregenden Dreizehn-Zentimeter-Absätzen, in Lack, Leder, Seide, in Rot, Silber, Weiß, Schwarz, Lila, Gold, ja, sogar durchsichtige aus Plastik gab es. Auch die Silberstiefel, die Jasmin – so hieß das androgyne Wesen – trug, gab es hier, außerdem die obligatorischen knallroten und schwarzen Lackstiefel, die bis knapp unter den Poansatz reichten.

Jasmin war Manuel die Treppe hinaufgefolgt, nicht ohne seinen Hintern zu bewundern, der in den Jeans einfach sexy aussah, egal ob Mann oder Frau.

»Darf ich dir was zeigen?« Jasmin wollte nicht aufdringlich sein, doch er hatte genau das Tüpfelchen auf dem I für Manuel.

»Gern, ich weiß nämlich gar nicht, was ich eigentlich will.«

Jasmin führte ihn in den hinteren Bereich der oberen Etage und zeigte auf ein Regal. »Gerade eingetroffen, wie wär´s damit? Passt perfekt zu deinem Kleid. Du kannst sie ruhig anprobieren, ich hole dir ein Paar Strümpfe.«

Manuelle jubelte. Lackstiefel zum Schnüren, wie diese Eislaufstiefelchen, die die Eisprinzessinnen immer trugen. Mit Pelzbesatz, mit Strasssteinchen, mit tollen Applikationen, mit allem, was das Herz begehrte. Und da standen sie, die ultimativen Gewinner des Tages: knallrot, in genau der Farbe, die auch ihr Kleid hatte, mit schwarzen Metallösen und roten Seidenbändern zum Schnüren, nicht zu hoch, mit rotem Fellbesatz, der sich an die Knöchel schmiegen würde. Dazu schwarze Seidenstrümpfe, ganz schlicht. Der absolute Traum.

Und da kam auch schon Jasmin mit den Probierstrümpfen. Es war Manuel natürlich höchst peinlich, das erste Mal vor einem anderen Frauenschuhe anzuziehen, doch das hier war wie ein anderer Stern, hier galten die Gesetze nicht. Er zog also seine Schuhe aus und konnte es tatsächlich genießen, die hauchdünnen Strümpfe auf seiner Haut zu spüren.

Seine Angst hielt Manuelle noch in Schach, sonst wäre sie völlig ausgeflippt. Doch als er die roten Stiefel anzog, war sie nicht mehr zu halten.

»Schau, wie toll sie passen!« Sie war außer sich vor Freude. Stolz stöckelte sie damit im Raum herum.

Jasmin lächelte ihr nach, dieses Strahlen war der Grund für die Eröffnung des Ladens gewesen. Wenn ein Mensch endlich frei zu seiner Neigung stehen konnte und hier zum ersten Mal alles fand, was er brauchte, war es, als würde eine neue Sonne geboren, während ein schwarzes Loch für immer verschwand.

»Du kannst so viel anprobieren, wie du willst. Ich lasse dich allein, oder brauchst du mich noch?«

Doch Manuelle wollte gar nicht allein sein, denn jetzt hatte sie ja genau das, was sie sich ersehnt hatte – einen Menschen, vor dem sie sich nicht zu verstellen brauchte und der sich mit ihr freute.

»Wenn es dir nichts ausmacht, dann zeig mir doch noch ein paar Sachen. Außer du hast was anderes zu tun …« Sie wollte kein nerviges Kind sein.

»Nein, absolut nicht, es macht mir Spaß, dich zu beraten.« Und wie zum Beweis holte Jasmin jetzt aus einer anderen Ecke ganz schlichte cremefarbene Seidenpumps hervor.

»Sag mir, was du von denen hältst. Ich möchte gern deinen Stil herausfinden. Was für eine Art Frau bist du?«

Manuelle schluckte. Das war sehr direkt. Diese Frage hatte sie noch niemals beantworten müssen, es war aufregend und gleichzeitig total stressig.

»Weiß nicht so genau«, piepste sie aufgeregt, »ich habe noch keinen festen Stil.«

»Den brauchst du auch gar nicht, um Himmels Willen, alles, nur das nicht. Ein fester Stil ist der Tod aller Kreativität. Aber es gibt vielleicht bestimmte Rollen, die du lieber verkörperst als andere.«

Jasmin war vor allem Psychologe, selbst durch die Hölle der Verachtung und Ignoranz gegangen und deshalb absolut sensibel für andere.

Manuelle fühlte sich zum ersten Mal anerkannt und ernst genommen. Jemand SAH sie! Und jemand wollte wissen, was sie für eine Frau war. Fast kamen ihr die Tränen.

Jasmin führte sie nun durch den Laden, und Manuelle zeigte auf alles, was sie schon immer mal gern anprobiert hätte. Schließlich hatte sie zehn Paar Schuhe vor sich stehen und zog sie alle nacheinander an. Bei einem Paar weißen, mit Gold besetzten Stiefeln im Westernstil konnte sie nicht widerstehen, und auch ein Paar schlichte schwarze Ballerinas mussten einfach sein. Sie fühlte sich wie im Schuhparadies und hatte auch gleich etwas über sich selbst gelernt – ja, sie war eine von diesen Schuhfetischistinnen, sie konnte es nicht leugnen.

»Gute Schuhe zu kaufen ist besser, als Sex haben, was?« Jasmin zwinkerte ihr zu.

Manuelle war ehrlich. »Weiß ich noch nicht so genau, aber ich werde es rausfinden.«

Jasmin war erstaunt, aber er verstand. Oft konnte diese Frau noch nicht auf der Straße gewesen sein, so unsicher, wie sie war. »Wenn du willst, gebe ich dir eine Adresse. Von einem Club, in dem nur Menschen wie wir sind.«

Dankbar nickte Manuelle. Es gab alles, was sie brauchte, es war wirklich toll. Kaum ging sie einen Schritt, schon lief der Rest von allein. Doch jetzt konnte sie dieses liebe, tolle Wesen nicht länger nerven. Sie packte ihre Sachen und ging mit Jasmin zur Kasse. Und noch immer waren die tausend Euro nicht ausgegeben. Es war wirklich besser als alle Weihnachten, die sie bis jetzt erlebt hatte, zusammengenommen.

»Ich danke dir, du hast mir sehr geholfen«, sagte sie zum Abschied warm.

»Komm doch mal in den Club, ich würde mich freuen, dich in den Sachen zu sehen!« Und so weiter. Vielleicht auch ohne die Sachen.

Manuelle verließ den Laden wie auf Wolken. Jetzt würde sie sich auch den nächsten Traum erfüllen: in einem bekannten Café am Potsdamer Platz einen Kaffee trinken. Natürlich erkannte sie keiner als Frau, aber sie war so glücklich mit ihren Tüten, dass sie sich auch ungeschminkt und in Manuels Männerklamotten sehr weiblich fühlte. Mit einer lässigen Geste fuhr sie sich durchs Haar und betrat das eindrucksvolle Gebäude, in dem sich das Café befand. Sie setzte sich zwischen all die Dämchen, die genau wie sie vom Geldausgeben kamen. Natürlich wurde sie sehr konsterniert angeschaut, denn die anderen sahen ja nur einen langhaarigen Typen, der hier in abgerissenen Jeans mit zwei No-Name-Plastiktüten herumhing. Sogar die Bedienung war aus der Fassung gebracht, als Manuelle nun genauso affektiert eine Tasse Kaffee bestellte.

Doch heute war es ihr egal, sie war einfach glücklich. Sicher war sie im Moment viel erfüllter und ausgeglichener als alle, die hier so affektiert und geziert Tee tranken und sich über einander mokierten.

So hatte sie es sich vorgestellt, wenn sie jetzt noch einen Menschen an ihrer Seite hätte, dann wäre es perfekt. Aber das hier reichte schon sehr nahe an alles heran, was sie sich immer erträumt hatte.

Leider musste sie schon bald wieder gehen, denn Manuel hatte am Mittag Uni. Doch es war ja auch erst der Anfang. Wie würde es erst sein, wenn sie auf der Bühne stand! Wenn die anderen sie nicht verstanden, dann ließen sie es eben bleiben. Diese Freiheit, die sie gerade spürte, dieses Glück, das zu sein, was sie war, war wichtiger als alles, was sonst noch in ihrem Leben geschah. Sie gab ein viel zu großes Trinkgeld, verließ das Café hocherhobenen Hauptes und fuhr glückstrahlend zur Uni.

*

Am Abend hatten sie wieder Vorstandssitzung des Unternehmens Pia. Manuelle erzählte den anderen das Blaue vom Himmel herunter, redete von all den Stellen, die sie angerufen hatte, und versicherte ihnen dann ruhig und zuversichtlich, dass sie alles im Griff hätte und dass sie einfach nur mit der Kohle rüberzurücken bräuchten.

Jetzt war es Manuel, der, stumm und völlig verängstigt, im Bauch saß. Doch er konnte Manuelle voll vertrauen, als hätte sie es schon immer getan, spielte sie seine Rolle perfekt.

Micha, Erik und Rollo hatten erleichtert aufgeatmet, als Manuelle von ihren Erfolgen berichtete. Sie alle hatten befürchtet, dass Manuel doch noch abspringen würde, und sie hätten es mehr als verstanden. Dass er es tatsächlich durchzog, nötigte ihnen mehr als Respekt ab, sie bewunderten ihn wirklich dafür.

Also wurde es eine sehr laute und fröhliche Runde, Manuelle war voll in ihrem Element und begann sogar, ihre Rolle als Pia mit Leben zu füllen. Pia entpuppte sich als feministische, selbstbewusste Frau, die ihren eigenen Kopf hatte und zu allem etwas zu sagen wusste.

Manuels Freunde waren begeistert von ihr, und es war nie peinlich. Allerdings lag das nur daran, dass alle dachten, er spielte die Frau so perfekt. Doch daran würde sie ein anderes Mal arbeiten, jetzt kam es nur darauf an, diese Frau zu sein. Also streute sie immer wieder echte Manuelle-Bemerkungen ein, Dinge wie: »Alle Männer, die ich kenne, sind unsensible Halbaffen, die unsere komplizierten Seelen niemals erfassen werden.« Oder: »Männer wollen doch nur erfolgreich sein, um von ihren zu kleinen Schwänzen abzulenken.«

Micha und Erik brüllten vor Lachen, doch Rollo war tatsächlich an einer empfindlichen Stelle getroffen, und wenn er es nicht besser gewusst hätte, hätte er eine ernsthafte Diskussion mit dieser Tussi angefangen. Das war fast ein bisschen unheimlich, wie kam der auf solche Sprüche? Wenn das wirklich eine Frau wäre, würde er sie mit den Worten »Alles, was du brauchst, ist, dass dich einer mal kräftig durchvögelt!« stehen lassen. Das konnte ja noch heiter werden. »Ich hasse diese Feministinnen«, stieß er zwischen den Zähnen hervor.

Als Manuelle seine Betroffenheit spürte, stieß sie mit ihrem Bierglas an seines und trank ihm zu. »Hey, reg dich ab. Alles, was diese Weiber brauchen, ist, dass sie einer mal kräftig durchvögelt. Die sind doch nur neidisch, Freud hatte schon recht.« Sie hatte Zeit, sie wollte niemanden vor den Kopf stoßen. Rollo kam schon noch an die Reihe.

Rollo lachte, natürlich, wie konnte er nur glauben, dass sein Machokumpel Manuel, der, der immer reihenweise Frauen flachlegte, solche Sprüche ernst meinte.

Die anderen hatten den Wortwechsel belustigt verfolgt. Jetzt stießen alle miteinander an und beglückwünschten sich gegenseitig zu ihrem bevorstehenden Ruhm. Erik konnte nun endlich den Wild Rats Bescheid geben, dass sie ab sofort eine tolle Vorgruppe hatten, mit einer hammergeilen Frontfrau. Zum Glück kannten sie sich nicht, sonst hätte vielleicht doch mal eine nachgefragt, woher sie plötzlich diese Sängerin hatten. Sie einigten sich darauf, bei Bedarf zu erzählen, dass Manuel weggefahren wäre und dass es sich bei Pia um seine Zwillingsschwester handelte, das rechtfertigte das ähnliche Aussehen und auch die Stimme.

Bis jetzt war alles viel besser gelaufen, als Manuelle es sich hätte träumen lassen, hoffentlich kam das dicke Ende nicht noch.

»Wir sollten ab sofort jeden Tag proben«, sagte Micha, »wir haben zwar noch neun Wochen Zeit, aber wir haben ja doch noch nie vor Publikum gespielt.«

»Jeden Tag nicht«, widersprach Rollo, »sonst gehen wir uns in spätestens drei Wochen fürchterlich auf den Keks. Diese Tussi, die bei uns singen will, tut es ja jetzt schon«, er warf einen Seitenblick auf Manuelle, der halb ernst, halb scherzhaft gemeint war.

»Aber dreimal die Woche schon, oder?« Erik schaute die drei fragend an.

»Dreimal ist o. k.«, erklärte nun Manuelle. »Und was das Auf-den-Keks-Gehen betrifft – ihr müsst mich so nehmen, wie ich bin. Es ist wirklich eine Rolle, die sich wie von allein ergibt, ich kann sie nicht dauernd kontrollieren. Es ist fast, als wäre ich wirklich meine eigene Schwester, die mit meiner Stimme redet.«

Stopp! Nun war sie verraten. Auf einmal wurde Manuel schwarz vor Augen. Stimmen in seinem Kopf, aufgeregte. Da war ein Gluckern, ein rhythmisches Pochen, und er spürte Angst, tiefe, bodenlose Angst – er hielt sich am Tresen fest, sonst wäre er vom Barhocker gekippt. Tief atmend trank er einen Schluck Bier, dann schüttelte er den Kopf und sah sich um. »Kreislauf«, ächzte er.

Dann verschwanden die Stimmen, die Bilder und das Dröhnen, und er saß wieder bei seinen Kumpels. Niemand hatte bemerkt, dass er fast ohnmächtig geworden war.

»Wie meinst du das, du kannst es nicht kontrollieren?«, fragte Erik fasziniert.

»Stell dir vor, du hättest noch eine zweite Seele in deiner Brust. So ist es.« Immerhin opferte er sich im Auftrag der Band, da würde er ihnen auch etwas zumuten dürfen.

»Ach du Scheiße, wenn das so ist, ist es vielleicht viel zu gefährlich! Ihr wisst schon, dieser Kram mit Seelenwanderung und so, ich glaube natürlich nicht daran, aber ich würde es auch nicht unbedingt ausprobieren wollen!« Rollo hatte plötzlich großen Respekt vor Pia.

»Nein, so ist es nicht, glaube ich«, beruhigte Manuelle ihn. »Vielleicht schlummert ja in jedem von uns auch eine weibliche Rolle. C. G. Jung hat das doch erkannt.

Animus und Anima. Und die kommt eben raus, wenn ich sie zulasse.«

Langsam wurde ihr das Terrain zu unsicher. Noch ein bisschen, und sie wären bei dem Thema, das sie mit Sicherheit vermeiden würde, solange es ging. Nicht schon am zweiten Abend.

»Also ich habe keine weibliche Seite in mir«, erklärte Rollo. »Hätte ich auch wirklich keinen Bock drauf. Was soll das überhaupt sein, Weiblich und Männlich?«

»Ich weiß schon, wie du das meinst, Pia.« Erik sprach sie an – sofort liebte sie ihn mit jeder Faser ihres Herzens. »Ich habe auch eine Seite, die ich vielleicht nicht unbedingt als weiblich bezeichnen würde, aber auch nicht als männlich. Vielleicht meinst du das.«

»Und wie ist diese Seite so?«, fragte Micha gespannt. Das hier war nach seinem Geschmack, sie sprachen über persönliche Dinge, anstatt wie sonst immer nur herumzuflachsen.

Rollo wand sich unbehaglich. Er hatte zwar auch öfter den Wunsch, über etwas anderes zu reden als über die letzten Frauengeschichten, aber gleich so persönlich? Und alles wegen dieser Pia, langsam erkannte er Manuel echt nicht wieder. Der wäre sonst der Erste gewesen, der das Thema mit einer lässigen Handbewegung beendet hätte.

»Ich kann es nicht genau sagen, eher etwas ruhiger und nachdenklicher oder so. Mehr fühlend als handelnd.« Auch Erik konnte nicht von null auf hundert Prozent Offenheit in zwei Abenden.

Nun aber beendete Manuel das Gespräch. »Ich glaube, ich fahre jetzt mal heim, ich will mich schminken üben und so.«

Wo waren seine Angst und seine Unsicherheit geblieben? Es war, als ob ihm der eine Mensch, der ihn heute unterstützt hatte, alle Zweifel an sich selbst genommen hätte. Er ließ die drei sehr verwirrt und sprachlos sitzen, bezahlte und ging. So genau wusste er selbst nicht, was in ihn gefahren war. Er konnte seine Reaktionen nur mit einer ausgeprägten geistigen Umnachtung rechtfertigen. Worüber er so redete, unglaublich. Kaum dachte er auch nur eine Sekunde über die gesamte Situation nach, würde er am liebsten hysterisch auflachen und alles canceln.

Doch nun ging er tatsächlich nach Hause und schminkte sich, denn Manuelle bestand darauf, die neuen Klamotten anzuprobieren und vor allem alle Schuhe anzuziehen.

Das war wirklich toll, dass sie sich in diesen Laden getraut hatte. Alle Schuhe passten wie angegossen und sahen auch wunderbar aus. Sie ließ die weißen Westernstiefel an und probierte, welches Kleid man am besten dazu tragen konnte. Am Ende entschied sie sich für einen kurzen weiten Rock aus weichem Jeansstoff und eine Wildlederweste, die sie geschlossen gut auch ohne Bluse oder Hemd anziehen konnte.

Es war zwar schon spät, doch sie war durch die Ereignisse des Tages so aufgewühlt, dass an Schlafen gar nicht zu denken war. Also setzte sie sich im Wohnzimmer auf die Couch und holte ihren Ringhefter hervor. Sie würde jetzt ein wenig schreiben, mal sehen, ob ein neuer Text dabei herauskäme. Und wirklich, eine Fülle neuer Ideen strömte aus ihrem Geist, und nach zwei Stunden fiel sie befriedigt und erschöpft endlich in ihr Bett.

Sie träumte vom ersten Auftritt, von Carola, von Sissy und auch von Jasmin, sie alle standen fasziniert vor der Bühne und bewunderten sie. Lächelnd drehte sie sich um und kuschelte sich tiefer in die Kissen. So sollte es sein, das würde sie glücklich machen.

Die nächsten Tage waren angefüllt mit Proben, heftigen Diskussionen über die Reihenfolge der Songs, über den Opener und über die Anzahl der Zugaben, die sie geben würden, wenn sie – wie sie hofften, aber natürlich nicht sicher erwarten konnten – erfolgreich waren.

Alle blühten auf bei dem Gedanken an die bevorstehende Tournee. Endlich würden sich die ganze Arbeit, die vielen Proben und die finanziellen Investitionen ins Equipment auszahlen. Natürlich war das Hauptanliegen bei der Gründung der Band die Freude an der Musik gewesen, und das war es noch immer, aber tatsächlich vor Publikum zu spielen und auch den Glanz und Glamour, die Erregung und Hektik eines Liveauftrittes zu erleben, das würde ihre kühnsten Träume erfüllen.

Manuel sang sich bei den Proben die Seele aus dem Leib, Rollo spielte so hingebungsvoll Gitarre, dass man glauben könnte, er hielte seine Geliebte im Arm, Micha trommelte wie ein Eingeborener im Busch, und Erik bearbeitete seinen Bass, als müsste er einen Rekord brechen.

Sie alle wussten, dass es noch eine winzig kleine Sache zu erledigen gab, sie hatte etwas mit Make-up und einer Frau namens Pia zu tun, doch bei den auch so schon sehr aufregenden Proben verschoben sie deren Coming-out immer wieder auf später. In Wirklichkeit war es eine Sache, über oder sogar mit Pia zu reden, aber eine ganz andere, sie leibhaftig vor sich zu sehen. Auch Manuel hatte große Angst davor, sie zu zeigen, obwohl ja alle wussten, dass es sein musste, wenn die Proben und die Vorfreude nicht völlig umsonst sein sollten. Doch alle scheuten davor zurück, und so verging immer mehr Zeit, bis es fast zu spät war.

17

Carola sah sich ein letztes Mal prüfend in ihrer Wohnung um. Alles war perfekt, der Ofen bullerte, der Sekt lag im Kühlschrank, sie hatte aufgeräumt, geputzt, das Bett mit ihrer Lieblingsgarnitur bezogen – rosa Rosen auf schwarzem Hintergrund – und den Kühlschrank gefüllt.

Sie selbst duftete nach Vanilleparfüm, die roten Strapse lagen bereit, und das schwarze Lederkleid hing über dem Stuhl. Sie hatte durch strenge Diät in der vergangenen Woche alles wieder abgenommen, was sie sich aus Einsamkeit angegessen hatte, und sie war sehr zufrieden mit sich.

Sie hatte sogar bei Chantal angerufen und mit ihr über die Rückgabe des Goldgürtels geredet. Chantal hatte sie eingeladen, am Abend um elf Uhr zu ihrer Show zu kommen, zwei Karten würden an der Kasse bereitliegen.

Jetzt konnte er kommen. Sie zog sich schnell an, stieg in ihre schwarzen hochhackigen Pumps und schenkte sich ein Glas Wein ein. Mit dem Weinglas in der Hand ging sie aufgeregt durch die Wohnung, zog hier eine Decke glatt, rückte dort eine Pflanze zurecht. Sie schaltete die bunte Lichterkette ein und das große Licht aus. Kerzen, ein wenig Musik – Hans wurde standesgemäß erwartet. Gegen halb sieben wollte er da sein, wenn alles glattlief. Wo blieb er bloß?

Die sicherste Art, ihn herzuzaubern, wäre, sich noch einmal neu zu schminken. Sobald sie wie eine Nachteule aussähe, weil sie sich das jetzige Make-up abgewaschen hätte, würde er klingeln, ganz sicher. Doch solche Tricks wollte sie heute nicht anwenden.

Viertel vor sieben. Das zweite Glas Wein. Sie spürte es schon in den Beinen, denn sie hatte heute – wie auch in den letzten Tagen – nur sehr wenig gegessen.

Und plötzlich klingelte es. Carola schrak zusammen, obwohl sie seit fast einer Stunde auf diesen Ton gewartet hatte. Ein letzter Blick in den Spiegel – alles war perfekt. Sie sah sogar für ihren kritischen Geschmack sehr gut aus. Sie öffnete mit klopfendem Herzen die Tür.

Endlich. Da stand er. Fremd und doch zutiefst vertraut, und als er sie wortlos in die Arme nahm, brach all die unterdrückte Trauer aus ihr heraus. Sie schluchzte auf und hielt ihn so fest an sich gepresst, dass sie sich und ihm fast die Luft abdrückte, doch das kümmerte beide nicht. »Endlich«, konnte sie nur flüstern, »endlich ist alles gut. Du bist da.«

Und auch Hans spürte einen riesigen Druck von sich abfallen. »Ich habe dich wieder«, stammelte er überwältigt. Er hatte ihren Geruch und ihre Weichheit fast vergessen. Ihre Gesichter waren ihnen nicht mehr so sehr vertraut, doch ihre Körper erinnerten sich an die Geborgenheit, die sie sich immer geschenkt hatten.

Carola schloss die Tür, und beide zogen sich gegenseitig wortlos aus. Einander umklammernd fielen sie aufs Bett, und als sie ihn endlich wieder in sich spürte, schluchzte sie erneut aus tiefster Seele auf. Es war wie ein überirdischer Orgasmus, ein Miteinanderverschmelzen auf allen Ebenen, die Vereinigung der Körper war auch Vereinigung der Seelen. Beide kamen gleichzeitig, und sie sahen sich zum ersten Mal dabei in die Augen. Endlich erkannte Carola in Hans' Augen das, was sie sich schon immer erträumt hatte. Einheit. Seelenverwandtschaft. Wortloses Verstehen. Keine Trennung mehr zwischen Ich und Du. Sie lachte glücklich auf. Er war es tatsächlich. Ihr Traum war Wirklichkeit geworden, er war da, aus Fleisch und Blut. Sie konnte es noch immer nicht fassen, zu oft hatte sie sich diesen Moment erträumt und war enttäuscht und ernüchtert allein aufgewacht. Jetzt war alles gut. Sie war gerettet.

»Hallo mein Engel«, lachte Hans nun, »ich bin so froh, wieder bei dir zu sein.« Dann sah er sich um. »Schön hast du es dir gemacht. Ich packe mal mein Zeug aus, wo kann ich die Tasche hinstellen?«

Carola stand auf und zog sich den schwarzen Bademantel über. Strahlend zeigte sie ihm ihre Wohnung, packte mit ihm zusammen die wenigen Dinge aus und verstaute sie im Schrank. Als sie sein Rasierzeug neben ihre Tagescremedose legte, wurde ihr noch einmal bewusst, dass er wirklich da war, und sie fiel ihm erneut um den Hals.

Liebevoll schob er sie ein wenig von sich. »Weißt du, was ich jetzt habe? Hunger, wie verrückt. Ich bin in einem Rutsch durchgefahren und habe nur eine Flasche Cola getrunken.« Und diese war jetzt durch seinen Körper durchgelaufen, bemerkte er und verschwand im Bad.

Carola ging in die Küche und hörte die Spülung rauschen. Dieses Geräusch bekam plötzlich eine ganz eigene, tiefe Bedeutung, so profan es auch war. Sie war nicht mehr allein. Tief aufatmend öffnete sie den Kühlschrank und deckte den Tisch mit einem Festmahl. Krabbensalat, Käse, Mais-Thunfisch-Salat (man mischte einfach eine Dose abgetropften Mais mit einer Dose Thunfisch mit Gemüseeinlage, fertig), frisches Bauernbrot, Butter, Lachsschinken und zwei Flaschen Bier. Einen Teller. Sie würde nichts essen, um nicht sofort wieder zuzunehmen. Im Badezimmer rauschte die Dusche, anscheinend fühlte sich Hans schon ganz wie zu Hause, wie schön. Dann konnte sie sich in aller Ruhe wieder anziehen. Erneut legte sie den roten Strapsgürtel um, streifte schwarze Seidenstrümpfe über ihre Beine, zog das enge Lederkleid an und stieg auch wieder in die Pumps, obwohl sie es sonst hasste, in der Wohnung mit Schuhen herumzustöckeln.

Dann ging sie ins Bad und legte ihren Bademantel bereit, damit Hans ihn anziehen konnte, wenn er fertig war. Er bemerkte sie gar nicht, so vertieft war er in seine Erfrischungsaktion. Carola schnupperte. Mmh, Zitronenduschgel!

Doch als er dann mit nach hinten gekämmten nassen Haaren, nur mit dem schwarzen Bademantel bekleidet und intensiv nach Zitrone duftend in die Küche trat, bemerkte er sie um so mehr.

»Du siehst wunderbar aus, mein Schatz. Ist das dein Geburtstagskleid? Genau so habe ich es mir an dir vorgestellt. Und was für ein tolles Essen! Ich fühle mich wohl bei dir, Liebling.« Er setzte sich. »Du hast keinen Teller? Ach komm, das ist doch blöd, ich will mit dir zusammen essen. Und ich muss dir eine Menge erzählen.«

Widerstrebend holte Carola sich einen Teller – in wenigen Sekunden würde das Kleid aussehen wie eine zu enge Wurstpelle –, doch dann spürte sie, dass er recht hatte. Es war viel besser, zusammen zu essen, als ihm nur dabei zuzusehen.

Und bald waren sie in ein eifriges Gespräch vertieft, Hans erzählte ihr von zu Hause, von ihren Freunden, vom neuesten Klatsch, von der Herfahrt und davon, wie es ihm ergangen war ohne sie. Sie tranken eine ganze Flasche Sekt dabei und hielten sich immer wieder an den Händen. Carola redete über das Studium, über die neuen Leute, die sie kennengelernt hatte, und schließlich – mit einem Blick auf die Uhr – erzählte sie auch von ihren Plänen für den Abend. Sie endete mit: »Und danach gehen wir ins Black Panther, wenn du nicht zu müde bist. Willst du?«

»In eine Travestieshow? Na, ich weiß nicht, habe ich eigentlich nicht so Lust drauf. Aber gut, du musst ja sowieso noch den Gürtel abgeben. Das mit der Disco sehen wir dann, ich bin ganz schön müde. Und ich kann es nicht erwarten, endlich wieder mit dir im Bett zu liegen und mich an dich zu kuscheln.«

Carola spürte erstaunt, dass sie enttäuscht war. Schade, dass er nicht begeistert das Berliner Nachtleben kennenlernen wollte.

Sie war eine egoistische Ziege, schalt sie sich gleich darauf, war doch klar, dass er müde war, er war extra wegen ihr siebenhundert Kilometer gefahren! Außerdem war es ja wohl die Hauptsache, dass er da war, und nicht das, was sie zusammen machten!

Aber sie hatte sich so sehr darauf gefreut, mit ihm gemeinsam zu tanzen, zu lachen, über den Kurfürstendamm zu schlendern, und sie hatten doch nur zwei Tage und zwei Nächte Zeit! Am Sonntagnachmittag würde er wieder fahren müssen. Und dann gab es ja auch noch diesen Typen, dem sie es gern mal zeigen würde. Wenn sie mit Hans im Panther auftauchen würde, könnte Manuel sehen, dass sie durchaus nicht von ihm abhängig war. Sie hatte einen Freund, danke, sie brauchte nicht mit Frauen wie Sissy in Konkurrenz zu treten. Vater wurde er. Lächerlich. Das arme Kind. Sie war so froh, dass ihr das völlig egal war.

Während Hans sich die Haare föhnte – sie waren zu Carolas Leidwesen sehr kurz und stufig geschnitten – räumte sie die Reste wieder in den Kühlschrank, stellte das Geschirr in die Spüle und wischte den Tisch ab. Dann deckte sie ihn erneut mit Frühstücksgeschirr, sie liebte es, wenn am nächsten Morgen schon alles bereitstand und sie sich in Ruhe hinsetzen konnte, bis ihre Seele sich wieder mit ihrem Körper verbunden hatte. Manchmal hatte sie das Gefühl, irgendein wichtiger Teil von ihr reiste durch die Welt, wenn sie schlief, und wenn sie aufstand, hatte sie gerade so viel Energie, dass sie Kaffee kochen konnte. Sie musste dann in Ruhe warten, bis alle ihre Teile wieder in ihrem Körper versammelt waren, um den neuen Tag auf der Erde kraftvoll anzugehen. Merkwürdige Ideen hatte sie, aber so fühlte es sich an.

Eine halbe Stunde später fuhren sie los. Zum ersten Mal erlebte Carola den Ku'damm vom Auto aus, und es war ein erhebendes Gefühl, über den Prachtboulevard zu rauschen, Hans neben sich zu wissen und etwas Tolles vorzuhaben. Travestieshow und Disco, cooler ging es fast nicht. In ihrer Handtasche hatte sie den goldenen Gürtel, einige Eintrittsgutscheine – aus einem unerklärlichen Impuls heraus hatte sie mehr als zwei eingesteckt –, Lippenstift und etwas Geld.

Fast hätten sie noch einen kleinen Streit gehabt, als Carola Hans dazu nötigen wollte, mal was anderes als die üblichen Jeans und das Sweatshirt anzuziehen. »Nimm doch wenigstens meine Lederweste oder die schwarze Lederjacke mit den Fransen!«, hatte sie gemeint. Doch sie war viel zu glücklich, ihn bei sich zu haben, als dass sie ihm ernsthaft nachtragen könnte, dass er sich so normal kleidete. Sie waren in Berlin, und sie waren zusammen! Auch den schwarzen Kajalstrich, den hier viele Männer unter den Augen trugen, wollte er nicht, obwohl es sicher toll ausgesehen hätte. Aber da, wo er herkam, waren sie eben noch nicht so weit, und sie, Carola, musste ein wenig Geduld haben. Wenn er die tollen Männer im Black Panther sehen würde, würde er schon auf den Geschmack kommen. Vielleicht würde er sich dann sogar die Haare wachsen lassen.

Sag mal, liebst du ihn eigentlich so, wie er ist, oder hättest du gern eine weiße Leinwand, damit du ihn dir malen kannst, fragte sie sich, doch dann schob sie den Gedanken wieder zur Seite. Ja und ja. Beides. Na und?

Beim Travestietheater hatte ein Wunder für einen Parkplatz genau vor dem Eingang gesorgt. Carola holte stolz die zurückgelegten Karten an der Kasse ab. Sah die Kassiererin sie nicht gleich ganz anders an, als sie Chantal erwähnte? Sie gehörte wirklich dazu, noch mehr, als es viele echte Berliner taten, denn sie bekam sogar Freikarten von der Künstlerin selbst. Und nach der Show würden sie hinter die Bühne gehen und sie in ihrer Garderobe besuchen, es war einfach perfekt.

Sie betraten den gemütlichen Zuschauerraum, der – genau so, wie man es erwarten würde – mit viel rotem

Samt und intimen Nischen ausgestattet war. Trotzdem hatte man von jedem Platz aus einen sehr guten Blick auf die Bühne, denn diese war halbmondförmig geschwungen, und die Künstler füllten die ganze Fläche mit ihren Darbietungen.

Und dann, nachdem sie sich mit dem Gutschein, den Chantal ihr zu den Karten gelegt hatte, Sekt bestellt hatten, begann die Show – es war eine sehr erotische, hochdramatische Inszenierung von »Romeo und Julia«. Carola war hingerissen, als sie noch andere Transvestiten von der Party erkannte. Niemand, der nicht genau gewusst hätte, wo er war, wäre auf die Idee gekommen, dass hier keine einzige geborene Frau auf der Bühne stand, sogar die Stimmen waren unverkennbar weiblich.

Dann gingen alle Lichter aus – und eine berühmte Melodie aus dem Musical »La Cage aux Folles« erklang. »I Am What I Am« – ich bin, was ich bin … Ein einziges lila Spotlight schwenkte vom Zuschauerraum auf die Bühne, und Carola verschlug es fast den Atem.

Chantal. In einem silbernen Kleid, das von oben bis unten eng anlag und wie eine glänzende zweite Haut wirkte. Das weißblonde Haar war kunstvoll hochgesteckt. Sie sah aus wie aus einer anderen Welt. Zart und ätherisch, und doch von einer wilden Kraft, die ganz allein durch ihre Stimme ausgedrückt wurde. Niemand, der dieses Wesen sah und spürte, würde auf die Idee kommen, etwas Peinliches oder gar Unwertes in ihr zu sehen. Carola war ganz eigentümlich berührt, sie fühlte sich, als ob sie etwas freier und leichter werden würde.

»Chantal hat recht, nicht? Es gibt keinen Grund, sich für das zu entschuldigen, was man ist, nicht wahr?«, flüsterte sie Hans ins Ohr, nachdem das Lied, von rauschendem Beifall begleitet, ausgeklungen war. Chantal verneigte sich strahlend.

»Sie hat gut reden, sie kriegt eine Menge Beifall und Kohle dafür. Außerdem ist sie das doch gar nicht wirklich, wenn ich dich richtig verstanden habe, ist sie ja ein Er.«

»Dann hast du mich nicht richtig verstanden«, wollte Carola erwidern, doch da hatte Chantal bereits den nächsten Song angestimmt, es war ein Lied von Queen. Auch eine Ballade, »The Show Must Go On«. Ob es nur diese Art von Musik gab? Carola mochte diese nachdenklichen Songs sehr gern, doch jetzt war ihr nach etwas Fetzigem.

Aber dann verschwand Chantal kurz von der Bühne, um gleich darauf im Lederminirock und hohen Stiefeln wieder aufzutauchen. Tina Turner und Pink waren angesagt, und bald begannen einige der Gäste wild zu tanzen. Carola hätte gern mitgemacht, doch das traute sie sich nicht. Und sie würden ja sowieso noch tanzen gehen. Chantal sang noch einige Lieder von verschiedenen Berühmtheiten, Liza Minellis »Cabaret«, darauf folgten Titel von Anastacia und Cher und zwei Songs von Madonna. Sie erhielt Standing Ovations, und als sie den letzten Vorhang hatte, wollte Carola gleich hinter die Bühne rennen.

Doch Hans hielt sie fest. »Jetzt warte doch erst einmal ab, vielleicht kommt sie ja hierher, das ist doch oft so bei kleinen Theatern.«

Carola wäre gern nach hinten gegangen, sie fand es sehr aufregend, die andere Seite kennenzulernen, und

Chantal hatte sie am Telefon ausdrücklich dazu aufgefordert. »Komm ruhig in meine Garderobe, auch wenn du ein bisschen unsicher bist, das ist immer so, wenn man jemanden, den man kennt, auf der Bühne gesehen hat«, hatte sie verständnisvoll gesagt, und genau so war es jetzt auch. Chantal war so toll, wie sie gesungen hatte! Die Herumknutscherei hatte Carola ihr längst verziehen, Chantal lebte wirklich wie auf einem anderen Stern, wie sollten da Klein Carolas Verhaltensmaßregeln gelten?

Da kam sie auch schon, sie hatte sich umgeschminkt, trug jetzt ein schwarzes Cocktailkleid und wirkte trotz ihres noch immer aufsehenerregenden Outfits natürlich und normal. Als Diva stand sie auf der Bühne, als warmherzige Frau führte sie fast den ganzen Rest ihres Lebens. Gleich entdeckte sie Carola, und nachdem sie mehrere Autogramme gegeben hatte, bahnte sie sich einen Weg durch die Gäste und setzte sich aufatmend zu ihnen.

»Uff, geschafft. Hallo Carola. Und du musst Hans sein! Chantal.« Sie reichte ihm die Hand, und er ergriff sie zögernd.

Carola küsste Chantal auf beide Wangen, sie war stolz darauf, dass die Künstlerin an ihrem Tisch saß, und wollte ihre nahe Bekanntschaft deutlich zeigen. »Ich fand dich toll, Chantal«, sagte sie dann ehrlich begeistert, »vor allem das erste Lied war super. Es stimmt, was du singst.«

Chantal sah sie an. »Wenn man nur immer so genau wüsste, wer man ist, nicht?«

Carola lächelte etwas unsicher. Chantal mochte ja manchmal Identifikationsprobleme haben, aber sie, Carola, war sich schon immer sicher, wer sie war. Etwa nicht?

Hans fragte nun ganz brutal: »Kleidest du dich eigentlich immer als Frau?«

Carola erschrak und öffnete den Mund. Doch Chantal kam ihr zuvor. Genauso direkt antwortete sie: »Nicht immer, manchmal, wenn mir danach ist, ziehe ich auch Männerklamotten an. Aber sehr selten. Wenn ich am Auto schraube oder so. Und du, kleidest du dich immer als Mann?«

Hans sah sie feindselig an. Was sollte denn das? Es war ja wohl klar, wer hier die merkwürdige Person war.

»Willst du noch was wissen?«, fragte Chantal jetzt versöhnlicher.

Ja, noch eine Menge, doch sogar Hans bemerkte, dass hier kein Interview stattfand.

Carola holte den Gürtel aus der Handtasche. Bedauernd legte sie ihn Chantal in die Hand, er war das Schönste, was sie seit Langem getragen hatte.

»Ich danke dir noch mal, auch für dein Vertrauen. Er war sicher sehr teuer, und er ist wunderschön.«

Chantal winkte ab und steckte den Gürtel nachlässig in ihre Abendtasche. »Wollt ihr meine Garderobe sehen? Dort können wir in Ruhe noch ein wenig plaudern«, sagte sie leichthin.

Ihr war die Spannung, die von Hans ausging, natürlich nicht entgangen, doch sie ließ sich durch solche Gedankenfäden nicht aus ihrer Mitte reißen. Nicht mehr. Obwohl sie noch manchmal wehtaten.

Stolz und frei ging sie voraus, zurück durch die Menge, und hielt beiden die kleine Tür auf, die zu den Garderoben führte. Chantal hatte eine richtige Luxussuite, doch es war ja auch ihr Theater. Anders als in vielen Varietétheatern wurden alle Künstler hier als das behandelt, was sie waren – die Stars, die die Leute anzogen, keine billigen Flittergirls.

Carola staunte nur noch. Noch ein, zwei dieser Überraschungen, und sie würde sich nie wieder trauen, Chantal auch nur anzusehen.

Überall standen – wie in den alten Hollywoodfilmen, die Carola so liebte – Blumengebinde herum, aus denen Glückwunschkarten lugten. Ein kunstvolles Durcheinander von Schminkzeug lag auf einer riesigen Glasplatte, die von zwei Stahlsäulen getragen wurde. Der Gegensatz zwischen den zarten Blumen und der kraftvollen, schweren Konstruktion spiegelte Chantals Wesen perfekt wieder. Männlich und Weiblich, beides in harmonischer Kombination. Eine Kleiderstange, die an langen Ketten von der Decke hing, nahm die gesamte Breite des Raumes ein. Hier waren sie, all die Traumkleider und Fantasiekostüme, die Chantal auf der Bühne des Theaters und des Lebens trug. Sie hielt sie nicht nur selbst in Ordnung, sondern sie entwarf und nähte sie auch teilweise eigenhändig. Ein Arsenal an Schuhen stand fein säuberlich geordnet an der Wand entlang. Chantal konnte sich berufliche Lässigkeit nicht leisten, das hatte sie bereits nach einem Auftritt festgestellt. Nachdem sie gleich beim ersten Mal eine ganze Minute zu spät auf die Bühne gekommen war – die Alternative wäre gewesen, nur einen Schuh zu tragen, weil sie wie zu Hause den anderen nicht so schnell finden konnte –, hatte sie sich geschworen, dass sie nie wieder solch eine peinliche Situation erleben würde, wenn sie es vermeiden konnte. Der Schminktisch wurde von Dutzenden von Punktstrahlern erleuchtet, und ein genauso eindrucksvoller Spiegel schwebte darüber. Chantal fühlte sich hier so wohl wie nirgendwo anders.

Die zutiefst beeindruckte Carola traf in dieser Garderobe auch auf Monique, die sie gleich erkannte und erfreut begrüßte. Begeistert stellte Carola sie Hans vor. »Das ist die Frau, die bei dieser Party den Vamp aus mir gemacht hat!«

Hans gab ihr zögernd die Hand. Carola hatte sie so selbstverständlich als Frau vorgestellt, dass er langsam ins Schleudern kam. Er wusste sowieso nicht, was er von der ganzen Sache halten sollte, aber das hier ging ihm doch etwas zu weit. Sie – jetzt dachte er auch schon mit diesem Artikel, stellte er erschüttert fest – sie war, verdammt noch mal, keine Frau, höchstens vielleicht ein billiger Abklatsch davon.

Monique hatte von all dem nichts bemerkt, sie war ganz auf Carola fixiert. »Soll ich noch mal?«, fragte sie Carola nun bereitwillig. Vielleicht wollte sie ja Hans ihr anderes Gesicht zeigen.

Carola sah ihn fragend an.

»Mir gefällst du so, wie du bist«, wehrte Hans ab.

Doch Carola war ganz scharf darauf, wieder einmal so schön auszusehen, und vielleicht konnte sie ja heute sogar beobachten, wie Monique sie so toll hinkriegte.

»Es geht ganz schnell«, meinte Chantal jetzt zu Hans, sie hatte Carolas Begeisterung gesehen.

Und tatsächlich – wieder dauerte es genau zehn Minuten, und Carola sah aus wie die verruchteste Traumfrau, die Mann sich nur wünschen konnte. Wieder war sie selbst hingerissen von der Wirkung, die sie haben konnte. Monique hatte ihr diesmal jeden Schritt erklärt, und Carola hatte eine Menge gelernt. Sie glaubte zwar nicht, dass sie es allein so toll hinbekommen würde, doch sie war zumindest um einige Tricks reicher.

Chantal zog die Goldkette aus der Tasche und legte sie Carola um die Hüfte. »Ich schenke sie dir, trag du sie. Sie passt so toll zu dir. Du wirkst so edel und kraftvoll wie diese Goldkette.«

Es sah wirklich wunderbar aus zu dem schwarzen Lederkleid, doch diese Kette würde auch zu gar nichts sehr gut aussehen oder zu Jogginghosen. Carola schnappte nach Luft. Wie sollte sie das bloß annehmen? Doch es klang so ehrlich, so von Herzen. Gerade wollte sie Chantal stumm umarmen, als Hans dazwischenging.

»Das können wir wirklich nicht annehmen, Chantal. Carola, das findest du doch auch? So was verschenkt man doch nicht!«

Carola zögerte. Sie hatte nicht den Eindruck, dass Chantal größenwahnsinnig war, es hatte einfach natürlich und herzlich geklungen, was sie gesagt hatte, und es hatte Carola fast zu Tränen gerührt. Doch Hans hatte natürlich recht. Wie sollte sie ihre Schulden jemals zurückbezahlen? Darauf, dass der Gürtel wirklich ein Geschenk war, kam sie überhaupt nicht, sie kannte nur Leistung und Gegenleistung – ob es ausgesprochen wurde oder nicht, jeder verlangte für das, was er gab, einen entsprechenden Preis in ihrer Welt. Unsicher blickte sie zu Chantal.

Diese war wütend geworden, verbarg es aber hinter einer gleichmütigen Fassade. Danke für deine Fürsorge, dachte sie, aber ich weiß durchaus, was ich tue. Doch dann versuchte sie, zu verstehen. Sie hatte es sich zum Ziel gesetzt, niemanden mehr zu verurteilen, weil sie selbst so oft Verurteilungen erfahren hatte, aber manchmal fiel es ihr sehr schwer. Und manchmal wusste sie nicht, ob sie sich nicht selbst damit verletzte, dass sie für alles Verständnis haben wollte.

Abwartend sah sie Carola an. »Ich meine es so, wie ich es sage. Ich schenke ihn dir, aber wenn du das Geschenk nicht annehmen kannst, o. k. Es ist deine Entscheidung.«

Carola drehte fast durch, am liebsten wäre sie weggelaufen.

Nun griff auch noch Monique ein. »Mein Gott, Hans«, sagte sie geradeheraus, »Chantal ist alt genug, um zu wissen, was sie tut. Außerdem war es ein Geschenk an Carola. Es geht dich also eigentlich nichts an. Also, Carola, was willst DU?«

Alle sahen sie schweigend an. Carola spürte, wie sie immer unsicherer wurde. Was sollte denn das? Vor welche Entscheidung wurde sie hier gestellt? Es ging doch nur um einen Gürtel, sei er auch noch so wertvoll. Das hier artete ja fast in eine gestalttherapeutische Sitzung aus. Konfrontiere jemanden so lange, bis er zu schreien anfängt, dann lösen sich alte Muster. Nein, sie würde das Spiel nicht mitspielen. Sie würde an diesem Abend keinen Krieg beginnen, dazu war sie eigentlich viel zu glücklich.

Sie begann zu lächeln. »Ich danke dir, Chantal, und ich würde ihn sehr gern annehmen, doch ich glaube, es ist besser, wenn ich ihn als Leihgabe betrachte. Weißt du, da, wo ich herkomme, ist das nicht üblich. Da kriegt man nicht einfach mal was geschenkt, und ich bin etwas überfordert damit. Wenn ich könnte, würde ich ihn mit Freuden annehmen. Es hat wirklich nur mit mir zu tun.« So. Sie hatte einfach ihre Wahrheit gesagt, und jetzt sollten sie alle sehen, wie sie damit zurechtkamen. Stolz sah sie sich um.

Chantal verzog das Gesicht und prustete dann los. »Jetzt hast du es uns aber gegeben«, quetschte sie zwischen zwei Lachern hervor. »Ich muss gestehen, ich hätte gern den Rosenkrieg inszeniert gesehen.«

Auch Monique lachte mit, nur Hans schaute verständnislos von einem zum anderen.

»Schade eigentlich«, meinte Monique, als sie sich beruhigt hatte, »ich hätte gern einen Kampf erlebt. Da bist du noch mal davongekommen, Hans, mit mir hättest du das nicht gemacht.«

Sie wäre auch das Allerletzte, was er sich als Partnerin vorstellen würde. Hans war wütend. Was bildeten sich diese Gestalten bloß ein? Er würde mal ein ernstes Wörtchen mit Carola reden müssen, es ging nicht, dass sie es zuließ, dass er hier bloßgestellt wurde. Wer war denn bitte die Randgruppe, er ja wohl nicht.

»Frieden, ja?« Chantal streckte Hans die Hand hin. Carola atmete erleichtert auf, als er sie ergriff, es hätte durchaus passieren können, dass Hans Chantals Hand ignoriert hätte und großartig, ob mit oder ohne seine Freundin, abgerauscht wäre.

Aber mit dieser Monique war er noch nicht fertig, beschloss Hans. Menschen wie sie konnte er auf den Tod nicht leiden, sie mussten überall ihre Nase hineinstecken und mischten sich in Dinge ein, die sie nun wirklich nichts angingen.

Doch Monique kam gar nicht auf die Idee, ihm die Hand zu reichen. Auch ihr Urteil stand fest. Im Gegensatz zu Hans ließ sie sich aber dadurch absolut nicht die gute Stimmung verderben.

»Lasst uns einen Versöhnungssekt trinken, ja?» Chantal drückte im Moment der Frage auch schon auf einen Klingelknopf. Fast sofort erschien jemand von der Bar.

»Wollt ihr alle Sekt oder lieber was anderes?«

Hans spürte nun die lange Fahrt. Ein weiteres Glas Sekt, und er würde sofort, auf der Stelle, einschlafen. »Für mich einen Kaffee, wenn es geht«, bat er fast schüchtern.

»Milch, Zucker?«, fragte die sehr hübsche Bardame und lächelte ihn mit ihrem Aufbau-Spezial-Lächeln für unsichere Männer an. Es war ihr Job, und sie machte ihn gern.

»Schwarz, danke«, erwiderte Hans fasziniert und überhaupt nicht mehr müde. Was sollte das Geschwätz von diesen Faschingsfiguren, wenn er solch ein Lächeln von einer so umwerfenden echten Frau bekam! Ihr »Milch, Zucker?« hatte sich angehört wie »Nimm mich sofort, hier und jetzt!«. Er konnte es kaum erwarten, bis sie mit dem Gewünschten wiederkam.

Doch er wurde enttäuscht. Die Bardame hatte sehr wohl den Blick gesehen, mit dem Carola Besitzanspruch auf Hans angezeigt hatte, und nichts lag ihr ferner, als Carola zu verärgern. Auch das war ihr Job. Was nutzte es, dass sich der Mann wie der Hengst schlechthin fühlte, wenn die Frau ihm dann verbot, wiederzukommen? Also schickte sie den einzigen männlichen Barkeeper in die Garderobe, und dieser himmelte Carola an. So hatten beide etwas zum Träumen.

Monique hatte das Spielchen verfolgt und sah auch, dass es funktionierte. Beide waren gerade so eifersüchtig geworden, dass sie ihre Auseinandersetzung – wenn man das so nennen konnte – vergaßen und sich wieder aneinanderkuschelten.

»Du siehst übrigens absolut toll aus, Carola. Das hast du super hingekriegt, Monique«, sagte Hans nun versöhnlich.

»Es ist nicht schwer, bei so einer hübschen Frau wie Carola«, winkte sie ab.

Auch Monique war bereit, ihm noch eine Chance zu geben, obwohl sie nichts mehr hasste als Männer, die genau wussten, was gut für ihre Frau war, denn das hatte sie selbst jahrelang in ihrer Ehe erlebt. Sie war allerdings der Teil gewesen, der bestimmt hatte. Seine – damals war er noch ausschließlich Mann gewesen – Frau hatte sich irgendwann unter dramatischen Umständen scheiden lassen. Und er musste sich damit auseinandersetzen, dass er sich nicht zu schade war, sogar zuzuschlagen, wenn ihm was nicht in den Kram passte. Unter diesen Umständen hatte er sich dann irgendwann selbst entdeckt und bemerkt, dass er selbst als Frau leben wollte, auch wenn ihm Dinge wie Operationen und so weiter noch zu drastisch waren. Doch auch das würde noch kommen, wie sie aus Erfahrung von anderen Transvestiten wusste, es war oft – nicht immer! – nur die Vorstufe zu der Erkenntnis, dass man definitiv im falschen Körper lebte und somit transsexuell war. Sie hatte verstanden, dass sie ihre Frau damals glühend um ihren Körper beneidet hatte und deshalb jedes Eigenleben dieser Person unterbinden musste. Sie forderte von jedem anderen ebenso schonungsloses Aufdecken der eigenen Motive, und da würde Hans mit Sicherheit nicht mitmachen.

Doch Carola zuliebe – und so schlimm war es ja auch nicht gewesen – stieß sie nun ihr Sektglas an seine Kaffeetasse. Die anderen taten es ihr nach, dann stießen sie mit klingenden Gläsern untereinander an.

»Auf die Liebe«, sagte Carola, schon wieder unsicher. Sie wollte nicht kitschig oder peinlich sein.

»Und auf die Freiheit, das zu sein, was man ist«, erwiderte Chantal. Alle stießen noch einmal miteinander an, und sogar Hans fühlte sich berührt. Vielleicht urteilte er ja zu hart. Dann tranken alle einen Schluck.

Carola durchbrach das Schweigen. »Habt ihr nicht Lust, noch wegzugehen?«, fragte sie aufgeregt wie ein kleines Kind. Sie war sehr glücklich, alles war wieder harmonisch, und das brauchte sie wie ein Fisch das Wasser.

»Gute Idee, woran hattest du gedacht?«, fragte Chantal erwartungsvoll.

»Kennst du das Black Panther? Da wollen Hans und ich noch tanzen gehen. Kommt doch mit! Wollt ihr?«

»Auf Tanzen hätte ich wirklich mal wieder Lust«, meinte Monique nachdenklich, »denkst du, dass sie uns da reinlassen?« Es gab Läden, sogar in Berlin, in denen der Türsteher sie schon gnadenlos und ganz und gar nicht unauffällig abgewiesen hatte.

»Ach, ich glaube schon, das ist ein ziemlich abgefahrener Laden. Und wenn nicht, dann machen wir einen Aufstand.«

Carola wollte um jeden Preis hingehen, Manuel würde tot umfallen, wenn er sie so toll zurechtgemacht sah – und dann auch noch mit so interessanten Leuten!

Hans war schon wieder sauer. Sie hatte ihn nicht noch mal gefragt, und vorher hatte er ausdrücklich »vielleicht« gesagt. Er würde wirklich mal ein ernstes Wort mit ihr reden, irgendetwas lief hier schief. So war sie noch nie gewesen, sie achtete ja nur auf sich.

Auch Carola bemerkte, dass es ihr völlig egal war, ob Hans noch mitwollte oder nicht. Sie würde sich ihren Abend nicht durch so spießige Dinge wie Müdigkeit verderben lassen. Sie wollte es Manuel zeigen.

Was eigentlich, fragte eine Stimme tief in ihrem Innern.

Egal, ich will eben da hin, fertig, antwortete sie.

Und zum Glück war auch Chantal von ihrer Idee begeistert. »Ach ja, tanzen war ich ja schon ewig nicht mehr! So richtig, meine ich, nicht nur als Show. Lasst es uns probieren, wir brauchen uns ja nicht allzu auffällig zurechtzumachen. Kann ich das anlassen?«

Sie betrachtete sich im Spiegel, wischte sich dann den dunkelroten Lippenstift ab und malte mit einer etwas gedeckteren Farbe nach. Die weißblonden Haare genügten bereits, um mehr Aufsehen als genug zu erregen.

»Klar, du siehst schön aus«, drängte Carola ungeduldig.

Auch Monique betrachtete sich noch einmal kritisch, lächelte sich dann aber anerkennend und stolz zu. Sie trug einen seidenen weißen Hosenanzug, der zwar sehr weiblich, aber auch herb und unnahbar wirkte, dazu goldene Schuhe und auffälligen Modeschmuck. Ihre langen, leicht gelockten schwarzen Haare flogen offen um das etwas kantige Gesicht.

»Wenn sie uns nicht reinlassen, haben sie uns auch nicht verdient«, sagte sie mit echter Würde.

Hans beschloss, kein Spielverderber zu sein – an diesem Abend traute er Carola sogar zu, dass sie ohne ihn mitgehen würde –, doch als sie im Auto saßen, konnte er sich nicht mehr zurückhalten.

»Sag mal, was sollte das eigentlich alles? Wir hatten vereinbart, dass wir noch mal darüber reden würden, ob wir tanzen gehen oder nicht. Und mit dem Gürtel hast du mich auch ganz schön sitzen lassen. Ich bin müde, weil ich wegen dir wie ein Verrückter hierhergerast bin, und du fragst noch nicht einmal, ob ich das alles überhaupt will! Ich finde das, ehrlich gesagt, ziemlich beschissen. Ich überlege, ob ich nicht einfach wieder heimfahre. Ich erkenne dich überhaupt nicht wieder. Und was ich sehe, gefällt mir zwar, das bist aber nicht du. Carola, du fehlst mir!«

Jetzt war Carola doch schockiert, aber sie weigerte sich, ihn ernst zu nehmen. Das sagte er nur, um sie zu erpressen. Sie verstand ihn absichtlich falsch und sagte: »Dann musst du hier links, dann bist du in fünf Minuten bei mir. Du kannst schlafen, und ich fahre noch hin. Schade, ich wäre gern mit dir hingegangen. Wir können doch die beiden jetzt nicht einfach so stehen lassen!«

Sie wunderte sich über ihre Härte, und plötzlich regte sich etwas wie ein schlechtes Gewissen. Sie legte ihre Hand auf sein Bein. »Tut mir leid, Hans, ich weiß gar nicht, was los ist. Ich möchte dir doch so gern alles zeigen, was mir hier wichtig ist. Wenn du so müde bist, fahren wir natürlich heim. Und natürlich bin ich das. Das ist doch nur Farbe.«

Sie war wirklich erstaunt über sich selbst. Es sollte ihr doch total egal sein, was sie mit Hans machte, die Hauptsache, sie waren zusammen? Wann war das Ganze nur so eskaliert? Und noch einmal, diesmal mit echter Liebe, bat sie ihn um Verzeihung. Was wollte sie denn eigentlich im Black Panther, man konnte sich dort ja noch nicht mal unterhalten.

Aber Manuel wird dich mit Hans sehen, und er wird sich ärgern, dass er dich nicht gekriegt hat, flüsterte ihr ein Teufelchen ins Ohr.

»Nein, ist schon gut, jetzt fahren wir da hin.« Hans schüttelte ihre Hand ab.

Carola ärgerte sich schon wieder über ihn, sie hatte sich doch entschuldigt! Wieso schob er denn ihre Hand weg? Doch dann bemerkte sie die Einfahrt zum Parkplatz und hopste aufgeregt auf und ab. »Da rein, da rein!«

Erschrocken riss Hans das Steuer herum. »Was schreist du denn so? Du bist doch kein kleines Kind mehr, hast du mich erschreckt!«

Carola hörte nicht auf ihn, sondern klappte die Sonnenblende herunter und kontrollierte ihr Aussehen im viel zu kleinen Spiegel. Alles war perfekt. Es konnte losgehen.

Verstimmt stiegen sie aus und warteten auf Chantal und Monique, die einige Meter weiter weg geparkt hatten. Beide kamen auf Carola zu, die sie stolz betrachtete. Sie waren nicht nur sehr nett, sondern auch ausgesprochen dekorativ, bemerkte sie. Beide sahen zusammen aus wie ein kleines Schachbrett, Chantal hatte fast weiße Haare und war schwarz gekleidet, und bei Monique war es genau umgekehrt.

Carola war ganz aufgeregt, Verstimmung hin oder her. Sie würde sich nicht den Abend verderben lassen – wenn

Hans sich so zickig anstellen wollte, sein Pech. Ob Manuel schon da war? Der würde vielleicht schauen, wenn er sie im Kreise ihrer Freunde sah. So abgefahrene Leute kannte er sicher nicht. Und sie selbst sah ja auch ganz verändert aus, sie war die absolute Großstadtfrau.

Hans beschwerte sich über den Eintrittspreis. Wie kleinstädtisch konnte man sein, fragte Carola sich und schob den Gedanken sofort wieder weg. Seit wann war sie so überheblich? Sie gab dem Türsteher vier Eintrittsgutscheine. Erfreut dankten Chantal und Monique ihr, und Carola war froh, dass sie nun etwas für sie tun konnte. Also deshalb hatte sie so viele Gutscheine mitgenommen! Wieder einmal fühlte sie sich eigentümlich berührt und begleitet. Merkwürdig.

Dann traten sie ein, und Carola blieb fast das Herz stehen, als sie Manuel sofort entdeckte. Er stand neben Sissy, sie redete auf ihn ein. Sie sah noch nicht besonders schwanger aus, aber der Test war ja auch gerade mal eine Woche her. Doch was hatte sie erwartet?

Carola setzte ihre coolste Maske auf und schüttelte ihre Haare nach hinten. Sie hob den Kopf, nahm die Schultern zurück – jetzt war sie bereit für Manuel.

Hans bemerkte ihre Veränderung. Seine Carola, wow. Eine richtige Großstädterin war sie geworden, beinah beängstigend sexy. Er nahm ihre Hand, um sie zu spüren, sah sich gründlich um und lächelte sie schließlich an. »Kann ich verstehen, dass du hier immer hergehst, ich find's hier gigantisch! Einfach super. Ich werde echt neidisch.«

Erleichtert lächelte sie und zog unwillkürlich ihre Hand zurück. Doch sofort griff sie wieder danach. Was sollte denn das, fragte sie sich wütend. Nur weil dieser werdende Vater da hinten mit der Mutter seines Kindes stand, brauchte sie nicht durchzudrehen. Scheiße, tat das weh. Quer über die Tanzfläche hinweg sah sie Sissy ein Bier trinken. Und Manuel ließ es zu. Er war wirklich unzurechnungsfähig. Ein grauenvoller Vater. Aber was ging es sie an.

Sie wandte sich ab, ihren Freunden zu. »Und, wie findet ihr es?«, wollte sie nun von den beiden anderen wissen.

»Also ich finde es toll, schöne Männer hat es hier!«, meinte Monique. Ihr war nicht entgangen, wie der Typ an der Kasse sie angeschaut hatte. Mal sehen, was daraus werden wurde. Auch Chantal war begeistert, sie stand zwar nicht unbedingt auf diese Art von Musik, aber hier gab es so viele schön zurechtgemachte Männer und Frauen, dass keiner sie blöd ansah. Es war ihr zwar nicht wirklich wichtig, was andere von ihr dachten, die Zeiten waren vorbei, doch es war einfach sehr entspannend, nicht sofort wie eine bunte Hündin aufzufallen.

Selbstbewusst griff Carola nun fester nach Hans´ Hand und zog ihn durch die Menge. Sie sah sich um, ob Monique und Chantal ihr folgten. Beruhigt sah sie, dass alle sie uneingeschränkt als Anführerin anerkannten, und sie sonnte sich entspannt in dieser Tatsache. So. Jetzt kam ihr Auftritt. Und dann würde sich herausstellen, wer hier wen zurückwies.

Hast du sie noch alle, fragte eine innere Stimme. Du erinnerst dich schon, wer zuerst Nein gesagt hat, oder?

Pffft, antwortete Carola. Sie warf ihre Haare noch einmal energisch über die Schulter und tat nun das, was sie schon den ganzen Abend tun wollte – sie lächelte ihr schönstes Lächeln und grüßte Manuel, indem sie ihm leicht die Hand auf die Schulter legte. »Hallo«, hauchte sie, blickte ihn mit ihrem verführerischsten Augenaufschlag an und war schon wieder in der Menge entschwunden, bevor er auch nur ein Zeichen des Erkennens von sich geben konnte. Sie verkniff es sich krampfhaft, einen Blick über die Schulter zu werfen und zu gucken, ob er guckte. Hatte er Hans bemerkt? Sah er ihr verändertes, verbessertes Outfit? Hatte er mitbekommen, mit was für abgefahrenen Leuten sie hier war? Schade, dass das kein Film war, der jetzt, als ob die Zeit stillstehen würde, Manuels Reaktion auf sie genauso zeigte wie ihr eigenes Verhalten. In der Realität musste sie sich auf Spekulationen und Hoffnungen verlassen. Wirklich zu schade, was hatte sie denn nun davon? Doch nun gut, sie würde diesen Abend auf Biegen und Brechen genießen. Sie würde es ihm schon zeigen. Sissy, die er am – nein, leider sogar im – Arm hatte, war jedenfalls zusammengezuckt, als sie ihre Hand auf Manuels Schulter gelegt hatte, ein deutliches Zeichen dafür, dass sie Konkurrenz gewittert hatte.

»Wollen wir uns erst mal was zu trinken holen? Carola! Wo kriegt man hier was zum Schlucken?« Hans holte sie unsanft und ungeduldig aus ihren Gedanken in die Wirklichkeit zurück.

Sie lächelte zuckersüß, sie standen schließlich immer noch in Manuels Blickfeld. »Da vorn, an der Bar! Bringst du mir einen Cocktail mit?« Der würde hervorragend zum Kleid und zum Make-up passen, ein einfaches Wasser würde ihrem Auftritt nicht gerecht werden.

»Weiß sie es schon?«, fragte Sissy, als Carolas bühnenreifer Auftritt vorüber war.

»Was? Wer?«, fragte Manuel, während er Carola hinterherstarrte.

»Weiß sie, dass wir nicht zusammen sind und dass niemand ein Kind bekommt?«

Sie hatte tatsächlich begonnen zu bluten, nachdem sie das Wasser vorschriftsmäßig in einen der naturbelassenen Wannseezuläufe geschüttet hatte.

»Nein, wieso auch. Was würde das ändern.« Manuel schüttelte den Kopf und war wieder ganz und gar er selbst. »Sie hat nichts, was du nicht auch hast«, zwinkerte er Sissy zu, doch diese ließ ihn heute nicht so leicht davonkommen.

»Doch, ich glaube schon. Sie hat dein Herz. Warum auch immer, ich kann das spüren, Manuel. Du solltest besser auf dieses Herz aufpassen und es zu dir zurückholen, mit oder ohne sie.«

Manuel schnaubte. Sein Herz. Lächerlich. Sein Herz gehörte Manuelle.

Carola hatte jetzt wirklich Spaß, der Cocktail wirkte, sie hatte es Manuel gezeigt, und nun genoss sie die Nacht. Sie stieß mit Chantal, Monique und Hans an, und kurze Zeit später betraten die drei Frauen die Tanzfläche. Leider tanzte Hans fast nie, außer wenn er sehr betrunken war, und das war er zum Glück heute nicht.

Chantal und Monique machten auch auf der Tanzfläche einen sehr guten Eindruck, und Carola stellte befriedigt fest, dass sie alle zusammen die Stars des Abends waren. Es war aber vielleicht sogar ganz gut, dass Hans nicht mittanzte, denn so konnte sie ungehindert die Aufmerksamkeit der Männer genießen, die sich, hätten die drei einen Mann in ihrer Mitte gehabt, sicher nicht so offen für sie interessiert hätten. Einer – natürlich gut aussehend – tanzte jetzt mit Chantal, und es schien ihr sehr zu gefallen.

Neugierig sah Carola immer wieder zu den beiden hin – wie ging Chantal damit um? Wann würde sie ihm sagen, wer sie war, schon beim ersten Tanz oder erst nach dem ersten Kuss? Monique wurde von mehreren Männern umlagert, natürlich unauffällig und unverbindlich, schließlich war man hier cool. Doch auch sie beherrschte das Spiel perfekt, sie tanzte zwar aufreizend, aber doch so, dass jeder bemerkte, dass sie nicht leicht zu haben war, jedenfalls nicht für jeden x-beliebigen Typen. Fast kam Carola sich ein bisschen ausgeschlossen vor. Wenn die hier alle flirteten, konnte sie ja gehen.

Jetzt sei nicht albern, schalt sie sich, keiner nimmt dir was weg. Sei doch froh, dass sich alle so gut amüsieren!

Aber was war mit ihr? Plötzlich kam ihr alles schal und abgestanden vor, sogar die Musik, die sie sonst sehr liebte, ging ihr auf die Nerven. Wieso amüsierte sie sich nicht mehr so recht? Sicher war sie müde, es war ein sehr langer und aufregender Tag gewesen. Sie verließ die Tanzfläche mitten im Lied, was sonst ein Sakrileg gewesen wäre. Doch seltsam, im Moment hatte sie überhaupt keine Lust, die Regeln – sei cool, und gib dir keine Blöße – zu beachten. Sie wollte eigentlich nur noch nach Hause, um in Hans′ Armen einzuschlafen.

Das war einfach nicht sie, spürte sie. Unter dieser toll zurechtgemachten Frau lauerte immer noch das Mäuschen, das sich klein und nichtssagend fühlte. Manuel war einfach zu groß, zu machtvoll, zu männlich oder zu … was immer. Er sah einfach zu gut aus für sie. Was sollte er mit ihr anfangen? Sie hatte es ihm gezeigt – aber was? Lächerlich. Und auf einmal schämte sie sich in ihrer sexy Glitzeraufmachung. Sie schmückte sich mit fremden Federn, versprach etwas, was sie nicht halten konnte. Ihre komplette Energie brach zusammen, ganz plötzlich, all das, was sie so großartig aufgeputscht hatte, verpuffte.

Mit gesenktem Kopf ging sie zu Hans. »Ich bin total müde. Können wir nach Hause fahren? Die beiden amüsieren sich anscheinend auch ohne uns ganz gut.« Das klang bitter, doch so hatte sie es nicht gemeint. Ihre Lustlosigkeit hatte nichts mit Chantal und Monique zu tun, das wusste sie sicher.

Hans nahm sie in die Arme, so kannte er sie, seine kleine Maus. Das war Carola, nicht die zwar sehr hübsche, aber auch Furcht einflößende Traumfrau, die Monique aus ihr gemacht hatte.

Erleichtert legte Carola ihren Kopf an seine Schulter und schloss die Augen. Gleich würde sie einschlafen. Wenn sie nicht bald gingen, würde sie eben hier an seiner Schulter schlafen. Bei Hans konnte sie einfach sein, wer sie war, ihm brauchte sie nichts vorzumachen, ihn brauchte sie nicht zu beeindrucken. Wie hatte sie nur daran zweifeln können, dass sie zu ihm gehörte? Tief entspannte sie sich.

Plötzlich durchlief sie ein Schauer, ihr Herz klopfte stärker, und sie öffnete überrascht die Augen. Sie hob den Kopf und sah genau in Manuels Augen.

»Na, ist das dein Hans?«, fragte er leise und etwas spöttisch.

»Natürlich, wer denn sonst?«, antwortete sie gegen ihren Willen.

Nun wurde Hans aufmerksam. »Alles klar?«, fragte er sie alarmiert und funkelte Manuel an.

»Ja. Lass uns gehen.« Sie warf Manuel einen letzten laserstrahlartigen Blick zu, dann verließ sie hocherhobenen Hauptes diese Disco.

Als sie endlich im Auto saß, Chantal eine kurze SMS geschickt und sich für ihren abrupten Aufbruch entschuldigte hatte, lehnte Carola ihren Kopf an Hans' Oberarm und atmete auf. »Ich weiß auch nicht, was plötzlich los ist, ich bin total müde, mit einem Schlag. Ich freue mich wie verrückt darauf, einfach mit dir im Bett zu liegen und dich zu spüren.«

»Ich mich auch, Schatz. Es war schön, deine Freunde kennenzulernen, aber jetzt will ich dich für mich allein haben.«

»Meine Freunde sind das nicht gerade, obwohl, ich mag Chantal und Monique wirklich sehr gern, mal sehen, was daraus wird.«

Hans sah ihr direkt in die Augen. »Sag mal, diesen Manuel, kennst du den gut?«

»Nein. Gar nicht. Er ist vollkommen unwichtig, Schatz. Lass uns fahren.« Jedes Wort war ihr zu viel, eine bleierne Müdigkeit drückte sie förmlich in den Sitz.

Dreißig Minuten später lag Carola im Bett und war plötzlich wieder hellwach. Manuel. Es war nicht gesund, wie sehr er sie berührte, herausforderte, beschäftigte. Das musste diese Sucht sein, denn er stand nicht zur Verfügung. Sie strengte sich viel zu sehr an, um ihm zu gefallen, das war typisch für verletzte innere Kinder, hatte sie gelesen. Sicher nicht die Basis für eine gesunde Beziehung. Es war absurd, überhaupt an ihn zu denken. Denn – hallo Carola! –: Baby. Sissy. Werdender Vater.

Doch dieser Mann hier, der war für sie da, real und spürbar. Verlässlich. Beruhigt kuschelte sie sich eng an Hans. Er legte ganz entgegen seiner Gewohnheiten den Arm um sie, und sie seufzte tief auf vor Glück. Da Hans es gewohnt war, allein zu schlafen, bestand er normalerweise darauf, dass jeder auf seiner Bettseite blieb. In seinen Armen konnte ihr nun nichts passieren, hier war sie geborgen. Ein glückliches Lächeln lag auf ihren Lippen, als sie seinen Namen flüsterte, wie um sich zu vergewissern, dass er immer noch wirklich da war.

Und als sie am nächsten Morgen zusammen aufwachten, lag dieses Lächeln noch immer auf ihrem Gesicht. Sie frühstückten ausführlich, und Carola lachte Hans' Fragen über Manuel einfach weg.

Dann spielten sie zusammen »Touristen in Berlin« und fuhren zu all den Sehenswürdigkeiten, die Carola in ihrer bisherigen Zeit noch nicht gesehen hatte, und das waren fast alle. Sogar einen Mauerrest fanden sie. Es war ein seltsames Gefühl, eine Welle von Freiheit und Freude überkam sie, als sie die Hand an die Steine der Mauer legte, die so lange für Unterdrückung und Menschenverachtung gestanden hatte. Es war, als wäre die Freude der Menschen über ihren Fall noch immer in den Steinen gespeichert. Sie gingen Hand in Hand durch das Brandenburger Tor, und wieder überkam Carola das erhebende

Gefühl von Sieg und Befreiung. Schließlich bestaunten sie den Alexanderplatz, fuhren kreuz und quer durch den Stadtteil Prenzlauer Berg, kehrten in den westlichen Teil der Stadt zurück, kurvten durch Kreuzberg, tranken einen Kaffee im Yorckschlösschen und ruhten sich schließlich am Wannsee aus. Carola wäre gern mit einem der Ausflugsboote gefahren, doch Hans sagte, er würde auf dem Wasser erfrieren, und so besichtigten sie stattdessen auch noch Potsdam. Beide konnten sich überhaupt nicht vorstellen, dass das hier alles einmal verbotenes, für »Wessis« fast unerreichbares Gebiet gewesen war, es fügte sich so natürlich an Berlin an, dass ihnen die Vorstellung von Trennung wie eine einzige große Vergewaltigung vorkam. Besonders Carola war begeistert von Potsdam, niemals hätte sie eine so schöne Stadt hinter dem ehemaligen Eisernen Vorhang vermutet.

Am Abend, als sie völlig erschöpft zu Hause ankamen, kochten sie zusammen und legten sich zum Essen ins Bett. Sie fütterten sich gegenseitig mit Spaghetti und aßen mit den Fingern, lachten gemeinsam wie Kinder, und schließlich flocht Carola aus sechs Nudeln einen langen Zopf. »Den klebe ich dir heute Abend an, wenn wir weggehen, keine Widerrede.«

Doch das blieb Hans zum Glück erspart, denn nach dem Essen nahmen sie sich viel Zeit, sich zu streicheln, zu küssen, und schließlich schliefen sie glücklich miteinander. Auch Carola, die sonst große Schwierigkeiten hatte, konnte sich entspannen und Hans' Zärtlichkeiten genießen.

Ihre Freude darüber, ihn bei sich zu haben, hielt auch noch den ganzen Sonntag an, und es war wie ein Schock, als er begann, seine Sachen zu packen.

»Aber ich habe dir doch noch gar nicht alles gezeigt, wir haben doch noch nicht über alles gesprochen, und ich habe noch so viel für dich im Kühlschrank!«

Natürlich wusste sie ganz genau, dass und vor allem warum Hans wieder fahren musste, und sie wusste auch genau, um welche Uhrzeit das geschehen würde, doch sie hatte den Gedanken daran, dass es passieren würde und dass es so wehtun würde, erfolgreich verdrängt. Sie hatten doch erst einige Sekunden miteinander verbracht!

»Carola, mach's mir nicht so schwer, glaubst du, ich will fahren? Ich habe mich so schnell wieder an dich gewöhnt, an deine weiche Haut, an deine Stimme, an dein Lachen, ich weiß nicht, wie ich es ohne dich aushalten soll!«

Jetzt nahm Carola ihn in den Arm. »Wir sehen uns ja bald wieder, ich komme ganz einfach nach Hause, wenn wir es nicht mehr aushalten«, tröstete sie ihn liebevoll.

»Dann kannst du gleich einsteigen«, sagte Hans, zu seiner eigenen Verwunderung mit Tränen in den Augen.

Aber als er dann wirklich einstieg und die Tür schließen wollte, war es Carola, die weinte und sich so stark an ihn klammerte, dass er sich nicht dazu durchringen konnte, loszufahren. Und so kam er noch einmal mit nach oben, und sie kochten Kaffee. Es kam auf eine halbe Stunde nicht an.

»Lass uns so was wie ein Abschiedsritual machen«, sagte Carola, als sie zusammen am Tisch saßen. »Die Russen machen das, habe ich in einem Buch von einem Fisch und einem Fahrrad gelesen, sie setzen sich hin und halten was Ähnliches wie eine Gedenkminute ab, für den Fall, dass sie sich nicht mehr wiedersehen sollten.«

Hans kam das ein bisschen peinlich und übertrieben vor, doch wenn es ihr half, war es o. k.

»Und wie?«, fragte er unsicher, hoffentlich war es nicht zu merkwürdig.

»Setz dich zu mir auf den Fußboden.« Carola ließ sich vom Stuhl rutschen und zog Hans zu sich herunter. »So. Setz dich so hin wie ich, im Schneidersitz. Und jetzt leg deine Hände auf meine Knie, und ich mache das bei dir.« Sie wusste selbst nicht, was sie vorhatte, die Idee kam ihr in dem Moment, in dem sie sie aussprach. »Gut so. Mach deine Augen zu, und leg deine Stirn an meine, dann sind wir verbunden. Ich sage jetzt einfach das, was mir einfällt, und du tust das auch, ja? Dann müssen wir keine Angst mehr haben, dass wir uns was Wichtiges nicht gesagt haben.«

Gespannt schloss Hans die Augen, Carola hatte manchmal so völlig abgefahrene Ideen. Mal sehen, was passierte.

»Ich spüre dich«, sagte Carola plötzlich unvermittelt, »ich spüre deine Angst und deine Trauer. Und ich spüre noch was anderes – einen Knoten. Im Bauch. Was ist das?«

»Weiß ich nicht«, wehrte Hans ab, »woher soll ich das wissen?« Einen Knoten, was für ein Quatsch. Was sollte denn wohl verknotet sein?

»Warte – es hat mit Angst zu tun. Gut, ich sage dir jetzt was. Ich gehe nicht weg. Ich bleibe bei dir. Du brauchst keine Angst zu haben, Hans, ich bin da, auch wenn wir körperlich nicht zusammen sind.« Ihre Stimme klang, als spräche sie zu einem Kind, sie spürte auch wieder das Kribbeln und den Nebel. Und da war noch was. »Du hast Angst vor dir selbst, ich kann es ganz deutlich spüren. Das brauchst du nicht, Hans, du bist viel stärker, als du glaubst. Und ich spüre, dass dein Platz nicht hier ist, nicht in Berlin. Du musst zurückfahren, das hier ist nicht dein Ort. Ich verstehe es jetzt, du wärst hier unglücklich, auch wenn wir zusammen sind. Gut, jetzt kann ich dich gehen lassen, jetzt weiß ich, dass alles in Ordnung ist, so, wie es ist. Willst du mir noch was sagen?«

»Nur, dass ich dich liebe und dass ich dich jetzt schon vermisse.«

Carola öffnete ihre Augen, und Hans sah verwundert, dass sie viel stärker als sonst glänzten. Sie sah ihn ruhig an. »Ich liebe dich auch, und du wirst mir fehlen. Aber wir denken einfach oft aneinander, und dann sind wir zusammen.«

Carola wunderte sich selbst über die Ruhe, die sie plötzlich spürte, und beide tranken noch eine letzte Tasse Kaffee miteinander. Dann war es unausweichlich so weit, Hans nahm sie ein letztes Mal in die Arme, und Carola küsste ihn zum letzten Mal.

Und als sie nur noch seine Rücklichter sah, war auch ihre Ruhe verschwunden. Sie schaffte es gerade so bis in ihre Wohnung, dann wurde sie von der Einsamkeit überrollt. Der Panzer, der das ganze Wochenende verschwunden war, wuchs rasend schnell, und sie versteckte sich mit all ihrer Verlassenheit und Trauer dahinter.

Wie sollte sie weinen, wenn niemand da war, der sie in die Arme nahm? Wie sollte sie lachen, wenn niemand ihre Freude teilte? Wie sollte sie überhaupt leben, wenn sie allein war? Obwohl sie erst vor Minuten die Einheit mit Hans gespürt hatte und ihr Körper noch die Geborgenheit seiner Umarmung fühlte, war Hans für sie bereits Lichtjahre entfernt. Hundert Meter oder tausend Kilometer – sie war wieder allein. Ihre Gefühle hatten Sendepause, und egal was sie jetzt tun würde, es wäre wieder nur ein anderes Wort für Warten.

18

Manuel saß auf seiner Couch und haderte mit seinem Körper. Jede Woche dieselbe schmerzvolle Prozedur, es war zum Verzweifeln.

Seufzend nahm er das Epiliergerät und schaltete es ein. Wie sehr er dieses Geräusch hasste! Wieso war er nicht haarlos auf die Welt gekommen, daran wenigstens hätte er doch denken können. Doch nein, ausgerechnet er war mit mindestens tausend Haaren pro Quadratzentimeter Bein gesegnet, und das sah zu Strümpfen egal welcher Art einfach ätzend aus. Also machte er sich wie immer zähneknirschend ans Werk. Wenn es wenigstens nicht so verdammt wehtun würde! Und die blöden Blicke, wenn Manuel im Sommer schwimmen ging oder abgeschnittene Jeans trug, es war wirklich nervig. Doch Manuelle fühlte sich mit Haaren an den Beinen wie ein Affe, weil sie wie durch eine Leuchtreklame an ihren falschen Körper erinnert wurde. Natürlich gab es auch »richtige« Frauen mit behaarten Beinen, aber die hatten dann wenigstens Brüste und alle anderen weiblichen Attribute. Also nahm Manuel die Blicke in Kauf.

Er ließ seine Gedanken schweifen, während der Epilierer seinen Job erledigte. Noch immer hatte er sich nicht als Pia präsentiert, obwohl der Auftritt näher und näher rückte. Zum Glück waren die Wild Rats so sehr mit sich selbst beschäftigt – eine Liebesgeschichte zwischen Cleo, der Sängerin, und Karin, der Bassistin, hatte zu heftigen Eifersuchtsszenen mit Eve, der Gitarristin, geführt, denn sie war mit Cleo so gut wie verlobt gewesen. Nun weigerte Eve sich energisch, mit den beiden auch nur zu reden, geschweige denn auf der Bühne zu stehen. Das war Manuels Glück, so war er noch nicht in die Verlegenheit gekommen, sich den Mädels als Pia vorstellen zu müssen, denn es war noch nicht mal klar, ob überhaupt jemals ein Auftritt stattfinden würde. Erik hatte ihnen zwar versichert, dass solche Probleme bei den Wild Rats auf der Tagesordnung stünden und dass Eve und Cleo sich bisher immer wieder tränenreich versöhnt hätten, doch im Moment standen die Zeichen eher auf »Vergiss den Auftritt, und mach was Sinnvolles«. Er wusste auch noch nicht, was er zum ersten Auftritt anziehen sollte, das rote Lackkleid war vielleicht doch zu heftig für den Anfang.

Er ging in Gedanken Manuelles ganzen Kleiderschrank durch und rieb sich zwischendurch immer wieder das Bein, das er gerade bearbeitete. Scheiße, tat das weh. Also, wann wollte er sich nun endlich trauen, den Jungs Pia zu zeigen?

Manuel zwang sich geradezu, weiter über den Auftritt nachzudenken, um sich ja nicht an diese völlig verkorkste Szene mit Carola erinnern zu müssen. So blöd hatte er sich noch nie benommen, anstatt sie zu fragen, ob er mit ihr reden könnte, quatschte er sie auf diesen Hans an. Aber sie hatte auch was an sich gehabt, was ihn völlig verunsichert hatte. Wie sie schon ausgesehen hatte! Ganz anders als sonst, viel cooler und selbstbewusster.

Unglaublich clever, Manuel, wirklich, verhöhnte er sich selbst, während er aggressiv ein besonders fest sitzendes Haar mit der Pinzette herausriss. Genau so musst du sie behandeln, dann kommt sie wieder angekrochen. Ach, eine schöne Scheiße ist das!

Und dann diese Frauen, die sie dabeigehabt hatte, er war fast umgefallen. Wenn das »geborene« Frauen waren, dann könnte er diese verdammten Haare mit einem Zauberspruch entfernen. Er probierte es kurz aus – Simsalabim –, es klappte nicht. Es waren im besten Fall Transsexuelle gewesen. Und er hatte es versiebt, wo er durch sie vielleicht sogar Gleichgesinnte kennengelernt hätte, jedenfalls wäre es bestimmt nicht allzu schwer gewesen, mit Carola auf dieses Thema zu sprechen zu kommen. Dann hätte Manuelle wenigstens eine kleine Chance gehabt, zum Vorschein zu kommen. Schon allein deshalb hätte er sich nicht so blöd anstellen dürfen.

»Ist das dein Hans?« Es gab nur sehr wenige noch peinlichere Auftritte in seinem Leben, wenn man die Möglichkeiten, die Pia zur Peinlichkeit bot, mal außer Acht ließ.

Carola könnte sein Schlüssel zur Wunderwelt der Transvestiten sein, so verrückt, wie sich das auch anhörte, sie, die Landpomeranze. Er hatte nicht die leiseste Ahnung, wie er den Karren jetzt noch aus dem Dreck ziehen sollte. Carola konnte er wohl für den Rest seines Lebens abhaken. Und dann dieser Hans! Was für ein Typ! Er sah weder irgendwie interessant aus noch hatte er irgendetwas an sich, was anziehend oder aufregend wirkte. Wie hatte der bloß diese Frau gekriegt? Die beiden hatten zusammen gewirkt wie Aschenputtel und der Prinz, nur umgekehrt, aufgemotzt, wie Carola gewesen war. Und wie sie ihn begrüßt hatte! »Hallo«, so hingehaucht, als hätten sie bereits mehrere Nächte miteinander verbracht. Unglaublich. Das hätte er ihr gar nicht zugetraut, wenn er ehrlich war.

Und fast musste er ein wenig lächeln. Was für ein kleines Luder sie doch war, mit Sicherheit hatte Hans nichts davon mitgekriegt, obwohl ihr Blick mehr als nur eine leise Aufforderung zu einer heißen Nacht gewesen war. Wenn sich einer damit auskannte, dann er. Bloß – wozu spielte sie dieses Spiel?

Stopp, stopp, du denkst schon wieder an diese Alte, bremste er sich. Sie ist es nicht wert, dass du auch nur noch einen Gedanken an sie verschwendest, lass sie in Frieden ruhen. Dein Herz. Schwachsinn. Wann genau sollst du ihr das denn geschenkt haben? Nimm es als das, was es ist – schade, dass du sie nicht im Bett hattest, aber mehr nicht.

Endlich waren beiden Beine fertig epiliert, für diese Woche jedenfalls. Er cremte sich die brennende Haut mit einer kühlen Lotion ein und betrachtete sein Werk. Haarlos, aber übersät mit roten Punkten, wirklich nicht gerade der Traum von Makellosigkeit. Doch das würde am nächsten Tag verschwunden sein, und Manuelle würde sich für ganze fünf Tage einer seidenglatten Haut erfreuen können, bevor die nachwachsenden Haare wieder stacheln würden und das Ganze von vorn losgehen würde. Es war ein Fass ohne Boden, und Manuel war oft fast am Ausflippen. Irgendwann würde er zu einer Kosmetikerin gehen und sich mit Wachs behandeln lassen, hatte er sich geschworen. Dann würde es wenigstens schneller gehen.

Doch nun hatte er genug von dieser entwürdigenden Selbstverstümmelung, die sich Körperpflege schimpfte.

Rastlos zappte er sich durchs Fernsehprogramm, schaute kurz in einen Krimi hinein, ließ sich von der Krise am Golf berichten, schüttelte sich, als er aus Versehen zu einer Hitparade der Volksmusik schaltete, und verschluckte sich fast, als er bei einer Sendung über Transsexuelle landete. Es war wie verhext, dieses Thema schien in der Luft zu liegen und ihn förmlich anzuspringen.

Er holte sich ein Bier aus dem Kühlschrank und legte die Füße auf den Couchtisch. Mal sehen, was die in der Sendung so von sich gaben. Nicht immer waren Sendungen dieser Art wirklich gut moderiert und recherchiert. Diese hier war es allerdings. Da gab es Menschen, die offen von ihrer Neigung erzählten, und es ging nicht nur darum, Frauenkleider zu tragen, sondern um das Gefühl, voll und ganz Frau zu sein, auch körperlich. Das hieß natürlich Operation, im Klartext: Schwanz ab. Sogar Frauen, die sich oft männlich fühlten und lieber einen Männerkörper hätten, kamen in dieser Sendung zu Wort. Das hatte Manuel nicht gedacht, dass es auch diese Form gab, und es kam ihm sehr merkwürdig vor. Wie könnte eine Frau auf ihre Brüste verzichten wollen? Doch es war ja gar keine Frau, es war ein Mann im falschen Körper, erinnerte er sich. Und dann störten Brüste natürlich ganz erheblich. Aber so richtig transsexuell war er dann auch nicht, denn er konnte sich nicht vorstellen, eine derart tief greifende Operation zu erdulden, und er wollte auch nicht auf sein Leben als Mann verzichten.

Also, was war er nun? Oder was war sie nun? Ein bisschen transsexuell ging nicht, aber ein Transvestit war auch wieder etwas anderes, das war ein Mann, der zwar gern Frauenkleider trug, sich aber trotzdem überwiegend als Mann fühlte. So hatte er es jedenfalls verstanden.

Aber er war beides! Wie war das Wort für Menschen wie ihn? Für Manuelle gab es keine Schublade, und das war sehr schlimm, denn so individuell sie auch sein wollte, eine Nische hätte sie schon gern gehabt. War sie etwa die Einzige auf der Welt, die beides sein wollte, je nach Laune? Die zwei Seelen in ihrer Brust trug, ganz real? Es könnte so leicht sein, wenn es diese blöde Unterscheidung nicht geben würde. War nicht sowieso jeder Mensch in seiner Seele Mann und Frau gleichzeitig? Was war falsch daran, das auch irdisch ausdrücken zu wollen? Natürlich verlangte Manuelle nicht, dass jeder in Männer- und Frauenklamotten herumlief, aber Freiheit, das verlangte sie schon. Jeder so, wie er wollte, das wäre es doch!

Deprimiert schaltete Manuel den Fernseher aus. Es gab einfach keine Lösung, Manuelle musste so lange in ihrem Versteck bleiben, bis sich klar entschieden hätte, wer nun das Recht auf diesen Körper hatte.

Das nun wieder. Wieder hatte er sich erfolgreich runtergezogen, als ob die Sache mit Carola nicht genug wäre. Am liebsten hätte er geweint oder sich alles von der Seele geredet, aber es war wie immer niemand da, dem er genug Vertrauen entgegenbrachte. Einen kurzen Moment dachte er an die Telefonseelsorge, aber dann rief er sich zur Ordnung. Das war was für völlig Durchgeknallte, für Menschen kurz vor dem Selbstmord oder Ähnliches. Nichts für ihn, er kam ja schließlich und endlich doch immer wieder klar. Vielleicht sollte er einfach einen Wein trinken oder noch ein bisschen um die Häuser ziehen.

Irgendwo würde es sicher eine Frau geben, die ihm seine Gedanken verscheuchte.

Ins Black Panther zu gehen hatte an diesem Abend allerdings schon einen Hauch von Verzweiflung, denn unter der Woche war die Musik manchmal nicht so gut, und um diese Zeit hingen dort eigentlich nur noch Typen rum, die sich genauso ungeborgen und rastlos fühlten wie er, und das erst recht bei diesem Wetter. Immerhin war es schon nach zwölf, und es goss in Strömen, eiskalter Regen. Aber egal. Es war eben die Wahrheit, und wenn er wie diese Dauerabhänger wirkte, nun gut. Alles war besser als diese bedrückende Einsamkeit.

Also schlüpfte in abgerissene Jeans, nahm er seine Lederjacke und wollte gerade gehen, als sein Blick auf ein Loch im rechten Hosenbein fiel. Wie sah denn das aus! Rot gepunktete, leicht entzündete Haut. Nicht gerade erotisch. Er riss sich die Jeans vom Leib, zog glänzende schwarze Leggings von Manuelle an und zerrte die Jeans wieder darüber. Besser. Endlich nahm er seine Schlüssel und zog die Tür hinter sich zu. Der eiskalte Regen hatte sich in Eisregen verwandelt, und es war glatt und so ungemütlich draußen, dass er fast wieder umgekehrt wäre. Doch seine leere Wohnung war noch viel ungemütlicher, und so fuhr er vorsichtig los. Wie er es vermutet hatte, war der Parkplatz der Disco so gut wie leer, und er konnte direkt vor dem Eingang parken.

Dankbar trat er ein und fühlte sich sofort besser. Eine freundliche Fee schenkte kostenlosen Kaffee und Tee aus als Dank an die unermüdlichen Nachtschwärmer, die sich durch nichts und niemanden von Tanzen oder Musikhören abschrecken ließen. Manuel spürte eine so große Erleichterung, dass er beinah in Tränen ausgebrochen wäre. Auch wenn der Kaffee nicht extra für ihn gekocht worden war, fühlte er sich durch diese Geste so geborgen und aufgehoben, dass ihm all seine deprimierenden Gedanken unwichtig vorkamen. Wenn er dieses Gefühl von Fürsorge irgendwo erleben durfte, konnte nichts wirklich schlimm sein. Und als ob die Fee extra für ihn Nachtdienst schob, erklang nun auch noch sein Lieblingssong. Eins mit sich und der Welt, begann er, sich in die Musik fallen zu lassen, und nach ein paar Takten konnte er seine Lebensfreude wieder spüren. Ja. Solange er tanzen konnte, solange es nette Menschen gab und solange er einen Platz fand, an dem er dieses Gefühl haben konnte, so lange war es in Ordnung, hier auf der Erde zu sein, auch wenn es manchmal schwer war.

Ein vertrauter Duft stieg ihm in die Nase – konnte denn das sein? Carola? Heute? Er hob den Kopf und sah sich um. Und tatsächlich, keine zwei Meter von ihm entfernt wiegte Carola sich im Takt der Musik. Verdammt, mit ihr hatte er nicht gerechnet. Am liebsten wollte er so tun, als sähe er sie nicht, und in irgendeiner dunklen Ecke verschwinden. Nach Hause zu gehen kam allerdings nicht infrage. Verkrampft tanzte er weiter, die Musik hatte ihre therapeutische Wirkung eingebüßt.

Auch Carola hatte Manuel aus dem Augenwinkel heraus gesehen, und auch sie wusste nicht, wie sie reagieren sollte. Sie fühlte sich nicht gerade wie die Königin der Nacht, und sie wäre ebenfalls am liebsten in einer Ecke verschwunden.

Und genau in dieser Ecke trafen sie dann aufeinander. »Na, auch hier?«, fragte Manuel nicht gerade geistreich.

Carola blickte ihn verwundert an. Wo war der Zauber geblieben, den er auf sie ausgeübt hatte? All ihre Unsicherheit fiel von ihr ab. Das war ein ganz normaler Typ, und so toll sah er heute gar nicht aus. Seine ganze Ausstrahlung war verschwunden, er machte den Eindruck eines geschlagenen Kriegers.

»Hallo«, sagte sie freudlos, »wie du siehst.«

Manuel stöhnte. An einer mühsamen Unterhaltung hatte er wirklich überhaupt kein Interesse. »Ich hol mir mal was zu trinken«, brachte er den Standardspruch, der für solche Situationen geschaffen worden war, damit hielt er es sich offen, ob er wiederkommen würde oder nicht.

»O. k., bringst du mir einen Tee mit?«

Er sah Carola verwundert an, das war gegen die Spielregeln. Aber gut, wenn sie es wollte, ihm war es egal. Er holte das Gewünschte und stand schließlich schweigend neben ihr. Allmählich entspannte er sich wieder, einfach da zu stehen war entspannend. Eigentlich war es sogar ganz angenehm, Carolas Parfüm zu riechen, aber keine anstrengenden Diskussionen führen zu müssen.

Auch Carola fühlte sich überraschend wohl. Solange dieser Typ den Mund hielt, war es in Ordnung. Sie hatte nicht erwartet, dass er hierbleiben würde, sie hatte ihn nur um einen Tee gebeten. Aber gut, wenn er es wollte, ihr war es egal. Eigentlich war es sogar ganz angenehm, Manuels Nähe zu spüren, aber keine blöden Sprüche hören zu müssen.

Sie bemerkte, dass sein Oberarm ihre Schulter berührte, und sie rückte ein Stück ab. Sofort wurde ihr kalt. Seltsam. Also rückte sie unauffällig wieder ein kleines Stück näher zu ihm. So war es gut. Hoffentlich hatte er nichts gemerkt.

Und ob er hatte. Und auch ihm war die plötzliche Kälte aufgefallen. Da war einfach etwas zwischen ihnen, auch wenn Carola es nicht sehen wollte. Ihr Körper konnte es nicht verleugnen. Gleich wurde ihm wieder leichter ums Herz. Vielleicht war die Kommunikation zwischen ihnen gestört, aber das würden sie wieder in den Griff bekommen, das spürte er auf einmal genau. Und fast musste er lachen. Was hatten sie sich für ein Durcheinander erschaffen!

»Nur zur Info: Sissy ist nicht mehr schwanger.«

Carola sah ihn mit ausdruckslosen Augen an. »Das tut mir sehr leid für euch beide«, sagte sie, und sie meinte es tatsächlich so.

Manuel erschrak. Sie sah aus wie ein Zombie. »Was ist denn mit dir los?«, fragte er.

»Nichts, das ist es ja. Nichts ist mit mir los. Es ist mir einfach alles egal, ich weiß auch nicht, wieso.«

»Kann ich was für dich tun?« Manuel spürte echtes Mitgefühl, sie sah stumpf und grau aus, und es war nichts mehr übrig von der verführerischen Carola.

»Ich wüsste nicht, was. Ernsthaft, das meine ich nicht abwehrend, ich weiß es wirklich nicht.« Und sogar das war ihr egal.

Manuel ließ sich nicht abschrecken, er kannte das. So ging es ihm, wenn ihm mal wieder klar wurde, dass es keine Lösung für seine innere Zerrissenheit gab, jedenfalls keine, die er als solche erkannte.

»Willst du darüber reden?«

»Worüber? Da ist nichts. Ich fühle nichts. Manuel, lass

es gut sein. Ob du Vater wirst oder nicht, du bist mit Sissy zusammen, ich mit Hans, wir müssen nicht miteinander reden.« Sie nahm ihre Tasse und ging davon.

Die Musik wechselte – irgendein romantischer Spinner hatte sich was von Frank Sinatra gewünscht, und da es unterdessen beinah ganz leer geworden war, spielte der DJ »My Way«.

Sofort schossen Carola Tränen in die Augen, als sie die ersten Zeilen hörte. Sie tanzte nicht, im Gegenteil, es war, als verkröche sie sich mehr und mehr in sich selbst. Das Lied erinnerte sie an etwas, was sie immer wieder erfolgreich verdrängte. Was tat sie schon auf ihre Art? Was genau war eigentlich ihre Art, Dinge zu tun? Es schmerzte sie, wieder einmal zu erkennen, dass sie gar nicht so genau wusste, was sie tief im Innern wollte und wer sie war. Sie spürte nur immer wieder diese Sehnsucht, frei zu sein und das tun zu können, was sich gut anfühlte. Aber wer konnte das schon, alle mussten schließlich Kompromisse machen. Der Wunsch wuchs jedoch mehr und mehr, ungeachtet aller offensichtlichen Unmöglichkeit, ganz so zu leben, wie sie wollte. Sie würde gern herausfinden, wer Carola, die echte Carola, war und wer nicht. Sie spürte einen großen Klumpen im Magen, doch als der Song auslief, verschwand auch ihre Sehnsucht wieder.

Manuel war ein scharfer Schmerz durchs Herz gefahren, als das Lied erklang. Es hörte sich zu schön an, um wahr zu sein. Frankie sang allerdings nichts von Scham, Angst, Verachtung, Unsicherheit und Einsamkeit. Fast könnte man wütend werden, dachte er, er verkauft ein Gefühl, das sich nicht leben lässt, genauso wie diese verdammten Werbespots, die die heile Welt zeigen, nach der alle streben, die aber künstlich wie Cola ist. Er rührt an einer Sehnsucht, führt seine Zuhörer zu ihren tiefsten Wünschen, und dort verabschiedet er sich lässig. Sieh zu, wie du aus dem Irrgarten deiner widersprüchlichen Gefühle rauskommst, ich gehe jetzt wieder. Was sollte denn das? Sehnsucht, nein danke. Lieber ein Bier.

An der Bar traf er wieder auf Carola, die sich noch einen Tee einschenken ließ.

»Magst du das Lied, das eben lief?«, fragte sie ihn.

Er entschloss sich zur Offenheit. »Ich weiß nicht. Es erinnert einen an was, finde ich. Ich habe es auf meine Art getan – was ist schon meine Art, etwas zu tun? Wie oft kann ich etwas nicht so machen, wie ich es will, auch wenn ich es mir wünsche.«

Carola hatte ihm gleichgültig zugehört. Sie konnte sein Bedürfnis nach Verständnis und Trost nicht spüren, denn sie hatte sich von ihren eigenen Gefühlen so sehr abgeschnitten, dass sie nicht einmal ein Mindestmaß an Einfühlsamkeit geben konnte. »Ach, wem geht das nicht so?«, sagte sie scheinbar leichthin.

Manuel sah sie verletzt an. Das war es nicht, was er von ihr gebraucht hätte. Was war nur mit ihr passiert? Es konnte doch wohl nicht an Hans liegen, am Wochenende hatte sie doch noch so glücklich mit ihm ausgesehen. Ob er sich von ihr getrennt hatte? Doch auch seine Energie war nun erschöpft. Er konnte sie nicht danach fragen, er hatte genug mit sich zu tun. Vielleicht sollte er doch gehen. Er legte Carola die Hand auf die Schulter, diese registrierte es teilnahmslos.

»Ich gehe. Ruf mal an, wenn du magst, ja? Ich hab keine Beziehung mit Sissy.« Und dann, als wäre er ferngesteuert, fügte er hinzu: »Mit dir wäre ich gern zusammen. « Dann verließ er das Black Panther.

Carola sah ihm nach und verspürte ein leises Bedauern. Tja. Wer's glaubte. Sie sollte auch gehen. Zu Hause würde sie sich noch eine große Kanne heiße Schokolade machen und sich mit einem Liebesroman ins Bett kuscheln. Lesen lenkte sie immer so herrlich von ihrer inneren Leere ab. Und Kekse hatte sie auch noch. Fast schon ein bisschen heiter nahm sie ihre Jacke und verließ die Disco. Nur noch eine Fahrt mit dem Nachtbus lag zwischen ihr und ihrem warmen Bett.

Oh. Was sollte das denn? Da stand Manuel. Immer noch.

»Was machst du noch hier in der Kälte?«, fragte sie ihn.

»Auf dich warten«, erwiderte er.

Er konnte nicht sagen, was ihn dazu bewogen hatte, in der Kälte herumzustehen. Sein Herz. Wenn es wirklich bei Carola war, wie Sissy sagte, dann führte es ein gefährliches Eigenleben. Es nötigte ihn, sich wie ein Idiot zu benehmen und bei Eisregen auf einem Parkplatz herumzulungern.

Oder war es Manuelle, die sich durch Carola den Zugang zu den herrlichen Zauberwesen sichern wollte? Er wusste es nicht. Auf irgendeine magische Weise war ihm seine Kontrolle abhandengekommen, und wenn er sich das genau überlegte, dann war es die Schuld dieses Schamanen. Oder seine eigene, er hätte ja nicht noch mal klingeln müssen. Vielleicht sollte er ihn ein zweites Mal kontaktieren und sich seine Kontrolle zurückgeben lassen, er könnte sie ihm sicher wieder eintrommeln.

»Lass mich dich nach Hause fahren.«

Carola stieg dankbar ein. Der Heimweg mit dem Nachtbus war oft grauenvoll, viele Betrunkene fuhren mit und vor allem jede Menge Typen, die glaubten, die Frauen im Bus würden genau wie sie nur darauf lauern, doch noch jemanden abzuschleppen, bevor die letzte Chance des Tages dahin war. Von Manuel gefahren zu werden, war wirklich das Beste, was ihr passieren konnte. Während er sie durch die Nacht kutschierte, entspannte sie sich, und fast wäre sie sogar eingeschlafen. Manuel stoppte vor ihrer Haustür.

»Also, da wären wir. Meld dich, wenn du willst.«

»Ja, mach ich. Und danke.«

Da war wieder ein bisschen von der alten Carola zu spüren. Sollte sie ihn nicht eigentlich mit nach oben bitten? Aber um dann was zu machen? Sich anzuöden?

»Willst du noch einen Tee oder einen Kaffee bei mir trinken?« Was faselte sie denn da?

Er sollte wirklich nicht, dachte er. Doch zu Hause war es einsam, er wollte nicht mit sich und Manuelle allein sein. Es gab zu viele Erinnerungen an weißes Zeug und Kinderbeinchen.

Beide fröstelten, als sie Carolas Wohnung betraten. Dort war es nicht viel wärmer als draußen.

»Soll ich dir noch mal zeigen, wie das mit dem Öl geht?«, fragte Manuel vorsichtig.

Carola schüttelte den Kopf. »Nutzt nix, ich hab keins mehr. Der Ölwagen war noch nicht da, aber nächste Woche kriege ich welches.« Sie hatte zwar noch nicht die leiseste Ahnung, wie sie das Öl bezahlen sollte, aber darum würde sie sich sorgen, wenn es so weit war.

»Nimm dir die!« Sie warf ihm eine kuschelige bunte Decke zu. Dann verschwand sie, ohne ihre Jacke auszuziehen, in der Küche. Manuel folgte ihr.

»Also, was willst du trinken? Tee, Kaffee, Kakao …«

»Ja, bitte, das will ich«, unterbrach sie Manuel. »Heiße Schokolade ist genau das Richtige bei dieser Kälte.«

Carola erhitzte Milch und opferte auch einige ihrer derzeitigen Lieblingskekse. Sie zündete eine Kerze an, und es wäre fast gemütlich gewesen, wenn man nicht den eigenen Atem gesehen hätte.

Endlich war alles fertig, und Carola musste sich zu Manuel setzen. Sie fühlte sich völlig ausgepowert, müde, kaputt und überfordert. Es war ein Fehler gewesen, sie sollte mit ihrem Roman im Bett liegen und es warm und kuschelig haben. Doch sie konnte ihn schlecht wieder wegschicken. Hoffentlich würde er von selbst nach der ersten Tasse gehen. Kraftlos schenkte sie ihm und sich ein, fast wäre ihr die heiße Kanne, die sie sonst lässig mit drei Fingern hielt, aus der Hand gerutscht.

Aber auch Manuel konnte sich kaum noch gegen die Müdigkeit wehren. Wenn er bloß nicht noch mal rausmüsste! Sie hatte jedoch kein Gästezimmer, und bevor er in der Küche schlafen würde, könnte er auch nach Hause fahren. Er trank einen Schluck Kakao – mmh. Er leerte die Tasse in einem Zug und hielt sie Carola noch einmal lächelnd hin. Diese schenkte ihm widerstrebend ein, er hatte wohl doch nicht vor, gleich zu gehen. Gegen ihren Willen gähnte sie laut.

Manuel reagierte sofort. »Oh, du bist müde, natürlich. Tut mir leid, ich gehe jetzt.«

Doch Carola sah die Schatten unter seinen Augen.

Auch er schien fast umzufallen. Sie rang mit sich. Wieso nicht, das Bett war sehr breit, man konnte so weit auseinander liegen, dass sich nicht einmal die Fingerspitzen berührten, wenn man die Arme ausgestreckt hatte. Außerdem war es egal, was sollte schon sein? Er war müde, und er war nur wegen ihr noch nicht zu Hause.

»Willst du hier schlafen? Du packst es doch gar nicht mehr bis zu dir.«

Manuel sah sie überrascht an. Damit hätte er niemals gerechnet. Aber dann spürte er nur noch Erleichterung und Dankbarkeit. Er war wirklich am Ende.

»Ohne Diskussion, ja, danke. Wenn du noch eine Zahnbürste hast, oder, auch egal. Ich kann echt nicht mehr.«

Doch sogar eine Reservezahnbürste hatte sie, und während Carola sich hastig überlegte, was sie denn um Himmels Willen im Bett anziehen sollte, damit es nicht falsch rüberkam, mühte Manuel sich damit ab, seine Zähne zu putzen, ohne dabei einzuschlafen.

Schließlich wählte Carola Leggings und einen Pullover, die Kälte ließ ihr ja eigentlich sowieso keine Wahl. Und sogar die Peinlichkeit des Gute-Nacht-Sagens wurde ihr erspart, denn als sie frisch gewaschen und zitternd aus dem Bad kam, schlief Manuel schon. Im Schein der Stehlampe neben dem Bett las sie noch ein paar Seiten, bevor sie das Licht löschte und die Augen schloss.

Doch sie konnte nicht einschlafen. Alles Mögliche schoss ihr durch den Kopf, sie hatte zum Beispiel gar nicht daran gedacht, wie es am nächsten Morgen sein würde. Sollte er sie wirklich müde und zerknautscht erleben, völlig Carola pur? Doch jetzt war sie ja auch nichts anderes, der Kajalstrich um die Augen hatte sie nicht gerettet, wie sie eben im Spiegel festgestellt hatte. Außerdem war es sowieso völlig egal, sie wollte ihm ja gar nicht gefallen. Komisch war es schon, jetzt lag der neben ihr im Bett. Es kam ihr aber eigentlich gar nicht so seltsam vor, stellte sie fest, Manuel hatte etwas an sich, was sich vertraut anfühlte, das hatte sie ja schon öfter bemerkt.

Plötzlich schreckte sie aus ihren Gedanken auf. Das Telefon klingelte, nachts um halb zwei. Sie schälte sich aus den Decken. Hoffentlich war nichts passiert!

»Ja?«

Eine widerlich süße Stimme drang in ihr Ohr. »Na, du Schlampe? Ich kann dich gerade sehen, du machst mich ganz schön an! Ich habe auch schon Nacktfotos von dir gemacht, die machen mich total heiß!«

Carola erschrak zutiefst und sah sich wie gehetzt um. Doch gleich schaltete sich ihr Verstand ein. Er, wer immer er war, konnte sie nicht sehen, weil die einzige Fensterfront von der riesigen Kastanie verdeckt wurde, und obwohl diese schon, wie es sich im Herbst gehörte, die meisten Blätter verloren hatte, bildete sie einen leider noch immer sehr wirksamen Licht- und Sichtschutz. Und nackt konnte er sie schon gar nicht sehen, denn hier war es selbst viel zu kalt, um in Unterwäsche herumzulaufen.

Sofort wurde sie ruhiger. »So? Dann schick sie an den Playboy, und wirf mir die Gage in den Briefkasten, du weißt ja sicher auch meinen Namen.« Sie wollte auflegen, doch er hielt sie gegen ihren Willen gebannt.

»Weißt du, was ich gern mit dir machen würde?« Ein raues Stöhnen drang in Carolas Ohr, und sie fühlte sich auf der Stelle vergewaltigt. Seine Stimme löste einen tiefen Ekel in ihr aus, doch sie war wie gelähmt.

Eine Hand nahm ihr das Telefon ab, und sie schrie auf. Manuel legte den Arm um sie und hörte sich das widerliche Gestöhne noch einen Moment lang an. Dann holte er tief Luft. »Du perverses Arschloch, fick dich selbst!«, brüllte er. Dann legte er auf und stellte das Telefon lautlos. »Der ruft hier nicht mehr an«, sagte er zufrieden.

Carola war zusammengefahren, als er so unvermittelt losgelegt hatte. Jetzt konnte sie sich kaum wieder beruhigen, es war einfach zu viel gewesen. Die Kälte, die Einsamkeit, ihre Müdigkeit und dann auch noch dieses Arschloch, sie hatte es satt.

»Es kotzt mich an!«, schrie sie plötzlich. »Das halte ich nicht aus, was bildet sich dieser Wichser eigentlich ein? Ich bin müde, ich will schlafen, ich will meine Ruhe! Wie kommt dieser Arsch dazu, mich anzurufen?« Sie zitterte am ganzen Körper, sie war mit den Nerven am Ende.

Wieder legte Manuel den Arm um sie, und Tränen stiegen ihr in die Augen.

»Was habe ich denn getan, wieso tun Leute das? Mir ist kalt, ich bin pleite, ich bin einsam, reicht das nicht?« Sie war durch den Anruf tiefer erschrocken, als sie gedacht hatte, sie fühlte sich plötzlich von allen Seiten bedroht und verfolgt.

Manuel führte sie zurück zum Bett und hielt sie im Arm, bis ihr Schluchzen abebbte. Sie seufzte noch einige Male und murmelte etwas vor sich hin, was er nicht verstehen konnte. Doch schließlich verriet ihr gleichmäßiger Atem, dass sie sich beruhigt hatte.

Gähnend wollte er sich auf die Seite drehen, als er bemerkte, dass sie mit der Gnadenlosigkeit einer fest Schlafenden auf seinem Arm lag und dass sich das auch nicht so leicht ändern ließ. Nun gut. Es war ihm nicht unangenehm. Sie erregte ihn allerdings überhaupt nicht, stellte er erstaunt fest. Normalerweise genügte ein viel geringerer Körperkontakt als das hier, um seine Lust zu wecken, auch wenn er sie dann nicht immer unbedingt befriedigen musste. Umso besser. Und endlich schlief auch er wieder ein.

19

Als nur wenige Stunden später der Wecker klingelte, waren beide wie gerädert. Gähnend wälzte Carola sich auf die Seite und zuckte zusammen, als sie Manuel berührte. Doch schnell erinnerte sie sich an alles, was passiert war, und jetzt, im trüben Tageslicht, erschien ihr der nächtliche Anruf gar nicht mehr so bedrohlich. Sie hatte die Kontrolle wieder, bemerkte sie, sie fühlte sich trotz ihrer Müdigkeit stark und unabhängig.

Etwas taumelnd stand sie auf und bat ihren Kreislauf, ihr zu Seite zu stehen, bis der Kaffee fertig war. Manuel war schon wieder eingeschlafen, der Wecker hatte ihn nicht sehr beeindruckt. So konnte sie sich in Ruhe waschen, schminken, anziehen. Als er schließlich die Augen aufmachte, lächelte ihm eine mit den Segnungen der Kosmetikindustrie aufgepeppte Carola entgegen und hielt ihm eine Tasse Kaffee unter die Nase.

»Ohh, ich träume, wie schön, geh bloß nicht weg«, murmelte er verschlafen.

Carola stellte die Tasse neben seine Bettseite und verschwand wieder in der Küche. Sie musste jetzt etwas frühstücken und dann schnell weg, die Uni begann heute sehr früh. Sie setzte sich an ihren Küchentisch, legte die Beine auf den zweiten Stuhl, trank ihren Kaffee und blätterte in einer dicken Zeitschrift, während sich ihre Seele langsam bequemte, den Tag auf der Erde gemeinsam mit ihrem Körper anzugehen. Bald spürte sie ihre Lebensgeister in alter Frische erwachen, und sogar etwas Freude auf den Tag wurde mitgeliefert. Was hatte sie eigentlich gestern so fertiggemacht?

»Guten Morgen, Carola!«

Sie blickte auf, und ihr blieb fast das Herz stehen. Manuel hatte es wieder mal geschafft, sich in Sekundenschnelle vom übermüdeten Etwas in einen kraftvollen Krieger zu verwandeln. Obwohl er sehr müde aussah, wirkte er schöner und cooler als Hans in seinen besten Zeiten.

Unfair, schrie sofort eine Stimme in ihr, du sollst nicht vergleichen deinen Freund mit anderen Männern, erstes Gebot jeder Beziehung.

»Hi, guten Morgen«, erwiderte sie hastig, und mit einem Blick auf die Küchenuhr stand sie auf. »Nimm dir, was du brauchst, ich muss jetzt weg, Neuro beim Drechsler, du weißt schon.«

Manuel nickte mit verständnisvoller Miene. »Soll ich dich fahren?«, bot er ihr an. Er hatte zwar erst um zehn Uni, aber er musste sowieso noch mal nach Hause, denn er hatte natürlich überhaupt keine Unterlagen dabei.

»Musst du da eh vorbei, oder ist es ein Umweg?« Carola wollte keine Umstände machen.

»Es ist ein Umweg, aber kein großer, du kannst ruhig mit mir fahren. Dann musst du noch nicht gleich weg, trink noch einen Kaffee mit mir.«

Carola legte beide Hände um ihren Becher, es war wirklich kalt bei ihr. Erstaunt spürte sie, wie sehr Manuels Anwesenheit sie beruhigte, sie hatte morgens auch schon mal geweint vor lauter Kälte und Ungeborgenheit.

Manuel schenkte ihr noch einmal ein, und sie fühlte die Wärme durch ihre Hände in ihren Körper dringen.

Dann fiel ihr etwas ein. »Sag mal, glaubst du, der Typ weiß wirklich, wer ich bin?«

»Glaub ich eigentlich nicht. Aber ändere deine Nummer.«

Er wusste sofort, wovon sie redete. Hans konnte ihren Gedankensprüngen – die sie natürlich gar nicht als solche empfand – oft nicht folgen und reagierte gereizt, wenn sie mal wieder von Dingen sprach, die für ihn absolut nichts miteinander zu tun hatten. Wieder ermahnte sie sich, nicht zu vergleichen. Hans hatte es einfach nicht verdient, dieser entwürdigenden Prüfung unterzogen zu werden. Ihr selbst würde es auch sehr wehtun, wenn sie wüsste, dass Hans eine Messlatte an sie legen würde.

Doch es war endgültig Zeit zu gehen. Sie sprang auf, schnappte ihren Rucksack und suchte den Schlüsselbund. Mist, sie wollte auf keinen Fall zu spät kommen, die Note zählte ziemlich viel. Und dieser Professor nahm es sehr persönlich, wenn man nicht vor ihm im Audimax ankam. Hektisch leerte sie den Inhalt ihres Rucksacks aufs Bett. Sie war so eine Schlampe, wo hatte sie ihn bloß wieder hingelegt? Halt, sie war ja noch weg gewesen. Also musste er in der Jackentasche sein – nein. Ooh! Langsam wurde sie panisch.

»Was suchst du eigentlich?« Manuel betrachtete sie verwundert.

»Die Schlüssel, es ist jeden Morgen der gleiche Mist! Ich bin einfach unfähig, Ordnung zu halten. Manchmal hasse ich mich richtig dafür!«

Er hielt ihr wortlos den Schlüsselbund hin. Seufzend nahm sie ihn. Manuel beobachtete sie nachdenklich, während sie rasch die Schuhe anzog. Die Schlüssel nicht zu finden, war ja eigentlich kein Verbrechen, aber Carola schalt sich dafür, als wäre sie Richter, Staatsanwalt und Angeklagte zugleich. Das war doch kein Anlass, sich in Grund und Boden zu stampfen, zumal sie die Schlüssel schon am Abend vorher vorsorglich auf den Tisch gelegt hatte, die Zeitschrift hatte sie nur verdeckt. Wenn sie immer so mit sich umging, war es ein Wunder, dass sie überhaupt noch lachen konnte. Wovor hatte sie nur solche Angst? Wer hatte sie so verdammt, dass ihr ganzes Selbstwertgefühl von einem Schlüsselbund abhängen konnte?

Im Auto konnte er es sich nicht verkneifen, sie darauf anzusprechen. »Ich hoffe, ich trete dir nicht zu nahe, aber mir ist aufgefallen, wie unfair du vorhin mit dir selbst umgegangen bist. Glaubst du, du hast so eine Härte verdient?«

»Was meinst du?« Sie drehte das Radio leiser und wandte sich ihm zu.

»Na ja, das mit den Schlüsseln, es ist doch nicht so schlimm, sie nicht zu finden, oder?«

Er konzentrierte sich auf den dichten Verkehr, wohl wissend, dass er sich einmischte und zu weit ging. Es ging ihn nichts an.

»Da es jeden Morgen so ist, finde ich es doch ganz schön schlimm. Wenn ich es endlich mal geregelt kriegen würde, etwas Ordnung zu halten, ein Schlüsselbrett anzuschrauben zum Beispiel, hätte ich nicht so viel Stress. Das ist doch wohl nicht zu viel verlangt, wenigstens einen festen Platz für den Schlüssel zu haben, oder? Aber ich war schon immer eine Schlampe, auch zu Hause schon.« Ihre Stimme klang gepresst und hart.

»Sagt wer, Carola?«, fragte er ernst. »Ich will nicht mit dir diskutieren, aber du hattest ihn doch schon für heute Morgen auf den Tisch gelegt, es lag nur die Zeitschrift drauf! Du scheinst also doch dran zu denken, oder?«

»Ach Quatsch, ich war nur zu faul, ihn in den Rucksack zu stecken, wo er hingehört.«

Manuel verstummte. Sie schien wirklich davon überzeugt zu sein. Deshalb lächelte er sie nur an und sagte: »Also ich finde nicht, dass du eine Schlampe bist.«

»Du kennst mich ja auch nicht richtig«, lachte Carola, aber in Wirklichkeit meinte sie es ernst. Er wusste nichts von ihrer Fresserei, davon, wie sie manchmal ihre Wohnung zumüllte, nur weil sie sich einsam fühlte.

»Ich glaube, ich weiß, was du meinst. Etwas in dir darf auf keinen Fall an die Oberfläche, sonst rennen alle schreiend weg, ist es das?« Er hatte nichts mehr zu verlieren, also konnte er auch gleich sagen, was er dachte.

Carola schwieg einen Moment erschüttert. »Scheiße, ja. Woher weißt du das?«

»Weil es mir genauso geht. Es gibt etwas in mir, was niemand sehen darf, wenn ich nicht ganz allein sein will.«

Carola dachte nach. »Das spricht aber nicht gerade für ein großes Vertrauen in die Menschheit.«

Manuel lachte bitter auf. »Nein. Aber es gibt auch nicht allzu viele Gründe, den Menschen zu vertrauen, oder?«

Beide schwiegen, hingen ihren Gedanken nach. »Der Menschheit nicht, aber ein paar Freunden doch schon?«, fragte Carola schließlich.

Und er gehörte nicht dazu, setzte sie in Gedanken hinterher. Sie vertraute ihm einfach nicht. Da war etwas, was er verbarg, dessen war sie sich sicher, etwas stimmte nicht, auch wenn sie nicht sagen konnte, woher sie das wusste. Nun ja, so weit keine neue Information. Er gab es ja sogar zu.

Sie waren an der Uni angelangt, und Manuel suchte vergeblich einen Parkplatz. Schließlich hielt er in zweiter Reihe, und sie verabschiedeten sich hastig voneinander.

Carola stieg rasch aus, damit Manuel wegen ihr nicht länger den Weg versperren musste. Sie schlug die Tür etwas zu fest zu und entschuldigte sich durch Gesten bei ihm. Peinlich, jetzt dachte der bestimmt, sie sei ungeschickt.

Gerade hast du es gemacht! Wie elektrisiert hielt sie inne. Ob es das war, was Manuel gemeint hatte? Sie war gleich davon ausgegangen, dass Manuel sie für unachtsam hielt. Vielleicht tat er das ja gar nicht? Was dachte sie eigentlich gerade über sich? Na ja, genau das, nämlich dass sie sich ungeschickt angestellt hatte. Aber wieso? Sie war in Eile gewesen, da konnte es doch mal passieren, dass sie die Autotür etwas zu fest zuschlug.

Sie war ganz begeistert, etwas wie einen Schlüssel zu sich entdeckt zu haben. Sie sollte wirklich mal darauf achten, was sie über sich selbst dachte. Vielleicht stimmte es gar nicht immer. Aber woher sollte sie wissen, was sie wirklich falsch machte und wann sie zu hastig urteilte? Eigentlich machte die Idee, dass sie manchmal unfair mit sich umging, alles noch schwieriger. Sie konnte doch nicht jeden Gedanken kontrollieren, der ihr durch den Kopf schoss! Aber in den spirituellen Büchern hatte sie auch mal was in der Art gelesen, also schien etwas dran zu sein. Nur – wieso urteilte sie überhaupt so hart über sich?

Doch auch dieses Problem würde sie nicht zwischen Tür und Angel lösen, entschied sie, und außerdem wartete der Neuroprofessor mit dem Vorlesungsbeginn nicht speziell auf sie. Sie sollte sich also besser beeilen, wenn sie noch einigermaßen pünktlich sein wollte.

Als sie im überfüllten riesigen Saal saß, ging ihr der Gedanke nicht aus dem Kopf, dass sie wirklich manchmal viel härter mit sich selbst ins Gericht ging, als sie das mit Freunden je tun würde. So hatte sie es zu Hause erlebt – kleine Fehler wurden sofort beanstandet, größere mit diesem hoffnungslosen Kopfschütteln kommentiert. Ihre Eltern schienen tatsächlich geglaubt zu haben, dass nichts aus ihr werden konnte, wenn sie zum Beispiel eine schlechte Note mit nach Hause gebracht hatte. Alles war gleich zum Drama erhoben worden, als wäre sie für immer verloren. Als gehörten Fehler und Irrtümer nicht zum Leben. Irgendwann würde sie sich intensiver damit befassen müssen. Aber nicht heute. Doch das mit dem Schlüssel würde sie jetzt regeln, sie würde sich ein Schlüsselbrett basteln. Ja, so würde sie es machen.

Endlich konnte sie ihre ungeteilte Aufmerksamkeit dem widmen, was vorn an der Tafel vor sich ging. Deshalb war sie ja schließlich so früh aufgestanden. Es interessierte sie sogar, sie lauschte erstaunt und fasziniert den Ausführungen des Professors. Er sprach gerade über die Intelligenz der Hormone, die alle Körperreaktionen steuerten und dabei auch wesentlich von der psychischen Verfassung des Menschen abhängig waren.

Hinter ihr ließ sich ein Student – einer der wenigen Männer – über den Hormonschub seiner letzten Nacht aus, der Testosteron für den Rest des Jahres bereitgestellt hatte, und alle um ihn herum kicherten. Carola fühlte sich gestört, sie fand das nicht witzig, eher vorpubertär. Und sofort kam sie sich wieder ausgeschlossen vor. Aber sie wollte ja herausfinden, was sie komisch fand, erinnerte sie sich. Das hier schon mal nicht, in Ordnung.

»Männer!«, raunte Christine ihr leise ins Ohr und verzog dabei angewidert das Gesicht.

Sie hatte sich nach einigen Tagen wieder neben Carola gesetzt, nachdem Chantal ihr erzählt hatte, dass sie zusammen tanzen gegangen waren. Damit hatte Christine Carola verziehen, dass diese ihre Freundin auf der Party so kalt abserviert hatte. Sie hatte noch lange mit Chantal und Monique darüber gesprochen und musste schließlich feststellen, dass Chantal, die es ja in erster Linie betroffen hatte, viel mehr Verständnis für Carola gehabt hatte als sie selbst. Ein wenig tat es ihr leid, aber sie war dennoch der Meinung, dass Carola sich nicht gerade wie die verständnisvolle Superfrau verhalten hatte, die sie doch offenbar immer sein wollte. Doch wer war schon perfekt? Auch Carola durfte sich manchmal wie ein Elefant im Porzellanladen verhalten.

Wenn Carola gewusst hätte, wie eingehend Christine sich mit ihr beschäftigt hatte, hätte sie vor unterdrückter Scham kein Wort mehr mit ihr geredet. Sie hätte wie immer nicht darauf vertraut, dass ihr Verständnis für das, was sie war, entgegengebracht wurde. Angst und Vermeidung von schwierigen Situationen hatten ihr zu Hause immer den größten Punkteverlust beschert, denn ihr Vater hasste Feiglinge. Er hätte sie zwar zynisch gefragt, wieso sie sich eigentlich überhaupt mit solchen Typen abgab, doch für ihre Unsicherheit hätte er keine Gnade gekannt. Doch von Christines Gedanken ahnte Carola nichts, sie hatte nur ein wenig überrascht registriert, dass Christine sich anscheinend wieder beruhigt hatte.

Sie lächelte ihr zu und flüsterte zurück: »Sie brauchen eben jeden Tag ihre Bestätigung, die armen Irren.«

Christine lachte anerkennend, für eine Hetero war Carola ziemlich keck. Irgendwo in ihr schlummerte verborgen eine von ihnen, dessen war Christine sich ganz sicher. Nun war der Professor auf sie aufmerksam geworden. Er konnte es absolut nicht ertragen, wenn ihm jemand, auf welche Art auch immer, ein bisschen weniger als hundertprozentige Aufmerksamkeit entgegenbrachte.

»Nun, meine Damen, wenn Sie das nicht interessiert, wissen Sie nicht, wie abhängig Sie davon sind, dass Ihr Körper weiß, was er tut.«

Peinlich. Carola schaute betreten zu Boden.

Doch Christine gab sich nicht so schnell geschlagen. »Na, die Hauptsache ist, er weiß es, oder?«

Einige lachten, andere blickten zur Seite. Da hatte Christine sich auf etwas eingelassen, das konnte sie bei Herrn Drechslers Elefantengedächtnis das ganze Diplom kosten. Doch scheinbar hatte dieser heute seinen humorvollen, jovialen Tag.

»Nun ja, da haben Sie recht, lassen wir es gut sein. Wo war ich stehen geblieben?«

»Bei den psychischen Einflüssen auf das Hormonsystem«, antwortete Christine freundlich.

Diese Frau hatte wirklich Mut, musste Carola neidvoll gestehen. Sie schien überhaupt keine Art von Unterwürfigkeit zu kennen, anders als sie, die peinlich genau darauf achtete, wie sie was und zu wem sagte.

Später, als sie mit immer noch gesenktem Blick am Pult des Professors vorbeigeschlichen war, sagte sie genau das zu Christine.

»Ich sag dir was«, meinte diese gleichmütig, »seit ich nicht mehr mit diesen aufgeblasenen Heinis schlafe, kann ich auch ihr Getue nicht mehr ernst nehmen. Sie haben keine Macht mehr über mich. Früher habe ich auch immer Angst gehabt, habe mich verstellt, mich kleingemacht, um ja nicht unangenehm aufzufallen. Erst als ich die Männer komplett aus meinem Leben gestrichen habe, konnte ich mit ihnen wie mit Menschen umgehen. Und ich sage dir noch was, seit ich das tue, gehen sie auch mit mir anders um. Ich bin für Männer keine Frau mehr, sondern ein Mensch, weil ich die Machtspielchen nicht mehr mitmache.«

»Verstehe ich«, sagte Carola, »aber muss man dazu lesbisch werden? Geht das nicht auch, obwohl man mit Männern schlafen will?«

»Interessante Frage, weiß ich nicht, ich bin eben so. Übrigens wird man nicht lesbisch oder schwul oder was auch immer, man ist es einfach und entdeckt es oder auch nicht. Man kann es nicht ›machen‹, so zu sein. Deshalb kann ich dazu auch nichts sagen, ich glaube zwar, dass man auch menschlich miteinander umgehen kann, wenn man hetero ist, aber es ist schwer, oder? Jäger und Gejagte, das Spiel läuft doch sofort bei euch, wenn sich ein Mann auch nur von Weitem blicken lässt! Wimpernklimpern und blöd lachen, die ganze Palette. Und ihr fahrt doch auch drauf ab, wenn du mal ganz ehrlich bist. Es ist ja auch andersrum so, wenn irgendwo eine Gruppe von Männern steht und eine Frau in Erscheinung tritt, sind sie plötzlich alle ganz komisch drauf, als ob der Schwanz die Oberhand bekommt.«

Christine begleitete ihre Ausführungen mit pantomimischen Gesten, und Carola konnte nicht umhin, laut aufzulachen. Sie war wirklich zu komisch, einfach erfrischend. Sie verstand, was Christine meinte, erst heute Nacht hatte sie ja einen ziemlich ekligen Geschmack von dem Jägerspiel bekommen. Sollte sie es ihr erzählen? Es wäre sicher Wasser auf ihrer Mühle. Doch die kurze Pause zwischen den Vorlesungen war schon vorbei.

»Der Preis für euer Spiel ist verdammt hoch, oder? Das ist nämlich gar kein Spiel mehr, das sieht nur aus wie eins, wenn du mal genau hinschaust. Du kannst nicht aussteigen. Das ist bei Frauen anders, wir spielen auch Spiele, aber es bleiben welche!«, rief Christine ihr noch nach, als sie sich zu verschiedenen Vorlesungen begaben.

Das stimmte, gestand Carola sich ein, es war eben kein Spiel mehr, wenn es denn je eines gewesen war. Es musste anscheinend immer einen Gewinner und einen Verlierer geben. Wieso konnte man nicht Sex miteinander haben und trotzdem menschlich und gleichberechtigt miteinander umgehen?

Weil du drauf abfährst! Weil du ein inneres Bedürfnis nach der Opferrolle hast, deshalb. Es scheint einfacher zu sein, du brauchst – scheinbar – nicht die Verantwortung für dich zu übernehmen. Die Wahrheit ist, du hast die Verantwortung für dich, ob du sie willst oder nicht. Stehe zu deiner Kraft, und das Spiel hört auf. Mache dich nicht selbst klein, spiele nicht mit! Erinnere dich an deinen Ursprung!

Carola sah sich um, sie hatte die Stimme so deutlich in ihrem Kopf gehört, als stünde jemand genau hinter ihr. Doch da war nur das Sonnenlicht, das sich fröhlich in den großen Glasscheiben spiegelte und Reflexe warf.

Kopfschüttelnd wandte sie sich ab. Es stimmte sowieso nicht. Warum sollte sie wohl darauf abfahren, sich zu unterwerfen, das wollte sie ja mal wissen. Sich selbst ablenkend, holte sie geschäftig ihren Block heraus und las eifrig nach, wovon die letzte Vorlesung in Psychopathologie gehandelt hatte, denn dieses Fach war jetzt an der Reihe. Sie schlenderte in Richtung Hörsaal und begann, mit einigen harmlosen und völlig nüchternen Kommilitonen zu plaudern, die sicherlich niemals irgendwelche Stimmen hörten.

Die Uni war um halb sechs zu Ende, und Carola war total erschöpft, schließlich hatte sie nur wenige Stunden geschlafen. Sie schaffte es gerade noch, mit der U-Bahn nach Hause zu fahren und in ihr Bett zu fallen, wo sie sofort einschlief.

Als sie völlig durcheinander wieder erwachte, war es stockdunkel, und sie fühlte sich augenblicklich ungeborgen. Außerdem war es, wie nicht anders zu erwarten, saukalt, stellte sie mit Tränen in den Augen fest. Womit hatte sie das bloß verdient, sie wusste es wirklich nicht.

Sie zündete eine Kerze an, griff zum rettenden Telefon und tippte ihre persönliche Notrufnummer ein.

»Ja?«

»Hallo Hans, wie gut, dich zu hören!« Sie seufzte erleichtert auf. »Ich friere so, und ich fühle mich so verflucht einsam!«

»Carola, was soll ich denn dazu sagen? Mir geht es auch so, ich bin auch einsam ohne dich. Ich vermisse dich so sehr, ich weiß manchmal gar nicht, ob wir uns nicht gegenseitig was antun damit, dass wir zusammen sind.«

Sobald Hans zu Hause war, verlor er Carola aus den Augen und aus dem Herzen, das musste er sich einfach eingestehen, auch wenn es ihm nicht gefiel. Er war nicht der Typ für Fernbeziehungen, und es wurde Zeit, ihr das zu sagen.

Ihr Atem stockte. »Wie meinst du das?« Erschrocken lauschte sie auf seine Antwort.

Tief seufzte er auf, wie sehr er es hasste, dieses Gespräch zu führen! »Na ja, ich denke manchmal, wir sollten erst mal schauen, wie wir allein zurechtkommen, und dann, wenn du wiederkommst, schauen, ob wir noch zusammenpassen oder nicht. Versteh mich nicht falsch, ich will dich nicht verlieren, aber es tut uns doch nicht gut, oder? Sei mal ganz ehrlich!«

Carola war ehrlich schockiert. »Was willst du mir damit eigentlich sagen? Soll das eine weichgespülte Schlussmachnummer werden? Oder was?«

Sie war viel zu erschüttert, um Schmerz oder Angst zu empfinden, zunächst spürte sie gar nichts.

»Nein, natürlich nicht, ich liebe dich doch. Aber ich bin mir unsicher geworden, ob wir uns nicht doch überfordern, ich meine …«

Stimmte das überhaupt, fragte er sich zum wiederholten Male, war das wirklich Liebe? Wirklich? Sollte er dann nicht alles stehen und liegen lassen und bei ihr sein? Waren nicht sein Handballtraining, seine Kumpels, sein eigenes Leben wichtiger? War er überhaupt schon so weit? Heiraten. Er konnte doch wohl keine Verlobung lösen? Musste er da nicht sogar Lösegeld zahlen?

»Aber wenn du mich doch liebst und ich dich liebe, dann ist es doch in Ordnung, oder? Du kannst dich doch nicht von mir trennen wollen, weil ich nicht da bin? Glaub mir, es gibt nicht so viele Menschen, mit denen man sich gut verstehen kann!« Jetzt kamen die Gespenster Verzweiflung und Angst. Das konnte er doch nicht ernst meinen?

»Wie soll ich es dir rüberbringen, Carola, ich will dich nicht verlassen, aber ich weiß manchmal nicht, ob ich es aushalte!«

Hans war genauso verzweifelt, er hatte am Abend zuvor viel mit Sabine geredet und festgestellt, dass er sich durchaus vorstellen konnte, auch mit einer anderen Frau, eben zum Beispiel mit Sabine, glücklich zu sein. Machten Carola und er sich nicht einfach etwas vor, indem sie ihre Beziehung auf einen Sockel stellten und sie für unantastbar hielten? Es ging nicht um Sabine oder um eine andere Frau, es ging darum, dass er es sich vorstellen konnte, auch mit einer anderen zusammen zu sein. Das sprach nicht gerade für die Beziehung mit Carola, hatte er geschlussfolgert. Er wusste selbst nicht genau, was er ihr eigentlich sagen wollte, vielleicht so was wie: »Mach dich nicht so abhängig von mir, ich könnte dich eines Tages verlassen.« Aber da er das selbst nicht so genau erfassen konnte, war es natürlich auch unmöglich, das so klar zum Ausdruck zu bringen, also stammelte er herum und verletzte sie. Es war ihm zu eng, sie war so verdammt abhängig von ihm, zumindest erweckte sie diesen Eindruck.

Carola wurde wütend. Wie konnte er ihr das antun, reichte es nicht, was sie durchmachte? Er saß zu Hause, hatte alle seine Freunde bei sich und ihre noch dazu, und er sprach von Einsamkeit? Was sollte sie denn dann wohl sagen? Schließlich hatte sie den schwierigeren Part, sie hatte hier wirklich niemanden. Entweder er wollte Schluss machen, dann sollte er es sagen und sich für immer verpissen, oder er sollte aufhören, sie mit dieser Angst zu konfrontieren, seine Klappe halten und sie trösten.

»Ich will, dass du mir genau sagst, was nun ist. Gleich legen wir wieder auf, und du hast mir nur Angst gemacht. Ich will Klarheit, nicht diese Scheiße!« Selten sagte sie so klipp und klar, was sie dachte.

»Du verstehst nicht, was ich meine, ich will nicht Schluss machen, nichts liegt mir ferner als das, ich will nur …«

»Ich verstehe dich nicht? Na toll, da haben wir es ja schon. Was willst du dann, wenn du nicht Schluss machen willst? Ich meine, wenn ich dich nicht verstehe, versteht Sabine dich sicher viel besser, oder?«

Jetzt hatte auch Hans genug, er hatte sich wirklich bemüht. »Da hast du recht, sie versteht mich besser. Aber vor allem ist sie da. Sie würde nie wegziehen, wenn sie einen Freund hat, das hat sie gesagt.«

Carola fühlte sich, als hätte sie einen Schlag in den Magen bekommen. Das war absolut unfair. Von beiden. »Was soll denn das? Du kannst mir doch nicht vorwerfen, dass ich hier studiere? Ich dachte, du hättest es verstanden!« Jetzt weinte sie doch. »Dann geh doch zu deiner Sabine, und richte ihr von mir aus, sie ist die größte Schlampe, die bei euch rumläuft. Ich dachte, sie wäre meine Freundin, und jetzt macht sie sich an dich ran, zum Kotzen! Und du lässt dich von ihr einwickeln. Pass bloß auf, wenn sie dich hat, lässt sie dich fallen wie eine heiße Kartoffel.«

Sie war wie gelähmt von dem Komplott, das da gegen sie geschmiedet worden war, Sabine musste ihm heimlich, still und leise immer wieder ihr Gift in die Ohren geträufelt haben. Sie selbst hatte einfach keine Chance, dachte sie, es war unfair und gemein, aber sie konnte sich nicht wehren.

»Hey, so ist es doch gar nicht«, versuchte Hans sie zu beruhigen, »ich will nichts von Sabine, darum geht es doch gar nicht. Sie ist deine Freundin, sie ergreift immer deine Partei, wenn es um dich geht …«

»Ach, ihr redet über mich?«, fiel Carola ihm ins Wort. »Das ist ja toll, wieso muss sie eigentlich meine Partei ergreifen? Gegen wen? Gegen dich, oder wie?« Sie hatte schon komplett zugemacht, sie hörte nur noch das, was ihr wehtat, als wollte sie sich selbst quälen.

»Carola, ich lege jetzt auf, ich weiß nicht, wie ich mit dir reden soll. Ich rufe dich in einer Stunde noch mal an, dann sind wir vielleicht etwas ruhiger.« Und bevor sie protestieren konnte, hatte er die Verbindung unterbrochen.

Das war ja wohl die Höhe. Was bildete sich dieser Typ eigentlich ein? Sie hatte ihn angerufen, er hatte ihr aus heiterem Himmel irgendwelchen Schwachsinn an den Kopf geknallt, und jetzt legte er einfach so auf? Das konnte doch wohl nicht wahr sein! Aber wenn sie ehrlich war, hatte sie es schon immer gewusst. Er würde es nicht aushalten, sie war die Stärkere von ihnen. Sie liebte ihn eben mehr als er sie.

Entweder war sie jetzt für beide stark, oder – nein, kein Oder. Sie musste jetzt um ihre Liebe kämpfen. Wenn es sein musste, dann würde sie ihn freigeben. Dann würde er schon sehen, wie er ohne sie zurechtkam. Er würde sie schneller vermissen, als er es selbst glaubte. Außerdem wollte er sie sicher nicht verlassen, das konnte ja gar nicht sein, nach all dem, was sie schon miteinander durchgemacht hatten. Gut, wenn er es so brauchte, sie würde jetzt die Beziehung retten. Carola griff zum Telefon und wählte noch einmal die Nummer, diesmal allerdings mit sehr gemischten Gefühlen.

»Du, ich wollte dir nur sagen, ich verstehe dich. Tu, was dir guttut. Wenn du dich besser fühlst, wenn du frei bist, ist es o. k. Wir können auch Schluss machen und uns trotzdem sehen, ich kann auch mit dir zusammen sein, wenn wir keine Beziehung haben.«

Hans war sprachlos, was war denn in sie gefahren? Was machte sie plötzlich so unabhängig? Ob sie etwa einen anderen hatte?

»Schatz, ich will dich nicht verlassen. Außer du willst frei sein …«

Wie bitte? Der drehte ihr ja das Wort im Mund rum! Aber sie war erleichtert, alles war wieder gut.

»Nein, will ich nicht. Ich will dich. Ich wollte dir nur die Gelegenheit geben, das zu tun, was du tun musst.«

Außerdem hätte sie dann wieder die Kontrolle gehabt, sie hätte ihn schließlich großzügig und autark freigegeben. Sie klammerte nicht, sie war unabhängig und stark, und wenn es sein musste, opferte sie ihre Beziehung eben auf dem Altar seines Glücks. Jetzt, wo er sie wieder liebte, hatte sie wie sonst auch die Oberhand.

»Ich weiß ehrlich gesagt nicht so genau, was ich jetzt davon halten soll«, sagte Hans unsicher, »hast du vielleicht jemanden kennengelernt?«

»Nein, natürlich nicht, ich verlasse dich doch nicht.«

Warum hatte sie eine Sekunde gezögert? Doch er hatte es zum Glück nicht bemerkt.

Sie schüttelte den Kopf und begann dann ins Telefon zu flüstern. »Weißt du, was ich gern mit dir machen würde?« Erschrocken hielt sie inne – das waren genau die Worte, die dieser Ekeltyp ihr ins Ohr gestöhnt hatte. Ernüchtert erzählte sie Hans von ihrem Erlebnis.

»Und das ganz allein in deiner Wohnung, du musst doch fast gestorben sein vor Angst! Mein armer Schatz, ich hätte dich so gern getröstet.«

Jetzt glaubte er auch, ihre heftige Reaktion zu verstehen, sie war noch immer schockiert, und er kam mit so was wie Unabhängigkeit! Kein Wunder, dass sie Angst bekommen hatte, er könnte sie verlassen. Seine kleine Carola, das arme Häschen.

Das arme Häschen überlegte unterdessen schnell, ob es ihm erzählen sollte, dass sie doch nicht so ganz allein gewesen war. Doch Carola ließ es sein. Wozu ihm unnötig Kopfzerbrechen bereiten, zwischen ihr und Manuel war nie was gewesen – na ja, fast nichts jedenfalls –, und es würde auch nichts sein. Er wollte ja sowieso nichts von ihr, das hatte sie heute Nacht genau gespürt, beziehungsweise eben nicht. Immerhin hatte sie sich ziemlich an ihn rangekuschelt. Keine Reaktion, na, dann nicht. Sie wäre zwar nicht darauf eingegangen, aber trotzdem! Doch die Hauptsache war, dass ihre Beziehung gerettet war.

»Na ja, es war schon schlimm«, sagte sie tapfer. »Aber ich wollte es ja nicht anders, nicht?«

Wieso machst du solche Spielchen, wollte eine hartnäckige Stimme in ihrem Innern wissen.

Ich mache keine Spielchen, Schnauze, wies Carola sie energisch von sich.

Hans hauchte ihr noch ein »Ich liebe dich« und einen Kuss durchs Telefon, und sie setzte ein »Träum von mir« dagegen. Dann legten sie beide auf, und Carola fühlte sich wohlig, geborgen und stark. Sie hatte es geschafft.

20

Hans setzte sich nachdenklich auf sein Bett. Er hatte ihr nichts von dem gesagt, was er gestern noch so unausweichlich empfunden hatte. Klar hatte er Sabine schon geküsst. Er wollte zwar wirklich keine Beziehung mit ihr, sie war viel zu anstrengend, aber er wollte unbedingt Klarheit mit Carola. Er wollte sie auch nicht verlassen, aber er brauchte mehr Freiheit, gerade weil sie nicht da war. Er fand das auch in Ordnung, er wollte ihr dasselbe zugestehen. Doch als sie es ihm angeboten hatte, war er zurückgeschreckt. Er musste es unbedingt schaffen, das zu sagen, was er meinte, und sich nicht immer wieder einwickeln lassen. Nun, eingewickelt hatte sie ihn nicht, er hatte plötzlich wirklich Angst bekommen, sie könnte einen anderen haben. Ob er sie doch so sehr liebte, dass er nur sie und das für immer wollte? Das mit der Hochzeit hätte er am liebsten verdrängt. Was da wohl in ihn gefahren war? Nun ja, die Zeit würde die Wahrheit ans Licht bringen. Apropos Zeit, es war Zeit zu gehen. Seine Handballkumpels warteten sicher schon.

21

Manuelle saß entspannt vor dem Fernseher. Schwarzes T-Shirt, funkelnder Strassmini, halterlose Strümpfe und ein kleines Make-up, eine sorgfältig aufgesteckte Frisur und etwas Parfüm – sie fühlte sich richtig gut und ganz bei sich. Die unwiderstehliche Marilyn Monroe angelte sich einen Millionär, sie selbst hatte Fischstäbchen auf dem Teller vor sich, ihre Beine fühlten sich an wie Seide – und es klingelte. Sie reagierte nicht, es musste die Klingel nebenan sein, sie erwartete niemanden, und keiner würde auf die Idee kommen, beim coolen Manuel einfach so hereinzuspazieren.

Rrrrrring! Was sollte denn das? Kapierte der nicht, dass keiner da war? Sie wurde panisch, das Licht fiel ungedämpft und hell leuchtend auf die Straße, weil sie ausgerechnet heute ihren Großkampf im Putzen begonnen hatte, Vorhänge waschen und all diese Geschichten, die einmal im Jahr sein mussten, wenn man ein vollwertiges Mitglied der Gesellschaft sein wollte. Also konnte sie nicht so tun, als wäre sie nicht da. Das Auto stand genau vor der Tür, auch ein sehr seltenes Phänomen, doch sie hatte sich anscheinend geirrt, als sie das für ein gutes Omen gehalten hatte. Also das Schnellprogramm.

»Ja?«, röhrte Manuel abschreckend unfreundlich durch die Gegensprechanlage, vielleicht konnte er Manuelle die Umziehnummer in Rekordgeschwindigkeit doch noch ersparen.

»Wir sind's, können wir kurz raufkommen?«

Die komplette Gang. Scheiße. Manuelle zögerte. Zum Glück hatte sie drei Gläser Wein intus. Also gut. »Erschreckt nicht, ich probe Pia«, sagte sie gepresst, bevor sie auf den Türöffner drückte.

Tief durchatmend verschmierte sie sich rasch etwas zu viel Rouge auf den Wangen, damit sie nicht ganz so perfekt und professionell geschminkt aussah. Sie wuschelte ihre Haare durcheinander, damit auch diese eher an Manuel denn an eine gestylte Frau erinnerten, und stellte sich dann direkt in die Tür. Ihre Beine zitterten, und sie bekam kaum Luft, doch sie konnte sich hinter der Notwendigkeit ihrer Rolle verstecken, und so schien sie sehr ruhig und klar zu sein, als die gesamte Mannschaft zur Tür hereinkam.

Verlegen klopfte Rollo ihr auf die Schulter, Erik lächelte sie schief an, und nur Micha traute sich, gleich ein Urteil abzugeben: »Hey, das ist ja irre! Du siehst toll aus, versteh das nicht falsch, ja?«

Manuelle jubelte, wie sollte sie das falsch verstehen, sie sah TOLL aus! Danke, ich liebe dich!

»Na ja, geht so, ich hab das mal probiert, glaubt ihr, so kommen wir durch?« Manuel brummte extra tief.

Erik und Rollo verbargen sich hinter betont gleichgültigen, abschätzenden Blicken.

»Doch, ich glaube, das ist o. k. so«, meinte Erik schließlich lässig.

Rollo nickte schweigend. Er war ziemlich überfordert, das hier war ein bis zwei Nummern zu viel für seine Machoseele. Und auf irgendeine Weise stimmte für ihn etwas nicht.

»Bier?« Manuel ging mit großen Schritten breitbeinig und schaukelnd wie in seinen coolsten Zeiten in die Küche. Die anderen folgten ihm.

Micha begann zu kichern. »Wenn du so auf die Bühne trampelst, kannst du dir den Rest auch sparen, so geht doch keine Frau!«

»Mann, du Depp, weißt du, wie schwer das überhaupt ist, in diesem blöden Minirock rumzulatschen? Und dann diese affigen Strümpfe, das juckt, da kommst du im Leben nicht drauf. Weiber sind wirklich das starke Geschlecht, die halten echt was aus in ihren doofen Klamotten. Also halt bloß die Klappe, sonst machst du es selbst!«

Gespannt wartete Manuelle auf Michas Reaktion. Hatte sie zu dick aufgetragen? In Gedanken entschuldigte sie sich bei ihm und bei ihrem Lieblingsrock.

Micha wurde ganz kleinlaut. »Tut mir leid, Mann, war blöd, klar ist das schwer, das glaub ich dir. Ein Bier wäre toll, danke.«

»Schon gut«, sagte Manuelle versöhnlich, »es ist für uns alle eine saublöde Situation. Wir müssen uns aber dran gewöhnen.«

Es wurde sogar höchste Zeit, sich daran zu gewöhnen, der erste Auftritt war schon sehr bald, die Wild Rats hatten sich wieder versöhnt, und auf Anfrage ihres Managers begann die Tour vier Wochen früher als geplant, also in einem knappen Monat.

Alle vier tranken schweigend ihr Bier, und keiner traute sich so recht, den anderen in die Augen zu sehen, es war eine so absurde Situation.

Manuelle war enttäuscht, sie hatte eine etwas bombastischere Reaktion erwartet, ein kleines Feuerwerk oder eine Serenade im Mondschein zu ihrem Coming-out wären sicher nicht zu viel verlangt gewesen. Und jetzt das hier, betretenes Schweigen im Allgemeinen und Nichtbeachtung vonseiten Rollos im Besonderen, das schrie ja geradezu nach einem spektakulären Ausraster. Sie wurde außerdem langsam ein wenig wütend, die Fischstäbchen wurden kalt, der Film überschritt gerade seinen Zenit. Der Wein erreichte gerade jetzt das Organ, in dem der Alkohol fein säuberlich herausgefiltert und an das Blut weitergereicht wurde, damit er endlich für weiche Knie und eine sich steigernde Beschwipstheit sorgen konnte. All das, zusammen mit ihrer Unsicherheit, gab ihr plötzlich einen riesigen Energieschub.

»Entweder ihr sagt jetzt sofort, wozu ihr hier seid, oder ich schmeiß euch raus, ich will diesen Film sehen, und ich hab keinen Bock, mich hier blöd anglotzen zu lassen. Ich bin kein bunter Hund, ich tu das auch für euch, und jetzt raus.«

Ihre Stimme war immer leiser geworden, zum Schluss kam nur noch ein heiseres Flüstern heraus. In Wirklichkeit war ihr zum Heulen, sie fühlte sich zurückgewiesen und entehrt. Sie hatte sie nicht gebeten, herzukommen, sie hatte schon an der Tür gesagt, was los war, und wenn sie das nicht aushielten, brauchte sie sie auch nicht in ihrer Wohnung oder in ihrem Leben.

Micha bemerkte das Zittern in der Stimme, und er verstand Manuel auf einmal. Schließlich war das eine sehr harte Nummer, und Manuel hatte recht, sie unterstützten ihn kein bisschen.

»Es tut mir leid«, entschuldigte er sich umständlich zum zweiten Mal. »Du hast recht. Und wenn wir dich stören, gehen wir auch wieder. Wir sind gekommen, um dich zu fragen, wann du uns Pia zeigen willst, ob wir dir noch irgendwie Geld geben sollen oder ob wir dir sonst wie helfen können, weil wir dir auch noch mal zeigen wollten, wir toll wir das finden. Und jetzt kommen wir hierher und tun dir nur weh, entschuldige.« Er sprach zu ihr wie zu einer Frau, zu dem coolen Macker hätte er das nie gesagt.

Für Micha war Pia eine Offenbarung, er konnte all seine Scheu vor Manuel ablegen, er brauchte sich nicht mehr mit ihm zu vergleichen und dabei weit hinten im Feld abzufallen. Er blühte richtig auf in seiner emotionalen Fürsorge, die er jetzt ungehindert zeigen konnte. Es war ihm total egal, was die anderen von ihm dachten, er mochte Manuel wirklich sehr gern, und sie alle hatten ihn bisher schmählich im Stich gelassen.

»Ja, Micha hat es auf den Punkt gebracht, mir tut es auch leid.« Erik wirkte zerknirscht. »Wollen wir nicht zusammen den Film ansehen? Ich mag ihn nämlich auch gern. Geb ich offen zu.«

»Ich find den scheiße, ich wollte nur schauen, wie Weiber sich bewegen«, blaffte Manuelle ihm entgegen.

Sie beschloss, die Typen so richtig aufzumischen. Die sollten noch ihr blaues Wunder erleben.

Zuckersüß wandte sie sich an Erik. »War blöd, weiß auch nicht, warum. Ich mag diesen Film in Wirklichkeit sehr. Rollo, holst du noch ein paar Bier aus dem Kühlschrank?«

Bewusst bezog sie ihn ein, er war der Einzige, der sich noch gar nicht zu ihr geäußert hatte. Sie würde ihn noch knacken, da war sie sich sicher, er würde ihr noch vor Ablauf des spontanen Treffens zu Füßen liegen.

Sie machten es sich alle auf der riesigen Couch gemütlich, Rollo legte sogar seine Beine auf den Tisch. Er wollte Manuel herausfordern, er ahnte, dass hier irgendetwas absolute Show war, er wusste allerdings nicht, wieso. Gerade weil er so völlig überfordert war, hatte er etwas mehr Abstand, er wollte Manuel nicht versöhnen, er war misstrauisch. Eigentlich fühlte er sich persönlich angegriffen. Wenn sein Machofreund Manuel jetzt plötzlich auf Röckchen stand, verriet er ihn damit aufs Allerschändlichste. Mit keinem hatte er so toll über Weiber lästern können wie mit ihm, und niemand teilte seine Meinung, dass sie nämlich hauptsächlich zum Flachlegen existierten, klarer als sein Freund Manuel. Er vermisste ihn, mit dieser Tussi konnte er nichts anfangen. Carola war o. k. gewesen, sie konnte ihm nicht den Kumpel nehmen, aber diese Schlampe da mit ihrem Glitzerlook schon. Mit fast feindlicher Miene reichte Rollo jedem noch ein Bier.

Dann wandte Erik sich an Manuelle. »Sag mal, Pia, glaubst du, dass du es schaffst, in diesen Klamotten aufzutreten? Auch mit Schuhen und so?«

Die Frage war sehr geschäftig und neutral gestellt worden, und Manuelle antwortete genauso darauf.

»Ich muss noch etwas laufen üben, und es ist auch ziemlich schwer, mich nicht unsicher zu fühlen, aber ich ziehe das so durch, und ich schaffe es auch, ja. Sieht man eigentlich was, oder wirkt es echt?«

»Es wirkt zu echt«, mischte Rollo sich barsch ein, »wie oft hast du dich eigentlich schon so angezogen?«

Das war ein glatter Treffer, Manuelle verzog das Gesicht. Leberhaken! Verboten! Ein rasch aufgetauchter

Ringrichter wollte Rollo disqualifizieren, doch kein Gong ertönte, und die Runde ging einfach ungehindert weiter.

Manuelle aß zur Entspannung einige kalte Fischstäbchen. Dann entschloss sie sich zur klassischen Gegenfrage. »Was meinst du damit?«

»Ja, was meinst du damit?«, kam ihr unwissentlich Micha zu Hilfe.

Rollo sah sie schweigend an. Wenn er sich irrte, dann hatte er einen seiner besten Kumpels verloren. Außerdem wusste er nicht, worin er sich irren könnte, es war nur so – falsch. Er würde sich nicht so fühlen, wenn er Manuel hinter dieser Fassade erkennen könnte. Aber er war einfach nicht da. »Ach, ich weiß auch nicht«, wich er aus, »war nur so ein Gedanke.«

»Stimmt aber«, sagte sie lapidar. »Wie soll ich sonst üben? Ich habe ja schon mal gesagt, dass ich mich auch anders fühle, wenn Pia auf der Matte steht. Und …« – jetzt wurde ihre Stimme doch ein wenig scharf – »was willst du eigentlich? Ich habe mich nicht darum gerissen, diese Rolle zu spielen.«

Das klang in ihren Ohren merkwürdig, aber es stimmte. Wenn es nur um sie selbst ging, konnte sie frei entscheiden, wer sie sehen durfte und wer nicht. Sie hatten sich gefälligst mit ihr zu arrangieren, oder sie würde alles hinwerfen.

Noch war Manuel der Auftritt zu wichtig, als dass er aufgeben würde, doch seine Nerven waren fast am Ende. Er würde Manuelle nicht offenbaren, diese Entscheidung hatte er in den letzten drei Sekunden endgültig getroffen. Nicht diesem Rollo jedenfalls. Es tat weh, bei allem Verständnis für dessen Lage.

Jetzt würde er die Rolle Pia – und nur die Rolle – voll durchziehen. Manuel hatte wieder das Kommando, er musste Manuelle schützen. Und er würde sich keine Sekunde so schräg anmachen lassen.

»Weißt du«, wandte er sich wieder an Rollo, »ich finde, du verhältst dich wie ein Vollidiot. Du willst diesen Auftritt, die wollen eine Matratze – bieten wir ihnen eine. Das ist doch geil, wir schlagen sie mit ihren eigenen Waffen! Wenn die wüssten, wer da wirklich vor ihnen steht, die würden doch alle umfallen. Obwohl – wäre vielleicht auch nicht schlecht, dann würden wir Arbeit sparen.«

Rollo grinste beruhigt, da war er wieder, frauenfeindlich wie eh und je. »Tut mir leid, Mann, vielleicht war ich wirklich überfordert. Sieht geil aus, was du anhast, dich würde ich flachlegen, wenn ich nicht wüsste, dass du dir nie die Füße wäschst!« Er grinste ihm wieder verlegen zu. Zum Glück war Manuel so cool, er hätte ihn auch rausschmeißen können.

Auch Manuel lachte. »Ich würde dich nie nehmen, ich weiß aus sicherer Quelle, dass du es nicht bringst. Frauen reden, mein Lieber.«

Rollo boxte nach ihm, und Manuel knuffte hart zurück, sie waren noch nie Weicheier gewesen. Sie sahen alle zusammen den Film zu Ende, tranken Bier, und alle gewöhnten sich an Manuels verändertes Outfit. Manchmal ertappte Erik sich sogar dabei, dass er bewundernd auf Manuels Beine schaute, und auch Rollo riskierte einmal einen Blick. Die Atmosphäre war entspannt und locker, sie schalteten um zu einer amerikanischen Sitcom, zogen sich noch den Nachtkrimi rein, und als es schließlich drei

Uhr war, polterten sie mit der lärmenden Vorsicht von Betrunkenen die Treppen hinunter.

»Seid nicht so laut!«, schrie ihnen Manuel noch hinterher und zog sich erst erschrocken in seine Wohnung zurück, als sein Blick auf seine bestrumpften Beine fiel. Als die Haustür irgendwie lauter als sonst ins Schloss gefallen war, sank er erschöpft auf die Couch. Was für ein Abend! So hatte er sich sein Debüt nicht vorgestellt, aber in Wirklichkeit war es ja auch keins gewesen.

Gerade schaffte er es noch, sich flüchtig abzuschminken, bevor er ins Bett fiel. Er konnte allerdings nicht einschlafen, er war total durcheinander. Auf der einen Seite war er froh, dass dieser erste, schwerste Schritt getan war, aber er war auch unbefriedigt und enttäuscht. Doch was hatte er erwartet? Die Angst, die er gehabt hatte, stand in keinem Verhältnis zur tatsächlichen Wirkung, das machte ihm zu schaffen. Pauken und Trompeten, Manuelle wird schaumgeboren, die neue Venus ist erschienen? Nein, wiegelte er ab, so brauchte sie es auch nicht. Aber etwas Wichtiges hatte ihm gefehlt. Sie teilten seine Begeisterung nicht, das war es! Doch wie sollten sie, er selbst hatte es ja als Notwendigkeit und kleineres Übel hingestellt. Allerdings erst, nachdem Manuelle mit Peinlichkeit und Unsicherheit empfangen worden war.

Das waren einfach nicht die richtigen Menschen für sie. Er würde ihre Freunde schon noch finden. Er bemerkte, dass er bisher richtig gehandelt hatte, als er sie vor dieser Erfahrung geschützt hatte. Sie mochte es Angst und Feigheit nennen, er nannte es Selbstschutz. Manuelle hätte heute ohne sein Eingreifen ganz schön im Regen gestanden. Jetzt war es wieder gut, er fühlte sich sicher und von sich selbst beschützt. Er brauchte sich nicht zu überfordern oder um jeden Preis zu outen. Er durfte sich genau aussuchen, wem er was zeigte. Zu sich zu stehen bedeutete nicht, sich Situationen auszuliefern, die ihn kleinmachten und ihm keine Chance ließen. Er kuschelte sich wohlig zurecht und schlief schließlich ein.

Farbige Kreise tanzten vor seinen Augen, der Alkohol tat jetzt auch seine Wirkung, doch ihm wurde nicht schlecht, im Gegenteil, es war ein schöner Tanz. Er selbst war mittendrin, er bestand selbst aus bunten Kreisen und floss mit anderen zusammen, wieder auseinander, wieder zusammen … Er spürte seine eigenen Farben, doch er war nicht getrennt von den anderen. Ein Farbkreis zog ihn besonders an, es war seine Komplementärfarbe, wusste er instinktiv. Mit ihr zusammen würde er weißes Licht ergeben. Behutsam floss er auf sie zu. Sie kam ihm entgegen, und beide vereinigten sich in einem funkensprühenden, aber doch sanften Farbrausch, bis sie als helles, weißes Licht nach oben stiegen. Dann trennten sie sich wieder, um sich erneut zu vereinigen, aufzusteigen, mit anderen Farben zu spielen, ihre ursprüngliche Farbe zu spüren und immer wieder neue Vereinigungen zu bilden.

Es war ein wunderschöner Tanz, er hatte keinen Sinn und kein Ziel, der Tanz selbst war der Sinn. Es ging nur um Freude, Freude an der eigenen Schönheit, an der Schönheit und Besonderheit der anderen und an dem, was sie zusammen an neuen leuchtenden Kreisen bildeten, und doch waren sie alle zusammen weißes Licht, aufgeteilt in die Spektralfarben schufen sie neue Farbtöne durch Zusammenfließen, gleichwohl waren alle miteinander verschiedene Frequenzen des einen, einzigen weißen Lichtes.

Männlich und Weiblich, das war es, so vollkommen unterschiedliche Energien, die erst zusammen ein Ganzes ergaben. Und auf einmal war ihm, als verstünde er alles, sich selbst, das Universum und den ganzen Rest. Es ging immer nur um das Zusammenspiel von Männlich und Weiblich, und um das zu verstehen, hatte er sich beide Ausdrucksmöglichkeiten erschaffen. Es ging immer nur darum, Energien in Anwendung zu erfahren, immer nur darum, das Universum zu erfahren, jenseits aller Ideen darüber, wie es zu sein hatte, zu erleben, wie es tatsächlich war. Es ging schlichtweg um Gottes Schöpfung, und er wollte einen besonders großen Teil davon auf einmal erleben.

Lächelnd drehte Manuel sich im Schlaf auf die Seite, das war ein schöner Traum. Er fühlte sich ruhig und geborgen, heiter und voller Vertrauen in das Leben selbst.

Diese Stimmung hielt auch noch an, als er am nächsten Morgen erwachte, und sogar, als ihm wieder einfiel, wie der vorige Abend gelaufen war, blieb das Gefühl von Vertrauen bei ihm. Es gab die richtigen Menschen für ihn, die, mit denen er schöne Farbkreise bilden konnte. Und wenn es auch noch dauerte, bis er sie fand, er war jetzt sicher, dass er nicht allein durchs Leben zu gehen brauchte und sich auch nicht immer verstecken musste. Vielleicht gab es noch einige innere Hemmungen zu überwinden, aber die Zeit würde kommen, in der auch der zweite Sessel und viele andere dazu abgenutzt werden würden.

22

Am Sonntagabend zögerte Carola einen Moment, bevor sie die Wohnungstür aufschloss. Sie hatte ein wenig Angst, was würde sie dahinter erwarten? Würde sie sich gleich zu Hause fühlen oder musste sie sich erst langsam wieder eingewöhnen? Schließlich nickte sie erleichtert. Ja, sie würde einfach ihr Standard-Geborgenheits-Programm durchziehen. Vanilletee, der roch schon so tröstlich, Honig, Sahne, und außerdem würde sie den Ofen verschwenderisch auf die höchste Stufe stellen. Kekse hatte sie mitgebracht, und dann würde sie sich in die Küche setzen, vielleicht ein bisschen telefonieren, aber auf jeden Fall lesen und Unmengen von Tee trinken. Auf diese Weise konnte ihr eigentlich nichts passieren.

Sie schloss energisch auf und ging, ohne sich auch nur umzusehen, gleich in die Küche. Sie setzte Wasser auf, und ließ danach Öl in den Brenner laufen. Sie hatte jetzt einen vollen Tank im Keller stehen, aber der hatte sie finanziell fast ruiniert und musste deshalb den ganzen Winter halten – doch an diesem Abend war es ihr egal. Sie zündete einen gelben, wachsgetränkten Papierstreifen an und schaute zu, wie sich die Flammen rasch ausbreiteten, bis der Ofen gemütlich bullerte. Sofort wurde es wärmer, zwar erst einmal nur in ihrer Vorstellung, doch es würde keine halbe Stunde dauern, bis sie die Jacke ausziehen könnte. Dann ging sie noch einmal auf den Hausflur hinaus und schleppte die schwere Tasche hinein. Auf Auspacken hatte sie überhaupt keine Lust, also öffnete sie sie nur und wühlte darin herum, bis sie die Tüte mit den Lebensmitteln entdeckte. Sie räumte alles ein und öffnete dann zwei verschiedene Kekspackungen. Das Wasser kochte, und sie konnte ihr Teeritual zelebrieren. Als sie ihre Sterntasse, mit heißem, süßem Tee gefüllt, in den Händen hielt, fühlte sie sich sicher genug, das Wochenende noch einmal Revue passieren zu lassen.

Sie war am Freitagmittag das erste Mal nach Hause gefahren, und Hans hatte sie vom Bahnhof abgeholt. Der Empfang bei ihren Eltern war sehr herzlich und innig gewesen, und schon nach einigen Stunden war es, als wäre sie nie weggewesen. Sie hatte es genossen, bekocht zu werden, sie hatte ausgiebig und lange gebadet, am Samstagmorgen hatte es ein üppiges und ausgedehntes Familienfrühstück gegeben, dann hatte sie sich mit ihren alten Freunden getroffen, war abends in ihrer Stammdisco gewesen und hatte die Nacht bei Hans verbracht. Am Sonntag hatte sie mit Freunden gefrühstückt, ihre Mutter hatte zwischenzeitlich ihre Wäsche gewaschen und gebügelt, eine Tüte mit Lebensmitteln stand bereit, und schon war es drei Uhr nachmittags, und sie musste zum Bahnhof. Diesmal hatte niemand geweint, man gewöhnte sich anscheinend schneller an Abschiede, als man glaubte.

Wenn sie ehrlich war, war es eine Enttäuschung gewesen, das ganze Wochenende. Es war so normal gewesen – normal, ja, das traf es, gestand sie sich bei der dritten Tasse Tee ein. Sie wäre zum Beispiel gern mit Hans in die Stadt gefahren, um schon mal nach Ringen zu schauen, aus rein romantischen Gründen, doch der hatte keine

Lust gehabt. Das hätte doch noch so lange Zeit, hatte er gesagt. Ja, klar, das stimmte auch, aber darum ging es doch gar nicht. Sabine hatte sich zwar sehr gefreut, sie zu sehen, sie hatte ihr auch erzählt, dass Hans sie sehr vermisste und sie oft von ihr sprachen, sie versicherte ihr ungefragt und glaubhaft, dass zwischen ihr und Hans nie was laufen würde, außerdem vergoss sie Tränen der Rührung, als Carola mit ihr die Heiratspläne erörterte – doch sie alle lachten über Dinge, von denen Carola noch nie etwas gehört hatte, sie planten Unternehmungen, bei denen sie nicht dabei sein würde, und sie redeten von Leuten, die Carola nicht einmal dem Namen nach kannte. Dabei war sie doch erst ein paar Wochen weg. Als Hans sich lang und breit über eine Party ausgelassen hatte, die am kommenden Wochenende stattfinden sollte, war Carola implodiert, und sie war schweigsam und nachdenklich geworden.

Schon jetzt, noch keine zwei Monate nach ihrem Umzug, gehörte sie nicht mehr dazu. Schon jetzt war sie wie ein Wesen aus einer anderen Welt, auch von ihrer Seite aus. Die kleine Disco beispielsweise, die ihr immer wie der Hauch der großen weiten Welt vorgekommen war, erschien ihr nun, da sie andere Dimensionen gewohnt war, spießig und wie zweite, wenn nicht dritte Wahl. Jochen, einer aus der Clique, hatte sich wie zur Bestätigung sehr abfällig über eine mutig angezogene Frau geäußert, sie hatte eine schwarze Strumpfhose und einen pinkfarbenen Body angehabt und darüber nur einen sehr durchsichtigen Chiffonrock, auch in Pink. Dazu – und das hatte Jochen wohl den Rest gegeben – stöckelte sie in schwarzen Overkneestiefeln aus Lack umher und redete mal mit diesem, mal mit jenem Typen. Carola fand, dass sie die einzige wirklich interessante Frau in dem ganzen Laden gewesen war, und sie hätte sie gern kennengelernt. Sie hatte etwas Freies, Wildes ausgestrahlt, was Carola wirklich angezogen hatte. Jochens Bemerkung – irgendeinen Schwachsinn wie »Die braucht es wohl dringend« oder so – hatte sie erst recht zur Außenseiterin gemacht, denn sie hatte gerade eine anerkennende Bemerkung machen wollen. Doch sie selbst war ja auch nicht anders gewesen, erinnerte sie sich, sie musste sich voller Scham eingestehen, wie sehr sie unter anderem Chantal verurteilt hatte.

Sie hatte sich einfach verändert, musste sie feststellen, das war zwar gut und schön, aber es schnitt sie von ihren alten Freunden ab. Und voller Angst hatte sie versucht, zu beobachten, ob es sie auch schon von Hans abgeschnitten hatte. Sie hatte es nicht herausfinden können.

Auf der anderen Seite hatten ihre Eltern sie behandelt wie immer, als ob sie nicht in Deutschlands Hauptstadt zurechtkommen musste. Sprüche wie: »Musst du noch so spät weggehen?«, oder: »Bei Hans schlafen, na, ich weiß nicht« brauchte kein Mensch. Sie hatte schon weitaus größere Entscheidungen getroffen als die, wann sie nach Hause kommen wollte, also brauchte sie die sogenannte elterliche Fürsorge, die sich viel eher nach Kontrolle anfühlte, jetzt auch nicht mehr.

Alles in allem war es ein warmes, vertrautes, aber auch muffiges und enttäuschendes Wochenende gewesen, und sie fühlte sich hin- und hergerissen. Wo war sie zu Hause? In dieser Wohnung, auch wenn die jetzt einigermaßen warm und gemütlich war, war sie es irgendwie auch nicht.

Doch was sie am meisten enttäuscht hatte, und was ihr sogar ziemlich peinlich war, war, dass Hans nicht mit ihr geschlafen hatte. Er hatte ihr versichert, dass er gern würde, aber nicht könnte, weil sie im Haus ihrer Eltern waren, doch das hatte ihn früher auch nicht davon abgehalten, im Gegenteil. Sie war keine von den Frauen, die unbedingt Sex brauchten, aber wenn keiner mehr mit ihr schlafen wollte, fühlte sie sich unerotisch, plump und wie ein Neutrum. Außerdem war Sex für sie ein Zeichen, dass er sie liebte, er konnte natürlich auch mit Frauen schlafen, die er nicht liebte, aber er konnte doch nicht NICHT mit einer Frau schlafen, wenn er sie liebte, oder?

Also, was war bloß los mit ihr? Auch Manuel war ja nicht gerade über sie hergefallen, obwohl sie in einem Bett geschlafen hatten. Sie sollte doch mal wieder eine Diät machen, beschloss sie und trank noch schnell zwei weitere Tassen Tee mit ganz viel Honig und Sahne, bevor sie ihre Drohung wahr machen konnte.

Was sollte sie jetzt mit dem angebrochenen Abend tun? Sie schaute auf die Uhr, schon fast zwölf, da blieb ihr nicht mehr viel Auswahl. Jetzt spürte sie auch ihre Müdigkeit, sie zog sich so weit aus, wie es möglich war, löschte das Feuer und legte sich verkrampft in ihr eiskaltes Bett.

Der nächste Morgen begann mit einem Albtraum. Sie tappte wie immer verschlafen und noch nicht gerüstet für die Härten der materiellen Welt in die Küche, um Kaffee zu kochen, als sie es entdeckte – der restliche Tee in der Tasse vom vorigen Abend war über Nacht gefroren. In ihrer Wohnung. Ungläubig drehte sie die Tasse um. Das war der Inbegriff von Ungeborgenheit, ihre Rettung, ihr Trost, erstarrt durch die Kälte der Welt.

Sei nicht so theatralisch, machte sie sich über sich lustig, bevor sie sich wieder in ihr Bett legte und bitterlich zu weinen anfing. Das war einfach zu viel. Es ging nicht darum, den Ofen wieder anzuwerfen und die Tasse zu spülen, es war viel mehr als das. Sie hatte keine Lust mehr. Diese Welt war ihr zu anstrengend. Alles, was sie sich wünschte, waren etwas Geborgenheit und Liebe und alles, was ihr diese Scheißwelt lieferte, war gefrorener Tee. Natürlich war das ihr inneres Kind, sie hatte gerade darüber gelesen. Na und? Es war eine Zumutung, und dass sie als Erwachsene reagieren und ihr inneres Kind in Schutz nehmen sollte, half ihr nicht weiter, denn auch diese Erwachsene fror.

Irgendetwas war einfach zu viel. Ja, es gab andere, die bei Weitem schlimmer dran waren, und ja, sie jammerte grundlos herum, das wusste sie. Und doch. Hier stimmte etwas nicht, so hatte sie es sich nicht vorgestellt. Auf dieses Geschäft konnte sie verzichten. Sie wusste nicht genau, ob sie etwas falsch machte oder ob die Welt einfach so war, ob es überhaupt Liebe und Wärme gab, und wenn ja, warum dann nicht für sie. Wenn allerdings nicht, dann gab es keinen ersichtlichen Grund, überhaupt hier zu sein.

Sie war eine Seele, die Erfahrungen auf der Erde machte, das kam ihr irgendwie richtig vor, als sie es in einem ihrer zahlreichen Ratgeber gelesen hatte. Aber was waren das nur für Erfahrungen? Wozu sollte die Erfahrung von Kälte, Einsamkeit und Traurigkeit dienen? Irgendetwas fehlte ihr, was andere Menschen offensichtlich hatten, eine Art Widerstandskraft, die Fähigkeit, ihr Leben zu meistern. Sie war ein bisschen zu abhängig davon, dass jemand für sie da war, fand sie, doch ändern konnte sie es nicht.

Jeder andere hätte schon längst diese Decke von sich geworfen und sein Leben in die Hand genommen, schalt sie sich, hätte sich eine vernünftige Wohnung besorgt und sich gut um sich selbst gekümmert. Ja, sie war einsam, aber wer war es nicht? Immerhin hatte sie sich selbst, war sie tatsächlich dermaßen bedürftig? Offensichtlich war sie es, ja.

Die Teetasse wurde zum Symbol für ihr gesamtes Leben in dieser Riesenstadt. Wenn sie jetzt, auf der Stelle, in ihrer Wohnung erfror, würde sich kein Arsch darum kümmern, höchstens vielleicht dieser Perverse, der sie dann nicht mehr ans Telefon bekam. Sie war wirklich nur auf sich allein gestellt. Wenn sie sich nicht darum kümmerte, dass sie zu essen, zu trinken, eine warme Wohnung und Klopapier hatte, tat es keiner. Sie war nicht sicher, ob sie so viel Verantwortung für sich übernehmen wollte, im Augenblick eigentlich eher nicht. Diese Erkenntnis erschütterte sie zutiefst. Gab es eine Lösung? Ein Studentenwohnheim vielleicht, eine WG, einfach eine andere Wohnung?

Ein Geräusch aus der Küche holte sie aus ihren Gedanken. Das Wasser kochte, es gab doch noch ein wenig Wärme in dieser Wohnung. Dankbar brühte sie Kaffee auf und zitterte dabei vor Kälte. Sie würde jetzt heizen, und wenn sie bald kein Öl mehr hätte, würde sich schon eine Lösung finden. Trotzig drehte sie den Regler des Ofens bis zum Anschlag und verzog sich mit dem Kaffee ins

Bett. Dann stand sie noch einmal auf, holte sich Kekse, schaltete den Fernseher ein und verbrachte den Rest des Tages genau in dieser Position. Diesen einen Tag würde sie sich schenken, auf einmal mehr oder weniger Uni kam es ja wohl nicht an. Doch irgendetwas in ihr funktionierte nicht mehr, verweigerte einfach den Dienst.

Der nächste Tag war nicht leichter, und auch diesen schenkte sie sich. Und die nächsten Tage auch. Sie verließ ihr Bett nur, um sich Tee, Kaffee, Suppe oder Nudeln zu kochen, die sie in regelmäßigen Abständen zu sich nahm. Einmal zog sie alles an, was um ihr Bett herum lag, und schleppte sich zum Supermarkt, um einzukaufen. Als sie erneut ihre Wohnung erreicht hatte, ließ sie sich mitsamt der dicken Jacke ins Bett fallen und wünschte sich nur noch, ein Baby zu sein und rundum versorgt zu werden.

Sie telefonierte zweimal am Tag mit Hans, verschwieg ihm aber, dass sie schon wieder nicht in der Uni gewesen war, er hatte beim ersten Mal sehr ungehalten und sauer reagiert. »Jetzt stell dich doch nicht so an, Carola«, hatte er ihr vorgeworfen, »erstens ist es nicht soo kalt, und zweitens bist du eine erwachsene Frau, du bist doch kein trotziges kleines Baby mehr!«

Nein, schade eigentlich, das war sie nicht. Natürlich nicht. Sie war, wenn sie in sich hineinspürte, einfach gar nichts mehr.

Es war eine trübsinnige und sehr einsame Zeit. Dadurch, dass niemand, am wenigsten sie selbst, verstand, was mit ihr los war, fand sie keine Kraft mehr, aufzustehen, und mit jedem weiteren Tag wuchs ihre Angst vor der Welt da draußen. Sie wusch sich nur noch ab und zu, duschen konnte sie gar nicht mehr, denn es war zu kalt, um sich ganz auszuziehen, obwohl sie heizte wie noch nie. Die einfach verglasten Fenster zogen die ganze Wärme gleich wieder heraus, und der einzige, der davon profitierte, war der Kastanienbaum. Der hatte aber nicht darum gebeten, und so war das Opfer völlig verschwendet. Carola schaute alles an, was das Fernsehprogramm bot, und oft lag sie auch nur so da, dachte an nichts, fühlte nichts und wartete darauf, dass der Albtraum zu Ende ging.

In dieser Teilnahmslosigkeit befand sie sich auch, als Manuel sie anrief. Sie war nur ans Telefon gegangen, weil sie einen Anruf von Hans erwartete, und als sie Manuels Stimme hörte, hätte sie am liebsten wieder aufgelegt.

Manuel erschrak, als er ihre Stimme hörte. Da schwang ein Unterton von Hoffnungslosigkeit und Verzweiflung mit, der noch schlimmer war als vor einigen Tagen in der Disco. »Was ist los, Carola?«, fragte er direkt. Eigentlich hatte er nur hören wollen, ob sich dieser Typ noch einmal gemeldet hatte, und da er sie schon länger nicht mehr in der Uni gesehen hatte, hatte er sich überwunden und zum Telefon gegriffen.

»Ach, nichts Besonderes«, brauchte Carola noch nicht einmal zu lügen, genau das war es ja. Es war nichts mehr los mit ihr.

Doch Manuel ließ sich nicht so leicht abschütteln. »Würde es dir was ausmachen, wenn ich dich mal besuche? Christine hat mir gesagt, dass sie dich schon lange nicht mehr in der Uni gesehen hat, und mir ein paar Unterlagen für dich gegeben. Bist du krank?«

»So was in der Art, ja. Weiß auch nicht genau, was mit mir los ist, aber ich komme schon zurecht, du brauchst nicht zu kommen. Grüß Christine von mir, o. k.? Tschüs!«

Sie wollte nicht so unfreundlich sein, aber er bedrohte sie. Auch er würde sie nicht verstehen, wahrscheinlich wäre er nur schockiert über ihr Aussehen. Doch sie legte noch nicht auf. Kümmer dich um mich, beschwor sie ihn schweigend, und er hörte sie.

»Alles klar, ciao«, sagte er und legte auf.

Carola sank in sich zusammen. Jetzt hatte sie ihn vertrieben.

Da gibt es nichts zu vertreiben, der will doch sowieso nichts von dir, schau dich doch mal an! Wer soll dich so mögen? Reiß dich erst mal zusammen!

Ja, danke, ich habe es gehört, antwortete sie sich selbst.

Diese Stimme fühlte sich ganz anders an als die, die sie manchmal – früher – gehört hatte. Sie hatte auch schon lange nichts mehr geträumt, wahrscheinlich hatte sie sich diesen ganzen spirituellen Kram sowieso nur eingebildet. Hans hatte definitiv recht, das gab es nicht, und sie ließ sich einfach hängen.

Energisch verbannte sie ihr inneres Kind in die Ecke, in der es sich üblicherweise befand. Es hatte sich befreit, als sie in Manuels Armen vor Angst geweint hatte, da hatte sie für einen Moment die Kontrolle verloren und es hatte die Gelegenheit genutzt.

Doch jetzt war Schluss damit. Energisch stand sie unter Aufbietung all ihrer Kräfte auf, brachte den Ofen in Gang, zog sich aus und ging unter die Dusche. Haare waschen war zwar eine Tortur in der Kälte, aber sie sah aus wie ein Mopp.

Dann räumte sie die Wohnung auf und beschloss, ab morgen wieder in die Uni zu gehen. Ende der Depression. Sie konnte es sich nicht leisten, sich so gehen zu lassen. Und sie hatte sowieso keinen Grund dazu, also, was sollte das ganze Getue.

Als die Wohnung wieder aufgeräumt war und sie frische Kleidung angezogen, die Haare fast trocken geföhnt und sich sogar etwas geschminkt hatte, klingelte es. Carola drückte unwillig auf den Türöffner. Was für ein Glück, dass sie wenigstens aufgeräumt hatte und nicht mehr im Bett herumfaulenzte! Sonst hätte sie auf keinen Fall die Tür aufgemacht.

Sie riss die Augen auf und sah hektisch in den Spiegel, als sie Manuels Stimme im Hausflur hörte. Verdammt! Ihre Augenringe verrieten ihre Anspannung, hastig schmierte sie grauenvoll teure, aber funktionierende Abdeckcreme darüber. Mit wem redete er bloß? Sie erkannte Christines Lachen und setzte ein gezwungenes Lächeln auf. Noch nicht einmal hier hatte sie ihre Ruhe. Und doch, für eine kleine Weile wäre sie nicht mehr allein.

Die beiden hatten Carolas Wohnungstür erreicht. »Hallo Carola«, lächelte Christine sie an. «Wir wollten mal nach dir schauen, weil du so lange nicht an der Uni warst. Bist du krank?«

»Hi«, meinte auch Manuel, doch er lächelte nicht. Er kannte diesen Geruch von Verlorenheit und Einsamkeit sehr genau, die aufgeräumte und warme Wohnung täuschte ihn keine Sekunde.

Sie waren eingetreten, und Carola schickte noch ein Stoßgebet in den Himmel. Wie gut, dass sie wieder funktionierte. So konnte sie sie ungehindert in die Küche bitten und ihnen Tee oder Kaffee anbieten, wie eine perfekte Hausfrau.

Als alle versorgt waren, wiederholte Christine ihre Frage. »Warst du krank, oder was war mit dir los?«

»Na ja, so was in der Art«, gab ihr Carola die gleiche Antwort, die Manuel schon erhalten hatte, »ich habe mich nicht so wohlgefühlt und gedacht, ich gebe mir ein paar Tage frei. Habe ich viel versäumt?«

»Nicht so sehr viel, wann kommst du denn wieder?« Christine schaute sich erleichtert in der Wohnung um, alles war gut, sie war warm, trocken und roch gut. Sie hatte sich mit Manuel zusammen viele Gedanken um Carola gemacht, und sie waren gekommen, um ihr anzubieten, bei ihr oder ihm zu wohnen. Doch so war es natürlich viel einfacher, zumal Christine mit ihrer Freundin zusammenlebte und die gemeinsame Wohnung nur ungern mit noch jemandem teilen wollte.

Carola schüttelte unwillig den Kopf. Woher sollte sie das wissen? Doch dann riss sie sich zusammen. Ende der Depression hatte sie beschlossen, erinnerte sie sich. »Morgen, denke ich«, sagte sie rasch.

Manuel lachte. »Dann wirst du aber ganz schön allein dasitzen«, meinte er, »Samstag, schon vergessen?« Er sah sie prüfend an. »Ehrlich gesagt sind wir hier, weil wir uns Sorgen um dich gemacht haben. Und wir wollten dich fragen, ob du zu einem von uns ziehen willst, zumindest bis es nicht mehr so kalt ist.« Er bemerkte selbst, dass er stammelte, aber es war egal. Er hatte es gesagt.

Christine verzog ein wenig ihr Gesicht, nicht viel, aber Carola hatte es bemerkt.

»Nein, danke«, sagte sie süßsauer, »ihr merkt ja, es ist nicht kalt.«

Allerdings erst seit einer Stunde nicht mehr, aber das wusste ja keiner. Sie war ein bisschen erschrocken, wirkte sie so bedürftig? In Wirklichkeit wollte sie das sowieso nicht, sie hatte Angewohnheiten, die nicht unbedingt jeder mitbekommen sollte, schon allein ihre Keksesserei. Peinlich, peinlich, wenn sie morgens um drei in der Küche erwischt werden würde.

»Na ja, war ja auch nur ein Vorschlag«, winkte Manuel ab. »Jedenfalls ist es gut, dass es dir wieder besser geht. Hast du noch so einen göttlichen Tee?«

Carola schenkte ihm wieder ein, sie war unzufrieden. Wieso nur, sie hatte doch selbst laut und deutlich Nein gesagt. Aber eigentlich war die Vorstellung, bei so einem Wetter am Kamin zu sitzen, stärker als ihr Unbehagen beim Gedanken an heimliche Keksorgien. Vielleicht könnte sie sich die sogar sparen, wenn sie sich etwas geborgener fühlen würde? Doch jetzt hatte sie Nein gesagt, und er meinte es sicher auch gar nicht wirklich ernst.

»Kann ich mal dein Bad benutzen?«, fragte Christine und war auch schon in selbigem verschwunden.

Etwas befangen stand Carola allein mit Manuel in der Küche. Er sah sie prüfend an. »Ich will dich ja nicht nerven, aber ich habe den Eindruck, es geht dir nicht so gut, wie du uns weismachen willst«, sagte er entschlossen.

»Du nervst aber, was willst du eigentlich? Glaubst du, ich habe nicht gesehen, wie sie das Gesicht verzogen hat? Ich komme schon zurecht, danke. Und wie soll das eigentlich gehen, was glaubst du, würde Hans dazu sagen, wenn ich bei dir wohnen würde? Und wie sollte er mich besuchen? Und was sollte ich mit dieser Wohnung machen? Und wie sollte ich das wohl bezahlen? Ich kann mir keine zwei Wohnungen leisten, ich schaffe es finanziell ja gerade so mit dieser einen. Es geht einfach nicht. Und außerdem glaube ich, dass ich dir ziemlich schnell auf den Keks gehen würde.«

»Und was ist mit dir? Würde ich dir auch schnell auf den Keks gehen?«

»Darum geht es doch gar nicht«, winkte nun Carola ab. Doch, genau darum geht es mir, stellte Manuel fest. Genau darum.

Christine kam zitternd durch die Küchentür, sie griff schaudernd zu ihrer von Carola gerade noch einmal sorgsam gefüllten Teetasse. »Wie duschst du dich bloß? Es ist ja sogar zu kalt, um aufs Klo zu gehen! Also, wenn du mal eine warme Badewanne brauchst, komm ruhig zu mir, das hält ja kein Mensch aus!«

»Danke, nett von dir.« Das konnte Carola ohne Probleme annehmen.

»Überleg´s dir noch mal, mein Angebot gilt jedenfalls noch«, meinte Manuel abschließend. Er hatte genug, er musste doch mal über einiges nachdenken.

Auch Christine zog ihre Jacke an, um zu gehen, sie war mit ihrer Freundin verabredet. »Also, bis Montag dann, und wenn du doch was brauchst, melde dich, o. k.?«

»Klar, danke, aber ich denke, ich komme zurecht.«

Manuel zögerte an der Tür. »Wollen wir mal wieder tanzen gehen? Morgen zum Beispiel? Ich koche auch, wenn du willst!«

Carola lachte. »Willst du mich verführen? Wer kann zu diesem Angebot schon Nein sagen?«

»Ich«, lachte nun auch Christine, »ich habe überhaupt keine Probleme, mir etwas viel Schöneres vorzustellen, als den Abend mit diesem Typen zu verbringen!« Sie zerzauste ihm die Haare.

»Aber auch nur, weil du mich noch nicht wirklich kennst!«, gab Manuel zurück, und irgendwie stimmte es sogar.

»Männer glauben immer, wenn eine Lesbe erst mal einen richtigen Mann hätte, wäre sie für immer geheilt, stimmt´s? Ich sage dir, du irrst dich, mein Lieber.«

Manuel schubste sie nur, er wollte lieber nichts dazu sagen. Es gab wirklich Männer, die diese völlig idiotische Einstellung hatten, aber er gehörte nicht dazu.

»Also, willst du morgen kommen oder nicht? Lass dich bloß nicht von dieser Tante da anstecken, wir sind manchmal ganz nett«, versuchte er die Situation zu entspannen.

»Kann ich dich morgen anrufen? Ich weiß es ehrlich gesagt noch nicht genau, es hat nichts mit dir zu tun.«

Carola war noch nicht so weit, wieder am Leben teilzunehmen, sie wusste noch nicht einmal, ob sie es überhaupt wollte.

»Klar, wenn es geht, sag mir vormittags Bescheid, dass ich noch einkaufen kann. Aber wenn du es dann auch noch nicht weißt, ruf eben an, wann du willst, ja? Nur kein Stress.«

Als die beiden gegangen waren, sank Carola erschöpft auf den Küchenstuhl. Endlich wieder allein, jetzt brauchte sie nicht mehr so zu tun, als sei sie am Leben oder an irgendetwas interessiert. Eine graue Welle schlug über ihr zusammen, sie konnte sich nicht dagegen wehren, obwohl sie es mit all ihrer Kraft versuchte. Panisch schaute sie sich um, wo war das Telefon? Doch Hans war nicht da, jedenfalls ging er nicht ran. Sie wollte das nicht, sie hatte es doch fast schon geschafft gehabt! Was sollte sie denn noch tun, um wieder normal zu werden? Wohnheim? Wieder nach Hause ziehen? Doch zu Manuel? Oder noch mal Hans bitten, nach Berlin zu kommen? Mami anrufen? Deren Reaktion konnte sie sich lebhaft vorstellen, und das war ungefähr das Letzte, was sie brauchte. Aber was brauchte sie? Warum ging es ihr so schlecht? Sie setzte sich vor den Spiegel, sie hatte schon einmal eine Stimme gehört, vielleicht ging es heute auch. Damals war sie einfach so gekommen, ohne dass Carola sie gerufen hatte, aber vielleicht konnte sie ja auch bewusst um Hilfe bitten.

Sie erinnerte sich daran, dass sie schon einmal versucht hatte, die Energie oder wie immer man das nennen konnte, zu rufen, und es hatte nicht geklappt. Mutlos wollte sie aufstehen, so würde das nichts werden. Sie hatte keine Macht über das, was da passierte, es hatte wahrscheinlich auch nichts mit dem wirklichen Leben zu tun. Wie kam sie nur darauf, dass etwas so Unwirkliches wie eine Stimme, die sie manchmal hörte, bei einem so realen Problem helfen könnte? Langsam drehte sie ernsthaft durch, Hans hatte einfach recht. Doch irgendetwas hielt sie noch einen Augenblick auf ihrem Platz. Sie konnte nicht aufhören, tief in ihre Augen zu schauen, und plötzlich veränderte sich ihr Gesicht. Sie erkannte ihre Augen, aber da war noch etwas anderes in ihnen, etwas Glühendes und Strahlendes. So sah sie nicht aus, nicht einmal die aufwendigste Schminke würde ihr diesen Ausdruck geben. Als könnte sie tatsächlich in ihre Seele schauen, wie man immer sagte. Sie sah den grauen Schleier, der über ihr schwebte, aber sie sah auch die strahlende Schönheit ihrer Seele und die Leuchtkraft, die von ihr ausging. Jetzt begann es auch in ihr zu kribbeln, und ein weiches Licht schien sich um sie zu legen, es hüllte sie in Wärme und Liebe ein.

Carola schluchzte auf, es fühlte sich richtig und geborgen an, als ob sie nach Hause gekommen wäre. Und plötzlich wusste sie ganz genau, was ihr fehlte – sie hatte kein Zuhause, was immer das hieß. Es hatte nichts mit ihrer Wohnung zu tun, auch nicht mit Hans oder einem anderen Menschen. Es hatte nur mit ihr zu tun, erkannte sie, sie war bei sich nicht zu Hause, sie war eigentlich noch nicht mal richtig in ihrem Körper! Carola hatte, ehrlich gesagt, keinen blassen Schimmer, was sie damit meinte, aber es war so, das spürte sie ganz sicher. Sie gab ihrem Körper nur so viel Energie, dass sie ihn gerade so am Leben erhielt. Ihr Verstand flatterte aufgeregt in seinem Käfig herum: Was bedeutete das alles, sie war doch selbst ihr Körper, wie konnte sie nicht anwesend sein?

Doch Carola hörte nicht auf, in den Spiegel zu sehen, auch wenn eine innere Stimme sie ständig ablenken und auf den Boden der Realität zurückbekommen wollte. Sie konnte erkennen, dass die graue Energie, die ihr die gesamte Lebensfreude nahm, aus ihr heraus kam, aus ihrem eigenen Widerstand gegen das Leben, aus ihrer Angst heraus, nicht in Ordnung zu sein, aus ihrer eigenen Bewertung dessen, was sie tat und was sie tun sollte, was sie war und was sie sein sollte.

Es drückte auf ihr Herz, aber es gab eine ganz einfache Lösung, im wahrsten Sinne des Wortes, eine Erlösung! Sie brauchte nur ihr Herz zu öffnen und alles zuzulassen. Sich nicht mehr gegen das Leben zu wehren, und alles würde gut werden. Aber wie sollte sie das tun?

Carola schüttelte den Kopf. Sie erkannte zwar, dass es diese Energie gab, dass das Leben selbst diese Energie war, aber wie sollte sie das umsetzen?

Du brauchst es nicht zu wissen, es geschieht von allein, wenn du darum bittest, hörte sie endlich wieder die Stimme.

Als sie darauf reagierte, kam sie sich nicht blöd vor, im Gegenteil, sie fühlte sich kraftvoll und stark: »Ich bitte um Hilfe. Ich will dich zulassen mit allem, was du bist und was ich bin. Dein Wille geschehe, ich will mich von dir leiten und führen lassen, ich will dir vertrauen, auch wenn ich es manchmal nicht verstehen werde, ich will lernen, nicht zu kontrollieren und deine Freude und Liebe zuzulassen.«

Sie spürte, wie ihr Kopf sich öffnete, als wäre sie ein Baby, dessen Fontanelle noch nicht geschlossen war. Ihr Kopf wurde leicht und frei, die Enge und die Leere, die sie empfunden hatte, wichen von ihr, und sie konnte fast sehen, wie sich die graue Energie leicht wie ein Nebel auflöste. Sie verstand überhaupt nicht, was passierte, und sie wollte lieber auch nicht darüber nachdenken, irgendwie war das alles total abgefahren. Aber es war richtig, sie konnte nicht anders, sie wusste ganz genau, so verrückt das auch aussah, es war echter und richtiger als alles, was sie in der letzten Zeit auch nur ansatzweise gedacht oder getan hatte. Es fühlte sich kraftvoll und weit an, geborgen und warm.

Auch die Worte waren richtig, in der Kirche würde sie lieber ersticken, als sie auszusprechen, aber in diesem Zusammenhang waren sie die einzige Wahrheit. »Dein Wille geschehe« – ja, der Wille des Lebens, der Wille Gottes, wenn man die Lebensenergie so nennen wollte, nur dieser Wille sollte gelten, nicht der Wille der Angst oder der Unsicherheit. Nur der Wille des Lebens war Wirklichkeit, alles andere kam allein durch Lebensverweigerung.

Wenn man dem Schmerz entkommen will, entkommt man dem Leben, dachte sie plötzlich, ohne zu wissen, woher sie das hatte. Man kann nur hindurchgehen, nicht außen herum.

Sie schüttelte den Kopf, es wurde zu viel. War sie in einer Art Hypnose? Das hatte sie mal gelesen, dass man sich selbst hypnotisieren konnte, wenn man sich lange in die Augen schaute, so, wie es ein Hypnotherapeut auch tun würde. Aber woher sollte sie das alles wissen, wenn sie es noch nie gehört hatte? Jedenfalls ging es ihr besser, das war doch schon mal was.

Sie sah wieder in den Spiegel, doch jetzt sah ihr Gesicht aus wie immer – nein, ihre Augen waren strahlender, wie damals, als sie nachts etwas Ähnliches erfahren hatte.

Carola versuchte, über das, was sie eben erlebt hatte, nachzudenken, doch auch das war wie damals, sie spürte, dass ihr Verstand nicht der richtige Ansprechpartner für diese Dinge war.

Das alles nutzte ihr aber leider herzlich wenig, weil sie sich absolut nicht vorstellen konnte, was das mit ihrem Leben zu tun hatte und was das sollte, sie hatte komische Dinge gesagt und noch komischere Dinge gespürt – und was jetzt?

Sollte sie sich hinsetzen und darauf warten, dass ihr ein Engel mit der Noch-zu-erledigen-Liste erschien und ihr sagte, was Gott, das Leben, oder wer auch immer, von ihr wollte?

Höre auf dein Herz.

Was war das? Noch eine Botschaft? Bloß – was sagte ihr Herz? Es schrie nach Hans, doch der war nun mal nicht da, auch wenn sie es noch so sehr wollte. Was sollte also das ganze Gerede? Sie konnte das, was sie brauchte, ja doch nicht bekommen. Das tat ganz schön weh. Sie griff wieder zum Hörer, irgendjemand, mit dem sie reden könnte, würde doch da sein! Aber auch Sabine ging nicht ran, ihre Mutter murmelte etwas Merkwürdiges und wirkte überrascht, dass sie anrief. Frustriert legte Carola wieder auf, so kurz war sie ja wohl noch nicht weg, dass man sich wundern musste, wenn sie sich meldete. Sie seufzte erneut tief auf. Sie sollte sich ihre Freunde anscheinend hier suchen, die alte Clique schien sich in Luft aufzulösen, wenn sie sie mal brauchte.

Vielleicht konnte sie aber zumindest ein paar Schritte spazieren gehen, die Luft würde ihr bestimmt guttun. Wenige Straßen weiter begann ein großer Park, auch dort war es zwar kalt, aber die Bäume und der Teich hatten etwas Tröstliches und Unvergängliches für sie.

Carola zog sich einen dicken Pulli über – er gehörte eigentlich Hans, er hatte ihn ihr als Ersatz geschenkt, wenn sie was zum Kuscheln brauchte –, schlüpfte in dicke Stiefel und ihre Winterjacke und verließ zögernd das Haus. Sie schüttelte über sich selbst den Kopf, mein Gott, sie würde doch bloß ein paar Schritte spazieren gehen! Was sollte schon passieren, sie stellte sich wirklich kindisch an.

Entschlossen marschierte sie mit großen Schritten zum Park, doch dann besann sie sich plötzlich und ging in die andere Richtung, ohne zu wissen, wohin es sie trieb. Vielleicht sollte sie wirklich einmal neue Wege gehen, im direkten und im übertragenen Sinne. Jetzt wollte sie mal sehen, wohin ihre Füße sie führen würden, wenn sie ihnen kein Ziel vorgab.

Sie sah sich um, der Herbst hatte ganze Arbeit geleistet, es hingen nur noch vereinzelte Blätter an den Bäumen. Wie die sich wohl fühlten, so nackt und kahl? Zum Glück war sie kein Baum, sie konnte sich etwas überziehen, wenn ihr kalt war. Aber vielleicht machte die Kälte nur Menschen oder Tieren etwas aus, wer wusste das schon? Sie legte eine Hand an einen der nassen Stämme. »Wie fühlst du dich?«, fragte sie leise. Gleich sah sie sich ängstlich um. Hatte jemand sie gehört? Doch nur ein einziger Fußgänger war unterwegs, ganz Berlin hatte sich an die mehr oder weniger warmen Öfen verkrochen. Der Baum reagierte – wie erwartet – nicht. Doch als wolle er sie nicht ganz ohne Antwort lassen, schwebten drei leuchtend rote Blätter vor Carolas Füße. Erstaunt bückte sie sich nach ihnen. Jetzt achtete sie auch auf die vielen Kastanien, die noch immer über den ganzen Bürgersteig verteilt waren. So rund und glänzend hatte sie sie gar nicht mehr in Erinnerung gehabt. Sie hob die schönsten auf, sie lagen glatt und schmeichelnd in ihrer Hand, und ihr wurde plötzlich bewusst, dass in jeder von ihnen das Potenzial eines ganzen Baumes steckte, mit Blüten, Blättern und festen, starken Wurzeln.

Verrückt eigentlich, dachte sie, das sieht man euch gar nicht an. Man denkt noch nicht mal daran, wenn man euch aufhebt, um Männchen oder Tiere aus euch zu basteln.

Das waren zwar nicht unbedingt sehr originelle Gedanken, bemerkte sie, aber trotzdem hatte sie ein ganz seltsames Gefühl dabei, wie manchmal, wenn sie das erste Schneeglöckchen oder den ersten Schmetterling des Jahres entdeckte. Es war ein Ausdruck des Lebens, nicht mehr, aber auch nicht weniger, und weil auch sie ein Teil des Lebens war, erinnerten solche Dinge sie an ihre eigene Kraft. Auch sie trug alle Möglichkeiten in sich, ob sie es wusste oder nicht, so, wie diese Kastanie.

Sei nicht so kitschig, das ist ja wie in einem schlechten Film, die Heldin sieht eine Wolke und alles ist in Ordnung, so ist die Realität nicht! Wenn du Hans davon erzählen würdest, wäre er peinlich berührt und würde dich auffordern, Groschenromane zu schreiben. »Sie berührte eine Schneeflocke, und plötzlich erkannte sie ihre große Liebe zum Leben, dessen Bedeutung und drei Dutzend andere Dinge, an die sie schon gar nicht mehr gedacht hatte …«

Trotzig streichelte Carola eine besonders große Kastanie und flüsterte ihr zu: »Wir beide wissen, dass es kein Kitsch ist, nicht?«

Die Kastanie wurde warm in ihrer Hand. Carola steckte sie in ihre Jackentasche und ging glücklich weiter. Auch wenn sie sich das alles nur eingebildet hatte – was sonst? –, erfüllte es sie mit Hoffnung und Zuversicht. Wenn sie sich trauen würde, würde sie die Kastanie zusammen mit ihrem Wunsch nach Liebe und Geborgenheit an einem besonderen Ort vergraben, damit ihre Wünsche durch die Lebenskraft der Frucht erfüllt werden konnten. Aber das war schon sehr abgefahren, sie war ja keine Hexe, und außerdem glaubte sie nicht an so ein Zeug.

Als sie aber aufsah, um ein besonders schönes Haus zu bewundern, musste sie zugeben, dass es so etwas wie eine höhere Macht zu geben schien. Wie sonst könnte sie vor Manuels Haus stehen, wo sie doch noch nicht einmal den Weg kannte? Bedauernd sah sie zu den erleuchteten Fenstern hinauf und fühlte sich wie das Mädchen mit den Schwefelhölzern, ausgeschlossen von der Wärme und der Liebe, die andere Menschen zu teilen schienen. Ob sie klingeln sollte? Schließlich ließ sie sich selbst im Stich, wenn sie es nicht tat, vielleicht war sie willkommen? Doch Manuel schien sowieso nicht da zu sein, es brannte kein Licht bei ihm, außerdem wollte sie nicht einfach so hereinplatzen. Was sollte sie auch sagen? Es würde nach Aufdrängen und noch Schlimmerem aussehen, er würde niemals glauben, dass sie aus Zufall hier war.

Die vertraute Schamwelle stieg in ihr auf, und schnell wandte sie sich zum Gehen. Wirklich schade, dachte sie noch einmal, das Haus wirkte trotz der kahlen Äste der Trauerweide und der trockenen, dürren Rosenranken wie ein Schloss. Ein leichtes Glücksgefühl überkam sie, denn auch wenn sie hier nicht wohnen konnte, war es wunderbar, dass es so etwas Schönes in ihrer Nähe gab. Schon hier zu stehen und das Haus zu betrachten gab ihr etwas von seiner Ruhe und Harmonie ab. Sie streichelte den verschnörkelten Zaun und drehte sich endgültig um.

Rasch wollte sie nun den Weg nach Hause zurückgehen, doch sie hatte nicht auf die Kreuzungen geachtet, und Brot hatte sie auch nicht gestreut. Und als sie ihre Füße nach dem richtigen Weg fragte – sie hatten sie schließlich hierhergebracht –, gaben die ihr nur verschlafen zur Antwort, dass sie jetzt wieder selbst zuständig sei und allein nach Hause finden musste.

Mist. Carola fluchte vor sich hin. So blöd konnte auch nur sie sein. Es war jetzt wirklich saukalt, und sie musste außerdem aufs Klo. Noch nicht mal Geld hatte sie dabei, Taxi oder U-Bahn schieden also aus. Verlaufen, danke, das hatte sie von ihren neuen Wegen. So bescheuert konnte wirklich nur sie sein. Jetzt musste sie doch bei Manuel klingeln, der würde sich freuen. Sie war aber auch selten doof, was sollte er jetzt von ihr denken? Er würde ihr kein Wort glauben, sie glaubte es ja selbst nicht. Allerdings blieb die Frage unbeantwortet, wieso ihr Unterbewusstsein das hätte inszenieren sollen. Sie wollte weder was von Manuel, noch wollte er was von ihr. Sie würde jetzt klingeln und sich den Weg erklären lassen, fertig. Und wenn er nicht da war, würde sie irgendjemanden aus dem Haus fragen, die würden bestimmt nicht beißen. Unsicher öffnete sie das nur angelehnte schmiedeeiserne Hoftor und trat ein wenig ehrfurchtsvoll in den kleinen Vorgarten. Sie gehörte wirklich nicht hierher, das war viel zu schön.

Fröstelnd steckte sie ihre Hände in die Jackentaschen und spürte die Kastanie warm zwischen ihren Fingern.

Leg sie unter den Baum!

Wie bitte? Das kannte sie, das war diese Stimme, die ihr auch den Rosenstrauß verschafft hatte! Wieso bloß sollte sie die Kastanie unter den Baum legen? Und wenn jemand sie sah? Das hier war kein öffentliches Gebäude, sie konnte hier nicht einfach unter dem Baum herumkriechen. Allerdings war es schon ziemlich dunkel, und sie schien allein zu sein. Die Sache mit den Blumen hatte ihr ein bisschen Vertrauen in diese innere Stimme gegeben, woher auch immer sie kam. Ein wenig spürte sie endlich wieder dieses Kribbeln, ihr wurde wärmer dabei.

Na gut, vielleicht wollte dort ja ein Baum wachsen. Aber wenn sie das schon tun würde – eigentlich eine lächerliche Kleinigkeit –, dann wollte sie auch ihre Wünsche mit unter den Baum legen. Sie hauchte die Kastanie an und flüsterte ihr zu: »Ich wünsche mir, in so einem schönen Haus zu wohnen und mich wertvoll und geborgen zu fühlen, und ich bitte dich, mir dabei zu helfen, das zu verwirklichen, so, wie du einen Baum wachsen lässt.«

Schon wieder so ein Quatsch, aber es fühlte sich spannend und aufregend an. Geheimnisvoll, wie früher, als die Welt noch voller Geheimnisse und heimlicher Verbündeter war. Sie schlich mit klopfendem Herzen zu der Trauerweide, legte ihren Kopf an den Stamm und strich über die Rinde. Dann nahm sie die Kastanie in beide Hände und legte sie in einem feierlichen Akt in eine kleine Kuhle zwischen zwei Wurzeln.

Kaum hatte sie sie niedergelegt, hörte sie, wie das Hoftor sich öffnete. Rasch, wie auf frischer Tat ertappt, huschte sie zurück zum gepflasterten Weg und studierte angestrengt die Namen an der Haustür.

»Suchst du was Bestimmtes?« Manuel lächelte sie überrascht an.

»Äh, eigentlich nicht, ich weiß auch nicht, ich dachte, du bist nicht da, warst du ja auch nicht, und ich wollte nach dem Weg fragen …« Was redete sie da nur für einen Stuss?

»Komm doch einfach mit rein, dann sagst du mir, was du willst, ja?«

»Ich wollte gar nicht herkommen, ich bin nur spazieren gegangen, und dabei bin ich hier gelandet. Aber ich finde nicht mehr heim, blöd, oder? Wo muss ich lang?«

»Wenn du nur nach dem Weg fragen wolltest, bringe ich dich schnell nach Hause, ja? Du kannst aber auch erst mal einen Tee haben, du siehst ja ganz verfroren aus!«

Am liebsten hätte er sie in die Arme genommen, Carola wirkte wie ein kleines Vögelchen, das aus dem Nest gefallen war. Aber da war auch etwas anderes, in ihren Augen, etwas, was er von Manuelle kannte, wenn sie Karten legte oder diese Stimmen hörte.

Carola wollte ablehnen, sie wusste noch nicht mal, worüber sie mit Manuel reden könnte, aber ihr Körper forderte sein Recht. Zu viel Kaffee und Tee, das Maß, in diesem Fall ihre Blase, war voll. Außerdem schien er ihr zu glauben, er hatte nicht diesen spöttischen Blick, den er manchmal an den Tag legte, wenn ihm etwas zu unwahrscheinlich erschien.

»Na gut, einen Tee trinke ich gern mit dir, aber ich will dich nicht aufhalten.«

»Du hältst mich nicht auf, Carola, nicht diese Floskeln, o. k.? Ich würde es dir sagen, wenn ich keine Zeit hätte, ich habe ja dich eingeladen, hast du es bemerkt?«

Er war barscher als sonst, in letzter Zeit hegte er eine richtige Abneigung gegen diese sinnlosen Förmlichkeiten, sinnlos vor allem, weil die anderen unterdessen bemerkt haben sollten, dass er das, was er sagte, auch so meinte. Es war ein bisschen verletzend, wenn Carola so vorsichtig mit ihm war, als ob er nicht wirklich zu dem stehen würde, was er sagte. Auch wenn es nur eine Einladung zum Tee war.

»Tut mir leid, du hast recht. Ich rede manchmal so einen Quatsch.«

»Du willst dich eben nicht aufdrängen, aber glaube mir, manchmal ist zu wenig Selbstvertrauen auch nervig.«

Ha! Sie hatte es gewusst, sie nervte ihn. Klein und blöd, schon vergessen?

Du hörst auch nur, was du hören willst, nicht?

Nanu? Diesen Ton kannte sie gar nicht von ihren Gedanken. Aber es stimmte.

Unterdessen hatte Manuel die Haustür aufgeschlossen, und beide gingen die Treppen in den dritten Stock hinauf. Erschöpft blieb Carola schließlich neben ihm stehen, während er an seinem Schlüsselbund herumnestelte. Langsam wurde sie kribbelig, sie musste wirklich dringend. Als wäre sie hier zu Hause, zog sie ihren eigenen Schlüssel hervor und schob Manuel beiseite. »Lass mich das machen …« Natürlich passte keiner ihrer Schlüssel, und Manuel sah sie verwundert an.

Auch Carola blickte verwirrt, was war denn das? Seit wann glaubte sie denn, hier zu wohnen? »Tut mir leid, ich muss mal, schließ bitte schnell auf, ja?«

Endlich fand Manuel seinen Wohnungsschlüssel und schloss auf. Carola rannte sofort zur Toilette. Es war ihr noch nicht einmal mehr peinlich.

»Soll ich den Kamin anmachen?«, fragte Manuel, als sie zu ihm in die Küche kam.

Carola überlegte kurz – Kamin, das hörte sich sehr verlockend an –, dann nickte sie begeistert. »Das ist überhaupt das Beste, was einem bei dieser Kälte passieren kann«, lächelte sie, es war egal, ob sie ein gemeinsames Gesprächsthema fänden oder nicht, die Hauptsache war, ihr würde wieder mal richtig warm werden.

Kaum hielt sie die heiße Teetasse in ihren Händen, ging es los – sie spürte ein Kribbeln, diesmal in der Nase, ein Kribbeln, das sich nach einem heftigen, profanen Schnupfen anfühlte, nicht nach einer Vorstufe der Erleuchtung. Sie würde doch nicht krank werden, jetzt, nachdem sie das Ende ihrer Depression beschlossen und in die Tat umgesetzt hatte?

Doch wenig später glühte ihr Kopf so sehr, dass ihr alles egal war, sie wollte nur noch ins Bett.

»Fahr mich bitte heim, Manuel, ich glaube, ich werde krank, ich muss mich hinlegen.«

»Ich glaube, du bist schon krank, soll ich nicht lieber ein paar Sachen von dir holen, und du bleibst hier? Wie willst du denn für dich sorgen, wenn du kaum gehen kannst?«

In der Tat waren ihre Knie so wackelig wie ihr Lieblingspudding. Sie fühlte sich wirklich schlecht, es war nicht die Zeit für aufwendige Diskussionen über Erwünschtsein oder Nichterwünschtsein. Sie war einfach krank und brauchte Hilfe, und Manuel bot sie ihr an.

»Auch wenn ich es bereuen werde, ich glaube, ich bleibe wirklich hier. Ist ein bisschen blöd, weil ich ja vor nicht allzu langer Zeit gesagt habe, ich will hier nicht wohnen, aber ich gehe, sobald ich wieder kann, morgen oder übermorgen, versprochen.«

Manuel bat sie, ihm eine Liste der Dinge, die sie dringend brauchte, zu diktieren, dann schlug er ihr ein Bett in seinem Büro auf, nahm ihren Schlüsselbund und fuhr zu ihrer Wohnung.

Kaum war er gegangen, fühlte Carola sich so allein, dass sie am liebsten geweint hätte. Bei der Vorstellung, dass sie jetzt verlassen zu Hause liegen müsste, wurde ihr schlecht. Er kommt doch gleich wieder, versuchte sie sich zu beruhigen. Doch sie entspannte sich erst, als sie die Wohnungstür hörte.

Wohlig seufzend drehte sie sich dann auf die Seite, und als Manuel sie fragen wollte, ob sie noch Hunger oder Durst hätte, schlief sie schon fest.

23

Eine Stunde später allerdings glaubte Carola, ihre Lunge müsste zerspringen. Ihr Körper glühte, und gleichzeitig war ihr so kalt, dass sie sich mit den Händen an ihrem eigenen Körper zu wärmen versuchte. Schließlich hielt sie es nicht mehr aus, schleppte sich aus dem provisorischen Bett und ging zu Manuel hinüber.

»Ich glaube, ich bin richtig krank, tut mir leid, ich wollte dich nicht wecken, aber es geht mir echt schlecht.«

Manuel war innerhalb von Sekunden wach und zog sich, noch bevor sie den Satz zu Ende gesprochen hatte, Jeans und einen Pulli an. »Willst du zum Notarzt, oder sollen wir ihn rufen?«, fragte er knapp.

»Ich glaube nicht, dass ich rauskann«, Carola war es sehr unangenehm, so bedürftig zu sein, aber sie konnte sich kaum auf den Beinen halten.

»Leg dich wieder hin, ich kümmere mich darum.« Bestimmt führte er sie in ihr Zimmer zurück. Dann suchte er das Telefon – Mist, das blöde Teil war bestimmt wie immer unter Zeitungen und Lernunterlagen vergraben. Ungeduldig warf er alles auf den Boden und fluchte, als er sah, dass er sein Telefon, wie es sich gehörte, in die Ladestation gestellt hatte. Er sauste zurück in den Flur und wählte endlich die Nummer des Roten Kreuzes. Atemlos lauschte er der geruhsamen Stimme, die die Notdienste ansagte. Schließlich wählte er die angegebene Nummer so hastig, dass er sich dreimal vertippte und drei Familienväter unsanft aus dem Bett warf. Als er zu guter Letzt doch den Bereitschaftsdienst an der Strippe hatte, war er so aufgeregt, dass er erst mal über seine Adresse nachdenken musste.

»Sie machen sich zu viele Sorgen, mein Lieber«, beruhigte ihn der Arzt, »das sieht oft schlimmer aus, als es ist. Ich komme, so schnell ich kann. Machen Sie Ihrer Freundin so lange Wadenwickel, ich bringe gleich eine Spritze mit Antibiotikum mit. Es hört sich an wie eine Lungenentzündung.«

Lungenentzündung! Manuel erschrak zutiefst, sein anderer Großvater war daran gestorben, er war zwar schon sechsundachtzig Jahre alt gewesen, aber mit so was würde er bestimmt nicht spaßen. Vielleicht sollte sie lieber in ein Krankenhaus eingewiesen werden. Was hatte der Arzt gesagt? Wadenwickel? Er rannte in die Küche und holte ein Geschirrtuch, eine Schüssel mit kaltem Wasser und ein anderes Handtuch zum Unterlegen.

Dass er sonst nichts für sie tun konnte! Wenn sie nun starb! Er merkte selbst, dass er viel zu panisch war, der Arzt würde gleich kommen, und eine Lungenentzündung musste heute nicht mehr viel bedeuten, doch er konnte nicht anders. Dass er nur Carola nicht misstrauisch machte, er wollte ihr nicht sagen, wie schlimm es um sie stand.

Doch Carola war alles gleich, ihr war es körperlich noch nie so schlecht gegangen. Sie zitterte vor Kälte, während ihr Körper glühte, sie wollte nur noch, dass es aufhörte. Darauf war sie nicht vorbereitet gewesen, es war so schnell gegangen, eben noch hatte sie gemütlich am Feuer gesessen, und jetzt wälzte sie sich von einer Seite auf die andere.

Manuel versuchte, ihr kalte Umschläge zu machen, doch sie ließ ihn nicht an sich herankommen. Schließlich nahm er sie in seine Arme und erklärte ihr wie einem Kind, was er jetzt tun würde und dass es ihr helfen könnte. Während er nun immer wieder neue Wadenwickel machte – sie wurden so beunruhigend schnell warm –, erzählte er ihr alle Märchen, die er noch in Erinnerung hatte, teilweise vergaß er große Teile, aber es schien nicht wichtig zu sein.

Gerade hatte er sich in den Faden von Schneewittchen verstrickt – wieso noch mal hatte sie sich den blöden Gürtel umlegen lassen? –, als es klingelte. Beim Aufspringen warf er beinah die Schüssel um, ein Fuß landete im kalten Wasser, der andere verfing sich im zusammengeknüllten Handtuch.

Als der Arzt im Zimmer stand, atmete er auf. Endlich wurde etwas für Carola getan, er hatte seine Hilflosigkeit fast nicht mehr ausgehalten. Auch Carola wurde ruhiger, allein die Anwesenheit eines Menschen, der wusste, was zu tun war, war Medizin. Der Arzt untersuchte sie gründlich und gab ihr dann die erwähnte Spritze.

Manuel trat von einem Fuß auf den anderen. Was hatte sie denn nun? Ungeduldig beobachtete er den Arzt bei dessen Arbeit, doch irgendwann musste er einfach fragen. »Und, ist es was Schlimmes?«

»Eine leichte Lungenentzündung, nichts Gravierendes. Es sieht am Anfang so dramatisch aus, aber mit dieser Spritze wird es ihr schon morgen wieder viel besser gehen. Sie braucht allerdings zehn Tage Bettruhe, und ich verschreibe ein starkes Antibiotikum. Wohnt sie hier bei Ihnen? Es geht mich nichts an, aber es wäre wichtig, dass sie jemanden hätte, der sie in dieser Zeit versorgt. Das Penicillin wird sie ein wenig schwindelig und wackelig machen, sie sollte nicht allein hinausgehen.«

»Natürlich kümmere ich mich um sie, das ist doch klar.« Es war wirklich klar, er würde alle Hebel in Bewegung setzen, um etwas für sie zu tun.

Und wenn er nie wieder Manuelle sein konnte, war es ihm auch egal, die Hauptsache war, dass Carola bei ihm war. Er würde einen anderen Weg finden müssen, Manuelle zu erlösen.

Hoffentlich würde Carola es überhaupt zulassen, dass er sich um sie kümmerte. Im Moment hatte sie keine andere Wahl, aber was würde sein, wenn sie Hans anrief? An seiner Stelle wäre er sofort hier, er würde es keine Sekunde zulassen, dass seine Freundin bei einem fremden Mann wohnte, auch nicht, wenn sie krank war. Jedenfalls nicht, wenn er sich selbst um sie kümmern könnte. Er setzte sich auf den Boden neben das Bett und streichelte Carola über die Haare. Sie schlief jetzt wieder ruhig, er sah es mit Erleichterung.

Dann räumte er das Zimmer auf, sorgsam darauf bedacht, ganz leise zu sein. Hier sah es aber auch aus, zum Glück hatte Carola es nicht bemerkt. Aber sein Schlafzimmer hatte er ihr nicht anbieten wollen, und das Wohnzimmer lag zur Straße, dort war es nachts manchmal etwas laut.

Als er alles, was lediglich wegzuräumen war, verstaut hatte, konnte er erst einmal nichts mehr für sie tun. Er lehnte die Tür nur an, wenn sie aufwachte, würde sie den Schein der Wohnzimmerlampe sehen, das würde sicher beruhigend wirken.

Er holte sich ein Bier aus dem Kühlschrank und setzte sich noch eine Weile ans Feuer. Lange dachte er über die Situation nach, er zweifelte nun nicht mehr daran, dass Carola wieder gesund werden würde, das war nur eine kurze Panik gewesen. Was sollte er aber tun, wenn tatsächlich etwas zwischen ihnen passieren würde? Er würde ihr irgendwann von Manuelle erzählen müssen, er konnte und wollte sie nicht in den Hintergrund drängen. Vielleicht war die völlig bescheuerte Situation mit der Band eine Hilfe, aber er musste ihr sagen, dass es nicht nur eine PR-Maßnahme war, auch wenn die anderen das so sahen.

Wieder stieg die alte Hoffnungslosigkeit in ihm auf. Wenn er jetzt wenigstens flüchten könnte, das Black Panther war immer ein guter Ort dafür. Mehrere Bier, eine Frau, irgendeine, und alles war gut, wenigstens für den Moment.

Doch in Wirklichkeit wollte er das gar nicht mehr, musste er zugeben. Er wehrte sich zwar dagegen, seine Wahrheit zu leben, weil er natürlich riesige Angst davor hatte, aber die Heuchelei war ihm auch ein Gräuel.

Manuel erkannte sehr klar, in welcher Situation er sich befand, er wollte das Alte nicht mehr leben, aber das Neue war noch weit entfernt, er lebte also in einer Art Grauzone zwischen Selbstverleugnung und Zu-sich-Stehen. In bestimmten Dingen hatte er schon immer gesagt, was ihm passte und was nicht, aber jetzt waren die Teile in ihm an der Reihe, die bisher nur ein verborgenes Schattendasein geführt hatten. Es ging nicht mehr anders, er wollte eigentlich nicht unbedingt, dass alles ans Licht kam, aber der innere Druck wurde immer größer.

Noch war die Angst schlimmer als die Zerrissenheit, aber die Waagschale würde sich bald in die andere Richtung senken, ob es ihm gefiel oder nicht, das spürte er genau.

Wenn sich doch nur alle Menschen trauen würden, dachte Manuel, und jeder sein am tiefsten gehütetes Geheimnis in die Welt tragen würde, wir würden alle vor Lachen zusammenbrechen! Wir würden erkennen, dass es nichts gibt, dessen wir uns schämen müssten, weil jeder, wirklich jeder, etwas in sich trägt, von dem er, wenn er noch einigermaßen anerkannt werden will, glaubt, niemand dürfe es erfahren. Ich hoffe jedenfalls, dass es so ist. Ich wünsche mir einen Menschen, dem ich meine – ja, was eigentlich? Schattenseiten? Nein, das trifft es nicht. Meine Geheimnisse, ja, so vielleicht, anvertrauen kann. Damit ich erkennen kann, dass es keine zu sein brauchen. Wenn ich auch nur von einem Menschen verstanden werde, brauche ich mich nicht mehr zu schämen. Nur, wer kann dieser Mensch sein? Und wie soll ich Manuelle schützen? Ich habe es ihr versprochen, für sie da zu sein …

Eine sehr leichte Lösung schwebte sanft im Raum und umhüllte ihn liebevoll, doch Manuel konnte sie noch nicht erkennen. Die Lösung strich ihm sachte über den Kopf, schickte ihn schlafen und verschwand dann in höhere Gefilde.

24

»Sag mal, spinnst du? Was glaubst du eigentlich, was du mit mir machen kannst? Sei froh, dass ich überhaupt noch mit dir rede!«

Carola hielt sich das Telefon vom Ohr und verzog das Gesicht. Manuel, der ihr gerade Kaffee bringen wollte, schnitt ihr eine Grimasse. Das ging schon seit einer halben Stunde so. Sowie Carola wieder einigermaßen auf dem Damm war, hatte sie bei Hans angerufen, und der machte sie nun zur Schnecke. Doch auch Carola wurde laut.

»Ich habe dir schon fünfmal gesagt, dass ich viel zu krank war, um daran zu denken, was du denkst! Und ich habe auch schon oft genug gesagt, dass es mir leid tut, aber ich konnte nicht, kapier´s doch!«

Sie verstand, dass Hans sich Sorgen gemacht hatte, aber er brauchte sie ja wohl nicht so anzuschreien. Dabei wusste er das Schlimmste noch gar nicht, dass sie nämlich seit über einer Woche bei Manuel war. Sie musste sich eingestehen, dass sie tatsächlich fast nicht an Hans gedacht hatte. Manuel hatte sie so liebevoll mit allem versorgt, was sie brauchte, dass es ihr an nichts gefehlt hatte, und ansonsten war sie einfach viel zu krank gewesen, um Hans zu vermissen.

»Ja, aber wo warst du denn die ganze Zeit? Oder hast du das Telefon lautlos gestellt? Auf dem Handy warst du auch nicht zu erreichen. Ich wäre doch sofort gekommen, wenn ich gewusst hätte, dass es dir schlecht geht!«

»Ach ja, jetzt auf einmal? Das war nicht das erste Mal, dass es mir schlecht ging, das weißt du genau! Wie hätte ich mich darauf verlassen sollen, dass du gekommen wärst?«

Sie war ein bisschen unfair, sie wusste, dass Hans körperliche Krankheiten gemeint hatte, aber für sie gab es keinen entscheidenden Unterschied. Sie hatte in ihrer Depressionsphase auch nicht gewusst, wie sie sich versorgen sollte, und alles, was er dazu gesagt hatte, war, dass sie sich nicht so anstellen sollte. Eigentlich geschah es ihm recht, dass sie bei Manuel Unterstützung gesucht hatte, obwohl sie ja noch nicht einmal bewusst danach gefragt hatte. Es hatte sich eben so ergeben, fertig.

»Jetzt sei nicht so gemein, Carola, ich kann doch nicht jedes Mal kommen, wenn du dich einsam fühlst! Eine Lungenentzündung ist doch etwas ganz anderes!«

»Und woher weißt du, dass ich nicht aus Einsamkeit krank geworden bin? Damit sich jemand um mich kümmert?«

Sie hielt den Streit aufrecht, um ihm nicht sagen zu müssen, wo sie die letzte Woche verbracht hatte. Doch schließlich konnte sie nicht mehr ausweichen.

»Wo warst du?«

Hans traute seinen Ohren nicht.

»Du hast es genau verstanden, und ich frage mich, wieso das so ein Drama sein soll. Er hat für mich eingekauft und gekocht, ich habe hier geschlafen, er hat mich zum Arzt gefahren, und das war's! Noch Fragen?«

»Hast du keine Freundin, die sich um dich hätte kümmern können? Was würdest du empfinden, wenn ich bei Sabine schlafen würde, nur weil ich krank bin?«

»Du schnallst es wirklich nicht, oder? Ich war nicht ein bisschen krank, ich konnte mich nicht mehr rühren vor Fieber! Ich konnte es nicht entscheiden, und wenn du es genau wissen willst, war ich viel zu kaputt für Sex! Nein, ich habe nicht bei ihm im Bett geschlafen, er ist nämlich nicht bescheuert, ich habe die ganze Nacht geglüht. Und nein, er will mich nicht heiraten, ich glaube, er ist froh, wenn er seine Wohnung wieder für sich allein hat!« Sie sah unsicher zu Manuel, doch der machte eine abwinkende Handbewegung.

»Das scheinst du ja echt zu bedauern! Glaubst du, ich kenne deine Stimme nicht? Tja, schade, schade, und da dachtest du, du könntest dich mal wieder beim alten Hans melden, nicht?«

Hans wusste, dass er diesen Streit inszenierte, doch seit dieser Sache mit Sabine war er überempfindlich. Wenn Carola das herauskriegen sollte, wäre sie sofort weg, also griff er besser selbst an. Doch obwohl er es nicht einmal selbst bemerkte, hatte er getroffen.

Carola verschlug es erst mal die Sprache. »Ach, sei still«, murmelte sie nach einigen Augenblicken, »hör jetzt auf damit. Was ist, kommst du am Wochenende, wie wir es verabredet hatten, oder nicht?«

Diesmal zögerte Hans, Sabine machte langsam Druck. Er wollte Carola nicht verlassen, aber sie war eben nie da. Und gerade an diesem Wochenende gab Sabine eine Party, er hatte schon längst zugesagt, ihr dabei zu helfen.

Dann hatte er die rettende Idee. »Willst du nicht lieber kommen, ich gebe dir auch das Fahrgeld, Sabine gibt eine Party, da siehst du mal alle wieder!«

Und er hätte Sabine vom Hals, sie müsste erkennen, dass er nicht daran dachte, Carola zu verlassen. Trotz allem nicht.

Nun zögerte Carola, wenn Hans nicht käme, würde sie lieber mit Manuel weggehen, ein bisschen wenigstens, soviel sie eben schon wieder konnte.

»Du, ich glaube, das schaffe ich noch nicht, ich würde sowieso ein ruhiges Wochenende haben wollen. Eine Party ist zu anstrengend, und ich habe kein Interesse daran, die ganze Zeit in der Ecke herumzuhängen. Aber geh nur allein. Dann sehen wir uns eben in zwei oder drei Wochen.«

Nein, war sie großzügig. Hoffentlich merkte er nichts.

Nun war Hans verlegen. »Nein, ich muss da nicht hin, ich würde dich gern sehen. Wir müssen nicht weggehen, ein gemütliches Wochenende zu Hause ist auch toll. Die Hauptsache, wir sind zusammen.«

»Ja, stimmt. Noch einmal, es tut mir leid. Du brauchst dir keine Sorgen zu machen. Ich verlasse dich nicht.«

Jetzt liebte sie ihn wieder, er war so süß. Dabei ging er so gern auf Partys, er schien wirklich lieber mit ihr zusammen sein zu wollen.

Als sie sich verabschiedet hatten, tauchte Manuel in der Tür auf, er hatte sie taktvoll – vor allem sich selbst gegenüber – allein gelassen. »Und, wieder beruhigt?«, fragte er knapp.

Carola zog eine Grimasse. »Das war vielleicht bescheuert! Zwischendrin hätte ich am liebsten wieder aufgelegt. Mein Gott, es ist doch nichts zwischen uns, und selbst wenn da was wäre, käme es sicher nicht darauf an, ob ich krank bei dir liege oder nicht!«

Sie war betont kameradschaftlich, sie wusste, dass er nichts von ihr wollte, hoffentlich dachte er nichts Falsches, nur weil Hans den eifersüchtigen Lover spielte.

»Kommt er nun am nächsten Samstag oder nicht?«

»Ja, leider.«

Carola bemerkte gar nicht, was sie gesagt hatte, und Manuel hielt schön den Mund. Aber schlagartig schien wieder die Sonne. »Macht nichts. Ich habe schon mal angefangen, uns was zu kochen. Fühlst du dich heute fit genug, um in der Küche zu essen?«

Sie lag immer noch den ganzen Tag im Bett oder auf der Couch.

»Ja, aber ich will nicht. Komm doch hierher, und wir essen am Kamin, ja?«

»Kleinen Moment, ich will nur den Tisch ranziehen – so. Jetzt kannst du es dir bequem machen, das Essen ist gleich fertig.«

Carola seufzte wohlig, es war so einfach mit Manuel. Er sorgte für sie, er ließ sie im Fernsehen anschauen, was sie wollte, und sogar dass es ihr anfangs peinlich war, dass er sie zum Beispiel beim Gang ins Bad stützen musste, war vergessen. Jetzt war sie fast wieder gesund, sie war zwar noch müde, aber sie fühlte sich nicht mehr krank. Noch einige Tage würde sie sich gern bei ihm einnisten, doch dann musste sie dringend mal wieder zu sich nach Hause. Es wurde es höchste Zeit, Wäsche zu waschen, nach dem Rechten zu sehen und zu tun, was eben sonst noch so anfiel. Lust hatte sie keine, in ihrer Wohnung würde es wie immer kalt und ungemütlich sein, und außerdem wäre sie wieder allein. Aber sie konnte schließlich nicht für den Rest des Winters oder sogar noch länger zu ihm flüchten. Bedauernd sah sie sich um, es würde ihr schwerfallen, auf die Behaglichkeit und das Umsorgtwerden zu verzichten. Aber wenn Hans kam, war sie ja auch versorgt.

»So, Essen ist fertig, räumst du das mal beiseite?«

Sie schaffte Platz auf dem kleinen Couchtisch, er war übersät mit Zeitschriften, Medikamentenschachteln und Teetassen.

Carola schnupperte. »Mmh, Kartoffeln mit Butter, das liebe ich. Gibst du mir eine?«

Wie selbstverständlich schälte Manuel ihr eine Pellkartoffel, bevor er sie auf ihren Teller legte. Dann versorgte er sie mit Butter und Quark, bevor er sich selbst bediente.

Carola blickte ihn wortlos an. Endlich bemerkte er es und schaute von seinem Kampf mit einer heißen Kartoffel auf.

»Du bist manchmal so richtig mütterlich, gar nicht so cool, wie du tust. Richtig lieb.«

Manuel lächelte sie an. »Und du bist manchmal so richtig knuddelig, gar nicht so männermordend wie du tust, richtig süß.«

Sie lachte. »Ich bin ja wohl alles andere als männermordend! Darunter stelle ich mir toll aussehende Frauen vor, die nur in der Gegend herumflirten und total selbstsicher sind. So ein bisschen wie Sissy.«

»Sissy ist das allerschlechteste Beispiel für eine selbstbewusste Frau. Sie sieht nur so aus, wie viele andere, die da rumhängen. Cool zu sein hat nicht das Geringste damit zu tun, wie man wirklich drauf ist.«

»Kriege ich jetzt Gratispsychologie für Anfänger? Das weiß ich auch. Manchmal hat es eher was mit Unsicherheit zu tun, mit Sich-blöd-Fühlen und Sich-nicht-Trauen, jemanden anzulächeln. Ich mag das ganze Getue eigentlich gar nicht so sehr, aber ich glaube, ich muss so sein. Und manchmal macht es auch Spaß. Gibst du mir mal den Quark?«

»Weißt du, ich denke öfter mal, wir machen es uns selbst schwer. Wenn ich mal eine Frau anquatschen will, weil ich sie nett finde und nicht gleich mit ihr ins Bett springen will, komme ich mir spießig vor. Auf der anderen Seite finde ich es total affig, wenn eine was von Warten und vielleicht sogar noch von Liebe labert. Gerade in dem Laden bist du sofort unten durch, wenn du deine Erfolgsquote schleifen lässt.«

»Aber das ist doch krank! Also, ich meine, willst du das? Wirklich cool wäre es doch, wenn man gerade das macht, was man will, nicht diesem Leistungsdruck folgt! Du kannst doch keine Frau abschleppen, nur damit dir niemand nachsagt, du wärst – was eigentlich?« Kauend sah sie ihn an.

»Ach, alles Mögliche, von schwul bis impotent. Dabei tun alle nur so, frag mal Rollo, wann der seine letzte Nacht mit einer Frau hatte. Saublöd eigentlich. Aber ich mache auch mit.« Manuel schälte ihr die nächste Kartoffel.

»Und warum? Ich meine, du erkennst doch, was da passiert, da kannst du es doch lassen, oder?«

»Das verstehst du nicht«, wehrte Manuel ab.

»Vielleicht verstehe ich es doch. Ich denke ja auch manchmal, ich müsste cool sein oder besonders sexy oder so. Anstatt einfach so zu sein, wie ich gerade bin. Ich kann mir oft absolut nicht vorstellen, dass mich einer so mag, wie ich bin, also spiele ich eine Rolle. Ich glaube nur unterdessen selbst dran, das ist der Mist, ich weiß gar nicht mehr, was ich wirklich will und was ich glaube, was ich wollen sollte.« Sie zerschnitt ihre Kartoffel, als wollte sie die Antwort in ihr finden.

»Ich erzähle dir jetzt mal was. Vielleicht verstehst du es ja wirklich.« Umständlich schälte Manuel sich die nächste Kartoffel. Er wusste nicht, was ihn dazu trieb, sich ihr anzuvertrauen, aber irgendwann musste es geschehen. Wenn sie es nicht verstand, würde er sofort einen Rückzieher machen, versprach er sich.

Carola wartete geduldig, er wollte sich ihr öffnen, das liebte sie. Dann war sie in seinen Augen vertrauenswürdig, das machte sie gleich viel wertvoller.

»Also, ich bin nicht immer das, was ich zu sein scheine.«

»Aber das sind wir doch alle nicht«, unterbrach ihn Carola eifrig, sie wollte ihm zeigen, dass sie ihn verstand.

»Nein, so meine ich das nicht«, wehrte Manuel ab, »ich meine nicht nur diese Masken, die jeder von uns trägt. Es ist eher so – also du kennst doch diese Frau, die, mit der du mal in der Disco warst?«

»Welche meinst du?«

So lief das nicht, er musste schon viel zu viel erklären. Sie würde es nicht verstehen, das merkte er sofort. Er atmete auf, heute brauchte er es nicht zu sagen.

Manuelle rebellierte. Jetzt gib ihr doch eine Chance, was erwartest du? Wie soll sie denn darauf kommen? Du hast es doch sehr gekonnt verhindert!

Also weiter. Er würde auf Zeichen achten, vielleicht gab es irgendwelche magischen Signale, Kleinigkeiten wie Lichtblitze oder Engelsgesang, wenn es richtig war, ihr davon zu erzählen.

Vielleicht hörst du einfach auf dein Gefühl, schlug Manuelle vor. Natürlich würde es Lichtblitze und auch Engel geben, aber dieser Holzkopf würde es wie immer nicht bemerken und seine Dumpfheit als Ausrede nehmen.

Carola hatte scharf nachgedacht. »Meinst du etwa Chantal?«, fragte sie plötzlich etwas erstaunt.

Manuel sagte nichts, atmete ein und hielt die Luft an.

»Du stehst auf Männer.« Carola verstand endlich alles, und sie sackte in sich zusammen. Die Nummer mit Sissy? Bestimmt nur ein Alibi.

»Knapp daneben.« Manuel atmete aus. Heute nicht. Er würde ihr etwas geben, aber nicht die ganze Wahrheit. Nicht heute. »Es ist eigentlich total bescheuert. Wir – also unsere Band – haben ein tolles Angebot gekriegt, eine richtige Tournee, zwar nur hier im Umkreis, aber mit einer ziemlich bekannten Gruppe, den Wild Rats. Jetzt muss nur einer von uns als Frau auftreten, weil die keine reine Männercombo wollen. Lesben halt. Rate mal, wer das sein wird.«

Carola stutzte. Etwas stimmte hier ganz und gar nicht. Das hörte sich nach einer komischen Nummer an, vielleicht ein bisschen peinlich, aber sicher nichts, wegen dem man sich verstellen oder – noch schlimmer – schämen musste. Oder? Allerdings war Manuel wirklich ein Typ, der schnell Angst um sein Image hatte.

Vorsichtig fragte sie: »Und das musst du sein? Wieso machst du es, wenn es dir so schwerfällt? Ich meine, die können dich doch nicht zwingen! Kann das nicht ein anderer …«

»Nein«, fiel ihr Manuel ins Wort, »ich oder keiner, ich bin der Sänger. Die bestehen darauf, dass es eine Sängerin sein muss, wegen der Message oder so was, was weiß ich, aber es ist eine Riesenchance, wir dürfen sie nicht vertun!«

»Auch wenn es dir so schlecht geht dabei?« Sie wollte ihn verstehen, wollte ihm zeigen, dass er nichts zu tun brauchte, was ihm total gegen den Strich ging, aber sie hatte natürlich keine Ahnung.

Manuel seufzte hoffnungslos auf. Wie sollte er es ihr bloß sagen? »Weißt du, vielleicht ist es sogar ganz witzig. Ich habe nur echt Sorge, dass es jemand rauskriegt. Stell dir mal vor, du kennst jemanden, zum Beispiel aus einer Disco, und dann plötzlich findest du heraus, dass er in Frauenklamotten auf der Bühne steht!«

»Ich fänd´s mutig«, sagte Carola, doch Manuel glaubte ihr kein Wort.

»Mutig, ach ja?«, fragte er aggressiv. »Was würdest du tun, wenn dein Hans plötzlich erklären würde, er bräuchte jetzt Strumpfhosen und Lippenstift, und dich beiläufig fragte, ob er mal deinen Minirock haben könnte? Mutig, ja? Du würdest schreiend wegrennen, was denn sonst!«

»Wenn ich jemanden liebe, renne ich bei nichts schreiend davon«, erwiderte Carola verletzt. »Außerdem ist es doch gar nicht so, ich meine, es ist doch nur Show!«

Plötzlich war alles ganz schwierig, sie wollte doch verständnisvoll sein, was war denn nur los? Sie verteidigte sich ja auf einmal, dabei hatte er sie gar nicht angegriffen, oder? Sie schüttelte den Kopf. »Lass uns in Ruhe darüber reden, wenn du willst, es tut mir leid.«

Manuels Maske setzte sich wieder fest auf sein Gesicht. Am Ende würde sie ihn auch nicht akzeptieren, er brauchte sich gar nichts einreden zu lassen. Er war durch seine komische Angewohnheit der Verlierer, und er konnte es auch verstehen. Denn letztlich konnte sie ja nichts dafür, es war einfach unmöglich, ihn anzunehmen. Niemand könnte es verstehen. Außer vielleicht dieser Chantal!

»Soll ich dir mal die Nummer von Chantal geben, vielleicht kann sie dir Tipps geben oder dir sonst irgendwie helfen.«

Erstaunt sah Manuel auf. »Weißt du, ich habe einfach Angst. Ich würde es schon machen, aber was ist, wenn sie mich auslachen? Wenn es jemand merkt? Wenn eine von den Wild Rats dahinterkommt, gibt es Riesenärger!«

»Ist das wirklich eure einzige Chance? Es ist doch vielleicht gar nicht nötig, dass du dich diesem Stress aussetzt.«

»Vielleicht nicht, aber irgendwie wollen wir es auch, ich glaube, es könnte ganz lustig werden.«

»Ich verstehe, dass du Angst hast.« Sie sah ihn prüfend an. »Hast du schon mal geübt?«

»Ja, ein paar Mal, so für mich. Und einmal waren die Jungs von der Band da.«

Er fühlte sich schrecklich unwohl in seiner Haut, könnten sie bitte das Thema wechseln, bevor er immer mehr in die Enge getrieben wurde?

Doch Carola war nun entschlossen, ihm seine Angst zu nehmen. »Willst du es mal für mich tun? Ich würde dich gern mal in deiner Rolle als Frau sehen. Wie heißt sie eigentlich?«

»Pia«, sagte er schnell, bevor Manuelle dazwischenreden konnte. Doch auch sie war nicht blöd, im Moment ging es um Pia, ganz klar.

Carola atmete hörbar ein. »Pia! Wie bist du denn darauf gekommen?«

»Das war eher ein Zufall, wir haben so rumgealbert, und plötzlich kam der Name bei raus. Gefällt er dir?«

»Ich finde ihn ganz schön, ja. Weißt du, wie ich mit vollem Namen heiße? Carola Silvana Pia, Silvana für eine Großmutter, Pia für die andere, und meine Eltern wollten Carola.«

»Wow. Silvana finde ich toll. Wieso lässt du dich Carola rufen? Der Name ist schön, versteh mich nicht falsch, aber Silvana ist doch viel strahlender!«

»Meine Eltern haben mich immer Carola genannt, und gerade weil Silvana so ungewöhnlich ist, will ich nicht so heißen. Da fällt man ja sofort auf. Und Pia ging auch nicht, sonst wäre meine Silvana-Großmutter beleidigt gewesen. Albern, aber es ist so.«

»Verrückt. Da heißt du Pia. Mein voller Name ist Manuel Damian, meine Eltern waren auf dem Klangvolle-Namen-Trip, das war mal eine Zeit lang so.«

»Manuel Damian, das hört sich echt gut an. Wie würdest du eigentlich deine Kinder nennen?«

Manuel schloss die Augen, das war auch ein Thema, das er irgendwann anschneiden müsste. Er würde ganz sicher keine Kinder in die Welt setzen, die Armen, wie sollten sie ihn bezeichnen? Doch auch dieses Spiel musste er mitspielen.

»Wenn ich nicht wüsste, dass sie in der Schule ausgelacht werden würde, würde ich meine Tochter Rainbow nennen, klar, funkelnd und alles umfassend. Findest du das blöd?«

»Nein, gar nicht, ich wusste nur nicht, dass du so romantisch sein kannst! Ich würde meine Tochter Moonlight nennen. Wahrscheinlich wird es, falls ich überhaupt jemals Kinder kriege, aber eher eine Bianca oder eine Sabrina.«

»Ja, schade eigentlich, nicht? In Amerika geben sie ihren Kindern viel schönere Namen als wir hier, River Phoenix zum Beispiel, das ist doch total abgefahren!«

»Ja, aber die haben ja auch jede Menge Sallys und Sandys. Am besten wäre es, ein Kind könnte sich selbst aussuchen, wie es heißen will, finde ich.«

Beide sahen schweigend ins Feuer. Schließlich stand Manuel auf und brachte die übrig gebliebenen Kartoffeln und das Geschirr in die Küche.

Als er wiederkam, hielt er zwei Gläser mit Wein in der Hand. Carola hatte ein wenig Bedenken wegen der Tabletten, die sie immer noch nahm. Doch das hier war wichtiger. Sie lächelten sich zu, während sie ihre Gläser hoben, und sahen sich in die Augen.

Manuel spürte eine Zärtlichkeit für Carola tief in sich aufwallen. Heute wollte er sie nicht unterdrücken, Hans hin oder her.

Carolas Herz setzte einen Schlag aus, als er ihre Hand berührte. Krampfhaft stellte sie sich Hans´ Gesicht vor, um nicht dem Zauber, der von Manuel ausging, zu erliegen. Das hier durfte nicht passieren, sie liebte Hans doch! Es gelang ihr nicht, und erschüttert stellte sie fest, dass es ihr ziemlich egal war, ob sie Hans verletzte oder nicht. Das hier war wichtiger.

Manuels Stimme war rau, als er zu sprechen begann. »Ich weiß nicht, wie ich es sagen soll, ich glaube, ich verliebe mich gerade in dich.«

»Oh Gott«, war alles, was sie erwidern konnte. Schnell trank sie ihr Glas aus, sie wollte nicht mehr kontrollieren, in Filmen war es immer so einfach, aber das hier war die Wirklichkeit, und sie hatte riesige Angst. Mutig sah sie ihn an. »Geht mir auch so, auch wenn ich nicht weiß, was daraus wird«, brachte sie gerade noch rechtzeitig heraus, bevor Manuel sich wieder verschlossen hätte.

Ungläubig sah er sie an, und seine Augen begannen zu funkeln, als er sie an der Hand hochzog. Ihre Herzen schlugen rasend schnell, während sie sich erst zögernd, dann immer fester umarmten. Ihre Wangen streiften sich, und schließlich suchten sich ihre Lippen. Aufstöhnend presste Manuel Carola an sich. So war es richtig. All die Verwirrungen, die sie unbedacht zwischen sich aufgebaut hatten, waren auf einmal vergessen.

Hans' Bild zerbrach in viele Stücke, und Carola schmiegte sich immer inniger in Manuels Arme. Sie küssten sich wieder und wieder, wollten sich nie mehr loslassen, endlich hatten sie verstanden, wohin sie gehörten, alles andere, Hans eingeschlossen, war wie ein körperloser Traum, der nichts mit ihren wahren, tiefen Gefühlen zu tun hatte.

Carola war noch sehr erschöpft, und durch das Penicillin spürte sie ihren Körper wie durch Watte, doch das hier war lebendiger und intensiver als fast alles, was sie je mit Hans geteilt hatte. In Wahrheit ging es aber gar nicht um Vergleiche.

Endlich durfte Carola ihre Hände durch Manuels Haare gleiten lassen, endlich durfte sie ihren Kopf an seine Schulter legen, und endlich durfte sie so lange in seine Augen sehen, wie sie wollte. Sie konnte es kaum fassen, er begehrte sie wirklich, und da war sogar Gefühl für sie!

Auch Manuel konnte es fast nicht glauben, er hatte es tatsächlich gesagt, und jetzt hatte er sie im Arm! Er durfte ihre weiche Haut, ihre vollen Lippen küssen, ihren Körper spüren, und diese Hingabe und Zärtlichkeit in ihren Augen galten ihm. Das war kein Spiel, das war echt, das war völlig anders, als es jemals mit einer Frau gewesen war, das hier hatte nichts mit dem Kick zu tun, den er sich bei Sissy holte. Fast wurde ihm schwindelig vor lauter Gefühl. Auch sein Körper forderte jetzt, er wollte sie, aber nicht nur, um selbst befriedigt zu werden, sondern um die Verbundenheit zwischen ihnen zu feiern.

Er griff fester zu und presste seinen Unterleib gegen sie. In Carola begannen sich Energien zu regen, von denen sie nie gewusst hatte, dass sie überhaupt existierten. Ihre Knie wurden vor Verlangen weich, so kannte sie sich gar nicht. Doch es war nicht die Zeit zum Analysieren, sie wollte nur spüren, wollte seine Haut streicheln, mit ihm schlafen und ihn nie wieder loslassen.

Hand in Hand gingen sie ins Schlafzimmer. Als Manuel fast über seine Hosenbeine stolperte, lachten sie zärtlich, es gab weder Peinlichkeit noch verpatzte Augenblicke. Wie ein Körper sanken sie auf die breite Matratze und folgten ihrer Leidenschaft. Es war so vollkommen, wie sie es sich immer gewünscht hatten, nichts störte, alles war so, wie es war, in Ordnung. Sie brauchten keine Musik, keine Rituale, keine ausgefallenen Stellungen, und es war auch egal, dass Carola nicht gerade taufrisch war. Sie berauschten sich immer mehr aneinander. Carola brauchte sonst fast immer komplizierte Fantasievorstellungen, und Manuel kam normalerweise, weil er es wollte, nicht, weil es von allein geschah.

Schließlich explodierten sie kurz nacheinander in einem Energiewirbel, den sie noch nie empfunden hatten. Es sprengte alle Ängste und Unsicherheiten weg, und Carola fühlte sich wild und frei. Ihre Fingernägel krallten sich in Manuels Hüften, sie wollte ihn nicht loslassen. Er stöhnte in einer Woge aus Schmerz und Lust auf, warf den Kopf zurück und spürte, wie sich neue Leidenschaft in ihm ausbreitete. Sie begehrte ihn wirklich, sie tat es nicht nur, weil es dazugehörte, das hatte er noch nie erlebt!

Glücklich schliefen sie schließlich aneinandergekuschelt ein. Als Carola nachts um drei aufstand, um auf die Toilette zu gehen, war ihr sein Körper schon ganz vertraut, und sie schmiegte sich selig an ihn, als sie zurückkam. Er legte im Halbschlaf den Arm um sie und drückte sie an sich. Lächelnd schloss Carola die Augen.

25

»Schatz, ich gehe jetzt, aber ich bin gegen eins wieder da.« Manuel hielt Carola eine Tasse Kaffee unter die Nase, und der Duft weckte sie vollends auf. Wohlig streckte sie sich und lächelte ihn an. »Schade, dass du wegmusst«, sagte sie verschlafen, nahm die Tasse und nippte daran.

Manuel küsste ihre Augen und strich mit einer Hand über ihren Kopf, dann warf er den Rucksack lässig über eine Schulter.

Carola holte tief Luft. Was sah der Typ gut aus! Sie konnte ihr Glück noch kaum fassen. Er warf ihr einen Kuss zu, tanzte glücklich aus dem Zimmer und zog die Haustür leise hinter sich ins Schloss. Carola lachte noch, als sie sein Auto hörte.

Dann trank sie den Kaffee aus und ging ins Bad. Sie sah sich prüfend in die Augen. Wie sah sie aus, wenn sie wirklich glücklich war? Die Antwort war ganz einfach: Sie sah glücklich aus. Doch plötzlich, während sie sich strahlend die Zähne putzte, spürte sie eine dunkle Wolke in ihrem Herzen, die sich über die eben noch leuchtende Sonne schob.

Hans! Dem musste sie ja noch alles sagen … Aber was nur? War sie denn jetzt mit Manuel zusammen? Sie würde Hans heute nicht anrufen, höchstens ganz kurz, erst musste sie mit Manuel klären, was denn nun eigentlich war. Leicht würde es ihr nicht fallen, mit Hans Schluss zu machen. Immerhin waren sie ja verlobt. Aber das hier war so besonders, so tief und richtig, sie konnte nicht anders. Der arme Hans. Er rechnete ja überhaupt nicht damit. Sie wollte ihm auch nicht wehtun. Aber jetzt war es passiert. Mal sehen, wie sie damit zurechtkam, sie würde heute erst mal mit Manuel reden.

Den ganzen Vormittag über, den sie mit Baden, Abwaschen und Lesen verbrachte, lag ihr das anstehende Gespräch mit Hans im Magen. Wollte sie eigentlich wirklich Schluss machen? Was war, wenn das hier nur so eine Laune war, noch nicht einmal von ihm aus, sondern von ihr? Diese Sache mit Pia zum Beispiel, klar, er tat es nur für den Auftritt, aber es war sehr merkwürdig. Wie sollte sie mit ihm umgehen, wenn er für eine Weile eine Frau war? Sie stand definitiv nicht auf Frauen, schon die Vorstellung stieß sie ab. Das hatte sie bei Christine gemerkt.

Meine Güte, jetzt mach doch keinen Elefanten aus der Sache, es ist doch nur ein Spiel, ermahnte sie sich mehr als einmal.

Sie konnte die Vorstellung, dass ihr starker Manuel auch nur für kurze Zeit hinter wallenden Röcken und geziertem Getue verschwinden würde, nicht ertragen. Sie hatte es ja bei Chantal gesehen, sie war zwar sehr nett, und Carola mochte sie sehr, aber als Partner kam sie von vornherein nicht infrage. Sie wurde sogar ein wenig sauer, Manuel sollte es nicht wagen, ihr die starke Schulter zu verweigern. Womöglich stand Pia auch noch auf Männer, bei denen wusste man ja nie!

Also komm, jetzt spinn mal nicht, es ist ein Auftritt, mehr nicht! Wovor hast du solche Angst?

Ihre innere Stimme hatte recht, beschloss sie, es gab überhaupt keinen Grund, sich wegen dieser Geschichte den Kopf zu zerbrechen. Wovor sie Angst hatte? Was sollte diese Frage? Vor nichts natürlich. Oder, na gut, wenn sie denn nun schon darüber nachdachte, da gab es vielleicht doch die eine oder andere Sache. Zum Beispiel die, dass Manuel eine Mogelpackung sein könnte. Sie hatte großes Mitgefühl mit Chantals Exfrau empfunden, als Chantal ihr erzählt hatte, dass sie sich hatte scheiden lassen. Die näheren Umstände waren ihr nicht bekannt, aber dieser Schock, plötzlich zu erkennen, dass es den Menschen, mit dem man lange Jahre zusammengelebt hatte, überhaupt nicht gab, den konnte sie sich sehr gut vorstellen.

Jetzt ist aber endgültig Schluss, du brauchst dir ja nicht schon gleich alles wieder kaputt zu quatschen. Du hast doch nur Angst, was falsch zu machen, stimmt´s? Aber du kannst nichts falsch machen, wenn du deinem Herzen folgst.

Aber was wollte ihr Herz, bitte schön? Manuel. Ganz klar spürte sie es noch im selben Augenblick, als sie diese Frage eher rhetorisch stellte. Was immer mit ihm auf sie zukam, wenn sie dieses warme Gefühl für ihn hatte, würde nichts passieren können.

Glücklich lächelnd ging sie in die Küche, um Tee zu kochen, bevor er nach Hause kam. Während sie auf ihn wartete, probte sie in Gedanken schon einmal das Gespräch mit Hans. Du, Schatz, es gibt da was, was du wissen solltest … Sie studierte das schließlich alles, diesen zwischenmenschlichen Kram. Hans, unsere Wege trennen sich hier, war nett! Unmöglich. Etwas mehr Wärme und Mitgefühl bitte. Schau, Hans, ich muss mich selbst entfalten und zu mir stehen, mein Herz ruft nach Manuel! Auch irgendwie blöd.

»Hallo mein Engel, wie toll, du hast Tee gekocht! Da bin ich wieder.« Manuel war unbemerkt in die Küche getreten und umarmte sie.

»Hallo, schön, dass du da bist. Ich kann es immer noch kaum fassen.«

»Geht mir auch so, ich hatte ehrlich gesagt Angst, dass du weg bist, wenn ich heimkomme. Ich sollte dich festbinden.«

»Ich bleibe auch freiwillig hier, wenn du mich willst.« Unsicher sah sie ihn an.

»Ist das eine Frage?«

»Ja. Was willst du, was soll ich machen? Soll ich Hans verlassen?«

»Ich will dich. Reicht dir das? Mehr kann ich dir im Moment nicht sagen.«

Was, keine Liebesschwüre? Sollte er sie nicht anflehen, bei ihm zu bleiben?

Steck endlich die Märchenprinzessin weg, dachte sie und erwiderte: »Reicht mir. Ich mag dich sehr. Und ich werde Hans verlassen.«

Manuel lachte erleichtert auf, auch das war nicht selbstverständlich gewesen. Sie hatte ihn schon einmal nicht verlassen. Er trat auf sie zu, und wieder versank die Welt um sie herum.

Später saßen sie am Tisch und tranken Tee. »Ich muss Hans anrufen«, murmelte Carola, während sie die heiße Tasse zum Mund führte. Plötzlich liefen ihr Tränen die Wangen hinunter.

Manuel war wie vor den Kopf geschlagen, doch dann verstand er. Gestern noch hatte sie überhaupt nicht damit gerechnet, dass sie Hans verlassen würde, und jetzt war sie mit ihm, Manuel, zusammen. Es war eine totale Gefühlsachterbahn, und außerdem war sie ja auch immer noch krank. Schützend nahm er sie in die Arme.

Sie kuschelte sich an ihn, hörte aber nicht auf zu schluchzen. »Scheiße, der kommt doch ohne mich gar nicht klar! Der braucht mich doch! Ich kann das nicht bringen, er will mich doch heiraten! Ich kann ihn nicht verlassen, nicht weil ich dich nicht liebe, sondern weil er mich braucht, ich weiß nicht, wie ich damit klarkommen soll!« Sie sah ihn an.

Manuel hatte vor allem gehört, dass sie im Zusammenhang mit ihm das Wort »Liebe« benutzt hatte, aber das konnte jetzt warten.

»Wieso glaubst du, dass er dich braucht? Also, ich meine, dass er ohne dich nicht leben kann?«

»Weiß ich auch nicht, ist einfach so. Ich komme mir vor wie ein Schwein, weil wir ja auch verlobt sind, ach, Scheiße.«

Manuel nahm ihre Hand. Carola konnte nicht aufhören zu weinen. Endlich sah sie ihn an. »Ich kann es nicht. Ich weiß, es ist total bescheuert und dir gegenüber wirklich unfair, aber ich habe es ihm versprochen. Und mir auch.«

Sie sah entschlossen und tapfer aus, und so fühlte sie sich auch, sie würde zu ihrer Beziehung stehen, auch wenn ihr Herz dabei wehtun würde. Sie würden das durchstehen, wie sie auch schon vieles andere durchgestanden hatten. Manchmal musste man eben auf sein Glück verzichten, und sie war ja auch mit Hans glücklich gewesen, oder nicht?

Manuel sah sie ungläubig an. Das konnte doch nicht ihr Ernst sein. Er verstand, dass sie unsicher war, und auch, dass sie sich für Hans verantwortlich fühlte, obwohl sie es natürlich nicht war. Aber er hätte niemals gedacht, dass sie sich selbst so sehr aufopfern würde. Das war absurd. Was sollte er dazu noch sagen? Etwa: »Hey, das kannst du doch nicht machen! Ich liebe dich doch!« Er sagte es nicht. Wenn sie es so wollte, musste er sie gehen lassen. Moment mal. Hatte das nicht auch mehr als nur einen Hauch von Theatralik? Er entschloss sich zu einem Kompromiss.

»Willst du nicht noch einmal darüber nachdenken? Wir können so lange so tun, als sei nichts gewesen. Lass uns Tee trinken und ganz einfach beieinandersitzen, ja?«

Die Situation kam ihm bekannt vor, er hatte schon einmal eine Abfuhr bekommen, aber damals hatte sie nicht so wehgetan.

»Du bist nicht sauer?«, fragte Carola perplex.

»Nein. Es tut mir weh, aber ich bin nicht sauer. Irgendwie verstehe ich es sogar.«

Und wenn sie die Wahrheit über ihn wüsste, bräuchte sie sicher keine Sekunde, um diese Wohnung zu verlassen. Er schenkte beiden noch eine Tasse Tee ein, irgendwie war diese Handlung unterdessen zum Rettungsanker für alle möglichen Situationen geworden. Sie war so herrlich normal.

Carola trank nachdenklich einen Schluck, dann häufte sie Zucker auf einen Löffel und schüttete ihn in ihre Tasse.

»Sag mal, hast du Kekse oder so?« Es fing wieder an, irgendetwas lief furchtbar schief.

Schweigend legte Manuel ihr die derzeitigen Favoriten auf den Tisch, er hatte vorsorglich eine Schachtel davon gekauft, während sie krank war. Die ganze Zeit über hatte sie sie nicht angerührt.

Während sie sich die weiche Schokolade von den Fingern leckte, nahm er ihre Hand.

»Carola, ich muss dir was sagen, bevor du dich wirklich entscheidest.«

Er konnte es nicht. Er wusste, dass es höchste Zeit war, es wurde sonst unfair. Aber es war völlig unmöglich, seine Kehle war wie zugeschnürt, selbst wenn er gewollt hätte – es ging nicht. Seine Stimme setzte unweigerlich aus.

Sie sah ihn traurig und hoffnungslos an. »Ja?«

»Carola, das muss doch alles nicht sein. Ich mag dich so sehr, ich fühle mich so gut mit dir, gib uns doch bitte eine Chance!«

Das war es nicht, was er sagen wollte, jedenfalls war das nicht alles. Aber es musste reichen.

»Ich komme mir ehrlich gesagt wirklich saublöd vor, wie in einem dieser Filme, in denen man am liebsten ständig Scheiße schreien würde, weil sich alle so bescheuert anstellen. Jeder weiß, zu wem die Hauptdarstellerin gehört, nur sie selbst nicht. Zum Glück ist das hier auch kein Buch, die würden mich für vollkommen hirnverbrannt halten. Aber ich kann nicht anders, noch nicht vielleicht. Ich brauche Zeit, ich muss mir die Beziehung mit Hans noch etwas anschauen. Bitte lass mir ein bisschen Zeit. Ich mag dich viel mehr, als ich jemals dachte.«

Manuel schwieg. Wenn das hier ein Buch wäre, würden sie ihn für noch viel hirnverbrannter halten. Und für feige dazu. Mit Recht.

»O. k.«, sagte er nach einigen Augenblicken, »vielleicht ist das sogar ganz gut so. Ich muss auch noch was klären. Es hat nichts mit dir zu tun, keine Panik«, setzte er hinzu, als Carola in sich zusammensank.

Da gab es also doch noch eine andere, das war ja ganz klar, wie konnte sie nur darauf kommen, dass er verfügbar war? Natürlich hatte es nichts mit ihr zu tun, das hatte ja auch alles nichts mit Hans zu tun. Nur mit ihnen beiden.

»Und was machen wir jetzt?«, fragte sie mutlos. Sie vermisste ihn jetzt schon, wie sollte das bloß weitergehen? Hoffentlich machte sie nicht einen großen Fehler. Folge deinem Herzen, fiel ihr ein, aber was willst du, Herz? Schuldgefühle nahmen ihr jede Klarheit, sie konnte nicht mehr spüren, was gut für sie war, alles versank in einem Nebel aus Selbstzweifeln und Angst.

Auch Manuel spürte sich selbst nicht mehr, sie rührten sich immer wieder einen undurchdringbaren Gefühlssumpf an, wieso bloß war es manchmal so leicht und dann wieder so kompliziert?

Es ist leicht, wenn ihr euren Herzen folgt, es wird kompliziert, wenn Angst regiert.

Schlaue Sprüche aus dem Universum konnte er jetzt nicht gebrauchen, auch nicht, wenn sie sich reimten. Angst war eben manchmal stärker als jedes Gefühl von Liebe.

»Wieso ist es manchmal so leicht und dann wieder so schwer?«, fragte Carola, ohne eine Entgegnung zu erwarten.

Erstaunt sah Manuel sie an. »Habe ich auch eben gerade gedacht, und weißt du, was ich zur Antwort gekriegt habe? Es ist leicht, wenn man seinem Herzen folgt …«

»Nur wenn die Angst herrscht, kommt alles durcheinander«, ergänzte Carola. »Das habe ich auch gerade gedacht, nein, es war eher so, als hätte eine Stimme es mir ins Ohr gesagt, oder noch eher, als käme die Stimme aus meinem Bauch. Wie das, worüber wir schon mal gesprochen haben. Aber was hat das hier mit Angst zu tun? Ich weiß nicht, ob ich Hans verlassen will, obwohl ich dich wirklich mag, nein, es ist mehr als das. Oder weiß ich vielleicht nicht, ob ich Hans das antun kann? Ach, es fängt schon wieder an. Ich verwirre mich total.«

»Lass uns jetzt aufhören, darüber zu reden, ja? Ich denke, wir sollten vertrauen, uns, dem Leben und unserer Führung. Vielleicht spüren wir ja doch bald, was wir wirklich wollen. Das heißt, ich weiß es schon. Aber, wie gesagt, ich muss noch was klären. Wollen wir das so machen?«

Nicht umsonst hatte er gelernt, wie man mit solchen Situationen umzugehen hatte. Immer schön konstruktiv sein. Auch wenn man am liebsten alles gegen die Wand werfen würde?

Doch jetzt hatte Carola eine Entscheidung getroffen, sie hielt es nicht mehr aus. »Pass auf, ich rufe Hans jetzt mal an. Manchmal lösen sich Dinge ja von allein.« Zielstrebig und viel lebendiger ging sie zum Telefon.

Manuel wollte sie aufhalten, das war doch keine Lösung! Sie konnte doch ihre Entscheidung nicht von einem kurzen Anruf abhängig machen.

Aber es wurde kein kurzer Anruf daraus, im Gegenteil, als Manuel nach einer Stunde, die ihm vorkam wie ein halbes Leben, ins Schlafzimmer trat, redete sie immer noch. Sie hatte geweint, sah er. Endlich legte sie auf, vorsichtig, als könnte das Telefon zerbrechen.

Nachdenklich sah sie mit diesem Lächeln auf, das erst wenige Male für ihn in ihrem Gesicht geleuchtet hatte.

»Na, alles klar?«, fragte er gepresst.

»Ja.« Mit seltsam leuchtenden Augen kam sie auf ihn zu, zog seinen Kopf zu sich herab und küsste ihn.

»Ich habe Schluss gemacht. Er hat was mit Sabine, und jetzt ist sie schwanger. Er sagte, es war nur ein einziges Mal, aber mal ehrlich, was soll das? Das muss ja ganz zu Beginn gewesen sein, als noch alles o. k. war. Meine beste Freundin, ist das eine Schlampe. Vögelt meinen Freund, während ich gerade hier ankomme. Der hat mich wirklich nicht verdient. Betrügt mich und schwängert sie auch noch, blöder geht's nicht, wirklich nicht. Und der wollte mich heiraten. Krass, oder? Fast tut er mir leid, er hörte sich nicht gerade überglücklich an. Und es tut mir noch nicht mal sonderlich weh! Das mit Sabine, das schon. Ich dachte, ich könne wenigstens den Frauen in meinem Leben vertrauen.«

Puh. Manuel sah ihr forschend ins Gesicht. »Und jetzt?«, fragte er.

Wieder traten Tränen in ihre Augen. »Jetzt brauche ich eine Auszeit. Weißt du, Schluss zu machen, weil ich mit dir zusammen sein will, ist eine Sache, aber das hier ist mir doch eine Nummer zu groß. Ich muss mich erholen. Hätte Sabine nicht mit mir reden müssen? Vorher? Mir sagen, dass sie auf meinen Freund steht? Kannst du dir vorstellen, dass es mir viel mehr ausmacht, dass sie mich hintergangen hat, als die Tatsache, dass er mich betrogen hat?«

»Ehrlich gesagt, ja.« Manuel setzte sich zu ihr und hielt nur ihre Hand.

Und auf einmal ging es los. Sie weinte und schüttelte sich, es war, als könnte sie nie wieder jemandem vertrauen. Manuel hielt sie, ließ sie weinen, bis sie still wurde.

»Und du hast auch eine Frau geschwängert, spinnt ihr denn alle?«, sagte sie, und es klang so hoffnungslos, dass er erschrak.

»Carola, das war nicht mein Kind, ich weiß es. Sissy war nicht von mir schwanger, das kann gar nicht sein. Wenn, dann war es so dermaßen ungeplant und ungewollt, dass es schon fast unverschämt von dieser Seele war, dennoch kommen zu wollen, höhere Ebenen hin oder her.«

Carola sah ihn an. »Unverschämt« war ein sehr merkwürdiges Wort in diesem Zusammenhang.

»Weißt du, wir sind es gewohnt, dass das Männliche uns verletzt, und wir beschützen uns gegenseitig, zumindest war es immer so«, erklärte sie. »Wir halten zusammen, wir Frauen, damit ihr nicht eine solche Macht über uns habt, wir stehen füreinander ein, das haben wir schon immer getan, wenn ihr euch auf dem Schlachtfeld die Köpfe eingeschlagen habt. Wir hüten die Welt, wir nähren und wir gebären das Leben. Wir stehlen uns nicht gegenseitig die Männer, und wenn wir das doch tun, dann verraten wir uns selbst gegenseitig, und das schmerzt wirklich.«

Und ihre Mutter hat ihr offenbar auch nicht gerade die nährende Kraft geschenkt, die sie gebraucht hätte, dachte Manuel, und auf einmal kam es ihm geradezu lächerlich passend vor, dass ein Teil seines Wesens ihr genau das geben könnte, was sie brauchte. Er konnte nur beten, dass sie es genauso sehen würde.

Carola wischte sich über die Augen, dann stand sie auf. »Ich habe einen Anruf zu machen«, sagte sie. Zitternd begann sie, Sabines Nummer zu wählen.

»Ich will nie wieder etwas mit dir zu tun haben. Ich werde dir vielleicht eines Tages verzeihen, werde in Frieden kommen, aber ich will dich nie wiedersehen«, sagte sie, es kostete sie all ihre Kraft. Sie legte auf, noch bevor Sabine antworten konnte, und atmete befreit auf. Das war nicht das, was weise spirituelle Ratgeber ihr raten würden. Aber es war genau das, was ihre Selbstachtung von ihr forderte.

Ich muss dir noch was sagen, dachte Manuel verzweifelt, all das wurde immer verworrener. Immer wieder Hans. Wieso war Carola so wichtig, wieso machte er all das mit, fragte er sich. Vor seinem inneren Auge stieg das Bild des versteinerten Prinzen auf. Sie war seine Prinzessin, sie würde ihn wachküssen, wenn nicht sie, wer dann? Sie schaute hinter seine Masken, hinter all das Gehabe, hinter den verkorksten Typen, der sich durch die Welt vögelte. Sie sah ihn, hoffte er, wenn sie nur ihre Angst verlieren würde, dann würde sie ihn retten können.

Wie wär's, wenn du dich einfach selbst rettest, fragte eine kleine Stimme in seinem Herzen. Er schob sie beiseite. All das musste jetzt warten, die richtige Zeit würde noch kommen. Und sicher würde es viel leichter werden, als er befürchtete. Doch damit täuschte er sich gründlich.

26

»Sieht das so gut aus? Oder doch noch etwas mehr Rouge?« Prüfend blickte Manuelle in den Spiegel.

Carola legte den Kopf schief und betrachtete sie. »Komm mal weiter ins Licht – nein, es ist gut so. Wenn du zu viel nimmst, wirkt dein Gesicht zu kantig. Und ich würde einen Hauch mehr Blau nehmen, ja, genau hier.« Carola berührte sie am Oberlid.

Manuelle hantierte mit dem Lidschattenapplikator und einem Wattestäbchen. »Jetzt o. k.?«

»Ja, so ist es toll. Was willst du anziehen?«

»Ich dachte, das hier« – sie zeigte auf einen schlichten schwarzen Mini und eine lose Bluse, auch in Schwarz. »Und die silberne Strumpfhose. Oder ist das zu aufgedonnert?«

»Nein, finde ich nicht. Soll ich dir die Pumps raussuchen?«

Zärtlich nahm Manuelle Carolas Hand. »Das wäre lieb, ich finde hier im Augenblick gar nichts mehr.«

»Klar, meine Klamotten füllen ja auch fast deinen ganzen Schrank!«

»So habe ich es nicht gemeint, ich finde es toll, dass deine Sachen fast alle bei mir sind. Danke, dass du mich berätst.«

»Macht mir sogar Spaß, auch wenn es ein bisschen komisch ist. Lass dich mal anschauen … Doch, sieht toll aus. Man erkennt dich wirklich gar nicht mehr.«

»Oh, danke, man erkennt mich nicht mehr, und schon sehe ich toll aus!«, warf Manuel schnippisch ein.

Carola lachte. »Depp!« Dann warf sie mit einem Handtuch nach ihm. »Sag mal, Manuel, soll ich uns einen Tee machen? Oder Kaffee?«

»Sehr gute Idee. Aber kannst du mich Pia nennen? Sonst komme ich ganz durcheinander, verstehst du?«

Das war nicht der wirkliche Grund, Manuelle kam nie durcheinander. Sie wollte von Carola anerkannt werden, und das bedeutete, dass sie zumindest mit ihrem Künstlernamen angesprochen werden wollte.

Carola, die schon auf dem Weg zur Küche gewesen war, kam zurück. »Nein, verstehe ich ehrlich gesagt nicht! Ich meine, du bist doch Manuel, heute zwar mal anders angezogen, aber du bist immer noch derselbe Mensch, oder?« Sie redete schnell weiter, auf dieses »Oder« wollte sie überhaupt keine Erwiderung. »Wenn ich mich an Fasching als, sagen wir mal, Hexe verkleide, bin ich doch auch immer noch Carola, oder nicht? Oder fühlst du dich jetzt anders?«, setzte sie dann doch etwas leiser hinzu.

Es war für beide eine große Überwindung gewesen, als sie beschlossen hatten, dass Carola endlich Pia kennenlernen sollte. Die Zeit war reif dafür, sie konnten dieses Thema nicht mehr länger umgehen, zumal der Auftritt immer näher rückte. Carola hatte große Angst gehabt, dass sie ihren geliebten Manuel hinter Pias Fassade nicht mehr erkennen würde, und so war es auch, sie fühlte sich plötzlich allein.

»Natürlich fühle ich mich anders. Wenn du dich verkleidest« – das Wort tat Manuelle in der Seele weh –

»schlüpfst du doch auch in eine andere Rolle, nicht? Also fühlst du dich auch so, sonst wäre es ja sinnlos.«

»Aber du bist immer noch mein Manuel, ja? Nicht weggehen!« Carolas Stimme zitterte. Sie spürte ihn nicht mehr, und das war schlimm. Dabei hatte er noch nicht mal Kleider an, er saß in seinem Bademantel vor dem Spiegel und hatte ein Handtuch um den Kopf geschlungen.

Manuelle verstand nun endlich. Sie durfte Carola nicht überfordern, sie kannte doch ihre Angst, verlassen zu werden oder jemanden zu verlieren. Natürlich kam diese Angst auch jetzt zum Vorschein.

Liebevoll zog Manuel Carola an sich. »Schau, ich bin immer ich. Ich bin immer für dich da, und ich liebe dich immer, egal was ich anhabe oder wie ich aussehe. Ich gehe nicht weg, ich verändere nur meinen Ausdruck.«

»Du liebst mich? Bist du sicher?« Das hatte Manuel noch nie zu ihr gesagt, obwohl sie schon fast zwei Wochen zusammen waren.

»Wenn man ein warmes, vertrautes Gefühl im Herzen so nennen kann, dann liebe ich dich. Wenn man den Wunsch, den anderen aufblühen und glücklich zu sehen, Liebe nennt, dann liebe ich dich.«

»Ja, ich glaube, das nennt man so«, murmelte Carola und schmiegte sich an Manuelle. »Dann liebe ich dich auch. Nennt man das auch so, wenn man ganz mit dem anderen verschmelzen will?«

Alarmiert wie ein großer Wachhund hob Manuel den Kopf. Bloß das nicht, keine Abhängigkeiten, das kannte er schon, danke! Barsch antwortete er: »Vielleicht. Aber meistens nennt man das Nicht-allein-Klarkommen.«

»Du bist vielleicht ein Arsch! Ich komme allein klar, was soll denn das? Geh ich dir auf den Wecker? Brauchst es bloß zu sagen!« Carola erstarrte, machte sich bereit zur Flucht. Es war sowieso alles viel zu verrückt.

Mist, jetzt ist sie verletzt, dachte Manuel, gerade heute.

Manuelle lenkte ein. »Tut mir leid, ich meine es nicht so. Aber verstehst du, dass ich immer noch Angst vor zu enger Bindung habe? Ich bin es so gewohnt, allein zu sein, dass ich mich schnell mit Haut und Haaren gefressen fühle, aber dieses Gefühl machst nicht du, sondern ich.«

»Aber du sagst trotzdem, wenn ich dich nerve, ja? Dann bin ich ganz schnell verschwunden, ich habe ja meine Wohnung.« Carola wollte sich um Himmels Willen nicht aufdrängen. Es war ihr unangenehm genug, dass sie hier mietfrei wohnte. Auch den Haushalt finanzierte er allein.

»Ich sage dir, wenn du nervst, gut. Aber da kannst du lange drauf warten.« Liebevoll zog Manuelle Carola erneut zu sich. »Stört es dich, dass ich Farbe im Gesicht habe? Schau, ich bin noch immer dieselbe.«

Dieselbe? Carola stutzte einen Moment, doch er hatte sich bestimmt nur versprochen. »Nein, stört mich nicht, außerdem musst du es bei mir ja auch ertragen.« Lächelnd kuschelte sie sich wieder an Manuelle. »Und außerdem ist es ja nicht für immer.«

Scheiße, scheiße, scheiße! Es wurde immer schlimmer statt klarer! Manuel verzweifelte beinah. Wie, zur Hölle, sollte er ihr jemals klarmachen …

Vergiss es, raunte eine Stimme in seinem Kopf, und es fühlte sich destruktiv und hoffnungslos an.

»Machst du jetzt den Kaffee? Ich ziehe mich noch schnell an, und dann kommen wohl auch bald die anderen.«

Carola verschwand in der Küche, und Manuelle zog ihren BH an, in den sie die Silikonbrüste einlegte. Wie immer erschauderte sie ein wenig, das Material war kalt. Aber es wurde auf ihrer Haut sehr schnell warm, und dann fühlte es sich so an, als wären sie ein echter Teil von ihr. Manchmal spürte sie sogar leichte Berührungen, konnte sein, dass sie sich das einbildete, aber dann hatte sie eine sehr empfindsame Fantasie. Sie hatte schon einmal einen Test gemacht und ihre Brüste mit geschlossenen Augen angefasst, dabei wollte sie spüren, wo ihre Finger das Silikon berührten. Und tatsächlich hatte sie oft schon die Wärme ihrer Hände gespürt, noch bevor sie überhaupt den Stoff ihres BHs ertasteten. Verrückt, auch für sie selbst, aber wenn sie nicht die Königin der Suggestion war, war es eben die Wahrheit. Es war, als würde sich ihre Aura ausdehnen, als würde ihr Körper diese Plastikdinger in Besitz nehmen.

Aufgeregt schlüpfte sie in die Strumpfhose und die restlichen Kleidungsstücke, dann nahm sie das Handtuch vom Kopf und bürstete ihre Haare kopfüber. Als sie sie mit einem Ruck zurückwarf, trat Carola ins Schlafzimmer und blieb wie erstarrt stehen.

Das war nicht mehr ihr Manuel. Konnte sie sich auch vorher noch an der Vorstellung festhalten, dass er unter der Schminke war, so hatte dieses Wesen jede Ähnlichkeit mit ihm verloren. Klar, die Haarfarbe und die Größe stimmten noch, aber damit hatte es sich auch schon. Das hier war wirklich eine Frau, kein verkleideter Mann. Scheu wich Carola zurück. Niemals hätte sie gedacht, dass Pia so gut aussehen würde, sie übertraf sie selbst bei Weitem. Carola fühlte sich sofort wieder grau, obwohl sie gedacht hatte, sie hätte das längst hinter sich. Pia war schlank, groß, hatte einen wohlgeformten Busen, und dass er aus Silikon war, rettete Carola auch nicht. Sie war genau so angezogen, wie Carola es immer wollte, nur dass diese Klamotten bei ihr nicht annähernd so gut ausgesehen hätten. Und was sie für Beine hatte! Nein, sie konnte ihr wirklich nicht das Wasser reichen. Vielleicht sollte sie jetzt doch lieber gehen. Das hier war eine, nein, zwei Nummern zu groß für sie, sie hatte es ja bereits vor einiger Zeit festgestellt.

Manuelle bemerkte Carolas Zögern, interpretierte es aber falsch. »Komm doch her, ich bin es immer noch, nicht erschrecken. Sehe ich sehr abartig aus?«

»Nein, gar nicht!«, stieß Carola hervor, dann flüchtete sie in die Küche. Sie fühlte sich furchtbar allein. Manuel war weg, irgendwohin verschwunden, unerreichbar für sie. Sie war allein mit dieser Frau, die sie nicht kannte und die ihr himmelhoch überlegen war.

Manuelle folgte ihr unsicher. »Hey, sag doch, wenn ich blöd aussehe, renn doch nicht einfach so weg. Bitte lass mich nicht so hängen, das ist echt schwer für mich!«

Das klang doch ein bisschen wie Manuel, so würde er jedenfalls klingen, wenn er jemals unsicher sein sollte, dachte Carola. Zögernd schaute sie Pia in die Augen. Sie las so viel Liebe darin, dass ihre Angst mit einem Mal nicht ganz, aber doch fast völlig verflog.

»Entschuldige, ich war eben total überfordert. Du siehst so toll aus. Ich komme mir ganz unscheinbar vor neben dir.«

»Na, jetzt übertreib mal nicht, ich sehe nicht toll aus, das sieht doch jeder, dass ich nicht so richtig echt bin, oder?« Es tat ihr weh, das zu sagen, sie fühlte sich echt, aber sie war es eben nicht, jedenfalls nicht für die Welt da draußen. Sie hatte wirklich Angst, es war ihr sehr wichtig, von Carola anerkannt zu werden. Als Frau. Nicht als verkleideter Manuel.

»Nein, man sieht es gar nicht, ich erkenne dich ehrlich gesagt gar nicht mehr wieder. Manuel, bist du da?« Sie hörte sich an wie ein kleines Kind, das seine Mami suchte.

Manuel zog sie an sich. »Ich bin doch da, Liebling, ich bin immer bei dir. Vergiss es nicht, es ist egal, wie ich aussehe, ich liebe dich immer.«

»Wenn ich das doch auch sagen könnte! Ich liebe dich auch immer, Manuel, aber ich erkenne dich nicht! Wo bist du?« Sie fing fast an zu weinen.

Manuel wurde es nun auch zu viel. Er war doch derselbe Mensch geblieben, hatte nur seinen Ausdruck verändert, Carola brauchte nur ihre Augen aufzumachen und ihn wirklich anzusehen! Liebe konnte doch nicht von der äußeren Erscheinung abhängig sein! Dass es so schwierig werden würde, hatten beide nicht erwartet, sie konnten mit dieser Situation nicht mehr umgehen.

Und zu allem Überfluss klingelte es jetzt auch an der Tür, die Band kam, um Pia – und wenn sie schon mal alle da waren, auch Carola – näher kennenzulernen. Zudem gab es noch viele technische und andere Fragen zu ihren Auftritten zu klären, die Lichtanlage stand zum Beispiel noch gar nicht.

»Ich gehe an die Tür, wir müssen das später klären«, rief Manuelle über die Schulter.

Carola atmete tief durch, jetzt musste sie gute Miene zum bösen Spiel machen. Eine völlig fremde Frau und auch noch all diese Bandmitglieder, die sie nur oberflächlich kannte! Sie wäre am liebsten in ihre Wohnung geflüchtet, dort war es zwar kalt, aber sie kannte zumindest alle, die sich darin aufhielten. Was genau ließ sie eigentlich hierbleiben? Niemand konnte von ihr erwarten, dass sie sich das anschaute, sie würde bei allen Frauenzeitschriften der Welt größtes Verständnis finden, wenn sie dieser Geschichte für immer den Rücken kehrte. Andererseits wollte sie aber auch nicht spießig und kleinlich sein. Sie würde sich das jetzt doch mal anschauen, unverbindlich natürlich.

Energisch holte sie weitere Kaffeetassen aus dem Schrank und stellte Bier kalt. Manuel hatte ihr schon einiges erzählt, vor allem von Rollo. Der sollte wohl der Obermacho sein, mal sehen, wie er so drauf war.

Als hätte er ihre Gedanken gelesen, kam Rollo in die Küche gepoltert. »Na, Carola, lange nicht mehr gesehen, was? Wie lebt sich's denn so mit einer Tussi wie Pia?«

Was sollte denn der Text? Sie lebte ja nicht mit einer Frau zusammen, ganz entschieden nicht. »Das wirst du wohl nie rausfinden, wenn du weiter so machomäßig unterwegs bist!«

Cool, Carola, wirklich sehr cool. Sie redete echt nur Stuss, hoffentlich kam Manuel gleich! Und wieder wirkte der Wunsch, Pia tänzelte in die Küche, gefolgt von Micha und Erik. Manuelle nahm Carola an den Schultern. »Kennt ihr meine Freundin?«

Die Männer begrüßten sie herzlich, sie waren wirklich beeindruckt. Wie entspannt und selbstverständlich Carola mit dieser Situation umging … Sie nahmen sich ihre Tassen und verschwanden wieder im Wohnzimmer.

»Tut mir leid, ich bin so unsicher. Ich habe Angst, dich zu verlieren, aber schau, ich muss das hier machen.« Manuel sah Carola verzweifelt an.

»Es ist alles gut. Dein Lidstrich ist ein bisschen verschmiert, warte.« Carola tupfte vorsichtig an Manuelles Gesicht herum, als wäre sie eine Fremde. »So, wieder o. k. Sieht gut aus.«

»Danke.« Manuelle sah ihr in die Augen, und Carola schämte sich plötzlich. Wie konnte sie nur so kleinlich sein, sie war nicht besser als die Männer, von denen Chantal geredet hatte. Sie fand sie zwar faszinierend, aber sie sollten ihr bloß vom Leibe bleiben. Dabei war das hier – sie musste es noch einmal betonen – doch sowieso nur Show! Manuel tat etwas für seine Karriere, das war alles. Gerade sie, Carola, sollte lieber nichts dazu sagen, sie nahm noch nicht einmal das Studium so ernst, wie ihr Vater es gern hätte.

Und jetzt spürte sie auch wieder Wärme und Liebe zu Manuel, auch wenn sie ihn nicht erkennen konnte. Die Augen waren dieselben, nein, nicht ganz, diese hier waren wärmer und weicher, eigentlich noch viel schöner als Manuels. Liebevoll legte sie ihre Arme um Manuelles Hals. Vorsichtig küsste sie ihren geschminkten Mund, eine ganz neue Erfahrung für sie und nur möglich, weil es eine Illusion war.

Micha, der in die Küche kam und die Kaffeekanne holen wollte, blieb überrascht stehen. Der Traum fast aller Männer, zwei Frauen, die sich küssten! Ein Mann und eine Frau, ganz normal, komm runter von diesem vorpubertären Quatsch, erinnerte er sich gewaltsam. Pia sah aber auch zu echt aus.

Manuelle bemerkte ihn und wischte sich verlegen über den Mund.

»Das ist vielleicht ein Scheiß mit diesem Geschmiere«, sagte Manuel, er wollte nicht, dass seine Freunde nach dem Konzert mit ihm zusammen in eine besonders gut bewachte Nervenheilanstalt eingeliefert werden würden.

Carola sah ihn erleichtert an, so kannte sie ihn. Alles war wieder in Ordnung. Fröhlich ging sie nun zu den anderen ins Wohnzimmer. Sie hatten es sich bereits bequem gemacht, und für Carola war nur der Sessel vor dem Kamin übrig geblieben. Also setzte sie sich etwas abseits, das war ihr auch ganz recht. Erst mal sehen, was der Abend so bringen würde, und um sie ging es ja auch nicht.

Jetzt betrat Pia die Bühne. Lasziv mit den Hüften schwingend trat sie ins Wohnzimmer und blieb eine genau berechnete Sekunde stehen, um ihre Wirkung zu erhöhen.

Micha jubelte ihr zu. »So ist das klasse! Wenn du so auf die Bühne kommst, haben wir schon gewonnen!«

»Ist das nicht etwas zu dick aufgetragen?«, fragte Erik kritisch.

»Dann hast du Cher noch nicht gesehen, du kannst als Frau gar nicht zu dick auftragen!«, kam es überraschend von Rollo. »Ich find´s auch super, das machst du wirklich ganz echt.«

Rollo hatte sich entschlossen, die Show im Vordergrund zu sehen und nicht sein Gefühl, schließlich waren sie Profis.

Manuelle warf Carola einen fragenden Blick zu, doch diese blieb stumm. Manuelle wandte sich ab, kramte ein paar leere Blätter aus Manuels Rucksack, und alle begannen angestrengt nachzudenken.

»Also, was soll der Opener sein?« Rollo furchte die Stirn. »Es sollte ein Knaller werden, damit die erst gar nicht auf dumme Gedanken kommen. Die müssen so hin und weg sein, dass ihnen deine Stimme überhaupt nicht auffällt.«

»Ich habe ein bisschen geübt, ich kann auch etwas höher singen, bei manchen Stücken jedenfalls. Eben da, wo es passt.«

»Was wir unbedingt noch besprechen sollten, ist die Zugabe«, meldete Micha sich zu Wort.

»Eins nach dem anderen, also, der Opener, o. k.?«, schaltete sich Erik ein.

Carolas Gedanken drifteten ab. Das alles interessierte sie zwar, aber sie konnte natürlich nichts dazu beitragen, also begann sie, über verschiedene Dinge nachzudenken. Da wurde Hans Vater, sie konnte es noch gar nicht fassen. Er übrigens auch nicht, sie hatten vorgestern telefoniert, und er hatte immer noch sehr überrumpelt geklungen. Und Sabine war dann Mutter, das war wirklich krass, sie kam ja nicht mal mit ihrem eigenen Leben klar. Gegen ihren Willen spürte Carola Schadenfreude, einen kurzen Funken von Genugtuung. Das hatten sie nun davon. Zu blöd, dass sie jetzt niemand sehen konnte, sie war voll ins Leben integriert, saß hier am Feuer mit total abgefahrenen Typen, und einer von denen liebte sie sogar! So hatte sie sich das immer gewünscht.

Auf einmal stolz, sah sie zu Manuelle hinüber. Diese schrieb gerade konzentriert alles auf, was bis zum ersten Auftritt noch erledigt werden musste. Als sie Carolas

Blick spürte, hob sie den Kopf und lächelte ihr zu. Dann vertiefte sie sich wieder in ihre Liste.

Erik hatte den Blickwechsel gesehen und seufzte auf vor Neid. Ja, er gönnte Manuel alles Glück dieser Erde, klar, aber sich selbst auch. Und er hatte es eben nicht. Carola beobachtete ihn, sie hatte alles mitbekommen.

Ha! Sie beneideten Manuel um sie! Sanft lächelte sie Erik an, er sollte ruhig etwas von Manuels Glück abbekommen. Dann stieg sie von ihrem Thron herab und fragte huldvoll: »Braucht ihr was? Kann ich euch irgendetwas anbieten?«

Manuelle sah sie glücklich an, Carola schien sich wieder wie zu Hause zu fühlen.

»Ich habe Hunger, ja«, meinte Rollo, »was hast du denn so da?«

»Sollen wir nicht einfach Pizza bestellen?«, schlug Micha vor.

Schon griff Erik zu seinem Smartphone. »Pizza Heimservice, bis zwölf Uhr nachts. Also, was wollt ihr?«

Schnell einigten sie sich auf eine große Partypizza mit allem. Erik bestellte sie und orderte auch zehn Dosen Bier. »Pizza ohne Bier ist wie, ach, was weiß ich, Bier muss jedenfalls sein.«

Carola und Micha gingen in die Küche, kamen mit Tellern und Besteck zurück, und alle fühlten sich plötzlich wie auf einer Party.

Manuelle zog Carola zu sich auf die Couch, und es wurde richtig eng, fast saß sie Rollo auf dem Schoß. Dieser genoss es sichtlich.

»Wenn du mal keinen Bock mehr auf diese Tussi hast, kommst du zu mir, versprochen?«

»Da kannst du lange warten«, lachte Carola und legte ihren Arm um Manuelle, aber sie rückte trotzdem noch ein kleines Stück näher zu ihm. Sie sonnte sich in der Aufmerksamkeit von vier Männern, das hatte sie schon so lange nicht mehr gehabt. Dass Manuel ein wenig merkwürdig angezogen war, erhöhte den Spaß noch, jetzt konnte sie ihre absolute Toleranz beweisen. Von dem unsicheren Kind war nichts mehr übrig geblieben, sie flirtete mit jedem und lachte über die anzüglichen Witze, die Rollo sich wie immer nicht verkneifen konnte.

Manuelle beobachtete sie halb amüsiert, halb befremdet. Dass Carola so schnell umschalten konnte! Das hier war doch wohl Show, oder? Nichts war geklärt, und jetzt tat sie so, als wäre sie frisch verliebt. Oder irrte sie sich? So ganz traute Manuelle dem Frieden nicht. Und da war noch etwas anderes, etwas, was so verwerflich war, dass sie es sich am liebsten gar nicht eingestanden hätte.

Sie war neidisch. Nicht wirklich neidisch, sie gönnte Carola ihren Erfolg sehr, sie wünschte sich ja, dass Carola glücklich war und dass Manuels Freunde sie mochten, aber … Aber es war doch ihr Auftritt! Sie sollten von ihr begeistert sein und nicht von Carola! Sie konnte nicht mit ihr in Konkurrenz treten, erstens fand sie das total bescheuert, und zweitens konnte sie es wirklich nicht, weil sie gar nicht wusste, wie das ging. Und blamieren wollte sie weder sich noch Carola. Also wurde sie immer stiller, das kannte sie gar nicht.

Ob Manuel wieder ans Ruder sollte? Er würde schnell der Mittelpunkt sein, sogar ohne Carola die Show zu stehlen, im Gegenteil, sie konnten gemeinsam funkeln und strahlen. Doch nein, das ging nicht. Enttäuscht zog sie sich zurück. Sie hatte sich so auf den Abend gefreut, sie wollte mit Carola angeben und zusammen mit ihr Spaß haben. Und jetzt war sie selbst ein Mauerblümchen, also das war ja völlig danebengegangen. Wie konnte sie sich da bloß noch herausretten?

Oder war das vielleicht gar nicht so wichtig? Wenn sie erst auf der Bühne stünde, dann hätte sie ihren Erfolg, ganz sicher. Dann könnte ihn ihr keiner nehmen. Trotzdem. Ein bisschen Anerkennung könnte sie schon gebrauchen.

Was war denn das jetzt? Rollo hatte den Arm um Carola gelegt, also das ging nun doch zu weit, oder? Sollte sie zickig einschreiten oder cool erst mal abwarten, was noch so passierte? Was für ein Scheißabend, seufzte sie innerlich.

»Das lässt du mal lieber, oder willst du Stress mit Manuel?«, sagte Carola gerade anzüglich zu Rollo, als es klingelte.

Sofort sprang Carola auf, Manuelle konnte so ja nicht an die Tür gehen. »Gebt ihr mir mal Geld?«, fragte sie kleinlaut, bevor sie öffnete, sie hatte schon seit Tagen keines mehr bei sich. Alle leerten ihre Taschen und Carola kam kurze Zeit später mit der heißen, fettigen Pizza zurück. Manuelle übernahm das Verteilen, und bald schmatzten alle genüsslich.

»Noch ein Bier und ein Länderspiel, das wär´s, oder?« Micha sah sich zufrieden in der Runde um.

»Nein, danke, das ist nichts für uns, nicht wahr, Pia?« Zum ersten Mal wandte sich Carola direkt an Manuelle.

»Ach ja, ihr steht wohl mehr auf Kochkurse?«, forderte Rollo sie heraus.

»Klar, Männer in Aspik, mit extra viel Gelatine für dein bestes Stück!« Manuelle blitzte ihn an. »Oder Würstchen im Schlafrock, zu mehr reicht es bestimmt nicht bei dir!«

»Hey, nicht so frech! Sonst muss ich meine körperliche Überlegenheit einsetzen und euch auf eure Plätze verweisen!«

Erik lachte dabei, wie verrückt, sie spielten das uralte Spiel. Mit Manuel! Das ging nur, weil seine Freundin dabei war, da konnte es nicht peinlich werden.

»So, dann mach doch mal, da bin ich ja mal gespannt!« Manuelle strich sich mit einer gezierten Geste die Haare aus dem Gesicht. »Jetzt traut er sich nicht, ich wusste es doch.«

Erik knuffte sie lachend. Bald war das Bier leer, und Manuelle opferte eine Flasche Wein. Fröhlich stießen sie auf den Erfolg der Band an.

»Kannst du zufällig auch ein Instrument spielen oder singen?«, wandte sich Micha an Carola.

»Nein, leider nicht, aber ich würde gern, wenn ich euch so zuhöre.«

»Ich kann dir das Singen beibringen, wenn du willst«, meinte Manuelle begeistert. »Hast du es schon mal probiert?«

Carola verneinte, und schon fühlten sich alle bewogen, die erste Stunde sofort abzuhalten. Micha holte Kochlöffel aus der Küche, und Erik legte eine CD von Bon Jovi ein.

»Das wirst du nicht singen können, aber wir können es gut spielen, und du kennst es sicher wenigstens, oder?«,vergewisserte sich Rollo.

Carola zierte sich, und Manuelle hatte Erbarmen. »Lass nur, Carola, wir machen das allein. Vielleicht kannst du ja im Kopf mitsingen.«

Wenige Augenblicke später hatte sich das Wohnzimmer in eine Bühne verwandelt. Erik spielte den Bass, ganz individuell auf einer Blumenvase, Rollo war sowieso der König im Luftgitarrespielen, und Micha hatte seine Kochlöffel, mit denen er auf allen möglichen Gegenständen herumtrommelte. Manuelle hielt ein ausrangiertes Mikro vor ihr Gesicht und sang hingebungsvoll.

Carola hatte Manuel noch nie singen hören, sie fiel fast auf die Knie. So klangen doch bloß richtige Sänger! Fasziniert beobachtete sie die vier. Wenn sie immer so gut waren, könnten sie richtig Erfolg haben. Plötzlich verstand Carola, dass Manuel alles, aber auch wirklich alles für einen Auftritt tun würde. Sie würde an seiner Stelle das Gleiche tun und noch mehr. Leise begann sie mitzusummen, sie hatte auch schon zwei Bier und einen Wein intus, sonst hätte sie sich das nie getraut.

Manuelle bemerkte es und zog sie an der Hand zu sich. Gemeinsam schmetterten sie »Woman in Love« ins Mikro, und Carola hatte unglaublich viel Spaß dabei. Auch Manuelle war total glücklich, das war einfach perfekt! Sie war umgeben von Menschen, die sie mochten, und sie tat das, was sie am besten konnte und am meisten liebte. Gekonnt zogen Carola und Manuelle ihre Show ab, und alle tranken hinterher noch ein Glas Wein, was die Stimmung auf den Höhepunkt brachte. Bald wusste keiner mehr, über welchen Witz er gerade lachte, weil drei gleichzeitig im Umlauf waren, und es war auch egal. Micha, der sich den ganzen Abend über im Hintergrund gehalten hatte, führte seine Lieblingsparodie vor, die, die er nur an ganz besonderen Abenden brachte.

»Also hallo erst mal, ich weiß ja nicht, ob Sie es wussten, aber ich hab ja jetzt neulich Geburtstag gehabt …«

Erik fiel vor Lachen von der Couch, das war echt der Hit. Vor allem verzog Micha sein Gesicht genau wie der Comedian, und das war wirklich nicht ganz einfach.

Carola staunte nur, den kannte sie gar nicht. Doch es war so witzig, dass sie bald in das Gekreische einstimmte.

»… dann habe ich ein Aquarium gekauft, aber nur mit einfarbigen Fischen, die bunten machen mich ganz durcheinander …«, erklärte Micha, als es erneut an der Tür klingelte.

Schlagartig herrschte Stille. Rollo sah auf die Uhr, es war schon nach zwölf, bestimmt hatte ihnen jemand die Bullen auf den Hals gehetzt.

»Wer geht?«, fragte Erik leise, allen war klar, dass es nicht Manuel sein konnte.

Carola stand erneut wie selbstverständlich auf und ging zur Tür.

»Nein, er ist nicht da, ich glaube, er lernt mit Freunden … Ja, tut uns leid … Doch, er weiß, dass wir da sind, ich bin seine Freundin … Ach Gott, ist es schlimm? … Das ist ja schrecklich … Ja, ich richte es ihm aus.«

Blass kam sie zurück ins Wohnzimmer und stand schweigend in der Tür.

»Hey, was ist los? So schlimm waren sie doch gar nicht, oder?«, fragte Micha alarmiert.

Auch Manuelle sah sie fragend an.

»Es war deine Mutter, sie hat deine Nummer nicht und wollte dir nun einen Zettel an die Tür hängen. Hier ist er. Dein Großvater ist ins Krankenhaus gekommen, ein Unfall. Nicht so sehr schlimm, aber ein Bein hat er gebrochen. Wenn du wieder da bist, sollst du sie anrufen.«

Carola war zu Manuelle gegangen und hatte sie in den Arm genommen, während sie das sagte. »Ich wusste gar nicht, dass du noch einen Großvater hast!«, fügte sie hinzu.

»Ach du Scheiße! Ich muss sie sofort anrufen!« Manuelle rannte zum Telefon, doch Carola hielt sie auf. »Vielleicht kriegst du sie sogar noch, wenn du runterrennst.«

»Was, so? Dann haben wir auch noch einen Herzpatienten! Das war schon richtig, dass du sie nicht reingelassen hast. Mist! Schau mal aus dem Fenster, hat sie wenigstens ein Taxi genommen?«

»Ja, da steht eins, jetzt steigt sie ein. Ich habe nicht gefragt, in welchem Krankenhaus dein Großvater liegt, schön blöd, sonst könntest du anrufen. Doch, warte, die Nummer steht auf dem Zettel.«

»Fuck! Was heul ich denn!«, rief Manuel erschrocken. »Ich steh nicht auf meine Familie, was ist denn mit mir los?« Er wischte sich wütend die Tränen vom Gesicht und verschmierte dabei sein Make-up.

Carola nahm ihn in die Arme. »Du bist völlig überfordert, und diese Situation hier macht´s nicht besser. Es wird schon wieder gut. Sie hat gesagt, es war ein Unfall, aber es sei nicht so schlimm. Gleich rufen wir sie an, und dann fahren wir sofort ins Krankenhaus, ja? Komm, geh mit ins Bad, wisch dir die Schminke vom Gesicht, und zieh dich um. Und wenn du fertig bist, ist sie sicher schon zu Hause.« Liebevoll redete Carola auf Manuel ein, während dieser mit ins Badezimmer ging. Micha begleitete sie, die anderen zogen ihre Jacken an und verdrückten sich, versprachen aber, am nächsten Tag anzurufen. Sie hätten sowieso nichts für ihn tun können. Immer noch weinend wusch Manuel sich das Gesicht und setzte sich auf den Toilettendeckel.

»Es ist bestimmt nicht so schlimm. Aber wieso muss ich hier sitzen und mich verstecken? Sogar in einem Notfall nehme ich Rücksicht auf meine Mutter, anstatt so, wie ich bin, zu meinem Großvater zu fahren. Aber der würde mich so sicher auch gar nicht wollen.« Er weinte noch heftiger.

Micha runzelte die Stirn, er verstand seinen Freund wirklich nicht. Es war doch bloß ein Kostüm, ein Witz, niemand brauchte ihn so anzuerkennen! Außerdem stimmte es nicht, Manuel nahm Rücksicht auf sich selbst, nicht auf seine Mutter.

»Sie wären sicher stolz auf dich, wenn sie dich so sehen könnten. Ich kenne nicht viele, die für ihren Erfolg so weit gehen würden. Und wenn sie das nicht kapieren, dann haben sie dich nicht verdient.«

Manuel hob den Kopf. Beide verstanden ihn nicht, aber beide waren da und bemühten sich. Er fühlte sich getröstet und geliebt, auch wenn ihm niemand das Richtige sagen konnte.

»Geht schon wieder, danke. Du bist wirklich lieb, Carola. Und du auch, Micha«, wandte er sich verlegen an ihn. »Ich rufe sie jetzt mal an.«

Nach einer kurzen Zeit kam er wieder, er sah sichtlich erleichtert aus. Carola und Micha hatten stumm und voller Mitgefühl auf ihn gewartet.

»Es ist wirklich nicht so schlimm, eine Tibiakopffraktur, das Schienbein. Ich brauche heute gar nicht mehr ins Krankenhaus, er schläft. Sie haben es geschraubt, er hat eine Platte im Bein und muss noch ein paar Tage dortbleiben. Es reicht, wenn ich morgen hinfahre. Was für ein Glück.«

»Na, dann haben wir ja was zu feiern!«, rief Micha erfreut.

Carola umarmte Manuel, sie war auch sehr froh, aber noch viel froher war sie darüber, dass sie ihn nun wiederhatte.

Manuel ging ins Schlafzimmer, schlüpfte aus den Kleidern, legte die Silikonbrüste in ihre Schachtel, zog eine Jogginghose über und setzte sich zu den beiden auf die Couch.

Plötzlich lachte Micha auf. »Du hast ja noch die Strümpfe drunter, kreierst du eine neue Mode?«

Manuel sah an sich herab, tatsächlich, es war passiert. Das, was ihm früher wie der Albtraum schlechthin erschienen war, gab jetzt nur einen Anlass zum Lachen. »Klar, wieso nicht? Sieht doch gut aus, oder?«, sagte er und stieß mit Carola und Micha an. »Ich finde diese Trennung zwischen Männer- und Frauenklamotten sowieso blöd, unterdessen jedenfalls. Frauen dürfen alles tragen, Schlipse und was sie wollen, aber wir – dabei ist ein Seidenrock im Sommer das Tollste, was dir passieren kann. Glaube ich«, setzte er schleunigst hinzu.

»Manchmal hätte ich direkt auch Lust auf einen Rock«, gab Micha verschämt zu.

»So? Dann komm mit! Ich habe davon einige im Schrank!« Manuel wusste nicht, welcher Teufel ihn ritt.

»Ganz sicher nicht.« Michas Stimme schwankte, und Manuel hakte sofort nach. »Also komm. Wenn ich das kann, dann ist das für dich doch gar kein Thema, oder?« Diplomatie war sowieso nicht seine Stärke, aber der Geist des Weines redete nun auch ein Wörtchen mit.

Und so kam es, dass nach einer halben Stunde drei sehr gut angezogene Damen auf Manuels Couch saßen und geziert die dritte Flasche öffneten.

»Macht echt Spaß!«, gab Micha zu und spreizte seinen kleinen Finger ab.

»Du hast dich noch gar nicht vorgestellt, wie ist dein Name?«, fragte Carola gekünstelt. »Dass wir überhaupt mit der reden, nicht wahr, Pia? Schließlich kennen wir sie gar nicht!«

Das wurde Micha aber doch zu peinlich, und er sagte mit seiner normalen Stimme: »Ich sollte jetzt besser gehen, es ist schon fast drei. Morgen habe ich einiges vor.«

Carola und Manuelle sahen sich vielsagend an und prusteten dann los. »Schon gut, ich merke schon, sie passt nicht zu uns. Sieht man ja auch gleich, das ist eine von den Neureichen. Schau dir nur mal diesen Rock an!«

»Also entschuldige mal bitte!«, regte sich Manuelle auf, »immerhin habe ich ihn ihr geliehen! Aber du hast recht, da braucht man eben Klasse, um so was zu tragen.«

Micha hatte sehr zögernd und unter vielen aufbauenden Zurufen einen weißen Spitzenrock angezogen. Der Effekt war natürlich sehr komisch, aber Micha hatte für kurze Zeit die Augen geschlossen, und das Gefühl war unbeschreiblich gewesen. So viel Alkohol gab es aber dann doch nicht auf der Welt, dass er sich damit entspannt und locker gefühlt hätte, und so ergriff er jetzt die Flucht. So cool wie Manuel würde er nie werden, er wechselte die Rollen ja wie nichts. Zum Glück hatte er nicht diesen Pia-Job, auch wenn der Rock sich wirklich ziemlich gut anfühlte. Seine Bewunderung für Manuel stieg ins Unermessliche.

»Also ich gehe dann jetzt wohl mal«, sagte er, während er aufstand und sich den Rock herunterzog, »wehe, davon dringt auch nur ein Wort zu Rollo!«

Lachend drohte er Manuelle mit dem Finger, aber es war ein Körnchen Angst dabei. Woher sollte er wissen, dass sie in einer besonders arroganten Stunde nicht über ihn lachten? Vertrauen hin oder her, er kannte Manuel, und manchmal hatte der Züge an sich, denen man einfach nicht trauen konnte, weil sie unberechenbar waren. Seine wahre Bitte lautete: Mach es nicht kaputt!

Manuelle sah ihn an, plötzlich wieder total nüchtern. »Werde ich nicht. Versprochen. Er würde es nicht verstehen. Ich danke dir, jetzt weißt du vielleicht ein bisschen, wie ich mich fühle.«

Sie stand auf und brachte ihn zur Tür. Einen kurzen Moment lang zögerte Micha, dann drückte er Manuelle ungeschickt an sich. Überrascht erwiderte sie die Umarmung und zog ihn nun ihrerseits zu sich heran. Es fühlte sich gut an, nah und herzlich.

Und es war noch nicht mal peinlich, als Carola zu ihnen trat. Auch sie wollte sich von Micha verabschieden, sie hatte ihn in sehr kurzer Zeit ins Herz geschlossen. Warm umarmte auch sie ihn, und beide schoben ihn schließlich aus der Wohnung.

Als sie endlich allein waren, legte Carola ihre Arme um Manuelles Hals. »Was für ein verrückter Abend!

Aber jetzt würde ich doch gern wieder mit Manuel zusammen sein, geht das?«

Rasch schminkte Manuelle sich das zweite Mal ab und zog endgültig alles aus. Kaum stand Manuel nackt vor Carola, warf sie ihn aufs Bett und schmiegte sich an ihn.

»Erzähl von deiner Mutter«, bat sie später, »du hast sie noch nie erwähnt, ich wusste gar nicht, dass sie hier in der Nähe lebt. Und was ist mit deinem Vater? Und wer ist das kleine Mädchen auf dem Bild am Kamin?« Doch da schlief er schon.

26

Sobald Manuel aufgewacht war, rief er erneut in der Klinik an, um zu hören, wie es seinem Großvater ging. Nachdem er sich bei einer sehr netten Schwester vergewissert hatte, dass alles in bester Ordnung sei, bereitete er das Frühstück zu, er deckte den Küchentisch ganz besonders liebevoll und räumte sogar das Wohnzimmer auf. Da hatten sie ja ganz schön gesoffen!

Aber es hatte sich gelohnt, Pia schien gesellschaftsfähig geworden zu sein. Besonders glücklich war er darüber, wie Carola reagiert hatte. Sie hatte sich so gut mit Manuelle verstanden, auch die anfängliche Befangenheit und Angst hatte sich augenscheinlich in Luft aufgelöst. Summend kochte er Kaffee, briet sogar ein paar Eier und setzte sich schließlich zufrieden an den Tisch.

Solange Carola noch schlief, wollte er ein paar Seminarunterlagen durchgehen, um diese Zeit war sein Geist noch leer, sodass er sehr schnell lernen konnte. Nach wenigen Minuten bemerkte er aber, dass seine Gedanken immer wieder abschweiften, und so legte er die Blätter beiseite und schaute aus dem Fenster.

Kaffeetrinkend verlor er sich in dem ausnahmsweise mal blauen Novemberhimmel. Wie hatte sich sein Leben verändert, und das innerhalb von fünf Minuten! Wenn Carola nicht krank geworden wäre, wenn sie erst gar nicht zu seinem Haus spaziert wäre! Wenn … Lächelnd schüttelte er den Kopf, es gab doch in Wirklichkeit gar kein Wenn. Alles ergab sich immer so, wie es das Universum wollte, und man konnte entweder im Fluss damit sein oder nicht, das Universum ließ sich nicht bestechen. Das war auch gar nicht nötig. Da sich das Universum sowieso durch jeden Einzelnen ausdrückte, konnte es immer nur zum eigenen Besten sein, der inneren Stimme zu folgen. Auch wenn man sich manchmal wirklich fragte, ob der Hüter dieses Universums wusste, was er tat. Es hatte keinen Sinn, Ereignisse manipulieren zu wollen. Erstens klappte das meistens sowieso nicht, und wenn, dann kam es das nächste Mal umso dicker, und zweitens war es viel besser und vor allem entspannender, wenn man darauf vertraute, dass alles schon in seiner Ordnung war.

Manuel hatte lange darüber nachgedacht, ob das bedeutete, dass man die Hände in den Schoß legen und am besten gar nichts mehr tun sollte, denn wenn man dem Universum folgen wollte, was immer das hieß, woher wusste man, was es von einem wollte? Er hatte noch keine befriedigende Antwort darauf gefunden, und so schwankte er immer wieder zwischen »Ich muss mein Leben in die Hand nehmen und was daraus machen« und »Alles kommt, wie es kommt, und ich folge nur meinem Herzen«. Beides ließ sich selten vereinbaren, oftmals sagte sein Herz – oder das, was er dafür hielt – etwas völlig anderes als sein leistungsorientierter Kopf. Doch wer hatte recht? In dieser Gesellschaft war es unumgänglich, dass man etwas leistete und gut in dem war, was man tat. Sonst konnte man gleich im Schlafsack unter einer Brücke hausen, dazu kam es nämlich unweigerlich, wenn man versagte. Das wusste ja schon ein kleines Kind. Also war es am besten, man tat das, was man gern tat, denn das konnte man auch gut und da hatte man auch Lust, etwas zu leisten.

Er hätte zu gern eine Antwort gehabt auf die Frage, wie sich der Wille des Universums zeigte. Wenn das Universum etwas von ihm wollte, und dessen war er sich ganz sicher, sonst hätte er nicht manchmal diese komischen Erlebnisse, könnte es sich doch vielleicht auch klar und eindeutig ausdrücken, oder? Doch so sehr er sich auch in meditative Stimmungen versetzte, er hörte nur das Rauschen seines Blutes. Nach einiger Zeit tauchte dann, wie immer, wenn er sich mit diesem Thema beschäftigte, ein Gefühl von Sinnlosigkeit und Hoffnungslosigkeit auf. Wenn das Universum oder Gott oder wer auch immer wirklich wusste, was es oder er tat, was hatte das Leben dann seiner Schwester angetan?

Er öffnete die Augen, die er irgendwann geschlossen hatte, und sah wieder in den blauen Himmel. Sofort hob sich seine Laune. So kompliziert war das alles vielleicht gar nicht, wenn so etwas Einfaches wie ein blauer Himmel ihm so viel Freude bereiten konnte. Sicher hatte er nur einen Denkfehler gemacht. Er würde schon noch darauf kommen.

Während er wieder vor sich hin lächelte, hörte er Carola in die Küche tapsen. Sie schlang ihre Arme von hinten um seinen Hals, und er legte seinen Kopf an ihre Brust.

So standen sie eine kleine Weile da, dann brach Carola das Schweigen. »Ich rieche Kaffee, ist er noch heiß?«

»Klar, nimm dir welchen.«

Sie setzten sich gemeinsam an den Frühstückstisch und lachten noch einmal über den gestrigen Abend.

»Wie Micha ausgesehen hat! Ich dachte, ich breche zusammen!«

»Aber wie mutig von ihm, findest du nicht? Ich kenne keinen Typen, der sich einfach so einen Rock anziehen würde!«

»Und du? Du bist ja wohl auch mutig, mein großer, starker Held.« Manuel anhimmelnd, schaute Carola auf.

»Bei mir ist das was anderes, obwohl es mich meinen ganzen Mut gekostet hat, das stimmt.«

»Wieso ist es was anderes? Nur weil du es für eure Karriere machst? Immerhin stellst du dich so auf die Bühne, ich finde, das ist ein ziemlicher Hammer.«

»Na ja, jetzt übertreib mal nicht, ich tue es ja auch für mich. Aber ich weiß ehrlich gesagt immer noch nicht, ob ich es wirklich mache. Ich habe echt Schiss. Stell dir vor, jemand kriegt was raus, ich bin blamiert bis in die nächste Generation!« Er nahm sich noch etwas von dem Rührei, das unterdessen kalt geworden war.

»Weißt du was? Wir sollten doch mal Chantal anrufen, sie kann dir bestimmt noch Tipps geben, damit alles noch besser, so richtig perfekt wird. Wie findest du das?«

Manuel bekam leuchtende Augen. Er holte sein Handy, ließ sich von Carola die Nummer geben und speicherte sie ab.

»Wann gehst du heute in die Uni? Wir könnten uns ja danach treffen, vielleicht hat sie heute schon Zeit. Ich will das jetzt auch durchziehen.« Entschieden schnitt er ein Brötchen auf und legte es Carola auf den Teller.

»Ich bin um drei fertig. Aber ich muss heute mal wieder zu mir, schauen, ob alles in Ordnung ist, und ich habe auch das Gefühl, meine Wohnung ruft nach mir.

Ich wollte heute Abend wieder zu dir kommen.« Carola träufelte Honig auf eine Brötchenhälfte und führte sie erwartungsvoll zum Mund.

»Auch gut. Weißt du was? Wir laden sie ein für heute, vielleicht hat sie ja Zeit. Willst du?«

»Was ist denn heute … Freitag. Da hat sie einen Auftritt, glaube ich, aber wir können es probieren. Willst du heute Abend nicht mal wieder ins Black Panther? Ich hätte Lust, ich bin wieder fit.« Sie leckte sich den Honig von den Fingern.

»Eine tolle Idee, jetzt, wo du es sagst, merke ich, dass mir das Tanzen fehlt. O. k., canceln wir Chantal für heute und gehen mal wieder feiern.« Er sah sie verschmitzt an. »Soll ich den Mini von gestern anziehen, oder leihst du mir deinen Spitzenrock?«

Doch Carola fand das nicht so witzig. »Ich warne dich, mein Schatz. Ich bestehe darauf, mit einem Mann zusammen zu sein, wehe, du entpuppst dich als eine von denen.«

Manuel verstummte schockiert. So drastisch hatte sie sich noch nie zu diesem Thema geäußert. Er musste endlich das Maul aufkriegen, dachte er, wenn er nicht das totale Drama inszenieren wollte. Oder war der Spielplan sowieso schon festgelegt? Konnte das Stück nicht mehr abgesetzt werden? Waren schon alle Karten verkauft?

»Erzähl mir von deiner Mutter.« Carola sah ihn gespannt an, sich auf ein gemütliches Frühstücksgespräch einrichtend.

»Sie säuft oder hat zumindest gesoffen, mein Vater hat uns verlassen, und ich habe meine sexuell missbrauchte Schwester umgebracht, als sie zwei war.«

Nun war es an Carola, geschockt zu verstummen. Doch dann lachte sie auf. »Ha! Ich hätt's dir fast geglaubt. Ernsthaft, erzähl mal was von dir!«

Manuel sah sie nur an, dann packte er seine Sachen zusammen. Er hatte zu tun.

*

Zwei Stunden später stand er vor einer riesigen Villa, Carola hätte sie sofort wiedererkannt. Genau wie sie bei der Party, war auch Manuel gebührend beeindruckt. Er drückte auf die Klingel.

»Komm rein, du musst Manuel sein.« Eine eher männliche, völlig unspektakuläre Stimme.

Zögernd trat Manuel näher und konnte seine Enttäuschung kaum verbergen, als ihm ein durchschnittlich aussehender, etwa vierzig Jahre alter Mann entgegenkam. Das Einzige, was verräterisch hätte sein können, waren seine langen Haare, doch die trug er in einem dünnen Schwanz an den Hinterkopf geklebt. Hier musste er falsch sein. Die Adresse stimmte allerdings.

»Hallo Chantal«, sagte er gepresst, als der Mann näher kam.

Dieser fing schallend an zu lachen. »Erzähl ihr das bloß nicht, sie redet sonst kein Wort mit dir!«

»Mit wem rede ich nicht?« Eine Gestalt wie aus einem Märchen näherte sich.

»Chantal, darf ich dir vorstellen, Manuel. Ich sage dir besser nicht, wie er mich begrüßt hat.« Immer noch kichernd entfernte sich der Mann.

Manuel wollte am liebsten im Erdboden versinken,

so sehr hatte er sich noch nie blamiert. Und das vor dieser Frau, am besten, er ging gleich wieder. Er traute sich kaum, sie anzuschauen, sie war die Inkarnation des perfekten Fakes. Ein mit Federn besetzter rosa Morgenrock – klar, es war ja auch erst zwölf –, weißblonde, hoch aufgetürmte Haare, eine Zigarettenspitze – die Diva ließ bitten. Und mit der wollte er über sein Problem reden, das war sicher Kindergarten für sie. Was hatte er sich bloß eingebildet?

»Ach, hallo Manuel. Dich habe ich doch schon mal gesehen – klar, in dieser Disco, mit Carola. Sie hatte dich gegrüßt. Komm rein, willst du mit mir frühstücken?«

Noch immer ganz verwirrt, folgte Manuel ihr schweigend. Alle Räume waren genau so, wie Carola sie beschrieben hatte. Schließlich gelangten sie in eine riesige, gemütliche Küche, und Chantal bat Manuel mit einer Handbewegung, sich zu setzen.

»Trink erst mal was Heißes, und komm hier an.«

Manuels Schweigen hielt an, als ob er plötzlich stumm geworden wäre. Chantal tat so, als wäre nichts. Manuel öffnete den Mund, aber er sagte nichts.

»Willst du darüber reden?«, fragte Chantal und schenkte sich und ihm Kaffee ein.

»Nein, aber ich sollte. Ich fühle mich langsam echt aussätzig, vielleicht bin ich es ja sogar.«

Chantal kaute genießerisch an ihrem Brötchen. »Woraus schließt du das?«

Manuel wollte aufstehen, was sollte das? Sie verstand ihn auch nicht.

»Ich renne dauernd rum und habe Angst, jemand könnte merken, was mit mir los ist.«

»Aber warum?«, fragte Chantal. »Und was genau ist mit dir los?«

Verständnislos sah Manuel sie an. Was sollte nun diese Frage, er hatte ihr am Telefon ganz genau geschildert, worum es ging, und sie gefragt, ob er vorbeikommen dürfte. Sie hatte den Eindruck erweckt, als verstünde sie ihn und als würde sie ihm gern Unterstützung geben. Und jetzt nervte sie mit solchen Fragen, es war scheinbar nicht die brillanteste Idee gewesen. Aber er wollte noch nicht aufgeben, dazu faszinierte sie ihn viel zu sehr.

»Also«, stammelte er unbeholfen, »ich meine, ich bin eben zur einen Hälfte Frau und zur anderen Hälfte Mann. Wie du, oder?«

»Das ist aber nicht dein Problem.« Aufreizend gleichgültig schnitt sie eine Scheibe Käse ab.

Ach nein? Wenn das kein echtes Problem war, was denn dann? Gut, er könnte krank sein oder so, aber es reichte ihm, danke. Man hatte nicht nur dann ein Problem, wenn man kurz vorm Sterben war. Das sollte sie doch eigentlich sehr gut verstehen, deshalb war er ja hier. Jetzt nahm ihn sogar eine von ihnen nicht ernst! Beleidigt schwieg er. Er sollte gehen.

Chantal sah ihn an. »Ich frage dich noch mal, was genau ist dein Problem?«

»Ich habe es doch schon gesagt, ich …« Er brach ab, seine Stimme war tränenerstickt, und das schon das zweite Mal innerhalb von vierundzwanzig Stunden. Es reichte, das brauchte er sich nicht anzuhören. Sich die Augen wischend, stand er auf.

»Hey, jetzt renn doch nicht weg. Ich erkläre es dir. Zur einen Hälfte Frau und zur anderen Mann zu sein ist eigentlich ganz o. k., wenn du es für sich betrachtest. Die meisten Menschen sind das, auch wenn sie sich äußerlich nur einem Geschlecht zugehörig fühlen. Stell dir vor, du könntest dich so kleiden, wie du wolltest, mal so, mal so. Ist es dann immer noch ein Problem?«

Manuel dachte kurz nach. »Nein, ist es nicht. Aber …«

»Stopp. Ist es also nicht. Hast du Klamotten für beide Hälften im Schrank?«

»Ja, aber …«

»Wieder stopp. Also kannst du dich so kleiden, wie es dir gerade angenehm ist, richtig?«

»Ja, schon, aber ich kann doch nicht so rausgehen!« War Chantal weltfremd oder was? Das Thema lag doch auf der Hand.

»Und warum nicht?«

Jetzt verstand Manuel. Sie, Chantal, konnte es ja schließlich auch, kein Wunder, dass sie das von anderen genauso verlangte. Sie hatte sich scheinbar schon so weit von der normalen Welt da draußen entfernt, dass sie sich überhaupt nicht mehr vorstellen konnte, wie es zuging.

»Ich erkläre es dir. Ich studiere und muss fast jeden Tag zur Uni. Ich bin ein normalsterblicher Mensch und muss zum Beispiel einkaufen. Ich gehe abends in eine Disco und will da nicht immer als Frau auftreten. Was glaubst du, wie die schauen, wenn ich mal so und mal so antanze! Es ist nicht so wie bei dir, ich lebe in der normalen Welt, ich kann nicht einfach so rumlaufen, wie ich will.«

Chantal hatte ihn interessiert beobachtet, während er geredet hatte.

»Guter Text, fast hättest du mich überzeugt. Ich hatte schon ganz vergessen, wie die Welt da draußen funktioniert, danke für deinen Vortrag. Aber was hat das mit dir zu tun?«

Manuel wurde aggressiv, sie wollte ihn provozieren, na, das konnte sie haben. »Was das mit mir zu tun hat? Ich lebe da draußen, ich gehöre dazu, ich will mein Geld in dieser Gesellschaft verdienen, und ich will nicht angestarrt werden wie ein bunter Hund! Dir macht das vielleicht nichts aus, du lebst davon, aber ich nicht, und außerdem wird Carola mich verlassen!«

Er sprang auf und nahm seine Jacke. Plötzlich erstarrte er. Chantal hatte angefangen zu lachen. »Jetzt lach nicht auch noch, das ist das Letzte, was ich brauche! Du verstehst mich auch nicht, ich hätte mehr von dir erwartet! Ich leide schon genug darunter, es reicht mir gerade, dass ich mich dauernd schämen muss!«

Er wusste natürlich, dass das genau die Art destruktiver Argumentation war, die zu unauflösbaren Missverständnissen führte, er sollte auf keinen Fall von jemandem enttäuscht sein, das war einfach indiskutabel. Niemals sollte man einem anderen zum Vorwurf machen, dass er sich anders verhielt, als man erwartet hatte. Dann hatte man eben die falschen Erwartungen, und das war das eigene Problem.

Jetzt aber WAR Manuel von Chantal enttäuscht, und was nun? Daran sah man mal wieder, dass dieser ganze Psychoquatsch nichts mit dem wirklichen Leben zu tun hatte, das hatte er schon immer geahnt. Aber was, um alles in der Welt, sollte jetzt das?

Chantal hatte ihm eine sehr gepflegte, warme Hand auf den Arm gelegt, und er spürte, wie er sich im selben Moment etwas beruhigte.

»Langsam kommst du auf den Punkt. Es geht weder um das, was du bist, noch um das, was die sogenannte Gesellschaft ist. Es geht darum, wie du dich selbst dabei siehst und welche Gefühle du dabei hast.«

Manuel setzte sich wieder. »Aber welche Gefühle kann man denn dabei schon haben? Da bleiben doch nur Hoffnungslosigkeit und Angst, ich meine, es ist doch wirklich total verrückt!«

»Du wirst mich nicht davon überzeugen, dass mit dir etwas nicht in Ordnung ist. Weißt du, dein Problem ist, dass du glaubst, du hättest eins. Natürlich verstehe ich das, neunundneunzig Prozent aller Menschen denken so. Aber es ist nicht die einzige Art, damit umzugehen, und ganz sicher nicht die beste. Was bringt es dir zum Beispiel, dass du dir einredest, du wärst irgendwie gestört?«

»Ich rede es mir nicht ein, es IST so! Also nicht unbedingt, dass ich gestört bin, aber ich bin doch schon sehr merkwürdig unterwegs. Du wirst mir doch nicht erzählen wollen, das wäre normal?«

»Was heißt schon normal? Du bist eben so, also gibt es das, und deshalb ist es auch o. k. Alles, was es gibt, gibt es eben, fertig. Wenn du oder irgendjemand eine andere Vorstellung von dir hat, täuscht er sich ganz einfach. Es gibt nur einen Menschen auf der ganzen Welt, dessen Meinung über dich wirklich zählt. Das bist du. Nimm dir die Freiheit, dich in Ordnung zu finden, wie du bist. Dann hast du es. Dann gibt es vielleicht immer noch Leute, die dich nicht ernst nehmen oder dich sogar ablehnen, aber das wirft dich nicht mehr um.«

Tief in Manuel rührte sich etwas. Chantal hatte recht,

sein Herz spürte es, doch seine Angst hielt an seiner Vorstellung fest.

»Du meinst also ernsthaft, ich brauche mich nur in Ordnung zu finden und alles löst sich auf? Das glaubst du doch selbst nicht! So einfach ist es nicht, ich glaube, du machst dir was vor. Weißt du, du wirst dafür bezahlt, so zu sein, wie du bist, aber mir winkt deshalb keiner mit einem Vertrag.« Das stimmte ja nun nicht ganz, doch darauf kam es überhaupt nicht an.

»Wer hat gesagt, dass es einfach ist? Wenn du das glaubst, zeigt es nur, dass du noch weit davon entfernt bist«, sagte Chantal gleichmütig.

Wenn Manuel hier herumkotzen wollte, durfte er das tun, aber sie hatte keine Lust, mit in den Sumpf zu springen. Sich gegen Manuels Angriffe zu verteidigen, war ihr zu langweilig. Sie amüsierte sich lieber. Zärtlich streichelte sie eine kuschelige weiße Katze, die wie aus dem Nichts heraus auf ihren Schoß gesprungen war.

»Gut, nehmen wir also mal an, es ist so, wie du sagst. Was kann ich aber tun, um Carola zu halten? Sie sagt, sie würde mich sofort verlassen, sie glaubt, es ist nur Show.«

Chantal wandte sich ihm erneut zu. »Klar glaubt sie das. Aber sei mal ehrlich, was ist denn das für eine Liebe, wenn sie auf eine bestimmte Rolle besteht? Wenn sie dich liebt, dann liebt sie dich so, wie du bist, und nicht, wie sie dich sehen will.«

»Wusste ich doch, dass dieser Spruch kommt. Jetzt sag nur noch, wenn sie wirklich geht, dann war sie es sowieso nicht wert.« Manuel verdrehte die Augen und setzte seine arroganteste Miene auf. Solche Kalendersprüche brauchte er nicht.

»Wenn sie geht, liebt sie dich nicht, ganz einfach. Das hat nichts mit Wert zu tun. Du kannst niemanden verlieren, der dich wirklich liebt, weil Liebe nicht an der äußeren Form klebt, sondern die Seele sieht. Die Frage ist nun, willst du ernsthaft wissen, ob sie dich liebt? Das findest du nämlich heraus, wenn du deinen eigenen Weg gehst.« Nachdenklich setzte sie hinzu: »Ob du willst oder nicht, glaub mir, du findest es schneller heraus, als es dir lieb ist. Aber dann weißt du es und kannst dich mit den Menschen umgeben, die dich verstehen.«

»Wenn es tatsächlich so ist, vielleicht will ich gar nicht herausfinden, ob sie mich liebt oder nicht, kann das sein?« Manuel sprach plötzlich mit seiner Kaffeetasse.

Chantal nickte schweigend, genau das war der Punkt. Sie wusste es genau, sie hatte alle Stadien bis zum Erbrechen durchlaufen, es ging immer nur um die Frage: Liebst du mich, wie ich bin? Oder noch grundsätzlicher: Bin ich es wert, geliebt zu werden, wenn ich alle Masken und Lügen fallen lasse? Darf ich bei dir das sein, was ich eben nun mal bin, oder muss ich mich auch für dich verstellen, sei es auch nur ein kleines bisschen? Und die allergrundsätzlichste Frage, die, die am Ende aller Fragen stand, lautete: Liebe ich mich eigentlich selbst so, wie ich bin? Oder muss ich sogar für mich einem bestimmten Bild entsprechen? Etwas Schlimmeres, als sich selbst zu verleugnen, konnte einem nicht passieren, denn dann war man mit einem Schlag von seinen Wurzeln und damit von seiner Kraft getrennt.

Und da kam es auch schon: »Wenn Carola mich echt verlassen würde, wäre es sehr schlimm, aber ich habe auch schon ohne sie glückliche Momente erlebt. Aber es ist so, ich selbst verurteile mich dafür, dass ich so bin, wie ich bin, und deshalb glaube ich auch nicht, dass jemand mich lieben kann, wenn er alles über mich weiß. Scheiße, das habe ich nicht gemerkt!«

Chantal sah ihn lange an.

»Gibt es wirklich niemanden, der von dir weiß und dich trotzdem oder sogar genau deshalb mag oder zumindest akzeptiert?«

»Hmm – eigentlich nicht. Oder vielleicht doch – du zum Beispiel, du redest mit mir und bist nett, obwohl du von mir weißt. Und da war noch jemand – dieser Typ aus dem Laden, aus dem Skin Deep – …« Wieder sprach Manuel mit dem Kaffee in seiner Tasse.

»Jasmin, ja, die ist total süß, nicht? Sag mal – wann warst du denn dort?« Chantal dämmerte etwas.

»Vor zwei, drei Wochen, weiß nicht mehr genau, wieso? Nein, es waren sogar schon vier Wochen.«

»Ich sage dir was, der hat sich total in dich verknallt! Wenn du es warst, natürlich. Hast du Schuhe und ein rotes Kleid gekauft?«

Manuel fühlte sich ertappt, hatte Jasmin nicht Schweigepflicht? Natürlich nicht, aber sie brauchte ja auch nicht herumzutratschen, oder?

»Hey, ich kenne sie wirklich gut, sie quatscht nicht. Sie hat es mir nur erzählt, weil sie dich so toll fand! Mehr so von Frau zu Frau. Oder von Mensch zu Mensch, Jasmin ist keine Frau, er bezeichnet sich als Lebenskünstler, das Lebendige ist sein Körper, und er macht Kunst daraus, sagt er.«

»Passt zu ihm, und er ist wirklich sehr nett, man hat sofort Vertrauen zu ihm. Tut mir leid, ich war eben tatsächlich sauer, er sollte nicht über seine Kunden reden. Aber so ist das was anderes, klar.«

Jetzt erst verstand Manuel, was Chantal gesagt hatte. »Und er ist was? Er hat mich doch gar nicht gesehen, ich war ganz normal angezogen.«

»Darauf kommt es doch nicht an, hast du es immer noch nicht kapiert?«

»Na ja, schon, aber trotzdem, also …« Das hatte er niemals erwartet, und es fühlte sich auch sehr fremd an.

»Also?«

»Also na ja, es ist schon merkwürdig, ist er schwul oder steht er auf mich als Frau?« Die Frage fiel ihm nicht leicht.

»So genau hat er es nicht gesagt, es ist ihr auch ziemlich egal, sie hat sich nicht festgelegt.«

Manuelle war enttäuscht, sie hatte auf den ersten echten Verehrer gehofft.

»Aber siehst du, es gibt doch schon Menschen, die dich mögen, ich mag dich auch!«

Manuel brachte ein schiefes Lächeln zustande. »Danke. Ich mag dich auch. Heute Morgen war es noch niemand, und jetzt sind es schon zwei. Wenn das so weitergeht …«

»Es geht so weiter. Wenn du noch eine Minute wartest …« Chantal lächelte ihn herzlich an.

Jetzt hörte Manuel die Haustür zuklappen, und sofort strömte eine Wolke teuren Parfüms in die gemütliche Küche. Die Katze sprang von Chantals Schoß und schoss in den Flur, um den Besucher schnurrend zu begrüßen.

»Du bist die Einzige, bei der sie das macht«, rief Chantal lachend in den Flur.

Gespannt und verlegen blickte Manuel zur Tür, warf dann seine Haare zurück und setzte seine Maske auf.

»Pünktlich wie immer, hallo mein Schatz!« Chantal streckte Monique beide Hände hin. Sie tauschten die obligatorischen Küsschen, doch dann umarmten sie sich herzlich, bis Monique flötete: »Vorsicht, Herzchen, mein Make-up! Ich habe eine halbe Stunde dafür gebraucht!« Das wollte was heißen bei Monique, dem Profi.

Chantal sah sie genauer an. »Du hast dich aber auch hochgetunt! Was hast du denn vor? Von vornehmer Zurückhaltung hast du noch nichts gehört, was?« Dabei lachte sie liebevoll, Monique war einfach so. Seit sie sich in aller Öffentlichkeit schminken konnte, tat sie es ausgiebig und nicht immer der Tageszeit angepasst.

»Ach Quatsch, stell dir einfach vor, wir wären in Kalifornien, da ist es jetzt vier Uhr nachts, dafür ist es doch genau richtig. Man muss nur die Perspektive ändern, dann geht alles. Wer bist du eigentlich?« Sie wandte sich an Manuel. »Halt, sag nichts, ich habe dich schon mal gesehen … in dieser Disco! Du bist ein Bekannter von Carola, stimmt´s?« Triumphierend sah sie ihn an.

»Ihr Freund, und deshalb bin ich hier.«

Chantal mischte sich ein. »Darf ich es sagen, Manuel?« Er nickte. »Monique, sie ist eine von uns, und jetzt braucht sie Unterstützung.«

Manuel kamen fast die Tränen. So einfach war es. Sie war eine von ihnen! So hatte er es noch nie betrachtet, er hatte sich noch nie irgendwo zugehörig gefühlt.

Monique sah ihn prüfend an. »Weiß Carola es? Nein, was? Wann sagst du es ihr?«

»Mach mal langsam«, wandte Chantal ein »so weit ist sie noch nicht.«

Das hörte sich ganz anders an als vor zehn Minuten.

Manuel war überrascht über Chantals Einfühlsamkeit. Jetzt schien sie ihn sogar in Schutz zu nehmen.

»Und wie ist dein richtiger Name?«

Manuel verstand sie nicht. Wie meinte Monique diese Frage? Sie konnte doch wohl nicht ... Doch, dämmerte es ihm, sie nahm ihn sofort als das, was er war. Glücklich antwortete er: »Manuelle, hallo!«

Monique hauchte ihm einen Kuss auf die Wange. Dann lachte sie. »Du bist genauso wie wir, stimmt's, Chantal? Manuela hätte es nicht getan, es musste Manuelle sein, richtig? Genauso wie ich niemals Monika heißen wollte. Und Chantal konnte sich auch keinen gewöhnlicheren Namen aussuchen, irgendwie haben wir doch ein kleines Rad ab, oder?«

Manuel stutzte, dann fing er an zu lachen. Auf Manuela wäre er überhaupt nicht gekommen, verrückt. Vielleicht stimmte es, vielleicht war es ein besonderes Gen oder ein Überbleibsel aus einem vergangenen Erdenleben, das sich nun nicht mit dem Durchschnitt begnügen konnte.

Chantal klingelte mit einer kleinen silbernen Schelle. Die Tür öffnete sich, und Manuel blieb der Mund offen stehen. Herein trat ein echter Butler, jedenfalls sah er aus wie einer. »Sie wünschen?«

Manuel sah ihn nur groß an, so etwas hatte er noch nie erlebt und auch nie damit gerechnet, es jemals zu erleben.

»Ach, hol uns doch bitte eine Flasche Champagner und natürlich Gläser, die guten!« Chantal machte einen ganz normalen Eindruck, so, als ob sie täglich solche Dinge sagte, und wahrscheinlich war es auch so.

Monique brach in lautes Lachen aus.

»Jetzt hast du unsere Kleine aber erschüttert!«, japste sie schließlich. Dann fügte sie hinzu: »Daran musst du dich gewöhnen, Chantal schwimmt im Geld, seit sie diesen Nachtclub hat.«

»Na, du darbst auch nicht gerade, oder?«, warf Chantal ein. »Unsere Gesichter bringen dir auch ganz schön Kohle, meine Liebe!«

»Nur kein Neid, ja? Ich kann nichts dafür, dass ihr so restaurationsbedürftig seid. Wenn du wüsstest, wie viel Probleme mir dein Bartwuchs immer noch macht, dann würdest du auf Knien rutschen!«

Grinsend sahen sie sich an. Sie kannten sich seit sechs Jahren und hatten keinerlei Geheimnisse mehr voreinander. Monique hatte Chantal in einem furchtbar heruntergekommenen Nachtclub kennengelernt, wo sie als Maskenbildnerin gearbeitet hatte. Chantal hatte sich vorgestellt und war als Einstieg gleich am ersten Abend vom Besitzer des Clubs schräg angemacht worden. Als er gewalttätig werden wollte, hatte Monique all ihre Sachen zusammengerafft, in eine Plastiktüte geschmissen, dann hatte sie Chantal am Arm gepackt und war mit ihr durch den Hinterausgang geflüchtet. Draußen, als Chantal sich bei ihr bedanken wollte, hatte sie nur »War sowieso ein Wichser, ich bin Monique« erwidert, und seitdem tauchten sie fast nur als Doppelpack auf. Sie hatten auch einmal eine kurze Affäre miteinander gehabt, sich dann aber dazu entschlossen, ihre Freundschaft auf platonischem Niveau weiterzuführen. Gemeinsam hatten sie sich eine Karriere am Ku'damm aufgebaut und waren dadurch ziemlich wohlhabend geworden. Chantal besang außerdem CDs, und Monique sprang im Theater des Westens ein, wenn bei besonders gewagten Inszenierungen außergewöhnlich dramatische Effekte nötig waren. Doch ansonsten machten sie alle beruflichen Aktivitäten zusammen, und schon lange wagte es kein Mann mehr, die beiden schief anzusehen. Vor einiger Zeit schließlich stand Chantal in Verhandlungen, den Nachtclub zu kaufen und Monique mit einer Einlage zu beteiligen. Ihre Zukunft, zumindest was ihre Finanzen anging, schien damit gesichert zu sein.

Freimütig erzählten sie Manuel ihre Geschichte, unterbrachen sich dabei immer wieder lachend und wurden auch ernst, als Chantal sich nämlich ausmalte, was ihr ohne Moniques schnelles Eingreifen geblüht hätte.

Als der Butler mit dem Champagner hereinkam, nein, hereinschritt, schüttelte Manuel nur noch den Kopf. Was die beiden schon alles erlebt hatten, es wäre kein Wunder, wenn seine Geschichte dagegen wie kalter Kaffee wirken würden.

Doch da hatte er Monique und Chantal unterschätzt, sie hörten ihm begierig zu, bedauerten ihn, als er von seinen einsamen Abenden erzählte, und nickten verständnisvoll mit dem Kopf, als er von dem ersten Versuch, auf die Straße zu gehen, berichtete.

»Und, warst du unterdessen schon mal draußen? En femme, meine ich natürlich?«, fragte Monique endlich.

»Nein, aber ich muss bald. Wir haben einen Vertrag mit einer Frauenband, wir spielen als Vorgruppe, und ich soll als Frau auftreten.« Gespannt sah er die beiden an, wie würden sie reagieren? Würden sie die Tragik dieses Vorhabens verstehen?

Chantal zog die Nase kraus. »Das ist ja echt ein Problem, ich möchte nicht in deiner Haut stecken. Wie willst du das machen, willst du es ihnen vorher sagen oder es einfach auf dich zukommen lassen?«

»Ich denke, Letzteres. Ich weiß ehrlich gesagt nicht, ob sie noch mit mir spielen wollen, wenn sie die Wahrheit wissen.« Er hörte sich an wie ein kleines, verletztes Kind.

Monique konnte nicht anders, sie nahm ihn in die Arme. »Wenn sie zu gemein sind, kommst du her, ja?« Ihre Stimme liebkoste seine Seele. Fast hätte er glücklich »Ja, Mami« gesagt. Dann wand er sich verlegen aus der Umarmung, auch wenn er sie noch so gern genossen hätte.

Chantal und Monique sahen sich über seinen Kopf hinweg an. Er musste allein durch seine Hölle, durch seine Angst und seine Abwehrmechanismen. Wie jeder von uns, dachten sie beide, und sie meinten nicht nur Menschen wie sie.

Manuel schüttelte die rührselige Stimmung ab und stand auf. »Ich danke euch, es war toll, euch kennenzulernen, aber ich muss heute noch mal zur Uni. Kann ich …« Er traute sich plötzlich nicht weiterzusprechen, sicher konnte er nicht sein.

Doch Chantal konnte anscheinend Gedanken lesen. »Ja, du kannst. Gern, du bist jederzeit herzlich willkommen. Und vielleicht lernen wir dich ja auch mal richtig kennen, und wenn du dabei Hilfe brauchst, Monique ist ein Genie in der Maske. Warte, ich gebe dir ihre Nummer und begleite dich hinaus.«

Manuel verabschiedete sich mit einem Kuss von Monique. »Danke für alles« setzte er dann doch verlegen hinzu.

»Alles in Ordnung«, beruhigte ihn Monique, »wir kennen das alle. Du wirst mal jemandem genauso zuhören.«

Ihr noch einmal zulächelnd, verschwand er aus der Tür, verabschiedete sich von Chantal und ging beschwingt zum Auto. Er sang auf der ganzen Fahrt zum Krankenhaus, in dem sein Großvater lag. Heute konnte nichts mehr schiefgehen, und sicher ging es ihm auch schon viel besser.

So war es dann auch, sein Großvater lachte bereits wieder.

»Wenn ich es nicht anders wüsste, würde ich glauben, du bist nur hier, weil du eine hübsche Krankenschwester kennengelernt hast«, meinte Manuel erleichtert.

»Das ist ja mal ein seltener Anblick!« Seine Mutter kam zur Tür herein. Er nickte ihr knapp zu. »War das deine Freundin gestern?«, fragte sie, und er schnappte nach Luft. Schon lange erlaubte er ihr keine persönlichen Fragen mehr. Seit er mit siebzehn ausgezogen war, beschränkte er den Kontakt auf das absolut Notwendigste. Und davon gab zum Glück nicht viel.

»Es tut mir leid, ich hatte auf einmal Angst, dass auch dein Großvater stirbt, deshalb bin ich bei dir aufgetaucht, ich weiß, wir haben es anders verabredet.« Seine Mutter wollte die Hand auf seinen Arm legen, doch er wandte sich ab.

Dann sah er sie an. »Und du weißt genau, warum.«

»Ja. Und es tut mir leid, ich kann dir nicht sagen, wie sehr. Ich kann es nicht wiedergutmachen. Sie gefällt mir, deine Freundin. Ich hoffe, ihr werdet glücklich.«

Manuel nickte seinem Großvater zu, dann verließ er das Zimmer.

Drei Stufen auf einmal nehmend, rannte er die Treppe zu seiner Wohnung hinauf und spürte eine Welle von Zärtlichkeit, als er Licht unter der Tür hindurchschimmern sah.

27

Während Manuel im Krankenhaus war, öffnete Carola ihre Wohnungstür mit gemischten Gefühlen. Ein schlechtes Gewissen, weil sie schon länger nicht mehr hier gewesen war, Unbehagen über die Kälte und leises Bedauern darüber, dass sie sich hier nicht öfter aufhalten und die Wohnung mit ihrer Energie füllen konnte, zogen sich in ihrem Magen zu einem Knoten zusammen. Sie wollte wie immer in der letzten Zeit nur schnell ein paar Klamotten holen und dann wieder zu Manuel verschwinden. Sie riss den Schrank auf und zog eilig ein Paar Jeans und etwas Wäsche heraus.

Als ihr das Lederkleid in die Hände fiel, hielt sie einen Moment inne. Wie unbändig hatte sie sich darüber gefreut, und wie sehr hatte Hans sie bewundert, als sie es ihm vorgeführt hatte. Sie liebte Manuel sehr, doch das mit Hans war so abrupt und plötzlich zu Ende gegangen, manchmal erwartete sie beim Aufwachen noch immer ihn und nicht Manuel neben sich. Sie war jedes Mal überglücklich, dass da wirklich Manuel lag, aber auch verwundert, und eine leise Stimme in ihrem Innern fragte dauernd, wann denn bitte der Haken käme. Manuel war einfach zu toll für sie, sie konnte ihm nichts entgegensetzen. Sie wusste auch, dass das völlig absurde Gedanken waren, aber sie konnte nun mal nicht anders. Energisch stopfte sie das Kleid mit in die Tasche, vielleicht passte es ja wieder, sie hatte durch ihre Krankheit einiges abgenommen.

Gerade wollte sie wieder gehen, als ihr Blick auf den Spiegel mit der bunten Lichterkette fiel. Sie hatte sich so viel Mühe gegeben, diese scheußliche Wohnung einigermaßen behaglich zu machen, und jetzt war sie nur zum Wäscheholen da.

Eigentlich schade, dachte sie, ich könnte mal wieder einen Tee nur mit mir allein trinken. Entschlossen ging sie in die Küche und setzte Wasser auf. Ihre Jacke hatte sie immer noch nicht ausgezogen, es war wirklich kalt bei ihr. Kein Wunder.

Zitternd setzte sie sich an den Küchentisch und dachte über die letzten Wochen nach. Fast war sie versucht, Hans´ Nummer zu wählen, um zu hören, wie es ihm so ginge, vor allem, wo er ja jetzt Vater wurde. Als er noch mit ihr zusammen gewesen war, hatte er dieses Thema immer sehr offensiv vermieden, anscheinend war er einer von den Männern, die man vor vollendete Tatsachen stellen musste. Glauben konnte sie es immer noch nicht, ein Kind, das war so absurd, und dann mit Sabine. Sie war wütender auf sie als auf ihn. Es war dieses tiefe Gefühl von Frauensolidarität, das verletzt worden war. Wenn sie ihrer besten Freundin nicht trauen konnte, wem denn dann? Ein Fünkchen Hab-acht-Stellung blieb in jeder Beziehung, sie wusste, dass jederzeit eine neue Liebe, neues Verlangen daherkommen konnte. Aber ihrer Freundin hatte sie blind vertraut. Hatte. Imperfekt, wie das meiste im Leben.

Das Wasser kochte, und drei Minuten später hielt sie endlich wieder ihre Sterntasse in der Hand. Die hatte sie echt vermisst, stellte sie fest, sie würde sie mit zu Manuel nehmen.

Ihre Gedanken schweiften zu Pia. Etwas beunruhigte sie, irgendetwas stimmte da nicht. Sie konnte nicht den Finger drauflegen. Ob sie Chantal anrufen sollte? Vielleicht gab es einen Trick, wie man herausbekommen würde, ob jemand Show machte oder es ernst meinte.

Frag ihn einfach, stöhnte die Stimme in ihr, die das Ganze nicht mehr hören konnte, dann hast du deine Ruhe und ich meine.

Doch das wollte sie nicht schon wieder tun, außerdem, woher sollte sie wissen, dass er die Wahrheit sagte? Vielleicht wusste er es selbst noch nicht so genau? Sie würde abwarten, aber sie würde auch ganz genau hinschauen.

Auf der anderen Seite wurde ihr schon ganz warm ums Herz, wenn sie nur an ihn dachte, an seine warmen, zärtlichen Hände, sein schönes Gesicht, seine langen Haare und vor allem an die Art, wie er mit ihr umging. Noch nie war ein Mann so liebevoll zu ihr gewesen und hatte dabei so männlich gewirkt.

Sie stand auf und öffnete den Küchenschrank. Da mussten doch noch etliche sein, sie hatte sie mit Sicherheit nicht leer werden lassen … Klar! Sie zerrte eine Schachtel Kekse zwischen einer Dose Erbsen und einer Nudelpackung hervor.

Gemütlich aß sie die Kekse und trank einige weitere Tassen Tee dazu. Dann bremste sie sich angenervt – wenn sie am Abend das Lederkleid anziehen wollte, sollte sie besser ganz schnell wieder aufhören mit der Esserei. Dass sie sich aber auch nie beherrschen konnte, es genügte, dass sie mit einer Schachtel Kekse allein war, schon vernaschte sie sie. Sie konnte einfach nicht widerstehen, dazu hatte sie zu oft keine Kekse bekommen, obwohl ihre Eltern sie bergeweise im Haus gehabt hatten. Du wirst zu dick, Kind, wir wollen nur dein Bestes. Ätzend. Irgendwann würde ihr Bedarf daran gedeckt sein, und sie würde sich anderen Dingen zuwenden können, aber bis dahin musste sie irgendwie da durch.

Jetzt würde sie gehen, sie wollte noch einkaufen. Da Manuel finanziell den gesamten Haushalt bestritt, hatte sie heute endlich mal genug Geld, um beim Einkaufen das zu nehmen, was sie wollte. Fast hundert Euro nur für Lebensmittel. Sie packte ihre Tasse ein, nachdem sie sie kurz ausgewaschen hatte, und warf ihr Tagebuch mit in die Tasche. Noch ein kurzer Blick, dann huschte sie aus der Wohnung. Zweimal abschließen – obwohl sicher niemand auf die Idee käme, bei ihr einzubrechen, war sie das ihrer Wohnung schuldig.

Sie fühlte sich wie eine Königin, als sie ihren Einkaufswagen vollpackte. Lachs, eine große Ecke Brie, verschiedene Joghurts, drei Packungen Frühstücksflocken, teure Pralinen, die sie sonst niemals kaufen würde, obwohl sie sie liebte, frisches Vollkornbrot und etliche andere Dinge. Toll, sie brauchte nicht bei jeder Sache mitzurechnen und sich zu entscheiden, ob sie zwei Dosen Bohnen oder doch lieber eine Tüte Milch kaufte. Sie leistete sich sogar eine schwarze Strumpfhose mit Naht und Strasssteinchen, furchtbar teuer, die würde sie am Abend gleich ausprobieren können.

Als sie nach geraumer Zeit an der Kasse stand, legte sie noch vier Stangen mit verschiedenen Süßigkeiten in den Wagen, sie persönlich stand ja auf die mit der sündigen Kirsche, aber wer wusste schon, ob Manuel nicht vielleicht die goldenen Kugeln bevorzugte? Oder sogar den Genuss ohne Schokolade, für sie völlig absurd. Ohne Schokolade, das war doch die totale Kalorienverschwendung. Und dann gab es noch diesen Uli, der alle seine guten Freunde knutschte, die Werbung war zwar völlig bescheuert, aber das Zeug war gar nicht so schlecht, vor allem zum Kaffee.

Stolz bezahlte sie und schleppte ihre Einkäufe zur U-Bahn. Jetzt sorgte zur Abwechslung mal sie dafür, dass der Kühlschrank gefüllt war.

Als sie alles in die Schränke gepackt hatte, kam Manuel auch schon nach Hause. Fröhlich wirbelte er sie herum, er hatte sie noch nicht erwartet.

»Na, du bist ja schon da, warst du nicht mehr bei dir?«

»Doch, aber nur kurz. Ich habe meine Tasse mitgebracht.«

Manuel verstand. Das bedeutete, dass sie begann, sich wirklich häuslich bei ihm einzurichten. Nichts war ihm lieber. Er öffnete den Kühlschrank, er war hungrig wie ein Wolf. Erstaunt bemerkte er ihren Einkaufsmarathon. »Hey, du brauchst nicht einzukaufen, Schatz, ich mach das doch …«, setzte er an, doch sie hielt ihm den Mund zu.

»Lass mich auch mal, ja? Ich finde es toll, dass du für uns sorgst, aber ich fühle mich wie ein Schmarotzer, wenn ich nicht wenigstens manchmal fürs Essen sorge. Verstehst du das?«

»Ja. Entschuldige. Ich wollte dir nur sagen, dass ich gern für dich da bin. Verstehst du das?«

Sie sah ihn lächelnd an. »Danke. Ich kann es immer noch nicht glauben. Es ist so leicht mit dir, so klar und normal, wir können über alles reden, und ich fühle mich nie peinlich. Danke.«

Sie musste sich täuschen, sie sollte ihm endlich vertrauen, beschloss sie.

»Was sollen wir kochen? Ich hätte ehrlich gesagt Lust auf stinknormale Spaghetti, obwohl wir Lachs und Käse haben. Ich tauge nicht zur Luxusfrau, glaube ich!«

»Ich auch nicht, Spaghetti sind o. k.«

Carola stutzte. »Ich hoffe sehr, dass du zu gar keiner Art von Frau taugst«, sagte sie und lachte, dann hievte sie den großen Topf aus dem obersten Regal. Manuel schwieg, nahm ihr den Topf ab.

Sie setzten Wasser auf, und als es kochte, schaffte Carola es, die Nudeln hineinzugeben, ohne dass auch nur eine entzweibrach. Manuel zauberte unterdessen eine Lachs-Sahne-Sauce. Als er einen Hauch geriebenen Käses über die leise köchelnde Sauce gab, umarmte Carola ihn von hinten. »Ach, ist das schön mit dir. Nachher machen wir aber trotzdem einen Test, den ultimativen Beziehungstest. Beim Kaffee.«

Gespannt aß Manuel seinen Teller leer. Doch es war so köstlich, dass er ihren Test glatt vergaß und noch einmal nachschöpfte.

Auch Carola genoss das Essen sichtlich, obwohl sie manchmal an das Kleid dachte. Na, zur Not hatte sie ja immer ihr Rettungsoutfit dabei. Und energisch nahm auch sie sich eine zweite Portion.

Manuel war versucht, ihr von seinem Besuch bei Chantal zu erzählen, und schließlich tat er es auch. Sie würde nicht gleich darauf kommen, und außerdem hatte er das Pia-Alibi.

Doch Carola dachte gar nicht mehr daran, misstrauisch zu werden. Sie hatte sich diesbezüglich klar ausgedrückt.

Gespannt lauschte sie seinen Erzählungen. Besonders die Stelle mit dem Typen, der Chantal vergewaltigen wollte, brachte sie in Rage.

»Männer sind einfach Schweine, da kannst du sagen, was du willst. Tut mir leid, aber das ist doch so, oder? Anwesende natürlich ausgeschlossen.«

Manuel hatte sich sowieso nicht betroffen gefühlt. Obwohl, wenn er so darüber nachdachte ... »Stimmt schon, Männer denken manchmal mit dem Schwanz. Aber sag mal ehrlich, tun das Frauen nicht auch? Also natürlich nicht damit ...«

»Schon gut«, unterbrach Carola ihn, »ich weiß, was du meinst. Kann schon sein. Vielleicht ist es auch richtig, nicht immer gleich die große Liebe spielen zu wollen. Aber ich meine eigentlich eher Gewalt. Kannst du dir eine Frau vorstellen, die einen Mann vergewaltigt, auch nur daran denkt?«

»Klar. Wenn du wüsstest, wie viele Frauen jeden Abend im Black Panther hängen, nur um einen abzuschleppen. Sie vergewaltigen nicht direkt, aber indirekt schon. Welcher Mann kann schon Nein sagen, wenn eine Frau ihn mit Superminirock und durchsichtiger Bluse anmacht?«

»Oh, ihr armen, abhängigen Wesen!« Carola wurde aggressiv, solche Sprüche konnte sie überhaupt nicht ertragen, auch nicht von Manuel. »Wenn eine Frau sich so anzieht, dann meint sie damit noch lange nicht, dass sie leicht zu haben ist oder auch nur Bock auf Sex hat!«

Auch Manuel verlor die Geduld, Carola wollte am liebsten alle Männer über einen Kamm scheren und ein Generalurteil fällen. Das hatte er schon so oft von den Psychoemanzen in der Uni gehört, dass er fast kotzen musste.

»Da hast du recht. Aber auch nicht jede Frau meint es nicht damit. Wieso habt ihr Frauen solche Probleme damit, zu akzeptieren, dass es auch unter euch Täter und nicht nur Opfer gibt, wenn diese Worte überhaupt angemessen sind? Natürlich kann ein Mann nicht richtig vergewaltigt werden, weil er eben nicht kann, wenn er nicht erregt ist, aber was ist mit den Frauen, die dir ins Gesicht spucken, weil du nicht willst? Oder die dir trotzdem an die Hose greifen und irgendwann dein Körper will, du aber nicht? Hast du noch nie einen Orgasmus gehabt, obwohl du eigentlich keine Lust hattest? Und?« setzte er hinzu, als Carola nachdenklich nickte. »War es schön?«

»Nein«, gab sie zu. »Du hast recht, ich weiß auch nicht, wieso ich solche Schwarz-und-Weiß-Bilder im Kopf habe. Irgendwie ist das die gängige Meinung.«

»Wie gut, dass du es bemerkst. Weißt du, dass beinah die Hälfte der häuslichen Gewalt von Frauen ausgeht? Frauen schlagen ihre Männer genauso wie andersherum. Die reden nur nicht drüber, weil sie sich in Grund und Boden schämen. Ich gebe natürlich zu, dass viele Männer wirklich Macht ausüben würden, wenn man sie ließe. Die meisten haben erst jetzt begonnen, zu kapieren, dass Frauen nicht für sie auf der Welt sind. Obwohl«, er machte eine Kunstpause »wer sagt das eigentlich?«

Carola warf mit der Gabel nach ihm. »Vergiss es, ich lasse mich nicht vom Patriarchat unterwerfen!«, rief sie dramatisch.

»So? Das wollen wir mal sehen. Weib, mach Kaffee!«

Demonstrativ schweigend verschränkte Carola die Arme vor der Brust.

»Gut, bist du nicht willig, so brauche ich Gewalt.« Drohend stand er auf und ging um den Tisch herum. Er ballte seine Fäuste und rollte gefährlich mit den Augen.

Das sah so irre aus, dass Carola in lautes Lachen ausbrach. »Lass es gut sein, ich mache Kaffee. Ich sterbe sonst vor Lachen.«

»Siehst du?« Befriedigt setzte sich Manuel wieder auf seinen Stuhl.

Carola warf wieder nach ihm, diesmal mit dem Löffel. Dann holte sie die Süßigkeiten aus dem Schrank, riss die Verpackungen auf und schüttete alles in eine blaue Glasschüssel. Sie stellte diese auf den Tisch und setzte Manuel schließlich eine dampfende Tasse Cappuccino vor, die sie mit viel Milch und einem Schuss Kakaolikör gezaubert hatte.

»Aber wo sind bloß die Schokoflocken? Ich liebe Schokoflocken! «, rief er geziert.

»Du Blödi, na gut, warte …« Sie stöberte im Schrank und fand eine Dose Kakao. Mit einem Löffel stocherte sie darin herum und nahm einen besonders großen Klumpen heraus. Als sie ihn Manuel in die Tasse warf, schwappte der halbe Cappuccino über.

»So ist es gut, danke.« Manuel rührte um und trank genießerisch das viel zu süße Gebräu. Dann schenkte er sich eine Tasse normalen Kaffee ein, um den Geschmack aus dem Mund zu bekommen.

»Also, was ist mit dem Test? Oder war er das schon?«, fragte er neugierig, als Carola sich wieder beruhigt hatte.

Sie wischte sich die Lachtränen aus dem Gesicht. »Also gut. Der ultimative Beziehungstest, empfohlen von allen führenden Waschmaschinenherstellern. Nimm dir von jeder Sorte eins« – sie hielt ihm die blaue Schüssel hin – »und leg sie in der Reihenfolge hin, wie du sie am liebsten magst. Halt, ich darf es nicht sehen«, stoppte sie ihn, als er sofort eine Reihe zu legen begann.

»Halt die Hand davor, ich mach es auch, dann gucken wir nicht voneinander ab«, sagte Carola bestimmt.

»Neben dir hätte ich in der Schule nicht gern gesessen«, sagte Manuel beleidigt.

»Wäre auch nicht gegangen, es sei denn, du wärst dreimal sitzengeblieben«, erwiderte sie schnippisch.

Dann nahm sie sich vier verschiedene Pralinen. Eifrig legten beide eine Reihe. Während Manuel überhaupt nicht nachdenken musste, konnte Carola sich an zweiter Stelle nicht zwischen der runden und der mit der ganzen Haselnuss entscheiden. Die runde gewann, weil der Typ aus der Werbung so blöd war. Schließlich kam der große Augenblick, nichts ging mehr, alea iacta est.

Carola hob eine Hand. »Kirsche, Kugel, Haselnuss, nichts, die ohne Schokolade.« Sie sah ihn gespannt an.

Manuel spreizte dramatisch die Finger, dann kam der Moment der Wahrheit, würden sie zusammenbleiben können oder nicht?

»Kirsche, Kugel, Haselnuss, nichts, die ohne Schokolade. « Sogar die Lücke hatte er gelassen, wie Carola.

Jubelnd fiel sie ihm um den Hals, sie hatten den Test bestanden. Manuel war über alle Maßen glücklich, gerade so, als wäre es ein echter Test gewesen. Abwechselnd schoben sie sich die Hauptgewinner in den Mund.

»Wer hat wohl so eine blöde Packungsgröße erfunden?«, fragte Carola, als nur noch eins übrig war. »Fünf Stück, das ist doch echt doof, oder?«

»Finde ich nicht«, meinte Manuel mit einem Lächeln, »komm mal her.« Er nahm das letzte Stück zwischen die Zähne und zog Carolas Gesicht zu sich heran. Sie biss in die andere Hälfte, und geschwisterlich teilten sie sich die Praline. Natürlich lief der Likör aus, und lachend leckten sie sich gegenseitig die Lippen. Schnell wurde ein Kuss daraus, und als sie sich nach zwanzig Minuten wieder vom Fußboden erhoben, war Carolas Kaffee kalt geworden.

»Siehst du, das hat man davon. Daran hat der Hersteller nicht gedacht. Jetzt machst du aber Kaffee.«

Zärtlich strich Manuel ihr über die Haare, er würde sie nicht aufs Spiel setzen, auch wenn Chantal noch so recht hatte. Er wollte sie nicht verlieren, und wenn er dafür einen wichtigen Teil seiner selbst aufgeben musste, dann war es das wert. Nichts war schlimmer, als wieder allein zu sein, dagegen kam das ganze Zu-sich-Stehen nicht an. Vielleicht ergab sich eine gute Gelegenheit, mit ihr zu reden, ohne dass sie schreiend davonlief, aber wenn nicht, würde er schweigen bis an sein Lebensende.

Carola räumte den Tisch ab, und während Manuel die Spülmaschine einräumte, legte sie sich genüsslich in die gefüllte Badewanne. Das Wasser duftete nach Honig und Rosen. Sorgfältig wusch sie ihre Haare und legte sogar eine Maske auf, heute wollte sie besonders gut aussehen. Manuel kam dazu, nachdem er die Küche poliert hatte, und schließlich lagen beide in der Wanne, hatten beide eine Karotten-Weizenkleie-Maske im Gesicht und erzählten sich Witze. Als sie aus der Wanne stiegen, trockneten sie sich gegenseitig ab und kuschelten sich in die dicken Bademäntel.

»Leider haben wir keine Zeit mehr, uns vors Feuer zu setzen, ich habe Micha versprochen, früher zu kommen, wir wollen noch was wegen den Auftritten besprechen«, sagte Manuel bedauernd.

»Macht nichts, ich bin so scharf auf Musik, das glaubst du gar nicht.«

Sie ging ins Schlafzimmer und packte stolz die neue Strumpfhose aus. Hoffentlich sah sie bei ihr so toll aus wie bei der strichdünnen Frau auf der Packung.

»Scheiße!« Carola stand vor dem großen Spiegel im Schlafzimmer und zerrte. Es nutzte nichts, sie war zu kurz.

»Wie kann die zu klein sein, ich habe doch dieselbe Größe wie immer genommen!« Frustriert zog sie weiter daran.

»Das ist eine blöde Marke«, sagte Manuel, ohne darüber nachzudenken, »die fallen jedes Mal anders aus, mach dir nichts draus!«

»Ach was, ich bin einfach zu fett«, erwiderte Carola aggressiv und kniff sich so fest in den Bauch, dass sich ein roter Fleck bildete.

Sofort hasste sie ihren Körper. Manchmal genügte eine Kleinigkeit wie diese – dass ihr eine Strumpfhose nicht richtig passte –, und sie würde am liebsten ein Messer nehmen und all das verhasste Fett abschneiden. Sie zog sich im Spiegel eine Grimasse. Wie konnte man nur so unförmig sein? Dieser Körper war so abstoßend, dass ihn keiner wirklich mögen konnte, manchmal fragte sie sich, ob Manuel Tomaten auf den Augen hatte. Sie ballte eine Hand zur Faust und schlug sich damit heftig auf den Bauch, der von der Strumpfhose abgeschnürt wurde. Ihre innere Spannung war so groß, dass sie vor lauter Hass überhaupt nicht mehr wusste, wohin mit sich. In Momenten wie diesen war sie nahe dran, aus dem Fenster zu springen, und das würde nie anders werden. Jedes Mal wenn sie ein bisschen abgenommen hatte, genügte eine gute Mahlzeit, und alles war wieder drauf. Sie verzweifelte fast an ihrem Körper, er machte ihr immer wieder einen Strich durch die Rechnung. In das Lederkleid würde sie mit Sicherheit auch nicht hineinpassen. Dabei wollte sie am Abend so richtig toll aussehen, es war schließlich das erste Mal, dass sie offiziell als Manuels Freundin mit ihm wegging. Daraus würde wohl nichts werden.

Überhaupt, wie sie daherkam! Ihre Haare hingen herunter wie Spaghetti, und ihre Augen waren klein und etwas zugeschwollen, das waren noch immer die Nachwirkungen von der Lungenentzündung. Das Make-up, das die Situation eigentlich retten sollte, verstärkte diese Wirkung leider, und sie sah aus wie eine Schleiereule. Wie eine angemalte Schleiereule.

»Komm, Schatz, reg dich nicht so auf, zieh doch einfach eine andere an!«

Manuel kapierte nichts, er konnte das natürlich auch nicht verstehen, er war ja ein Mann. Die Strumpfhose war nicht das Problem, ihr Körper war das Problem! Mit dieser fetten Wampe würde sie niemals schön und begehrenswert sein, ihr Körper befand sich in einem absolut unannehmbaren Zustand. Die zwei Kilo, die sie glaubte, abgenommen zu haben, hatte sie entweder wieder drauf – oder es kam schon nicht mehr auf zwei Kilo an.

»Geh allein, Manuel, ich komme heute nicht mit, ich fühle mich nicht gut.« Hans hatte das immer akzeptiert, sie hatte dann zu Hause gesessen und sich mit Fernsehen oder Lesen abgelenkt, bis diese Gefühle wieder in der Versenkung verschwunden waren. Dann, nach einigen Wochen, brachen sie plötzlich erneut ohne Vorankündigung hervor, und das Spiel konnte von vorn beginnen. Sie hatte keinen Einfluss darauf und war dem Ganzen vollkommen ausgeliefert. So empfand sie es jedenfalls, wobei sie noch nicht mal auf die Idee kam, dass sie ein Problem hatte. Außer dem Problem, dass sie zu dick war natürlich. Bei diesem Körper war ihr Hass angebracht, fand sie.

»Nein, Carola, allein habe ich auch keine Lust. Dann bleibe ich bei dir, wenn dir das recht ist, ja?«

Aber warum denn bloß? Wer sollte mit ihr etwas anfangen können? Sie war den Tränen nahe. Es tat so weh, sich dermaßen zum Kotzen zu finden, aber sie war es ja auch, da konnte man nichts machen.

»Du verstehst nicht, ich will, dass du gehst, ich will nur nicht mit«, murmelte sie. Sie hatte nicht mit Widerstand gerechnet.

»Ich möchte bei dir sein, außer du willst allein sein. Was ist eigentlich los, was hast du?«

»Schau mich doch an«, wollte es aus ihr herausbrechen, doch sie erwiderte nur: »Kopfweh, ich bin doch noch nicht ganz so gesund, wie ich dachte.«

»Und sonst ist nichts?«, fragte Manuel zweifelnd.

»Nein, was soll denn sein?«, gab sie genervt zurück. Doch dann entschloss sie sich, es zu probieren. Das hier war Manuel, der sie liebte, erinnerte sie sich, vielleicht verstand er sie ja doch.

»Kennst du das, dass du seinen Körper so ätzend findest, dass du dich am liebsten umbringen würdest?«, fragte sie mit einer Dringlichkeit in der Stimme, die ihn aufhorchen ließ.

Fast hätte er bitter aufgelacht. Ja, das kannte er, genauer, als er es jemals hatte kennenlernen wollen. »Ja«, sagte er nur, »kenne ich.«

»Schau mich doch an«. Jetzt weinte Carola doch.

Er schaute sie an. »Ich sehe eine sehr weiche, warme und kuschelige Frau«, sagte er dann liebevoll. »Aber ich verstehe, wie du dich fühlst.«

Mit den halb heraufgezogenen Strumpfhosen und dem verweinten Gesicht bot Carola ein Bild des Jammers, und sie sah es im Spiegel.

»Aber ich sehe doch echt beschissen aus, und ich bin fett und schwabbelig, ich finde mich so kotzig!« Sie weinte herzzerreißend.

Er nahm sie in die Arme. »Wer hat dir denn das erzählt?«, fragte er vorsichtig.

»Ich weiß nicht mehr, jeder, ich war immer zu fett und werde es immer sein. Besser, du gehst jetzt.«

Dieses Programm kannte er, Manuelle reagierte auch immer mit totalem Rückzug, wenn sie sich wie die absolute Versagerin, als Frau und überhaupt, fühlte. Dann wollte sie nur noch ihre Ruhe, um sich zu bestätigen, dass sie sowieso keiner liebte. »Komm mal mit aufs Bett«. Sanft zog er sie vom Spiegel weg.

Carola stöhnte innerlich, jetzt wollte der anscheinend auch noch Sex von ihr, sie müsste wieder funktionieren und hatte doch überhaupt keine Lust.

»So, ja. Und jetzt leg dich da hin.« Er zog ihr die

Strumpfhose aus und verschwand für kurze Zeit im Bad. Als er wiederkam, hielt er Manuelles teuerste Bodylotion in der Hand.

»So, jetzt entspann dich ein bisschen, dann geht es dir gleich viel besser«, sagte er zärtlich.

Er verrieb ein wenig Creme zwischen seinen Händen und strich Carola vorsichtig über den Rücken. Er war unsicher, er hatte noch nie massiert, jedenfalls nicht, ohne es als Vorspiel zu meinen. Das hier war das erste Mal, dass er nur etwas geben wollte. Hoffentlich konnte er es überhaupt. Doch als er über Carolas Körper strich, bemerkte er, dass seine Hände genau wussten, was sie tun sollten, und er spürte auch, dass von bloßem Geben gar keine Rede sein konnte. Ihre Wärme und ihre Weichheit gaben ihm mindestens genauso viel Nähe und Geborgenheit zurück.

Wohlig seufzte Carola auf, obwohl sie sich nicht wirklich entspannen konnte, zu viele Gedanken schossen durch ihren Kopf. Vielleicht hatte er es gerade gar nicht auf Sex abgesehen. Langsam konnte sie loslassen, es fühlte sich so angenehm und sanft an, wie er sie massierte. Sie schloss die Augen. Ihr Körper war definitiv nicht in Ordnung, und sie sah wirklich nicht gut aus, aber er fühlte sich wenigstens ganz gut an, manchmal jedenfalls, von innen. Sie folgte in Gedanken Manuels Händen und bemerkte, dass sie wieder in Kontakt mit sich selbst kam. Hallo Rücken, hallo Schultern, dachte sie schläfrig.

»Darf ich dir mal was sagen?«, fragte Manuel vorsichtig.

Carola verkrampfte sich, was kam denn jetzt? Trotzdem nickte sie.

»Eine sehr kluge Frau hat es mir gesagt, ich gebe es dir nur weiter. Das einzige Problem, das du wirklich hast, ist, dass du dich nicht so annimmst, wie du bist, sondern dass du etwas anderes sein willst. Verstehst du das?«

»Ja, ich verstehe die Worte, aber nicht so ganz, wie es gemeint ist.« Carola drehte sich um, sorgsam darauf bedacht, dass Manuel nicht sah, wie ihre Brüste zur Seite fielen. »Ich sehe nun mal nicht aus, wie ich sollte, oder?«

»Wie solltest du denn?«

Carola wurde wieder aggressiv. »Schlanker auf jeden Fall, das ist doch nicht natürlich, mehr Fett an sich zu haben, als man braucht. Und schön ist es schon gar nicht.«

Sie wehrte sich genauso wie er am Morgen, als er bei Chantal war.

»Und was wäre anders, wenn du schlanker wärst?«

Genervt sah sie ihn an. »Ich würde mich wohler fühlen, ganz einfach. Und ich würde schöner aussehen.«

»Und vielleicht auch liebenswerter sein?«

»Jetzt, wo du es sagst, sicher auch das. So gefalle ich doch niemandem. Und mir selbst am allerwenigsten.«

Er nahm sie in die Arme. »Wenn ich dir jetzt sage, dass du mir sehr gefällst und ich dich wirklich liebe, bringt es dir dann was? Sei ganz ehrlich.«

»Ganz ehrlich gesagt – nein. Also nicht so richtig«, fügte sie erschrocken hinzu. Sie schaute verwundert. »Weil …«

»Weil es nicht darauf ankommt, jedenfalls nicht in der Hauptsache, das habe ich heute Morgen auch kapiert. Es kommt darauf an, wie du dich findest, damit du dich magst.«

»Also mag ich mich selbst nicht, und das ist das Hauptproblem. Aber wie mag man sich?« Carola packte den Stier am liebsten immer bei den Hörnern, und wenn sie etwas herausgefunden hatte, wollte sie es auch gleich ändern.

»Weiß ich auch nicht so genau. Vielleicht fängt es damit an, zu versuchen, es zu akzeptieren, dass man sich gerade nicht so mag.«

Carola schaute eine Weile in die Luft und versuchte, es zu akzeptieren. Es funktionierte nicht so richtig, aber ihre Spannung ließ ein bisschen nach. Ziemlich sogar, spürte sie. Sie brauchte nicht mehr gegen sich zu kämpfen, sie mochte sich zwar immer noch nicht besonders, aber durch das Akzeptieren hörten die inneren Stimmen auf. Es ging ihr eigentlich doch schon viel besser, sie hatte zwar kein Gramm weniger an sich, aber irgendwie war es nicht mehr so schlimm. Im Moment jedenfalls. Das war natürlich ein toller Effekt, vielleicht war das wirklich ein Weg.

»Gut, aber was ziehe ich jetzt an?«, fragte sie nach einer Weile ruhiger.

Manuel ging zum Schrank. Er hatte Angst, er wollte sie nicht überfordern und sich selbst schon gar nicht, aber er hatte einfach genau das Richtige für sie.

»Willst du das mal probieren?« Unsicher warf er ihr den Silbermini aufs Bett. Eine kurze Lederjacke mit Strasssteinchen flog hinterher, und auch eine Nahtstrumpfhose kramte er hervor.

»Hey, das ist ja genial, so was wollte ich schon immer mal haben. Wo hast du das her?«, fragte sie aufgeregt, aber auch misstrauisch, abgelegte Klamotten von One-Night-Stands brauchte sie nicht. Wer sollte so etwas allerdings bei Manuel in der Wohnung vergessen? Auf solche Klamotten würde doch jeder gut aufpassen. Plötzlich dämmerte es ihr. »Sag mal, gehört das Pia?« Gott, war sie blöd, darauf hätte sie auch gleich kommen können.

»Was dachtest du denn? Klar, glaubst du, ich laufe in Fetzen herum?«

»Ach, ich mag dich auch in Fetzen, vor allem, wenn sie in deiner Jeans sind«, meinte Carola unsicher, während sie sich anzog.

Pia schien einen ziemlich großen Raum einzunehmen, sie war jedenfalls gut ausgestattet. Aber es war ja auch klar, Manuel konnte nicht jeden Abend dasselbe anziehen. Eigentlich war es sogar eine Ehre, dass er ihr diese Teile gab. Und sie waren einfach hinreißend, Carola würde großartig darin aussehen, sie würde gar nicht anders können, als großartig aussehen.

Es hatte noch einen Vorteil, wenn sie diese Sachen anzog, für Manuel, fiel ihm auf. Dann würden nämlich später alle denken, er hätte sie sich von Carola geborgt und nicht umgekehrt.

Blöd, dass das alles so behaftet war, am liebsten hätte Manuelle kichernd mit Carola den Schrank durchgeforstet und sich so lange umgezogen, bis sie beide perfekt gestylt gewesen wären. Nun gut, es war ein Anfang.

»Wie sieht das aus?« Carola drehte sich vor dem Spiegel. Ihre Miene strahlte jetzt Zufriedenheit aus, sie lächelte ihrem Spiegelbild zu.

»Super, du siehst toll aus, so habe ich es mir vorgestellt. Es steht dir total gut.«

Und sie brauchte keine Silikoneinlagen. Schockiert stellte Manuelle fest, dass sie neidisch war. Scheiße, das war es nicht, was sie wollte. Sie bekam ein schlechtes Gewissen.

Manuel nahm Carola in die Arme. »Du siehst wirklich traumhaft aus, ich könnte dich gleich hier und jetzt …« Er machte Anstalten, ihr alles wieder auszuziehen, doch Carola wehrte sich lachend.

»Lass das, mach dich lieber zurecht, ich will auch was sehen.«

Und da war er plötzlich wieder, der coole Manuel. Er trat erneut an den Schrank und warf diesmal eine enge Stretchjeans mit vielen Rissen aufs Bett. Ein weites schwarzes Seidenhemd, das übliche Outfit eben. Doch er liebte es, es fühlte sich gut an auf der Haut, und es war unbestreitbar edel, ohne schickimicki zu wirken. Schnell zog er sich an, bürstete die Haare über den Kopf und warf sie mit seiner speziellen, unnachahmlichen Bewegung zurück.

Carola hatte es einmal nachmachen wollen, ganz für sich allein natürlich, und sie hatte sich dabei fast das Genick gebrochen. Fasziniert sah sie ihm zu, aber sie fühlte sich ihm nun ebenbürtig, ein schönes und neues Gefühl. Ihr Manuel war eitel, das konnte niemand leugnen, aber er war auch derjenige, der sich traute, an der Front zu stehen und sich durch seinen Gesang in die Seele schauen zu lassen. Das eine ging eben nicht ohne das andere.

Freudig drückte sie ihn an sich. Das würde ein toller Abend werden, sie freute sich unbändig auf die Gesichter der anderen. Endlich konnte sie mit ihrem Freund glänzen, ein angenehmer Nebeneffekt in dieser sowieso perfekten Beziehung. Sie war glücklich.

Und der Abend wurde ein voller Erfolg. Sie tanzten, bis sie übereinanderstolperten, sie küssten sich verliebt mitten auf der Tanzfläche und lachten zusammen mit

Rollo, Micha und einigen anderen Jungs, bis ihnen die Tränen liefen. Zwischendurch hatten sie beide immer wieder Gelegenheit, sich gegenseitig zu bewundern wenn nämlich nur einer von ihnen tanzte oder sich unterhielt. Manuel war so glücklich wie noch nie, er hatte die schönste Frau bei sich, und sie liebte ihn. Nie wieder wollte er sie verlieren, das schwor er sich zum zweiten Mal an diesem Tag.

28

Das ganze Wochenende wurde ein einziges Fest. Sie besuchten Manuels Großvater im Krankenhaus, und seine Mutter war ganz begeistert von Carola. Es war Manuel vollkommen gleichgültig, und doch, etwas in ihm begann zu tauen.

Später zeigte Manuel Carola Pias gesamten Kleiderschrank, und sie zog alles an, was ihr gefiel. Manuel zog sich auch unsicher um, und Carola war nicht überfordert, im Gegenteil, sie nahm es als Spiel, und beide hatten viel Spaß. Er wollte ihr zwar immer wieder sagen, dass es kein Spiel war, aber das war besser als alles, was Manuelle bisher erlebt hatte, und so hielt er den Mund. Sie kochten zusammen, gingen zusammen spazieren und lernten zusammen.

Abends machten sie das Black Panther unsicher, und nach wenigen Tagen kannte Carola die komplette Mannschaft einschließlich des schwulen Daves, der Manuel seufzend und leidend endgültig abhakte. Er schenkte ihnen trotzdem den Eintritt, und Carola fühlte sich dazugehörig und geachtet. Und als der DJ extra zu ihnen an den Tisch kam, um Carola zu fragen, was sie gern hören wollte, war die graue Maus für immer verschwunden. Sie war jetzt anerkannt und beliebt, sie gehörte in diese Stadt, sie hatte ihre Freunde hier, und sie würde sicherlich nie wieder allein sein müssen. Manchmal dachte sie noch an Hans, er verkörperte ihre alte Heimat, doch nach ein paar

Wochen schien es ihr schon Jahre her zu sein, dass sie ihn zum letzten Mal gesehen, geschweige denn geküsst hatte.

Auch in der Uni fand sie nun viel Anschluss, Manuel kannte fast jeder, und als seine Freundin lernte sie eine Menge neue Leute kennen. Es waren natürlich auch einige Spinner dabei, die nur noch abgehoben herumquatschten, doch die meisten waren auf dem Teppich geblieben. Sie wurden oft eingeladen, Carola lernte auch einige Frauen kennen, die nicht so schräg daherkamen wie Christine. Nach kurzer Zeit wurde sie unabhängig von Manuel in Gespräche verwickelt, ihre Meinung war plötzlich gefragt, und sie entwickelte schnell Selbstbewusstsein. Manuel lernte oft mit ihr, und sie wurde eine gefragte Partnerin für Lerngruppen. Als sie schließlich ihren ersten Vortrag hielt, strahlte sie vor Eifer und Stolz.

Manuel freute sich sehr über ihren Erfolg, er war selbst dauernd unterwegs, um zu proben und den Songs den letzten Schliff zu geben. Er blickte den Auftritten etwas bangend, aber vor allem ungeduldig und aufgeregt entgegen.

Eines Abends, als sie wieder einmal gemütlich und glücklich vor dem Kamin saßen, schnitt Manuel ein Thema an, das seiner Meinung nach endlich anstand.

»Sag mal, willst du nicht deine Wohnung aufgeben? Ich meine, wir sind doch sowieso meistens bei mir, und dein bisschen Kram kriegen wir hier auch unter.«

Meistens war untertrieben, sie waren immer bei Manuel, was auch verständlich war, denn noch immer hatte keine Fee bei Carola eine Zentralheizung oder, noch besser, so einen tollen Kamin eingebaut.

»Was meinst du mit ›Kram‹?«, fragte Carola kriegerisch.

»Ich meine deine wunderbaren, schönen Kleider und was sich sonst noch so in deinem Besitz befindet«, verbesserte Manuel sich schnell, dann lachte er. »Jetzt aber mal im Ernst, was hindert dich noch daran, zu mir zu ziehen?«

»Du hast mich zum Beispiel noch nie gefragt«, antwortete Carola nachdenklich.

»Dann hole ich es hiermit schleunigst nach. Ich würde mich wirklich freuen, wenn du auch hier wohnen würdest. Abgesehen davon, dass es viel einfacher und auch billiger wäre, fände ich es toll, ein gemeinsames Zuhause mit dir zu haben. Also, willst du?«

»Ich weiß nicht so recht, entschuldige. Ich liebe dich, und ich bin sehr gern hier, ich will auch mit dir zusammen sein, aber meine Wohnung aufzugeben fällt mir sehr schwer, auch wenn ich eigentlich nie dort bin. Weißt du, ich habe vorher noch nie eine eigene Wohnung gehabt, und sie so schnell wieder aufzugeben, ich weiß nicht so recht …«, sagte sie noch einmal. Sie sah ihn unsicher an. Hatte sie ihm wehgetan?

Manuel hatte nicht damit gerechnet, dass sie ablehnen würde. Bestimmt war sie sich doch nicht sicher mit ihm. Tatsächlich erwiderte er etwas verletzt: »Na ja, schade. Ich kann es irgendwie nachvollziehen, aber trotzdem schade. Na, dann nicht.«

»Hey, sei doch nicht so. Es hat nichts mit dir zu tun, ich kann einfach noch nicht. Schau mal, ich bin doch sowieso immer hier.«

»Ja, eben deshalb! Was brauchst du noch an Sicherheiten? Ich will mit dir zusammenbleiben, ich will mit dir zusammenwohnen, ich will mein Leben mit dir teilen!«

So deutlich hatte er es noch nie gesagt, und er erschrak selbst. Doch er spürte, dass es stimmte, er wollte sein Leben mit Carola teilen, auch wenn er noch nicht wusste, als was er das tun würde.

Dass Carola von Manuelle weiterhin nicht einmal den Hauch einer Ahnung hatte, bedrückte ihn zwar immer wieder, doch sie hatte schon sehr lange nichts Negatives mehr darüber geäußert, sodass Manuelle sich langsam immerhin etwas sicherer fühlte. Sie hatten allerdings auch schon lange nicht mehr darüber geredet, musste er zugeben, Carola wusste zwar, dass unterdessen immer Pia bei den Proben sang, doch sie erwähnte sie mit keinem Wort. Sie sah wortlos zu, wenn Manuel mit einer vollgepackten Sporttasche das Haus verließ, und sie sagte auch nichts, wenn er die Tasche zurück in den Schrank stellte, im Bad verschwand und sich duschte, um dann, als gäbe es Pia gar nicht, gut gelaunt in der Küche aufzutauchen. Es war, als hätte sie beschlossen, dass das Thema nicht wirklich existierte, und für sie war es ja auch so. Trotzdem war Manuel zuversichtlich, sie liebte ihn schließlich, das hatte sie immer wieder gesagt, und er spürte es auch. Carola würde nicht schreiend davonlaufen, dazu lief alles viel zu gut. Es war bestimmt kein Problem mehr, jedenfalls nicht, wenn Chantal recht hatte und es nur auf die Seele ankam.

Und warum sagst du es ihr nicht, wenn es so leicht ist, fragte Manuelle ironisch, aber auch resigniert.

Und was ist, wenn Chantal nicht recht hat? Was mache ich dann, fragte er hysterisch zurück.

Das war übrigens überhaupt so ein Thema, das mit Pia, denn dadurch, dass Carola immer da war, hatte Manuelle überhaupt kein Privatleben mehr. Sie sang sich zwar alle zwei Tage das Herz aus dem Leib, aber Tarotkarten hatte sie schon lange nicht mehr gelegt. Manuel fand das ja ohnehin etwas blöd, aber sie vermisste die Abende, an denen sie Kontakt mit ihrem innersten Wesen gehabt und viel Kraft daraus geschöpft hatte. Carola gefiele es sicher, gemeinsam Karten zu legen, sie war ja auch so eine. Sie könnten vielleicht eine gemeinsame Meditation machen oder einfach nur darüber reden. Blöder Manuel, weshalb sollte Carola sie nicht mögen, dachte Manuelle ein ums andere Mal. Sie würden sich sehr schnell aneinander gewöhnen, sie liebten sich ja eigentlich ohnehin, denn Manuelle war immer dabei.

Manuel seufzte, schon wieder war alles in einer Sekunde so schwer geworden.

»Na gut. Wenn es dir so wichtig ist, ziehe ich zu dir.« Carola hatte sein Seufzen fehlgedeutet.

Doch jetzt war Manuel plötzlich nicht mehr sicher, zuerst musste er ihr endlich ohne Umschweife sagen, wer er war. »Lass mal, vielleicht hast du recht. Am besten, wir warten noch ein bisschen ab, das Konzert oder so.« Wenn er bis dahin nichts gesagt hatte, würde er die ganze Sache aufgeben, schwor er sich. Carola war wichtiger.

»Wie, du willst doch nicht? Kalte Füße gekriegt, was?«, wollte sie nun ihrerseits verletzt fragen, doch dann besann sie sich. Überschäumende Begeisterung hatte sie ja nicht gerade gezeigt, klar, dass er jetzt auch unsicher geworden war. Vielleicht war es gut so, bis dahin wollte sie allerdings wieder öfter bei sich sein, dann könnte sie ihre Wohnung bestimmt leichteren Herzens aufgeben.

»O. k. Aber sag mir, wenn du es dir doch anders überlegst,wir müssen ja nicht zusammenziehen, wenn du deine Meinung also änderst …« Aufdringlich wollte sie nicht sein.

»Werde ich nicht. Ich muss nur noch ein, zwei Kleinigkeiten klären, auch zwischen uns, aber ich will heute noch nicht darüber reden. Geht das?« Er hielt die Luft an, eben hatte er sich ganz gehörig unter Druck gesetzt.

Aber anders bekam er bestimmt nie die Klappe auf. Heute und hier, das wäre ihm am liebsten, auch wenn er noch so viel Angst davor hatte.

Das ängstliche Verharren in der Knospe war unerträglich geworden, er musste endlich den Mut, die Kühnheit aufbringen, das Blühen zu wagen, fand Manuelle.

Carola war sofort alarmiert. Erst machte er Andeutungen, dann sagte er: heute nicht. Damit konnte sie überhaupt nicht umgehen. Das konnte sie sich nicht bieten lassen, sie musste zu ihren Bedürfnissen stehen.

»Natürlich, wie du meinst.«

Was redete sie für einen Quatsch? Doch Manuel wirkte so erleichtert, dass sie nichts mehr sagte. Ihre Gedanken allerdings überschlugen sich. Sie malte sich die schlimmsten Dinge aus, eine andere Frau war noch das Harmloseste. Aber wann sollte er die treffen, sie wohnte ja praktisch doch bei ihm. Nur – was könnte es sonst sein? Nach einer Minute war sie so unruhig, dass sie sich über die Wahrheit sogar gefreut hätte. Allerdings wohl nur für eine weitere Minute.

Manuel bemerkte ihr Erschrecken, sie konnte und wollte es nicht vor ihm verbergen. Sofort tat es ihm leid, er hatte sie wahrscheinlich auf eine völlig falsche Fährte gelockt.

»Ich habe nichts mit einer anderen, wenn du das glaubst. Tut mir leid, ich wollte dich nicht beunruhigen. Es ist nur …« Wieder stockte er, seine Kehle war wie zugeschnürt. Doch es musste raus, er machte sich alles kaputt mit seinem Schweigen.

Carola legte ihm eine Hand aufs Knie und wartete. Nach einigen schweigsamen Augenblicken sagte sie: »Du kannst mir alles sagen, wenn du willst, aber du musst nicht. Dränge dich nicht selbst, ich kann warten, bis es für dich stimmt.«

So musste man in einer Partnerschaft miteinander umgehen, man musste sich gegenseitig respektieren und dem anderen jede Freiheit lassen, die er brauchte. So hatten sie es miteinander vereinbart, und so fanden es beide richtig. Das Problem war, dass es nicht funktionierte.

Ein kindlicher, verletzter und ängstlicher Teil in ihr schrie geradezu nach Beruhigung und Bestätigung, dieser Teil konnte nicht eine Sekunde in Ungewissheit verbringen. Energisch drängte Carola ihn zurück. Du wirst ihn nicht nerven und dich an ihn klammern, befahl sie sich, sonst bist du ihn gleich los. Du weißt doch, dass er auf unabhängige und starke Frauen steht.

Zum Glück brauchte sie sich aber nicht länger zu beherrschen, denn jetzt begann Manuel zu sprechen.

Zwanzig Minuten später packte sie bereits und wünschte sich, er hätte es auf ewig für sich behalten.

29

Mit einem bombastischen Finale und zuckenden Lichtblitzen endete die vierte Zugabe. Der Applaus donnerte, und Pia verneigte sich ein letztes Mal. Dieser Abend war der größte Erfolg der Tournee gewesen. Die anfänglichen Unsicherheiten hatten sich sehr schnell gelegt, als das Publikum sie mit begeisterten Zurufen mitten in der Show geehrt hatte, als Rosen auf die Bühne flogen, und erst recht, als der Veranstalter die Gage der Band um hundert Prozent erhöhte, was so gut wie nie vorkam.

Der Schmerz, Carola verloren zu haben, hatte sich perverserweise als perfekter Lampenfieberkiller erwiesen.

Was sollte noch passieren? So war Manuel wie betäubt auf die Bühne getreten, hatte das Mikro genommen, und alle hatten den Atem angehalten, als Pia ihren ersten Song anstimmte. Eine schwarze, dramatische, schmale Gestalt, die eine Stimme so voll wie ein Mann hatte, die rauer als Gianna Nanini und schmerzerfüllter als Bonnie Tyler sang, begleitet von drei gut aussehenden, ihre Instrumente glänzend beherrschenden Typen, das hatte es schon lange nicht mehr gegeben.

Manuelle hatte zwar Angst gehabt, als sie das erste Mal vor diesem Riesenpublikum, geschminkt und in einem schwarzen Kleid, aufgetreten war, doch das war nichts gegen die Leere, die Manuel seit Carolas Auszug spürte. Und so wirkte sie sicher und souverän, und all die Pannen und Peinlichkeiten, die sie erwartet hatten, traten nicht ein.

Auch tagsüber gab es keine Probleme, denn sie schliefen immer zu Hause, erholten sich oder gingen in die Uni und fuhren am Abend die verhältnismäßig wenigen Kilometer zur jeweiligen Halle. Die Wild Rats waren an manchen Abenden so betrunken, dass sie niemals auf die Idee kamen, Pia näher in Augenschein zu nehmen, und so erledigte sich auch diese Sorge von allein.

Es hätte der absolute Traum werden können, wenn Manuel nicht immer wieder suchend in die Menge geschaut hätte, um Carola zu finden. Doch er entdeckte sie nie. Er hätte auch gar keine Chance gehabt, denn was wie direkter Augenkontakt mit dem Publikum aussah, war in Wirklichkeit nur zielloses Umherstarren. Wie immer blendeten die Scheinwerfer dermaßen, dass der ganze Saal wie eine schwarze Höhle wirkte. Viele Männer, aber auch viele Mädels fuhren total auf Pia ab, doch Manuel bemerkte es nie, und es war auch egal.

Erik und Rollo kamen fast jeden Abend auf ihre Kosten, denn natürlich wurden die Konzerte auch von heterosexuellen Frauen besucht, und die waren total begeistert von den Männern, doch Pia verzog sich immer so schnell sie konnte. Micha dagegen stand nicht mehr zur Verfügung, er hatte die Frau seines Lebens gefunden. Irgendwann würde er mit Manuel darüber reden müssen. Doch dieser flüchtete im Schutz der Dunkelheit zum Auto, fuhr ein paar Hundert Meter in die Umgebung, schminkte sich schnell ab, zog Jeans und ein Sweatshirt an und brauste dann nach Hause. Das war zweifellos auch im Sinne der Jungs, keiner wollte nach diesen Erfolgen einen Skandal riskieren. Feiern konnten sie immer noch, wenn alles vorbei war.

Sie wussten von der Trennung, doch niemand wagte zu fragen, was passiert war. Manuels Maske saß fest wie nie, und sogar Micha, der sich durch den Erfolg viel mehr als sonst traute, zuckte zurück, wenn Manuel in die Uni kam. Abends hatten sie sowieso keine Zeit, sie machten schnell den Soundcheck, während Manuel in der Garderobe verschwand, sprachen mit den Leuten vom Licht noch einige Kleinigkeiten ab – bei einem bestimmten Gitarrensolo zum Beispiel bestand Micha auf einem einzelnen, blauen Spot –, und dann ging es auch schon los.

Pia trug Trauer. Nicht eines der Glitzerkleider, die Manuel extra für diese Auftritte gekauft hatte, kam zum Einsatz, auch nicht das tolle rote Lackkleid, das schon gar nicht. Sie erschien jeden Abend in einem schlichten, schwarzen, eng anliegenden langen Schlauchkleid, das schnell ihr Markenzeichen wurde. Er wusch es mechanisch aus, wenn er nach Hause kam, und packte es am nächsten Abend wieder in den Rucksack. Da es Winter war, achtete niemand darauf, dass Pia bemerkenswert wenig Brust hatte, wenn sie zum Hintereingang der jeweiligen Halle hineinstolperte, denn Manuel trug die dickste Jacke, die Manuelle hatte. In der Garderobe zog er sich freudlos um, es war egal, in was er hineinschlüpfte, Carola wollte ihn nicht. So verbrachte er die Auftritte wie in Trance, er legte zwar sein ganzes Herz in die Musik, aber nie für das Publikum. Es war wie Therapie für ihn, er konnte all seine Gefühle hinausschreien, aber es nützte doch nicht viel. Carola wollte Manuelle nicht. Nach jedem Auftritt verschwand er, noch bevor die Wild Rats auf die Bühne getreten waren und das Spektakel erst richtig begann.

Manchmal stellte Manuelle sich vor, wie es sein könnte, wie viel Spaß sie mit Carola haben könnte. Sich jeden Abend zusammen neu zu stylen, Sekt bis zum Abwinken zu trinken und zu wissen, dass Carola während der Auftritte fünf Meter neben ihr säße, sie bräuchte nur den Kopf zu drehen und könnte ganz allein für sie singen, das wäre das totale Glück gewesen. Dann würden sie feiernd und lachend an der Bar stehen, sie wären berühmt und umschwärmt, jeder würde sich die Finger nach ihnen lecken, doch sie würden sich nur lächelnd anschauen. Sie würden sich lachend darin übertreffen, perfekt geschminkt zu sein, vielleicht würde sogar Monique einspringen, und jeder könnte sehen, wie glücklich sie wären. Die Komplikationen, die sich daraus ergäben, bedachte Manuelle nicht, aber darauf kam es auch nicht an, das würden sie alles schaffen. Vielleicht würden die Leute im Black Panther darüber lachen, vielleicht wären sie auch das Traumpaar des Jahres, wer wüsste das, es wäre nicht wichtig, wenn sie sich liebten.

Dann kam die Trauer wie eine schwarze Schlange, und mit ihr die Wut und Verzweiflung. Carola hatte alles kaputt gemacht, als Manuelle ihr unsicher und behutsam von sich erzählt hatte. Sie erinnerte sich noch an jedes Wort. »Es fällt mir nicht leicht, dir das zu sagen«, so hatte sie damals, vor zwei Monaten, vor hundert Jahren, begonnen, und Carola hatte etwas ängstlich, aber auch sehr therapeutisch geguckt.

»Trau dich, es ist o. k.«, hatte sie in perfektem Psychoslang gesagt, »alles an dir ist willkommen.«

»Wach auf, Carola, das hier betrifft uns, ich bin kein Klient!«, hatte Manuelle ihr zurufen wollen, doch sie war so froh darüber gewesen, dass Carola scheinbar wirklich offen zu sein schien. »Scheinbar« war genau das richtige Wort dafür, denn der Hammer kam gleich darauf.

»Weißt du, ich weiß, dass du es nicht so gern hören willst, aber das mit Pia – es gibt sie wirklich, und sie heißt Manuelle. Uff. Ich habe es gesagt.« Die Erleichterung hatte sie damals fast schwindelig werden lassen, sie hatte es gesagt!

Carola hatte sie nur angesehen, dann waren ihr einige Tränen über die Wangen gerollt, sehr dekorativ, aber völlig fehl am Platz.

Manuelle hatte sie in die Arme nehmen wollen und ihr versichern wollen, dass sich nichts ändern würde, sie war ja keine Neuerscheinung, sondern sie existierte sowieso, ob Carola sie nun wahrnahm oder nicht. Sie wollte sich nicht operieren lassen, und die männliche Seite war genauso wichtig, Carola würde Manuel nicht verlieren. Doch es war zu spät.

»Du hast mich verarscht! Ich habe dir immer gesagt, dass ich nicht damit klarkommen würde, und du hast gesagt, es wäre nicht so!«

Damit hatte sie Manuelle beiseitegeschoben und war ins Schlafzimmer gerannt.

Manuelle konnte sie sogar verstehen, sie hatte sie wirklich angelogen, es war ihr nicht anders möglich gewesen. Chantal hatte nicht recht gehabt, es kam sehr wohl auf die äußere Form an, auch bei der Liebe. Oder – ein schrecklicher Gedanke war ihr durch den Kopf geschossen – oder … Sie wollte es nicht wissen, hatte sie schnell beschlossen, das konnte nicht nur Bedürfnis und Verliebtheit gewesen sein. Sie war zu Carola gerannt und hatte versucht, ihr alles zu erklären, doch Carola war so schockiert gewesen, dass sie völlig dicht gemacht hatte.

»Du hast es kaputt gemacht«, hatte sie nur immer wieder gemurmelt und mit glasigen Augen vor sich hin gestarrt. Dann hatte sie alle ihre Sachen aufs Bett geworfen und sich drei Plastiktüten aus der Küche geholt.

Manuelle war ihr hinterhergelaufen, sie wollte eine kleine Chance, sie wollte ihr sagen, dass Manuel sie liebte und dass nichts anders geworden war, dass sie es sich noch einmal überlegen sollte, dass sie jetzt aus Angst handelte und nicht aus Liebe – doch sie sagte gar nichts.

Es war nicht nur zu spät, es hatte vielleicht nie einen richtigen Zeitpunkt gegeben. Carola hatte irgendwann einmal entschieden, dass sie sich auf bestimmte Dinge nicht einlassen wollte, Ende der Ansage. Manuelle musste es respektieren, entweder würde Carola aus Liebe irgendwann darauf kommen, dass es ihr egal war, wie Manuel sich anzog, oder eben nicht. Sie konnte es nicht herbeizaubern, und sie wollte es auch nicht. Sonst könnte sie sich nie sicher sein, dass Carola wirklich aus freien Stücken da war.

Also hatte Manuel sie gehen lassen, ein blöder Gedanke übrigens, wer hatte schon die Macht, einen anderen gehen zu lassen? Etwas anderes war ihm sowieso nicht geblieben, außer er hätte sie festgebunden. Aber sogar dann wäre sie gegangen, ihr Herz war schon aus der Tür, und den Rest brauchte Manuel auch nicht mehr.

Immer und immer wieder gingen ihm diese Gedanken durch den Kopf, und er konnte sie nur durch drei bis vier Flaschen Bier besänftigen.

Heute nun war der letzte Auftritt gewesen. Die Show war vorüber, das normale Leben fing wieder an. Sie hatten viel Erfolg gehabt, ein Plattenvertrag winkte vielleicht – obwohl in keiner Branche so viel Schaum geschlagen wurde wie im Musikbereich –, und sie hatten sogar ein bisschen Geld verdient. Und weiter? Was nun?

Das Loch, in das er hineinfallen würde, wartete bereits seit Wochen auf ihn, an Weihnachten und an Silvester hatte er es nur allzu deutlich im Hintergrund lauern gesehen. Er war ins Black Panther gegangen, seit Jahren trafen sich dort die Familiengeschädigten, die die Nase voll hatten von Halleluja und Plätzchen. Wie gern hätte Manuel Halleluja und Plätzchen mit Carola geteilt, doch allein war es nicht auszuhalten. In der Disco gab es Glühwein und wunderbaren Softrock, besinnlich, aber nicht süßlich. Carola war nicht da gewesen, sie verbrachte die Feiertage bestimmt bei ihren Eltern, vielleicht war sie sogar wieder mit Hans zusammen. Silvester war die totale Hölle, Manuel betrank sich bis zum völligen Absturz, und der kam bereits um neun. Sie hatten im Proberaum gefeiert, alle Bands, die dort spielten, hatten zusammengelegt, und es hätte ein rauschendes Fest werden können, vor allem, weil sie schon etliche Erfolge gehabt hatten.

Carola wollte ihn nicht. Vielleicht sollte er mal wegfahren, in der Uni war nicht allzu viel los. Doch etwas in seinem Innern winkte nur leise ab. Wohin sollte er fahren? Sein Schmerz würde als erstes in die Reisetasche springen und beim Auspacken gnadenlos zuschlagen. Er hatte sie wirklich geliebt, nein, er liebte sie wirklich.

Warum nur, fragte er sich täglich bitter, sie war doch in Wahrheit ganz anders, als sie sich jetzt gab! Sie war offen und voller Liebe, es war nur Angst vor etwas, was sie nicht kontrollieren konnte, was sie von ihm weggetrieben hatte. Das hoffte er zumindest.

Doch diese Hoffnung änderte nichts, er konnte nicht darauf vertrauen, dass sie sich besinnen würde, wenn es überhaupt etwas zu besinnen gab. Das ganze Programm von »Sie wird schon sehen, was sie davon hat« bis »Warte es nur ab, du wirst mich noch sehr vermissen« funktionierte nicht, denn ihre Trennung war schon viel zu lange her, als dass er noch auf eine tränenreiche Wiederkehr hoffen könnte. Außerdem fühlte sie sich betrogen, ihrer Ansicht nach müsste er wahrscheinlich auf den Knien rutschen, und das auch nur, wenn er ihr versprechen könnte, nie wieder in die Nähe von Silikonbrüsten zu gehen. Genau das ging nicht, und vielleicht war es auch dazu längst zu spät. Wieder wurde er wütend auf Carola, wieso nahm sie ihn nicht, wie er war?

Weil du pervers und abartig bist! Er schüttelte den Kopf, diese Schiene kannte er nur zu gut, es stimmte nicht, merkwürdig vielleicht, aber abartig? Doch wenn es wirklich so war?

Jetzt wandte sich seine Wut gegen Manuelle. Wieso nur musste dieses Weib in seinem Innern existieren? Er hatte sie vor dem Onkel gerettet, reichte das nicht? Alles, was er wollte, war, glücklich zu sein. Und was er bekam, waren Abneigung und Härte. Und das nicht nur von Carola, auch Rollo hatte erleichtert gesagt, er wäre froh, wenn sein Kumpel Manuel wieder da wäre, er könnte diese Schnepfe Pia nicht mehr sehen. Natürlich hatte er Manuel damit etwas anderes sagen wollen, als dieser verstanden hatte, denn Rollo war selbstverständlich der

Ansicht, auch Manuel wäre nur allzu dankbar, wenn er alles hinter sich hätte und das schwarze Kleid in die Altkleidersammlung geben könnte.

Dieser ganze Lichterkram hatte sich auch verabschiedet, er hatte schon lange keine Träume mehr, und Kribbeln oder Ähnliches spürte er nur noch, wenn er niesen musste. Scheiße war das alles, was hatte das Leben eigentlich überhaupt für einen Sinn?

Bestimmt nicht den, dass du dich bedauerst, du Memme. Wirf Manuelles Klamotten weg und mach, was du früher immer gemacht hast – reiß dir ein paar Weiber auf. Na, was hältst du davon?

Diese Stimme kannte er, sie hatte ihn früher immer begleitet, wenn er cool wie der Nordpol umhergestiefelt war. Wieso sollte er sich nicht mal wieder auf sie einlassen? Es war ihm auch vor der kurzen Episode mit dieser Wie-hieß-sie-doch-gleich gut gegangen, sie war nicht die Erste gewesen, die ihn verlassen hatte, und er war selbst oft genug gegangen.

Aber zuerst musste er noch eine Kleinigkeit erledigen. Ganz ruhig ging er in den Keller, holte einige große Kartons, ging zurück nach oben, räumte im Schlafzimmer die Schränke aus und packte Manuelles Sachen in die Kisten. Er sortierte die Schminkutensilien aus dem Sekretär, nahm die Badeöle und Bodylotions aus dem Bad und warf sogar den seidenen Morgenmantel in den Karton, obwohl er auch von Männern getragen werden konnte. Dann besann er sich und stellte die Badeöle und Körpercremes offen sichtbar ins Regal zurück. Wenn er in der nächsten Zeit öfter Damenbesuch haben würde – und dafür würde er sorgen –, würden die sich sicher sehr gut machen. Frauen waren ja so dankbar, schon die kleinste Aufmerksamkeit ließ sie dahinschmelzen, die Frauen jedenfalls, die er zu beglücken gedachte. Und er würde gleich an diesem Abend damit anfangen, die sexlose Zeit hatte nun ein Ende.

Was aber sollte er mit den Kartons anfangen? Er wollte die Sachen nicht wegwerfen, dazu waren sie zu teuer gewesen. Und teilweise waren sie ja auch noch völlig neu, vielleicht könnte er einen Teil davon verkaufen.

Carola konnte ihm übrigens gestohlen bleiben, sie würde schon noch sehen, was sie davon hatte. Er war erfolgreich, und er war ein Mann, ein sehr gut aussehender, wie er sich im Spiegel bestätigen konnte. Jetzt wollte er sie nicht mehr, auch wenn sie wieder angekrochen kommen würde, sie konnte ja gar nicht anders.

Energisch riss er das letzte Paar Schuhe aus dem Schrank – es waren die weißen Westernstiefel –, warf sie zu den anderen Sachen und verschloss den letzten Karton mit Klebeband. Dann trug er alles in den Keller.

Erledigt. Er war ein Mann, fertig. Und männermäßig würde er jetzt mit den Kumpels saufen gehen. Trauer? Worüber? Männergehirne hielten sich nicht mit so lächerlichen Nichtigkeiten auf, es galt, eine ganze Welt voll gut aussehender Frauen zu erobern. Und genau das würde er ab sofort tun.

Auf Nimmerwiedersehen, Manuelle, dachte er ohne Bedauern, sie hatte ihm nur Einsamkeit und Ärger gebracht. Ich schütze dich, indem du von nun an unsichtbar bleibst. Und als wollte er sich vergewissern, dass sie nie wieder ungebeten in seinem Leben auftauchen würde, warf er auch noch die Tarotkarten weg.

Was lag da auf dem Kamin? Ach ja, der Stein, na ja, der war ja ganz hübsch, den würde er nicht entsorgen. Vielleicht sollte er ihn in Carolas Briefkasten werfen, gleich morgen, falls er zufällig in die Gegend kam.

Sorgfältig bürstete er sich die Haare, schleuderte sie über die Schultern, zog sich an und verließ das Haus. Nie wieder würde er sich auf Frauen einlassen, weder in seinem Innern noch sonst wie. Rein, raus, danke, Maus, mehr wollte er nicht mehr von ihnen. Und das hatten sie sich selbst zuzuschreiben.

Er lachte rau auf. Zum Glück war ihm das alles passiert, jetzt wusste er endlich wieder, wer er war und wo er hingehörte. Er rief Rollo an, und der begrüßte ihn wie einen verlorenen Sohn. Gleich verabredeten sie sich in der nächsten Kneipe, und als sie dann alle zusammensaßen und endlich ihren Erfolg feierten, war er fast so etwas wie glücklich.

»Und weißt du noch, wie du dich bei ›Black Moon‹ verspielt hast? Mann, ich wusste überhaupt nicht, was ich singen sollte! Da hast du echt eine Nummer gebracht!« Manuel schlug Micha auf die Schultern.

»Klar, Mann, ich weiß auch nicht, ich war wohl zu besoffen. Hast uns aber toll gerettet.«

»Na ja, du musstest ja auch saufen. Wir sind berühmte Rockstars und haben ein Image zu pflegen, du kannst nicht jeden Abend nüchtern auf die Bühne kommen, wir hätten sonst die ganze Szene in Verruf gebracht!«

»Dafür hast du schon gesorgt, dass das Image nicht flöten geht, so, wie du rumgebumst hast!«

»Neidisch, was?« Rollo blitzte Erik an.

»Wir wollen aber doch nicht vergessen, wer der Star

von uns ist.« Micha musste es loswerden, er war so fasziniert von ihr. »Hoch die Tassen, wir trinken auf Pia!«

Alle stießen grölend miteinander an, nur Manuel winkte barsch ab. »Lieb gemeint, aber lasst mal. Ich bin froh, dass ich das los bin, erinnert mich nicht daran!«

»Ach, schade, ich fand sie ganz nett!« Erik stieß ihn lachend an. Doch Manuels Blick brachte ihn betreten zum Schweigen.

»Ich will nie wieder darüber reden. Kapiert?« Manuel machte Anstalten zu gehen.

»Hey, Alter, alles im grünen Bereich! Komm, bleib cool, wir haken die Tussi ab, o. k.?«

»Wir haben ein Problem«, ließ jetzt Rollo verlauten. Alle drehten sich zum Eingang.

»Scheiße, schnell weg hier!« Manuel wollte allen Ernstes unter den Tisch kriechen.

Augenblicklich schlenderten die vier Mädels kichernd zu ihnen herüber. »Seid ihr nicht …«

»Ja, wir sind. Wollt ihr ein Autogramm oder was?«

Erst jetzt bemerkten sie Manuel. »Wer ist denn das? Wo ist Pia?«, fragte die Mutigste verwundert.

»Die ist wieder nach Hause gefahren, sie hat drei Kinder und keinen Mann, wusstest du das nicht?«, fragte Manuel arrogant.

Gierig nahmen die vier diese Sensation auf. »Was? Wie cool, und dann singt sie, also das ist ja wirklich … Was für eine tolle Frau, ich habe es euch ja gesagt!«

Sie tuschelten und kicherten miteinander, bis es Rollo zu viel wurde. »Also, was wollt ihr, ′ne Nummer oder ′n Autogramm?«

»Beides!« Eine hübsche Blondine setzte sich auf seinen

Schoß. »Wenn du schon so fragst …« Sie begann, an seinem Ohr zu knabbern.

»Daran musst du dich gewöhnen, Mister Berühmter Rockstar!« Erik und Micha lachten Tränen, Rollo atmete nur noch flach, er sah seine kühnsten Träume verwirklicht und kniff sich ständig in den Arm.

Die anderen verteilten sich zwischen Erik und Micha, und sogar Manuel bekam eine ab, auch wenn er augenscheinlich nicht in der Band war, so war er doch sehr dekorativ, und seine alte Ausstrahlung hatte sich ihren Weg in die Freiheit zurückerobert. Das war das erste Mal, dass sie alle gleichzeitig Erfolg bei Frauen hatten, und sie konnten es kaum fassen.

Irgendwann landeten sie bei Manuel, der die größte Wohnung hatte, schauten DVDs, hörten Musik und knutschten. Der Champagner floss in Strömen, sie hatten noch unendlich viel davon auf Lager, fast jeder Auftritt hatte eine oder zwei Flaschen abgeworfen. Rollo fummelte erfolgreich am BH-Verschluss der Blondine, Erik lag halb auf einer molligen Rothaarigen, und sogar Micha schaute einer kleinen, etwas faden Frau in die Augen. Für ihn war es allerdings wirklich nur ein Spiel, er wollte sich nicht ausschließen. Er hatte ein Geheimnis, das ihn gegenüber allen anderen Frauen völlig gleichgültig machte. Er kam nur leider nicht dazu, es Manuel zu sagen, obwohl es ihm auf der Seele brannte und er schon ein ganz schlechtes Gewissen hatte.

Alles in allem wirkte die ganze Szene in Manuels Wohnung wie bei den Liveaufzeichnungen von großen Konzerten, hinterher, backstage. Nur Manuel beteiligte sich nicht daran. Carola spukte noch immer in seinem Kopf herum. Er schwang große Reden und frustrierte damit die vierte der Frauen ganz erheblich, bis sie schließlich zu dem Schluss kam, er könnte nur impotent sein. Das hörte man ja häufig, dass besonders gut aussehende Männer keinen mehr hochkriegten, aus Angst, den Erwartungen nicht gerecht zu werden. Zum Glück war sie mitfühlend. Und so konnten Micha und Rollo es schließlich kaum fassen, als sie Manuel zusammengekauert am Boden sitzen sahen, völlig zugetextet von der verständnisvollen Frau. Sie kamen ihm sofort zu Hilfe und warfen die Mädels zwar bedauernd, aber doch entschlossen raus.

»Mein Gott, ich danke euch!«, japste Manuel, nachdem die Tür hinter ihnen heftig ins Schloss gefallen war, »wenn ihr wüsstet, was die alles erzählt hat! Den ganzen Freud rauf und runter, ich hätte fast geschrien!«

»Wieso hast du dir das reingezogen?«, fragte Micha wieder ganz nüchtern.

»Ich dachte, wenn sie so bläst, wie sie quasselt, könnte es noch gut werden!«

Wieder grölten sie, bis Erik zum Aufbruch mahnte. Nur Micha zögerte, er hätte Manuel gern noch etwas gefragt, von Freund zu Freund. Es hatte mit einer Frau zu tun, die sie beide sehr gut kannten, Manuel schon länger, Micha erst seit Kurzem. Doch dann ging auch er, er war sich plötzlich nicht mehr sicher, ob der Titel »Freund« überhaupt noch zutraf. Alles, was ihm Vertrauen und Sicherheit Manuel gegenüber gegeben hatte, war wie weggewischt, als hätte es nie existiert.

Manuel überlegte eine kleine Weile, dann entschied er, dass der Abend erst begonnen hatte, und fuhr unsicher – der Champagner! – in die Disco. Und dort kam er endlich auf seine Kosten, die Mädels flogen sogleich wieder auf ihn, der kleine Ausrutscher in Richtung feste Beziehung mit Carola war sofort vergessen und verziehen.

Als er schließlich um sechs mit einer spärlich bekleideten und sehr hübschen Frau im Arm zum Ausgang wankte, machte es ihm überhaupt nichts aus, dass Carola vor ihm herging. Im Gegenteil, er ging an ihr vorbei, drehte sich lässig um und hob zwei Finger. Dann fasste er seinen Fang fester um die Taille und strich ihr so über den Rücken, dass Carola es sehen musste, wenn sie nicht völlig blind war.

30

Carola war nicht blind, sie sah es. Ihr Herz zuckte für einen Moment, doch dann huschte ein warmes Lächeln über ihr Gesicht. Sie blieb stehen, drehte sich um und nahm dankbar ihren Mantel entgegen.

»Ich freue mich auf das warme Bett«, flüsterte Hans in ihr Ohr, und glücklich gingen sie zum Auto. Es war so selbstverständlich mit Hans, so vertraut und geborgen.

Als sie damals wütend aus Manuels Wohnung gelaufen war, hatte sie nicht damit gerechnet, wieder zu Hans zurückzukehren, und sie hatte einige einsame und verzweifelte Wochen verbracht. Sehr verzweifelte Wochen, um genau zu sein, sie war fast durchgedreht. Der Mensch, den sie liebte, existierte gar nicht, das hatte sie erst mal verdauen müssen. Sie hatte es kaum fassen können – genau das, was sie auf keinen Fall gewollt hatte, war eingetreten. Es war wieder wie am Anfang gewesen, sie hatte stundenlang in der Ecke gesessen und vor sich hin gewimmert, dann kamen die Fressorgien, und schließlich hatte sie nur noch im Bett gelegen. Als die Tournee immer näher gerückt war, hatte sie sich aufgerafft, sie hatte Manuel noch einmal sehen wollen, vielleicht ginge es ja doch, wenn er sie noch wollte, sie liebte ihn ja.

Doch was sie dann auf der Bühne gesehen hatte, war zu viel. Das war definitiv eine Frau gewesen, und sie stand nicht auf Frauen. Auch wenn es noch so wehtat.

Sie wollte Kinder und einen Mann, so abartig war das wohl nicht. Das war kein Mann gewesen, da oben auf der Bühne, das hätte ein Blinder gesehen, sogar wenn er von Manuel gewusst hätte. Schluchzend hatte sie das ganze Konzert über in zweiter Reihe gestanden, hatte innerlich schreiend Abschied genommen und war dann wie betäubt nach Hause gefahren.

Hans' Anruf war nachts um eins gekommen. Sabine wollte das Kind, freute sich darauf. Er würde Vater werden, ob es ihm gefiele oder nicht, und er würde für sein Kind da sein. Doch Carola stünde er als Mann und auch als Vater für ihre gemeinsamen Kinder voll und ganz zur Verfügung, er hatte in den Tagen zuvor deutlicher denn je gespürt, dass er sie liebte und endlich wusste, wohin sein Herz ihn rief. Das hatte er wirklich gesagt, »wohin mein Herz mich ruft«. Die Nacht mit Sabine wäre nie als feste Beziehung gemeint gewesen, er hätte sich einsam gefühlt, das wäre alles gewesen. Jetzt vermisste er Carola mehr, als er sagen könnte, und er würde eine Woche unbezahlten Urlaub nehmen und sich noch in derselben Nacht ins Auto setzen und zu ihr fahren, zu seiner Traumfrau, von der er sich niemals wieder trennen wollte.

Carola hatte ihn immer wieder unterbrechen und »Was redest du denn da, ich bin noch nicht so weit!« sagen wollen, doch sie hatte es nicht sagen können. Sie war einsam gewesen. Traurig. Zu müde, um zu widersprechen, und so hatte er am nächsten Morgen mit Brötchen vor der Tür gestanden. Natürlich hatte sie ihn reingelassen, und beim Kaffee hatten sie sich geküsst.

Es war die Vertrautheit, die Carola dazu gebracht hatte, wieder mit Hans zusammen zu sein. Es war anders als mit Manuel, Hans hatte nicht dieses Funkeln, und manchmal vermisste Carola sogar Manuels weibliche Seite, aber mit Hans würde es kein böses Erwachen geben. Er würde den Weg weitergehen, den er vor Jahren eingeschlagen hatte, und Carola würde sich immer auf ihn verlassen können, jedenfalls sah es so aus. Es war ein anderes Zusammensein mit ihm, ruhiger und vertrauter. Sie erkannte sehr wohl, dass Hans einige Dinge und Menschen, die ihr wichtig waren, nicht verstand, ja sogar ablehnte, aber das war nicht so schlimm. Sie konnte sie ja allein machen, zum Beispiel Chantal besuchen. Wobei sie sie sicher nicht »Freundin« nennen könnte. Und überhaupt. Im Moment war ihr Bedarf an Freaks und Stars gedeckt.

Er wurde Vater. Nun ja. Solange sie nichts mehr mit Sabine zu tun haben müsste, würde sie womöglich damit leben können. Und wenn nicht, könnte sie immer noch gehen. Sie war einfach zu einsam. All das, die Geburt, seine Verpflichtungen gegenüber Mutter und Kind, blendete sie schlichtweg aus. Jetzt und hier war er ihr Hans, ihr Vertrauter und ihre Rettung.

Hans war überglücklich, dass Carola ihm verzieh. Das Thema Hochzeit schnitten sie nicht mehr an. Auch ihre kurze Beziehung mit Manuel stand nicht auf der Themenliste. Sie hatte ihm sehr deutlich erklärt, dass das Thema Manuel für immer und ewig beendet war, auch wenn dieser auf Knien zu ihr gerutscht kommen würde. Näheres hatte sie nicht dazu gesagt, sie waren übereingekommen, dass er auch nicht weiter fragen würde.

Carola fragte dafür umso mehr, sie wollte alles von seiner beginnenden Vaterschaft wissen, sie quetschte ihn geradezu aus.

»Ich weiß nicht, wie es dazu kommen konnte, aber es tut mir unendlich leid. Ganz ehrlich, Carola, ich hatte Angst, das mit uns würde nicht halten, und ich dachte wirklich, ich könnte mit Sabine zusammen sein.«

Darauf schwieg Carola. Es war nicht wichtig. Sollte diese Frau doch ihr Kind kriegen. Jetzt und hier war Hans bei ihr, und alles Weitere würde sich finden.

Sie gewöhnten sich schnell wieder aneinander, und bald war es, als wären sie nie getrennt gewesen. Carola war wieder allein, wenn er wegfuhr, aber diesmal war es anders, sie wusste, was sie an ihm hatte, und verbrachte die einsame Zeit mit Dingen, die ihr Freude machten. Sie brauchte sich keinen dieser Berliner aufzureißen, Hans war ihr Fels in der Brandung.

Den Schmerz über Manuels Verrat hatte sie fein säuberlich in eine Tasche in ihrem Herzen gesteckt.

Dann kam Weihnachten, und sie verbrachte die ganze Zeit, auch Silvester, in ihrem Heimatort. Auch dort war es plötzlich, als ob sie nur kurz weggewesen wäre, und sie genoss die Stetigkeit, mit der die Dinge passierten. Sabine mied sie, doch diese ging ihr sowieso aus dem Weg. Sie musste viel liegen, hörte Carola, doch letztlich ging es sie einfach nichts an. Es war nicht weiter wichtig. Ein Kind, na und.

Sie liebte Hans. Aber nicht mit dieser leidenschaftlichen, alles andere unwichtig erscheinen lassenden Liebe, die sie für Manuel empfand, das war ihr klar. Das hier fühlte sich gesünder an, weniger zehrend. Eher wie eine

Freundschaft. Sie war doch nicht so flexibel und aufgeschlossen, wie sie immer gedacht hatte, stellte sie fest, aber das musste sie auch nicht sein. Sie hatte Großstadtluft geschnuppert, mehr, als ihr gutgetan hatte, und war nun froh, wieder in vertrauten Gewässern zu schiffen. Alles war friedlich, an Silvester gab es eine große Party, wie im Jahr davor auch, und als die Uni wieder anfing, wollte Carola gar nicht so recht zurück nach Berlin. Was sollte sie denn dort?

Schließlich nahm Hans ein paar Tage Urlaub und begleitete sie. Er holte ihr Öl aus dem Keller, sie machten die Wohnung gemütlich, und er schloss Carolas Weihnachtsgeschenk an, einen nagelneuen Blu-Ray-Player. Sie schauten Filme schon zum Frühstück, genossen die Stadt.

Carola ließ sich ihre langen Haare abschneiden, mit einem punkigen, zerzausten Kurzhaarschnitt kehrte sie eines Tages aus Berlin-Mitte zurück. Sie fragte nicht, ob es Hans gefiel, es war ihr wirklich egal. Er musste sie nehmen, wie sie war. Sie legte sich neue Kleidung zu, schminkte sich dramatische Augen und wurde mehr und mehr zu der Frau, die sie immer hatte werden wollen. Selbstsicher, in einer festen Beziehung, gleichmütig. Dieses emotionale Drama, das sie früher inszeniert hatte, konnte sie nicht mehr nachvollziehen.

Nach einer Woche fuhr Hans wieder nach Hause. Carola schaute ihm nach, und selbst die Vorstellung, er könnte nun beginnen, mit Sabine kuschelige Schwangerschaftskurse zu besuchen, ließ sie kalt. Sie war endlich erwachsen geworden.

Am kommenden Wochenende gab es ein Seminar, das sie sehr interessierte, sie würde sich nun neben ihrem

Psychologiestudium intensiv mit spirituellen Themen beschäftigen, hatte sie beschlossen. Das Leben gönnte ihr gerade eine Art emotionale Auszeit, also würde sie dieses Geschenk annehmen und etwas Sinnvolles tun. Sie lernte eine Menge über Seelen, darüber, wie man sie ins Licht schickte und was dieses Licht überhaupt war. Sie hörte etwas über ihr inneres Kind und erkannte, dass sie es selbst in der Hand hatte, was sie aus ihrem Leben machte. Gewusst hatte sie es immer. Doch nun spürte sie es.

Als sie in der Woche nach dem Seminar eines Nachmittags, noch ganz erfüllt von all den Energien, in ihre Wohnung zurückkehrte, hatte sie eine Idee. Sie hatte vor langer Zeit einen Malkurs besucht, nichts Aufregendes, nur ein wenig Aquarell, aber es hatte ihr sehr gut gefallen, und sie hatte auch ganz schöne Sachen zusammengepinselt. Vielleicht sollte sie die Farben herauskramen, sie waren noch genau so verpackt, wie sie sie damals mitgenommen hatte. Im Keller, prima, aber das würde sie nicht von ihrem Vorhaben abhalten.

Fünf Minuten später hatte sie ein weißes Blatt vor sich liegen und ihre Lieblingsfarben um sich herum ausgebreitet. Rosa, Gold, Türkis und ein kräftiges Violett. Sie wollte nichts Bestimmtes malen, nur ein wenig mit den Farben spielen, wenn sie das überhaupt noch konnte. Eifrig tauchte sie den Pinsel in die goldene Farbe. Wie schön die Goldpartikel glitzerten, wie Sterne am Himmel. Wie Weihnachten, schade, dass sie davon gar nichts so recht mitbekommen hatte. Irgendwie war Weihnachten gekommen und gegangen, sie hatte noch nicht einmal ihre

Wohnung geschmückt, obwohl sie sich das immer gewünscht hatte.

Plötzlich warf sie das Papier beiseite, stand auf und ging mit dem in Goldfarbe getauchten Pinsel im Zimmer umher. Probeweise tupfte sie leicht über eine verdeckte Stelle der Tapete – es sah toll aus. Eine jubelnde Freude ergriff sie, sie wusste jetzt genau, was zu tun war. Wie ein Wirbelwind fegte sie durch die Wohnung, tupfte hier und da, wurde immer mutiger, traute sich, kräftige, dicke Striche in Türkis und Violett quer über eine Wand zu pinseln und pustete hinterher Goldstaub aus ihrer Faschingskiste in die noch feuchte Farbe. Gott, war das kitschig. Gott, war das schön!

Über ihr Bett hauchte sie Wolken in sanftem Rosa und lichtem Blau, Wolken waren das Einzige, was sie in der Größe ganz gut hinbekam. Sie schaltete ihre Stereoanlage ein und sang ihre Lieblingslieder. Immer kreativer wurde sie, sie schnitt aus Geschenkpapier Figuren aus und klebte sie in die Fenster, mochten die Nachbarn denken, was sie wollten. Aber das war das Tolle hier in dieser Stadt, sie dachten gar nichts.

Kerzen. Sie brauchte unbedingt Unmengen von Kerzen. Im Supermarkt gab es mit Sternen geschmückte Weihnachtskerzen zum Spottpreis, die letzten Reste des Festes. Carola kaufte zehn davon für fünf Euro und rannte glücklich heim, jetzt würde ihre Wohnung perfekt werden. Irgendwo müsste es noch eine unausgepackte Kiste mit Stoffresten geben … da war sie. Sie verteilte zusätzliche weiße und rosa Seidentücher in allen Ecken des Zimmers und pinnte sie mit Stecknadeln fest. Es gab dem Raum etwas Weiches und Höhlenartiges. Wunderbar. Jetzt brauchte sie nur noch ein Moskitonetz, dann hätte sie fast ihr Traumschlafzimmer.

Gut, der Fußboden war noch immer dunkelbraun und aus Holz, aber vielleicht gab es mal einen Rest rosa Teppich. Mal? Wieso nicht gleich? Wo war nur diese Zeitung, die sie immer kaufte, die Zweite Hand? Da gab es doch beinah alles, was man überhaupt nur brauchen konnte, und meistens fast geschenkt. Sie kramte in ihrem Altpapierstapel herum und fand schließlich das Gesuchte. Lampen, Möbel, Teppiche ... Ihr Finger glitt suchend über die vielen Angebote. Da, ein großer Rest zartrosa Teppichboden wegen Fehlkaufs für fünfzig Euro. Die hatte sie gerade noch. Heute war ihr Tag, das war ja verrückt. Sie tippte die Nummer aufgeregt ein, wartete, frei. Nach einer halben Stunde klingelte es bei ihr, und zwei Männer trugen ihren Teppich bis vor die Wohnungstür, besser wäre es nicht mehr gegangen. Sie bezahlte, ohne auch nur zu prüfen, ob ihr die Farbe überhaupt gefiel, es musste einfach richtig sein.

Während sie gewartet hatte, hatte sie das Zimmer ausgeräumt, soweit es möglich war, es war sowieso nicht sehr voll. Das Sofa würde sie anheben, sie hatte die Wohnung ja auch allein eingeräumt. Erwartungsvoll klappte sie eine Ecke des Teppichs um – genau richtig. Zartrosa, für jeden anderen wirklich ein Fehlkauf, für sie der absolute Traum. Überglücklich rollte sie ihn aus, er passte wunderbar zu der verschönerten Tapete, und überhaupt, er passte zu ihr.

Glücklich und bis in ihr Innerstes ausgefüllt, setzte sie sich auf den frisch ausgelegten Teppich. Die Wände schimmerten im Licht der Kerzen, die sie angezündet hatte, die Fenster wirkten einladend und fröhlich, und die zarte Farbe des Bodens veränderte die Energie der Wohnung dermaßen, dass sie sich fragte, wie sie es nur eine Sekunde in dem dunklen Loch ausgehalten hatte. Und das Ganze hatte genau fünfundfünfzig Euro gekostet, es hatte überhaupt keinen Grund gegeben, warum sie das nicht schon längst hätte tun sollen.

Doch, einen Grund hatte es gegeben, einen elementaren. Es war nicht der richtige Zeitpunkt gewesen, sie hatte erst darauf kommen müssen, dass sie selbst dafür verantwortlich war, dass alles so war, wie sie es sich wünschte, und sie hatte erst jetzt die Energie, es auch durchzuführen.

Zeit für ein Ritual, dachte sie. Sie machte so etwas nur sehr selten, aber jetzt war ein richtiger Zeitpunkt dafür, sie hatte etwas Wunderbares geschaffen, nur für sich, das hatte es noch nie gegeben. Ritual, Ritual, wie ging das noch gleich? Egal, sie würde das tun, was ihr Gefühl ihr gerade eingeben würde. Carola holte das Döschen mit dem Goldglitter, sie wusste nicht, wieso, aber ihr war danach. Dann stand sie wieder auf, legte eine CD in ihre Stereoanlage ein, löschte alle Lichter bis auf die Kerzen. Die Kleidung stimmte noch nicht, sie konnte kein Ritual in Jeans machen. Es musste etwas Weites, Weibliches sein, der Spitzenrock.

Sie drehte sich mit ausgestreckten Armen im Zimmer und verteilte Goldstaub über den ganzen Teppich. Dann schloss sie die Augen und blieb einfach so stehen, ließ die neue Energie auf sich wirken und spürte sich selbst. »Ich rufe alle meine Seelenanteile zu mir zurück«, sagte sie laut, und tatsächlich, da strömte Energie in sie ein. Ihr wurde warm, viel wärmer als sonst, etwas geschah wirklich, körperlich spürbar. Sie war unendlich glücklich, ausgefüllt von sich selbst. Carola setzte sich auf ihr Sofa und genoss die glitzernde Pracht, fühlte sich endlich angekommen und zu Hause. Das hatte sie geschaffen, und es war so einfach gewesen, so spontan und aufregend.

Jetzt würde sie etwas zu essen machen, aber anders als sonst, sie würde es genießen, nicht hinunterschlingen. Und während es vor sich hin kochte, würde sie Tagebuch schreiben, das hatte sie auch lange nicht mehr getan. Friedlich setzte sie sich an ihren Küchentisch, und sie hatte das starke Gefühl, dass die Sache mit Manuel endgültig ausgestanden war. Sie hatte sich selbst zurück, der kurze Ausflug in eine Welt, die nichts mit ihr zu tun hatte, war vorüber, und auch ihre letzten Teilchen waren endlich bei ihr angekommen, sie war vielleicht zum ersten Mal in ihren Leben vollständig.

So, wie sie sich jetzt fühlte, liebte sie die ganze Welt, sogar Manuelle, auch wenn sie sie nicht in ihrem Leben haben wollte.

Und dass sich die Zeit mit Hans ihrem Ende zuneigte, war natürlich auch klar. Eines Tages würde sie ganz unspektakulär Schluss machen und sich für den Mann öffnen, mit dem sie ihre Träume würde leben können. Alles war gut.

Nach dem Essen ging sie aus und feierte ihr irdisches Dasein, indem sie im Black Panther tanzte, bis sie nicht mehr wusste, was die Musik und was ihr Körper war.

Sie sah Manuel, wie er heftig mit einer Frau flirtete, es war schon wieder eine andere, und sie spürte Mitgefühl. Er schien sich selbst beweisen zu wollen, dass er ein Mann war, aber das ging sie nichts mehr an, und es machte ihr auch überhaupt nichts mehr aus. Eigentlich brauchte sie noch nicht einmal Hans, sie brauchte niemanden, ein ganz neues Gefühl. Wer in ihrem Leben war, war willkommen, aber wer gehen wollte, konnte das tun, ohne dass sie ziehen und festhalten musste. Es würden immer Menschen da sein, die sie liebten.

Beinah fühlte sie sich schuldig, weil sie Manuel damals so abserviert hatte, aber sie konnte es jetzt auch nicht mehr ändern, und sie wollte nichts mit seinen Knoten und Angelegenheiten zu tun haben.

»Carola?« Eine feste Hand an ihrem Arm. Sie drehte sich erschrocken um.

»Ich habe Manuelle aufgegeben.« Noch nie hatte sie seelenlosere Augen gesehen als die, in denen sie nun versank.

Ein stechender Schmerz schoss ganz unvermutet durch ihr Herz. Er hatte sie aufgegeben, ging das denn überhaupt? »Wie meinst du das, du hast Manuelle aufgegeben?«

»Wie ich es gesagt habe, ich habe alles weggeworfen und höre auf mit dem Theater. Man kann sich immer ändern, wenn man es wirklich will. Ich wollte es dir nur sagen, wenn das der einzige Grund war, warum du damals gegangen bist.«

»Der wirkliche Grund war der, dass ich dich nicht so lieben kann, wie du bist, auch wenn mir das selbst wehtut und ich es ziemlich armselig finde. Ich habe gedacht, ich bräuchte unbedingt einen starken Mann, aber heute spüre ich, dass es nicht so ist. Aber ich bin wieder mit Hans zusammen.«

Das war ein Schlag, das hatte er nicht gewusst. Zu spät, dachte er. Damit hatte er fast alles verloren, was ihm wichtig gewesen war, und es hatte überhaupt nichts gebracht. »Und das Kind?«

»Ehrlich? Ist mir egal. Ich habe hier mein Leben. Ich habe heute meine ganze Wohnung angemalt, es ist toll! Willst du es mal sehen?«

Sie hatte seinen Schock bemerkt, aber sie war nicht bereit, darauf einzugehen, es war zu spät, sie war meilenweit von ihm entfernt.

»Ja, gern, das ist sicher wunderschön.« Und es war vielleicht die letzte Gelegenheit, mit ihr allein zu sein.

Sie holten ihre Jacken und fuhren zu Carola. Als diese ihre Wohnungstür aufschloss, vergaß Manuel für einen kurzen Moment alles, was passiert war, und nahm Carola freudig in die Arme.

»Meine Güte, das hier ist ja ein Traum! Wo hast du denn bloß diesen Teppich her? Das ist ja, als würdest du auf Wolken laufen. Und das Gold überall, wie ein Schloss!«

»Warte, bis ich erst die Kerzen angezündet habe!« Eifrig holte sie ihr Feuerzeug hervor, und beide brannten alle Kerzen an, die sie nur finden konnten. Es war ein bisschen wie früher, sie dachten und fühlten das Gleiche. Schließlich saßen sie begeistert in all der Pracht und schauten fasziniert auf das Geglitzer an den Wänden. Manuel legte sich aufs Bett zurück und versank in der Betrachtung der Wolken an der Decke.

»Carola, das ist so wunderschön, ich danke dir, dass du mir das gezeigt hast.« Er wollte sie zu sich heranziehen, sie konnte einfach nichts dagegen haben, es war doch alles so richtig zwischen ihnen.

Carola sah ihn an, und auf einmal öffnete sich ihr Kopf. Sie wusste, was zu tun war, ganz klar.

»Wir nehmen Kontakt auf«, sagte sie bestimmt.

Manuel war viel zu perplex, um zu protestieren. Carola setzte sich neben ihn und schloss die Augen. Sie summte ein wenig, dann wurde es auf einmal warm, und es war, als legte sich eine goldene Wolke um ihn und sie, stellte Manuel schläfrig fest.

»Ich rufe dich, Manuelle, ich rufe dich und bitte dich, nimm Kontakt mit mir auf!« Carola legte ihre Hände auf Manuels Bauch und auf sein Herz. »Lass dich spüren, wo in deinem Körper diese Energie sitzt, wo du sie spürst, und wenn du es erlaubst, dann wird sie jetzt mit uns reden.«

»Eigentlich überall«, sagte Manuel leise, noch nie hatte er sie so bewusst wahrgenommen. So viel zum Thema »Manuelle aufgegeben«.

»Ich stelle dir jetzt eine Frage, und ich bitte dich, ganz ehrlich zu sein. Gehört diese Energie zu dir, zu deinem Körper, zu deiner Seele? Oder ist es die Energie eines anderen Wesens?«

Manuel atmete scharf ein. Sie wollte Manuelle exorzieren, hatte sie sie denn noch alle? Das konnte er nicht zulassen.

»Warte«, wollte er einwenden, doch Carola hob die Hand. »Atme weiter, es ist alles gut, du darfst bleiben, ich möchte nur Kontakt mit dir aufnehmen. Alles ist gut, rede mit mir!«

Manuel konzentrierte sich, und auf einmal war ihm, als erhielte er eine Antwort. »Nein.« Nun, das hatte er vorher gewusst.

Carola schwieg.

»Nein, das ist nicht mein Körper.« Manuel spürte dieses Nein ganz deutlich. Er musste es aussprechen, konnte es nicht zurückhalten.

»Wer bist du, wo ist denn dein eigener Körper?«, fragte Carola liebevoll.

»Ich weiß es nicht.« Auf einmal klang die Stimme ganz klein, wie ein Kind.

»Weißt du, dass das hier nicht dein Körper ist?«, fragte Carola behutsam.

»Nein, doch, nein. Es ist mein Körper und wieder nicht, wir sind verabredet. Wir sind zusammen hier.«

Carola schwieg eine Weile.

»Zusammen in diesem Körper?«, vergewisserte sie sich, dann gab es das, teilten sich Seelen bewusst einen Körper?

Manuel nickte. »Zumindest für eine gewisse Zeit!«, fügte er dann wie in Trance hinzu.

Carola war eigentümlich berührt. »Und ist das richtig so, fühlt sich das gut an?«, fragte sie, es war, wie es war, was wusste sie schon über die unendliche Vielfalt der Seelenebene?

»Es ist anders, als es geplant war, anders als abgesprochen, komplizierter.« Manuel hauchte nur noch, Carola verstand ihn kaum.

»Willst du in diesem Körper bleiben?«, fragte Carola nun laut und deutlich, die Seele selbst sollte entscheiden, denn nur auf sie kam es an.

»Noch eine kleine Weile, ja. Bis ich einen eigenen Körper bekomme.«

Carola schüttelte leicht den Kopf, sie konnte sich nur darauf verlassen, dass alles so stimmte, wie es geschah.

Seid bei mir und führt mich, bat sie ihre Schutzengel, wie sie es am vergangenen Wochenende gelernt hatte.

»Und Manuel, willst du, dass diese Seele, diese zweite Energie, bei dir bleibt, oder willst du sie zurück nach Hause ins Licht schicken? Es ist dein Körper, und du bist frei, das zu entscheiden.«

»Ich weiß es nicht.«

»Dann lass es uns ausprobieren, du kannst jederzeit zurückkommen, Manuelle. Manuel, stell dir bitte eine Lichtsäule vor, die neben dir erscheint und dann bitte diese zweite Seele, in dieser Lichtsäule nach Hause zurückzukehren, deinen Körper zu verlassen und nach Hause zu gehen.«

Manuel atmete laut, etwas schien aus ihm herauszufließen. Er wurde grau und schien zu schrumpfen.

»Bist du sicher, dass das kein Teil deiner eigenen Seele ist?«, fragte Carola noch einmal eindringlich, und er nickte.

Stopp, rief es auf einmal in ihr, Stopp, er macht das, ohne es zu wollen, sie gehört zu ihm, wollte als seine Schwester kommen, doch dann verbanden sich die beiden und sind nun unzertrennlich, solange sie in diesem Körper sind. Manuel kann nicht ohne sie leben, es ist wie eine Zwillingsflamme, die ihn nährt. Geht sie, geht er auch. Sie können sich erst zu einem bestimmten Zeitpunkt wieder trennen, weil das so verabredet ist. Willst du ihn, bekommst du auch diese Seele, und das ist eure Verabredung. Du willst lernen, wirklich zu lieben und das kannst du mit ihm. Du wolltest dieser Seele Raum geben, damit sie leben kann, und das kann sie nur durch deine Liebe. Du wolltest alles über männliche und weibliche Energie erfahren, und auch das kannst du durch ihn. Aber du musst nicht. Lass ihn gehen, wenn du ihn nicht nehmen kannst, wie er ist, lass ihn los. Hol Manuelle zurück, ohne sie geht es nicht.

»Und nun atme diesen Anteil ganz bewusst wieder ein, nimm Manuelle wieder in dich auf, in jede Zelle deines Körpers, und geh deinen Weg mit ihr gemeinsam weiter, wie es verabredet ist«, sagte sie bestimmt.

Er atmete auf und schien sich wieder mit Leben zu füllen.

Sie strich ihm übers Gesicht. »Leb mit ihr, hol sie aus dem Keller, sie braucht dich, und du brauchst sie. Und eines Tages wirst du jemanden treffen, der euch beide liebt, doch zunächst musst du das für dich selbst tun.«

Sie versprühte ein wenig Duft im Raum und stand auf. Es gab nichts mehr zu tun, alles war gesagt.

Langsam öffnete Manuel die Augen. »Ich bin nicht verkehrt, ich bin nicht falsch?«, fragte er flüsternd. »Das soll so sein? Aber warum?«

»Weißt du was?«, sagte Carola nachdenklich. »Ich glaube, die Frage ist Unsinn. Warum nicht? Wieso sollte es nicht auch diese Form geben, wie kommen wir darauf, dass einiges an Gottes Schöpfung erklärungsbedürftig ist und anderes nicht? Wieso sollte auch deine Erfahrung nicht einfach zu dem gehören, was wir als Menschen erleben können? Bewerten wir es sonst nicht in ›Von Gott gewollt‹ und ›Falsch‹? Wie kann es falsch sein, du erlebst es doch, also gehört es zur Schöpfung. Es ist doch wie immer nur unsere Idee darüber, wie es sein sollte, die uns überhaupt nach einer Antwort suchen lässt. Es ist, wie es ist, und du bestehst nun mal aus zwei sehr starken

Energieformen, die beide einen körperlichen Ausdruck verlangen. Und weiter?«

Sie schwiegen. Das sollte es also sein, alles war gut, wie es war, und dennoch würden sie kein Paar bilden können, bei aller Liebe nicht?

Noch nicht, schien plötzlich eine Stimme zu flüstern, doch Carola wehrte sie ab. Nein. Sie wollte nichts mit Manuelle zu tun haben, nicht als ein Teil ihrer Beziehung. Sie wollte Manuel für sich ganz allein, ihn nicht mit einer anderen Frau teilen, war das zu viel verlangt? Und selbst wenn es nichts als Egoismus war, so war es eben ihre Wahrheit.

Dann stockte ihr Atem. Sie würde auch Hans teilen müssen, mit seinem Kind. Niemand wusste, wie er sich fühlen würde, wenn es erst auf der Welt war, vielleicht wäre er ein glücklicher, hingebungsvoller Vater, und, wer wusste es schon, vielleicht wollte er dann sogar die Mutter seines Kindes zur Frau nehmen – niemand konnte das wissen.

Sie kam nicht am Thema Einsamkeit vorbei, und es wurde Zeit, dass sie sich eingehend damit beschäftigte. Letztlich würde sie in beiden Beziehungen die Nummer zwei sein, Manuelle wie auch Hans' Kind waren wichtiger als sie. War sie egoistisch? Nein, spürte sie, es war einfach ein wichtiges Thema. Und letztlich hatte sie die Wahl. Sie brauchte keine dieser beiden Beziehungen zu führen, sondern konnte sich einen Mann suchen, mit dem sie eine eigene Familie gründen könnte, auf Augenhöhe, ohne dass sich ein anderer Mensch, sei es ein Kind, dessen Mutter oder ein Seelenaspekt, zwischen sie und ihren Partner stellen würde.

»Geh jetzt, wenn du kannst«, sagte sie leise und traurig. Es wurde Zeit, dass sie sich selbst treu wurde. Und weder Manuelle noch Sabine noch das wachsende Kind durften eine Rolle in ihrem Leben spielen. Es gab ein einziges Kind, das wichtig war, dachte sie, und das war ihr inneres. Es wurde wirklich Zeit, sich von allem zurückzuziehen und zu schauen, wie sie mit sich selbst klarkam.

32

Wie betäubt stieg Manuel in sein Auto und machte sich auf den Heimweg, doch dann wendete er kurz entschlossen und parkte vor dem Black Panther. Er konnte jetzt nicht allein sein. Alles an ihm war richtig. Und dennoch hatte er Carola verloren, was ergab das für einen Sinn?

Die höheren Ebenen wissen wirklich nicht, was wir hier durchmachen, dachte er, ein wenig Mitgefühl wäre jetzt angebracht.

Zum Glück war er sexsüchtig. Und zum Glück wusste er, wo er seine Droge finden konnte. Er ging hinein, tanzte ein wenig, doch das leere Gefühl ließ ihn nicht los. Er hatte so viel aufgegeben, jetzt auch noch seinen Stolz. Er war zu Carola gekrochen, und sie hatte ihn von seinen Zweifeln befreit, doch lieben konnte sie ihn nicht.
Wo war seine Droge, wenn er sie mal wirklich brauchte? Suchend sah er sich um, im Augenblick wäre er für jedes bekannte Gesicht dankbar gewesen. Da stand sie. Sissy. Vertraut, genauso kaputt, immer verfügbar. Er holte zwei Bier an der Bar und schlenderte zu ihr hinüber. Wenn sie auf Drogen war oder nicht wollte, würde er eben wieder gehen. Doch sie begrüßte ihn erfreut, er schämte sich, das hatte er gar nicht verdient. Seit er mit Carola zusammengekommen war, hatte er ihr meistens nur flüchtig zugenickt. Heute war er bedürftiger als je zuvor, und das brachte ihn in eine enorme Schieflage, was Sissy betraf.

Heute konnte er sich nicht vormachen, dass er ihr etwas Gutes tat, wenn er sie beglückte.

»Na, so allein heute?«

»Ja«, nickte er kurz angebunden.

»Und nicht gerade gut drauf, was?«

»Nein«, er schüttelte den Kopf.

»Ich wollte gerade gehen, willst du mitkommen?« Sissy hatte ihn noch nie zu sich eingeladen, doch sie spürte, dass sie ihn nicht allein lassen sollte, auch wenn er so abweisend war. Gerade deshalb nicht.

»Ja, gern.« Er wunderte sich über sich selbst.

Du solltest dich in dein Bett legen, allein, nachdenken oder einfach schlafen, das brauchst du, rief eine innere Stimme, und sie hatte recht, aber wann hatte Manuel je auf seine Vernunft gehört? Wohin hatte seine Seele, seine Energie oder was auch immer ihn gebracht? Es war noch schlimmer, wenn er so, wie er war, richtig war, denn dann hatte er keine Chance, sich zu ändern. Wenn er sich nehmen musste, wie er war, verlor er die Kontrolle und musste zusehen, was das Leben ihm anbot. Carola stand nicht auf der Karte, und alles andere interessierte ihn nicht.

»Fahr hinter mir her, ich fahre auch langsam.« Lächelnd sah Sissy ihn an, ihr Fahrstil war immer ein Thema, über das sie miteinander lachten. Auch heute verzog Manuel sein Gesicht, aber es sah mehr nach einer Trigeminusneuralgie aus.

Als sie eine Weile später nacheinander in Sissys Auffahrt einbogen, fragte Manuel sich noch einmal, was er hier suchte, und beinah wäre er nicht ausgestiegen, am liebsten hätte er gedreht. Doch das wollte er Sissy nicht antun. Sie stieg gerade aus, wunderschön in einem langen Plüschmantel, doch es ließ ihn völlig kalt.

Zögernd folgte er ihr in die Küche, es sah viel ordentlicher aus, als er es erwartet hatte. Langsam fragte er sich, was er bloß für ein Bild von Sissy gehabt hatte. Doch es sollte noch viel überraschender kommen. Sie kochte Kaffee und servierte ihm übrig gebliebene Weihnachtsplätzchen, und das alles mit den Worten: »Entspann dich erst mal. Wenn du willst, können wir reden, wir müssen aber nicht. Ich wollte nur nicht, dass du allein in deine Wohnung fährst, du siehst aus, als ob der Notarzt um drei kommen müsste, um all das Blut wegzuwischen.«

Sie hatte recht, er war noch nie so nah dran gewesen, das körperliche Leben zu beenden wie heute, sie hatte es schneller bemerkt als er selbst. Und auf einmal brach alles aus ihm heraus. Er erzählte von dem Kissen, seinem Onkel und dem Herzfehler. Vom Verlust seines Vaters und vom Trinken seiner Mutter. Von Manuelle und von Carola.

Sissy hörte zu, trank Kaffee, knabberte Plätzchen und stellte keine einzige Zwischenfrage. Sie sah ihn nur aufmerksam an, nickte ab und zu und verzog manchmal das Gesicht, wenn er schmerzliche Dinge erzählte.

»Und jetzt weißt du nicht mehr, wer du bist und was du hier überhaupt sollst, ist es so?«, fragte sie schließlich, als er erschöpft schwieg.

»Ja, genau so ist es«, erwiderte er ausgelaugt. »Ich habe keine Lust mehr, so weiterzumachen wie bisher, aber ich habe auch keine Idee, was ich anders machen kann. Eigentlich habe ich überhaupt keine Lust mehr, irgendwas zu machen, es hat doch alles keinen Sinn.«

Beide sagten eine Weile nichts und tranken Kaffee. Schließlich meinte Manuel ernsthaft und nachdenklich: »Sag mal, wieso sind wir eigentlich nicht zusammen? Es ist so leicht mit dir.« Er stellte diese Frage leidenschaftslos und nüchtern, so, als fragte er sie, ob sie Tee kochen würde.

»Weil wir uns nicht lieben, ganz einfach. Und weil wir uns nicht wirklich sehen, das ist heute das erste Mal, dass wir überhaupt miteinander reden, weißt du nicht mehr?«

Sie war neutral, von ihrer Meinung hing für ihn nichts ab. Außerdem hatte sie noch einen Grund, nicht mit Manuel zusammen zu sein, er hatte es bisher nur noch nicht erfahren.

»Du hast recht«, meinte Manuel nun sachlich, »wir kamen nie auf die Idee, zu reden. Irgendwie hast du dich verändert, oder kommt mir das nur so vor?« Er sah sie fragend an.

»Ich kokse nicht mehr, wenn du das meinst. Ich war bei meiner Mutter und habe mich mit ihr ausgesöhnt. Ich gehe zu NA, den Anonymen Drogensüchtigen. Mit meiner Mutter zusammen. Und es ist noch was, er wollte es dir selbst sagen, aber irgendwie hat es noch nicht geklappt – ich bin mit Micha zusammen. Seit eurem dritten Auftritt.«

Manuel starrte sie an, dann begann er zu lachen. »Da komme ich wohl zu spät. Ich wusste gar nicht, dass du bei einem unserer Auftritte warst!«

»Doch, war ich. Ich wollte dich singen hören und war total verwundert, als diese Frau auf der Bühne stand. Ich hab´s irgendwie mitgekriegt, dass ihr als Vorgruppe der Wild Rats spielt. Dann habe ich Micha nach dir gefragt, ich kenn ihn ja aus dem Black Panther. Er sagte, du würdest nicht mitspielen, weil die eine Frau wollten. Aber ich habe dich erkannt. Du warst fantastisch.«

»Wie hast du mich erkannt?«, fragte Manuel erschrocken.

»Es gibt eine bestimmte Art, wie du deine Haare nach hinten wirfst, wenn sie dich stören, das hat Pia auch getan. Natürlich wäre ich nicht draufgekommen, wenn der Zusammenhang nicht schon bestanden hätte, keine Angst. Weiß Micha eigentlich von dir?«

»Nein. Und …«

»Von mir wird er es nicht erfahren, wenn du das meinst. Das ist nicht meine Sache.« Liebevoll lächelte sie ihn an.

Seit sie mit Micha so glücklich und aufgehoben war, hatte sie viel Verständnis für andere Menschen, weil sie nicht mehr mit ihren eigenen Schmerzen beschäftigt war. Vorher war sie immer einsam gewesen, auch wenn sie unter Menschen war, sogar, wenn sie mit jemandem schlief.

»Danke, dass du mir zugehört hast. Ich weiß zwar immer noch nicht, was ich tun soll, aber ich fühle mich schon viel besser. Wenn ich mal was für dich tun kann, lass es mich wissen.«

Sissy wollte abwinken, er brauchte sich nicht zu revanchieren, das hier war kein Geschäft.

Doch darum ging es für ihn nicht, er spürte, dass er bisher nur sehr ungenügend für andere da gewesen war, weil er gedacht hatte, dass er ihnen sowieso nicht helfen konnte. Und weil er nur mit sich beschäftigt gewesen war, er hatte genug mit Manuelle zu tun gehabt.

Doch jetzt war es ihm plötzlich unglaublich wichtig, von anderen in Anspruch genommen zu werden. Natürlich wollte er kein seelischer Mülleimer werden, aber er wünschte sich, dass ihm Menschen dieses Vertrauen, das er gerade zu Sissy empfand, entgegenbringen würden.

»Sissy, das ist kein Geschäft«, sagte er ernst, »ich will nur, dass du weißt, dass du jederzeit zu mir kommen kannst, wenn du über etwas reden willst. Falls du mir vertraust …«

Er stockte, dachte nach. Wie kam er darauf, dass sie ihm vertrauen würde, er hatte sie bisher nicht gerade rücksichtsvoll oder gar verständnisvoll behandelt.

»Gern, ich danke dir«, sagte sie lächelnd. »Aber ich glaube, wir gehen besser schlafen, nicht? Willst du hierbleiben?«

Manuel sah sich zögernd um, wo könnte er schlafen, ohne in eine peinliche Situation zu geraten?

»Ich habe ein Gästezimmer, du hast sogar ein eigenes Bad. Keine Angst.«

Er hatte keine Angst vor Sissy gehabt, sondern vor sich selbst. Er war so ausgehungert nach Liebe, und Sissy war so vertraut. Sie hatten sich schon wie oft aus Einsamkeit und Trostlosigkeit geliebt, er wollte dieses süchtige Spiel nicht weiter fortsetzen, schon gar nicht nach diesem Gespräch, abgesehen davon, dass sie nun auch noch die Freundin seines Freundes war.

Sissy führte ihn durch ihr Haus, und Manuel war gebührend beeindruckt. Allerdings erschien es ihm entschieden zu groß für eine Person, er konnte verstehen, dass sie sich nicht besonders geborgen fühlte, wenn sie nachts allein darin schlief. Schließlich blieben sie vor einer Tür stehen.

»Das ist es, fühl dich wie zu Hause«, sagte Sissy müde. Sie küsste ihn zärtlich auf die Wange, und er umarmte sie. Sofort drängte sie sich an ihn, dann rückte sie ein Stück ab und sagte verlegen lachend: »Tut mir leid, Gewohnheit. Schlaf gut.«

Manuel ließ sie bedauernd los. Angezogen, wie er war, schleppte er sich in das breite Bett und erwachte erst, als Sissy ihm am nächsten Nachmittag Kaffee brachte.

»Na, gut geschlafen?«, fragte sie ihn, während er den ersten Schluck zu sich nahm.

»Wie ein Stein«, antwortete er träge.

»Das freut mich für dich«, kam plötzlich eine Stimme aus dem Hintergrund, »du hattest auch echt nötig, mal wieder zur Ruhe zu kommen, nicht?«

Erschrocken sah Manuel zur Tür, Micha hatte unbemerkt das Haus betreten. Sissy fiel ihm sofort um den Hals, aber Manuel räusperte sich.

»Hallo Micha, bitte versteh das hier nicht falsch, ich habe nur …«

»Ich verstehe es nicht falsch, du hast hier geschlafen, weil Sissy nicht wollte, dass du allein bist, richtig?«

Erleichtert seufzte Manuel auf. »Genau. Ich habe schon gedacht, du würdest denken, dass wir beide …«

Wieder unterbrach Micha ihn. »Denke ich aber nicht. Ich vertraue Sissy, und außerdem könnte ich es sowieso nicht verhindern. Sie ist ein freier Mensch, und du bist es auch.«

»Wie schön, dass du da bist«, lachte Sissy nun, sie freute sich außerordentlich. »Willst du eine Tasse mittrinken?«

Kurze Zeit später saßen alle drei auf dem Bett und redeten über die Auftritte, darüber, wie Micha und Sissy sich nach und nach ineinander verliebt hatten.

»Macht es dir wirklich nichts aus?«, fragte Micha noch einmal, er wollte zwar auf keinen Fall seinen Freund verlieren, aber er hätte auch nicht mehr auf Sissy verzichten können. Manuel war schließlich der Erste gewesen, der mit ihr geschlafen hatte.

»Nein, wie sollte es? Das wäre ja unfair, wir wollten nie eine feste Beziehung, nicht, Sissy?«

Es war merkwürdig, plötzlich so offen mit ihr zu reden, aber es war auch richtig und vertraut. Und auf einmal wollte er, dass Micha von Manuelle wusste, er wünschte es sich mehr, als er sich jemals etwas gewünscht hatte – mit der Ausnahme, wieder mit Carola zusammen zu sein. Aber konnte er es Micha zumuten? Und konnte er es sich selbst zumuten? Klarheit, mahnte er sich, entweder Klarheit oder du kannst dich umbringen, diese Heimlichtuerei ist so giftig und süchtig, du willst das doch gar nicht mehr. Sag die Wahrheit.

»Ich wollte dir schon lange etwas sagen, Sissy habe ich es gestern erzählt. Kannst du mir einen Moment zuhören?«

Micha war verwundert und gleichzeitig erfreut. »Gern«, sagte er bereitwillig.

»Also das mit Pia, das war nicht nur ein Spiel, weißt du, was ich meine?«

Man sollte meinen, es würde langsam leichter werden, schließlich war es bereits das vierte Mal, dass er darüber redete, aber das war nicht der Fall. Jedes Mal könnte er gnadenlos ausgelacht werden.

Doch Micha lächelte nur erfreut und erleichtert. »Was für ein Glück, ich habe schon gedacht, ich spinne. Ich habe dich oft als zwei Personen gesehen, Pia war so ganz anders als du, aber nach den Auftritten habe ich gedacht, ich hätte mir das alles nur eingebildet. Danke, dass du es mir gesagt hast.«

»Ja, aber ich lebe jetzt nicht mehr so. Carola hat mich deshalb verlassen, sie wollte nicht mit einer Frau zusammen sein, kann ich auch sehr gut verstehen, ich würde auch nicht mit einem Mann leben wollen.«

Manuel spulte seine Sätze herunter, fühlen konnte er sich nicht, wozu auch. Wer wollte das wohl fühlen?

»Aber geht das denn so einfach? Ich meine, das ist doch ein wichtiger Teil von dir, oder? Jedenfalls könnte ich es mir so vorstellen. Kannst du das einfach so abschalten?«

»Einfach so nicht, abschalten ja. Es hat ja keinen Sinn, ich kann so nicht leben. Kannst du dir vorstellen, niemals zu wissen, was oder wer du wirklich bist?«

»Klar, geht mir auch dauernd so. Aber jetzt mal im Ernst, ich kann mir echt nicht vorstellen, dass man einen Teil seiner Persönlichkeit abstellen kann wie einen Ofen. Wie geht es dir damit?«

Diese Frage traf. Manuel schluckte ein paarmal. Sissy bemerkte es und nahm seine Hand.

»Na ja, ich weiß nicht so recht, ich denke nicht mehr darüber nach, wie es mir geht. Es musste eben sein. Aber Carola kommt deshalb trotzdem nicht zu mir zurück, schöne Pleite, was?« Er lächelte schief.

Nun nahm auch Micha seine Hand, er traute sich, warum auch immer, vielleicht, weil Manuel plötzlich so verletzlich aussah.

Verwundert und dankbar ließ Manuel sich beide Hände halten, und jetzt konnte er es auch zugeben.

»Ich sage euch was, es ist eine einzige Scheiße. Sie ist wieder mit diesem Hans zusammen, ich habe Manuelle verloren – ja, Micha, ich heiße Manuelle, nicht Pia, Erik hatte fast recht –, und irgendwie ist alles total öde geworden.«

Er musste sehr aufpassen, dass er nicht einfach losheulte. Am liebsten hätte er es getan, doch so sehr wollte er seine Gefühle nun doch nicht zur Schau stellen. Immerhin wollte er ihnen noch öfter in die Augen blicken können.

Beide spürten, dass Manuels Grenze erreicht war, und ließen wie auf Kommando seine Hände los. Sie begannen, von anderen Dingen zu reden, doch die Stimmung zwischen ihnen war viel vertrauter und gelöster als jemals zuvor, und alle drei fühlten sich sehr wohl miteinander.

Schließlich beschloss Manuel nach einem ausgedehnten Frühstück, nach Hause zu fahren, es war schon fast dunkel. Über Nacht war es glatt geworden, und so fuhr er langsam und sehr vorsichtig. Während er so über die Straße schlich, hatte er plötzlich das Gefühl, es wäre wichtig, sich die ganze Sache noch einmal zu überlegen. Er würde zu Hause gleich in den Keller gehen. Vielleicht war es doch gut, Manuelles Kleider wieder nach oben zu holen. Sie hatte noch eine Chance verdient.

Also drehte er, in seiner Wohnung angekommen, nur schnell die Heizung auf und ging dann mit gemischten Gefühlen in den Keller. Hoffentlich würde er sich nicht sofort wieder in ein totales Gefühlschaos verstricken, wenn er nur die Kartons sähe. Doch alles blieb im grünen Bereich, er hatte keine Mühe, die vier großen Kisten nach oben zu bringen.

Und als er Manuelles Kleider zurück in den Schrank hängte, spürte er Freude. Vielleicht gab es ja doch Menschen, die ihn so akzeptieren würden, wie er war, immerhin kannte er jetzt schon vier. Manuelle hatte noch eine Chance verdient, sie würde wenigstens ein Mal unter Menschen gehen müssen, damit er wirklich entscheiden könnte, ob er sie in seinem Leben zulassen wollte oder nicht. Es fühlte sich richtig an, die andere Hälfte der Sachen wieder einzuräumen. Manuelle hing sehr an ihnen, sie hatte sie mit so viel Liebe ausgesucht und jubelte nun, als sie wieder einen Platz in seinem Leben bekam.

Vielleicht sollte sie sich wirklich einmal ohne Vorwand auf die Straße trauen, vielleicht lernte sie ja doch jemanden kennen, der sie so lieben konnte, wie sie war. Vielleicht würde doch noch alles gut werden.

*

Als Manuel das Haus verlassen hatte, sahen Sissy und Micha sich lange an. »Du oder ich?«, fragte Micha. Sissy atmete tief durch. »Ich hole ihre Nummer«, sagte Micha.

Nach wenigen Augenblicken hatte er Carola am Telefon. Sie hörte schweigend zu und traf ihre Entscheidung.

»Ich danke dir«, sagte sie, als er geendet hatte. »Von ganzem Herzen.«

*

Voller Zuversicht räumte Manuel seine Wohnung auf, warf in einem symbolischen Akt Carolas Telefonnummer weg – er wusste sie sowieso auswendig.

Dann zog er sich um, ganz einfach so, nahm seine Schlüssel, und Manuelle verließ das Haus. Und leise stellte sich so etwas wie Lebensfreude ein, sie meldete sich aus ihrem langen Urlaub zurück, wurde jubelnd in Empfang genommen und verbreitete ihr strahlendes Licht.

33

»Was meinst du damit, machst du Schluss?«

Carola holte tief Luft. »Ja.«

Eine Viertelstunde lang hatte sie ihm einen Vortrag gehalten, darüber, dass sie nicht mehr zweite Geige spielen wollte, dass sie erst mit sich selbst ins Reine kommen müsste, und darüber, dass sie befürchtete, Hans könnte sich, wenn das Kind erst da war, mehr zu Sabine hingezogen fühlen, als er es sich vorstellen könnte. Wie es ja, verdammt noch mal, im Sinne des Kindes auch sein sollte!

»Aber warum?«

»Weil« – jetzt brach es ungefiltert aus ihr heraus – »weil du VATER wirst, weil du nicht weißt, ob du das Kind nicht über alles liebst, und weil ich keine Lust habe, euch als glückliche Familie zu sehen, während ich was bin, das Anhängsel? Meinst du, ich stelle mich hin und schaue euch dabei zu, wie ihr Eltern werdet? Was soll das, wie kann ich das denn aushalten? Du solltest mit Sabine zu irgendwelchen Schwangerschaftskursen gehen, für sie da sein, du hast sie geschwängert, trag deine Verantwortung!«

»Meine Verantwortung bist du, meine Liebste«, sagte Hans leise. Und das stimmte. Er wollte da sein, zu hundert Prozent, für Carola, das spürte er deutlicher als je zuvor, gerade weil alles dagegen sprach. Außer seinem Herzen.

»Das hättest du dir mal vorher überlegen können«. Sie weinte.

»Lass mich zu dir kommen, Carola. Lass es mich wiedergutmachen. Lass mich für dich da sein und dir zeigen, dass ich nur dich liebe und nur mit dir zusammen sein will. Lass uns heiraten.«

»Heiraten?« Carola begann zu zittern. »Hast du sie noch alle? Und dann? Bin ich dann für dein Kind mitverantwortlich, muss ich Unterhalt zahlen, wenn du es nicht tust? Merkst du, wie abartig all das ist?«

Hans schwieg. »Ich bin in sechs Stunden bei dir, und ich bleibe«, sagte er dann und legte auf.

»Nein.« Carola nahm Jacke, Geldbeutel, Schlüssel und rannte aus dem Haus. »Nein!« Sie wusste, wohin sie gehörte. Micha hatte ihr die Augen geöffnet. Sie winkte sich ein Taxi heran und stammelte eine Adresse.

Zehn Minuten später klingelte sie Sturm. Doch Manuel machte nicht auf. Im Erdgeschoss wurde ein Fenster geöffnet. »Der ist gerade eben in diese Richtung gefahren!« Eine Hand zeigte nach links, Richtung Kurfürstendamm.

Carola nickte, kramte ihr Handy aus der Jackentasche, wählte Chantals Nummer.

»Kommt gerade rein.«

Sie klappte das Handy zu, stürmte los, rannte durch die Nacht – und blieb wie angewurzelt stehen, als sie den glitzernden Eingang des Theaters erreichte.

Doch Chantal erwartete sie schon. »Das wird auch Zeit«, sagte sie und drückte ihr ein Glas Sekt in die Hand.

Carola stürzte es hinunter, dann betrat sie das Theater. Und da saß sie, mit dem Rücken zu ihr an der Bar, wunderschön, schimmernd, trank einen Cocktail und unterhielt sich mit Monique. Deren Augen weiteten sich, als sie Carola erblickte, doch rasch legte diese ihren Zeigefinger auf den Mund.

Noch einmal straffte sie sich. Dann schritt sie auf Manuelle zu, legte ihr eine Hand auf die Schulter.

Manuelle wandte sich um, ihre Augen öffneten sich weit, und auf einmal spielte es keine Rolle mehr.

Manuel riss Carola in seine Arme, all das hier war unwichtig.

»Kommt mit«, sagte Monique, schob beide in ihre Garderobe und schloss die Tür hinter ihnen. Sie öffnete nur noch einmal, um eine Flasche Champagner und zwei Gläser auf den Tisch zu stellen.

»Wir müssen reden«, sagte Carola, doch Manuel hob die Hand. »Nein. ICH muss reden«, sagte er. Und obwohl sie die Geschichte bereits kannte, spürte Carola, wie wichtig es war, all das aus seinem Mund zu hören, diesem wunderschönen Mund, den sie so gern geküsst hatte.

Er erzählte ihr alles. Vom Onkel. Vom weißen Zeug. Vom Kissen und seiner Schuld. Davon, dass er sie in sich trug und ihr versprochen hatte, sie zu schützen, koste es, was es wolle. Davon, dass sie einen Ausdruck brauchte, auch wenn er es selbst nicht verstand. Davon, dass sie leben, Mensch sein, irdisch sein wollte. Davon, dass er auf eine sehr tiefe Weise mit ihr verabredet war und ihr keinen Ausdruck verleihen konnte als diesen hier. Er zeigte auf seine Brüste und das Kleid. Und er sagte ihr, wie sehr er sie liebte, wie sehr er sich wünschte, die Situation wäre anders.

Währenddessen holte Carola ihr Handy aus der Tasche und tippte ein paar Zeilen. »Dreh um, Hans, ich stehe nicht mehr zur Verfügung, krieg dein Leben auf die Reihe und ich lebe meins. Carola.«

»Hörst du mir eigentlich zu?«, wollte Manuel gerade fragen, als sie das Handy wegpackte, als sie ihn umarmte und »Ich liebe dich oder euch, ist mir egal«, murmelte.

Und endlich küsste Manuel Carola, endlich hielt er sie wieder, und es war, als erfüllten sich all seine Träume auf einmal. Sie half ihm, das Kleid auszuziehen, warf es in eine Ecke und schälte sich selbst hastig aus ihren Jeans, dem Pullover, all diesem unnützen Zeug, das zwischen ihr und Manuel störte. Manuel zog sie zu einer riesigen Samtcouch, die die gesamte Breitseite der Garderobe einnahm, und endlich spürte sie ihn wieder auf sich und in sich. Langsam bewegte er sich in ihr, sie atmete tief und gleichmäßig, öffnete sich bewusst, um ihn so intensiv wie nur möglich in sich zu spüren.

Auf einmal blieb die Zeit stehen. Sie sahen sich in die Augen, hielten beide inne. Es gab eine dritte Möglichkeit für die Seele, seine Schwester, die in ihm lebte. Jetzt. Genau jetzt.

Carola wurde unendlich warm und weit, sie schien sich in Licht aufzulösen, spürte ihre innere Schale, die Gebärmutter, ihren Schoß so deutlich wie nie zuvor in ihrem Leben. Sie versank in seinen Augen und nickte. Manuel atmete die Seele in seine Schöpferorgane, in seine Samenzellen, bat sie, erlaubte ihr, sich neu zu inkarnieren, spürte, dass er endlich seine Verabredung mit ihr einhalten, sie lieben und beschützen konnte, ohne auf sein eigenes Leben zu verzichten. Seine Lippen senkten sich auf Carolas, als sie sich weiterbewegten, schneller, bis beide in einer gemeinsamen Explosion verschmolzen.

MAI

Manuelle saß vor dem großen Spiegel und kämmte ein letztes Mal ihre Haare. Sie hatten lange Diskussionen darüber geführt, ob sie jemals wieder auf die Straße gehen sollte, ob sie das überhaupt wollte, doch heute musste sie, sie hatte die Wette verloren. Carola hatte entschieden, dass sie alle gemeinsam zu diesem Ball gehen würden. Zum Glück. Aber sie hatte die Wette auch gewonnen, und so hatte sie Carola befohlen, was sie heute anziehen sollte – das schwarze Gegenstück zu ihrem weißen, mit Pailletten bestickten Seidenkleid. Es war sehr elastisch und betonte ihren gerundeten Bauch.

Carola trat hinter Manuelle und steckte ihr die Haare hoch, eine lässige Frisur, die erotisch und kühl wirkte. Sie tat es geübt, es war nicht das erste Mal. Ab und zu zeigten sich alte Angewohnheiten, und Manuel und Carola hießen Manuelle jedes Mal herzlich willkommen. Die Seele war nun mal multidimensional … und solange sie noch nicht geboren war, konnte Manuelle sich zeigen, ohne dass das Kind in Schwierigkeiten kam.

»Manuelle, ich habe schon wieder ein Problem …«, flüsterte Carola ihr ins Ohr, als sie mit der Frisur fertig war.

»Bedien dich«, lachte Manuelle glücklich und zeigte auf die Schublade mit den Seidenstrümpfen. Dann betrachtete sie Carola, sie sah wunderschön aus. Die punkigen Haare waren kunstvoll zerzaust, Monique würde nichts an ihr auszusetzen haben. Das Make-up saß perfekt. Carola wirkte wie eine schwangere Elfe. Und irgendwie war sie das auch.

Ein letzter Spritzer Parfüm, es konnte losgehen. Ihr erster richtiger Ball. Chantal hatte die Karten besorgt. Schon klingelte es, Carola öffnete freudig und begrüßte Jasmin, Chantal, Monique und einige andere, die sie noch nie gesehen hatte, die sie aber auf Anhieb mochte.

Auch Manuelle zeigte sich, etwas unsicher wie so oft, doch sie wurde genauso freudig und begeistert begrüßt wie Carola. Sie tranken alle bis auf Carola ein Glas Sekt, stießen auf den bevorstehenden Abend an, dann verließen sie lachend und singend das Haus. Die Trauerweide, die im lichtgrünen Blättergewand strahlte, lachte hinter ihnen her, als sie sich auf drei Cabriolets verteilten und glücklich in die Nacht hineinfuhren.

Und noch ein weiterer Baum schien ihren Weg zu segnen. Denn vor dem Fenster von Carolas ehemaliger Wohnung entfaltete die zweifarbige Kastanie im Schimmer des Vollmondes ihren betörenden Duft, berührte Carolas und Manuels Herz – besonders aber die kleine Seele, die mutig und kühn ihren Menschenweg zur Erde angetreten hatte.

Und in diesem Augenblick war alles im Einklang, war alles gut.

Über die Autorin

Susanne Hühn wurde 1965 in Heidelberg geboren. Schon mit fünf Jahren beschloss sie, Masseurin zu werden. Nach dem Abitur besuchte sie eine Schule für Physiotherapie, machte 1986 ihr Staatsexamen und arbeitete danach als Krankengymnastin.

Der Zusammenhang zwischen dem Denken und Fühlen und dem körperlichen Symptom, das ihre Patienten jeweils zeigten, interessierte Susanne Hühn besonders, und so absolvierte sie Ausbildungen und Seminare zum Thema ganzheitliche Medizin. Mit 28 Jahren ließ sie sich zur psychologischen Beraterin ausbilden, und aufgrund eigener Themen kam sie in Kontakt mit spirituellen Therapieformen.

Parallel zu ihrer Tätigkeit als Physiotherapeutin begann Anfang der Neunzigerjahre Susanne Hühns Weg als spirituelle Lebensberaterin und Meditationslehrerin. Zudem fing sie 1992 an zu schreiben. Nach wie vor faszinierte sie der Zusammenhang zwischen Körper, Geist und Seele, und so begab sie sich auf ihre eigene Forschungsreise. Ihr erstes spirituelles Selbsthilfebuch entstand 1999 und wurde im Schirner Verlag veröffentlicht.

Im Jahr 2005 beendete Susanne Hühn ihre Tätigkeit als Physiotherapeutin. Seither widmet sie sich ganz der Lebensberatung und dem Schreiben von Büchern, Artikeln und Geschichten.

Susanne Hühn über »Manuel*le*« und das Schreiben von Romanen

»Wenn ich ein Sachbuch schreibe, dann bin ich Lehrerin. Ich bin vollkommen für das verantwortlich, was ich sage, denn ich weiß, dass viele Menschen mir glauben und einiges in ihrem Leben umsetzen. Das macht mich ernst und sehr streng mit mir, was ich auch für sehr richtig und gut halte. Einen Roman zu schreiben ist für mich viel leichter, weil es mich auf andere Weise tief berührt. Ich bin für den Handlungsfaden verantwortlich und dafür, dass es eine gute Geschichte ist, aber ich gebe keine Lebenshilfe.

Ich liebe und begleite die Menschen in meinen Romanen, und ich wünsche mir für sie Erkenntnis und ein gutes Ende, aber ich lasse sie ihren eigenen Weg finden, ich belehre sie nicht. Ich erreiche die Leser durch Romane fantasievoller, spielerischer, und das macht mich innerlich freier. Es erfüllt mich sehr, dass dieser Roman nun veröffentlicht worden ist.

Mit ›Manuel*le*‹ möchte ich die Kraft der bedingungslosen Liebe vermitteln und den Mut, zu sich selbst zu stehen, egal was das bedeutet und wie schwierig es auch ist. Manuel hat ein ganz besonderes Thema, das mit sehr viel Scham besetzt ist. Ich möchte allen Menschen Mut machen, das zu leben, was gelebt werden will. Ich möchte zeigen, was die Kraft der Selbstliebe und der Liebe zu einem anderen Menschen vermag – und letztlich möchte ich meinen Lesern auch einfach ein paar Stunden Freude, Entspannung und ein gutes Gefühl schenken.«

Weitere Informationen unter: www.susannehuehn.de